Corinna Kastner, geboren 1965, arbeitet nach einer Ausbildung zur Wirtschaftsassistentin für Fremdsprachen und Korrespondenz am Institut für Journalistik und Kommunikationsforschung in Hannover. Nachdem sie ihre Leser mit ihren ersten drei Romanen EILEENS GEHEIMNIS, DAS ERBE VON RAGUSA und DIE GEHEIMEN SCHLÜSSEL begeistert hat, erscheint nun ihr vierter Roman, DIE VERBORGENE KAMMER. Die Autorin lebt mit ihrem Mann, dem Schriftsteller Jörg Kastner, in Hannover. Besuchen Sie Corinna Kastners Homepage unter www.kastners-welten.de.

Corinna Kastner

DIE VERBORGENE KAMMER

Romantic Thrill

BASTEI LÜBBE TASCHENBUCH

BASTEI LÜBBE TASCHENBUCH
Band 16 279

9. Auflage: März 2014

Bastei Lübbe Taschenbuch in der Bastei Lübbe GmbH & Co. KG

Originalausgabe

Ein Projekt der AVA international GmbH
Autoren- und Verlagsagentur, Herrsching

Titelillustrationen: Panther Media/Daniel Käsle, Brad Simmons/
Beateworks/Corbis
Lektorat: Gerke Haffner
Textredaktion: Lutz Steinhoff
Umschlaggestaltung: Kirstin Osenau
Autorenfoto: Privat
Satz: Urban SatzKonzept, Düsseldorf
Gesetzt aus der Garamond
Druck und Verarbeitung: Nørhaven
Printed in Denmark
ISBN 978-3-404-16279-6

Gewidmet allen, die dafür Sorge tragen,
dass die Einmaligkeit des Fischlandes bewahrt
und die Erinnerung an dessen Geschichte lebendig
gehalten wird,

und

meinem Mann Jörg,
der es mit mir »entdeckt« hat.

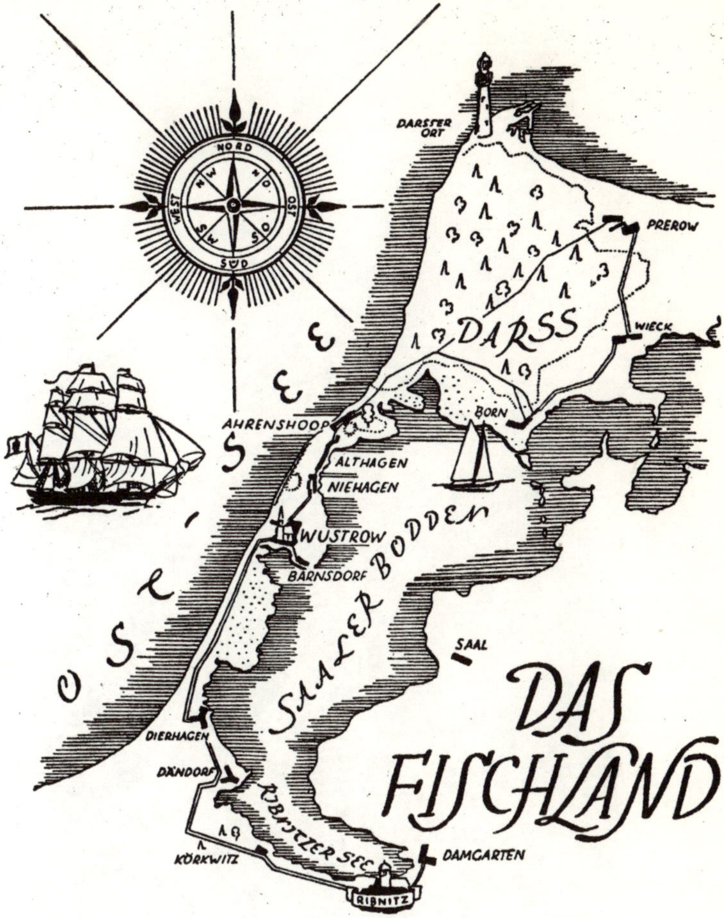
NORD
NW
NO
WEST
OST
SW
SO
SÜD
DARSSER ORT
PREROW
WIECK
DARSS
BORN
AHRENSHOOP
ALTHAGEN
NIEHAGEN
WUSTROW
BARNSDORF
SAALER BODDEN
SAAL
OSTSEE
DIERHAGEN
DÄNDORF
RIBNITZER SEE
KÖRKWITZ
DAMGARTEN
RIBNITZ
DAS FISCHLAND

Stralsund

Hafenstraße
Alter Schwedenkai
Am Langenkanal
Langenwall
Klosterstraße
Heilgeist-
kloster
Bei der
Heilgeist-
kirche
Steinerne
Fischbrücke
Am
Querkanal
Neue
Hafenstraße
Hansakai
Neue
Badenstr.
OZEANEUM
Am Semlower
Kanal
Gorch Fock
Ballastkiste
Seebühne
An der
Fährbrücke
Am
Fährkanal
Neue
Semlo-
wer St.
Nordmole
Fischmarkt
Wasserstr.
Langenstr.
Badstüber-
Heilgeiststr.
Papenstr.
Am
Wasserstr.
str.
Baden-
Jacobi-
St.Jakobi
Mauer-
Fähr-
Fährwall
Semlower
Jacobi-
Filter-
Becher-
macherstr.
Klein-
schmied-
Str.
Johannis-
chorstr.
Schillstr.
str.
Str.
St.Nikolai
Ossenreyer
str.
Johanniskloster
Rathaus
Sundpromenade
Seestr.
Külpstr.
Alter
Markt
Ravens-
berger
Str.
Fährwall
Knieper-
str.
Mühlen-
Mönch-
Schillstr.
Mönchstr.
Strelasund
Olof-
Palme-
Platz
Theater
Vorpommern
Knieperwall
Hospitaler
Bastion
Denkmal
Ferdinand
von Schill
Knieper
Knieper-
Rosen-
garten
damm
Friedrich-
Engels
50 m

Smiterlowstr.
Otto-Voge-Str.
Krauthofstraße
Fährhofstr.
Sastrowstr.
Fr.-Wessel Str.
Lambert-Steinwich-Str.
Stadion der Freundschaft
Wulflamufer
B 96
B 96n
A 20
Franken-Teich
Blaue Turmbastion
Frankenwall
Richtung Greifswald/Insel Rügen
August- Bebel- Ufer
O
S
N
W
Blau-turmstr.
Weingarten Bastion
Un-nütze Str.
Fischer-gang
Frankenwall
Weidendamm
Karl-Marx-Str.
Franken-Teich
Papenstr.
Lobs-hagen
Zipollen hagen
Marienchor-str.
Judenstr.
Frankenstr.
Langenstr.
Apollonien-markt
St.Marien
Marien-str.
Neuer Markt
Blei-str.
Kiebenhiebestr.
Kulturhist. Museum
Tribseer-str.
Poststr.
Henning-Mörder-Str.
P
Katharinen-berg
Bielken-hagen
Mönch-str.
Knieperwall
Tribseer Damm
Richtung Rostock/Autobahn, Fischland/Darß/Zingst
Am Küterton
Teich
Bahnhofstr.
P
Haupt-bahnhof
B 105
B 194
A 20
WC
Küterdamm
Straße
Jungfernstieg

Sommer 1992

Über die Staffelei hinweg schweift mein Blick zum offenen Fenster. Was für ein strahlendes Blau! Genau diesen Ton muss ich treffen, er ist perfekt. Perfekt für den Tag. Perfekt für das Bild.

Wann habe ich das letzte Mal etwas so gemalt, wie es wirklich aussieht? Habe ich nicht jahrzehntelang nur das abgebildet, was ich tief in meinem Innern sah? Welche Düsterkeit . . . Nie gab es ein strahlendes Blau wie jenes, das ich jetzt auf meiner Palette mische und auf die Leinwand bringe.

»Oh, hier bist du!«

Seine Stimme kommt von der Tür. Ich bin nicht überrascht, obwohl ich ihn weder erwartet noch seine Schritte gehört habe. Langsam drehe ich mich um, meine Bewegungen längst nicht mehr so flink wie einst, meine Knochen so alt. Aber da steht er, und ich vergesse mein Alter. Wie sehr ich mich immer über seine Besuche freue! Er tritt näher und betrachtet, was ich geschaffen habe.

»Das gefällt mir. Ein wundervoller Blick aus dem Fenster. So leicht und heiter. Du solltest dieses Bild aufhängen, statt es wie die anderen wegzuschließen.«

Ich muss lächeln, weil er genau das sagt, was ich selbst eben dachte. »Dann soll es so sein. Aber letztlich hast sowieso du das zu entscheiden.«

»Ich?«, fragt er verwundert. »Warum, willst du mir das Bild schenken?«

Jetzt lache ich. Es klingt noch ungewohnt. Bevor er kam, habe ich nie gelacht. »Das Bild und das ganze Haus. Ich bin eine alte Frau – nein, nein, sag bloß nicht, dass ich noch mal hundert werde!«

Er verzieht den Mund zu einem spöttischen Lächeln, das mich stets an ein anderes Gesicht erinnert.

»Was ich damit sagen will«, fahre ich fort, »ich besitze außer diesem Haus und seinem Inventar überhaupt nichts. Das Geld zum Leben bekomme ich von meiner ... Familie.« Ich weiß, dass dieses Wort einen bitteren Beiklang hat, doch das kann ich nicht ändern. Will es gar nicht ändern. »Aber die Kranichburg gehört mir, und wenn ich sterbe, gehört sie dir. Kein Widerspruch!«, sage ich entschieden. »Dafür wünsche ich mir nur eins: Du hast schon eine Menge erfahren, finde auch noch den Rest heraus. Das, was am wichtigsten für mich ist.«

»Aber ich habe deiner Tochter versprochen ...«, wendet er ein.

»Papperlapapp!«, unterbreche ich ihn ungeduldig. »Es ist immer nach dem Willen meiner Familie gegangen. Dieses eine Mal wird sie mir keinen Strich durch die Rechnung machen.«

Er sieht mich an, als wolle er sagen, das alles liegt doch schon so lange zurück.

»Natürlich liegt das lange zurück. Aber wolltest nicht auch du die Wahrheit wissen? Warst nicht auch du auf der Suche nach ... seinem Schicksal?« Ich habe versucht, den Namen auszusprechen, ich habe es wirklich versucht. Es ist mir nicht gelungen, ich kann es nicht. Wann habe ich es zuletzt getan? Ich habe es vergessen. Es ist sehr, sehr lange her. Ich seufze. »Vielleicht können wir uns auf etwas einigen. Du wirst dein Versprechen meiner Tochter gegenüber halten, wie du gesagt hast: solange du lebst. Doch wenn du mir irgendwann nachfolgst – oder nein«, unterbreche ich mich. »Du wirst mir bestimmt nicht nachfolgen. Ich werde da unten hingehen, du kommst nach oben.«

Sein raues Lachen erfüllt das Zimmer. Aber er weiß, worum ich ihn bitte, und mein kleiner Scherz, der ernster gemeint ist, als er denkt, hat seinen Zweck erfüllt. Er ist einverstanden.

»Gut. Ich werde mir etwas einfallen lassen!«, verspricht er.

»Danke. Nun lass uns auf die Veranda gehen und Eistee trinken, das wird uns erfrischen bei der Hitze. Es gibt da nämlich etwas, das ich dir bisher verschwiegen habe. Und es wird Zeit, dass jemand es erfährt.«

Er hebt die Brauen, erstaunt, vielleicht gespannt, was ich wohl meine. Bis vorhin, bis er in der Tür stand, war ich mir selbst nicht sicher, ob ich so weit gehen würde. Jetzt weiß ich, dass es richtig ist. Es muss sein. Nicht nur für ihn, auch für mich – und für sie. Ich kann nicht sterben, ohne es jemandem anvertraut zu haben.

Vorsichtig, Stufe für Stufe, gehe ich die lange Treppe hinunter, an deren Fuß ich kaum merklich zögere. Ich sehe auf den Boden, auf das abgenutzte, zerkratzte Parkett, das nichts mehr von dem verrät, was sich einst hier abgespielt hat. Ich höre ihn hinter mir, rasch blicke ich auf und gehe weiter zur Küche, wo ich den Eistee aus dem Kühlschrank hole. Er nimmt mir den schweren Krug ab und trägt ihn hinaus, während ich nach den Gläsern greife und ihm folge.

Die Veranda wirkt verwahrlost, ähnlich wie der Garten. Alles ist überwuchert von wildem Grün. Jemand müsste kommen und den Rasen mähen, die Bäume stutzen, Ordnung in die Blumenrabatten bringen, aber eigentlich mag ich es so, wie es ist. Hinter dem Deich ist das Rauschen der Wellen zu hören, über uns segelt eine Möwe.

Wir setzen uns auf die Holzbank, er schenkt den Eistee ein und wartet geduldig. Während ich überlege, wie ich beginnen soll, beobachte ich die Wassertropfen, die sich außen am Krug und an den Gläsern bilden. Sie werden größer, laufen zusammen, einem Rinnsal gleich, und bilden eine kleine Lache auf dem Holztisch. Eine Pfütze.

Eine Pfütze.

Ein anderes Bild schiebt sich vor meine Augen. Eine andere Pfütze – größer, dunkel, schmutzig, schlammig.

Plitschplitschplitsch ... Das Geräusch verfolgt mich noch heute. Ich möchte es aussperren. Aber ich darf es nicht. Ich bin hier, um die Erinnerung zuzulassen und sie zu teilen. Ohnehin ist es, als wäre das Geräusch auf ewig in meinem Kopf eingebrannt.

Ich höre es unter mir. Plitschplitschplitsch. Jedes Mal, wenn meine Füße den Boden berühren.

Der ganze Weg schien aus Pfützen zu bestehen, der Saum meines Mantels und sogar der meines Kleides darunter waren vollkommen durchnässt, ebenso meine Schuhe. Ich wollte nur nach Hause, endlich nach Hause, in die Stille meines Zimmers. Ich durfte nicht darüber nachdenken, was ich gerade getan hatte. Ich verbot mir die Worte. Ich hatte es getan. Und ich wollte es vergessen. Einen Augenblick lang blieb ich stehen, starrte hinauf in den schwarzen Himmel, spürte Panik in mir hochkriechen, weil mir nun, wo es hinter mir lag, klar wurde, was mich als Nächstes erwartete.

Auch das wollte ich vergessen, aber das war unmöglich. Ich setzte mich wieder in Bewegung. Plitschplitschplitsch. Endlich stieß ich die Gartenpforte auf. Die Kranichburg lag dunkel da, nirgends brannte Licht. Zitternd suchte ich nach dem Schlüssel. Zu spät wurde mir bewusst, dass ich keine Handtasche bei mir trug. Wo hatte ich den Schlüssel? Wo war er nur? Fort. Ich hob die Hand, um an die Tür zu hämmern, doch niemand würde mir öffnen. Tränen der Verzweiflung liefen meine Wangen hinunter. Erschöpft lehnte ich mich gegen die Tür – und sie gab nach. Ich hatte sie beim Hinauslaufen nicht richtig geschlossen.

In der Diele war es finster, ich sah kaum die Hand vor Augen. Dennoch wusste ich, was sich mir offenbaren würde, sobald ich eine Lampe entzündete. Ich wollte es nicht sehen.

Regungslos verharrte ich im Dunkeln. Es war still, so entsetzlich still. Ich hörte mich atmen – viel lauter als gewöhnlich. Ich hörte sogar mein Herz schlagen.

In diesem Moment brach der Mond durch die Wolken und tauchte die Diele in ein unwirkliches Licht. Mit einem Mal lag alles deutlich vor mir. Das Holz und die Gemälde an den Wänden, der riesige Leuchter an der Decke, die offene Tür zum Salon, die zu Papas Arbeitszimmer, daneben die Treppe und an deren Fuß …

Hatte mein Herz eben noch laut geschlagen, so blieb es nun stehen. Es schien eine Ewigkeit lang auszusetzen, als mein Blick unweigerlich auf das fiel, was am Fuß der Treppe lag. Eine Gestalt in einem Nacht-

hemd, der Körper verdreht, der Kopf mit dem langen, gelösten, honigblonden Haar beinah sanft auf einen angewinkelten Arm gebettet.

Ich hatte es gewusst. Und doch auf ein Wunder gehofft. Darauf, dass ich mir alles nur eingebildet hatte. Dass es einfach nicht wahr war.

Ich schrie auf und rief ihren Namen.

In meiner Erinnerung höre ich ihn noch heute, diesen Schrei, die beiden lang gezogenen Silben, die gequält über meine Lippen drangen. Als könne meine Stimme sie wieder zum Leben erwecken.

Teil 1

August 2007

1.

Viktoria lugte zwischen den Bücherregalen hindurch auf die große bestuhlte Fläche in der Mitte der Buchhandlung. Die Veranstaltung begann erst in einer Dreiviertelstunde, warum machte sie sich Gedanken, weil bisher nur ein paar Leute dort saßen? Draußen lockte die Sonne. Jeder, der sich dafür entschied, den Abend in der Buchhandlung statt in einem Straßencafé der Altstadt, am Hafen oder auf der Promenade am Strelasund zu verbringen, würde bis zur letzten Minute warten.

Viktoria wusste das, genauso wie sie wusste, dass ihre Lesungen bisher immer so gut wie ausverkauft waren. Aber hier? Sie war in Stralsund, an der Ostsee, die verlockende Insel Rügen vor der Tür. Wer würde freiwillig darauf verzichten, um sie zu hören?

Die Miss-Marple-Melodie, die in diesem Moment in ihrer Tasche zu dudeln begann, ließ sie zusammenfahren. Peinlich berührt, wie fast jedes Mal, wenn ihr Handy sich in der Öffentlichkeit bemerkbar machte, schaute sie auf das Display.

»Hallo, Melli!«

»Na, wie sieht's aus?«, erklang Melanies gut gelaunte Stimme. »Wie viele Stühle sind besetzt?«

Viktoria unterdrückte ein Lachen. Ihre Freundin kannte sie zu gut. »Drei. Wen wundert's? Wenn du diese fantastische Stadt sehen könntest, wärst du auch lieber sonst wo statt in einer Buchhandlung.«

»Quatsch! Stralsund haben die Leute da jeden Tag vor der Nase, dich nur heute. Das füllt sich noch, glaub mir!«

Viktoria nickte, als könnte Melli das am anderen Ende sehen. »Wenn du das sagst.« Mit dem Handy am Ohr wandte sie sich um und schlenderte in Richtung Ausgang. Sie konnte es ebenso gut machen wie alle anderen und sich einen Cappuccino gönnen, bevor es losging. »Was macht denn dein großer Fall?«

Melanie seufzte verhalten. »Frag lieber nicht. Manchmal denke ich, ich hätte mich auf Steuerrecht oder was ähnlich Aufregendes verlegen sollen. Diese Familiensachen rauben einem den letzten Nerv.«

Du schaffst das schon, wollte Viktoria sagen. Stattdessen blieb ihr Blick an dem Mann haften, der ihr entgegenkam. »Der ist ja wirklich anhänglich«, murmelte sie.

»Was?«, fragte Melli verdutzt.

»Ach nichts.« Viktoria drehte sich weg und tat, als würde sie die Regionalliteratur im Regal vor ihr betrachten. »Es ist nur – sieht aus, als hätte ich hier oben im Norden einen speziellen Fan. Der Mann, der gerade reinspaziert kam, war bisher auf jeder Lesung. Es muss doch sterbenslangweilig sein, immer dasselbe zu hören.«

»Wahrscheinlich kommt er deinetwegen und nicht wegen deiner Bücher. Wär ja eine eher ungewöhnliche Lektüre für Männer. Sieht er gut aus?«

Viktoria lächelte in sich hinein. »Würde ich sagen, ja. Immer noch. So richtig attraktiv war er vermutlich vor etwa vierzig Jahren.« Sie trat hinaus auf die belebte Ossenreyerstraße.

»Tatsächlich? Vielleicht weckst du väterliche Gefühle in ihm.« Melli kicherte.

»Sehr witzig. Wieso gehst du davon aus, dass er an mir und nicht an meinen Romanen interessiert ist? Soll ja auch Männer geben, die hin und wieder ein Buch in die Hand nehmen, obwohl das so oft vehement bestritten wird.«

»Aber sicher nicht Familienromane. Es sei denn natürlich, es handelt sich um Thomas Mann.«

Viktoria konnte sich Mellis ironischen Gesichtsausdruck lebhaft vorstellen. »Vielleicht. Aber eins lass dir gesagt sein, er würde prima in meine Bücher passen, und zwar als Patriarch par excellence.« Seine markanten Züge, die blauen Augen, die eisgrauen Haare, seine große Gestalt und die kerzengerade Haltung verliehen ihm beinah was Aristokratisches. Trotzdem war da etwas an ihm, das Viktoria irritierte. Möglicherweise hatte es mit seinem Blick zu tun. Meist saß er in der dritten oder vierten Reihe, rührte sich nicht, während sie las, und schien durch sie hindurchzustarren. Wenn die Lesung und die anschließende Fragerunde beendet waren, stand er auf und ging. Langsam, sodass sie schon gedacht hatte, er sei krank. Immerhin hatte er ein gewisses Alter erreicht, irgendwo in den Siebzigern, schätzte sie, wenn nicht gar älter.

»Viktoria? Bist du noch dran?«, unterbrach Melli ihre Gedanken.

»Ja, bin ich. Entschuldige, was hast du gesagt?«

»Gar nichts. Ich hab gespannt gewartet, was die wortgewaltige Autorin mir über ihren nächsten Romanhelden erzählen wollte.«

Merkwürdigerweise verspürte Viktoria überhaupt keine Lust, weiter über den Fremden zu sprechen. »Da gibt's nicht viel zu erzählen. Stell dir einen Typ wie Cary Grant vor.«

Melli lachte. »Alles klar. Du, ich muss Schluss machen, mein Mandant ist gerade gekommen. Wir sehen uns übermorgen, ja?«

»In Ordnung. Bis dann.« Viktoria steckte das Handy ein und dachte an die bedauernswerte Melanie, die in Hannover in ihrer Kanzlei saß und sich mit einer Scheidung, einer Sorgerechts- oder einer Erbschaftssache befassen musste, statt hier zu sein, wo man die See riechen konnte. Das war der Preis dafür, eine gefragte und extrem gut verdienende Rechtsanwältin zu sein. Viktorias Konto sah zwar keineswegs beunruhigend aus, ihre Buchhonorare konnten es aber nicht mit den Anwaltshonoraren ihrer Freundin aufnehmen. Dafür genoss sie andere Freiheiten, die ihr wichtiger waren – zum Beispiel Lesereisen wie diese, die sie durch den ganzen Norden Deutschlands geführt hatte. An fremden Städten und Landschaften konnte sie sich nicht sattsehen, und sie freute sich darauf, Stralsund weiter zu erkunden, bis sie sich mit Melli auf dem Fischland, etwa sechzig Kilometer von hier, zu einem Kurzurlaub treffen würde.

Viktorias Magen begann zu knurren, sie hatte seit dem späten Frühstück in Greifswald nichts mehr gegessen. Suchend schaute sie die Straße hinunter, wobei ihr Blick an der Nikolaikirche hängen blieb. Der doppeltürmige Bau aus rotbraunem Backstein ragte hoch empor, als besonderes Merkmal fehlte die nördliche Turmspitze, was der Kirche ein verwegenes Äußeres verlieh. Es passte in die Stadt – wie ein Pirat mit einer Augenklappe. Diese Formulierung sollte sie sich merken, falls sie je einen Roman schreiben würde, der in Stralsund spielte. Was gar nicht so abwegig war bei dieser zauberhaft schönen Stadt, die bestimmt eine prachtvolle Kulisse für eine groß angelegte Familiensaga bot. Während Viktoria ernsthaft darüber nachzudenken begann, ob sie die Handlung zur Zeit des Beitritts zur Hanse Ende des 13. Jahrhunderts ansiedeln sollte oder doch lieber in der Schwedenzeit ab dem 17. Jahrhundert, entdeckte sie gegenüber an einem Geschäft den originellen Namen Störte-Bäcker. Sie kaufte ein Stück Mohnkuchen, das sie sich gar nicht erst einpacken ließ, sondern auf die Hand nahm und aß.

Den Gedanken an den Cappuccino gab sie auf. Lieber wollte sie noch ein bisschen durch die Straßen laufen. Weit kam sie nicht, nur bis zum Rathaus, das mit der Nikolaikirche zu einer Einheit aus norddeutscher Backsteingotik verschmolz. Viktoria hielt die Luft an, als sie auf dem Alten Markt stand und an der Schaufassade hochsah. Sie zählte sieben Türmchen mit sechs Giebeln dazwischen, in denen kreisrunde und darunter doppelte Spitzbogenfensteröffnungen eingelassen waren, durch die sie direkt in den blauen Himmel schauen konnte.

Plötzlich hörte Viktoria eine Uhr schlagen und schreckte aus ihren Betrachtungen auf. Es wurde höchste Zeit. Mit einer ersten Idee für einen Roman im Kopf machte sie sich auf den Rückweg. Dabei nahm sie flüchtig die Gestalt des alten Herrn wahr, der sie so beharrlich auf ihrer Lesereise begleitete. Einen Augenblick lang glaubte sie, er habe sie bei ihrem Spaziergang beobachtet. Viktoria schüttelte über sich selbst den Kopf und betrat die Buchhandlung.

Der alte Mann bewegte sich ganz sachte auf dem harten Stuhl. Er spürte, wie ihm der Schweiß ausbrach. Vielleicht hatte er bereits zu lange gewartet, aber er wollte nicht von seinem Plan abweichen. Was er sich einmal vornahm, führte er durch. So war es immer gewesen, so würde es bleiben. Bis zum Schluss. Verhalten stöhnte er auf, darauf bedacht, keine Aufmerksamkeit zu erregen. Weder die der Frau neben ihm noch die von Viktoria Brand, deren Blick ihn ab und zu unsicher streifte. Ihm war klar gewesen, dass sie ihn bemerken würde, vor allem, da er einer der wenigen Männer im Publikum war. Nicht nur heute, sondern jedes Mal, was ihn ein wenig amüsierte.

Die erste Hälfte der Lesung war vorbei, gerade begann Viktoria mit der Stelle, an der Liliana bemerkte, dass sie im Familienunternehmen ausgebootet werden sollte und von wem. Er hatte das Buch gelesen, ebenso wie Viktorias frühere Romane. Ihre Geschichten waren spannend erzählt und, soweit er es beurteilen konnte, historisch korrekt, ihre Figuren lebendig. Und doch ... Etwas fehlte, sobald es um das Thema Liebe ging.

Wieder durchfuhr seinen Körper ein schmerzhafter Stich. Lange würde er nicht mehr aushalten. Er hätte besser darauf verzichtet, Viktoria bei ihrem kleinen Abstecher zum Alten Markt zu folgen, und sich stattdessen ausruhen sollen.

Er versuchte, sich auf die Lesung zu konzentrieren, auf Viktoria, ihr Gesicht, ihre Stimme, und er registrierte erstaunt, dass sie bereits den Schlussteil las. War er so lange abgelenkt, mit den Gedanken ganz woanders gewesen? Offenbar. Er hörte den Applaus aufbranden. Ihm kam es vor wie ein Rauschen, ein ganz anderes

Rauschen, wie das des Meeres. Er sah sich am Kopfende der Seebrücke stehen, erfüllt von einer stillen Trauer, die gemildert wurde von dem Wissen, dass am Ende des Lebens doch alles so kam, wie es sollte. Musste. Vorherbestimmt war? Nein. Das nicht.

Der alte Mann richtete sich auf und beobachtete Viktoria, wie sie Fragen beantwortete, manchmal nachdenklich die Stirn krauste, manchmal lachte, manchmal zur Untermauerung ihrer Worte heftig gestikulierte.

Nichts war vorherbestimmt. Man musste das Schicksal schon selbst in die Hand nehmen.

»Vielen Dank für Ihre Aufmerksamkeit!«, verabschiedete sich Viktoria von ihren Zuhörern. Während der Lesung war ihr Blick ab und zu unauffällig zu dem älteren Herrn hinübergehuscht, der wie immer in der dritten Reihe saß und – ebenfalls wie immer – anschließend kein Wort an sie richtete. Jetzt versuchte sie ihn in der Menschentraube auszumachen, aber er schien bereits verschwunden zu sein. Sie blieb noch am Tisch sitzen, um Bücher zu signieren oder weitere Fragen zu beantworten, die trotz der lebhaften Diskussion über ihren Roman *Das letzte Leben der Liliana* noch gestellt werden mochten. Der Austausch mit dem Publikum gefiel ihr und machte ihr fast mehr Spaß als das Lesen selbst. Es war eine nette Abwechslung zu ihrer eher einsamen Tätigkeit vorm Computer.

Nachdem die letzte Leserin gegangen war, legte Viktoria ihren silbernen Kugelschreiber, ein Geschenk ihrer Eltern, den sie auf jede Lesung wie eine Art Glücksbringer mitnahm, sorgfältig in ihre Tasche zurück. Noch einmal trank sie einen Schluck Wasser, bevor sie aufstand und sich an Frau Roth wandte, die Leiterin der Belletristik-Abteilung. »Haben Sie herzlichen Dank für den gelungenen Abend. Sie müssen viel Werbung gemacht haben, um die Leute bei dem Wetter heute herzulocken.«

»Wir hatten keine Bedenken, dass die Sonne etwas ändert. Die Stralsunder sind begeisterte Leser.«

»Das freut mich!« Viktoria wollte gerade hinzufügen, dass sie schon daran gedacht hatte, einen Roman genau hier anzusiedeln, als sie merkte, dass Frau Roth an ihr vorbeisah.

»Ja, bitte? Können wir Ihnen helfen?«, fragte sie jemanden hinter ihr.

Viktoria drehte sich um – und stand vor »ihrem« Patriarchen.

»Verzeihung«, sagte er mit einer leisen, ein wenig heiseren Stimme. »Ich wollte Sie nicht stören. Ich kann gern warten.« Dabei schaute er Viktoria unverwandt an, ein leises Lächeln umspielte seine Lippen.

Ihr fiel ein, was Melli eher scherzhaft gesagt hatte, ob der Mann ihr väterliche Gefühle entgegenbrachte, aber das hielt sie für unwahrscheinlich. Er wirkte trotz seines Lächelns distanziert. Viktoria war überrascht, dass er sie heute endlich ansprach, und neugierig. Sie wollte nicht riskieren, dass er verschwand, solange sie mit Frau Roth sprach.

»Sie stören überhaupt nicht«, sagte sie etwas befangen.

Er zögerte, als müsse er sich erst überzeugen, dass sie meinte, was sie sagte, und nickte schließlich. Viktoria deutete auf das Buch, das er in beiden Händen hielt. »Darf ich das für Sie signieren?«

»Das wäre sehr freundlich.« Er gab ihr den Roman. »Würden Sie bitte *Für Johanna* hineinschreiben?«

»Gern«, sagte Viktoria. Er war immer allein gekommen, und sie wunderte sich, dass sie es jemandem anders widmen sollte. Aber vielleicht war es Johanna ja nicht möglich, selbst zu kommen. Sie reichte ihm das Buch zurück. »Ist Johanna Ihre Frau? Oder Ihre Tochter?«

Der Mann antwortete nicht sofort, stattdessen sah er sie an, als wolle er sich ihr Gesicht einprägen. Mehr als das, als würde er auf den Grund ihrer Seele schauen und dort etwas suchen. Der Gedanke verstörte Viktoria, sie wollte ihn abschütteln, aber sein Blick war derart intensiv, dass sie ihm nicht ausweichen konnte. Schließlich brach etwas den Bann, ein Schatten zog über sein Gesicht, ganz kurz nur, bevor er wieder lächelte.

»Danke. Haben Sie vielen Dank. Viktoria.«

Er drehte sich um und ging langsam davon. Kerzengerade und würdevoll. Wie ein Abgang beim Theater, dachte Viktoria. War er mal Schauspieler gewesen? Das hätte zu seinem Auftreten gepasst, das wie inszeniert wirkte – und doch auch wieder nicht. Ein bemerkenswerter Mann.

Sie starrte ihm hinterher, beobachtete, wie er auf die Straße trat, und wusste plötzlich, dass sie ihn nie wiedersehen würde, wenn sie ihn jetzt gehen ließ. Sie konnte nicht sagen, weshalb sie es so wichtig fand, mit ihm zu reden, wichtiger als ein paar nette Abschiedsworte an die Abteilungsleiterin, wichtiger als alles, was ihr in den Sinn kam. Vielleicht weil er sie eben Viktoria genannt hatte, als würde er sie kennen.

»Bitte entschuldigen Sie mich«, sagte sie zu der verblüfften Frau Roth und hastete dem Mann hinterher. Draußen sah sie ihn gerade noch um die Ecke in die Heilgeiststraße biegen. Sie lief schneller, um ihn einzuholen. Zu spät. Gerade als auch sie um die Ecke bog, stieg er weiter vorn in ein Taxi, das offensichtlich auf ihn gewartet hatte. Hilflos hob sie die Arme, um es aufzuhalten, aber der Fahrer nahm keine Notiz von ihr und fuhr davon.

Im Seitenspiegel sah der alte Mann Viktoria auf der Straße stehen und geriet in Versuchung, den Fahrer zu bitten, er möge anhalten. Sie wirkte verloren. Als habe sie ganz kurz etwas gespürt, zu kurz, um es greifen zu können, aber dennoch lange genug, um zu merken, dass es da war.

Ach was, das war nur seine Einbildung!

Er sagte nichts, das Taxi fuhr weiter. Viktorias Gestalt, die noch immer an derselben Stelle stand, wurde kleiner und verschwand hinter einer Kreuzung ganz aus seinem Blickfeld. Ihr Bild sah er dennoch deutlich vor sich. Klein, zierlich, dunkelblonde lange Haare, zu einem Pferdeschwanz gebunden, einzelne Strähnen, die ihr ins Gesicht fielen und die sie beim Lesen alle paar Minuten unbewusst zurückstrich. Braune Augen, die zur Pupille hin bernsteinfarben wurden. Eine hübsche Frau von fünfunddreißig Jahren, keine Kinder, unverheiratet – obwohl es eine Weile so ausgesehen hatte, als stünde sie kurz davor. Was sollte er davon halten, dass es anders gekommen war? Er war sich nicht sicher. Nein, das stimmte nicht ganz. Stumm schüttelte er den Kopf, was den Taxifahrer zu einem fragenden Seitenblick veranlasste. Er war sich schon sicher, er mochte es nur nicht zugeben. Auf alle Fälle war es besser für seine Pläne.

Er bemühte sich um die bequemste Position auf dem weichen Ledersitz und schloss die Augen. Im Radio erklang Musik, der er nichts abgewinnen konnte, aber wenigstens war sie leise und störte seine Gedanken nicht, die erneut abschweiften zur Seebrücke – und darüber hinaus. Bald, dachte er. Bald werde ich das Rauschen wieder hören.

Langsam ließ Viktoria die Arme sinken. Sie kam sich ziemlich dumm vor. Was tat sie hier? Und das alles wegen des vermeintlich mysteriösen Benehmens eines Mannes, das bei genauer Betrachtung gar nichts Besonderes war. Er hatte nur ihre Lesungen besucht und sie um ein signiertes Buch gebeten. Ihren Vornamen mochte er benutzt haben, weil sie ihm durch ihre vielen Romane schon vertraut war.

»Ist alles in Ordnung mit Ihnen? Kannten Sie den Mann?«, fragte Frau Roth, als Viktoria in die Buchhandlung zurückgekehrt war, wo sie ihre Unterlagen in der Eile hatte liegen lassen.

»Ja. Nein. Das heißt, ich dachte plötzlich, ich würde ihn kennen«, sagte Viktoria, weil ihr keine bessere Ausrede für ihr Verhalten einfiel. Dabei schwor sie sich, dass er einen Auftritt in ihrem nächsten Roman bekam. Mindestens einen. Er bot eine Menge Potenzial. Schon besser gelaunt lächelte sie in sich hinein und hoffte, dass er sich als treuer Leser erweisen und sich selbst erkennen würde.

2.

»Na, wenigstens regnet es nicht«, seufzte Viktoria. Die grauen Wolken, die über der Stadt hingen, ließen sie ein wenig trister wirken als gestern, aber immer noch faszinierend genug. Vor ihr lag ein kompletter Tag in Stralsund. Bis zum vorigen Abend hatte sie das ausschließlich als Vergnügen betrachtet, aber inzwischen war eine Romanidee in ihr gewachsen und damit die Vorstellung davon, was sie eingehender ansehen und erspüren musste. Ein besseres Wort dafür fiel ihr nicht ein. Wenn sie einen Handlungsort kennenlernen wollte, musste sie Atmosphäre schnuppern, das war mindestens so wichtig, wie geografische und historische Kenntnisse zu sammeln.

Als Erstes würde sie sich einen Überblick verschaffen, und das ging am besten vom Turm der Marienkirche aus. Auch sie war ein Backsteinbau wie die Nikolaikirche, und auch sie hatte gewaltige Ausmaße, aber innen war sie sehr schlicht gehalten, von der reichen mittelalterlichen Ausstattung ahnte man kaum noch etwas. Die 345 Stufen hinauf auf den Westturm hatten es in sich, Viktoria verwünschte ausnahmsweise ihre Abneigung gegen sportliche Betätigung. Atemlos gelangte sie nach ganz oben.

»Wahnsinn!«, sagte sie leise zu sich selbst. Die Anstrengung hatte sich gelohnt. Inzwischen war die Wolkendecke aufgebrochen, blauer Himmel lugte zwischen weißen Wolken hindurch, und Viktoria begriff, warum Stralsund Venedig des Nordens genannt wurde: Die Altstadt, an deren südlicher Spitze sie sich befand, war umgeben von mehreren großen, baumgesäumten Teichen und einem Kanal, der in den Hafen und danach ins Meer mündete. Sie schaute hinunter auf Kirchtürme, auf einen Teil der Rathausfassade und weiter hinten am

Horizont auf Rügen. Die Sicht war mittlerweile so klar geworden, dass sie die Windräder auf der Insel erkennen konnte.

Schritt für Schritt umrundete Viktoria den Turm, nahm die Stadt von jedem Blickwinkel in sich auf – und hatte dabei das Gefühl, dass ihre Romanidee falsch war. Warum sagte etwas in ihr, dass sie gar nicht bis zur Schwedenzeit zurückgehen müsse, um eine spannende Geschichte zu erzählen, die sich in diesem Labyrinth abspielte?

»Wegen meines Patriarchen«, gab sie sich die Antwort. Der Mann von gestern gehörte ins zwanzigste Jahrhundert. Seine Haltung, sein Benehmen ... Warum war er so geworden? Was machte einen Mann wie ihn aus? Wie abwesend stand Viktoria dort oben im Wind. Die Haare lösten sich aus ihrem Pferdeschwanz und wehten ihr ins Gesicht und in die Augen, während sie über eine andere Geschichte nachdachte, eine, in der jener Mann nicht nur einen Gastauftritt à la Hitchcock haben, sondern eine wichtigere Rolle spielen würde. Eine tragische Rolle möglicherweise.

Langsam machte sie sich an den Abstieg. Die steilen Treppen im Gebälk und im Turm der Kirche hätten eigentlich all ihre Aufmerksamkeit erfordert, aber Viktoria machte jeden Schritt automatisch und sicher wie eine Schlafwandlerin. Im Kopf nahm das Neue mehr und mehr Gestalt an, sie formulierte fast schon die ersten Sätze. Draußen setzte sie sich auf eine Bank unter die Bäume und holte ihr schwarzes, mit silbernen Blütenornamenten verziertes Notizbuch hervor, das sie nutzte, um Eindrücke und Ideen zu sammeln, wann immer sie unterwegs war und weder Laptop noch PC zur Verfügung hatte. Sie wusste, sie vergaß die einzelnen Erzählstränge nicht, die sie sich gerade überlegt hatte, aber sie wollte sie festhalten, solange sie frisch waren. Erst danach ging sie weiter.

Diesmal bewegte sie sich nicht innerhalb der Altstadt, sondern begann, sie auf den Wallanlagen entlang eines breiten Teichs zu umrunden. An dessen schmalem Ende stand das grünspanbedeckte

Denkmal eines Gardeoffiziers. Sie wechselte die Straßenseite, um es anzusehen. Dabei fiel ihr Blick nach links auf ein auffallendes Gebäude. Das dreistöckige strahlendweiße Eckhaus mit Balkonen und vielen kleinen und größeren Türmchen war über hundert Jahre alt und spiegelte eine Eleganz wider, die man vor langer Zeit einmal als hochherrschaftlich bezeichnet hätte. Nach vorne boten die Fenster einen Blick auf den Teich, nach hinten hinaus zeigten sie auf den Strelasund und auf Rügen. Anfang des letzten Jahrhunderts waren vermutlich vornehme Damen und Herren in ihren Droschken oder Automobilen vorgefahren und hatten sich hofieren lassen. Gefangen in dieser Fantasie, ging Viktoria unbewusst näher auf das Haus zu und tauchte erst wieder in die Gegenwart auf, als sie von einem Mann angerempelt wurde, der gerade durch die hohe gläserne Rundbogentür trat. Offenbar war er ebenfalls in Gedanken versunken. Er sah sie verärgert an, bevor er sich besann.

»Verzeihung, ich hoffe, ich habe Sie nicht erschreckt?« Trotz der höflichen Worte wirkte der Mittsechziger kalt und streng, woran sein entschuldigendes Lächeln nichts änderte. Viktoria schreckte innerlich zurück, froh, mit diesem Mann nicht näher zu tun zu haben.

»Nein, kein Problem«, sagte sie und wich zur Seite aus. Der Fremde nickte ihr noch einmal zu, ohne sie wirklich zu sehen, und stieg in eine mit laufendem Motor wartende Limousine, die stadtauswärts davonbrauste.

Der würde auch ganz gut in ihr Buch passen, ein Gegenspieler für den Patriarchen. Stralsund erwies sich als wahre Schatzgrube. Viktoria sammelte Charaktere wie selten an einem anderen Ort.

Am Abend packte sie ihre Reisetasche in den Kofferraum ihres dunkelroten Minis, folgte den Schildern Richtung Rostock und ließ die Stadt bald hinter sich. Wenn sie ihren geplanten Roman tatsächlich schrieb, würde sie zurückkehren, um zu recherchieren und sich noch vertrauter mit der Umgebung zu machen. Jetzt jedoch freute sie sich erst mal auf das Fischland und auf Melli, die morgen im Laufe des Vormittags in Wustrow eintreffen wollte. Falls sie sich pünktlich loseisen konnte, was bei ihrem Job nicht immer der Fall war. Viktoria konnte die Verabredungen, die Melli in letzter Minute abgesagt hatte, schon gar nicht mehr zählen. Das tat ihrer Freundschaft aber keinen Abbruch, sie hielt seit sechzehn Jahren, seit sie sich auf einer todlangweiligen Studentenparty begegnet waren. Melanie Gerlach hatte damals schon einige Semester auf ihr Erstes Staatsexamen hingearbeitet, während Viktoria gerade am Anfang ihres Germanistik-Studiums stand. Beide teilten dieselbe Art von Humor, eine Leidenschaft für das Meer und für alles Englische – das Land, die Sprache, die Musik, die Literatur und das Theater. Ihr Kontakt brach auch nicht ab, als Melli die Uni verließ und ihr Referendariat ableistete. Nach dem Zweiten Staatsexamen begann sie als Anwältin in der Kanzlei zu arbeiten, die ihr inzwischen mit ihrem Bruder und einem alteingesessenen Partner gemeinsam gehörte.

Währenddessen hatte auch Viktoria ihr Studium beendet und sich anschließend ein Jahr im englischen Bath gegönnt, wo sie ihren ersten Roman verfasste, der noch immer auf seine Veröffentlichung wartete. Erst nach und nach trugen ihre Bemühungen Früchte. Um sich über Wasser zu halten, hatte sie alle Aufträge angenommen, die sie kriegen konnte, von Arzt- über Heimat- bis hin zu Grusel- und Liebesromanen in Heftformat. Das brachte wenig Anerkennung, aber zumindest ein regelmäßiges Einkommen, und außerdem blieb ihr zwischendrin Zeit genug, um sich ihren ernsthafteren Projekten zu widmen. Vor ein paar Jahren war endlich eins veröffentlicht worden, weitere erfolgreiche Bücher schlossen sich an. Mit *Das letzte Leben der Liliana* hatte sie sogar kurzzeitig auf der Spiegel-Bestsellerliste gestanden. Sie war durchaus zufrieden mit ihrem Leben, vor allem damit, das machen zu können, was sie immer wollte.

Hinter Ribnitz-Damgarten verließ Viktoria die Bundesstraße und fuhr weiter auf das Fischland zu. Links und rechts wechselte offenes Feld mit breiterem Baumbewuchs, bis auch dieser sich wieder öffnete und den Blick auf eine Kirchturmspitze aus rotem Backstein zuließ – typisch für diesen Landstrich. Nach dem turbulenten Stralsund strahlte Wustrow schon von Weitem Ruhe und Gelassenheit aus, und je näher sie kam, desto mehr verfestigte sich dieser Eindruck. Der Ort lag im sanften Abendlicht, das die Farben kräftiger leuchten ließ. Die Häuser an der Hauptstraße sahen gediegen aus, manche waren reetgedeckt und wirkten trutzig, eines hatte sich besonders stolz erhoben. Unwillkürlich ging Viktoria mehr als nötig vom Gas und las an der Fassade *Kaiserliches Postamt*. Der Ort war nicht ausgestorben, und doch ging hier alles langsamer, man lief nicht, man hatte kein Ziel, das man unbedingt und vor allem schnell erreichen musste.

Ohne auf den Plan zu sehen, auf dem die Lage ihres Ferienhauses verzeichnet war, bog Viktoria in die Strandstraße ab, einfach deshalb, weil ihr der Name gefiel und sie mit einem Mal Sehnsucht nach der See spürte. Hier standen Kapitänshäuschen mit idyllischen Vorgärten und bunt bemalten Türen, zwischendurch immer mal wieder eine etwas vornehmere Villa. Die letzten Meter zur Seebrücke ging sie zu Fuß und schlenderte bis zu deren Ende. Dort hatte sie das Gefühl, mitten auf der Ostsee zu stehen, so lang war die Brücke, so weit weg kam ihr der weite weiße Strand vor. Um sie herum schwatzten Touristen, doch Viktoria hörte sie nicht. Sie hörte nur die Wellen rauschen und schaute zum Horizont, zur Sonne, die noch tiefer gesunken war und orange wurde. Als sie sich schließlich umdrehte, waren die meisten Menschen von der Brücke verschwunden, die Strandkörbe leer. Nur noch vereinzelt spazierten Leute mit nackten Füßen durch den Sand und das flache Wasser.

Wie angespannt sie die letzten Wochen über gewesen war, merkte sie erst jetzt, nach Ende ihrer Lesereise, als sie zur Ruhe kam und alles von ihr abfiel. Müßig betrachtete sie den Strand, die sanften Dünen in der unmittelbaren Umgebung und das Steilufer weiter hinten, wo es nach Ahrenshoop ging. Seufzend fuhr sie sich über ihre Augen und setzte sich in Bewegung. Auf halber Strecke zum Wagen wurde sie durch die Miss-Marple-Melodie aus ihren angenehmen Träumereien aufgeschreckt. Unwillig wühlte sie nach ihrem Handy, das sie fand, als sie am Aufgang zur Seebrücke an einem Restaurant namens Moby Dick vorbeikam. Melli.

»Sag nicht, du willst den Urlaub absagen!«, sagte Viktoria statt einer Begrüßung.

»Quatsch! Ich bin nur neugierig. Wie ist das Ferienhaus? Bitte sag, dass es ganz, ganz klein ist und gar keinen Platz für meine Akten hat.«

»Akten? Hör mal, ich dachte, wir wollten uns ein paar freie Tage gönnen!«

»Weiß ich ja«, sagte Melli zerknirscht. »Henrik hat mich gebeten, mir ein paar Verträge anzusehen, weil er nicht dazu kommt. Ich hab's ihm versprochen.«

Wenn es einen Namen gab, den Viktoria überhaupt nicht hören wollte, war es Henrik. »Dein Bruder ist also mal wieder überarbeitet.« Sie konnte nicht verhindern, dass sie verbittert klang.

»Entschuldige. Ist mir so rausgerutscht. Manchmal vergesse ich, dass das mit euch beiden Vergangenheit ist, an die du nicht erinnert werden willst.«

»Schon gut. Falls du meinen Rat willst: Lass den Kram zu Hause, es ist zu schön hier, um zu arbeiten. Vergrab dich ausnahmsweise mal nicht in Papiere.« Erst recht nicht für Henrik, fügte sie im Geist hinzu. Mellis Schwächen konnte man an einer Hand abzählen, ihr jüngerer Bruder gehörte zweifellos dazu. Melli ließ sich von niemandem was sagen, von niemandem was vormachen, sie durchschaute alles und jeden. Nur Henrik nicht. Aber Viktoria war die Letzte, die ihr deshalb einen Vorwurf machen würde. Bis Henrik ihr vor ein paar Wochen, kurz vor ihrer Lesereise, gesagt hatte, er könne und wolle sich noch nicht auf eine gemeinsame Zukunft festlegen, hatte sie Mellis Schwäche geteilt. Danach war sie zuerst traurig gewesen, doch bald war die Traurigkeit in Wut umgeschlagen. Mit seinen siebenunddreißig Jahren sollte Henrik alt genug sein, um zu wissen, was er im Leben wollte. Dann hatte sie rausgefunden, dass er es durchaus wusste, nämlich die rothaarige, langbeinige Rechtsreferendarin, die sich mit allem an ihn ranschmiss, was sie hatte. Mellis Empörung hielt sich in Grenzen. Sie glaubte an einen Ausrutscher und an ein Happy-End, für das sie sich bei Viktoria mehr oder weniger unbewusst einsetzte, indem sie Henrik hin und wieder wie zufällig erwähnte. Der, davon war sie überzeugt, würde früher oder später reumütig zu Viktoria zurückkehren. Immerhin verband die beiden eine fast fünfjährige Beziehung. Ab und zu wünschte Viktoria sich das auch. Einzig und allein, damit sie ihn abblitzen lassen konnte.

»Ich werde sehen, was sich machen lässt«, versprach Melli. »Wie ist das Wetter? Warm genug zum Baden? Lohnt es sich, Strandklamotten einzupacken?«

»Ja, aber pass auf, dass du keinen Sand in Henriks Verträge rieseln lässt!« Viktoria musste nun doch lachen.

Melli lachte mit, offenbar froh über Viktorias Stimmungsumschwung. »Weil's besser ist! Wir sehen uns!«

Viktoria starrte einige Sekunden lang blicklos auf die Terrasse des Moby Dick. Henrik und sie hatten sich lange Jahre gekannt, bevor sie zusammengekommen waren – so ähnlich wie in diesem Lied, in dem es hieß, dass man sich tausendmal sieht, bevor es endlich funkt. Nur dass es im Lied gut ausging. Am liebsten hätte sie Henrik aus ihrem Gedächtnis gestrichen, statt plötzlich sein Gesicht vor sich zu sehen wie ein Foto, besonders seine außergewöhnlichen Augen, deren Blau schon fast an Türkis grenzte, und seine rötlich blonden Haare, die sich zu keiner Frisur bändigen ließen, weshalb er sie so kurz wie möglich trug. Dazu seine übermächtige Ausstrahlung. Diese Kombination verschaffte ihm selbst vor Gericht jede Menge Vorteile. Es gelang ihm, seinen Mandanten Vertrauen einzuflößen und gleichzeitig Richter und Staatsanwaltschaft zu überzeugen. Und was sein Privatleben anging, war sein Aussehen auch nicht gerade von Nachteil.

Unwillig schüttelte Viktoria diesen Gedanken ab. Zeit, sich angenehmeren Dingen zuzuwenden. Sie hatte noch nichts gegessen, und dieses Restaurant sah nett aus. Eine Holzfigur von Captain Ahab, die enorm an Gregory Peck erinnerte, stand draußen vor dem Eingang, und die Inneneinrichtung mit alten Galionsfiguren, Harpunen, Seilen und Laternen war wie der Fisch auf ihrem Teller nicht weniger beeindruckend.

3.

Viktoria war irgendwo in dem merkwürdigen Stadium zwischen Schlaf und Erwachen, in dem man weiß, dass man träumt, in dem einem die Bilder aber trotzdem real vorkommen. Sie schaute eine lange Straße entlang, die direkt bis zur See führte und von Häusern gesäumt wurde, klein und geduckt, als wollten sie sich vor Wind und Wetter schützen. Ein Mann trat aus einer Tür, stattlich und mit einem Bart, der ihm fast bis zur Brust reichte. Er hob die Hand an seine Kapitänsmütze und grüßte im Vorbeigehen. Unversehens blieb er jedoch stehen, drehte sich um und sprach sie an: »Machen Sie keine Dummheiten, Fräulein, verpassen Sie nicht die vierzig Jahre alte, hundert Kilogramm schwere Bewohnerin im Schildkröten-Becken des Deutschen Meeresmuseums in Stralsund. Eine Attraktion für die ganze Familie!«

Verwirrt sah Viktoria den alten Mann an. Dann, endlich wach, aber noch mit geschlossenen Augen, tastete sie nach dem Radiowecker, um ihn mitten in der Werbung auszuschalten. Wieso hatte sie überhaupt den Wecker gestellt, sie war im Urlaub!

Nach einer Dusche lenkte sie ihre Schritte wieder zum Moby Dick zu einem Frühstück auf der Terrasse mit Blick auf die Seebrücke. Für den Vormittag mietete sie sich einen Strandkorb. Sie zog sich mit einem Buch zurück und wartete auf das Handyklingeln, das Melli ankündigte. Als sie sich meldete, lotste Viktoria sie zum Ende der Strandstraße und umarmte sie zur Begrüßung. Dann sah sie genauer hin. Um Mellis hellblaue Augen hinter der randlosen Brille lagen Schatten, sie war blass, was durch die dunklen, auberginefarben getönten Haare noch betont wurde. Gerade wollte Viktoria eine Bemerkung dazu machen, als Melli ihre Locken im

Seewind schüttelte und genießerisch die Sonnenstrahlen auf ihrem Gesicht spielen ließ.

»Prima, dass du's geschafft hast!«, sagte Viktoria deshalb nur.

»Hat Vorteile, wenn die einzige Bindung, um die man sich kümmern muss, die an die Arbeit ist. Ist das eine grandiose Luft hier!«

Diese beiden Sätze kamen so schnell hintereinander, dass Viktoria es unterließ, den ersten zu kommentieren. Mellis Einstellung zum Leben als Single war immer dann positiv, wenn gerade mal wieder eine Beziehung gescheitert war, und negativ, wenn die nächste zu lange auf sich warten ließ.

»Die Luft ist nicht das einzig Schöne in Wustrow. Hast du die liebevoll hergerichteten Kapitänshäuser gesehen?« Viktoria breitete die Arme aus, als wolle sie ganz Wustrow umspannen.

Melli sah Viktoria prüfend an. »Den Blick kenn ich. Er heißt so viel wie: Das will ich! Überleg dir das gut. Du bist die Stadt gewohnt, Wustrow dagegen ist bloß ein kleiner, wenn auch charmanter Ort, in dem außerhalb der Saison wenig los sein dürfte.«

So weit hatte Viktoria noch gar nicht gedacht, trotzdem beschloss sie, das Spiel mitzuspielen. »Na und?«, fragte sie, während sie ins Auto stiegen, um den kurzen Weg zum Ferienhaus zu fahren. »Wenn ich Trubel will, kann ich nach Stralsund oder Rostock fahren. Die liegen praktisch vor der Tür. Zum Schreiben ist diese Ruhe ideal, ich hab's satt, an einer lauten Straße zu wohnen.«

»Aber du bist nun mal kein Landei. Außerdem, was soll denn aus mir werden, wenn meine beste Freundin eine Weltreise weit weg ist?«

»Wie lange bist du unterwegs gewesen?«, fragte Viktoria, bemüht, ein Lächeln zu unterdrücken.

»Knapp vier Stunden.«

»Aha. Das ist in der Tat eine Weltreise!«

»Sehr witzig! Du weißt, was ich meine.«

»Mach dir mal keine Sorgen, ich hab noch keinen Makler aufgesucht und bezweifle auch, dass das Sinn hätte, weil ich mir eins dieser Häuschen bestimmt nicht leisten könnte.«

»Du bist zu bescheiden. Dein letztes Buch läuft doch richtig gut.«

»Hast du eine Ahnung, was diese Häuser kosten?«

»Ich nicht. Aber wenn du so gut Bescheid weißt, heißt das, dass du dich schon erkundigt hast. Verräterin!«

»Dazu muss ich mich nirgends erkundigen, meine Fantasie reicht durchaus.«

Melanie grinste noch immer, als Viktoria sie vor einem ziemlich neuen Haus bat anzuhalten. Es war ganz hübsch, versprühte aber nur wenig Charme. »Och, das ist unsere Hütte? Wie langweilig.«

»Du warst es, die Luxus wollte«, erinnerte Viktoria ihre Freundin. »Das Bad hat eine große Eckwanne mit Whirlpool-Düsen, im Keller eine Sauna, und die Einbauküche ist kaum zu übertreffen.«

Nachdem Melanie ausgepackt und sich umgezogen hatte, schlug Viktoria einen Spaziergang am Strand vor. »Wir könnten bis nach Ahrenshoop gehen, der Weg soll schön sein, vorbei am Steilufer.«

»Ahrenshoop?«, wiederholte Melli. »Da klingelt was bei mir. Gab's da nicht mal diese Künstlerkolonie, Anfang des zwanzigsten Jahrhunderts?«

»Schon früher, wenn ich mal mit meinem Wissen angeben darf. Leitfigur der Ahrenshooper Kolonie war Paul Müller-Kaempff, der sich 1892 da niederließ, eine professionelle Malschule gründete und später ein Künstlerhaus errichtete mit Ateliers, Unterrichtsräumen und Zimmern, in denen fünfzig Künstler leben und in Abgeschiedenheit und Ruhe arbeiten konnten. Du siehst, ich bin nicht die Einzige, die das zu schätzen weiß. Solche Kolonien gab es anderswo auch. Sie sollen wesentliche Impulse zur Erneuerung der europäischen Malerei hervorgebracht haben. Sagt alles der Artikel, in den ich mich vertieft habe. Es gab übrigens sehr viele Frauen hier, die man damals abwertend Malweiber genannt hat. Es war sogar eine Frau, die Ahrenshoop gewissermaßen entdeckt hat, noch vor Müller-Kaempff.«

»Ich seh schon«, schmunzelte Melli, »die Protagonistin deines nächsten Buchs ist Malerin, vielleicht sogar dieses frühe Malweib – wie hieß sie denn?«

»Anna Gerresheim. Wer weiß, eines Tages mach ich da vielleicht wirklich was draus.« Nur dass ihr der Patriarch im Moment wichtiger und näher war. Doch das behielt sie für sich.

Auf dem Weg nach Ahrenshoop blieben Viktoria und Melanie immer wieder stehen, um auf die See zu blicken oder die Buhnen zu betrachten – weit ins Wasser reichende senkrechte Holzpfahlreihen, die den gesamten Küstenabschnitt in mehr oder weniger regelmäßigen Abständen unterteilten, um die Kraft der Wellen zu brechen und das Land vor dem Meer zu schützen. Manche der Buhnen waren durch die Gischt schaumbedeckt. Von Weitem wirkte es fast wie Schnee. Zwischendurch sammelten sie Steine, deren Farbenvielfalt Viktoria verblüffte. Es gab graue mit rosa Streifen, dunkelbraune mit hellbrauner Maserung, rote mit weißen Flecken und schwarz glänzende, alle vom Wasser glatt gewaschen, grauweiße in urwüchsigen Formen und sogar mit einem Loch darin.

Viktoria fühlte sich frei von Belastung und Stress, sie vergaß die Zeit, genoss das Gefühl, absolut gar nichts zu müssen, nicht mal schreiben. Das kam selten vor, Schreiben war ihr zur zweiten Natur geworden, und wenn sie nicht schrieb, wirbelten Ideen durch ihren Kopf wie am Tag zuvor in Stralsund. Sie schaltete selten ganz ab, aber heute tat sie es. Als ihr das bewusst wurde, dachte sie zum ersten Mal ernsthaft darüber nach, Hannover den Rücken zu kehren, um hier zu leben. Nur einen kurzen Augenblick lang, aber die Vorstellung war verlockend.

Je weiter sie gingen, desto näher kamen sie dem Steilufer, das mit seinem spärlichen Grasbewuchs imposant über ihnen aufragte, die einzelnen Stein- und Sandschichten deutlich zu erkennen. Der Weg war an manchen Stellen nur noch eine schmale Kiesbank, über die hin und wieder das Wasser rollte und für nasse Füße sorgte. Dann tauchte vor ihnen eine weit ins Meer hineinragende Sandspitze auf, und dahinter lag Ahrenshoop.

»Dort drüben!«, rief Viktoria begeistert und deutete nach vorn. »Der Baum sieht aus, als wäre er aus Versehen da gelandet. Er überragt alles und steht ganz allein da.«

Als sie den Strand verließen und die Düne hochstiegen, stellten sie fest, dass es sich um drei dicht beieinanderstehende Bäume handelte, die den Eindruck vermittelten, das reetgedeckte Haus darunter zu beschützen.

Ahrenshoop war trotz seiner Bekanntheit, trotz des Supermarkts und der Souvenir- und Kunstläden ein kleines Dorf geblieben. Viktoria und Melli hatten keinen Ortsplan, sie schlenderten einfach drauflos. An der Ecke zum Strandweg blieben sie vor einem ungewöhnlichen Gebäude stehen.

»Das ist originell«, fand Melli. »Sieht aus wie Bauhausstil und dürfte gar nicht in die Landschaft passen. Tut's aber komischerweise trotzdem.«

»Bunte Stube«, las Viktoria vor. Der Name stand in ausladenden blauen Buchstaben über Tür und Schaufenstern des einstöckigen Hauses. An seiner rechten Seite hatte es einen roten runden Turm mit Flachdach, und auch die vordere Front formte ein Halbrund, das hinten gerade auslief. Wie der Turm waren die Mauern um die großzügige Schaufensterfront knallrot gestrichen. Viktoria sah durch die Scheiben. »Eine Buchhandlung! Lass uns reingehen!«

»Nichts da!«, protestierte Melli. »Du hast mich davon abgehalten, in meine Akten zu gucken, also wirst du dich mit Büchern zurückhalten.« Sie schleifte Viktoria weiter in den Strandweg hinein, die aber kurz darauf wieder stehen blieb, diesmal vor einem blauen reetgedeckten Haus.

»Kunstkaten. Trifft das eher deinen Geschmack?«, fragte sie.

»Wenn wir uns schon über Kunst unterhalten, sollten wir uns auch ein bisschen was ansehen.« Ein Schild neben dem Eingang wies auf die derzeitige Ausstellung hin: *Die Ahrenshooper Malweiber.*

»Wie verschieden die gemalt haben«, stellte Melli fest, nachdem sie die Hälfte der Gemälde gesehen hatten. »Diese Landschaftsbilder sind wunderschön, das hier ist sogar ausgesprochen romantisch.« Das Bild hieß *Frühling*, stammte von Elisabeth von Eicken und zeigte einen Weg hin zu einem Haus mit rotem Dach, rechts und links davon fragile Zäune und viel Grün, ein Baum mit zarten weißen Blüten, im Hintergrund ein sanft blauer Himmel.

»Ja, allerdings. Aber sieh dir das an, ist das nicht fantastisch? Es heißt *Das rote Haus in Althagen*. So ein Feuerwehrrot hätte ich in einem Bild von 1911 nicht vermutet.«

Melli lachte, als sie las, wer die Künstlerin war. »Diese Dora Koch-Stetter war vermutlich nicht nur in ihrer Malerei modern, immerhin trug sie schon damals einen Doppelnamen.«

»Ich schätze, alle Frauen, die herkamen, um zu malen, waren modern und wollten unabhängig sein. Wahrscheinlich keine leichte Sache damals. Stell dir eine Tochter aus gutem Hause vor, die plötzlich auf eigenen Füßen stehen will, wo doch ihre Hochzeit mit Herrn XY, dem begehrtesten Unternehmerssohn der Stadt, schon vor zehn Jahren abgesprochen wurde. Dem zu entfliehen, auszubrechen und sich zu emanzipieren hatte gerade erst begonnen.«

»Was da wohl los gewesen ist, wenn eine von denen Künstlerin werden wollte«, spann Melli den Faden weiter. »Ich meine, ernsthafte Künstlerin, nicht nur Hobbymalerin. Gut, dass ich in den Sechzigern geboren worden bin. Meine Eltern waren sogar in Woodstock, ich fürchte, ich bin denen heute noch viel zu spießig.«

»Du bist alles Mögliche, aber nicht spießig«, widersprach Viktoria. »Oder sieht diese Frau spießig aus?« Sie stand vor einem Gemälde, auf dem eine dunkelhaarige Frau in einem leuchtend gelben Kleid halb saß, halb lag, neben sich ebenso leuchtend gelbe Lilien. »Da könntest du Modell gestanden haben.«

»Ich? Findest du, dass ich der ähnlich sehe?«

»Hundertprozentig. Achte auf den entschlossenen Ausdruck in ihren blauen Augen. Ich sag's ja, das könntest du sein. Leider steht hier nicht, wen es darstellt, nur *Dame mit Lilien*, 1925, Hedwig Woermann. Völlig anderer Stil als alles, was wir bisher gesehen haben.« Sie beugte sich vor zum Schildchen neben dem Gemälde. »Das gibt's nicht! Die Woermann hat gar nicht in Ahrenshoop gelebt, sondern in Wustrow. Das Haus steht sogar heute noch, es sind Ferienwohnungen drin.«

»Dann weißt du ja, wo du dich das nächste Mal einquartierst. War sie verheiratet? Oder lesbisch? Sie hat so viele Frauen gemalt, dass man glatt auf die Idee kommen könnte, nackte noch dazu, wie diese hier.« Eine wiederum dunkelhaarige Frau, die nur einen Reif am Oberarm trug, saß auf einer rot-weiß gemusterten Chaiselongue, neben ihr lehnte eine Blonde in einem gelben Unterkleid lässig an einem Schrank.

»Ich nehm alles zurück«, lachte Viktoria. »Du bist doch spießig. Im Übrigen war sie mit einem Bildhauer verheiratet, steht hier.«

Bevor sie den Kunstkaten verließen, kaufte Viktoria noch eine Postkarte vom *Roten Haus in Althagen*. »Schade, dass es kein Poster davon gibt, das hätte ich mitgenommen.«

»Du hast überhaupt keinen Platz für ein Bild«, erinnerte Melli ihre Freundin. »Ich kenne keine Wohnung auf dieser Welt, in der sämtliche Wände so mit Bücherregalen vollgestellt sind wie deine.«

Viktoria widersprach nicht, seufzte nur und zuckte gespielt verzweifelt mit den Schultern. Dabei wischte sie sich den dünnen Schweißfilm von der Stirn. Es war schwül geworden, am Horizont zogen Wolken auf. Dann fiel ihr etwas ein. »Im Schlafzimmer gegenüber vom Bett. Da könnte noch was hinpassen.«

Als wäre das eine Art Zauberwort gewesen, marschierte Viktoria zielstrebig auf einen kleinen, unscheinbar aussehenden Laden zu, vorbei an fröhlich bunt bemalten Türen, die an jene in Wustrow erinnerten, aber eindeutig neu waren und daher weniger authentisch wirkten.

»Ist nicht dein Ernst«, entgegnete Melli.

Aber Viktoria hörte sie schon nicht mehr. Es war keine richtige Galerie, die sich in dem Laden verbarg, denn es gab nicht nur Gemälde oder andere Kunst, sondern auch Trödel. In einer Ecke lehnten mehrere gerahmte und ungerahmte Leinwände. Während Melli sich Vitrinen mit Porzellan und Gläsern anschaute, widmete sich Viktoria diesen Bildern, die offenbar schon recht lange ein unbeachtetes Dasein fristeten. Der Staub, der oben auf den Kanten gelegen hatte, wirbelte auf, als sie eins nach dem anderen betrachtete. Es war nichts Besonderes darunter, kein Vergleich zu jenen, die sie eben im Kunstkaten gesehen hatten, und Viktoria wollte schon zu Melli zurückgehen, da stieß sie auf ein Gemälde, das sie auf merkwürdige Weise berührte.

Es zeigte durch einen Fensterrahmen hindurch einen Ausblick aufs Meer. Der Künstler musste vor dem offenen Fenster gestanden und gemalt haben, was er sah: ein wenig verwischt an den Bildrändern die Wände mit einer Tapete aus dunkel- und hellgrünen Flecken, zentral und deutlich dagegen das Hauptmotiv des Bildes – die Gaube mit dem Fensterkreuz, die offenen Fensterflügel, dahinter das Grün einiger Bäume, noch weiter dahinter das Meer mit einer Seebrücke. All das hätte sehr friedlich wirken können, stattdessen war es düster, keine Sonne stand am Himmel, die See war aufgewühlt, und die kurze Brücke brach so abrupt ab, als habe ein Sturm das Kopfende fortgerissen.

Viktoria nahm das Bild hoch und trat damit an die Glasfront des Ladens. Die Farben waren gedeckt, längst nicht so kräftig wie jene vom *Roten Haus in Althagen*, aber dennoch intensiv, sie zogen das Auge des Betrachters geradezu in das Zimmer hinein – und drängten es sofort wieder hinaus, weil man automatisch aus dem dargestellten Fenster sah. Vielleicht war es eher die Perspektive und nicht die Farbgebung, die das Gemälde einzigartig machte.

»Sag jetzt nicht, dass dir das gefällt.«

Viktoria fuhr auf. Versunken in den Blick aus dem Fenster, hatte sie Melli nicht kommen hören. Ohne sofort zu antworten, drehte sie die ungerahmte Leinwand um. Stand dort der Titel des Werks? Nein, nichts. Aber *Blick aus dem Fenster* kam ihr ebenso unspektakulär wie passend vor. »Doch, es gefällt mir. Ich hab keine Ahnung, was daran mich anspricht. Es ist einfach schön.«

»Schön traurig, meinst du.«

»Das ist wahr.« In der unteren rechten Ecke fand Viktoria eine Signatur. Leider war sie nicht eindeutig zu identifizieren. »Was mag das wohl heißen?«

»Lass mich mal sehen«, forderte Melli, die ihre Brille abnahm und mit der Nasenspitze fast die Leinwand berührte. »Zwei ineinander verschlungene Buchstaben, ich würde aber meine Hand nicht dafür ins Feuer legen, welche. Die Jahreszahl ist jedenfalls ziemlich deutlich: 1924.« Melli setzte ihre Brille wieder auf. Als sie Viktorias vielsagenden Blick sah, rollte sie mit den Augen. »Ich werde auch nicht jünger. Bisher wehre ich mich bloß noch erfolgreich gegen eine Lesebrille.«

Viktoria lachte und versuchte es selbst noch mal. »Einer der Buchstaben könnte ein M sein.« Sie hielt das Bild wieder ein Stück von sich weg, um den Gesamteindruck in sich aufzunehmen.

»Oha«, sagte Melli. »Derselbe Blick wie bei den Kapitänshäusern. Na ja, schätze, das Kunstwerk wird dich nicht in den Ruin treiben. Du wirst es doch kaufen, oder?«

Viktoria sah vom Bild zu Melli und wieder zum Bild und dann hinaus auf die Straße. Mit einem Mal kamen ihr die Welt da draußen, die Menschen, die Autos, alles, was sich dort abspielte, seltsam vor. Sie hatte das Gefühl, gerade einen Blick ins Jahr 1924 getan zu haben, in jenes Zimmer, einen sehr privaten Raum. Mehr noch, sie hatte in das Innenleben nicht nur eines unbekannten Hauses, sondern eines Menschen gesehen – des Malers oder der Malerin.

»Ja.« Sie nickte und ging nach vorn zu der alten Registrierkasse.

»Das soll's sein?«, fragte das Mädchen hinter dem Tresen, die mit ihren schrillen Klamotten in den unterschiedlichsten Stilrichtungen und den strubbeligen Haaren eine ähnliche Kuriosität darstellte wie einige der Dinge, die sie verkaufte. Als sie einen Blick auf das Bild warf, zuckten ihre Brauen kaum merklich in die Höhe.

»Stimmt was nicht?«, erkundigte sich Viktoria. »Ich wollte Sie ohnehin fragen, ob Sie mir sagen können, wer das gemalt hat.«

Das Mädchen beugte sich ebenso über die Signatur wie zuvor Viktoria und Melli. »Nein, tut mir leid, daraus werd ich nicht schlau. Wo haben Sie das ausgegraben? Ich arbeite schon eine ganze Weile hier, aber das ist mir noch nie untergekommen.«

»Es stand dort hinten bei den anderen.« Viktoria zeigte in die Richtung. »Könnte jemand anders Genaueres darüber wissen?«

Das Mädchen runzelte die Stirn und griff nach dem Telefon, das ähnlich alt war wie die Kasse. »Warten Sie, ich versuch was.« Sie drehte die Wählscheibe und wartete. »Hallo, hier ist Tanja. Ich hab eine Kundin, die eins unserer Bilder kaufen und wissen möchte, wer's gemalt hat. Kannst du rüberkommen?« An Viktoria gewandt, fuhr sie fort: »Der Chef kommt gleich. Wenn Sie ein bisschen Geduld haben?«

»Ja, natürlich, danke.«

Tanja wandte sich einem anderen Käufer zu, während Melli zweifelnd guckte. »Weshalb machst du so einen Aufstand? Wenn's dir gefällt, ist es doch egal, von wem's ist. Oder glaubst du, es könnte ein verlorengegangenes Werk von einem Malweib sein?«

Eigentlich hatte Viktoria das nicht im Kopf gehabt, es interessierte sie einfach. Mellis Frage war jedoch durchaus berechtigt. »Das wäre doch irre!«

»Aber sehr unwahrscheinlich. Dann würde es nämlich nicht schon Staub angesetzt haben.«

In diesem Moment kam ein Mittfünfziger in den Laden, der sehr viel weniger exotisch als Tanja aussah, wenn sich auch eine gewisse Ähnlichkeit nicht leugnen ließ. Anscheinend war sie die Tochter des Mannes. Er sah nur flüchtig auf das Gemälde.

»Ach je, dieses Bild? Dass sich da noch mal jemand für interessiert. Ich hab es vor einigen Jahren auf einem Trödelmarkt in Stralsund entdeckt und dachte, es könnte in meinen Laden passen. Monatelang habe ich es prominent ausgestellt, aber niemand wollte es haben. Vermutlich ist es den Leuten zu düster.«

Melli stupste Viktoria leicht an, als wollte sie sagen: Siehst du!

Viktoria ließ sich nicht beirren. »Wissen Sie was über den Maler?«

»Ich fürchte, da kann ich Ihnen genauso wenig helfen wie Tanja. Das Einzige, was ich weiß, ist, dass es nicht von einem der anerkannten Künstler aus der Gegend stammt. Deren Signaturen kennt man allesamt. Außerdem würde es in dem Fall nicht mehr in meinem Geschäft schmoren«, schloss er lachend.

Wieder erntete Viktoria von Melli einen entsprechenden Blick, den sie ignorierte. »Aber die Jahreszahl, glauben Sie, die ist echt?«, beharrte sie. »Könnte es aus den zwanziger Jahren sein?«

»Oh ja, das ist es zweifellos. Eine Menge Leute haben damals in dieser Region gemalt, Einheimische und Sommerfrischler. Vergleichsweise wenige sind berühmt oder zumindest bekannt geworden.«

Seufzend blickte Viktoria noch einmal auf das Bild. »Vielen Dank für Ihre Mühe und Ihre Zeit. Es wäre schön gewesen, wenn ich mehr hätte herausfinden können, aber ich werde mir eben einbilden, das Bild eines verschmähten Genies in meinem Schlafzimmer hängen zu haben.«

»Viel Vergnügen damit!«, wünschte er augenzwinkernd und verabschiedete sich.

Viktoria bezahlte, und Tanja wickelte die Leinwand sorgfältig in mehrere Lagen Luftpolsterfolie und Packpapier und band eine dicke Paketschnur herum, damit man sie besser tragen konnte. Melli war anscheinend immer noch nicht überzeugt, das erkannte Viktoria an ihrem Gesichtsausdruck.

»Nicht jeder mag eben Kandinsky«, frotzelte sie.

»Wenn's *Das rote Haus in Althagen* gewesen wäre . . .«, fing Melli an.

». . . hätte ich es mir nicht leisten können. Außerdem ist mir mein *Blick aus dem Fenster* lieber. Und keine Angst, ich trage es selbst den ganzen Weg zurück und werde dich nicht bitten, mich abzulösen.« Dieses Versprechen bedauerte Viktoria schon bald, weil es mühsam war, das sperrige Bild zu halten, auch wenn sie sich diesmal für den Weg auf den Klippen statt am Wasser entlang entschieden. Noch dazu zogen immer mehr und immer dunklere Wolken auf, der Himmel sah mittlerweile bedrohlich aus, das Licht unwirklich. Viktoria fürchtete, das Bild könnte trotz der dicken Verpackung Schaden nehmen, wenn sie es nicht mehr rechtzeitig vor einem Sturzregen schafften.

»Lass mich mal«, bot Melli an. »Dann sind wir schneller, deine Arme müssen ja schon ganz lahm sein.«

»Aber nicht meine Beine«, widersprach Viktoria zum Schein.

»Ach Kind, man wird auch müde vom Tragen, also gib schon her!«

Die letzten Meter zu ihrem Ferienhaus mussten sie laufen, weil die Tropfen bereits vom Himmel fielen, und sie hatten gerade die Tür hinter sich zugeworfen, als es richtig zu schütten begann. Draußen war es derart finster geworden, dass sie kaum etwas sehen konnten. Plötzlich zuckte ein Blitz über der See auf und tauchte den Wohnraum für eine Sekunde in gleißend helles Licht. Viktoria schauderte, obwohl sie längst in Sicherheit waren, und zuckte zusammen, als der Donner krachte.

»Meine Güte«, flüsterte Melli. »Das ist ja heftig.«

Viktoria fürchtete sich gewöhnlich nicht bei Gewitter, aber dieses war stärker als die meisten, die sie bisher erlebt hatte. Vorsichtig lehnte sie das Bild an eine freie Wand und trat zur Küchenzeile. »Tee? Passend zum Schietwetter?«

»Klingt verlockend.«

Das Gewitter tobte fast zwei Stunden lang, in denen Viktoria und Melli gemütlich in der Sitzecke saßen, ihren Tee genossen, ein bisschen was zu Abend aßen und den nächsten Tag verplanten. Sie hatten bisher kaum was von Wustrow auf der anderen Seite der Hauptstraße gesehen. Dort lagen der Ortsteil Barnstorf mit den mittelalterlichen Bauerngehöften und einer Kunstscheune und der Hafen. Außerdem gab es schöne Spazierwege am Saaler Bodden, dem Binnengewässer, das zwischen dem Fischländer Teil der Halbinsel Fischland-Darß-Zingst und dem Festland lag.

Endlich wurde es wieder heller draußen, das Blitzen und Donnern hörte auf, nur ein leichter Regen erinnerte noch an das Unwetter.

»Ich geh duschen«, sagte Melli. »Hier drin ist es ganz stickig, ich fühl mich total verschwitzt.«

Während Melli im Bad verschwand, riss Viktoria alle Fenster auf und freute sich über die kühle, wie reingewaschene Abendluft. Dabei dachte sie an das Bild, das sie eingepackt lassen wollte, bis sie in Hannover waren. Die Malerin hatte vielleicht vor dem Fenster gestanden wie sie jetzt, vielleicht nach einem Gewitter ähnlich dem heute oder einem noch schlimmeren, bei dem die Seebrücke von dem aufgewühlten Meer beschädigt worden war. Malerin? Wieso ging sie automatisch von einer Frau aus?

Ein dumpfes Klingeln holte sie in die Gegenwart zurück. Es war nicht die Miss-Marple-Melodie, was bedeutete, dass Mellis Handy dudelte.

Viktoria stieß sich vom Fensterrahmen ab. Das Rauschen der Dusche war verstummt. Viktoria vermutete, dass Melli das Gespräch entgegennehmen wollte, es konnte ja was Dringendes in der Kanzlei sein. »Melli!«, rief sie. »Dein Telefon!«

»Gehst du mal ran? Wenn was Wichtiges ist, rufe ich zurück!«

Wenn was Wichtiges war, würde derjenige es schon auf die Mailbox sprechen, aber einer von Mellis Ticks war, ständig erreichbar zu sein, und zwar persönlich und nicht per Voicebox.

»Hallo?«, meldete sich Viktoria. »Hier ist der ...« Anschluss von Melanie Gerlach wollte sie noch sagen, kam aber nicht mehr dazu.

»Melli«, sagte eine Stimme, die Viktoria sehr gut kannte. »Ich ... es tut mir leid ...«

Ja, sicher, es tut dir leid, deine Schwester im Urlaub zu stören, dachte Viktoria, aber es ist supereilig und kann nicht mal zwei Tage warten. »Tut mir auch leid, Henrik, aber Melli steht unter der Dusche«, sagte sie schroff.

»Vicki?« Henrik klang überrascht – und eine Spur unsicher.

Viktoria hatte diesen Kosenamen noch nie gemocht und hätte das Handy am liebsten in die hinterste Ecke geworfen. »Ja. Ich werd ihr ausrichten, dass du angerufen hast.«

»Danke. Es ist wirklich wichtig.«

»Natürlich. Wie immer. Ciao.«

»Halt, warte, leg nicht auf!«, bat Henrik.

Viktoria fragte sich, weshalb sie auf ihn hörte.

»Ich würde gern mit dir reden. Wenn ihr zurück seid. Bitte.«

Bitte? Dieses Wort gebrauchte Henrik in der Regel nur, wenn er auf was aus war. Ohne mich, dachte Viktoria. »Ich wüsste nicht, was wir noch zu bereden hätten. Weder heute noch sonst wann.«

»Auch nicht, wenn ich dir sage, dass ich einen Riesenfehler gemacht habe? Dass ich ein Idiot war?«

Viktoria schluckte. Instinktiv spürte sie, dass diese beiden Sätze bei längerem Nachdenken etwas anderes in ihr auslösen könnten als ihre ganz spontane Reaktion, und der beschloss sie zu folgen. »Nein, auch dann nicht.«

»Warum bist du so stur?«

Das klang schon eher wie Henrik. »Ich bin nicht stur, nur realistisch. Wir hatten unsere Chance und ein paar schöne Jahre, aber die sind vorbei. Weil du es so wolltest, und inzwischen glaube ich, dass du recht hattest. Es gibt also nichts zu bereden«, wiederholte sie.

In dem Augenblick kam Melli ins Wohnzimmer zurück, ein Handtuch um ihre feuchten Haare geschlungen.

»Ich geb dir deine Schwester«, sagte Viktoria, ohne auf Henriks Antwort zu warten, und reichte das Handy an Melli weiter, die sie in einer Mischung aus Enttäuschung und Verständnis ansah. Anscheinend hatte sie Viktorias letzten Satz gehört.

»Hallo, Henrik, wo brennt's denn?«, fragte sie und ließ sich aufs Sofa fallen.

Viktoria schloss das Fenster, damit Melli, die nur ein Sleepshirt trug, sich in der Zugluft nicht erkältete. Dann wollte sie das Zimmer verlassen. Ein seltsames Geräusch veranlasste sie jedoch, sich umzudrehen. Melli saß kreidebleich auf dem Sofa, ihre Augen geweitet. Viktoria konnte Henriks laute Stimme hören, die nach seiner Schwester rief. Mit wenigen Schritten war Viktoria bei ihr und berührte sie an der Schulter.

»Melli? Melli, was ist denn? Komm zu dir!« Sie schüttelte sie, was schließlich half, denn Melli erwachte aus ihrer Starre. Sie bewegte sich ruckartig, schaute aber durch Viktoria hindurch. Zweifellos stand sie unter Schock. Sanft nahm Viktoria ihr das Handy ab.

»Henrik? Ich weiß nicht, was du ihr gesagt hast, aber Melli geht's gar nicht gut, sie muss sich hinlegen. Ich ruf dich zurück, ja?« Sie brach die Verbindung ab und legte das Handy zur Seite.

»Martin«, stammelte Melli, während sie sich widerstandslos helfen ließ, sich auf dem Sofa auszustrecken. Viktoria legte ein paar Kissen unter Mellis Beine und breitete eine Decke über sie.

»Martin«, wimmerte Melli erneut. »Martin ist tot.«

Der Schreck fuhr Viktoria durch die Glieder. Martin Niemann war gestorben? Jetzt verstand sie Mellis Zustand, die lange Zeit dalag und nicht zu spüren schien, dass Viktoria ihr die Hände rieb.

Martin Niemann hatte vor Ewigkeiten die Kanzlei gegründet, in der Melli bereits in den Neunzigern Referendarin gewesen war. Vom ersten Tag an wurde Niemann ihr Mentor und ein sehr guter Freund, der sie nach ihrem Zweiten Staatsexamen wieder in die Kanzlei holte. Als er sich aus dem aktiven Berufsleben zurückzog, übernahm sie die Kanzlei gemeinsam mit Henrik und Niemanns Partner. Henrik hatte mal gesagt, er sei sicher, dass er nur Mellis wegen eingestellt worden sei, doch Melli war anderer Ansicht gewesen. »Martin hätte dich nie reingeholt, wenn er nicht von deinen Fähigkeiten überzeugt wäre. Er ist keiner, den man um den Finger wickeln kann«, hatte sie behauptet und mit einer Prise Selbsterkenntnis und mit Blick auf ihren Bruder hinzugefügt: »Was auf mich leider nicht zutrifft.«

Viktoria kannte den sagenumwobenen Martin Niemann nur aus Erzählungen. Zwar nahm Melli oft Arbeit mit nach Hause oder in den Urlaub – umgekehrt wurde Privates in der Kanzlei traditionsgemäß nicht gern gesehen. Das hatte draußen zu bleiben, deshalb war Viktoria nie dort gewesen. Und bei Anlässen wie Geburtstagsfeiern oder Ähnlichem, bei denen sowohl Viktoria als auch Niemann hätten anwesend sein können, hatten sie einander aus irgendeinem Grund immer verpasst.

Traurig schaute Viktoria auf ihre Freundin hinunter, der nun, nach dem ersten Schock, erst richtig bewusst wurde, was geschehen war. Sie weinte eine ganze Stunde lang. Viktoria hielt sie fest und sagte wenig. Man konnte niemanden trösten, wenn ein nahestehender Mensch gestorben war. Man konnte nur da sein. Schließlich begann Melli zu reden, endlos, die halbe Nacht lang. Dadurch hätte Viktoria viel über Martin Niemann erfahren müssen, aber sie hörte nur eine endlose Reihe von Ereignissen, die Melli mit ihm geteilt und verbunden hatte, beruflich wie privat. Die Liebe zu klassischer Musik zum Beispiel – sie waren ab und zu gemeinsam in Konzerte gegangen. Beide mochten exzellentes Essen und besuchten häufig gute Restaurants, wofür sie durchaus weitere Wege zurücklegten. Und das – in Niemanns Fall eher passive – Interesse an Sport. Vieles kannte Viktoria bereits aus früheren Erzählungen. Sie hatte immer angenommen, dass Melli alles Persönliche über Niemann unerwähnt ließ, weil es Fremde nichts anging. Jetzt jedoch begann sie zu ahnen, dass Melli, die nach Stunden erschöpft ins Bett wankte, trotz der tiefen Freundschaft nicht mehr über Niemanns Leben wusste.

Trotz der frühen Morgenstunde, es war mittlerweile halb vier geworden, löste sie ihr Versprechen ein und rief Henrik an. Man konnte ihm einiges vorwerfen, aber seine Schwester liebte er aufrichtig.

»Hallo? Vicki, bist du das?«, meldete er sich hellwach.

»Ja. Melli ist gerade ins Bett gegangen, ich hoffe, sie schläft jetzt. Das war ein schlimmer Schock für sie.«

»Nicht nur für sie«, stellte Henrik fest.

»Ich wusste gar nicht, dass du Martin Niemann so nahegestanden hast«, wunderte sich Viktoria.

»Es hat mich nicht so schwer getroffen wie Melli, und ich muss gestehen, dass ich am meisten Horror davor hatte, es ihr zu sagen. Noch dazu übers Telefon. Ich hätte sie gern in die Arme genommen und getröstet. Wenigstens warst du bei ihr.«

»Hm«, machte Viktoria und wartete, dass Henrik weitererzählte, doch er blieb still. »Aber?«, fragte sie nach.

»Was aber?« Henrik klang irritiert.

»Ich dachte, du wolltest noch was sagen. Es hat dich nicht so schwer getroffen wie Melli, aber ...?«

»Ach so. Ich vergesse ständig, wie gut du darin bist, Stimmungen zu erfassen. Du hast recht. Bei Martin und mir ging es über eine rein berufliche Verbindung nie hinaus. Liegt wahrscheinlich daran, dass mich die Leidenschaft für die Juristerei nicht in dem Maß gepackt hat wie Melli. Ich mag meinen Job, aber ich mach ihn hauptsächlich, weil ich ihn beherrsche und weil ich damit Geld verdiene.« Henrik hielt kurz inne. »Obwohl ich mich Martin persönlich nie sehr verbunden gefühlt habe, war's kein schönes Erlebnis, ihn zu finden.«

»Du hast Martin Niemann gefunden? Tot?«, fügte Viktoria hinzu.

»Wir waren am Nachmittag bei ihm zu Hause verabredet und ...«

»Privat?«, unterbrach ihn Viktoria verwundert. »Was wollte er denn?«

Es kam Viktoria vor, als zögere Henrik mit der Antwort, bevor er sagte: »Keine Ahnung. Martin hatte um dieses Treffen gebeten, deshalb bin ich hin, aber es hat keiner geöffnet. Wäre er ein unzuverlässiger Mensch gewesen, hätte ich mich geärgert und wär gegangen. Aber zur verabredeten Zeit nicht da zu sein passte nicht zu ihm. Ich hab durch den Briefschlitz gerufen und anschließend noch sein Telefon klingeln lassen. Umsonst. Martin hatte sich vor ein paar Jahren ein besonderes Schlüsselsystem überlegt, weil er nach einem Herzinfarkt beinah zu spät gefunden worden wäre. Ich wusste, wo ich suchen musste, und bin ins Haus gekommen. Er ... lag oben im Bad, ein kleines braunes Fläschchen neben ihm auf den Fliesen, die Tabletten verstreut auf dem Badvorleger. Er ... hat's wohl nicht mehr geschafft, sie zu nehmen.«

Viktorias ausgeprägte Fantasie schuf ein deutliches Bild vor ihrem inneren Auge. Der Mann tat ihr leid, es musste schrecklich sein, die Rettung in Reichweite zu haben und trotzdem zu sterben. Allein.

»Ich hab die Polizei und den Notarzt gerufen, der festgestellt hat, dass Martin schon am Abend zuvor gestorben war. Dabei hat er mich am Donnerstag noch angerufen.« Henrik klang fassungslos.

»Hatte er wieder einen Herzinfarkt?«, fragte Viktoria, die den Eindruck gewann, dass Henrik darüber erst nachdenken musste.

»Ja«, sagte er schließlich. »Zumindest war das die unmittelbare

Todesursache. Der Notarzt hat sich allerdings die Tabletten angesehen und was von Karzinom gemurmelt.«

»Krebs?«

»Offenbar.«

»Das klingt, als hättest du nichts davon gewusst.«

»Hab ich auch nicht. Ich war total überrascht.«

Ich wette, Melli wird das ebenso gehen, dachte Viktoria, sonst hätte Niemanns Tod sie nicht dermaßen aus der Bahn geworfen. »Martin Niemann war ein ziemlicher Geheimniskrämer, oder?«, stellte sie fest. »Melli hat mir vorhin viel erzählt, jede Menge Anekdoten aus der Kanzlei – aber fast nichts Persönliches.«

Wie eben schwieg Henrik eine Sekunde lang, bevor er antwortete. »Schätze, das trifft es in etwa.«

Trotz wenig Schlaf wachte Viktoria früh auf. Die Wolken von gestern hatten sich verzogen, die Sonne blinzelte ins Zimmer hinein. Viktoria kam das unpassend vor. Wäre dies ein Roman, würde es noch immer regnen oder zumindest wolkenverhangen und trübe sein. Aber dies war kein Roman, es war traurige Realität. Beim Aufstehen dachte sie an ihr Telefonat mit Henrik. Komisch, selbst als sie noch zusammen gewesen waren, hatten sie nur selten solch freundschaftliche Gespräche geführt, und ihre Hoffnung, Henrik würde nicht wieder von ihnen beiden anfangen, hatte sich ebenfalls erfüllt. Offenbar war sie deutlich genug gewesen.

Als Viktoria in die Küche kam, schaute ihr eine übermüdete Melanie entgegen, die Augen rot und verquollen, das Gesicht ein ungesundes Grau.

»Morgen«, sagte Melli mit krächzender Stimme und versuchte ein Lächeln.

»Morgen auch.« Viktoria erwiderte das Lächeln. »Wieso bist du schon auf?«

»Ich brauch Kaffee, literweise, damit ich wach genug bleibe, um die Fahrt durchzustehen.«

Gestern hatten sie beschlossen, schon früher nach Hannover zurückzukehren. So wie Melli aussah, bezweifelte Viktoria, dass das eine gute Idee war. »Sollen wir nicht besser noch einen Tag warten? Morgen bist du vielleicht fitter.«

»Nein. Ich halte es hier nicht länger aus! Ich hasse die Ostsee. Ich hasse dieses Haus!«, brach es aus Melli heraus.

»Melli ...«, begann Viktoria und ging auf ihre Freundin zu. Die wich jedoch zurück und entzog sich ihr, als sie sie berühren wollte.

»Ich war nicht da, als er mich brauchte!«, rief sie. Zornig, voller Wut, auf sich selbst, auf die Welt und vermutlich sogar auf Martin, weil er einfach gestorben war.

Eine Weile herrschte Schweigen, nur das Gurgeln der Kaffeemaschine war zu hören. Dann sackte Melli gegen die Küchenzeile. »Scheiße. Ich weiß, dass das Blödsinn ist. Aber das ist das Schlimmste – dass ich mich frage, ob ich ihm hätte helfen können. Und dass ich mich nicht mal verabschieden konnte.«

Viktoria nickte. Sie hatte erst ein einziges Mal jemanden verloren, den sie liebte, aber beschrieben hatte sie diese Situation schon oft in ihren Romanen. Da starben Menschen und ließen die anderen in allen erdenklichen Stimmungen zurück, die Viktoria alle – rational – durchlebt hatte. Sie mochte nicht daran denken, dass sie das früher oder später wieder selbst durchleben musste.

Nach dem Frühstück, das nur aus Kaffee bestand, beluden sie ihre Autos und fuhren los, ohne sich noch einmal umzusehen. Viktoria wollte Wustrow in Erinnerung behalten, wie sie es gesehen hatte, bevor ihre Ferien von Martin Niemanns Tod überschattet worden waren.

Erschöpft kamen sie nach fünf Stunden mit Stress und Stau in Hannover an. Viktoria fuhr hinter Melli her, die schräg gegenüber ihrem Haus in der Südstadt eine Parklücke fand. Sie selbst hielt in der zweiten Reihe und schaltete das Warnblinklicht ein, bevor sie ausstieg. Melli sah noch immer schrecklich aus, als sie ihren kleinen Koffer aus dem Wagen holte.

»Ich bring dich nach oben«, bot Viktoria an.

»Nein, lass nur. Ich bin völlig fertig und werde sofort ins Bett fallen.« Melli bemerkte Viktorias zweifelnden Blick. »Du musst dir keine Sorgen machen. Bestimmt ist Henrik da und wird sich um mich kümmern. Selbst wenn ich am liebsten allein wär. Ich melde mich morgen bei dir.«

Viktoria wohnte nur wenige Straßen von Melli entfernt, etwas dichter am idyllischen Maschsee, dafür aber in unmittelbarer Nähe zur Hauptverkehrsader des Stadtteils. Eigentlich ging es ihr ähnlich wie Melli, sie war müde und ausgelaugt, aber gleichzeitig fühlte sie sich wie aufgedreht. Natürlich hätte sie ihren Koffer auspacken und schon mal die Waschmaschine füllen können. Stattdessen ließ sie sich in einen Sessel fallen und betrachtete das große verschnürte Paket, das sie an die Wand gelehnt hatte. Sollte sie es auswickeln oder besser damit warten, bis sie aufnahmebereiter war? Aber Viktoria konnte nicht länger warten. Sorgfältig schnitt sie die Schnur durch und löste die Lagen Packpapier und Luftpolsterfolie, bis die Leinwand vor ihr lag. Augenblicklich fühlte sie sich zurückversetzt nach Wustrow, als sie nach dem Gewitter am Fenster gestanden hatte. Sie atmete die Luft, roch die See, hörte eine verirrte Möwe kreischen, obwohl sie sich an Letzteres bewusst gar nicht erinnerte.

Mit dem Bild ging sie hinüber ins Schlafzimmer und hielt es probeweise an die ihm zugedachte Wand. Es passte perfekt. Im Raum war es sehr hell, trotzdem wirkte das Gemälde nach wie vor düster. Was nichts daran änderte, dass Viktoria sich angezogen fühlte von der Stimmung, den Farben und auf eigenartige Weise von der Präsenz der unbekannten Künstlerin. Oder des Künstlers, korrigierte sie sich. Künstlerin, korrigierte sie sich erneut. Etwas an dem Bild sprach sie auf eine Art an, wie sie nur von einer Frau herrühren konnte.

4.

In den nächsten Tagen telefonierte Viktoria mehrfach mit Melanie, der es nicht wesentlich besser ging. Offenbar half ihr nur eins: Wenn sie arbeitete, dachte sie zumindest nicht unablässig an Martin Niemann. Dafür würde es noch reichlich Gelegenheit bei seiner Beerdigung geben, die Melli und Henrik organisierten, da es keine Angehörigen gab.

Viktoria tat es ihr gleich: Sie arbeitete an ihrem aktuellen Projekt weiter, der Geschichte einer Familie, die zu Beginn des zwanzigsten Jahrhunderts nach Brasilien ausgewandert war. Außerdem schrieb sie ihre Notizen aus Stralsund in den PC und entwarf ein erstes Exposé für den geplanten Roman. Schließlich brachte sie ihren *Blick aus dem Fenster* zum Rahmen und hängte das Bild einen Tag vor der Trauerfeier auf, zu der Melli sie gebeten hatte zu kommen. Als sie an jenem Morgen erwachte, sah sie unwillkürlich auf die gegenüberliegende Wand. Das aufgewühlte Meer und die abgebrochene Seebrücke passten zu der Beerdigung. Auch wenn Martin Niemann krank gewesen war, sein Leben hatte dennoch sehr abrupt und alles andere als friedlich geendet.

Während sie eine Scheibe Toast mehr herunterwürgte als aß, dachte Viktoria daran, dass sie gleich nicht nur Melli unterstützen musste, so gut sie konnte. Sie würde auch Henrik wiedersehen, zum ersten Mal seit ihrer Trennung.

Er empfing sie oben an der Tür, dem Anlass entsprechend in einem schwarzen Anzug, der ihm nicht stand, sondern ihn blass aussehen ließ. »Viktoria. Danke, dass du gekommen bist.«

Viktoria hatte exakt elf Treppenstufen Zeit gehabt, seinen Anblick in sich aufzunehmen, bevor sie etwas erwidern musste. »Das ist doch selbstverständlich«, sagte sie möglichst neutral. »Wie geht's Melli?«

»Sie nimmt sonst nie Tabletten, aber vorhin hab ich sie dabei beobachtet, wie sie irgendeine Pille geschluckt hat.«

»Ist vielleicht ganz gut für heute.« Viktoria gab sich Mühe, ausschließlich an Melli zu denken, prüfte aber gleichzeitig innerlich, was sie Henrik gegenüber empfand. Zu ihrem Erstaunen bemerkte sie, dass ihr das Wiedersehen weit weniger ausmachte als befürchtet. Ihre leicht zitternden Hände beruhigten sich, sie schaffte es recht schnell, ihn anzusehen, ohne seinem Blick gleich wieder ausweichen zu wollen. Dabei fiel ihr der angespannte Zug um seine Augen auf, den sie bei ihm überhaupt nicht kannte. Offenbar machte er sich sehr viel Sorgen um Melli.

»Ja, vielleicht«, echote er. »Ich bin jedenfalls froh, wenn das ... alles vorbei ist.«

Viktoria registrierte die winzige Pause und die merkwürdige Art, in der Henrik das Wort »alles«, betonte, konnte aber nicht mehr nachhaken, weil Melli in einem schwarzen Kostüm auf den Flur trat. Sie wirkte relativ gefasst und erwiderte Viktorias Umarmung.

»Lasst uns gehen und es hinter uns bringen«, flüsterte sie.

Die Trauerfeier fand in der Kapelle des Stöckener Friedhofs statt, der zugleich als einer der schönsten Parks von Hannover galt. Viktoria war manchmal dort, um die Oase der Ruhe mit den riesigen Rhododendronsträuchern, dem Teich, den großzügigen Hauptwegen und den kleinen, verwinkelten Ecken zu genießen. Die historischen Grabmäler betrachtete sie immer dann, wenn sie für eine Geschichte Inspiration suchte.

Den Haupteingang des Friedhofs bildete die neugotische Kapelle, die Viktoria an all die Backsteinbauten in Stralsund denken ließ. Mit ihren beiden Seitentürmen, der Fensterrosette in der Mitte und den drei Torbögen vor dem blauen Portal war sie fast ebenso imposant. Gekrönt wurde sie von einem sternförmigen Dach aus schiefergrauen Ziegeln.

Das Portal war geöffnet und ließ sie ein in den Warteraum, von dem aus eine Tür direkt in die Kapelle führte, deren acht weiß verputzte Seiten von roten Backsteinen eingefasst wurden. Viktoria spürte, wie sich Melli, die zwischen ihr und Henrik ging, sammelte und aufrichtete. Die schlichten schwarzen Stühle auf beiden Seiten des Hauptgangs waren schon besetzt, viele Trauergäste mussten sogar stehen. Viktoria hatte gewusst, dass Martin Niemann ein bekannter Anwalt war, sie hatte jedoch nicht erwartet, so viel hannöversche Prominenz anzutreffen. Unauffällig ließ sie ihren Blick über die Menschenmenge gleiten. Ganz vorn drehte sich gerade ein Mann um, um jemandem hinter ihm etwas zuzuraunen: Alt-Bundeskanzler Gerhard Schröder höchstpersönlich, früher selbst Rechtsanwalt, erwies einem ehemaligen Kollegen die letzte Ehre.

Viktoria folgte Henrik zu ihren reservierten Plätzen. Sie merkte, wie sehr er darauf achtete, dass Melli zwischen ihnen beiden blieb. Sachte drückte er sie auf den Stuhl und nahm ihre Hand. Melli blickte starr geradeaus, Wangenmuskeln und Kiefer angespannt. Erst jetzt kam Viktoria dazu, nach vorn zum Sarg zu schauen, der vor einem kleinen hölzernen Altar mit Kruzifix stand. Umrahmt wurde er von Kerzenständern, grünen Bäumchen und unzähligen Kränzen, unter denen die Halter beinah zusammenzubrechen drohten. Auch vor dem Sarg lagen Kränze und Blumen.

Als sich Schweigen über die Menge ausbreitete und die Orgel ein getragenes Stück zu spielen begann, fiel Viktorias Blick auf das schwarz gerahmte Foto mit Trauerflor direkt neben dem Rednerpult.

Das war Martin Niemann?

Viktoria schnappte laut nach Luft. Aus den Augenwinkeln nahm sie wahr, dass Melli sich ihr kurz verwundert zuwandte, doch sie reagierte nicht. Wie betäubt nahm sie jede Einzelheit des Mannes in sich auf, der jetzt tot in diesem schlichten, von geradezu bombastischen Blumenarrangements umgebenen Sarg lag. Der sie in den Wochen zuvor beständig auf ihrer Lesereise begleitet hatte, die gleichzeitig seine eigene letzte Reise im Leben gewesen war.

Von der Trauerrede bekam Viktoria kaum etwas mit, alles rauschte ohne Sinn und Verstand an ihr vorüber. Stattdessen wirbelte alles in ihrem Kopf durcheinander. Warum hatte Martin Niemann ihr gegenüber geschwiegen? Er musste durch Melli doch gewusst haben, wer sie war. Und noch etwas: Sie sah ihn wieder vor sich, als er ihr das Buch zum Signieren gab, und hörte seine leise, ruhige Stimme: *Würden Sie bitte* Für Johanna *hineinschreiben?* Wenn Niemann weder Frau noch Kinder oder sonstige Verwandte hatte, nicht einmal wirklich enge Freunde, abgesehen von Melli: Wer war dann Johanna?

Erst als die Trauergemeinde sich erhob, um dem Sarg durch die rechte blaue Tür hinaus auf den Friedhof zu folgen, fiel die Benommenheit von Viktoria ab. Sie sah, wie Melli sich bei Henrik einhakte, äußerlich gefasst, aber innerlich zerrissen, und sie bemerkte zu ihrer Verwunderung, dass Henrik sich nicht nur um seine Schwester kümmerte, sondern ihr, Viktoria, einen langen, undefinierbaren Blick zuwarf.

Zwei Stunden später lehnte sich Melli auf dem Beifahrersitz zurück und schloss die Augen, unter deren Lidern nun doch ein paar Tränen hervorquollen. Viktoria war sich nicht sicher, ob zu den Tränen der Trauer Tränen der Erschöpfung kamen. Melli hatte unzählige Beileidsbekundungen entgegennehmen, ebenso viele Gespräche führen müssen und wahrscheinlich tausendmal gehört, was für eine Lücke Martin Niemann nicht nur als Anwalt, sondern gleichermaßen als Mensch hinterließ.

Als Mensch?, fragte sich Viktoria. Wusste überhaupt einer dieser Leute etwas Bedeutsames über Martin Niemanns Leben? Zum Beispiel, weshalb er eine Vorliebe für Familienromane von Viktoria Brand hatte, aber selbst ohne Familie geblieben war?

»Hey, Melli, du hast das toll hingekriegt, Martin wär stolz auf dich«, sagte Henrik.

»Hm«, machte Melli nur und wischte sich die Tränen von der Wange. Eine Minute lang war nur das leise Surren des Motors zu hören. »Ich hoffe, ich krieg das morgen auch so gut hin. Dieser Prozess liegt mir echt im Magen.«

»Was?« Viktoria glaubte sich verhört zu haben. »Du hast morgen einen Gerichtstermin?«

»Klar.« Melli versuchte ein Lächeln. »Die Welt bleibt nicht stehen, weil jemand stirbt. Es ist schon erschreckend. Ich hab noch nie darüber nachgedacht, aber es ändert sich überhaupt gar nichts. Alles dreht sich weiter. Wie immer. Ein Mensch fehlt – aber für alle, die ihn nicht kannten, ist es, als wär nichts geschehen. Inklusive der beiden Noch-Eheleute, die nichts Besseres zu tun haben, als sich um ihre paar Penunzen zu streiten. Und der Typ hat keine Chance, weil ich seine zukünftige Ex vertrete.«

Für den Rest der Fahrt verfiel Melli in Schweigen, aber Viktoria wusste, dass ihre Freundin nicht an den Prozess dachte, sondern an Martin Niemann. Wie gern hätte sie Melli auf ihn angesprochen, darauf, dass ihr Martin der Patriarch aus Stralsund war, von dem sie ihr am Telefon erzählt hatte. Aber das war nicht der passende Zeitpunkt. Später, in ein paar Wochen.

Als Henrik in der Nähe von Viktorias Haus hielt, legte sie ihre Hand auf Mellis Schulter. Melli erwiderte die Geste wortlos und nickte ihr im Rückspiegel zu. Henrik stieg aus und öffnete ihr die Tür. Sie hob eine Braue. So galant war Henrik sonst nicht gewesen. »Ich würde gern möglichst bald mit dir reden«, sagte er leise.

Viktoria schoss durch den Kopf, dass sie Henrik von Martin Niemanns unerklärlichem Verhalten erzählen konnte, doch ihr wurde klar, dass ihm vermutlich etwas ganz anderes vorschwebte. Auf diese Diskussion hatte Viktoria keine Lust, und sie war entschlossen, ihr aus dem Weg zu gehen.

»Henrik, bitte nicht.«

»Doch. Es ist wichtig. Ich ruf dich an, ja?«

»Nein. Es tut mir leid, aber – nein. Ich glaube, es ist besser, wenn wir eine Weile Abstand halten.«

Henrik seufzte. »Warum kannst du mir nicht einfach vertrauen, wenn ich sage, es ist wichtig?«

Es kostete Viktoria einige Mühe, um nicht aufzulachen. »Vertrauen? Entschuldige, aber das Wort kommt mir ein bisschen seltsam vor aus deinem Mund.« Damit drehte sie sich um und ließ ihn stehen. Ein bisschen zickig fühlte sie sich schon, vielleicht urteilte sie zu schnell und hätte ihn anhören sollen. Neulich hatten sie sich ja richtig gut unterhalten. Andererseits ... Genau, dachte sie: andererseits!

Vier Tage waren seit der Beerdigung vergangen. Gedankenverloren öffnete Viktoria ihren Briefkasten und fischte einen Stapel Post heraus. Die Werbung warf sie in den Müll, die Telefonrechnung und die Zeitschrift ihrer Krankenkasse legte sie auf den Ablagestapel, der bedenklich wackelte und demnächst umfallen würde, wenn sie nicht bald für Ordnung sorgte. Zum Schluss hielt sie noch einen etwas größeren Brief in der Hand, den sie verdutzt ansah.

»Amtsgericht?«, murmelte Viktoria vor sich hin und schlitzte den Umschlag auf. »Was wollen die denn von mir?« Sie zog mehrere Schriftstücke hervor und ließ sich entgeistert auf ihr Sofa fallen, nachdem sie begriffen hatte, was da vor ihr lag: das Eröffnungsprotokoll über das Testament von Martin Niemann sowie die beglaubigte Kopie seines letzten Willens:

TESTAMENT

Ich, Martin Niemann, geboren am 21. 03. 1921, wohnhaft Hannover, Plathnerstraße 85, errichte folgendes Testament:

§ 1 Erbeinsetzung

Ich vermache:

(1) Melanie Gerlach (wohnhaft Hannover, Simrockstraße 37) Grundstück und Immobilie Plathnerstraße 85 sowie alles darin befindliche Inventar. Weiterhin hinterlasse ich Melanie Gerlach meine Anteile an der Rechtsanwaltskanzlei Althaus, Gerlach & Gerlach.
(2) Henrik Gerlach (wohnhaft Hannover, Oskar-Winter-Straße 13) meinen 1955er Mercedes 190 SL.
(3) Viktoria Brand (wohnhaft Hannover, Geibelstraße 42) und
(4) Roman Marendorff (wohnhaft Stralsund, Mühlenstraße 6)
je die Hälfte des Hauses und des Grundstückes Strandstraße 59, Ostseebad Wustrow, sowie je die Hälfte alles darin befindlichen Inventars.

§ 2 Ersatzerben

Für den Fall, dass einer der Erben vor oder nach dem Erbfall wegfällt oder die nachfolgend in § 3 aufgeführten Auflagen nicht erfüllt werden, bestimme ich als Erben der Immobilie Strandstraße 59, Ostseebad Wustrow, die Deutsche Gesellschaft zur Rettung Schiffbrüchiger, Bremen.

§ 3 Auflage

Hiermit belaste ich Viktoria Brand und Roman Marendorff mit folgender Auflage: Beide Parteien müssen zwei Monate gemeinsam im Haus Strandstraße 59, Ostseebad Wustrow, wohnen. Der Zeitpunkt wird ebenfalls gemeinsam festgesetzt.

§ 4 Testamentsvollstreckung

(1) Ich ordne Testamentsvollstreckung an. Zum Testamentsvollstrecker bestimme ich Henrik Gerlach.
(2) Der Testamentsvollstrecker hat die Aufgabe, die Abwicklung des Nachlasses vorzunehmen. Insbesondere hat er die Immobilie Strandstraße 59, Ostseebad Wustrow, vorerst zu verwalten, bis die Bedingungen, die an dieses Erbe geknüpft sind, erfüllt wurden.
(3) Der Testamentsvollstrecker wird sich weiterhin mit den Erben Viktoria Brand und Roman Marendorff wegen aller auftauchenden Fragen auseinandersetzen und gegebenenfalls zwischen ihnen vermitteln.
(4) Ich vertraue darauf, dass er meinen Wünschen entsprechend handelt. Er ist daher bevollmächtigt, in allen Belangen so zu handeln, wie er es für richtig hält.

§ 5 Testierfreiheit

Ich erkläre, dass ich nicht durch ein bindend gewordenes gemeinschaftliches Testament oder einen Erbvertrag an der Errichtung dieses Testamentes gehindert bin. Hiermit hebe ich alle bisher von mir errichteten Verfügungen von Todes wegen in vollem Umfang auf.

Hannover, 1. Juli 2007
Martin Niemann

Viktoria las das Testament drei Mal und konnte es trotz der sachlichen und juristisch klaren Sprache nach wie vor nicht glauben. Martin Niemann setzte sie als Erbin eines Hauses in Wustrow ein! Gut, nur eines halben Hauses, aber immerhin. Wieso tat er das? Was hatte sie mit Niemann zu tun? Und wer war dieser Roman Marendorff? Und warum ausgerechnet ein Haus in Wustrow? Als hätte Martin Niemann geahnt, wie sehr sie bereits an diesem Ort hing.

Es gelang Viktoria nicht, Gedanken und Fragen in eine logische Reihenfolge zu bringen. Immer wieder starrte sie auf das Papier auf ihren Knien. Zwischendurch versuchte sie, sich an die Strandstraße zu erinnern, aber auf Hausnummern hatte sie nie geachtet. Sie las das Testament zum vierten Mal, aber die Tatsachen änderten sich nicht, es stand immer noch dasselbe drin.

Schließlich griff sie mit zitternden Händen zum Telefon, hob den Hörer ab – und fragte sich, wen sie anrufen sollte. Melli? Oder Henrik? Hatte er am Ende das mit ihr besprechen wollen? Da ausgerechnet er als Testamentsvollstrecker eingesetzt worden war, dürfte er über den Inhalt von Niemanns letztem Willen informiert gewesen sein. Viktoria würde das Schicksal entscheiden lassen. Sie bat die Sekretärin, sie mit demjenigen zu verbinden, der gerade frei war.

»Leider sind beide in einer wichtigen Besprechung«, erfuhr sie jedoch. »Wenn Sie es später versuchen möchten?«

Bevor Viktoria sich entscheiden konnte, hörte sie laute Stimmen im Hintergrund. Das waren eindeutig Melli und Henrik, die miteinander stritten, und das sogar öffentlich, außerhalb ihrer Büros. Die Sekretärin schien ähnlich entsetzt zu sein, sie vergaß ganz, die Leitung stumm zu schalten. Trotzdem konnte Viktoria nicht verstehen, was gesagt wurde, sie hörte nur noch eine Tür knallen und ergriff ihre Chance. »Ich glaube«, sagte sie, »die Besprechung ist vorbei. Ich würde also gern Herrn Gerlach sprechen.«

»Hallo, Viktoria«, meldete sich Henrik, um gleich darauf provokant fortzufahren: »Hast du dich doch entschlossen, mit mir zu reden?«

Viktoria antwortete mit einer Gegenfrage: »Ging euer Streit gerade um das Testament von Martin Niemann?«

»Allerdings. Wir waren ein bisschen laut, was? Hinterlässt wahrscheinlich keinen guten Eindruck bei den Mandanten im Wartezimmer, aber wenn Melli einmal im Jahr austickt, lohnt sich's gleich.«

»Sie hatte also keine Ahnung.«

»Nein. Und sie ist hauptsächlich deshalb sauer, weil ich es wusste und auf Martins Anweisung hin die Klappe gehalten habe. Ach ja, und wenn du mit ihr sprichst: Sei drauf gefasst, dass sie dich mindestens genauso anbrüllt wie mich eben. Sie hat den Verdacht, dass du ihr was verheimlicht hast. Ob sie das allen Ernstes glaubt oder ob da nur die Enttäuschung durchkommt, dass Martin sie hintergangen hat ...«

»Hintergangen?«, wiederholte Viktoria. »So würde ich das nicht ausdrücken. Er ist ja generell eher sparsam gewesen mit Informationen über sich selbst. Sein eigenartiges Testament ist bloß ein weiteres Puzzlestück.«

»Aber ein ziemlich kleines in einem Blauer-Himmel-Puzzle aus fünftausend Teilen. Wahrscheinlich muss man lange suchen, um es an den richtigen Platz zu setzen.«

»Das bedeutet, du weißt auch nicht, was das Ganze soll und warum er das getan hat.«

»Stimmt. Als Martin mich bat, sein Testamentsvollstrecker zu sein, verdonnerte er mich nicht nur zu Stillschweigen, sondern konfrontierte mich gleich mit mehreren Dingen. Erstens in groben Zügen mit dem Inhalt seines Testaments. Das heißt im Klartext: Martin erwähnte ein Haus in Mecklenburg-Vorpommern und genoss es sichtlich, mich damit zu überraschen. Natürlich war mir nie aufgefallen, dass er regelmäßig da oben war. Im Nachhinein stellte sich raus, dass es Melli nicht anders ging. Er sagte, dass es außer dir noch einen weiteren Erben geben würde, verzichtete aber darauf, einen Namen zu nennen. Das ausformulierte Dokument habe ich heute zum ersten Mal gelesen, mir ist Roman Marendorff ein ebensolches Rätsel wie euch. Zweitens eröffnete mir Martin, dass er nicht mehr lange zu leben hätte, und drittens, dass er plante, dich auf deiner Lesereise zu begleiten.«

»Wie bitte? Das hast du gewusst?« Viktoria war fassungslos.

»Ja, aber nur die bloßen Fakten, über seine Motive hat er keinen Ton verraten. Er bog meine Nachfragen entschieden ab und versprach stattdessen, mich über die Einzelheiten zu informieren, sobald er zurück sei.«

»Das sollte wohl bei eurer Verabredung passieren, zu der es nicht mehr kam. Ich erinnere mich, dass du am Telefon gesagt hast, du hättest keine Ahnung, warum er dich zu sich zitiert hatte.«

»Erwischt. Ich hab gelogen, weil du damals das Testament noch nicht kanntest und ich nicht vorgreifen wollte. Stell dir vor, Martin hätte es sich am Ende anders überlegt, und ich hätte schon geplaudert.«

»Da kann ich ja froh sein, dass er dabei geblieben ist, auch wenn ich seine Gründe nicht kenne. Ein Haus auf dem Fischland ist ein absoluter Traum. Als ich mit Melli da war, hab ich dran gedacht, wie gut es sich dort leben und arbeiten ließe.«

Henrik lachte. »Dann hatte Martin ja den richtigen Riecher. Was ja nichts Neues ist!« Er wurde wieder ernst. »Jedenfalls werde ich zusehen müssen, dich und den geheimnisvollen Unbekannten an einen Tisch zu bringen, damit ihr an euer Erbe kommt. Ich schätze nämlich, wenn wir rausfinden wollen, was Martin sich bei dieser Komödie gedacht hat, müssen wir tun, was er wollte. Das heißt, zuerst mal müssen wir diesen Roman Marendorff aufstöbern.«

5.

»Wir brauchen was Neues! Was Innovatives! Was richtig reinknallt! Wen interessiert schon diese olle Schildkröte?«

»Offenbar einige. Wir hatten in diesem Quartal zwanzig Prozent mehr Besucher im Meeresmuseum.«

»Na gut, sie taugt fürs Radio. Aber fürs Fernsehen sollten wir uns was anderes einfallen lassen.«

»Warum?« Roman Marendorff hatte nicht nur Mühe, sich zu konzentrieren, er hatte es außerdem satt, sich mit seinem Praktikanten Jan auseinanderzusetzen, der meinte, nur weil er fünfzehn Jahre jünger war, hätte er automatisch genialere Einfälle. Normalerweise schätzte Roman diese Diskussionen, weil meist beide Seiten davon profitierten. Aber heute wollte er nicht diskutieren. »Erinnerst du dich noch an das Eisbärenbaby Knut im Berliner Zoo? Die Leute sind total drauf abgefahren.« Gott, wie er sich anhörte. Abgefahren. »Jedes Filmchen und jedes Bild wurde gefeiert wie ein Picasso. Die Leute lieben das nun mal.«

»Aber Knut war klein, knuddelig und hatte Fell! Eine Wasserschildkröte hat einen dicken Panzer, ist kalt und alles andere als kuschelig.«

»Stimmt. Dafür ist eine alte Schildkröte klug und weise und hat ein Gesicht wie – dieser Zauberlehrer aus Harry Potter. Wir machen den Spot, sieh zu, dass du Kempinski dafür kriegst, der ist der Beste, den der Norden zu bieten hat.«

»Aber …«, wagte Jan einen letzten Einwand.

»Kein Aber. Schaff mir einfach Kempinski her. Und guck dir an, wie er arbeitet. Und lern was draus.«

»Okay, du bist der Chef, Chef.«

Jan verschwand schulterzuckend und ließ Roman zurück, der gedankenverloren auf das Aquarium mit den rot-türkisfarbenen Diskusfischen starrte. Bei Stresssituationen in seinem Job – und davon hatte er als Leiter der Öffentlichkeitsarbeit im Deutschen Meeresmuseum in Stralsund reichlich, auch wenn die meisten Menschen das nicht vermuteten – halfen ein paar Minuten Beschäftigung mit dem Aquarium oft besser als ein ganzer Tag in einer Wellness-Oase. Oft. Aber nicht immer. Und heute war so eine Ausnahme.

Roman hatte sein Jackett über den Stuhl gehängt, der Brief vom Amtsgericht Hannover, genauer gesagt vom dortigen Nachlassgericht, steckte in der Innentasche, aber er musste ihn nicht hervorholen, um sich an den Inhalt zu erinnern. Wer zum Teufel war Martin Niemann? Er hatte nie von dem Mann gehört. Wie kam ein völlig Fremder dazu, ihm dieses Haus zu vermachen? Zur Hälfte zu vermachen, berichtigte er sich. Die andere Hälfte sollte Viktoria Brand bekommen.

Viktoria Brand. Man stelle sich das vor. Es könnte sich natürlich um eine schlichte Namensgleichheit handeln, aber er hatte recherchiert. Die Schriftstellerin, deren Bücher seine Großmutter verschlang, lebte tatsächlich in Hannover, und das Online-Telefonbuch sagte, dass es dort nur eine einzige Person dieses Namens gab.

Das Telefon riss Roman aus seinen Gedanken. Stirnrunzelnd blickte er auf das Display. Die meisten Leute hatten seine Durchwahl, wenige kamen über die Zentrale des Museums.

»Da ist ein Herr Gerlach, der nach Ihnen fragt. Soll ich durchstellen?«

Gerlach. Der Testamentsvollstrecker. Der hielt sich ja ran. War die Brand so heiß auf das Haus oder was? »Ich bin gerade auf dem Sprung. Bitte sagen Sie Herrn Gerlach, Sie hätten mich nicht mehr erreicht und ich wär morgen wieder im Haus. Danke.«

Das verschaffte ihm einen Tag Aufschub, um über diese seltsame Sache nachzudenken und herauszufinden, ob er sich darauf einlassen oder sie vergessen sollte. Er schnappte sich seine Jacke und verließ das Büro. Zumindest log die Kollegin in der Zentrale dann nicht. Er ging quer durch die Altstadt, vorbei am Alten Markt, wo er oft in der Sonne saß und auf das alte Rathaus blickte, und weiter zum Hafen. Nahe der Gorch Fock, auf deren Deck hoch über ihm Touristen herumliefen und fotografierten, blieb er stehen, verwundert darüber, dass er außer Atem war. Er hatte gar nicht bemerkt, wie schnell er gegangen war. Er spürte den Wind auf seinem Gesicht, fuhr mit der Hand darüber, rieb sich die Augen. Ein Stück weiter am Hafen befand sich die Baustelle, auf der das Ozeaneum entstand, ein wahrhaft gigantisches Projekt des Meeresmuseums. Ausstellungen, riesige Aquarien und ein Gezeitenbecken waren geplant. Sich das hier vorzustellen, dazu brauchte man im Moment noch viel Fantasie, aber schon im nächsten Sommer sollte das Ozeaneum eröffnet werden. Gigantisch eben. Kein Vergleich zum Fischland. Aber nicht weit von dort, am Darßer Ort, hatte das Meeresmuseum ebenfalls eine Außenstelle, das Natureum. Er war länger nicht da gewesen.

Roman wandte sich um und schlenderte die paar Schritte hinüber zur Fischbude.

»Tag, Herr Marendorff, Sie sind aber spät dran heute!«, begrüßte ihn die füllige Frau im gestreiften Kittel. »Viel zu tun gehabt?« Während sie plauderte, belegte sie ein Brötchen mit frischem geräucherten Lachs, Zwiebeln und Salat, ohne dass er bestellen musste.

»Ging so. Sagen Sie, Gundi: Was würden Sie tun, wenn Sie ein Haus geerbt hätten – von einem Unbekannten?«

»Ein Haus?« Ihr dröhnendes Lachen erfüllte den kleinen Wagen. »Na, zugreifen natürlich! Jedenfalls, wenn's keine Bruchbude ist. Ist doch egal, von wem's kommt!«

Roman biss vom Brötchen ab. »Ist es das? Außerdem haben Sie da gerade was angesprochen, worüber ich noch gar nicht nachgedacht habe: Möglicherweise ist das Ding ja völlig runtergekommen.«

Verdutzt sah Gundi ihn an. »Das heißt, wir reden hier nicht nur so daher? Sie haben wirklich ein Haus geerbt? Da wissen Sie doch bestimmt, wo's ist! Fahren Sie hin, und gucken Sie's sich an, danach können Sie sich immer noch überlegen, ob Sie die Erbschaft antreten oder ausschlagen wollen.«

»Keine schlechte Idee. Das werde ich tun.«

Gundi nickte nachdrücklich und lachte wieder. »Gut so! Wenn Sie das nächste Mal kommen, erwarte ich Ihren Bericht.«

Roman grinste zurück und wischte sich die Hände an der dünnen Papierserviette ab. »Gebongt! Tschüss dann!« Er winkte Gundi zu und ging langsam zurück zum Museum. Unterwegs begriff er auf einmal, was gerade passiert war: Statt das alles mit seiner Familie zu besprechen, hatte er Gundi um Rat gefragt, eine Frau, deren Nachnamen er nicht mal kannte. Er schob das beiseite und widmete sich wieder dem eigentlichen Problem: Diese ganze Sache brachte eine Menge Unannehmlichkeiten mit sich, zum Beispiel konnte er unmöglich zwei Monate Urlaub am Stück nehmen. Gut, zur Not könnte er jeden Tag fahren. Ob er das wollte, statt wie sonst von seiner Wohnung beinah ins Büro zu fallen, das nur wenige Straßen entfernt lag, wäre nach der Hausbesichtigung zu entscheiden. In dem Testament hatten einzig die nackten Tatsachen gestanden, womöglich hatte dieser Gerlach ein paar Erklärungen parat.

6.

Viktoria stand vor ihrem Kleiderschrank. Inzwischen seit einer Viertelstunde. »Mist, Mist, Mist!«, schimpfte sie halblaut vor sich hin. »Ich tu ja, als ob ich eine Audienz beim Papst hätte!« Dabei musste sie nur zu dem Termin, den Henrik mit ihr und mit Roman Marendorff ausgehandelt hatte. Ausgehandelt schien durchaus das richtige Wort zu sein. Laut Henrik war Marendorff eine harte Nuss und nicht leicht zu überreden gewesen, nach Hannover zu kommen. Marendorff hatte vorgeschlagen, sich gleich in Wustrow zu treffen, was Viktoria ganz vernünftig fand. Aber Henrik meinte, dann würden er und sie stundenlang auf der Autobahn hocken, während umgekehrt nur einer seine Zeit opfern musste. Viktoria wäre das egal gewesen, sie hätte einiges in Kauf genommen. Auch jetzt schaute sie wieder auf das Bild mit der Seebrücke und malte sich aus, wie es wäre, da oben ein Haus zu besitzen. Für jemanden wie Marendorff war das vielleicht nichts Besonderes, er kam immerhin von der Küste. Trotzdem musste es ihm wichtig genug sein, sonst hätte er sicher auf einem anderen Treffpunkt bestanden.

Oder er ist einfach neugierig, dachte Viktoria, während sie sich endgültig für eine Jeans und eine meergrüne ärmellose Bluse entschied. Zumindest wollte sie einen guten Eindruck hinterlassen. Er sollte sie nicht ansehen und denken: Was? Zwei Monate zusammengepfercht mit der?

»Na, wer weiß«, führte sie ihr Selbstgespräch fort. »Vielleicht denke ich ja dasselbe von ihm, wenn ich ihn zu sehen kriege.«

Bei dem Gedanken fiel ihr wieder Melli ein, die sich in der zurückliegenden Woche wie tot gestellt hatte. Viktoria hätte nie einen ernsthaften Bruch zwischen ihnen für möglich gehalten, aber jetzt sah es beinah so aus. Henrik versuchte immer wieder, seine Schwester davon zu überzeugen, dass Viktoria ebenso überrascht war wie alle anderen. Niemanns sonderbares Verhalten auf der Lesereise trug allerdings dazu bei, Melli noch skeptischer zu machen.

Pünktlich um halb drei stand Viktoria mit einem mulmigen Gefühl in der Magengegend vor dem sorgfältig sanierten Altbau in der Uhlemeyerstraße, in dem sich außer der Kanzlei die Büros eines Steuerberaters und einer Medienagentur befanden. Viktoria betrat den Hausflur und bemerkte hinter sich einen Mann, der dasselbe Ziel wie sie hatte. Während sie ihm die Tür aufhielt, schloss sie aus seinem Äußeren, dass er zu der Medienagentur wollte: dunkler Anzug und Krawatte, um die vierzig, fast schwarze Haare, gut einen Kopf größer als sie. Abwesend nickte er ihr zu. Viktoria ließ ihn an sich vorbeigehen, doch plötzlich drehte er sich um und musterte sie aus Augen, die dunkler hätten sein müssen, um zu dem eher düsteren, wenn auch attraktiven Typ zu passen. Tatsächlich waren sie von einem ungewöhnlichen Goldton.

»Frau Brand?« Seine raue Stimme erinnerte sie an eine Zigarettenwerbung, in der harte Cowboys ein romantisches Leben am Lagerfeuer führten. Dieser Vergleich entlockte ihr unbeabsichtigt ein Lächeln.

»Herr Marendorff?«, antwortete sie mit einer Gegenfrage.

Er streckte ihr die Hand hin, allerdings ohne das Lächeln zu erwidern. »Freut mich, Sie kennenzulernen. Darf ich fragen, ob Sie genauso ahnungslos sind wie ich?«

»Ja.«

Marendorff runzelte die Stirn. »Ja, ich darf fragen, oder ja, Sie sind genauso ahnungslos?«

Viktoria biss sich auf die Lippen. Meinte er das so ernst, wie er klang? Hatte der Mann gar keinen Humor? Wieder versuchte sie es mit einem Lächeln. »Beides.«

»Aha.« Er machte eine Handbewegung, mit der er sie bat voranzugehen. Mehr sagte er nicht.

Zum ersten Mal seit Langem war sie froh über Henriks Gegenwart, der sie in der Kanzlei selbst in Empfang nahm. Nur aus den Augenwinkeln sah Viktoria Melli, die wie zufällig aus einer Tür kam und über den Flur ging. Sie überlegte, ob sie die beiden Männer stehen lassen und mit Melli reden sollte. Da bemerkte sie die Rothaarige, die auf Henrik zusteuerte und leise etwas zu ihm sagte, das Viktoria nicht verstand. Henrik schüttelte unwillig den Kopf und bemühte sich, möglichst schnell an der Rothaarigen vorbeizugehen. Viktoria versuchte, sich über ihre Gefühle klar zu werden. Es hätte ihr ein Bedürfnis sein sollen, ihrer Konkurrentin die Augen auszukratzen, stattdessen bemitleidete sie sie fast, weil Henrik sie so kurz abgebügelt hatte.

Ihre Gedanken kehrten zu Melli zurück, die mittlerweile verschwunden war. Sie hatte nichts Falsches getan, und wenn Melli unbedingt schmollen wollte, würde sie ihr nicht nachlaufen.

Henrik führte sie in sein modern und nüchtern eingerichtetes Büro. Die Sitzecke war nicht sonderlich bequem, stellte Viktoria fest. Wie Melli hatte Henrik die Tradition der Kanzlei geachtet und Privates nicht mit Beruflichem vermengt – wenn man mal von der Rothaarigen absah, schoss es Viktoria durch den Kopf –, sodass sie heute zum allerersten Mal die Räumlichkeiten betrat.

»Schön, dass Sie kommen konnten, Herr Marendorff«, eröffnete Henrik das Gespräch. »Sie beide haben sich schon bekannt gemacht? Dann können wir ja gleich zum Wesentlichen kommen. Wir ...«

»Entschuldigen Sie, wenn ich Sie unterbreche.« Roman Marendorff beugte sich vor. »Sie erinnern sich sicher daran, dass ich Sie bei unserem Telefonat gefragt habe, was Sie mir über die Immobilie sagen könnten.«

Henrik nickte. »Nicht mehr als das, was im Testament steht. Wenn ich mich nicht irre, wollten Sie sich das Haus ansehen und endgültig entscheiden, ob Sie zu unserem Termin nach Hannover kommen.«

Viktoria hob die Brauen. Das war das Neueste, was sie hörte.

»Da Sie hier sind«, fuhr Henrik fort, »gehe ich davon aus, dass Ihnen das Haus oder zumindest das Grundstück zusagt?«

»Leider sind mir ein paar unerwartete und unaufschiebbare Termine dazwischengekommen. Ich hatte vor, auf dem Weg nach Hannover einen Abstecher zu machen, aber selbst heute musste ich mich beeilen, um rechtzeitig hier zu sein. Haben Sie mehr in Erfahrung bringen können, was Sie mir ... uns über das Objekt und seinen Zustand sagen können?«

Henrik räusperte sich und schaute kurz zu Viktoria hinüber. »Ein bisschen schon.«

Das war ebenfalls neu für sie, und der Tonfall, in dem Henrik das sagte, ließ ihr das Herz in die Hose sacken. Roman Marendorff sah nicht so aus, als würde er sich ein Haus ans Bein binden, das in etwas anderem als in Topzustand war.

Henrik klappte den Hängeordner auf, den er auf dem Tisch zwischen ihnen abgelegt hatte, und entnahm ihm zwei Blätter. »Ich habe einen befreundeten Kollegen aus Barth angerufen und ihm den Fall geschildert. Netterweise hat er sich bereiterklärt, hinzufahren, das Haus zu fotografieren und mir das Foto für Frau Brand zuzumailen. Er schrieb dazu, dass das Bild allerdings nicht den ... Charme der Kranichburg wiedergebe.«

Neben sich hörte Viktoria ein leises Geräusch und warf einen Blick zu ihrem Miterben, der sich wieder vorgebeugt hatte, Henrik anstarrte und anscheinend kurz davor war, etwas zu sagen.

»Charme?«, ergriff sie das Wort, bevor Marendorff es tat. »Kann es sein, dass du damit was Bestimmtes ausdrücken willst?«

Henrik grinste ein wenig schief, fast entschuldigend. »Ich habe nur aus der Mail zitiert. Die Kranichburg – übrigens ein hübscher Name für ein Haus, oder? – steht leer und sieht anscheinend aus, als wäre das schon seit längerer Zeit der Fall.«

Viktoria streckte die Hand nach dem Ausdruck des Fotos aus, das Henrik ihr zögernd reichte. Im selben Moment, in dem sie das Haus sah, erkannte sie es wieder. Nicht nur, weil es fast am Ende der Straße schräg gegenüber der Seenotrettungsstation stand, sondern vor allem, weil es sich grundlegend von den hübschen Kapitänshäuschen und von den althergebrachten Villen unterschied: Unter einem dunkel gedeckten Dachgeschoss mit Dreiecksgiebel, Gaube und Schmucktürmchen erhoben sich zwei Stockwerke aus hellem Backstein. Roter Backstein umrandete grüne Fensterrahmen, über dem größten war in schwarzen Lettern KRANICHBURG zu lesen. An einer Seite gab es einen Wintergarten, an der Front einen Balkon, und an der anderen Ecke stach ein Erker mit schwarzer Turmspitze hervor. Der verwilderte Garten mit verwittertem Zaun und zwei mächtige alte Bäume auf dem Bürgersteig vervollkommneten das Bild.

Überwältigt starrte sie erst Henrik und danach Roman Marendorff an, der aufgestanden war und über ihre Schulter hinweg auf das Foto sah. Sie schaute hoch in sein Gesicht und wusste, dass es notwendig sein würde, für dieses Haus zu kämpfen, wenn sie es wollte. Und sie wollte es. Wie nichts zuvor in ihrem Leben.

Marendorff richtete sich langsam wieder auf und ging ein paar Schritte zum Fenster. Möglicherweise überlegte er, wie er ihr beibringen sollte, dass er nicht interessiert war. Seine nächsten Worte richtete er jedoch an Henrik. »Ich nehme an, Ihr Kollege war nicht *im* Haus?«

»Nein. Es gibt nur einen Schlüssel, und den hat Martin Niemann mir zur Verwahrung gegeben. Wenn Sie beide sich entschließen, auf seine Bedingungen einzugehen, sorge ich selbstverständlich dafür, dass einige Räume wohnlich hergerichtet werden.«

Wieder schwieg Marendorff. Gerade als Viktoria Henrik bitten wollte, das zu tun, um ihrem eher unwilligen Miterben den Wind aus den Segeln zu nehmen, hatte der sich entschieden. »Frau

Brand, es tut mir leid. Ein Haus wie dieses mag Ihre schriftstellerische Fantasie zu Höchstleistungen anstacheln – obwohl sogar ich mir vorstellen kann, wie der Kasten innen aussieht und was erforderlich sein würde, diese heruntergekommene Immobilie zu sanieren –, aber ich kann meine Zeit nicht damit verplempern, da einzuziehen. Nichts gegen Ihre Gesellschaft oder Sie persönlich natürlich.«

Es spielte zwar keine Rolle, trotzdem fragte sich Viktoria, ob Marendorff schon vorher von ihr gehört oder ob er erst nach Erhalt des Testaments Erkundigungen über sie eingezogen hatte. »Woher wollen Sie wissen, dass das Haus runtergekommen ist?«, fragte sie. »Nur weil es lange Zeit unbewohnt war, heißt das nicht, dass Martin Niemann es hat verwahrlosen lassen.«

»Warum sollte der Mann uns eine Villa vermachen, die vollkommen in Schuss ist? Er kannte uns ja nicht mal«, antwortete er mit einer Gegenfrage.

»Ja, eben«, stimmte Viktoria zu. Wenn er schon nicht mit dem Haus selbst zu locken war, dann eventuell über eine andere Schiene. »Warum hat er uns überhaupt was vermacht? Das würde mich brennend interessieren. Sie nicht? Ich könnte mir vorstellen, dass wir mehr darüber erfahren, wenn wir da einziehen.«

»Ganz davon abgesehen«, schaltete sich Henrik ein, »ist eine Immobilie auf dem Fischland immer wertvoll, selbst wenn sie sanierungsbedürftig sein sollte.«

Roman Marendorff stand noch immer am Fenster. Ungeduldig runzelte er die Stirn. »Hören Sie, das ist lächerlich. Sie können nicht im Ernst von mir erwarten, dass ich zwei Monate lang von allem weg bin, ob sich das Ganze nun lohnt oder nicht. Nicht jeder ist wie Sie, Frau Brand, damit gesegnet, nichts weiter als einen Computer zum Arbeiten zu brauchen, den er aufstellen kann, wo er will.«

Weshalb ritt er immer auf ihrem Beruf herum? Hatte er was gegen Schriftsteller?, fragte sich Viktoria. Oder nur gegen die Art von Büchern, die sie schrieb? Andererseits glaubte sie kaum, dass er je eins davon gelesen hatte. Er war nicht der Typ für Familienromane. Bei dem Gedanken musste sie lächeln.

»Was finden Sie so komisch?«, fragte er.

Zeichnete sich da eine leichte Unsicherheit in seinem Gesicht ab?

»Nichts«, beeilte sich Viktoria zu beteuern. »Ich finde nur – und verzeihen Sie, wenn meine ... schriftstellerische Fantasie wieder mit mir durchgeht –, Sie würden gut in dieses Haus passen. Es ist so widersprüchlich wie Sie. Man weiß nicht, wie's innen aussieht.« Am liebsten hätte sie sich auf den Mund geschlagen, als ihr klar wurde, was ihr da rausgerutscht war. Wenn sie auf diese Weise um das Haus kämpfte, wurde das nichts.

Erstaunlicherweise schien Roman Marendorff sich zu amüsieren. Um seine Mundwinkel zuckte es ganz kurz verräterisch, bis er mit unbeweglichem Ausdruck sagte: »Ich nehme das mal als Kompliment. Gut, um Ihnen entgegenzukommen, werde ich auf dem Rückweg vorbeifahren, mir die Kranichburg ansehen und Sie wissen lassen, wie ich mich entscheide. Einverstanden?«

Mehr konnte Viktoria heute wohl nicht rausholen. Sie nickte und beschloss, sich schon mal eine Strategie zurechtzulegen für den wahrscheinlicheren Fall, dass seine Entscheidung zu ihren Ungunsten ausfiel.

»Dann erlauben Sie mir, dass ich mich verabschiede. Ich melde mich bei Ihnen.« Er reichte Henrik und Viktoria die Hand und war verschwunden.

»Der hatte es aber eilig«, meinte Henrik. »Ich hätte erwartet, dass er mehr Fragen stellt, wenn er sich schon nach Hannover bemüht, ohne das Haus in Augenschein genommen zu haben.«

»Wozu? Du hast mir erzählt, dass Herr Marendorff überaus erfolgreich die Öffentlichkeitsarbeit fürs Deutsche Meeresmuseum macht. Ein stressiges Berufsleben also. Zeit ist kostbar, das müsstest du doch eigentlich wissen. Warum soll er sich mit Fragen aufhalten, wenn er nicht weiß, ob die letztlich für ihn interessant sind? Ich befürchte, er wird nicht mal nach Wustrow fahren, sondern entscheiden, dass er keine Lust auf die Kranichburg und alle damit verbundenen Pflichten hat.«

»Danke für den kleinen Seitenhieb.« Henrik verzog das Gesicht. »Bist du denn wenigstens ein kleines bisschen wissbegieriger als unser Herr Meeresmuseum? Seltsamer Mann übrigens.«

»Wieso seltsam?« Viktoria hatte das ähnlich empfunden und horchte auf, als Henrik es aussprach.

Er zuckte mit den Schultern. »Kann ich nicht beschreiben, ist mehr ein Gefühl. Antipathie auf den ersten Blick.«

»Ganz so weit würde ich nicht gehen«, sagte Viktoria nachdenklich. »Jedenfalls muss es einen Grund geben, weshalb Niemann ihm das halbe Haus hinterlassen hat.«

Jetzt lachte Henrik. »Klar! Aber den muss es auch dafür geben, dass du die andere Hälfte kriegen sollst. Dich finde ich nicht ansatzweise so seltsam wie Herrn Marendorff.«

»Wie darf ich das denn verstehen? Findest du mich langweilig?«

»Ach nein, das nun nicht.« Henrik lächelte, wurde jedoch ganz plötzlich wieder ernst. »Im Gegenteil.« Er trat einen Schritt näher und sah ihr in die Augen. »Vicki – entschuldige, Viktoria«, verbesserte er sich sofort, als er sah, dass sie zusammenzuckte. »Ich hab schon gesagt, dass ich ein Idiot war. Ehrlich, ich weiß nicht, was mich geritten hat, mich mit Julia einzulassen und dummes Zeug von wegen Bindungsangst daherzureden. Gib mir noch eine Chance. Bitte.«

Henrik stand da, mit diesem Blick aus den türkisblauen Augen, mit dem er Steine erweichen konnte. Früher hatte Viktoria sich darin verlieren und alles um sich herum vergessen können. Ihr wurde schwummerig bei der Erinnerung an die alten Zeiten und an das, was Henrik ihr zu versprechen schien. Wie leicht wäre es, diesen einen Schritt auf ihn zuzugehen.

Er hob die Hand und berührte sanft ihre Wange. »Bitte«, wiederholte er.

Ein lautes Klopfen an der Tür ließ beide auseinanderfahren. Melli trat ein, ohne auf ein »Herein« gewartet zu haben.

»Hallo, Melli«, sagte Viktoria und trat noch einen Schritt zurück.

Melli nickte nur, bevor sie Henrik fragte: »War er das? Was hat er gesagt?«

»Bemerkenswert wenig. Abgesehen von der deutlich geäußerten Tatsache, dass er wenig Wert auf das Haus legt, gefällt er sich anscheinend in der Rolle des geheimnisvollen Erben.«

»Das ist ein bisschen unfair«, meinte Viktoria. »Er weiß nicht mehr über mich als wir über ihn.«

»Letzteres können wir ändern. Ich werde meinen Kumpel in Barth bitten, ein bisschen nachzugraben.«

»Tu das«, stimmte Melli zu und wandte sich zum ersten Mal direkt an Viktoria, was ihr offenbar schwerfiel. »Über dich gibt's dagegen jede Menge Infos im Netz, inklusive deiner eigenen Homepage. Entweder hat er sich vorher umgehört, oder es ist ihm egal.« Sie machte eine kurze Pause, bevor sie fortfuhr: »Was hältst du von ihm?«

»Interessant«, erwiderte Viktoria zögernd und registrierte erleichtert Mellis Lachen.

»Romanheldgeeignet, aha. Immerhin etwas.«

»Das Ganze klingt wie ein Roman«, meinte Viktoria. »Schade, dass es Realität ist, sonst könnte ich einen draus machen. Geheimnisvoller alter Mann vererbt geheimnisvolles altes Haus an ebenso geheimnisvollen jüngeren Mann. Ich sollte das meinem Agenten vorschlagen.« Sie hob den Kopf und griff noch einmal nach dem Foto des Hauses. »Man müsste doch rausfinden können, wem es vor Martin Niemann gehört hat. Das könnte etwas Licht ins Dunkel bringen.«

»Endlich spricht das mal jemand an«, stellte Henrik fest. »Normalerweise ist das kein Problem, dafür gibt es Grundbuchämter. Aber leider hat es beim zuständigen Amt in Ribnitz-Damgarten Ende 1993 gebrannt. Dadurch wurden viele Unterlagen zerstört, und anschließend wurde durch die Unmengen Wasser bei der Löschaktion noch ein weiterer großer Teil unbrauchbar gemacht.«

»Na und? Das wird doch alles EDV-mäßig erfasst gewesen sein«, warf Viktoria ein.

»Bei uns schon. Aber Anfang der Neunziger waren die in der Ex-DDR noch nicht flächendeckend mit Computern ausgestattet. Da ist nichts zu machen.«

»Doch«, sagte Melli bestimmt. »Selbst wenn wir an der Stelle nicht weiterkommen: Martin war ein sehr gründlicher und sorgfältiger Mensch. In seinen Papieren müssen Unterlagen zu finden sein, wie und wann er an das Haus gekommen ist. Ein Kaufvertrag oder ein Erbschein.«

Viktoria war froh, dass sich Melli lebhaft an der Diskussion beteiligte. Außerdem stimmte, was sie sagte. Hoffnungsvoll sah sie Henrik an, aber der schüttelte den Kopf. »Danach hab ich als Allererstes gesucht. Entweder war Martin nicht ganz so zuverlässig und gründlich, wie wir immer gedacht haben. Oder ...«

»Oder er wollte es uns nicht so leicht machen und hat bewusst die Unterlagen vernichtet?«, vervollständigte Melli Henriks Gedanken. »Nie und nimmer. Es muss nachgewiesen werden können, dass Martin das Haus gehört hat, sonst könnte ja Gott und die Welt auf die Idee kommen, Ansprüche geltend zu machen. Das Risiko wäre er nicht eingegangen.«

Schweigen legte sich über den Raum, bis Viktoria, immer noch das Foto in der Hand, feststellte: »Euer Martin war ein komischer Kauz. Sollte mich nicht wundern, wenn er die Papiere sehr wohl aufbewahrt hat und es uns überlässt, sie zu finden. Vielleicht«, sie deutete auf das Bild, »sogar irgendwo dort.«

Seit einer geschlagenen halben Stunde stand Roman auf der gegenüberliegenden Straßenseite und schaute auf das Haus, das im Testament schlicht mit »Immobilie Strandstraße 59« bezeichnet worden war.

»Kranichburg«, sagte Roman leise. Er trat auf die Straße, ohne auf den Verkehr zu achten, und wurde fast von einem Auto angefahren. Roman erschrak und fragte sich, ob das eine Art Vorzeichen gewesen sein sollte. Ungeduldig schüttelte er den absurden Gedanken ab. Stattdessen strich er mit den Händen über das raue Holz des verwitterten Zauns. Das müsste abgeschliffen und neu gestrichen werden. Grün, damit es zu den Fensterrahmen passte. Die Fenster ... Er schaute hoch und versuchte, einen Blick hindurchzuwerfen, aber vor den meisten hingen vergilbte altmodische Gardinen, und die Scheiben waren dazu auch noch schmutzig. Zu gern hätte er gewusst, wie es innen aussah. Roman haderte mit sich selbst. Sollte er durch das kleine Tor den Garten betreten und nach einem Weg in die Kranichburg suchen – eine offene Kellertür, ein kaputtes Fenster auf der Rückseite oder etwas in der Art?

Abrupt wandte er sich ab. Es war ein Fehler gewesen herzukommen. Er hätte wissen müssen, dass das seine Neugier anstachelte. Dabei hatte er Viktoria Brand ausgerechnet genau das vorgeworfen!

Langsam ging Roman weiter bis zur Seebrücke. Viktoria Brand. Hübsche Frau, aber das ging schon aus dem Internet hervor. Wahrscheinlich wäre der Umgang mit ihr unkompliziert, sie war ziemlich ruhig gewesen, hatte wenig gesagt. Aber ihre Bemerkung über ihn ... Erstaunlich, wie gut sie ihn eingeschätzt hatte. Waren alle Schriftsteller so? Stille Wasser und gut im Beobachten, damit sie das, was sie sahen und hörten, später mit einer gehörigen Portion Fantasie mischten und in ihrer Einsamkeit vor dem Computer aufschrieben?

Am Kopfende der Seebrücke angekommen, lehnte er sich an

das Geländer und schaute zurück. Trotz des wolkenverhangenen Tages war es schön hier. Was sollte er tun? Er wusste es nicht, heute noch viel weniger als an jenem Tag, an dem er das Testament zum ersten Mal zu Gesicht bekommen hatte.

7.

Auf dem Computerbildschirm baute sich die Startseite des Deutschen Meeresmuseums mit einem Foto von zwei Wasserschildkröten auf. Viktoria erinnerte sich dunkel, an ihrem ersten Morgen in Wustrow von einem Radiospot geweckt worden zu sein, der mit eben diesen Tieren Besucher anlocken sollte. War das eine Idee von Roman Marendorff gewesen?

Seit dem Treffen in Henriks Büro war eine knappe Woche vergangen. Marendorff hatte sich nicht gemeldet. Sie rief sich sein Bild in Erinnerung: ein Mann mit kantigen Gesichtszügen, der sich kerzengerade hielt und Entschlusskraft und Sicherheit ausstrahlte. Viktoria stutzte. So was Ähnliches hatte sie schon mal gedacht, über jemand anderen. Über ihren Patriarchen. Über Martin Niemann, von dessen Identität sie damals nichts geahnt hatte. Lag da die Verbindung und des Rätsels Lösung? Waren Roman Marendorff und Martin Niemann miteinander verwandt?

Wenn das stimmte, musste es das bestgehütete Geheimnis von Martin Niemann sein. Melli und Henrik wussten nichts davon, ebenso wenig Marendorff selbst. Das jedenfalls hätte Viktoria beschwören können. Sie hatte ein untrügliches Gespür dafür, wenn jemand etwas verheimlichte, und Marendorffs Verwunderung und Ratlosigkeit bei ihrer Begegnung im Treppenhaus waren echt gewesen.

Die Türklingel ließ sie hochschrecken. Das würde Henrik sein. Entgegen ihren Vorsätzen war sie vor drei Abenden mit ihm essen gewesen und hatte für den heutigen Abend einer zweiten Verabredung zugesagt. Wie es aussah, bemühte er sich ehrlich um sie. Ihn abblitzen zu lassen war im Augenblick kein Thema mehr.

Zu ihrer Überraschung stand jedoch nicht nur Henrik, sondern auch Melli vor ihrer Tür. »Weibliche Schützenhilfe«, lachte sie. »Wenn du nichts dagegen hast, natürlich nur.«

»Kommt rein, ich bin gleich so weit.«

Während Henrik es sich in seinem Lieblingssessel bequem machte, folgte Melli Viktoria ins Schlafzimmer. »Hör mal, ich wollte dir das schon die ganze Zeit sagen: Ich hab mich unmöglich benommen. Es ist nur, dass ich von diesem Testament völlig überrumpelt war und überhaupt nicht wusste, was ich denken sollte.«

Viktoria nickte und schlüpfte in ihre neue schwarze Jeans. »Ich bin die Erste, die das versteht. Du musst mir glauben, ich habe genauso wenig Ahnung wie ihr, was los ist.«

»Tu ich ja. Und so wie meine irrationale Wut dir gegenüber abnimmt, nimmt sie Martin gegenüber zu. Er hat nie was ohne Grund getan, also hatte er einen. Fragt sich nur, welchen.«

Ratlos zuckte Viktoria mit den Achseln.

»Eben«, fuhr Melli fort. »Aber das Problem sparen wir uns für später auf. Wir haben was zu feiern!« Den letzten Satz sagte sie schon im Flur, sodass Henrik ihn hörte.

»Spielverderberin«, seufzte er.

»Was gibt's denn zu feiern?«, fragte Viktoria prompt. »Habt ihr den wichtigsten Prozess eures Lebens gewonnen?«

Henrik schmunzelte. »So ähnlich.« Mehr war nicht aus ihm rauszukriegen, bevor sie im Mikado saßen, einem asiatischen Restaurant im Keller des Alten Rathauses.

Als Viktoria aufstehen und sich zum ersten Mal am Buffet bedienen wollte, hielt Henrik sie zurück. »Ich würde an deiner Stelle nur Fisch nehmen.«

»Fisch?« Viktoria setzte sich wieder. »Heißt das ...« Sie wagte nicht auszusprechen, was sie schon die ganze Zeit gehofft hatte.

Henrik und Melli sahen sich an. »Marendorff hat heute angerufen«, erklärte Henrik. »Er ist einverstanden. Nicht, dass er übermäßig begeistert klang. Er hat seinerseits ein paar Bedingungen gestellt, die die Frage rechtfertigen, weshalb ich hier sitze, statt zu rotieren und Sachen in die Wege zu leiten.«

»Als da wären?« Das Essen war vergessen, ungeachtet der Düfte, Geräusche und Menschen, die mit köstlichen Speisen auf ihren Tellern vorbeigingen.

»Der Herr möchte arbeiten können in der Kranichburg. Dazu braucht er unter anderem einen Internetanschluss. Ich weiß nicht mal, ob es in dem Haus eine simple Telefondose gibt! Außerdem will er das Ganze so schnell wie möglich über die Bühne bringen und am Achten einziehen.«

»Am achten September?«, fragte Viktoria ungläubig. »Das wäre ja schon in anderthalb Wochen!«

»Du sagst es.«

Viktoria runzelte die Stirn. »Glaubt ihr, er stellt diese Bedingungen bloß, um das alles unmöglich zu machen?«

»Dann hat er sich geschnitten. Verlass dich drauf, ich krieg das hin!«

Henrik hielt Wort. Als er am Freitag darauf Bescheid sagte, dass alles klar wäre, konnte Viktoria es kaum fassen. Offenbar war er ein einziges Mal selbst oben gewesen, um sich einen Eindruck zu verschaffen. Ansonsten hatte er alles delegiert, jemanden nach Wustrow geschickt, der sich um das Nötigste kümmerte, und nebenbei vermutlich noch die Telekom bestochen. Die Kranichburg war bezugsfertig.

»Sag bloß, du hast inzwischen auch mehr über die ehemaligen Besitzer rausfinden können?«, erkundigte sich Viktoria.

»Nein. Meine Leute hatten genug mit dem Haus selbst zu tun, die haben rund um die Uhr geschuftet, da blieb keine Zeit für einen Schwatz mit der Nachbarschaft. Aber du wirst ja nun bald selbst da sein und kannst das nachholen.«

Zum guten Schluss schlug er vor, dass Melli Viktoria begleiten, ihr und Marendorff das Haus übergeben und noch einen Tag dranhängen sollte, um wenigstens ein bisschen was von dem kürzlich versäumten Urlaub nachzuholen. Dafür war Viktoria ihm sehr dankbar, denn trotz ihrer Bereitschaft, für die Kranichburg alle Auflagen Niemanns zu erfüllen, hatte sie doch ihre Vorbehalte gegen den Sprung ins kalte Wasser, sprich: ins ungewisse Leben mit Roman Marendorff.

Bevor sie voll bepackt mit zwei Koffern, einer Tasche und ihrem Notebook die Wohnung verließ, warf sie einen letzten Blick auf das Gemälde mit dem zerstörten Kopf der Seebrücke. »Hoffentlich werden die nächsten zwei Monate nicht ganz so stürmisch ...«, wisperte sie vor sich hin.

8.

Viktoria kannte die Kranichburg von dem Foto her, sie erinnerte sich zudem deutlich daran, das Haus vor ein paar Wochen angeschaut zu haben. Trotzdem war es nun, da sie wieder davor stand, etwas ganz anderes. Es mochte verrückt sein, dennoch spürte sie, dass mit der Begegnung zwischen dem Haus und ihr an diesem Tag etwas Besonderes begann. Sie kam sich albern vor bei diesem Gefühl, das sich hartnäckig in ihr festsetzte. Etwas Ähnliches war ihr schon einmal passiert, damals in Stralsund, als sie Martin Niemann beobachtet hatte, wie er die Buchhandlung verließ, und schlagartig wusste, dass sie ihn niemals wiedersehen würde, wenn sie ihn gehen ließ. Sie hatte die Entscheidung, ihm zu folgen, zu spät getroffen – und es war so gekommen.

Viktoria versuchte zu ignorieren, was sie spürte, sie wollte nicht darüber nachdenken, ob es gut war oder schlecht. Stattdessen ließ sie ihren Blick über die Fassade schweifen. An dem Schriftzug über einem der großen Fenster blieb er hängen: Kranichburg. Die Gegend östlich von Wustrow, um die Boddenlandschaft herum, war bekannt als Rastplatz der majestätischen Vögel auf dem Weg in den Süden. Wahrscheinlich stammte daher der Name des Hauses. Oder, dachte sie, weil der Erbauer gewusst hat, dass in China und Japan die Kraniche als Symbol für ein langes und erfülltes Leben galten. Möglicherweise hatte er – oder sie? – sich Ähnliches erhofft. Was wohl daraus geworden war? Viktorias Blick wanderte weiter über den Turm an der einen Seite, den Wintergarten an der anderen und den Balkon in der Mitte. Ganz links befand sich ein Gartentor, dahinter ein mit Kletterrosen bewachsener Rundbogen, durch den man das Grundstück betrat.

»Willst du hier Wurzeln schlagen?«, fragte Melli belustigt und klimperte mit den Schlüsseln. »Lass uns reingehen.«

»Nein«, widersprach Viktoria. »Wir sollten auf Herrn Marendorff warten.«

»Himmel, bist du korrekt. Wir lassen die Tür auf, er wird uns schon finden! Das ist bloß ein Haus, kein Schloss mit siebenundvierzig Zimmern.«

»Ich möchte trotzdem warten. Es ist sein Haus genauso wie meins. Oder wird es sein. Vielleicht.«

»Wie du meinst«, seufzte Melli. »Wir können ja schon mal ein paar Einkäufe erledigen und den Kühlschrank füllen. Es sei denn, du willst zuerst Herrn Marendorff fragen, welche Marmelade er zum Frühstück bevorzugt.«

»Gar keine.«

Viktoria fuhr herum und sah sich Roman Marendorff gegenüber, der, Mellis spöttischen Tonfall imitierend, ungerührt fortfuhr: »Ich bevorzuge ein herzhaftes Frühstück. Spiegelei, Schinken, Toast mit Butter. Gern gesalzen. Sie finden das alles im Supermarkt um die Ecke.«

Viktoria biss sich auf die Lippe, um ein Lachen zu unterdrücken, bevor sie sich besann und Melli vorstellte. »Frau Gerlach wird uns im Auftrag ihres Bruders das Haus zeigen. Übrigens freue ich mich, dass Sie sich entschlossen haben, Martin Niemanns Spiel mitzuspielen.«

Roman Marendorff nickte nur und ließ Melli vorangehen. Viktoria schloss sich schweigend an, während er als Letzter folgte.

»Toller Typ«, flüsterte Melli und sperrte derart geräuschvoll auf, dass nur Viktoria ihre nächsten Worte hören konnte. »Ich beneide dich nicht um seine Gesellschaft.«

Drinnen war es düster, nur wenig Licht fiel herein, es gab keine Scheiben in der grünen Eingangstür aus Holz, die dringend neue Farbe brauchte. Unwillkürlich suchte Viktoria nach dem Lichtschalter. Dieselbe Idee hatte auch Roman Marendorff, denn ihre

Hände trafen sich beim Umhertasten an der Wand. Viktoria zog ihre peinlich berührt zurück. Marendorff schien das Ganze überhaupt nicht registriert zu haben. Er blinzelte, als es heller wurde, weil Melli die Tür zu einem Zimmer öffnete und Tageslicht in die großzügige Diele hereinließ, die eher wie eine Halle wirkte.

»Hast du nicht gesagt, das wär kein Schloss?«, fragte Viktoria. Auch wenn der Zahn der Zeit überall nagte und die Spuren von Abnutzung und Vernachlässigung nicht zu übersehen waren, hielt sie überwältigt den Atem an. Sie starrte auf die kunstvoll gemusterte Holzeinlegearbeit des Bodens und das einst sicher edel glänzende Holz an den Wänden. Schließlich zog die lange, leicht geschwungene Treppe mit dem durchbrochenen Geländer ihre Aufmerksamkeit auf sich. Ihr Blick folgte den mit einem zerschlissenen Teppich belegten Stufen hinauf und blieb an der Lampe hängen, die von einer ebenfalls reich mit Holz verzierten Decke hing. An ihrem sanft gebogenen Messinggestänge trug sie sechs gläserne Lampenschirme, die aussahen wie Kaffeetassen mit Unterteller.

»Wow«, kommentierte Melli. »Henrik hat kein Wort darüber verloren, wie es drinnen aussieht.«

»Ihr Bruder scheint Überraschungen ähnlich zu schätzen wie Martin Niemann«, stellte Roman Marendorff unbeeindruckt fest. Er betrat durch eine große Flügeltür das erste Zimmer zur Linken.

Bedingt durch ihre Romane, deren Handlung oft mehrere Generationen umspannte, kannte Viktoria sich einigermaßen in den Epochen aus, sie war vertraut mit geschichtlichen Fakten und Alltagsdingen wie Kleidung oder Möbel. Eine derart abstruse Mischung hatte sie bisher noch nicht gesehen. Die zwei auf dünnen Beinen stehenden schmalen Vitrinenschränke mit Jugendstilornamenten stammten aus der Zeit vor dem Ersten Weltkrieg. Die Sitzgruppe mit den gestreiften Bezügen der überdimensionalen Kissen dagegen sah eher nach IKEA aus, ebenso wie der niedrige Couchtisch aus Kiefernholz. Wahrscheinlich war das, was ursprünglich dort gestanden hatte, überhaupt nicht mehr zu gebrauchen gewesen und auf Henriks Anweisung ausgetauscht worden. Bei dem Radio handelte es sich um ein DDR-Modell. Eine offene Schiebetür gab den Blick frei auf das Esszimmer, in dem passend zu den Vitrinenschränken eine Anrichte, ein dunkler ovaler Tisch und vier Stühle mit unbequem aussehenden Rückenlehnen aus Holzstreben und abgenutzten, aber ehemals fraglos guten Sitzpolstern standen.

»Das ist der Wohnbereich«, erklärte Melli, die einen Grundriss in den Händen hielt, auf dem sie sich Notizen gemacht hatte.

»Wär ich nicht drauf gekommen«, murmelte Marendorff. »Ihr Bruder ist nicht nur ein Freund von Überraschungen, er hat sogar Sinn für Humor.«

»Mein Bruder hatte noch was, wie Ihnen klar sein dürfte«, entgegnete Melli scharf. »Nämlich wenig Zeit. Wenn Ihnen was nicht passt, steht es Ihnen frei, sich anders einzurichten.«

Meine Güte, dachte Viktoria. Wenn es je zwei Menschen gab, die sich auf Anhieb nicht ausstehen konnten, dann diese beiden. Wäre das ein Roman, würden die sich am Ende kriegen.

»Was finden Sie daran so lustig?«, hörte sie neben sich Marendorffs Stimme, der gesehen haben musste, wie sie sich ein Lachen verkniff. Er klang wie ein Echo seiner eigenen Worte in Henriks Büro.

»Nichts«, schwindelte Viktoria auch diesmal und wich seinem Blick aus. Was ihr nur kurz gelang. Er wandte seinen Blick nicht ab von ihr, sodass sie sich gezwungen fühlte, ihn wieder anzusehen.

»Sie fangen schon an, oder?«, fragte er.

»Womit?«

»Sich eine Geschichte auszudenken.«

Treffer. Sein Blick sagte eindeutig: Ich kann auch ganz gut beobachten. Melli half Viktoria aus der Klemme, indem sie mit der Führung durchs Haus begann. Es gab im Erdgeschoss noch zwei weitere Räume – einer davon leer, im anderen waren die zusammengestellten Möbel mit Tüchern verhängt – und die Küche.

»Ein Höhepunkt an Modernität, gemessen an allem anderen«, sagte Melli ironisch.

»Für die nächsten zwei Monate sollten wir damit zurechtkommen«, befand Viktoria. Sie musterte die schlichten, quadratisch-praktisch-guten Küchenschränke aus billigen Pressspanplatten in einem hässlichen Beige, den weißen Küchentisch und die braunen Plastikstühle, die wahrscheinlich nie der letzte Schrei gewesen waren. Außerdem gab es einen neuen Kühlschrank, wohingegen der Herd und die Waschmaschine schon viele Jahre auf dem Buckel zu haben schienen. Viktoria beäugte sie misstrauisch. Marendorff hielt sich mit Kommentaren zurück, die Küche interessierte ihn anscheinend weniger.

»Was ist oben?«, fragte er stattdessen.

Melli zog ihren Plan zu Rate. »Ein Bad und vier Zimmer, je eins wurde für Sie beide als Schlafzimmer eingerichtet«, sagte sie und ging voran die Treppe hinauf. Die Holzvertäfelung reichte nur bis zur halben Höhe, darüber war die Wand bräunlich gestrichen, hin und wieder blätterte Farbe ab. Darunter klebte offenbar eine gemusterte Tapete, und Viktoria stellte sich vor, dass früher dort Gemälde gehangen hatten.

Die zwei Schlafräume ähnelten einander: ein Bett, ein Sessel, ein Schreibtisch mit Stuhl und ein Schrank, alles vom selben Einrichtungshaus wie die Sitzgruppe unten. Im Gegensatz dazu hingen von der Decke schalenförmige Lampen aus satiniertem Glas mit Blütendekor, die Wände trugen verblasste Tapeten mit Ranken, die in dem einen Raum einmal grün, in dem anderen blau gewesen waren. Keins der Zimmer gehörte zum Turm, was Viktoria bedauerte, aber das zur Straßenseite verfügte über den Balkon.

Das Bad löste einen Hustenanfall bei ihr aus. Eine Wanne auf vier Füßen hatte sie im wirklichen Leben noch nie gesehen, den Badeofen daneben kannte sie allenfalls noch aus Erzählungen ihrer Eltern. »Kohlen und Holz liegen im Keller«, erklärte Melli süffisant. »Aber es gibt natürlich auch noch das Erholungszentrum

Fischland mit Sauna, Schwimmbad und Duschen. Ist gar nicht weit von hier.«

»Wie tröstlich!« Plötzlich sah Viktoria Roman Marendorff vor sich, wie er, nur mit Bademantel und Schlappen bekleidet, das Haus verließ, um eine Straße weiter zu duschen. Bevor er ihr wieder auf die Schliche kam, drehte sie sich sicherheitshalber um.

Auch in einem der beiden übrigen Zimmer auf dieser Etage stand mit Tüchern abgedecktes Mobiliar. Neugierig hob Viktoria hier und da ein Laken und entdeckte mehrere Antiquitäten, darunter einen zierlichen Jugendstilschreibtisch, aber auch billige und zweckmäßige Sachen aus späteren Jahrzehnten.

Der vierte Raum war verschlossen.

»Was ist da drin?«, fragte Viktoria.

Melli konsultierte erneut den Grundriss und zuckte mit den Schultern. »Keine Ahnung. Offenbar existiert dafür kein Schlüssel, deshalb hat sich niemand drum gekümmert.«

»Kann man die Tür nicht aufbrechen?«, erkundigte sich Roman Marendorff.

»Würde ich nicht tun«, widersprach Viktoria. »Immerhin gehört Ihnen das Haus nicht. Noch nicht. Folglich wäre das Beschädigung fremden Eigentums.«

»Wenn Sie meinen ... Mich interessiert eine weitere Abstellkammer sowieso nicht.«

Marendorffs Blick schien Viktoria einen Augenblick lang was anderes zu sagen. Ihre Intuition auch. Das, was sie gerade gehört hatte, war eindeutig eine Lüge.

Melli scheuchte sie über eine zweite, diesmal sehr schmale Treppe nach oben auf den Dachboden, wo es nur noch drei leere Räume gab. Einer war viel zu schade dafür, weil es darin außer einem Gaubenfenster ein zweites, sehr großes Fenster gab, das den Blick über die Dächer der gegenüberliegenden Straßenseite zuließ, die von der Sonne angestrahlt wurden. In Gedanken richtete Viktoria sich dieses Zimmer schon als gemütliche Bibliothek ein, mit bequemen Sesseln und vielen Pflanzen, passend zur Tapete, deren blassgrünes Muster früher kräftiger gewesen sein musste.

»Das war's«, sagte Melli, als sie wieder unten in der Diele standen. »Zum Arbeiten mit den Laptops gibt's im Wohnzimmer und in den beiden Schlafzimmern alle nötigen Anschlüsse für den Internetzugang.« Mit einem Seitenblick auf Roman Marendorff fügte sie hinzu: »Wie auch immer Henrik das hingekriegt hat.« Schließlich verabschiedete sie sich. »Viel Spaß beim Eingewöhnen.«

Melli hatte sich ein Zimmer im Moby Dick genommen, wo Viktoria sich mit ihr zu einem späten Mittagessen treffen wollte. Sehnsuchtsvoll sah sie ihrer Freundin hinterher, dann war sie allein mit Roman Marendorff.

»Richten wir uns erst mal ein«, sagte er nach einer kurzen Pause. »Ich geh das Gepäck holen und kann Ihres gleich mitbringen, wenn Sie mir Ihre Wagenschlüssel anvertrauen.«

»Gern, danke.« Viktoria bemühte sich um ein Lächeln. Eben hatte er fast normal geklungen, als hätte er sich vorgenommen, es ihnen beiden nicht noch schwerer zu machen. Kaum war er fort, drehte sie sich um und inspizierte die Küche. Nach dem Auspacken würden sie einkaufen müssen. Sie öffnete den Kühlschrank, um ihn schon mal einzuschalten. Er war prall gefüllt, Henrik hatte an alles gedacht, da stand sogar eine Flasche Sekt. Das wär doch was, um die Atmosphäre etwas aufzulockern, dachte sie. Sie hörte, wie Roman das Gepäck in der Diele abstellte, und öffnete die Flasche gerade mit einem dezenten Plopp, als er in die Küche kam.

»Ich fürchte, dieses Senfkristall ist nicht sehr stilvoll, aber es gab nichts anderes.« Roman Marendorff hob irritiert die Brauen. Sie erklärte, was sie im Kühlschrank gefunden hatte, reichte ihm ein Glas und hob ihr eigenes. »Auf die nächsten zwei Monate!«

Marendorff tat es ihr gleich. »Auf gutes Zusammenleben.«

Nach dem ersten Schluck breitete sich Schweigen aus. Viktoria sah, dass Marendorff sein Glas auf einmal austrinken wollte, vermutlich um schnell wieder zu verschwinden. Die nächsten Augenblicke waren wichtig, alles kam darauf an, wie sie einander jetzt begegneten. Viktoria wollte das unter keinen Umständen vermasseln und ihn auch nicht einfach gehen lassen.

»Darf ich Sie was fragen, Herr Marendorff?«

»Roman«, erwiderte er zu ihrer Überraschung, ohne zu zögern. »Wir werden hier die nächste Zeit aufeinanderhocken, wir sollten das alberne Gesieze lassen.«

Viktoria beglückwünschte sich innerlich, auf ihren Instinkt gehört zu haben. »Darf ich dich also was fragen?«

»Sicher.« Das klang eher vorsichtig. Viktoria nahm ihren Glückwunsch wieder zurück, besonders da er leicht ironisch fortfuhr: »Fragen darfst du alles.«

»Nur ob ich eine Antwort kriege …« Sie nahm noch einen Schluck Sekt. »Dabei wollte ich gar nichts Indiskretes wissen, sondern nur, was dich letztlich dazu bewogen hat, dem Ganzen zuzustimmen. In Hannover hatte ich den Eindruck, als wär dir das alles gleichgültig. Zu viel Umstand und Zeitverschwendung.«

»Stimmt«, gab Roman zu. Er starrte in sein Glas, bevor er sie wieder ansah. »Wie versprochen, hab ich auf dem Weg nach Stralsund in Wustrow eine Pause eingelegt und mir die Kranichburg angesehen. Sie hat mir gefallen. Und zu Hause …« Er stockte.

Viktoria schaute ihn aufmerksam an und versuchte, seine Miene zu deuten. Über sein Gesicht zog ein Schatten, der dem gelten konnte, woran er gerade dachte – oder ihr. Hatte sie es doch vermasselt? Sie wandte sich ab und stellte ihr Glas in die Spüle. »Entschuldige«, sagte sie. »Deine Gründe gehen mich nichts an. Ich sollte einfach froh sein, dass du dich für die Kranichburg entschieden hast.«

»Ach was, das ist kein Problem. Ich hab nur überlegt, wie ich das am besten in Worte packe. Ist nämlich ganz witzig.«

»Witzig?« Viktoria guckte ungläubig.

»Ja. Den Ausschlag hat meine Großmutter gegeben. Ich lege sehr viel Wert auf ihre Meinung, so antiquiert das klingt.«

»Tut es nicht. Ich hab nur eine meiner beiden Großmütter überhaupt kennengelernt, die Mutter meiner Mutter, und ich habe sie sehr gern gehabt. Leider ist sie schon vor zwanzig Jahren gestorben. Hat dir deine dazu geraten, dich auf das Abenteuer einzulassen?«

Wieder war Romans Miene schwer zu interpretieren, eine seltsame Mischung aus Belustigung und ... Ärger? »Zuerst hab ich ihr von dir erzählt, was sie ungemein beeindruckt hat«, sagte er. »Du musst nämlich wissen, sie kennt alle deine Bücher.«

»Im Ernst? Das freut mich! Aber höre ich da ein gewisses Unverständnis ihres Enkels heraus?«

»Ganz und gar unmöglich! Ich beurteile nichts, was ich nicht kenne, und ich muss gestehen, ich hab keins gelesen.« Romans Augen blitzten kurz auf. »Jedenfalls war sie ab einem bestimmten Zeitpunkt überhaupt nicht mehr davon abzubringen, mich in die Kranichburg zu schicken.«

»Das heißt, du bist bloß hier, um deiner Großmutter einen Gefallen zu tun?«

Roman schaute aus dem Küchenfenster in den Garten, der hinter dem Haus noch verwilderter aussah als vorn. »Nicht nur. Ich bin zugegebenermaßen ein kleines bisschen neugierig.«

»Damit bist du nicht allein.«

»Dann werden wir dem Geheimnis schon auf die Spur kommen«, meinte er, stellte sein Glas zu Viktorias in die Spüle, drehte den Wasserhahn auf und begann, beide abzuwaschen.

Viktoria schnappte sich ein kariertes Geschirrtuch, das an einem Haken neben dem Fenster hing. »Leinen«, stellte sie fest und befühlte das Tuch. »Schon ein paar Jahre alt, wenn nicht gar Jahrzehnte, aber für Gläser gibt's nichts Besseres.«

»Ich hab mir eine Schriftstellerin nie beim Abtrocknen vorgestellt.«

»Wieso nicht? In einem Ein-Personen-Haushalt lohnt sich eine Geschirrspülmaschine nicht.«

»Das meinte ich nicht. Ich dachte nur …« Roman zögerte.

Viktoria lachte auf. »Du dachtest, Schriftsteller sind so vergeistigt, dass sie für solche profanen Dinge keine Zeit und eine Haushälterin haben?«

»Haben sie nicht?«

»Ich koche gern, hinterlasse dabei meist ein Chaos in der Küche und zähle weder das Aufräumen noch das Spülen zu meinen Lieblingsbeschäftigungen. Eine Haushälterin wäre demnach zwar verführerisch, aber extrem übertrieben. Das Geld kann man besser anlegen.«

»Wofür zum Beispiel?«

»Neulich, nach meiner Lesereise, hab ich kurz drüber nachgedacht, mir hier ein Haus zu kaufen. Irgendwann mal, wenn ich es mir leisten kann«, erzählte Viktoria. Erst als es bereits zu spät war, sah sie, dass sich Romans Gesicht verdüstert hatte.

»Das Problem hast du ja nun gelöst«, sagte er. Das hätte ein ganz normaler, leicht dahingesagter Satz sein können. Stattdessen kam er so unerwartet feindselig heraus, dass Viktoria, die eben noch entspannt an der Spüle gelehnt hatte, sich abstieß und Roman anstarrte.

»Wer weiß das schon?«, sagte sie leise, drehte sich um und verließ die Küche.

9.

»Also echt!« Viktoria war noch immer wütend. Der Anblick der Ostsee von der Terrasse des Moby Dick hatte sie zwar schon besänftigt, aber sie konnte Romans Gesichtsausdruck und vor allem die Schärfe in seiner Stimme nicht vergessen. »Ich muss was grundsätzlich Falsches gesagt haben, auch wenn ich keine Ahnung habe, was das gewesen sein könnte. Erst plaudern wir nett, und von einer Sekunde auf die andere tut er, als würde ich mir was unter den Nagel reißen, auf das ich kein Anrecht habe!«

»Reg dich wieder ab!« Melli lachte und probierte von ihrer Tomatensuppe. »Hmmm, die ist klasse. Mit richtigen Stücken.«

Viktoria verdrehte die Augen. Sie hatte keinen Appetit, nicht mal auf ihr paniertes Seelachsfilet. Zu Anfang in der Küche hatte sich Roman ganz normal verhalten, viel aufgeschlossener, als sie für möglich gehalten hätte, und sein Lächeln, das ständig etwas schief geriet, machte ihn noch attraktiver. Ein Eindruck, gegen den sie sich schon im Haus gewehrt hatte, den sie jetzt aber noch viel verärgerter von sich wies.

»Was erwartest du? Solche Leute haben eine gewisse Portion Arroganz an sich und betrachten erst mal per se alles als ihr Eigentum.«

Viktoria runzelte die Stirn. »Was meinst du mit solchen Leuten?«

»Den Marendorffs gehört eins der besten Hotels in Stralsund, die haben richtig Kohle. Hatten sie schon zu DDR-Zeiten. Der Sohn des Hauses hat damals in Leipzig ein Journalistik-Studium absolviert. Nach der Wende ist er in den Westen gegangen und hat sich auf PR und Öffentlichkeitsarbeit spezialisiert, anschließend ein paar Jahre lang bundesweit und international Berufserfahrung gesammelt, bevor er bei seinen Eltern im Hotel einstieg und den Laden mit genialen PR-Kampagnen noch mehr auf Vordermann brachte.«

»Beeindruckender Lebenslauf. Woher weißt du das alles?«

»Das Internet ist die Quelle der Weisheit. Der berufliche Werdegang steht drin, alles andere hat Henrik wie abgesprochen aus seinem Kollegen in Barth rausgequetscht. Dass Roman Marendorff ausgerechnet die Pressearbeit des Hotels seiner Eltern gemacht hat und vor allem, dass es da in den Jahrzehnten der DDR-Regierung immer reichlich Südfrüchte und Luxus pur gab, wird nämlich nirgends ausdrücklich erwähnt.«

»Warum ist er wohl weggegangen?«, fragte sich Viktoria.

»Wurde ihm vielleicht zu langweilig. Jedenfalls macht er seinen Job im Meeresmuseum genauso erfolgreich.« Melli legte den Suppenlöffel auf der Untertasse ab. »Was ich vorhin sagen wollte: Marendorff ist es von Haus aus gewöhnt, immer recht zu haben, alles richtet sich nach ihm, er kriegt, was er will. Glaubst du, jemand wie der begnügt sich mit einem halben Haus?«

»Aber es gibt keine Möglichkeit, das ganze zu bekommen«, widersprach Viktoria. Außerdem war ihr Roman nicht die ganze Zeit so vorgekommen, wie Melli ihn beschrieb. Es passte allerdings zu seinem Auftreten in Hannover und in der Küche.

»Gibt es schon, mit folgender Strategie: Er zieht diese zwei Monate durch und benimmt sich mal eben so, dass du's aushältst. Dann wird er richtig eklig, bis du keine Lust mehr hast, dir ausgerechnet mit ihm ein Haus zu teilen, dich mit ihm zu einigen, was wie renoviert oder saniert wird und wann er und wann du das Haus nutzen dürft. Und am Ende bietet er dir an, dich auszubezahlen. Genug Geld dürfte vorhanden sein.«

»Du glaubst nur an das Schlechte im Menschen, oder?«

»Kein Wunder bei diesem Exemplar.«

»Tja«, sagte Viktoria unbestimmt. »Aber er hat auch andere Seiten. Als ich vorhin ging, stand er im Wohnzimmer. Ohne sich zu rühren, mitten im Raum. Als wollte er die Umgebung auf sich wirken lassen.«

»Wie bitte?« Wieder lachte Melli auf. »Der hat bloß den Wert des Mobiliars geschätzt!«

Merkwürdigerweise war Viktoria mit einem Mal wütend auf Melli und wünschte, sie hätte diesen letzten Eindruck von Roman unerwähnt gelassen. »Glaub ich nicht.«

»Was ist jetzt?«, fragte Melli. »Bist du sauer auf ihn, oder willst du ihn verteidigen?«

»Unsinn, will ich nicht.«

Melli schob die leere Suppentasse von sich und musterte Viktoria. »Der Mann gefällt dir!«, sagte sie fassungslos. »Das gibt's nicht! Fall bloß nicht auf den rein!«

»Ich fall auf überhaupt niemanden rein, nicht mehr. Das hab ich hinter mir!« Sie sah, dass Melli sofort wusste, worauf sie anspielte.

»Du bist unfair. Henrik hat sich ein Bein ausgerissen, um Marendorffs Bedingungen zu erfüllen, damit du zu deinem Haus kommst!«

»Das weiß ich, und ich bin ihm sehr dankbar dafür.«

»Aber das heißt offenbar nicht, dass du darüber nachdenkst, ihm sein Verhalten zu verzeihen. Versteh ich das richtig?« Melli wurde immer aufgebrachter.

»War das etwa Henriks Bedingung?«, fragte Viktoria. »Davon hat er nichts gesagt.«

»Nein. Aber du könntest ...«

»Du musst schon mir überlassen, was ich kann und was ich will!« Viktoria stieß ihren Stuhl zurück. Heute war anscheinend nicht ihr Tag, alle Welt wollte sich mit ihr streiten. Sie hatte keine Lust mehr, ihrer Freundin zu erzählen, dass sie in Hannover Henriks neuerlichen Bemühungen gegenüber gar nicht abgeneigt gewesen war. Wortlos legte sie einen Schein auf den Tisch und nahm den kürzesten Weg von der Terrasse zum Strand. Gerade hatte sie ihre Schuhe ausgezogen und ihre Zehen in den Sand gegraben, als sie eine Hand auf ihrer Schulter spürte.

»Lass uns Henrik und Roman vergessen, ja?«, sagte Melli. »Männer machen sowieso nur Ärger, sie verdienen es nicht, dass wir uns ihretwegen das Wochenende vermiesen lassen.«

Viktoria sah in Mellis Gesicht. Sie schien sich Sorgen zu machen. Um sie? Oder um Henrik? »Hast recht«, stimmte sie zu. Dann rief sie: »Wer zuerst am Wasser ist!«, und rannte los.

Melli schaffte es knapp, Viktoria kurz vor dem Ziel einzuholen. »Ich bin aus der Übung«, brachte sie außer Atem hervor. »Würd's dir viel ausmachen, wenn wir nur gehen statt laufen?«

Untergehakt spazierten sie am Wasser entlang und ließen sich die Wellen um die Beine spülen. Viktoria genoss das, trotzdem dachte sie immer wieder an Roman. »Wie heißt eigentlich das Hotel der Marendorffs?«, fragte sie unvermittelt.

»Schwedenkrone. Passt zu einer snobistischen Familie, finde ich.« Melli schnalzte verächtlich mit der Zunge, besann sich aber eines Besseren. »Ach je, da bin ich wohl wieder von meiner Antipathie überwältigt worden. Ich wollte ja nichts mehr gegen die Leute sagen.«

Viktoria lachte. »Ich kenne Romans Familie nicht, mag sein, dass die snobistisch ist. Abgesehen von seiner Großmutter. Die liest meine Bücher, und das ist doch keine ganz schlechte Referenz, oder?«

Es war schon Abend, als Viktoria leise die Kranichburg betrat. Sie blieb in der Diele stehen. Nichts rührte sich. Entweder war Roman ebenfalls unterwegs, oder er hatte sich in sein Zimmer zurückgezogen. Beides sollte ihr recht sein, sie legte wenig Wert auf ein Zusammentreffen.

In der Stille bemerkte sie, dass die Treppe knarrte. Ob das schon immer so gewesen war? Nicht zum ersten Mal fragte sie sich nach den Anfängen der Kranichburg. Sie hatte sich schon einiges ausgemalt, und normalerweise gab sie sich damit zufrieden, die verschiedenen Szenarios durchzuspielen. Diesmal jedoch nicht. Auf dem oberen Treppenabsatz blieb sie stehen und sah sich suchend um, bis sie einen Lichtschalter fand. Neugierig, ob die imposante Deckenbeleuchtung funktionieren würde, legte sie den Schalter um. Fünf der sieben Lichter flackerten auf, eins nur kurz, bevor es erlosch. Doch es war hell genug, um sich umzusehen und festzustellen, welch merkwürdige Schatten das Geländer an die Wände warf und wie hoch die Treppe von hier oben wirkte. Langsam ging Viktoria Stufe für Stufe wieder hinunter und betrat das Wohnzimmer, ohne das Licht einzuschalten. Es war noch nicht ganz dunkel draußen, und sie konnte genug erkennen. Sie ignorierte die IKEA-Sitzgruppe und konzentrierte sich auf die anderen Möbel, wie Roman es am Nachmittag getan hatte. Dabei versuchte sie, sich in die Vergangenheit zurückzuversetzen. Spürte sie wahrhaftig Traurigkeit? Und gleichzeitig etwas anderes, weniger Düsteres? Wie einen kleinen Silberstreif am Horizont?

Schriftstellerin mit einem Hang zu überbordender Fantasie zu sein war manchmal von Nachteil. Entschlossen ging Viktoria wieder nach oben und betrat ihr zur Straße hinausgehendes Zimmer mit dem Balkon und den verblassten grünen Tapeten, in das sie vorhin ihr Gepäck hineingestellt hatte. Eine Viertelstunde später war sie mit Auspacken fertig und machte sich auf ins Bad. Immerhin gab es fließend warmes Wasser. Irgendwann, dachte sie, werde ich diese Wanne füllen und mich hineinlegen. Tolles Ding!

Nach der frischen Luft erwartete Viktoria, schnell einschlafen zu können, aber das war ein Irrtum. Sie wälzte sich von einer Seite auf die andere, lauschte auf die Geräusche im Haus, dachte über die Kranichburg nach. Über Martin Niemann und seine Verbindung zu diesem Landstrich, von der niemand etwas gewusst hatte. Und immer wieder über die Kranichburg. Nach zwei Stunden knipste sie entnervt die kleine Lampe auf dem Nachttisch an, zog sich einen Morgenmantel über und trat auf den Flur. Langsam ging sie von Zimmer zu Zimmer, wiederholte den Rundgang durchs Haus, diesmal allein. Dabei beschlich sie das merkwürdige Gefühl, dass sie schon während Mellis Führung etwas übersehen hatte. Vor dem abgeschlossenen Raum blieb Viktoria stehen und starrte auf die Tür, als könne sie sie damit zwingen, sich zu öffnen. Natürlich tat sich nichts dergleichen, sodass sie in ihr Zimmer zurückkehrte und sich unter die Decke kuschelte. In ihren Träumen geisterte sie durch Räume, die sich ständig veränderten, sich verschoben und von selbst austauschten.

Lautes Vogelgezwitscher war wirksamer als jeder Wecker. Um halb sieben drehte sich Viktoria noch einmal um. Nach zehn Minuten merkte sie, dass jeder Versuch, wieder in den Schlaf zu gleiten, sinnlos war. Müde quälte sie sich aus dem Bett und öffnete die Balkontür. Die klare Morgenluft entschädigte sie für jeden Schlafmangel. Sie streckte sich und blieb danach auf dem Balkon stehen, um die Straße entlang zu sehen, die um diese Uhrzeit noch ruhig dalag. Erst als es ihr zu kühl wurde, trat sie wieder ins Zimmer und schließlich auf den Flur, auf dem dieselbe Stille herrschte wie am Abend zuvor. Dennoch klopfte sie vorsichtshalber an die Badezimmertür. Es kam keine Antwort, daher schlüpfte sie hinein, wusch sich am Waschbecken und kam wach und erfrischt wieder hinaus.

Es war noch viel zu früh für ihre Frühstücksverabredung mit Melli, daher beschloss sie zu arbeiten. Viktoria nahm ihr Notebook und ging damit hinunter in die Küche. Gestern hatte sie auf der Terrasse einen Tisch aus Teakholz und zwei Stühle stehen sehen, das war verlockender, als oben in ihrem Zimmer zu hocken. Sie musste allerdings feststellen, dass schon jemand vor ihr auf diese Idee gekommen war.

»Guten Morgen«, grüßte Roman. Er saß vor seinem aufgeklappten Laptop, aus dem merkwürdige Laute drangen.

»Morgen«, entgegnete Viktoria knapp und wollte schon auf dem Absatz kehrtmachen. »Da will ich mal nicht stören.«

»Tust du nicht«, hielt Roman sie zurück. »Tut mir leid, was mir da gestern rausgerutscht ist. Ich hab's nicht so gemeint, wie's geklungen hat. Ehrlich.« Er sah zerknirscht aus. Was hatte dieser Mann bloß an sich, dass Viktoria ständig bereit war, zu seinen Gunsten zu entscheiden?

»Schon gut, ich war zu schnell eingeschnappt.«

Roman lächelte. »Zu Recht. Aber danke, dass du's mir nicht nachträgst. Ich wollte gerade Kaffee machen, willst du auch welchen?«

»Ja, gern.«

Roman verschwand in der Küche. Aus den Lautsprechern seines Laptops drangen immer noch die seltsamen Geräusche. Neugierig riskierte Viktoria einen Blick. Ein Film zeigte zwei Wale tief unter der Meeresoberfläche, und was sie hörte, waren augenscheinlich Walgesänge.

Als Roman mit dem Kaffee und zwei Tassen auf einem Tablett zurückkam, stand Viktoria immer noch fasziniert davor. »Ich hätte nicht gedacht, dass ihr im Meeresmuseum Wale habt«, sagte sie.

»Immerhin das sechzehn Meter lange Skelett eines Finnwals. Und warte ab, bis du nächstes Jahr im Ozeaneum in der Halle der Riesen der Meere Walnachbildungen in Originalgröße bewundern kannst. Aber leider keine lebenden. Dafür haben wir zwei echte Schwarzspitzenriffhaie im Aquarium.« Er machte eine Pause und zeigte auf das Display seines Laptops. »Das da sind die wichtigsten Forschungsobjekte unserer Wissenschaftler, Schweinswale. Sie leben in der Nord- und in der Ostsee, und durch dieses Klicken und Pfeifen verständigen sie sich. Im Natureum am Darßer Ort kannst du dich ausführlicher darüber informieren, wenn du magst.«

»Ist es einen Besuch wert? Ich hab natürlich vom Meeresmuseum in Stralsund gehört, aber bisher nichts vom Natureum.«

»Es ist ein ganzes Stück kleiner, aber durchaus lohnenswert. Wenn dich Tiere und Strandfunde weniger interessieren, gibt's immer noch den Leuchtturm, den solltest du nicht verpassen.«

Strandfunde ... Das klang spannend, fand Viktoria. »Wirst du deine PR-Arbeit fürs Museum auf das Natureum konzentrieren, während wir hier sind?«

»Einen Teil zumindest. Mit diesem Argument und mit der Maßgabe, dass ich zwei- bis dreimal in der Woche in Stralsund bin, hat mein Chef die Sache geschluckt. Anders als ...« Roman unterbrach sich abrupt, sein Blick verlor sich in der Ferne, bevor er sich wieder Viktoria zuwandte. »Nimmst du Milch zum Kaffee? Ich hab eben gar nicht gefragt«, wechselte er so demonstrativ das Thema, dass Viktoria sich lieber nicht erkundigte, was er ursprünglich hatte sagen wollen.

»Ich geh welche holen, kein Problem«, meinte sie stattdessen.

In der nächsten Stunde wurde ihre Arbeit nur durch das Klirren des Kaffeegeschirrs unterbrochen. Viktoria sah ein paarmal hoch in den verwilderten Garten und in den Himmel, nahm bewusst die Ruhe wahr und schaffte erstaunlicherweise mehr als sonst in derselben Zeit. Erstaunlicherweise, weil sie erwartet hatte, sie würde durch Romans Anwesenheit abgelenkt werden, doch das Gegenteil trat ein. Trotz des Schweigens breitete sich eine entspannte Atmosphäre zwischen ihnen aus, und als sie das nächste Mal aufsah und bemerkte, dass er aufgestanden war und ins Grün starrte, fühlte sie sich ihm beinah verbunden.

Er schien zu spüren, dass er beobachtet wurde, denn er sagte, ohne sich umzudrehen: »Sollen wir das alles stutzen und einen ordentlichen Garten draus machen oder es so lassen?«

Wir? War in Roman womöglich etwas ganz Ähnliches wie in ihr vorgegangen?

»Schwierig. Eigentlich sieht es sehr hübsch aus, wie es ist. Wenn wir das Unkraut dazwischen vernichten und ein paar Wege begehbar machen, würde das schon reichen für gepflegten Wildwuchs.«

Roman nickte abwesend. »Sieht aus, als hätte sich da schon lange keiner mehr durchgekämpft.«

»Wer weiß, was wir finden?« Viktoria trat neben Roman. »Ein Feenschloss?«

Roman schaute sie von der Seite an. »Wusste nicht, dass du Fantasy schreibst«, witzelte er.

»Okay, kein Feenschloss. Stattdessen einen Pavillon? Weiß, verschnörkelt, wunderbar altmodisch mit verfallenem Dach?«

»Wir werden's nur erfahren, wenn wir uns in die Wildnis wagen. Leider hab ich keine Machete. Meinst du, wir schaffen das ohne?«

»Mit dir als Indiana Jones kein Problem.«

»Aber nicht, dass du anfängst zu kreischen wie diese unsäglichen Weiber aus den Filmen, wenn dir eine Spinne begegnet!« Offenbar bereitete Roman das Abenteuer Garten ebenso viel Vergnügen wie Viktoria, und als sie am Ende mit etlichen Schrammen an den Armen tatsächlich etwas entdeckten, blieben sie stehen.

»Eine Gartenlaube«, flüsterte Viktoria entzückt. »Irgendwie hab ich doch recht: Sie sieht aus wie ein Feenschloss.« Daran änderte auch nichts, dass ein paar Fensterscheiben kaputt und die restlichen ganz blind waren, die Butzenscheibentür schief in den Angeln hing, die ehemals grünen Fensterrahmen nur noch hier und da Farbe trugen und das Dach wirklich an einer Stelle eingefallen war. Die zierliche Konstruktion wirkte zauberhaft.

Viktoria trat einen Schritt näher und berührte die Tür.

»Vorsicht!«, warnte Roman, doch es war zu spät, Viktoria hatte sich bereits einen Splitter eingefangen.

»Mist!«, fluchte sie und lutschte an ihrem blutenden Zeigefinger.

»Lass uns zurückgehen, du brauchst ein Pflaster«, sagte Roman.

»Das hat Zeit, wir haben doch gerade erst die Laube entdeckt.« Ohne weiter auf Roman zu achten, umrundete sie das Häuschen und versuchte, durch die kaputten Fenster zu spähen. Drinnen sah es schlimmer aus als in einer Rumpelkammer. Der im Laufe der

Jahre durchs Dach eingedrungene Regen hatte große Schäden an den Gartenmöbeln angerichtet. Ursprünglich waren vor der Fensterfront, die zum angrenzenden Grundstück zeigte, Gardinen angebracht gewesen, die jetzt in Fetzen herunterhingen. Eine Petroleumlampe mit zerbrochenem Zylinder stand auf einem kleinen Schränkchen, davor lag ein umgekippter Sessel, dessen Polsterung mottenzerfressen und von Sprungfedern durchbohrt war.

Viktoria schluckte. Aus unerfindlichen Gründen kamen ihr plötzlich die Tränen. Sie beeilte sich, sie wegzuzwinkern.

»Traurig«, sagte Roman, der neben ihr stand, sich ein wenig vorgebeugt hatte und ebenfalls durch die zerbrochene Scheibe blickte. »Als ob das Leben einfach aufgehört hat, zerfallen ist, unbemerkt vom Rest der Welt.«

»Wie Dornröschen in ihrem Schloss«, fügte Viktoria hinzu. »Sie hat hundert Jahre geschlafen. Wie lange, glaubst du, ist es her, dass das letzte Mal jemand hier war?«

»Keine Ahnung. Ziemlich lange.« Roman richtete sich wieder auf und nahm Viktorias Hand mit dem verletzten Finger. »Das muss versorgt werden. Die Laube läuft nicht weg.«

Auf dem Rückweg sagte keiner von beiden ein Wort, jeder hing seinen Gedanken nach. Im Haus hielt Viktoria ihren Finger unter kaltes Wasser, um die Wunde zu säubern, während Roman sich um ein Pflaster kümmerte. Gerade als er ihr half, es aufzukleben, weil Viktoria das mit einer Hand schlecht konnte, klingelte ihr Handy.

»Wo bleibst du?«, fragte Melli. »Ich sterbe vor Hunger! Wenn du nicht bald kommst, stürze ich mich allein aufs Frühstück!«

»Bin schon unterwegs!« Über ihrer Arbeit, dem Garten und der Laube hatte Viktoria die Verabredung ganz vergessen. Sie dankte Roman für seine Hilfe und wollte ihr Notebook herunterfahren, doch er winkte ab.

»Lass nur, ich mach das. Geh frühstücken! Und grüß mir Frau Gerlach. Wahrscheinlich wird sie noch wütender auf mich, wenn sie hört, dass du nur deshalb zu spät kommst, weil ich dich in den Garten gelockt habe!«

Viktoria lachte, doch dann sah sie wieder diesen Ausdruck in Romans Gesicht und konnte mit einem Mal nicht mehr sagen, wie ernst es ihm mit seiner Äußerung war.

10.

Der Montagmorgen begann in zweierlei Hinsicht grau. Wolken hatten sich vor die Sonne geschoben, und der Wetterbericht brachte kaum Hoffnung auf Besserung. Außerdem war Melli am gestrigen Abend zurück nach Hannover gefahren.

Als Viktoria auf den Flur trat, traf sie auf Roman, der nur wenige Schritte von ihr entfernt stand. Er fixierte die Tür des versperrten Raums. Sie gab keinen Laut von sich, sondern beobachtete ihn, wie er einen Schritt auf die Tür zu machte, zögerte – und sich abwandte. Da entdeckte er sie. War er tatsächlich zusammengezuckt?

»Das Geheimnis des verschlossenen Zimmers«, sagte sie möglichst unverfänglich. »Wäre ein schöner Buchtitel, gibt's aber bestimmt schon.«

»Und wenn's ein Roman wäre?«, fragte er. »Was würden die Protagonisten tun? Den Raum ignorieren? Neugierig nachforschen? Getrennt? Gemeinsam?«

»Kommt drauf an«, erwiderte Viktoria. »Was für ein Buch wäre es? Krimi? Romantische Komödie? Familiendrama? Historischer Roman? Und, noch wichtiger: Wie stehen die Figuren zueinander?«

Plötzlich wich Roman ihrem Blick aus. »Woher soll ich das wissen? Du bist die Schriftstellerin. Hätte nicht geglaubt, dass man so viel bedenken muss.«

»Wir warten im Allgemeinen nicht den ganzen Tag darauf, dass uns die Muse küsst.« Viktoria lachte etwas gezwungen. Warum reagierte Roman so befremdlich auf ihre hypothetischen Fragen? Fand er sie am Ende gar nicht hypothetisch? Sie folgte ihm die lange Treppe hinunter und betrachtete seinen Rücken, der ihr völlig verkrampft vorkam.

Beim Frühstück wollte sich die vertraute Stimmung vom Vortag nicht wieder einstellen. Nach ein paar belanglosen Worten zog sich jeder zurück, um zu arbeiten. Was anderes konnte man bei dem Wetter kaum tun. Einige Stunden später hörte Viktoria Schritte auf dem Flur und kurz darauf die Haustür dumpf ins Schloss fallen. Neugierig schaute sie aus dem Fenster. Roman stieg gerade in seinen Geländewagen und fuhr Richtung Hauptstraße davon. Ob er nach Stralsund wollte, ins Natureum, zum Einkaufen oder einfach nur raus – zum ersten Mal wusste Viktoria ganz sicher, dass sie allein im Haus war. Ein seltsames Gefühl. Allein in *ihrem* Haus. Sie setzte sich wieder an den Schreibtisch, kriegte den nächsten Satz aber nicht vernünftig hin. Nachdem sie ihn zigmal umformuliert, gelöscht, neu geschrieben und wieder gelöscht hatte, gab sie auf. Ständig dachte sie an Roman und sein eigenartiges Verhalten wegen des verschlossenen Zimmers. Sie konnte nicht leugnen, neugierig auf das zu sein, was sich darin verbarg. Aber Roman ging es womöglich um mehr als bloße Neugier. Viktoria erinnerte sich an die erste Besichtigung der Kranichburg und an ihren Eindruck, dass ihm dieses Zimmer nicht so gleichgültig war, wie er vorgab. Und heute hatte er fast wie hypnotisiert auf die Tür gestarrt.

Viktoria schaltete ihr Notebook auf Standby und machte sich auf ihren dritten Rundgang durch das Haus. Diesmal durchsuchte sie alle Schränke und Schubfächer nach dem passenden Schlüssel. Sie stieß auf alte Tisch- und Bettwäsche, fraglos sehr altes, aber leider angeschlagenes Porzellan, wertvolle Kristallgläser, merkwürdig geformte Korkenzieher, Briefpapier, Küchenutensilien, Glühbirnen, die vermutlich seit Jahrzehnten nicht mehr funktionierten, Gummis für Einweckgläser – aber nichts war dabei, was ihr half, in das Zimmer zu kommen.

Erfolglose zwei Stunden später schwebten ihre Finger wieder über der Notebook-Tastatur, bis sie ihre Textdatei schloss und das

Internet öffnete, um dort nach dem nächstgelegenen Schlüsseldienst zu forschen. Bei dem Anruf verspürte sie ein schlechtes Gewissen, weil sie das allein und ohne Absprache mit Roman tat und weil sie ihn verdächtigte, ihr etwas zu verheimlichen. Dafür gab es keinen stichhaltigen Beweis, nur ihre Intuition. Während sie auf den Schlüsseldienst wartete, lief sie unruhig im Wohnzimmer auf und ab und wollte schon ihren Auftrag stornieren. Zu spät. Es klingelte an der Haustür.

»Tach«, begrüßte sie der Mann im Blaumann wortkarg. »Soll 'n Schloss aufbrechen.« Dabei wedelte er mit einem rosa Auftragszettel vor Viktorias Nase herum. »Is das richtig hier?«

»Na ja«, begann Viktoria.

»Was jetzt? Is hier 'ne Tür aufzumachen oder nich?«

»Schon. Aber ich wär Ihnen dankbar, wenn das ohne Aufbrechen ginge.«

»Ach so. Ja klar, keine Sorge. Wo isses denn? Oben?« Auf Viktorias Nicken hin ging der Mann an ihr vorbei und lief, zwei Stufen auf einmal nehmend, die Treppe hoch. Was links und rechts war, interessierte ihn offenbar kein bisschen. Wenn Viktoria in eine fremde Wohnung kam, sah sie sich meist um. So was ging dem Mann völlig ab. Es sei denn ...

»Waren Sie schon mal hier?«, fragte sie. Bot sich da unerwarteterweise eine Möglichkeit, etwas über die Geschichte des Hauses zu erfahren?

»Nee«, antwortete er, und damit war das Thema für ihn erledigt. »Welche Tür?«

Enttäuscht führte Viktoria ihn hin. Immerhin hatte sie sich wieder daran erinnert, die Leute in Wustrow nach der Kranichburg und ihrem Besitzer zu fragen. Nicht gerade die von nebenan, sie konnte sich schlecht als neue Nachbarin vorstellen, wenn sie noch nicht wusste, ob sie es wurde. Aber vielleicht die Kassiererin im Supermarkt oder die Bedienung im Moby Dick. Oder den Postboten.

»Worauf warten Sie?«, fragte der Mann ungehalten.

»Wie bitte?«

»Umdrehen«, kommandierte er.

»Wie bitte?«, wiederholte Viktoria.

»Ich soll die Tür aufmachen, ohne das Schloss aufzubrechen. Heißt, ich werd 'ne andere Methode anwenden. Da dürfen Sie nich zusehen, sonst machen Sie's morgen noch nach. In einem fremden Haus, verstehn Sie?« Dabei grinste er. Himmel, hoffentlich war der bald fertig. Gehorsam drehte sie sich um und hörte kurz darauf ein leises Klicken.

»Das wär's, junge Frau. Bar oder auf Rechnung?«

Junge Frau! Viktoria verzog das Gesicht. Sie kam sich vor wie fünfundsechzig. »Wie viel?« Sie holte das Geld, bezahlte und war froh, den unangenehmen Menschen wieder los zu sein. Erst danach ging ihr auf, wie viel Glück sie gehabt hatte. Wäre Roman mitten in die Arbeit des Schlüsseldienstes geplatzt, hätte sie einiges zu erklären gehabt.

Viktoria musterte die Tür, die einen winzigen Spalt offen stand. Sachte tippte sie mit dem Zeigefinger dagegen. Ihr Herz klopfte so laut, dass sie glaubte, es müsse Tote aufwecken. Wieso war sie überhaupt aufgeregt? Sie versuchte, sich zu beruhigen, indem sie auf Geräusche von unten lauschte. Nichts. Endlich fand sie den Mut, die Tür ganz aufzustoßen.

Mit angehaltenem Atem sah sie in das Innere des Raums, direkt auf den gemusterten Store vor dem Fenster gegenüber. Oben wurde es von einer Schabracke und zu beiden Seiten von gerafften Vorhängen gerahmt. Der Stoff war ehemals tiefrot gewesen. Das Ensemble wirkte wie ein Theatervorhang – mit dem Unterschied, dass sich die Bühne nicht dahinter befand, sondern davor: das Zimmer selbst.

Viel konnte Viktoria nicht erkennen. Die Möbel waren mit Tüchern verhüllt. Sie zog eins nach dem anderen ab, ohne die einzelnen Stücke, die darunter zum Vorschein kamen, genauer zu betrachten. Damit wartete sie bis zum Schluss, bis der Raum komplett unverhüllt vor ihr lag.

Er war perfekt. Hier gab es, von der Lampe abgesehen, die man später mit dem Einzug der Elektrizität angebracht hatte, keinerlei Stilmix. Alles passte harmonisch zusammen, angefangen mit der auf die Gardinen farblich abgestimmten Tapete, die – ebenso verblasst – ein Streifenmuster in Rot und Beige trug und oben abgeschlossen wurde von einer Bordüre aus zarten Rosenblüten. Vor dem Fenster stand ein kleines, rundes Tischchen, in der rechten Ecke ein halbrunder Schreibtisch aus dunklem Holz mit ebenfalls halbrunden Schrankfächern auf beiden Seiten und einer Schublade unter der Schreibfläche. Davor ein bequem aussehender Stuhl mit rotem Polster. Weiter vorn, zur Tür hin, befand sich ein schmaler, halbrunder Schrank mit Vitrinenaufsatz. Die Ornamente waren die gleichen wie auf den Schreibtischfächern.

An der linken Wand schließlich stand schräg ein zierlicher Toilettentisch mit ovalem Spiegel und halb hinter der geöffneten Tür ein Bett. Über dem Bett hing ein Gemälde, das ... Viktoria riss die Augen auf.

»Das gibt's doch nicht!«, sagte sie laut und erschrak von ihrer eigenen Stimme. Im ersten Moment glaubte sie, es mit einer exakten Kopie ihres eigenen Gemäldes zu tun zu haben, das sie erst vor wenigen Wochen in Ahrenshoop gekauft hatte. Als sie näher trat, sah sie, dass die Bilder keineswegs identisch waren, sondern dieses hier so etwas wie ein Vorläufer des anderen sein mochte. Zwar zeigte es denselben Blick aus demselben Fenster, doch der Himmel war viel freundlicher und das Grün der Bäume frischer und üppiger. Und schließlich das Meer, blau und strahlend schön, die Seebrücke intakt, unendlich lang zum Horizont führend und im Dunst, im Nichts verschwindend. Letzteres verlieh dem Gemälde etwas Mystisches, wo sonst klare Linien vorherrschten. Die Signatur unten rechts bestand aus zwei ineinander verschlungenen Buchstaben und einer unleserlichen Jahreszahl, die möglicherweise jemand versehentlich verwischt hatte, als die Farbe noch feucht war. Nur die ersten beiden Ziffern 1 und 9 erkannte Viktoria deutlich.

»Falls das eine Art Vorläufer meines Bildes ist«, überlegte sie laut, »müsste es 1923 oder 1924 heißen.«

Viktoria hatte vergessen, dass sie sich in einem »verbotenen« Zimmer aufhielt, so vertieft war sie in den unerwarteten Anblick des vertrauten und gleichzeitig fremden Bildes. Erst ein Geräusch durchbrach diese Stille, und es dauerte eine Weile, bis sie es identifizierte. Die Haustür! Sie warf einen letzten Blick auf das Bild, bevor sie schnell und leise zugleich auf den Flur zurücktrat. Gerade kam Roman die Treppe hoch.

»Hallo, Viktoria«, grüßte er mit einem Lächeln.

»Hallo«, erwiderte sie zögernd.

Inzwischen war er bei ihr angekommen. »Hast du schon was gegessen?«, fragte er gut gelaunt. »Falls nicht, hättest du Lust auf ein gemeinsames Abendessen?«

Seine Stimmungsschwankungen irritierten Viktoria noch mehr als seine mürrische Wortkargheit am Morgen. Nie konnte sie sicher sein, woran sie mit ihm war.

»Warum nicht?«, antwortete sie vorsichtig. »Es müsste noch Tiefkühlpizza im Gefrierfach sein. Soll ich die in den Ofen schieben?«

»Ich dachte eher an was Gesünderes. Magst du Fisch?«

»Sehr gern sogar. Ich fürchte nur, wir haben keinen da. Oder willst du ins Restaurant?«

Roman schüttelte den Kopf. »Nicht nötig. Ich hab eingekauft. Du kannst ja schon mal vorgehen und auspacken, ich bin gleich unten.«

Viktoria blieb wie festgewachsen stehen. Roman würde hoffentlich nicht versuchen, den geheimen Raum zu öffnen? Sie hätte daran denken sollen, einen Nachschlüssel zu bestellen. Ohne ihn konnte sie das Zimmer nicht wieder abschließen, und Roman würde sofort den Braten riechen. Aber wieso machte sie sich eigentlich solche Sorgen? Letztlich war nichts dabei, dass sie entschieden hatte, den Schlüsseldienst zu rufen. Warum erzählte sie es ihm nicht kurzerhand?

Da bemerkte sie, dass er fragend zu ihr zurücksah. »Ist was nicht in Ordnung?«

»Wie? Nein, ich war nur ganz in Gedanken«, sagte sie und wandte sich um zur Treppe.

Auf dem Küchentisch lagen zwei Plastiktüten. Während sie drei Fischpakete, Zwiebeln, ein Glas Gurken, Tomaten, Paprika, Brühwürfel und Gewürze auspackte und sich wunderte, weil sie Roman nie mit Kochen in Verbindung gebracht hätte, nagte noch etwas anderes an ihr. Sie erinnerte sich, dass sie bei einem ihrer Rundgänge durch die Kranichburg das Gefühl gehabt hatte, sie würde etwas übersehen. Mit einem Mal ging es ihr wieder so. Hatte das mit dem Gemälde zu tun?

Automatisch pflückte sie die Stiele von den Tomaten und begann, die Zwiebeln zu schälen. Dabei zerbrach sie sich den Kopf über dieses verstörende Gefühl, das sie nicht in Ruhe ließ. Erst als Roman in der Küche auftauchte und das Zimmer oben mit keinem Wort erwähnte, gelang es ihr, sich auf das Rezept zu konzentrieren, das er ihr erklärte und das sie gemeinsam zubereiteten.

»Hmmm«, machte sie eine Stunde später und tunkte das Weißbrot in ihre Tasse. »Das ist die beste Fischsoljanka, die ich je gegessen habe!«

Roman lachte. »Wie viele Soljankas hattest du denn schon?«

Viktoria errötete. »Keine. Aber diese ist absolut köstlich. Kochst du oft?«

»Ab und zu. Meist, wenn ich Besuch habe. Für mich allein lohnt's nicht.«

Viktoria krauste die Stirn und entschied sich dagegen, die naheliegende Frage zu stellen, weil sie die entspannte Atmosphäre nicht gefährden wollte. Stattdessen nahm sie noch einen Löffel. »Geht mir ähnlich«, sagte sie. »Als ich noch mit Henrik zusammen war, hab ich öfter gekocht. Ziemlich häufig umsonst, weil ihm in letzter Minute was dazwischenkam. Damals hab ich meinen Vorrat an Gefrierbehältern ungefähr verdreifacht!«

Plötzlich hätte man eine Stecknadel fallen hören können, so still war es. Viktoria schaute hoch.

»Du warst mit Henrik Gerlach zusammen?«, hakte Roman ungläubig nach.

»Ja«, sagte sie und schwieg. Hätte sie bloß ihren Mund gehalten.

»Warum bist du's nicht mehr?«

»Sagen wir, die ... Umstände haben sich geändert.«

»Ich verstehe.«

Viktoria funkelte ihn an. »Tatsächlich?«

»Haben die Umstände zufällig rote Locken und lange Beine?«

Viktorias Löffel klirrte auf die Untertasse. Konnte dieser Mann hellsehen?

Beinah entschuldigend zuckte Roman mit den Schultern. »Da war diese Frau in der Kanzlei, die Henrik Gerlach mit ihren Blicken geradezu verschlungen hat.«

»Ich dachte, du bist in der PR-Branche und kein Sherlock Holmes.«

»Diese alten Kriminalromane hab ich früher total gern gelesen. Man kann viel draus lernen, und detektivische Fähigkeiten sind hin und wieder ganz nützlich.« Roman lächelte.

War das Lächeln vielsagend? Oder bildete sich Viktoria das ein? Er ahnte doch nicht etwa, was sie heute getan hatte? Meine Güte, meine Fantasie geht schon wieder mit mir durch!, beruhigte sie sich. »Das stimmt. Du könntest sie auf die Kranichburg anwenden«, meinte sie so beiläufig wie möglich.

»Ich werde mich bemühen«, erwiderte Roman. Immer noch lächelnd. Immer noch vielsagend?

Ich werd einfach nicht schlau aus dir!, dachte Viktoria.

Mitten in der Nacht wachte Viktoria auf. Das Knattern des Motorrads, das sie durch die geöffnete Balkontür hörte, wurde leiser, und bald war es wieder ganz ruhig draußen. Sie starrte an die Decke, gegen die sich die Umrisse der Art-déco-Lampe abzeichneten. In jenem anderen Zimmer hing eine ähnliche Lampe. Viktoria setzte sich auf. Bevor ihr richtig bewusst wurde, was sie tat, schwang sie die Beine aus dem Bett und griff nach ihrem Morgenmantel. Auf dem Flur knarrte ein Dielenbrett. Sofort hielt sie inne und lauschte. Nichts rührte sich. Eine innere Stimme sagte ihr, dass sie lieber warten sollte, bis sie wieder allein im Haus war. Die Ungeduld siegte.

Vorsichtig betrat sie das Zimmer und betätigte den Lichtschalter. Mit einem viel zu lauten Klack wurde es schlagartig hell, sodass Viktoria blinzeln musste. Was sollte sie sich ansehen? Instinktiv lenkte sie ihre Schritte zum Schreibtisch und wollte schon eins der Fächer öffnen, als sie sich noch einmal umdrehte, um sicherzugehen, dass sie die Tür verschlossen hatte. Dabei fiel ihr Blick auf das Gemälde über dem Bett, und mit einem Mal schien ihr der Schreibtisch weniger wichtig zu sein. Etwas war mit diesem Bild – mit diesem und ihrem eigenen in Hannover. Wenn sie nur darauf käme, was es damit auf sich hatte, woran es sie erinnerte!

Viktoria trat so dicht wie möglich heran. Diese Empfindung, dass das Bild ihr etwas sagen wollte, schwand nicht, wurde im Gegenteil immer drängender. Was war nur …?

»Faszinierende Mischung aus Elisabeth Andrae und Elisabeth Büchsel. Oh, und Elisabeth von Eicken.«

Viktoria kam ins Straucheln, als sie herumfuhr. Roman war rechtzeitig bei ihr und verhinderte, dass sie auf das Bett fiel. »Mir ist nie aufgefallen, wie viele Elisabeths es unter den Malerinnen gab«, sagte er und sah weiter auf das Gemälde. »Aber es stimmt. Diese klaren, leuchtenden Farben findest du bei Andraes *Steilküste*, das Verwaschene, Dunstige der Seebrücke bei Büchsel und die Detailtreue bei von Eicken.«

»Ich wusste gar nicht, dass du dich für Malerei interessierst.« Viktorias Stimme kam ihr wie ein Krächzen vor.

»Daran kommst du in dieser Gegend kaum vorbei«, antwortete er und sah sie endlich an. Lag Ironie in seinem Blick? Und galt diese Ironie der Malerei – oder ihrer Anwesenheit in diesem Zimmer, die er stillschweigend überging?

»Da es vermutlich kein Gemeinschaftswerk ist – wer könnte das Bild gemalt haben?«

Roman beugte sich vor. »Abgesehen davon, dass einer der Buchstaben ein M sein dürfte, ist die Signatur undeutlich. Es ist kein von Merveldt, und obwohl es von den Farben her ein Max Kaus sein könnte – nein, das passt alles nicht. Ich muss gestehen, ich bin ratlos. Vielleicht ein Hobbymaler.« Er richtete sich wieder auf und betrachtete das Gemälde, als würde er darin versinken.

Romans offensichtliche Faszination veranlasste Viktoria, ihm von ihrem eigenen Bild zu erzählen. »Ich hab kürzlich ein ganz ähnliches Gemälde gekauft. Vom selben unbekannten Künstler, jedenfalls konnte man mir in Ahrenshoop nicht sagen, wer sich hinter dieser Signatur verbirgt.«

Mit erhobenen Brauen wandte sich Roman langsam zu ihr um. »Das ist allerdings bemerkenswert. Hast du noch woanders nachgefragt?«

»Nein, ich fand es nicht so wichtig, beginne aber gerade, das zu bereuen.«

»Warum? Findest du das Bild so außergewöhnlich?«

»Ich finde außergewöhnlich, dass es sich um eine Bilderserie zu handeln scheint. Meins könnte fast eine Fortsetzung von diesem hier sein. Hättest du nicht Lust, morgen mit mir ein paar Nachforschungen anzustellen?« Weshalb fragte Viktoria das? Sie konnte das ebenso gut allein tun. Seltsamerweise wollte sie aber Roman dabeihaben. »Jetzt komm schon«, forderte sie ihn auf, als er zögerte. »Das geht uns beide an. Immerhin gehört dieses Bild gewissermaßen auch uns beiden, oder?«

Romans Miene entspannte sich. »So gesehen …« Wieder schaute er zu dem Gemälde hinüber. »Du hast erst vor Kurzem dieses andere Bild gekauft? Erstaunlich.« Beim letzten Wort musterte er Viktoria eindringlich. »Na schön. Dann sollten wir aber jetzt schlafen gehen. Müde recherchiert es sich schlecht.«

Auf dem Flur wünschte er ihr Gute Nacht. Kurz bevor er in seinem Zimmer verschwand, sah er über die Schulter zurück und zwinkerte ihr zu. »Rein aus Interesse: Wie bist du eigentlich in das Zimmer gekommen?«

Viktoria stieg die Hitze ins Gesicht, was er auf dem düsteren Flur Gott sei Dank nicht sehen konnte. »Ich hab den Schlüsseldienst gerufen«, beichtete sie.

Roman lachte. »Da bist du mir zuvorgekommen: Wenn du es nicht getan hättest, hätte ich es getan …«

Befreit erwiderte sie das Lachen und trug noch immer ein Lächeln im Gesicht, als sie sich ins Bett legte. Bis ihr klar wurde, dass sie vorhin ganz umsonst aufgestanden war: Sie hatte nicht das Besondere an dem Bild entdeckt – und sie hatte sich nicht weiter in dem Raum umgesehen. Hatte Romans Gegenwart sie zu sehr abgelenkt? Oder hatte er sie sehr erfolgreich rechtzeitig hinauskomplimentiert?

11.

Normalerweise fiel Viktoria das Aufstehen schwer, aber an diesem Morgen tat sie es mit ungewohntem Schwung, zuversichtlich, dass sie etwas über die Herkunft des Bildes herausfinden würden. Trotzdem war sie auch heute nicht die Erste in der Küche.

»Wie magst du dein Ei?«, fragte Roman statt eines Grußes.

»Bloß nicht zu flüssig, sonst ist mir alles recht. Hast du was Größeres vor? Der Tisch sieht aus, als wolltest du für den ganzen Tag voressen.«

»Manchmal überkommt's mich, da frühstücke ich gern reichlich. Der Orangensaft ist frisch gepresst.«

»Ich bin beeindruckt!«

»Solltest du auch. Ich mach das nicht für jeden. Nur für Frauen, die mit mir unter einem Dach leben.«

»Gab's davon schon viele?«, erkundigte sich Viktoria spontan.

Roman setzte sich ihr gegenüber und begann, ein Brötchen aufzuschneiden. »Was verstehst du unter viele?«

»Oje. Ich habe bisher überhaupt noch nie mit einem Mann zusammengelebt, also wären für mich zwei schon viele.«

»Das kommt genau hin. Es waren zwei. Mit einer war ich sogar verheiratet. Aber es überrascht mich, dass du niemanden aufweisen kannst. Nicht mal Henrik Gerlach?«

»Nicht mal den. Obwohl wir vorhatten zu heiraten. Es ist nicht dazu gekommen, weder zum Zusammenziehen noch zum Heiraten.«

»Sei froh«, sagte Roman. Ein bitterer Unterton schlich sich in seine Worte. »Wenn man feststellt, dass man sich geirrt hat, ist das

Ende einer Ehe erheblich komplizierter als das Ende einer Beziehung ohne Trauschein.« Mit einem gezielten Schlag köpfte Roman sein Ei.

Viktoria konnte sich nicht beherrschen. Sie hörte seine Worte, sah, was er tat – und lachte. Verdutzt schaute Roman zu ihr hinüber, schien dann aber ihren Gedankengang nachzuvollziehen. Er grinste und deutete auf das Ei. »Gut, ich hätte sie nicht gleich guillotiniert. Jenny mich wahrscheinlich schon.« Er wechselte abrupt das Thema, weil er anscheinend fand, genug über sein Privatleben ausgeplaudert zu haben. »Hast du immer noch vor, wegen des Bildes loszuziehen?«

»Sicher! Ich wollte es abfotografieren und dann durch die Galerien gehen und mich erkundigen, ob jemand eine Vermutung hat. Wenn wir hier nicht fündig werden, könnten wir es in Stralsund versuchen. Mein Bild hat der Verkäufer dort auf einem Flohmarkt ergattert.«

»So weit willst du gehen?«, fragte Roman. »Stralsund ist ein bisschen größer als Ahrenshoop oder Wustrow.«

»Weiß ich. Aber ich hab dauernd das Gefühl, dieses Gemälde will mir was sagen. Es macht mich kirre, dass ich nicht weiß, was.«

Roman wollte gerade in sein Käsebrötchen beißen, legte es jedoch verwundert zurück auf den Teller. »Das klingt ja mysteriös. Glaubst du ernsthaft, dass in dem Bild eine Botschaft steckt? Ein weiterer Scherz von Martin Niemann? Der hätte es unten ins Wohnzimmer gehängt, wenn er wollte, dass wir es sehen.«

»So hab ich das nicht gemeint. Obwohl es zu dem Spiel passen würde, das er treibt.«

»Selbst wenn das Bild was mit unserem Rätsel zu tun hat: Es ist wer weiß wie alt! Es wird schwer sein, dem Maler auf die Spur zu kommen.«

Bald darauf wanderten Roman und Viktoria an der Küste entlang, einen Ausdruck des Fotos und eine Liste der Galerien und Souvenirläden in der Tasche. Mit dem Wagen wären sie schneller in Ahrenshoop gewesen, aber nach dem gestrigen Regentag genossen sie beide den Spaziergang an der See. In Ahrenshoop klapperten sie nacheinander alle Adressen ab, doch das Schicksal hatte sich gegen sie verschworen und Roman recht gehabt. Zwei Galeristen stellten Vermutungen an, die im Sande verliefen, weil die Künstler erst später als 1924 zu malen begonnen hatten. Niemand konnte ihnen helfen.

»Pech gehabt«, stellte Roman lakonisch fest.

»Bist du nicht mal ein kleines bisschen enttäuscht?«, fragte Viktoria ungehalten.

»Kaum. Ich hab ja damit gerechnet.«

»Es muss doch eine Möglichkeit geben, diese Malerin zu finden!«

»Wieso gehst du davon aus, dass es eine Frau war?«, wollte Roman wissen. »Mir ist schon die ganze Zeit aufgefallen, dass du immer nur nach der Künstlerin fragst.«

Viktoria zuckte mit den Schultern. »Als du das Bild zum ersten Mal gesehen hast, hast du's auch gleich mit drei Malerinnen verglichen.«

»Touché.« Roman lächelte aufmunternd. »Lass dir nicht den Tag verhageln. Wir können gemütlich zurücklaufen und irgendwo ein Eis essen. Oder …«

Viktoria horchte auf. »Oder was?«

»Wenn dir unbedingt danach ist, was Verborgenes auszugraben, könnten wir uns mal das Zimmer selbst anschauen – oder uns die Gartenlaube vornehmen.«

Die Laube hatte Viktoria komplett vergessen, so sehr war sie mit dem Gemälde beschäftigt gewesen. »Gute Idee!«, sagte sie begeistert.

»Ich seh schon, ich hätte mit dem Vorschlag lieber bis nach dem Eis warten sollen. Das dürfte jetzt flachfallen.«

Viktoria lachte. »Ach nein, das Zimmer und die Laube werden auch eine halbe Stunde länger warten.« Dennoch konnte sie nicht verhindern, dass ihre Schritte immer schneller wurden. Nach wie vor grübelte sie dabei über das Bild nach und darüber, wo sonst sie nach dessen Ursprung fragen könnte. Deutlich sah sie ihr eigenes Gemälde vor ihrem inneren Auge und den Tag, an dem sie es gekauft hatte. Sie sah sich mit Melli im Wohnzimmer ihrer Ferienwohnung sitzen und die nächsten Ausflüge planen, bevor sie von Martin Niemanns Tod erfuhren. Was hatten sie sich ansehen wollen? Die andere Seite von Wustrow. Barnstorf mit den alten Bauernhäusern und …

»Roman!« Viktoria musste laut rufen, weil er ein Stück hinter ihr mit den Füßen im Wasser stand, die Schuhe in der Hand.

Er drehte sich zu ihr um und wartete, bis sie näher gekommen war. »Weißt du, dass mir alle Bilder und Gartenlauben der Welt im Moment egal sind? Es ist schon seltsam, immerhin lebe ich an der Ostsee. Und doch ist hier alles anders. Es ist …«

»Mir ist gerade was eingefallen«, sprudelte Viktoria hervor, ohne ihn ausreden zu lassen. »Es gibt in Barnstorf eine Kunstscheune, da sollten wir unbedingt wegen des Gemäldes fragen!«

Roman schwieg.

»Was ist?«, fragte Viktoria. »Meinst du nicht, dass das eine Chance sein könnte?«

»Doch. Wahrscheinlich keine bessere oder schlechtere als Ahrenshoop.«

»Dein Überschwang hält sich in Grenzen. Stell dir …« Dann sah sie Roman genauer an. Endlich ging ihr auf, was er gerade eben gesagt und was sie in ihrer Begeisterung ignoriert hatte. Leiser sagte sie: »Entschuldige. Ich bin so drin in dieser Geschichte, dass ich an nichts anderes denken kann. Manchmal beiße ich mich an etwas fest. Gut für meinen Beruf, schlecht für meine Mitmenschen.«

Nachsichtig schüttelte Roman den Kopf. »Ich versteh dich ja. Was meinen Job angeht, kann ich genauso hartnäckig sein.«

»Wir können die Kunstscheune auf morgen verschieben«, lenkte Viktoria ein.

Prüfend sah Roman Viktoria an. Er stand noch immer mit den Füßen im Wasser, Viktoria kaum einen halben Meter von ihm entfernt. Sie musste aufpassen, dass ihre Schuhe nicht nass wurden, und normalerweise hätte sie längst einen Schritt zurück gemacht. Aber Romans Blick ließ sie nicht los. Das Gold seiner Augen geriet in Bewegung, wurde flüssig wie geschmolzenes Metall, wogte um die Pupille herum.

»Du würdest doch nur die ganze Zeit daran denken«, sagte er.

Viktoria erschrak fast, als sie seine Stimme hörte, und blinzelte. Romans Augen waren hellbraun. Kein Gold, schon gar kein flüssiges.

»Ja«, erwiderte sie. Vielleicht würde sie aber auch an diese Augen denken. Daran, dass seine Worte von vorhin in ihr nachhallten. Dass sie wissen wollte, was er noch hatte sagen wollen. Dass sie nicht danach fragen mochte. Und dass sie selbst nicht wusste, wieso sie das überhaupt bedeutsam fand. »Aber es geht nicht immer nach mir«, brachte sie heraus. »Entweder wir verschieben es, oder ich geh allein.«

Wieder schwieg Roman, so lange, dass Viktoria sich schon wunderte, welch schwerwiegende Entscheidung er da traf. »Ich glaube, ich würde lieber mitkommen.«

Auf dem Weg nach Barnstorf kamen sie an der Kirche und dem Fischländer Hafen vorbei, von dem aus Ausflugsboote und Linienschiffe über den Bodden fuhren. Kein Gespräch entspann sich, Roman war in sich gekehrt und mittlerweile noch weniger enthusiastisch als zu Beginn, etwas über die Malerin des Bildes herauszufinden. Er blieb Viktoria in vielerlei Hinsicht ein Rätsel. Trotz seiner Zurückhaltung war die Atmosphäre zwischen ihnen angenehm. Keiner von beiden verspürte das Bedürfnis zu reden, also schwiegen sie gemeinsam.

Die vier mittelalterlichen Gehöfte lagen nebeneinander direkt am Saaler Bodden. Eins davon beherbergte die Kunstscheune, vor der ein blühender Bauerngarten wuchs. Die Scheune selbst war ein Fachwerkbau mit einem hohen Reetdach. Hinter dem offenen Scheunentor erstreckte sich ein großer Raum mit Skulpturen und Bildern in allen Farben, Größen und Stilrichtungen an den Wänden. Gegenüber dem Tor hing ein großes quietschbuntes Gemälde mit Formen, die nur entfernt an menschliche Figuren, mehr noch an geometrische Gebilde erinnerten. Sie erweckten den Eindruck, sich zu paaren und um etwas herumzutanzen, das aussah wie eine quadratische Erde.

Viktoria schaute auf das kleine weiße Schildchen, auf dem der Name des Künstlers und der Titel des Bildes standen. »$a^2 + b^2 = c^2$«, las sie vor. »Wenn das nicht die originellste Darstellung vom Satz des Pythagoras ist, weiß ich es auch nicht.«

Roman, der bei so viel künstlerischer Kreativität wieder in der Gegenwart aufgetaucht war, lachte. Eine Frau in den Dreißigern mit hochgestecktem blonden Haar, weißer Bluse, auf der an einem Band eine Brille baumelte, und ausgewaschenen Jeans trat auf sie zu. »Gefällt Ihnen das Werk?«

»Es ist außergewöhnlich«, urteilte Viktoria. »Ein bisschen zu außergewöhnlich für meinen Geschmack.«

Die blonde Frau nickte erheitert. »Das sagen viele. Einige Interessenten wollen es allerdings schon kaufen, nur hat der Künstler eine gewisse Preisvorstellung. Aber wenn das nicht Ihr Ding ist«, fuhr sie fort und deutete in den dahinter liegenden kleineren Raum, »finden Sie bestimmt dort drüben was Passenderes.«

»Wir werden uns bestimmt noch umsehen«, sagte Viktoria. »Dürfen wir Sie vorher etwas fragen? Ich habe nämlich vor einiger Zeit hier in der Gegend ein Bild gekauft, aber leider konnte mir niemand sagen, wer es gemalt hat. Könnten Sie sich dieses Foto kurz ansehen? Es zeigt ein Gemälde desselben Künstlers.«

Mit geübtem Griff setzte die Galeristin ihre Brille auf und nahm das Foto in Augenschein. Viktoria machte sich schon gefasst auf ein weiteres Kopfschütteln. Am Rande bekam sie mit, dass Roman eine Skulptur aus Speckstein betrachtete, offenbar ebenso pessimistisch ob der Antwort.

»Tja«, meinte die Galeristin zögernd und gab Viktoria das Foto zurück, »das könnte von der Sanften Marie sein. Aber nageln Sie mich nicht drauf fest.«

»Von ... wem?«, fragte Viktoria mit heiserer Stimme. Sie fühlte, dass Roman auf einmal wieder dicht neben ihr stand.

»Wie gesagt, hundertprozentig sicher bin ich nicht«, sagte die Galeristin. »Aber es erinnert mich stark an ein Bild, das ich vor einigen Jahren auf einem Wohltätigkeitsbasar gesehen habe. Wenn meine Vermutung stimmt, ist es kein Wunder, dass Ihnen niemand was darüber sagen konnte. Marie von Kampen war keine professionelle Malerin, sie hat wohl nur hin und wieder ein bisschen vor sich hin gepinselt. Obwohl das Ergebnis nicht übel war. Darf ich noch mal sehen?« Erneut schaute sie sich das Foto an. »Wirklich beachtlich – und sehr ähnlich. Jetzt fällt mir wieder ein, warum es mich sofort an Marie von Kampen erinnert hat. Das Motiv ist dasselbe, dieser Blick aus dem Fenster, nur dass das Bild damals eine zerstörte Seebrücke zeigte.«

Viktoria war sprachlos. Stattdessen sagte Roman: »Sie haben es auf einem Wohltätigkeitsbasar gesehen? Wissen Sie, was aus jenem Bild geworden ist?«

»Ich hab's gekauft und wieder verkauft, relativ schnell hintereinander. Mehr kann ich Ihnen leider nicht sagen.«

»Wann war das?«

»Ich war damals noch nicht lange hier, es muss Ende der Neunziger gewesen sein.«

»Ist dieser Basar in Wustrow veranstaltet worden?«

Sie schüttelte den Kopf. »In Dierhagen. Bevor Sie weiterfragen, ich weiß nicht, wem das Bild vorher gehört hat. Das Ganze ging von der Kirche aus.«

Inzwischen hatte Viktoria ihre Stimme wiedergefunden. Wer das Bild besessen hatte, war gar nicht so wichtig. Sie wollte lieber etwas über die Malerin erfahren. »Warum haben Sie Marie von Kampen die Sanfte Marie genannt?«

»Weil man sie hier so kannte. Wurde mir jedenfalls erzählt, ich habe sie nicht mehr persönlich kennengelernt. Sie starb ein paar Jahre, bevor ich herkam. Anscheinend hat sie immer mit einer sanften Stimme gesprochen, wenn sie überhaupt mal was gesagt hat. Und sie lächelte jeden an, der ihr begegnete. Wenn sie überhaupt mal aus dem Haus ging. Sie lebte sehr zurückgezogen und galt als ... seltsam.«

»Seltsam? Inwiefern?«

Die Galeristin zuckte mit den Schultern. »Vermutlich reichte es schon aus, dass sie so selten unter Menschen ging. Hat übrigens in einem Haus in der Strandstraße gewohnt, das mit dem hübschen Türmchen, Sie können es gar nicht verfehlen.«

Obwohl das nur noch das Tüpfelchen auf dem i war, musste Viktoria Halt suchen. Sie fand ihn bei Roman, der den Arm um sie legte.

»Ist Ihnen nicht gut?«, fragte die Galeristin.

»Doch, geht schon«, antwortete Roman für Viktoria. »Wir sind heute viel rumgelaufen, meine Freundin ist ein bisschen erschöpft.«

Deine Freundin?, dachte Viktoria durch den Nebel ihrer Gedanken. Außerdem schoss ihr durch den Kopf, dass sie sich nun sparen konnte, nach der Vorbesitzerin der Kranichburg zu forschen. Sie rückte ein wenig von Roman ab, nur ein kleines bisschen, sodass sein Arm auf ihren Schultern liegen blieb. Es fühlte sich gut an, doch darüber wollte sie jetzt nicht länger nachdenken. »Was können Sie uns noch über Marie von Kampen erzählen?«

»Die hat's Ihnen angetan, was?« Die Galeristin lächelte. »Zugegeben, ich habe damals auch überlegt, ob ich ihr Bild behalten sollte. Marie von Kampen hat seit den zwanziger Jahren hier gelebt, und zwar immer für sich. Sie gehörte praktisch zum Inventar von Wustrow, trotzdem gab es niemanden, der ihr nahestand. Sie hat angeblich nie Besuch bekommen, keine Familie, keine Freunde. Nur in ihren letzten Lebensjahren kam öfter ein älterer Mann, nicht so alt wie sie, aber auch kein Jungspund mehr. Dem hat sie offenbar ihr Haus vermacht, als sie Anfang der Neunziger fast hundertjährig gestorben ist. Er hat es weder bezogen noch vermietet, es stand ewig leer. Ich hab gehört, dass kürzlich wieder Leben in die Bude gekommen ist, fragen Sie doch mal die Leute.«

Roman und Viktoria tauschten einen kurzen Blick. Viktoria lächelte beinah.

»Wenn wir da kein Glück haben sollten«, sagte Roman, »gibt es sonst noch jemanden, den wir fragen könnten?«

»Das, was Sie von mir gehört haben, weiß vermutlich jeder. Wenn Sie in Marie von Kampens Vergangenheit wühlen wollen – ich bezweifle, dass noch wer lebt, der mehr darüber weiß. Überlegen Sie mal, wie lange die zwanziger Jahre her sind. Seit damals war sie Tag für Tag, Woche für Woche, Monat für Monat, Jahr für Jahr nur hier. In all der Zeit hat sie sich ja offenbar niemandem anvertraut, niemandem erzählt, was sie hierher verschlagen hatte und wieso sie allein in dem großen Haus lebte. Das dürfte schwierig werden.«

»Aber es gibt immer Leute, die jemanden kennen, der wiederum jemanden kennt, von dem er gehört hat, was geschehen sein könnte«, warf Viktoria ein. »Besonders in einem kleinen Ort wie Wustrow.«

Die Galeristin neigte den Kopf. »Damit dürften Sie recht haben. Jetzt müssen Sie nur noch diesen Jemand finden.«

Vor der Scheune schaute Viktoria über den Garten hinweg zu der schmalen Straße, die zurück nach Wustrow führte. »Die Sanfte Marie. Was für eine eigenartige Geschichte.«

Roman setzte sich langsam in Bewegung, ohne etwas zu erwidern. Viktoria schloss zu ihm auf. »Dieser ältere Mann dürfte Martin Niemann gewesen sein«, stellte sie fest.

»Wahrscheinlich.«

»Wo gibt es eine Verbindung zwischen Martin Niemann und Marie von Kampen? Ich frage mich ...«

»Was?«

»Marie von Kampen war fast hundert, als sie starb, Martin Niemann sechsundachtzig bei seinem Tod vor ein paar Wochen.« Viktoria zögerte. »Könnte er ihr Sohn gewesen sein?«

Roman hielt inne und starrte sie an, als wollte er diese Idee abtun, überlegte es sich aber anders. »Rein rechnerisch wär's möglich. Bloß: Weshalb hätte er daraus ein Geheimnis machen sollen?«

»Weil es einen Skandal gab?« Schnell überschlug Viktoria die Jahreszahlen. »Er wurde 1921 geboren, damals waren uneheliche Kinder eine unendliche Schande.«

Roman ließ sich das durch den Kopf gehen. »Vielleicht hat ihre Familie sie weggeschickt, als sie schwanger wurde.«

Viktoria schürzte die Lippen. »Gegen diese Theorie spricht, dass die Galeristin nichts von einem Kind erwähnt hat. Wenn es eins gegeben hätte, oder auch nur Gerüchte darüber, wäre es ein Teil der Geschichte um die Sanfte Marie gewesen, die sie gehört und uns bestimmt nicht vorenthalten hätte.«

»Vielleicht hat niemand davon gewusst. Vielleicht hat es Mittel und Wege gegeben, die Schwangerschaft und die Geburt zu verheimlichen. Was weiß denn ich?« Den letzten Satz stieß Roman laut und ungeduldig hervor.

Verwundert schaute Viktoria ihn an. Warum verlor er plötzlich die Fassung? »Unsinn! In so einem kleinen Ort kannst du unmöglich eine Schwangerschaft verbergen. Was glaubst du, wie viele Einwohner Wustrow damals hatte? Da wusste garantiert jeder alles von jedem.«

Roman antwortete nicht. Stattdessen verfiel er in ein brütendes Schweigen, das Viktoria nicht zu deuten wusste. Hatte er das

Thema abgehakt, oder grübelte er über Alternativen nach? Na schön, dachte sie, versink nur wieder in deine merkwürdigen Stimmungen. Es kostete sie Überwindung, sich einzugestehen, dass sie mit ihrem Argument ein Eigentor geschossen hatte: Ein Kind konnte man hier tatsächlich schlecht verheimlichen. Folglich war Martin Niemann mit großer Wahrscheinlichkeit nicht Marie von Kampens Sohn.

Zurück zum Ausgangspunkt, zu den beiden Gemälden, entschied sich Viktoria und fragte sich, wo Marie sie gemalt hatte. Und blitzartig durchzuckte sie, was ihr daran aufgefallen war, was sie die ganze Zeit über hätte wissen müssen, was sie tief im Innern wahrgenommen hatte, ohne es zu sehen. Das Fenster auf dem Bild. Die Tapete.

Die letzten Schritte auf der Strandstraße bis zur Kranichburg rannte sie fast.

»Warum hast du es so eilig?«, fragte Roman, aus seinem entrückten Zustand gerissen.

»Der Dachboden. Das Zimmer auf dem Dachboden! Komm mit!« Viktoria griff nach Romans Hand und zerrte ihn die beiden Treppen hinauf, wo sie eine der Türen aufstieß. Wie konnte sie dermaßen blind gewesen sein? An Romans erhobenen Brauen erkannte sie, dass er es ebenfalls sah.

Das Fensterkreuz der Gaube ihnen direkt gegenüber, links und rechts die verblasste grüne Tapete, die, wenn man genauer hinsah, einmal aus hellgrünen und dunkelgrünen Blättern bestanden hatte. Dasselbe Muster wie die verwaschene Tapete auf den Bildern. Der Blick aus dem Fenster, dieselbe Perspektive, die Sicht auf das Meer und die Seebrücke – alles identisch.

»Das muss Maries Atelier gewesen sein«, sagte Viktoria in die Stille hinein. »Ich versteh nicht viel von Malerei, aber das zweite Fenster da rechts geht nach Norden, ideale Lichtverhältnisse für ein Atelier. Wenn der Sonneneinfall aus der Gaube sie störte, hat sie sie sicher verhängt, aber zweifellos war sie auch fasziniert vom Ausblick.«

Romans Brummen konnte ebenso gut Bestätigung wie Zweifel ausdrücken. Er ging tiefer in den Raum hinein, auf das Gaubenfenster zu. Dabei merkte Viktoria verlegen, dass sie immer noch seine Hand hielt, weil er sie mit sich zog, statt sie loszulassen. Mit der freien Hand versuchte er, das Fenster zu öffnen. Zuerst klemmte es, dann schwang ein Flügel knarrend nach außen. Den anderen schob Viktoria zur Seite. Ein laues Lüftchen drang herein, sie hörten die See und sahen einen Vogel seine Kreise ziehen.

Beide verharrten vor dem Fenster, Hand in Hand. Viktoria dachte daran, dass sie von Maries Bild von Anfang an fasziniert gewesen war, dass es sie traurig gemacht hatte, während dasjenige, das unten in Maries Zimmer hing – denn es war sicher Maries Zimmer –, sie eher froh gestimmt hatte. Im Atelier nun spürte sie dieselbe eigenartige Mischung aus Traurigkeit und Fröhlichkeit. Als habe Marie von Kampen viel mehr als nur ihr Gemälde zurückgelassen.

»Ich will alles über Marie wissen«, flüsterte Viktoria. »Wenn es überhaupt eine vernünftige Erklärung für Martin Niemanns Testament gibt, dann die, dass er genau das vorausgesehen hat. Jemand soll Maries Geschichte ausgraben. Wenn wir das tun, finden wir gleichzeitig die Antwort auf die Frage, warum er uns dazu auserkoren hat.«

Roman sah sie an, und ähnlich wie vorhin am Strand bohrte sich sein Blick in ihren, ohne dass Viktoria sagen konnte, was darin verborgen lag. Nach einer Weile ließ er ihre Hand los, drehte sich zum Fenster zurück und schloss es. Diese Geste hatte etwas Endgültiges, weil er dabei schwieg. Stimmte er ihr zu? Oder war er ganz anderer Meinung?

Plötzlich war sich Viktoria nicht mehr sicher, wie Roman auf ihren Vorschlag reagieren würde. Außerdem hatte sie das Gefühl, dass er sich den Rest des Tages lieber mit der Gegenwart als mit der Vergangenheit beschäftigen wollte. Ihr selbst ging Marie von Kampen nicht aus dem Kopf, weder während ihres gemeinsamen Abendessens noch als sie später mit Melli telefonierte. Sie erzählte ihr, was sie erfahren hatten, und fand noch einmal bestätigt, dass Melli nichts von etwaigen Angehörigen Martin Niemanns wusste.

»Könntest du dem mal nachspüren?«, bat Viktoria. »Du hast doch sein Haus geerbt. Bestimmt hat er alte Unterlagen, Fotos, irgendwas aufbewahrt. Kein Mensch sagt sich komplett von seiner Familie los.«

Melli lachte kurz auf. »Hast du eine Ahnung. Mach mal meinen Job, und du begreifst schnell, dass es reichlich Leute gibt, die nie wieder was mit ihrer Familie zu tun haben wollen. Gut, ich werde sehen, was sich machen lässt.«

»Danke.«

»Da nicht für. Bisher hatte ich Skrupel, Martins Sachen zu durchforsten. Du lieferst mir das passende Motiv.«

12.

Es war schon nach zehn, als Viktoria die Kaffeemaschine anwarf. Im Vorbeigehen hatte sie Roman im Wohnzimmer konzentriert an seinem Laptop sitzen sehen, sie wagte nicht, ihn zu stören. Mit dem Kaffeebecher in der Hand ging sie zurück nach oben, um endlich Maries Zimmer gründlich unter die Lupe zu nehmen. Am gestrigen Abend war sie einfach nicht mehr aufnahmefähig genug gewesen. Vor der Tür zögerte sie jedoch, weil sie an das Atelier denken musste, das unmittelbar darüber lag. Sie wollte noch einmal aus dem Fenster sehen, ein bisschen, als wäre sie Marie. Kurze Zeit später stellte sie vor der Gaube ihren Becher auf den Boden, stieß die Fensterflügel nach außen, hakte sie ein und beugte sich hinaus. Es war die schmale Seite des Hauses, die einzige, die zur See wies. Wenn sie in den Garten sehen wollte, musste sie sich noch weiter hinausbeugen und ihren Kopf nach links drehen. Die Laube blieb trotzdem außerhalb ihres Blickfelds. Viktoria schaute an der Hauswand hinunter. Sie konnte das Fenster von Maries Zimmer sehen – und noch ein weiteres rechts davon. Der Raum unter ihr hatte jedoch nur ein einziges, das mit den roten Gardinen, es gab auch kein weiteres Zimmer auf dieser Seite der Kranichburg.

Ein Fenster ohne Raum ergab keinen Sinn. Aber wenn da noch ein Zimmer war, hatte es keine Tür. Das ergab ebenso wenig Sinn. Was nur eins bedeuten konnte: Maries Zimmer war größer, als es den Anschein hatte, und besaß eigentlich zwei Fenster.

»Morgen, Viktoria.«

Fast hätte Viktoria den Kaffeebecher umgestoßen, als sie Romans Stimme hörte.

»Tut mir leid, ich wollte dich nicht erschrecken, nur Bescheid sagen, dass ich dringend nach Stralsund muss. Willst du mitkommen?«

Viktoria öffnete den Mund, um ihm von ihrer Entdeckung zu berichten, doch dann sah sie sein graues Gesicht und die Ringe unter seinen Augen. Entweder er hatte schlecht geschlafen, oder das, weswegen er nach Stralsund wollte, war ihm auf den Magen geschlagen. Vermutlich würden ihn noch mehr Rätsel überhaupt nicht interessieren.

Roman interpretierte ihr Schweigen offenbar anders. »Ich dachte, es wär für dich mal eine Abwechslung. Du kannst dir die Zeit vertreiben, während ich mich um meinen Kram kümmere, anschließend könnte ich dir das Museum zeigen, wenn du magst.«

Hin und her gerissen zwischen ihrem Verlangen herauszufinden, was sich unter ihr befand, und dem Wunsch, Roman zu begleiten, entschied sie sich für Stralsund, besonders weil ihm anscheinend etwas daran lag.

Auf der Fahrt war Roman wortkarg wie am Tag zuvor, hin und wieder hatte Viktoria den Eindruck, er würde das Lenkrad geradezu umklammern. Ein paarmal setzte sie an zu fragen, was los sei, konnte sich letztlich aber nicht überwinden. Bevor sie am Neuen Markt ausstieg, verabredeten sie sich für den Nachmittag am Museum, dann stand sie allein unterhalb der Marienkirche.

Kein Aufstieg diesmal, dachte sie. Zu gut erinnerte sie sich an die unzähligen Stufen. Stattdessen entschloss sie sich zu einem Einkaufsbummel, merkte aber, dass sie eigentlich nur ziellos durch die Straßen lief und die Geschäfte kaum wahrnahm. Sie fand keine Ablenkung von der Kranichburg. Bis ihr etwas einfiel und sie sich in der Touristen-Information ein Hotelverzeichnis besorgte. Sie ging über den Alten Markt und verließ die Altstadt durch das Kniepertor, einen trutzigen Wehrturm mit Spitzbogen. Bald stellte sie fest, dass sie die Gegend kannte. Gar nicht weit entfernt sah sie das prunkvolle Eckhaus mit den Balkonen und den vielen Türmchen, vor dem der unsympathische Mann sie angerempelt hatte. Beim Näherkommen bemerkte sie oberhalb des gläsernen Eingangs eine Markise, die ihr damals entgangen war. Darauf trugen ein goldener Löwe und ein roter Greifvogel ein Wappen mit blauem Grund, silbernem Pfeil und goldener Krone, über der wiederum ein Turnierhelm mit einer weiteren goldenen Krone thronte. Viktoria wusste, dass es sich um Stralsunds Wappen aus der Schwedenzeit handelte, das noch bis Ende der dreißiger Jahre des letzten Jahrhunderts Gültigkeit gehabt hatte. Ungläubig las sie den Schriftzug darunter. Das also war das Marendorff'sche Hotel, die Schwedenkrone.

Mit einem Mal fühlte sie sich so unbehaglich wie bei der Begegnung mit dem Fremden. Die Glastür verwandelte sich in ein Maul, das unaufhörlich auf- und zuschnappte und sie zu verschlucken schien, die Fenster beobachteten sie und sagten: Steck deine Nase nicht in Dinge, die dich nichts angehen.

Abrupt drehte Viktoria sich um und ging schnell davon. Sie weigerte sich, es eine Flucht zu nennen, aber sie kam sich erwischt vor, als hätte sie etwas Verbotenes getan. Erwischt und beinah bedroht. Von einem Gebäude?!

Viktoria sah zurück. Es war nur ein Hotel, wenn auch das beste der Stadt. Es blieb ein Hotel, einerlei, ob es Romans Eltern oder sonst wem gehörte. Sie versuchte, die irrationale Gänsehaut zu ignorieren, die ihren Rücken herunterlief, und wandte sich ab. Noch eine knappe Stunde, bis sie Roman beim Meeresmuseum treffen würde. In einem Café wollte Viktoria die Aussicht auf das Rathaus genießen, was ihr aber nicht gelang. Dauernd dachte sie an Roman und die Schwedenkrone, und wenn sie sich zwang, an etwas anderes zu denken, landete sie bei Marie von Kampen. Als es Zeit wurde zu gehen, war sie erleichtert.

Auf dem Vorplatz des ehemaligen Katharinenklosters, das das Museum beherbergte, stand ein mit bunten Fähnchen beflaggter Fischkutter, der so, wie er da auf dem Trockenen stand, einen rührenden Anblick bot. Viktoria setzte sich auf eine Bank unter einen Baum und wartete. Wer nicht kam, war Roman. Nach zehn Minuten wurde sie ungeduldig, sie hasste Unpünktlichkeit. Nach zwanzig Minuten wurde sie langsam wütend. Sie griff nach ihrem Handy, doch ihr fiel ein, dass sie Romans Nummer nicht hatte, und steckte es zurück. Als er nach einer halben Stunde noch immer nicht auftauchte, fing sie an, sich Sorgen zu machen. Sie konnte sich nicht vorstellen, dass Roman so unzuverlässig war. Es musste einen ernsthaften Grund für ihn geben, sie warten zu lassen. Sie überlegte kurz, im Museum nach Roman zu fragen, bezweifelte allerdings, dass man ihr dort ohne Weiteres seine Telefonnummer geben würde.

Unruhig lief Viktoria hin und her. Es war jetzt fast sechs. Da endlich, eine knappe Stunde zu spät, kam Roman um die Ecke, sein Gang schleppend, sein Gesicht noch grauer als am Morgen.

»Was ist passiert?«, fragte Viktoria und berührte unwillkürlich seinen Arm.

Roman sah aus, als müsse er erst mal zu sich kommen. »Meine Großmutter«, begann er mit rauer Stimme, »hatte einen Herzanfall. Der Notarzt hat sie zur Beobachtung ins Krankenhaus eingewiesen. Tut mir leid, dass ich mich verspätet habe.«

Seine Großmutter. Die alte Dame, von der Roman so liebevoll gesprochen hatte. »Mein Gott! Wie geht's ihr denn? Weißt du schon was? Willst du wieder ins Krankenhaus?«

Roman schüttelte wie betäubt den Kopf. »Sie ist da in den besten Händen, ich kann sowieso nichts tun. Der Arzt hat gesagt, sie braucht vor allem ihre Medikamente und Ruhe. Es war kein richtiger Infarkt, aber kurz davor.« Er ließ sich auf die Bank sinken, auf der Viktoria vorhin gesessen hatte.

»Wann ist sie denn ...?«, begann sie.

»Heute Nachmittag. Ich hab kurz bei meinen Eltern reingesehen und dann meine Großmutter besucht. Wenn ich gewusst hätte ... Das wollte ich nicht.«

Viktoria runzelte die Stirn. »Natürlich nicht! Du gibst dir doch nicht etwa die Schuld daran?«

Romans Blick verlor sich hinter Viktoria. »Ich hätte einfach die Klappe halten sollen.«

Viktoria verstand immer weniger. Wieder berührte sie seinen Arm, diesmal nahm sie ihre Hand nicht wieder weg. »Habt ihr gestritten?«, fragte sie. Es musste schon ein sehr heftiger Streit gewesen sein, der zu solchen Konsequenzen führte.

»Nicht direkt«, seufzte Roman. »Oder doch. So was Ähnliches.«

Viktoria schwieg, weil sie erwartete, dass Roman weitererzählte, doch stattdessen erhob er sich schwerfällig. »Wenn's dir nichts ausmacht, würde ich gern nach Wustrow fahren. Wir holen die Tour durchs Museum ein andermal nach, ja?«

»Willst du nicht lieber in Stralsund bleiben? Du musst nicht meinetwegen mitkommen, ich finde schon nach Hause.«

Roman warf ihr einen Seitenblick zu. »Nach Hause?«, fragte er leise. »Fühlst du dich in der Kranichburg schon zu Hause?«

Wäre dies eine andere Situation gewesen, hätte Viktoria sich ähnlich angegriffen gefühlt wie damals in der Küche. Jetzt sah sie Roman an und fragte sich, warum er so resigniert wirkte. »Ein bisschen«, sagte sie.

Er nickte. »Lass uns fahren. Ich werde nachher im Krankenhaus anrufen und Sophie morgen besuchen.«

»Sophie? Du nennst deine Großmutter beim Vornamen?«, erkundigte sich Viktoria erstaunt.

Ein kleines Lächeln schlich sich in seine Züge. »Sie mag es nicht, wenn sie an ihr Alter erinnert wird, und hat von Anfang an darauf bestanden, dass ich Sophie zu ihr sage.«

»Ziemlich modern.«

Romans Lächeln wurde tiefer. »Mein Vater fand das sehr unpassend, aber da konnte er nichts machen.«

Etwas in Romans Stimme ließ Viktoria aufhorchen. Von seinem Vater redete er anders als von seiner Großmutter. Wonach hatte es geklungen? Verachtung? Spott? Gab es da ein paar Differenzen zwischen Roman und seinem Vater?

Vor dem mit Kletterrosen umrankten Bogen zur Kranichburg wollte Viktoria den Hausschlüssel herausholen, aber Roman hielt sie davon ab. »Ich kann da jetzt nicht rein«, sagte er und lief weiter geradeaus zur Seebrücke.

Viktoria zögerte nur kurz. Er hatte nichts davon gesagt, dass er allein sein wollte, also folgte sie ihm. Die Sonne ging gerade unter und bot mit ihrem roten Ball ein fantastisches Schauspiel über dem Meer und der Seebrücke.

Viktoria und Roman waren nicht die Einzigen, die zusahen, wie sie ganz hinter dem Horizont verschwand, gehörten aber zu den Wenigen, die danach noch blieben. Es dauerte ein wenig, bis Roman sich wieder bewegte. Am nächsten Dünenaufgang setzte er sich auf ein umgedrehtes kleines Boot. Immer noch hatte er kein Wort gesagt, schien es aber ganz natürlich zu finden, dass Viktoria neben ihm Platz nahm.

Die See glitt in sanften Wellen an den Strand und zurück, nur manchmal drang von weiter weg ein Geräusch zu ihnen. Als Roman endlich sprach, klang seine Stimme wie aus einer anderen Welt. Und das, was er sagte, begriff sie erst richtig, als er es wie für sich selbst wiederholte: »Die Kranichburg hat mal meiner Familie gehört. Marie von Kampen war meine Urgroßmutter.«

In Viktorias Kopf schwirrten tausend Fragen, sie wusste nicht, welche sie zuerst stellen sollte, aber das war auch nicht nötig. Roman erzählte von Anfang an – beginnend mit dem Tag, an dem er Martin Niemanns Testament bekommen hatte. »Du wirst nachvollziehen können, wie überrascht ich war. Ich kannte weder Martin Niemann noch sonst jemanden der im Testament erwähnten Leute. Und was Wustrow betraf: Zwar war ich beruflich im Laufe der Jahre einige Male in der Gegend gewesen, hatte aber sonst keinerlei Bindung an diesen Ort – jedenfalls nicht, soweit ich wusste. Marie von Kampen wäre mir nie im Traum eingefallen, meine Urgroßmutter war mir so fremd wie der Mann im Mond. Ich hatte nur zweimal im Leben überhaupt von ihr gehört. Das erste Mal ...« Roman unterbrach sich und sah Viktoria an. »... war ich noch ein Kind. Bei einer Feier saß ich unter dem Tisch und spielte, während sich die Erwachsenen unterhielten. Keiner wusste, dass ich zuhörte. Ich kann mich nicht erinnern, worum es ging, aber der Name Marie fiel, sicherlich in einem völlig anderen Zusammenhang. Das veranlasste offenbar meinen Großvater, Bemerkungen über die ›Verrückte‹ in der Familie zu machen. Ganz gegen ihre Gewohnheit fiel Sophie ihm ins Wort und sagte: ›Wir reden nicht über meine Mutter, Hartmut, vergiss das bitte nicht. Wir lassen sie in Ruhe da draußen, da stört sie niemanden und kommt niemandem in die Quere.‹ Oder so ähnlich.« Wieder machte Roman eine Pause. »Ich war natürlich furchtbar neugierig, weil ich noch nie von Sophies Mutter gehört hatte – und ein bisschen verstört, weil ich die Art, wie sie von ihr sprach, befremdlich fand. Dieser harte Tonfall, das war nicht die Sophie, die ich kannte. Ich wagte nie nachzufragen, weil ich mir nicht den gleichen Zorn zuziehen wollte, den sie offenbar für ihre eigene Mutter empfand. So geriet die geheimnisvolle Marie wieder in Vergessenheit.«

Roman saß kerzengerade da und starrte auf das Wasser, während Viktoria angespannt neben ihm hockte und gar nicht bemerkt hatte, dass ihre Hände ein Stück Holz umklammerten.

»Wann hast du das nächste Mal von ihr gehört?«, fragte sie. »Hier? Von der Galeristin? Hast du Sophie gefragt, ob unsere Marie von Kampen etwas mit ihrer Mutter zu tun haben könnte?« Als Roman nicht antwortete, setzte sie leise hinzu: »Glaubst du, sie hat deshalb den Herzanfall bekommen?«

»Nein. Ja. Es ist ein bisschen komplizierter«, sagte Roman. »Wahrscheinlich wäre Marie für immer in den Tiefen meiner Kindheitserinnerungen verschollen geblieben, wenn nicht ihr Tod sie wieder hervorgeholt hätte. Ich selbst war damals nicht in Stralsund, sondern arbeitete für zwei Jahre im Ausland. Alles, was ich darüber mitbekam, stammt aus den Briefen meiner Mutter. Sie erzählte eine wirre Geschichte von meiner Urgroßmutter, die offenbar vor einer Ewigkeit in einen Skandal verwickelt gewesen sein musste oder verrückt geworden war oder was auch immer. Die wahren Hintergründe interessierten meine Mutter nicht sonderlich. Diese Frau jedenfalls war gestorben, und man hatte meine Familie auf Marie von Kampens ausdrücklichen Wunsch erst nach deren Beerdigung darüber informiert.«

Es war dunkel geworden, Viktoria konnte Romans Gesicht kaum mehr sehen, glaubte aber den Anflug eines spöttischen Lächelns darauf zu erkennen, als er fortfuhr: »Vermutlich wusste sie, dass sowieso niemand zur Beerdigung erschienen wäre, für die sie selbst im Voraus alles in die Wege geleitet hatte. So weit, so gut. Allerdings hatte sie ihr Haus auf dem Fischland, die sogenannte Kranichburg, einem Fremden hinterlassen, was meinem Vater extrem sauer aufstieß. Denn wie schon Henrik Gerlach sagte, ist eine Immobilie in dieser Gegend wertvoll, egal, wie heruntergekommen sie sein mag. Sophie war zu dieser Zeit nicht ansprechbar. Ihr Mann war kurz vorher gestorben. Er hat als alter SED-Hardliner die Wende nicht verkraftet. Alles, woran er die letzten Jahrzehnte geglaubt hatte, ging nicht nur den Bach runter, sondern wurde noch dazu vom verhassten Westen geschluckt.« Roman hielt inne und ließ Sand zwischen seine Finger rinnen. »Komisch, dass er sich nicht ständig mit meinem Vater in den Haaren gelegen hat. Man kann sich kaum zwei unterschiedlichere Männer vorstellen. Mein Vater ist Kapitalist durch und durch, der es zu DDR-Zeiten immer verstanden hat, sich nach dem Wind zu drehen, und damit überall durchkam. Wahrscheinlich hat mein Großvater ihn nie durchschaut. Abgesehen davon haben wir sowieso kaum so gelebt wie der Großteil der … Genossen. Uns ging's immer gut, mein Großvater musste sich nie mit dem realen Leben in der DDR auseinandersetzen.«

Roman trat den Sand, den er vor sich aufgehäuft hatte, mit den Füßen flach, bevor er den Faden wieder aufnahm. »Jedenfalls war Sophie am Boden zerstört und überließ sämtliche Angelegenheiten meinem Vater. Der versuchte alles, gegen dieses Testament anzukämpfen, das Sophie nicht mal zu Gesicht bekommen hatte. Aber da Marie von Kampen offenbar rechtlich gut beraten worden war und ihre Tochter den Pflichtanteil vom Erbe ausbezahlt bekommen hatte, gab es nichts daran zu rütteln. Meine Familie konnte keine weiteren Ansprüche geltend machen. Es dauerte viele Monate, bis Sophie sich vom Tod meines Großvaters erholte. Das Thema Marie von Kampen wurde nie wieder erwähnt – auch von mir nicht, als ich nach Stralsund zurückkam, weil ich Wichtigeres im Kopf hatte, nämlich die neue PR-Abteilung der Schwedenkrone. So verschwand Marie ein zweites Mal aus meiner Erinnerung.«

Viktoria atmete tief durch. »Das ist unglaublich«, sagte sie. »Wie kann man einen Menschen derart verbannen? Was hat Marie bloß getan, um das zu verdienen?« Sie schauderte, was Roman jedoch falsch interpretierte.

»Ist dir kalt?« Er zog sein Jackett aus und legte es Viktoria um die Schultern. Sie fand es sogar ganz angenehm, denn es war kühler geworden.

»Frierst du nicht?«, fragte sie.

»Ich sitze oft nachts draußen, wenn das Wetter es zulässt. Ich bin's gewohnt. Um deine ursprüngliche Frage zu beantworten: Ich weiß nicht, was Marie getan hat. Oder was man glaubt, dass sie getan hat. Sophie wird es wissen oder zumindest eine gewisse Vorstellung davon haben, jedenfalls wurde sie gereizt, als ich später nachhakte, und wollte mir keine endgültige Antwort geben.«

»Was es auch war, es muss sehr lange her sein. Weshalb will deine Großmutter nicht mal nach Maries Tod darüber sprechen?«

»Wenn ich das wüsste.«

Vielleicht war ja Maries Verbannung gerechtfertigt, ging es Viktoria durch den Kopf.

»Niemanns Testament machte mich absolut ratlos«, berichtete Roman weiter. »Ich habe es keinen Augenblick mit Marie von Kampen in Verbindung gebracht, weil ich aus den Briefen meiner Mutter weder wusste, wo die Kranichburg stand, noch, wer sie von Marie geerbt hatte. Ich kam nach Hannover, weil schlicht meine Neugier geweckt war – unter anderem auf die Lieblingsschriftstellerin meiner Großmutter und was die damit zu tun hatte.«

»Muss enttäuschend gewesen sein, dass ich nicht mehr wusste als du«, flocht Viktoria ein und zog das Jackett enger um ihren Körper.

Roman schüttelte den Kopf. »In gewisser Weise eher beruhigend. Ich war wenigstens nicht der einzige Ahnungslose. Was danach kam, toppte alles. Das Haus, das ich zur Hälfte erben soll, ist ausgerechnet das meiner Urgroßmutter!«

»Bist du deshalb so schnell wieder verschwunden?«

»Es war nicht schwer zu erraten, dass ich von euch keine weiteren Informationen erhoffen konnte, von Sophie schon eher.«

»Und? Was hat sie gesagt?«, fragte Viktoria gespannt.

»Zuerst gar nichts. Sie wurde nur ganz blass und hat mich eine Ewigkeit lang angestarrt, als sei sie mitten in einen Albtraum hineingeraten. Ich hatte sie noch nie so gesehen und war kurz davor, einen Arzt zu rufen.«

Noch vor einigen Tagen hätte Roman nie geglaubt, dass er sich ausgerechnet Viktoria anvertrauen würde. Etwas hatte sich verändert. Weder konnte er bestimmen, wann es war, noch sagen, was es war. Aber es war da.

Er erinnerte sich beinah Wort für Wort an das denkwürdige Gespräch mit seiner Großmutter, während er Viktoria davon erzählte.

»Nein, bleib hier!«, hielt ihn Sophie mit erstaunlich kräftiger Stimme auf, als er schon auf dem Weg zur Tür war. Sie hatte wieder mehr Farbe im Gesicht, Roman kehrte zögernd zu ihr zurück.

»Bist du sicher, dass du keinen Arzt brauchst? Oder wenigstens deine Medikamente?«

»Behandle mich nicht wie ein Kind, Roman!« Sophie, im Alter noch schlanker, fast dürr geworden, richtete sich auf und fuhr mit der Hand über die immer noch erstaunliche Fülle ihres ergrauten Haares.

Roman lächelte erleichtert. »Würde mir nie einfallen.« Er sah, dass sich der anfängliche Schock allmählich in Wut verwandelte. »Worauf bist du plötzlich wütend?«

Ihre blassblauen Augen verengten sich. »Auf deinen Vater«, sagte sie, bevor sie den Kopf schüttelte. »Das ist natürlich ungerecht, ich sollte auf mich selbst wütend sein. Ich hätte mich damals, als dein Großvater starb, nicht so gehen lassen und alles Hans überlassen dürfen. Und später, als es mir besser ging, hätte ich mich nach den wichtigen Dingen erkundigen sollen, die meine ... Mutter betrafen. Aber ehrlich gesagt war ich froh, all das los zu sein. Das war ein Fehler, der sich jetzt rächt.«

»Aber wieso denn? Derjenige, der die Kranichburg geerbt hat, dieser Martin Niemann, hat doch offenbar dafür gesorgt, dass das Haus an die Familie zurückfällt.« Roman sah, dass seine Großmutter bei dem Namen leicht zusammenzuckte. »Wer ist eigentlich dieser Niemann?«

»Woher soll ich das wissen?«, gab Sophie unwirsch zurück.

»Ich dachte, du ...«

»Du hast falsch gedacht!«, unterbrach sie Roman. »Ich weiß nicht, wer er ist. Wahrscheinlich ein Erbschleicher, der sich bei ... meiner Mutter lieb Kind gemacht hat, um an die Immobilie ranzukommen.«

»Und der jetzt ein schlechtes Gewissen hat?«, fragte Roman ungläubig.

Wieder zuckte Sophie mit den Schultern, müde diesmal. »Woher soll ich das wissen?«, wiederholte sie.

Roman musterte seine Großmutter. Sie wusste mehr, als sie sagte, davon war er überzeugt. Er versuchte es anders. »Erzähl mir von Marie von Kampen.« Er hatte bemerkt, dass Sophie jedes Mal zögerte, sie ihre Mutter zu nennen, deshalb wählte er die neutralere Form.

»Da gibt's nichts zu erzählen. Ich war selbst noch ein Kind, als sie . . . merkwürdig wurde.«

Wieder glaubte Roman ihr nicht. Ein völlig neues Gefühl für ihn, denn Sophie war immer diejenige in der Familie gewesen, der er rückhaltlos vertrauen konnte, schon als Junge. Wenn es Probleme gegeben hatte, war er zu ihr gegangen, selten zu seiner Mutter, nie zu seinem Vater.

»Was heißt merkwürdig?«

»Sie wurde verrückt. Nicht so schlimm, dass mein Vater sie in eine Anstalt einweisen lassen musste, aber doch seltsam genug, dass sie dem Ruf der Familie und dem Hotel schaden konnte.«

»Er hat sie einfach abgeschoben? Weil sie krank war?«

»Ach, Roman, frag nicht weiter. Das ist alles längst vergessen.«

Er brauchte ein paar Augenblicke, um den Gesichtsausdruck und den Tonfall Sophies zu deuten. »Du schämst dich für das, was dein Vater getan hat?«, fragte er sanft und legte seine Hand auf ihre.

Sie schüttelte sie fast sofort wieder ab. Lauter als zuvor sagte sie: »Ich schäme mich für gar nichts. Ich maße mir nicht an zu beurteilen, was mein Vater getan hat – und ich verurteile es schon gar nicht. Es wird ganz richtig gewesen sein!«

Sie widerspricht sich selbst, wunderte sich Roman. Möglicherweise ist ihr das nicht mal bewusst. Er beschloss, das Thema zu wechseln. »Was meinst du, was soll ich tun? Soll ich auf die Bedingungen eingehen und mit deiner Lieblingsschriftstellerin in die Kranichburg ziehen?« Beim letzten Halbsatz lächelte er bewusst ironisch.

Sophie schürzte die Lippen. »Viktoria Brand, ja«, murmelte sie. »Das ist ...«

»Was?«

Sophie schreckte auf. Offenbar war ihr nicht bewusst gewesen, dass sie laut gesprochen hatte. »Nichts. Ja. Tu, was dieser Niemann will. Sieh dir das Haus gut an, nimm es unter die Lupe, von oben bis unten, ich will alles darüber wissen. Alles. Alles, was dir auffällt. Was drin ist und was nicht. Absolut alles.«

»Du willst, dass ich für zwei Monate in einem heruntergekommenen Haus lebe, das einer Frau gehörte, die völlig vergessen ist?«

»Ja«, wiederholte Sophie. »Genau das. Abgesehen davon, dass du der Schwedenkrone vor einigen Jahren zu noch mehr Ansehen verholfen hast, hast du nicht allzu viel für diese Familie getan, sondern dich immer aus allem rausgehalten. Ich kann das sogar verstehen, es ist nicht leicht, mit deinem Vater zurechtzukommen. Trotzdem wird es Zeit, dass du dich ein bisschen mehr kümmerst. Die Familie ist wichtig. Sie ist letztlich das, was zählt. Sie überlebt, wenn alles zusammenbricht. Sie hat das Kaiserreich überlebt, den Ersten Weltkrieg, die Weimarer Republik, den Zweiten Weltkrieg, die Nachkriegszeit, den Mauerbau, den Kalten Krieg, die DDR – und sie wird auch die Zukunft überleben. Zumindest, wenn du dir ein bisschen Mühe gibst und endlich eine passende Frau findest.« Sie lächelte, wurde aber sofort wieder ernst. »Ich will alles über die Kranichburg wissen. Es geht um unsere Familie. Martin Niemann wird sie nicht vernichten.«

Eine Sekunde lang herrschte absolute Stille. Sophies Hand zuckte, als wollte sie sich nachträglich auf ihren Mund schlagen, doch sie ließ sie im Schoß liegen und wandte sich stattdessen von Roman ab. »Du wirst mir berichten, mein Junge, ja?« Sie stützte sich an der Sofalehne ab und stand auf. »Und nun werde ich deinen Vater aufsuchen und ihn fragen, was er sich dabei gedacht hat, mir Marie von Kampens Testament zu verschweigen.« Aufrecht ging sie durch das Zimmer, an der Tür drehte sie sich noch mal um. »Eins noch, Roman, kein Wort zu Viktoria Brand. Offenbar weiß sie nicht, was wir mit der Kranichburg zu tun haben, und wenn ich auch sonst diesem Niemann nicht über den Weg traue, hat er anscheinend Wert darauf gelegt, sie im Dunkeln tappen zu lassen. Wir wollen, dass das so bleibt, nicht wahr? Ich möchte nicht irgendwann ein Buch von ihr lesen, in dem es um unsere Familie geht!«

»Das hat sie gesagt?«

Roman hörte Viktorias unterdrücktes Lachen. Offenbar nahm sie Sophie ihre Haltung nicht übel.

»Warum hast du dich entschieden, gegen ihren ausdrücklichen Wunsch zu handeln und mich einzuweihen?«

»Weil ich allmählich glaube, dass wir gemeinsam dieser Geschichte auf den Grund kommen sollten. Martin Niemann wird uns nicht umsonst hier zusammengebracht haben. Außerdem ...« Roman zögerte.

»Außerdem willst du jetzt, wo deine Großmutter wegen der Kranichburg im Krankenhaus gelandet ist, das Geheimnis möglichst schnell lüften, damit alles ein Ende hat. Und vier Augen sehen mehr als zwei. Richtig?«

»Ja«, sagte Roman zögernd. Das war nicht der einzige Grund, der ihm gerade im Kopf herumspukte. Sie hatte dennoch recht. »Kein sehr nobles Motiv, oder?«

»Deiner Großmutter gegenüber schon, die mit deiner Methode aber kaum einverstanden wäre. Ich bin's dagegen sehr.«

Roman sah sie an. »Das ist gut.« Er konnte ihre Augen in der Dunkelheit nicht klar erkennen, hatte aber den Eindruck, dass seine Musterung sie nervös machte.

»Was ist denn nun heute passiert, das den Herzanfall ausgelöst hat?«, fragte sie schließlich.

Statt einer Antwort stand Roman auf und hielt ihr seine Hand hin. »Es wird zu feucht hier, gehen wir zurück.«

Viktoria ließ sich hochziehen und folgte ihm auf dem Sandweg über die Dünen auf die asphaltierte Straße. Als die Umrisse der Seenotstation mit dem Rettungsboot davor in der Dunkelheit auftauchten, sagte Roman: »Sophie rief gestern Abend an. Sie wollte alles ganz haarklein hören, aber nicht am Telefon. Ich war sowieso mit meiner Weisheit am Ende. Du hattest gerade das mit Marie erfahren, es war nur eine Frage der Zeit, bis du den Rest über sie und meine Familie rausgefunden hättest – was ich nach Sophies Willen unbedingt verhindern sollte. Jetzt beorderte sie mich zu allem Überfluss nach Stralsund. Meine Nacht war nicht sehr angenehm, kann ich dir sagen. Sophie hat mir sofort angesehen, dass was schiefgelaufen war, aber sie ließ mich erzählen, bis ich zu der Sache mit dem verschlossenen Zimmer kam. Da beugte sie sich vor und meinte, es müsse aus einem ganz bestimmten Grund versperrt sein. Nicht nur das, sie bestand darauf, die Tür aufzubrechen. Ich merkte, dass sie anfing, sich aufzuregen, und hätte auf der Stelle Schluss machen und sagen sollen, dass ich das als Nächstes in die Wege leiten würde. Stattdessen blieb ich bei der Wahrheit und beschrieb ihr die Einrichtung des Zimmers, die Wände, das Bild – und deins in Hannover gleich mit. Ich erwähnte, dass die beiden Gemälde wirken, als würden sie eine Geschichte erzählen. Daraufhin unterbrach sie mich ein zweites Mal und forderte mich auf, das Bild zu vernichten.«

»Wie bitte?« Perplex blieb Viktoria stehen.

»Das hab ich auch gefragt. Aber sie wiederholte das Ganze nur noch mal vehement. Ich solle alles vernichten, es ginge um die Familie, und ich müsse nach weiteren Hinweisen suchen und die ebenfalls vernichten.« Roman machte eine Pause und starrte auf die Seenotrettungsstation, ohne sie zu sehen. Was er wirklich sah, spielte sich in Sophies Zimmer ab, allzu deutlich. »Wenn ich wenigstens da nachgegeben und Ja und Amen gesagt hätte. Aber ich hab darauf bestanden, dass sie mir sagt, was das alles bedeutet. Was für Hinweise worauf?, hab ich gefragt. Sie hat den Kopf geschüttelt, immer heftiger, aber ich hab nicht nachgegeben. Bis …« Das Bild von Sophie, wie sie plötzlich in ihrem Sessel zusammensank, wollte nicht weichen, anklagend hatte es sich auf seine Netzhaut gebrannt.

»Das ist nicht deine Schuld«, sagte Viktoria. »Wenn sie nicht so stur gewesen wäre und dir geantwortet hätte, wäre alles anders gekommen. Sie hat sich da zu sehr reingesteigert.«

»Weil sie unbedingt ein Geheimnis bewahren will, das Gott weiß wie lange zurückliegt. Was jetzt, Viktoria? Soll ich tatsächlich alle Hinweise vernichten, falls ich welche finde? Und wie soll ich überhaupt was finden, wenn ich nicht mal weiß, was ich suche?«

Viktoria reagierte nicht sofort auf seine Frage. »Vielleicht«, sagte sie dann zu seiner Verwunderung, »reicht es fürs Erste, wenn wir wissen, wo wir suchen sollen.«

13.

»Hast du gewusst, dass deine Urgroßmutter das Bild gemalt hat?«, fragte Viktoria am nächsten Morgen, kaum dass sie Maries Zimmer betreten hatten.

»Nein, aber nach einem Blick auf die Signatur habe ich es vermutet. Das M ist ziemlich deutlich, und als du erwähnt hast, dass dir niemand sagen konnte, wer dein Bild gemalt hat, gehörte nicht mehr viel Kombinationsgabe dazu.«

Viktoria und Roman begannen, die rechte Wand zu untersuchen, hinter der die verborgene Kammer liegen musste. Die Wand war dünner, es klang hohl, wenn sie dagegenklopften. »Ob die nachträglich eingezogen wurde?«, fragte Viktoria.

»Da die Tapete an allen Wänden gleich ist, eher unwahrscheinlich. Vielleicht war das dahinter eine Art Ankleidezimmer.«

»Mit einer versteckten Tür?«, zweifelte Viktoria.

»Muss ja nicht von Anfang an versteckt gewesen sein.« Roman beugte sich hinunter, um die Fußleiste näher in Augenschein zu nehmen. Schließlich stutzte er und rückte den Schreibtisch zur Seite. Er fuhr mit der Hand über die Tapete, dann ein zweites Mal über dieselbe Stelle. »Hier ist was. Hilf mir mal!«

Gemeinsam schoben sie den Schreibtisch weg und erkannten nicht nur einen hölzernen Knauf, der zuvor vom Tisch verdeckt worden war, sondern auch eine schmale Ritze in der Wand, exakt entlang einem der Tapetenstreifen. Dasselbe galt für die Scharniere, die nahezu unsichtbar an der Wand angebracht waren. »Perfekt!«, kommentierte Roman. »Anfangs wollte man das bestimmt nur harmonisch integrieren. Später, als der Raum nicht mehr gebraucht wurde, hat man eben den Schreibtisch davorgestellt.« Er legte die Hand um den Knauf, sah aber noch mal über die Schulter. »Oder willst du?«

Viktoria holte tief Luft. Wahrscheinlich war alles, was sie finden würden, ein weiteres unbenutztes, voll gestaubtes Zimmer. Trotzdem bekam sie feuchte Hände. Was sie um keinen Preis zugeben wollte. »Schon okay, mach auf.«

Roman zog am Knauf, doch nichts geschah. Im Laufe der Jahre musste sich die Tür leicht verzogen haben. Ein weiterer Ruck war nötig, bis sie sich quietschend öffnen ließ. Viktoria stand hinter Roman, sie sah nur seinen Rücken, als er eintrat. Abrupt blieb er stehen.

»Du liebe Zeit«, hörte sie ihn sagen.

»Was? Was ist da drin?« Merkwürdigerweise hatte sie das Gefühl, sich kein Stück vorwärtsbewegen zu können.

»Ich bin mir noch nicht sicher.« Roman machte einen Schritt in die Kammer hinein, und Viktoria sah, dass er ein großes Laken von einem Leinwandstapel zog. Er nickte. »Dachte ich mir.« Er zog ein weiteres Laken von einem weiteren Stapel, ein drittes, viertes, fünftes . . .

Zum Vorschein kamen Bilder. Eine schier unglaubliche Anzahl von Bildern. Sie lehnten als ungerahmte Leinwände mit dem Rücken zum Betrachter an drei Wänden, sogar vor dem einzigen Schrank im Raum. So viele, dass kaum Platz zum Stehen blieb. Vorn am Fenster stand ein schlichter alter Küchentisch aus Holz, und selbst darauf lagen Bilder.

Viktoria zwängte sich an Roman vorbei, nahm das ganz oben liegende Bild vorsichtig hoch und drehte es um. Es zeigte ein Boot wie das, was vor der Seenotrettungsstation stand. Es wurde von sechs Pferden in die rauen Fluten gezogen, mehrere Männer in wetterfester Kleidung, an der der Sturm zerrte, halfen dabei. Sie kämpften gegen die Elemente an, um, wie Viktoria annahm, einen Moment später in das Boot zu steigen und Menschen vor dem Tod auf See zu bewahren.

Auf der Suche nach der Signatur glitt ihr Blick in die untere rechte Ecke. Da waren sie, dieselben ineinander verschlungenen Buchstaben, einer davon ein klar zu erkennendes M. Sie legte das Bild zur Seite, um das darunter anzusehen, eine Reihe vom Wind gebogener Bäume unter dräuendem Himmel. Wieder dieselbe Signatur.

»Das sind alles Maries Werke«, flüsterte sie und drehte sich zu Roman um, der inmitten der weißen Laken stand und wie vorhin nickte. Plötzlich lachte Viktoria auf. »Weißt du noch, was die Galeristin über Marie gesagt hat? Sie hätte ab und zu ein bisschen vor sich hin gepinselt.«

»Sieht aus, als wäre das ein klein wenig untertrieben gewesen.« Roman berührte den Stapel Bilder direkt neben ihm ganz sachte, fast ehrfürchtig, und drehte das vorderste um. Eine düstere Darß-Landschaft mit knorrigen Bäumen, dazwischen etwas Weißes, wie der flüchtige Eindruck eines Stückes Stoff, eines Kleides oder einer Gestalt. Auch auf diesem Gemälde fand Roman die Signatur seiner Urgroßmutter. »Ist es das, was Sophie mit den Hinweisen meinte?«, fragte er sich selbst ebenso wie Viktoria. »Soll ich alle diese Bilder vernichten?«

»Möglich wär's. Sie hat das gesagt, nachdem du ihr erzählt hast, das Bild drüben und meines erzählten eine Geschichte. Vielleicht dachte deine Großmutter, dass sie ein Teil dessen sind, was niemand wissen soll.«

»Ich kann das nicht«, sagte Roman, halb versunken in das Darß-Gemälde. »Egal, was wir auf diesen Bildern finden, was wir *in* ihnen finden, ich werde nicht ein ganzes Lebenswerk zerstören.«

»Nein«, stimmte Viktoria zu. »Vermutlich war Sophie gar nicht klar, was sie da verlangt. Wie viel weiß sie von ihrer Mutter? Am Ende denkt sie dasselbe wie die Galeristin und ahnt nichts vom Umfang von Maries Vermächtnis. Am besten ...«

»... sollte sie sich das selbst ansehen«, vervollständigte Roman Viktorias Gedanken, als sie nicht weitersprach. »Dem hätte ich zugestimmt, wenn sie gesund wäre. Ist sie aber nicht, und ich möchte einen zweiten Herzanfall vermeiden.« Er hockte sich hin und betrachtete die weiße Gestalt auf dem Bild. »Ob Marie sich selbst gemalt hat? Oder einen Geist der Vergangenheit? Diese Erscheinung sieht ein bisschen surreal aus.«

Viktoria sah Roman über die Schulter. »Schwer zu sagen. Ich möchte nicht mal beschwören, dass das überhaupt ein Mensch ist. Obwohl dieser gelbe Tupfer blondes Haar im Wind sein könnte. Weißt du, wie Marie ausgesehen hat?«

Bedauernd schüttelte Roman den Kopf. »Noch was, worüber ich mit meiner Großmutter lieber nicht spreche.« Er stand auf und rieb sich das Kinn. »Falls Sophie recht hat und wir erfahren wollen, was die Bilder erzählen, sollten wir sie katalogisieren und dazu am besten erst mal chronologisch sortieren.«

»Oder nach Motiven«, wandte Viktoria ein. »Wenn was dran ist an dem Gerücht, dass Marie ein bisschen verwirrt war, können wir nicht unbedingt davon ausgehen, dass sie zusammenhängend und in genauer zeitlicher Reihenfolge gemalt hat.«

Roman rollte mit den Augen. »Das wird eine Jahrhundertaufgabe!«

»Wir haben zwei Monate Zeit«, lächelte Viktoria.

»Wieso nur zwei Monate? Martin Niemanns Bedingung war, dass wir so lange miteinander ausharren müssen. Er hat, soweit ich mich erinnere, nichts davon gesagt, dass wir diese Zeit nicht überschreiten dürfen.«

Viktoria wandte sich von dem Gemälde ab und sah Roman an. »Nein«, sagte sie. »Nach zwei Monaten gehört die Kranichburg uns, das stimmt.« Mit einem Mal betrachtete sie sich wie von außen und hörte auch das Gesagte wie von außen. Das Wörtchen *uns* bekam auf einmal eine ganz andere Bedeutung, schwebte in der Luft wie ein unentschlossener Windhauch, der in die eine oder in die andere Richtung wehen konnte. Nichts rührte sich. Für einen Sekundenbruchteil verschwanden selbst die Gemälde und alles, was damit zusammenhing.

»Wann fangen wir an?«, fragte Roman und brach damit den Bann.

Viktoria fragte sich, ob das Besondere des Augenblicks ihrer Einbildung entsprungen war. »Wie wär's mit gleich?«

Mit einem Schritt, der ihr wie ein Rückzug vorkam, bewegte sie sich wieder zum Tisch. Nur um etwas zu tun, das sie beschäftigte, zog sie die Schublade auf, die sie unter der Platte entdeckt hatte. »Oh«, machte sie unwillkürlich. Da lagen zwei eingetrocknete Pinsel, ein aufgeschlagener Block mit Spiralbindung, auf dem eine Skizze zu sehen war, die in groben Zügen ein reetgedecktes Fachwerkhaus zeigte. Ein Bleistift, ein Radiergummi – und ein vergilbter Briefumschlag mit einem rostroten Fleck darauf. Vorsichtig nahm sie ihn hoch und hielt ihn ans Licht, wobei sie darauf achtete, den Fleck nicht zu berühren. »Sieh mal. Könnte das Blut sein?«

Roman nahm ihr den Umschlag aus der Hand. »Farbe«, stellte er fest. »Hat wahrscheinlich einer der Pinsel drauf gelegen.« Schmunzelnd schaute er hoch. »Du liest zu viele Krimis!«

»Mag sein«, gab Viktoria zu. »Aber eher liegt's daran, dass ich endlich eine Spur des Rätsels wittern wollte. Blut und ein Mord wären jedenfalls was gewesen, worüber sich deine Großmutter zu Recht aufgeregt hätte.«

»Na, danke, ich kann ganz gut mit einer Familie leben, in der kein Mord vertuscht wurde.« Roman lachte und untersuchte den Umschlag. »Maries Adresse steht drauf und auf der Rückseite H. Woermann, Berlin. Sehr detaillierter Absender.« Er runzelte die Stirn. »Es gab eine Malerin Hedwig Woermann, ziemlich bekannt zu ihrer Zeit und weit gereist. Sie ist sogar in Südamerika und Asien gewesen.«

»Aber sie lebte in Wustrow«, ergänzte Viktoria. »Als ich mit Melli in Ahrenshoop war, haben wir uns eine Ausstellung über die Malweiber angesehen, von Hedwig Woermann war auch was dabei. Könnte dieser Brief von ihr sein?«

Roman zog ein Blatt aus dem aufgeschlitzten Umschlag heraus und faltete es vorsichtig auseinander. »Keine Unterschrift. Sieht aus, als würde der Text mitten im Satz abbrechen. Obwohl ich das nicht beschwören kann. Das ist Sütterlin oder so was. Kannst du das entziffern?«

»Lass sehen.« Viktoria war geübt im Lesen alter Schriften, auch der deutschen Kurrentschrift, von der Sütterlin nur eine Version war. Es bereitete ihr keine Probleme, den Text laut vorzulesen.

Berlin, Mai 1927

Meine liebe Marie,

wie geht es Dir? Ich denke im Trubel der Hauptstadt oft an Dich und daran, wie sehr sich Berlin von unserer erdverbundenen Welt in Wustrow unterscheidet. Warst Du je hier? Seltsam, dass ich Dich das fragen muss. Dabei wird mir wieder einmal bewusst, wie wenig ich von Dir weiß. (Ich kann immer noch kaum glauben, dass Du bereits seit über drei Jahren in der Nachbarschaft wohnst und wir einander erst vor einigen Monaten begegnet sind.) Ich bin die Letzte, die das Recht hätte, Dir einen Rat zu geben, immerhin leben mein Mann und ich doch beinah ebenso zurückgezogen wie Du. Dennoch, nun, da ich in Berlin bin, wo ich sehe, dass meine Werke der letzten zehn Jahre in einem eigenen Raum der Großen Berliner Kunstausstellung gezeigt werden, denke ich, dass diese Zurückgezogenheit vielleicht falsch ist. Ich spüre Deine Traurigkeit und kann sie verstehen. Ein Verlust ist stets schwer zu ertragen. Trotzdem wünschte ich, Du könntest nach all der Zeit wenigstens hin und wieder vergessen. Meinst Du nicht, dass es helfen könnte, wenn Du Deine Bilder der Öffentlichkeit zugänglich machtest? Du trägst ein solch großes Talent in Dir und hast so viel zu sagen.

Allerdings muss ich gestehen, dass ich mich gestern Abend sehr nach der Einsamkeit in der Anastasiastraße gesehnt habe. Es lässt sich in

Berlin nicht vermeiden, neue Bekanntschaften zu schließen, und durch einen Freund eines dieser neuen Bekannten wurden wir praktisch genötigt, eine Uraufführung im Deutschen Theater zu besuchen. Das Stück hieß »Der Hexer« und war die dramatisierte Form des Romans eines englischen Kriminalschriftstellers namens Edgar Wallace. Ich habe selten

»Hier bricht der Brief ab«, sagte Viktoria unvermittelt. Sie sah noch einmal auf den letzten Absatz und lächelte. »Anscheinend war sie kein Wallace-Fan. Aber ich würde auf Hedwig Woermann tippen.«

Roman nickte. »Falls es wichtig wird, können wir das später aufgrund der Ausstellungsdaten nachprüfen. Außerdem geht aus dem Brief hervor, dass Marie zu Beginn oder im Frühjahr 1924 nach Wustrow gekommen ist.«

»Was wiederum zu der Jahreszahl auf meinem Bild passt. Damit dürfte es eins der ersten sein, das sie hier gemalt hat.« Viktoria wedelte mit dem Blatt. »Was wissen wir noch? Da ist von einem Verlust die Rede, der offenbar einige Zeit zurückliegt. Was für ein Verlust? Ehemann? Kind? Schwester oder Bruder? Vater? Mutter? Es wäre hilfreich, wenn wir mehr über Marie von Kampen wüssten. Könntest du nicht deine Eltern fragen?«

»Höre ich da einen leisen Vorwurf, dass ich selbst so wenig Bescheid weiß?«, erkundigte sich Roman, halb belustigt, halb verärgert. »Für jemanden, der sich tagtäglich mit Familiengeschichten befasst, ist das vermutlich schwer nachvollziehbar. Du kannst deine Vorfahren bestimmt bis ins Mittelalter zurückverfolgen.«

Viktoria wand sich ein wenig. Tatsächlich hatte sich ein leicht ungeduldiger Ton in ihre Bemerkung eingeschlichen. »Lückenlos nur bis ins 18. Jahrhundert«, widersprach sie verlegen. »Mir ist schon klar, dass sich nicht jeder dafür interessiert. Woher hättest du ahnen sollen, dass das mal wichtig werden würde?«

»Eben. In unserer Familie wurde zwar immer Wert auf Tradition gelegt, aber das hatte mit dem Hotel und dem damit verbundenen Geschäft zu tun. Alte Histörchen und Anekdoten zu Weihnachten fanden bei uns nicht statt. Zu sentimental. Ich glaub nicht, dass meine Eltern allzu viel wissen. Wir sollten auf jeden Fall als Erstes hier alles ausschöpfen. Wenn in dieser Schublade ein Brief lag, finden wir ja vielleicht noch anderswo in der Kranichburg Unterlagen, Papiere und Briefe. Falls wir ...«

»Nein«, unterbrach Viktoria ihn. »Ich hab das Haus auf den Kopf gestellt und nichts dergleichen gefunden.«

»Wie bitte?« Roman sah sie erstaunt an.

»Zeit zu beichten, was?«, lachte Viktoria und berichtete von ihren diversen Rundgängen. »Beim letzten Mal habe ich nach dem Schlüssel für Maries Zimmer gesucht und keine Schublade und keinen Schrank ausgelassen. Da war nichts, weder ein Schlüssel noch Papiere.«

Langsam drehte Roman sich um, wandte ihr und den Bildern den Rücken zu und starrte durch die Tapetentür in das Schlafzimmer.

»Hör mal«, begann sie. »Ich wollte wirklich nicht ... Ich meine, ich wusste doch nicht, dass ... Es tut mir leid. Ich hätte das nicht ohne dich machen sollen.«

Roman rührte sich nicht, hörte ihr überhaupt nicht zu.

»Roman, bitte.«

Endlich ging ein Ruck durch ihn hindurch. »Was?«, fragte er und drehte sich erneut um. »Entschuldige, ich hab eben nicht aufgepasst. Ich dachte nur, als du auf der Suche nach dem Schlüssel warst, konntest du Maries Zimmer ja noch nicht berücksichtigen. Wir waren so erpicht darauf, den verborgenen Raum zu entdecken, dass wir das Nächstliegende vergessen haben!«

Viktoria nahm sich als Erstes die Frisierkommode vor. Es gab nur ein einziges Fach, in dem ein Schildpattkamm, eine Perlmuttbürste, einige Haarklammern und ein silberner, fast blinder Handspiegel lagen. Der Anblick machte sie traurig. Sie betrachtete sich selbst in dem ovalen Spiegel über der Kommode. Wie oft mochte Marie hier gesessen haben? Auf der Tischplatte entdeckte sie einen kleinen runden Abdruck, wie von einer Parfümflasche oder einem Zerstäuber, der feucht zurückgestellt worden war. Sie strich mit dem Finger darüber, wanderte weiter zum Schreibtisch und setzte sich auf den rot gepolsterten Stuhl davor. »Erzähl mir, was du über deine Familiengeschichte weißt«, forderte sie Roman auf, der den Vitrinenschrank durchsuchte.

»Da gibt's nicht viel zu erzählen.«

Viktoria wartete, doch er schwieg. »Hat's dir die Sprache verschlagen?«

»Nein. Aber sieh dir das mal an. Es lag ganz hinten in einer Ecke, fast versteckt.« Er kam herüber und legte ihr eine Kette mit einem etwa sechs Zentimeter großen Silberkreuz, das an den Enden hübsch verziert war und eine Gravur trug, in die Hand.

»*Stiftung des Herrn Emile Robin in Paris zur Konfirmation. 19. März 1911*«, las sie verwundert vor. »Wer ist Emile Robin?« Sie drehte das Kreuz um. »Hier steht noch was: *Deutsche Gesellschaft zur Rettung Schiffbrüchiger.* Du kommst doch von der Küste, sagt dir das was?«

»Die Gesellschaft natürlich, mit dem Rest kann ich nichts anfangen. Setzen wir es auf unsere Rechercheliste.« Er nahm das Kreuz wieder entgegen und legte es zurück. »Ansonsten ist hier nichts Bemerkenswertes. Ein Likörservice mit sechs Gläsern und einer Karaffe mit versilbertem Griff auf einem ebenfalls silbernen rechteckigen Tablett und vier cremefarbene Porzellantassen mit Silberrand und ein silberner Kerzenständer.« Er schloss die Vitrine. »Du hast nach meiner Familie gefragt: Meine Urgroßmutter wurde, wie gesagt, totgeschwiegen. Mein Urgroßvater Georg von

Kampen kam aus einer Offiziersfamilie und muss das Hotel nach der Heirat straff wie ein Regiment geführt haben. Aus den dürftigen Erzählungen von Sophie klang durch, dass er auf der Beliebtheitskala seiner Angestellten eher einen der unteren Ränge einnahm. Außerdem hat er seine Tochter großgezogen oder besser großziehen lassen. Nachdem sie für kurze Zeit als ganz kleines Mädchen in einem Internat war, hatte sie ständig wechselnde Gouvernanten, Erzieherinnen, wie immer man das damals nannte. War sicher schwierig für sie. Und für die Damen, keine konnte es ihrem Vater lange recht machen. Ich halte es nicht für ausgeschlossen ...«

»... dass er die auch aus anderen Gründen als nur zur Erziehung seiner Tochter angestellt hat?« Viktoria hatte das Schubfach unter der Tischplatte aufgezogen und ein mit weichem dunkelbraunen Leder bezogenes Etui gefunden. Sie wollte es aufklappen, aber es klemmte. Erst nach dem dritten Versuch bewegte sich der Deckel. Er schnappte mit einer Plötzlichkeit hoch, die Viktoria zusammenfahren ließ.

»Er wird nicht wie ein Mönch gelebt haben, nachdem er seine Frau in die Verbannung geschickt hat«, meinte Roman. »Was ist das, was du da hast?«

Viktoria hielt ihm das geöffnete Etui mit einem Füllfederhalter, einem Bleistifthalter und einem Brieföffner hin, alles aus Silber. »Marie scheint eine Vorliebe für Silber gehabt zu haben.« Der Füllfederhalter lag schwer in der Hand, sie drehte ihn zwischen den Fingern. »Hier ist eine Gravur: Marie von Hassbach. War das ihr Mädchenname?«

»Frag mich was Leichteres. Meine Ahnen, die unbekannten Wesen. Sollte mich nicht wundern, wenn die Familie sogar größer wäre als gedacht, falls mein strenger Urgroßvater sich außerhalb der Ehe ordentlich fortgepflanzt haben sollte. Sophie jedenfalls heiratete kurz vor Ausbruch des Zweiten Weltkriegs Hartmut Marendorff, der zwar eingezogen und auch zum Offizier befördert wurde, der aber den gefährlichen Frontlinien fernblieb, weil mein Urgroßvater entsprechenden Einfluss hatte. In der Schwedenkrone haben damals schon wichtige Leute verkehrt, Wehrmachtsoffiziere, SS, Politiker, angeblich soll Göring mal da gewesen sein, obwohl das natürlich nach dem Krieg keiner mehr laut gesagt hat. Nur das Beste für die Nazi-Größen, und die Schwedenkrone war nun mal das Beste, was Stralsund zu bieten hatte. 1944 kam mein Vater Hans zur Welt. Nach dem Dritten Reich, das das Hotel so gut wie schadlos überstanden hatte, begannen neue Zeiten. Ich weiß nicht, was Georg von Kampen von der neuen Bruderschaft mit den sowjetischen Genossen hielt, ich vermute aber mal, gar nichts. Sein Sohn dagegen war Feuer und Flamme. Mein Vater wiederum ist der unpolitischste Mensch, den man sich denken kann. Dem ist völlig egal, wer an der Regierung sitzt, Hauptsache, Hotel und Geschäft laufen. Meine Mutter hat er sich entsprechend ausgesucht, sie liegt völlig auf seiner Wellenlänge. Dafür kommt sie weniger gut mit Sophie aus. Einerseits erstaunlich, weil die Schwedenkrone beiden viel bedeutet. Andererseits – zwei Frauen mit stark ausgeprägter Egozentrik … Sie gehen sich möglichst aus dem Weg, was nicht leicht ist, wenn man unter einem Dach lebt.« Roman hielt inne. »So weit der magere Marendorff'sche Werdegang.«

Viktoria legte den Füllfederhalter zurück in das Etui. »Du hast da vorhin was Interessantes gesagt, nämlich, dass deine Familie womöglich größer ist, als du denkst. Vielleicht hängt das Geheimnis von Marie mit ihrem Gatten zusammen. Wir sollten Georg von Kampen unter die Lupe nehmen, selbst wenn wir ausschließen können, dass Marie um ihren Ehemann getrauert hat.«

»Es sei denn, es gab einen ersten Ehemann vor Georg«, sinnierte Roman, »dessen Tod sie nie überwinden konnte. Ich hab keine Ahnung, wann sie geboren wurde, geschweige denn, wann sie Georg heiratete, nehme aber an, dass es durchaus im Bereich des Möglichen liegt. Ihr erster Mann könnte im Ersten Weltkrieg gefallen sein.«

»Ja«, sagte Viktoria gedehnt. »Dann ergäbe es auch Sinn, was Hedwig Woermann geschrieben hat, dass viel Zeit vergangen sei seit dem Verlust.« Aus dem Schubfach zog sie eine lederne Mappe hervor. »Eine Schreibmappe mit Moiréfutter und einem Löschbuch. Sieht nicht aus, als hätte sie sie viel benutzt. Sogar ein paar Blatt Briefpapier liegen noch drin.« Sie klappte die Mappe zu und schloss die Schublade. Im linken Fach lag nur ein einziger Gegenstand, ein großer, reich verzierter Holzkasten.

»Eine Schmuckschatulle?«, mutmaßte Viktoria. Diesmal gab es keine Schwierigkeiten, das Schloss ließ sich leicht hochschieben, und so sah sie bald ratlos in die mit grünem Samt ausgelegte Schatulle. Im Deckel klemmte ein marmoriertes Schachbrett, im unteren Teil lagen, einzeln in kleinen Fächern, fein gearbeitete Figuren aus Elfenbein und Ebenholz.

»Edel, aber unvollständig«, stellte Roman fest. »Von den weißen Figuren fehlen je ein Springer und ein Läufer, die beiden Türme und drei Bauern, von den schwarzen ein paar mehr, nämlich der König, die Dame, zwei Springer, je ein Läufer und ein Turm und fünf Bauern. Wo sind die übrigen?« Der Platz in der Schatulle dafür war leer. »Liegen sie lose im Fach?«

»Nein, ansonsten ist es leer.« Im rechten Fach waren die fehlenden Spielfiguren ebenso wenig zu finden. Stattdessen lag ein schweres, großes Buch aus rotem Leder darin mit Silberbeschlägen an den Ecken, silbernen Einlegearbeiten auf dem vorderen Einband und einem silbernen Schloss.

»Ein altes Fotoalbum!« Aufgeregt legte Viktoria es auf den Schreibtisch. Sie wagte kaum, es zu öffnen. Sie schluckte und sah zu Roman auf. »Es ist deine Familie. Du solltest das machen.«

Roman berührte ebenso zögerlich wie Viktoria das Album, bevor er es entschlossen aufklappte. Auf der ersten Seite fehlten die ursprünglich eingesteckten Fotos. Die leeren Ecken im dicken Karton waren leicht beschädigt, als hätte jemand die Bilder schnell und unbedacht herausgerissen. Roman hob eine Braue. »Fängt ja gut an«, grummelte er, bevor er umblätterte. Auf der nächsten Seite bot sich derselbe Anblick, auf der übernächsten wieder. »Das glaub ich nicht! Kannst du mir erzählen, warum jemand ein altes Fotoalbum aufhebt, in dem keine Fotos mehr sind?«

Viktoria betrachtete die Risse im Karton, einer ging sogar bis zum Rand der Seite. »Wenn Marie das getan hat, hat sie ihre ganze Familie ausgelöscht, genauso wie sie selbst ausgelöscht worden ist. Verständlich aus ihrer Sicht und gar nicht verrückt.«

»Dann hätte sie es gleich komplett vernichten können.«

»Das ist nicht dasselbe, als wenn man jedes Foto, jede Erinnerung, jeden ... Menschen in die Hand nimmt und langsam zerfetzt.«

Einen Augenblick lang sah Roman Viktoria an. »Weißt du, was ich gerade denke?«, fragte er. »Vielleicht hatte Sophie den richtigen Riecher. Vielleicht bist du hier, weil Martin Niemann wollte, dass jemand unsere Familiengeschichte aufschreibt. Du kannst dich sehr gut in andere hineinversetzen.«

»Das mit den Fotos war nur eine Vermutung«, protestierte Viktoria schwach.

»Aber sie klingt verdammt logisch.« Roman gab dem Album einen ungeduldigen Schubs, sodass es vom Schreibtisch gerutscht wäre, wenn Viktoria es nicht aufgefangen hätte. Dabei fiel etwas heraus, das auf dem Boden landete. Roman bückte sich und hob es auf. »Das hier ist Maries Zerstörungswut offenbar entgangen«, sagte er und starrte auf das sepiafarbene Foto.

Es war die Porträtaufnahme zweier sehr junger Frauen, die einander nicht nur durch Kleidung und Frisur erstaunlich ähnlich sahen – das blonde Haar hochgesteckt, weiße Blusen oder Kleider mit Spitzenkragen, die fast bis zum Kinn hochreichten. Die Nasen klein, nur ein winziges bisschen in den Himmel weisend, der Mund dagegen groß, die Lippen voll, fast schon sinnlich. Der einzige Unterschied zwischen ihnen bestand darin, dass die auf der linken Seite wirkte, als müsse sie krampfhaft ein Lachen oder zumindest ein Lächeln unterdrücken, während die andere angemessen ernst in die Kamera schaute.

»Hübsche Mädchen«, stellte Viktoria fest. »Irgendeine Idee, wer das sein könnte oder warum Marie ausgerechnet dieses Foto aufbewahrt hat? Gab es in deiner Familie Zwillinge?«

»Nicht, dass ich wüsste. Aber was weiß ich schon?« Versuchsweise drehte er das Foto um und fand die Jahreszahl 1911 auf der Rückseite und einen Stempel mit der Aufschrift Wilhelm Baade, Photograph, Sarnowstraße. »Sarnowstraße«, wiederholte Roman, »dieselbe Adresse wie die Schwedenkrone.« Er reichte das Foto Viktoria, konnte aber trotzdem nicht den Blick von den Mädchen nehmen, die so gleich aussahen und doch so augenscheinlich ganz unterschiedliche Charaktere gehabt hatten. »Sie ist schön.«

Fragend schaute Viktoria Roman an. »Sie sind beide schön. Welche meinst du?«

»Die, die sich das Lachen verkneifen muss. Sie hat ein Leuchten in den Augen. Ich schätze, es hat nicht mehr allzu lange gedauert, bis sich die Heiratskandidaten reihenweise nach ihr umgedreht haben.«

»Pffffff!«, machte Viktoria. »Männer! Ihr seht immer nur das Offensichtliche. Wenn du recht hast, wird's jedenfalls für die andere schwer gewesen sein.«

»Sie kann trotzdem glücklich gewesen sein. Es gibt Männer, denen stille, aber tiefe Wasser lieber sind.«

»Wenn du das sagst!« Sie schaute auf die beiden Gesichter, so lange, bis sie zu einem einzigen verschmolzen, zu einem Gesicht mit ernsten Augen und einem fast lächelnden Mund. Sie waren mehr als nur Abbilder der Vergangenheit, sie waren einmal lebendige, atmende Mädchen gewesen, die gelacht und geweint, geträumt und gehofft hatten. Wer wart ihr?, dachte Viktoria. Was habt ihr gedacht, gefühlt?

»Viktoria?«

Sie spürte Romans Hand auf ihrer Schulter. »Entschuldige. Ich war ...«

In dem Moment klingelte von weit her ein Telefon. »Mein Handy. Ich hab es drüben bei mir liegen lassen.« Roman war eine Spur blasser geworden und lief aus dem Zimmer.

Viktoria sah ihm nach und hoffte, dass es keine schlechten Nachrichten von Sophie gab. Dann wandte sie sich noch einmal dem Foto der beiden Mädchen zu, das sie berührte und gleichzeitig so wunderbar in dieses Zimmer passte, am besten in einem silbernen Rahmen. Sie ließ es auf dem Schreibtisch liegen, bevor sie sich vergewisserte, dass das restliche Album wirklich leer war, und es wieder in das Schreibtischfach legte. Außerdem klappte sie die Schatulle mit dem Schachspiel zu und stellte sie an ihren ursprünglichen Platz.

Das Telefonat dauerte anscheinend länger. Viktoria stand auf und schaute in den unteren Teil des Vitrinenschranks, den Roman vorhin vernachlässigt hatte, weil er zu ihr herübergekommen war, fand aber nur einige Garnituren Bettwäsche. Während sie auf Roman wartete, konnte sie ebenso gut noch mal einen Blick in die Bilderkammer werfen. Nach und nach drehte sie einige Gemälde um. Die Motive ähnelten sich: die See, Schiffe, die Kirche in Wustrow, Wald, bedrohlich aussehende Kapitänshäuser. Nur selten blitzte auf den Bildern die Sonne auf, und wenn, dann hatte das einen milchigen Effekt, alles wurde nebulös, undeutlich. Und noch etwas war ihnen gemeinsam: Menschen kamen nicht vor, höchstens ein-, zweimal als verwischte Gestalten, ähnlich der auf dem ersten Darß-Bild, das Roman angesehen hatte. Manchmal kam es Viktoria durchaus so vor, als wollten die Bilder etwas erzählen, wenn man sie in die richtige Reihenfolge brachte, aber das war mehr ein diffuses Gefühl, sie hätte nicht mal sagen können, um welche Gemälde es sich handelte.

Gerade als sie sich dem nächsten Stapel zuwandte und das vorderste Bild umdrehte, das etwas völlig anderes zeigte, stand Roman in der Tür.

»Hast du was von deiner Großmutter gehört?«, fragte Viktoria, das Bild in der Hand vergessen.

»Der ursprüngliche Anruf kam vom Museum. Es gab ein Problem, das ich relativ schnell lösen konnte. Wo ich schon mal am Telefon hing, hab ich im Krankenhaus angerufen. Sophies Zustand ist unverändert. Sie hat sich noch nicht erholt, was mich etwas beunruhigt. Mir kam's so vor, als hätte der Arzt gestern weniger besorgt geklungen.«

»Das wird schon. Deine Großmutter ist fast neunzig, da kannst du nicht erwarten, dass sie von jetzt auf gleich wieder fit ist wie ein Turnschuh. Lass ihr ein bisschen Zeit.«

»Ich bemüh mich. Auf jeden Fall will ich nachher noch mal ins Krankenhaus.«

»Tu das. Ich würde gern mitkommen und sie kennenlernen, aber wahrscheinlich bin ich ein rotes Tuch für sie.«

»Kann schon sein«, lächelte Roman. »Ich würde mich trotzdem freuen, wenn du mitkämst. Wir könnten zumindest das Abendessen nachholen, das gestern ausgefallen ist.«

»Gern. Wann willst du denn los?«

Roman sah auf die Uhr. »Ein paar Gemälde können wir ruhig erst ansehen. Hast du schon angefangen zu sortieren?«

»Nein. Aber dieser Stapel scheint was Besonderes zu sein. Keine Landschaften. Stattdessen eine Straßenszene, eindeutig nicht in Wustrow.«

Roman trat näher und hob das Bild hoch. »Könnte die Wasserstraße in Stralsund sein.« Er zeigte auf eins der Häuser, in dem sich im Erdgeschoss große Schaufenster befanden. »Ja, ich bin mir ziemlich sicher. Das sieht heute netter aus, und wenn mich nicht alles täuscht, wird in dem Laden eine Kneipe betrieben.«

»Was war es damals?« Viktoria beäugte die undeutlichen Gegenstände hinter den Schaufenstern. »Das da sieht aus wie ... Schlangen?«

Roman lachte. »Ich würde eher sagen, es war eine Seilerei. Unabdingbar in einer Hafenstadt.«

Viktoria kam sich ein bisschen albern vor, stimmte aber in das Lachen ein. »Wasserstraße«, sagte sie dann. »Ich nehme an, du weißt nichts über Verbindungen deiner Familie dorthin.«

»Ich fürchte, damit liegst du richtig.« Roman beugte sich noch einmal über das Bild. »Das ist interessant. Neben Maries Signatur steht 1925. Da sie zu dem Zeitpunkt schon in Wustrow war, muss sie das aus dem Gedächtnis gemalt haben. Ich frage mich, was sie daran so fasziniert hat. Was gibt's außerdem in dem Stapel?«

Viktoria drehte das nächste Bild um. »Wow! Wenn das kein Kontrastprogramm ist!«

Das Bild zeigte eine zweistöckige Halle mit Marmorsäulen, die Jugendstilornamente trugen. Die Wände waren in Nischen unterteilt, unter deren Rundbögen goldgerahmte Spiegel hingen. Den Blickfang der Halle bildete ein runder, schneeweißer Springbrunnen in der Mitte, verziert von fünf Skulpturen und mit einer Sitzfläche drum herum. Er stand direkt unter der ebenfalls runden Galerie, an der kleine, eiförmige Lampen aus Glas hingen. Auf die Galerie führte eine breite geschwungene Treppe mit zierlich durchbrochenem Geländer, regelmäßig geschmückt von einer Säule mit einer Skulptur. Auf diesem Bild gab es zum ersten Mal Menschen. Elegant gekleidet schritten sie durch die vornehme Halle, die Gesichter blieben allerdings undeutlich. Nur eine Gestalt tanzte aus der Reihe. Ein in Schwarz gekleideter Mann, um den alle anderen einen Bogen zu machen schienen, stand nahe am Treppenaufgang.

Marie hatte diesem Bild eine ähnliche Perspektive verliehen wie dem *Blick aus dem Fenster*, nur dass man die Halle nicht durch ein Fenster, sondern durch einen Eingang sah, der wie ein erweiterter Bilderrahmen wirkte.

»Wow!«, wiederholte Viktoria. »Was für eine Pracht. Aber gleichzeitig strahlt alles eine unglaubliche Kälte aus, findest du nicht? Bis auf ihn hier.« Sie deutete auf die schwarze Gestalt.

»Obwohl dieser Mann bloß von hinten zu sehen ist, hat er Charakter, er ist echt, während die anderen den Eindruck gut gekleideter Schaufensterpuppen machen. Alles in allem eine seltsame Atmosphäre. Ich wüsste zu gern, was sie da gemalt hat.«

»Kann ich dir sagen«, erklärte Roman. »Das Foyer der Schwedenkrone. Sieh es dir nachher an, wenn wir in Stralsund sind. Es hat sich nur unwesentlich verändert. Diese Skulpturen auf den Treppensäulen sind zum Beispiel verschwunden, und die Lampen sind nicht mehr echt, nur gute Rekonstruktionen. Die Originale sind im Krieg leider zerbrochen.« Er ging in die Hocke. »Auch 1925«, las er. »Also ebenfalls aus der Erinnerung.« Er drehte ein weiteres Bild um, das wieder das Foyer zeigte, diesmal jedoch war die Person, aus deren Perspektive es gemalt wurde, weiter in das Hotel vorgedrungen und hielt sich an der Treppe auf. Die schwarze Gestalt stand jetzt oben am Treppenabsatz auf der Galerie.

Viktoria streckte die Hände nach dem nächsten Gemälde aus.

»Mach schon«, drängte Roman, als sie zögerte.

Die schwarze Gestalt befand sich nun auf der Schwelle zu einem Raum. Viktoria hörte, wie Roman tief Luft holte, und sah zur Seite.

»Das ist Sophies Zimmer.«

»Sophies?«, fragte Viktoria. »Ich dachte, diese Szenen spielen sich in der Schwedenkrone ab.«

»Meine Familie bewohnt einen Teil der obersten Etage des Hotels, immer schon. Das da ist Sophies Wohnzimmer, in dem ich mich mit ihr über die Kranichburg unterhalten habe.«

14.

»Bist du sicher?«, fragte Viktoria noch einmal. Draußen raste die Landschaft an ihnen vorbei, bald würden sie in Stralsund ankommen. »Du willst mich mit in die Schwedenkrone nehmen?«

Roman nahm seinen Blick nicht von der Straße. »Du hängst da mit drin, ob du willst oder nicht.« Dabei verzog er die Mundwinkel zu einem schiefen Lächeln. »Ich hab nie drüber nachgedacht, wie alt einige der Möbelstücke in Sophies Wohnzimmer sind. Dass sie fast an derselben Stelle stehen wie auf dem Gemälde – wieso hat sie so wenig verändert?«

Im Geist sah Viktoria das Bild des eleganten Raumes vor sich. Er war in warmen Farben gehalten, die Couchgarnitur mit sandfarbenen Polstern, die sich abhoben vom etwas dunkleren Holz der Füße und den ebenfalls gepolsterten Lehnen, das Sofa fast ein Oval, das mit den Sesseln ein fast perfektes Rund bildete. Zwischen zwei ovalen, mit Gold eingefassten Wandlampen hing ein ovaler Spiegel mit schlichtem Goldrahmen, in dem man undeutlich die Umrisse einer Gestalt erkennen konnte, die sich ansonsten unsichtbar im Zimmer aufhielt. Gegenüber stand ein Bücherschrank aus gemasertem Holz, unten mit Fächern und Schubladen, oben mit vier Regalreihen. Marie hatte jedes Detail eingefangen. Und doch: Trotz der warmen Farben und der weichen Formen hatte Viktoria nicht das Gefühl, dass dieses Zimmer wirklich bewohnt wurde, dass jemand es mit Leben füllte – selbst nicht die Gestalt im Spiegel. Das einzig Lebendige war wiederum der Mann in Schwarz, der auf der Schwelle stand.

»Deine Großmutter scheint mir eine Frau zu sein, die tut, was sie will«, antwortete Viktoria. »Aus lauter Bequemlichkeit wird sie die Einrichtung kaum so gelassen haben, wie sie war. Ich glaube eher, sie hat es für richtig gehalten, wenigstens auf diese Weise das Andenken an ihre Mutter zu bewahren. So ist Marie da, auch wenn man nicht von ihr spricht.«

»Du glaubst, dass das früher mal Maries Reich war?«

»Halte ich für sehr wahrscheinlich. Warum sonst hätte sie es malen sollen? Es muss ihr doch was bedeutet haben.«

»Klingt einleuchtend.« Roman bog auf den Parkplatz des Hanse-Klinikums. »Sobald ich fertig bin, fahren wir in die Schwedenkrone und sehen uns um.«

Im Krankenhaus empfing sie der typische Geruch, eine Mischung aus Desinfektionsmitteln und abgestandener Luft. Während Roman mit dem Arzt sprach und anschließend in das Zimmer seiner Großmutter geführt wurde, wartete Viktoria auf dem Gang. Ganz wohl war ihr nicht dabei, dass sie anschließend die Schwedenkrone betreten würde. Bisher hatte sie Roman vorenthalten, dass sie das Hotel von außen schon kannte und davor geflohen war. »Ja«, sagte sie zu sich selbst. »Gib's ruhig zu. Du bist abgehauen.«

Die Miss-Marple-Melodie riss sie aus ihren Gedanken und rief sofort eine Schwester aus dem Stationszimmer auf den Plan. »Schalten Sie bitte Ihr Handy aus.« Sie deutete auf ein entsprechendes Verbotsschild.

Viktoria rechnete nicht damit, dass Melli schon so schnell was über Martin Niemanns Familie ausgegraben hatte. Sie warf einen Blick auf das Display, bevor sie den Anruf abwürgte. Es war Henriks Nummer gewesen. Viktoria wusste nicht recht, ob sie mit ihm sprechen wollte. Andererseits trieb sie die Neugier. Sie steckte ihren Kopf ins Stationszimmer. »Könnten Sie Herrn Marendorff ausrichten, dass ich kurz rausgegangen bin, wenn er auftaucht?«

Die Schwester sah aus, als wolle sie sagen, sie habe Wichtigeres zu tun, nickte aber doch, sodass Viktoria schnell zum Haupteingang huschte.

»Hallo, Vicki!«, meldete sich Henrik erfreut. »Schön, dass du zurückrufst. Wo hast du denn eben gesteckt?«

»Im Krankenhaus. Ich ...«

»Was?«, unterbrach Henrik sie entsetzt. »Was ist passiert, geht's dir nicht gut?«

»Mir schon. Romans Großmutter hatte einen Herzanfall. Er ist gerade bei ihr.«

»Seine ... Aha. Und du musst Händchen halten bei Herrn Marendorff, oder weshalb hast du ihn begleitet?«, fragte er mit sarkastischem Unterton.

»Danke für deine Feinfühligkeit«, gab Viktoria bissig zurück. »Was ist denn in dich gefahren?«

»Nichts. Entschuldige. Ich bin nur verwundert, dass du deinem Miterben offensichtlich schon so nahestehst. Entschuldige«, wiederholte er. »Dabei wollte ich nur fragen, was du machst und wie dir die Kranichburg gefällt. Melli deutete an, du wärst ziemlich beeindruckt. Vom Haus und von Roman Marendorff, wenn ich jetzt so drüber nachdenke. Letzteres muss ich verdrängt haben.«

Viktoria seufzte voll schlechten Gewissens. Sie hätte sich längst bei Henrik melden und sich bedanken sollen. »Entschuldigung angenommen. Die Kranichburg ist toll! Du hast dich beim Herrichten selbst übertroffen!«

Henriks »Hm« klang etwas verlegen. »Schon gut, war ich ja nicht persönlich. Melli hat außerdem erzählt, ihr hättet was über die frühere Besitzerin rausgefunden. Seid ihr damit weitergekommen?«

»Nicht viel«, log Viktoria, bevor sie überhaupt darüber nachdenken konnte. Es widerstrebte ihr, Henrik zu erzählen, dass Romans Familie in die Sache verstrickt war. Roman hatte es ihr anvertraut, und sie wollte damit nicht hausieren gehen. Stattdessen beschrieb sie knapp die düsteren Landschaftsbilder, die sie entdeckt hatten, ließ diejenigen von der Schwedenkrone jedoch unerwähnt.

»Das klingt interessant«, meinte Henrik. »Ich wär zu gern dabei.«

Lieber nicht, dachte Viktoria. Sie war froh über seinen Job, der ihm wenig Freizeit ließ. »Ich muss Schluss machen, Henrik«, sagte sie. »Roman wird sich schon wundern, wo ich stecke.«

»Na, dann grüß mal ... Roman. Ich hoffe, die alte Dame erholt sich bald, damit du ihn nicht mehr lange trösten musst.« Mit einem Lachen nahm er dem letzten Satz die Schärfe. »Ich sollte Martin böse sein. Ohne ihn wärst du nicht da oben. Ich vermisse dich. Ehrlich.«

Die richtige Antwort wäre »Ich dich auch« gewesen, aber das wollte Viktoria partout nicht über die Lippen kommen. Was war bloß los mit ihr? In Hannover waren sie doch einander wieder nähergekommen. »Ich bin ja nicht für ewig weg«, sagte sie stattdessen. »Mach's gut, und danke für den Anruf.« Nachdenklich schaute sie an der Krankenhausfassade hoch und ertappte sich dabei, dass sie Romans Gesicht vor sich sah. Wie konnte es sein, dass sie sich nach so kurzer Zeit und trotz der anfänglichen Schwierigkeiten bereits zu ihm hingezogen fühlte? Sich darauf freute, mit ihm zusammen zu sein? War es nur das Geheimnis um Marie von Kampen und die Kranichburg, das sie verband? Viktoria schüttelte den Kopf. Sie wollte nicht über die Alternative nachdenken. Das Leben war sowieso gerade kompliziert genug.

»Hier bist du!«

Viktoria drehte sich um und spürte, wie sie errötete, als könne Roman ihre Gedanken lesen. Umständlich verstaute sie ihr Handy. »Ich musste zum Telefonieren raus. Wie geht's Sophie?«

»Unverändert. Ich hab bei ihr gesessen und ihre Hand gehalten. Die meiste Zeit hat sie geschlafen, aber sie muss gemerkt haben, dass ich da war. Mit einem Mal hat sie die Augen aufgeschlagen und gefragt, ob ich was gefunden hätte.«

»Was hast du gesagt?«

»Dass ich das Haus auf den Kopf gestellt habe, aber weit und breit nichts aufgetaucht ist. Sie war erleichtert, glaub ich. Ich dachte, sie wäre wieder eingeschlafen, doch als ich gehen wollte, hielt sie mich fest. Ich musste mich zu ihr rüberbeugen, um zu verstehen, was sie sagte: ›Ich hab versucht, sie zu hassen.‹« Roman sah Viktoria an. »Natürlich dachte ich, sie redet von Marie. Ich konnte mich einfach nicht zurückhalten und hab nachgebohrt, warum um alles in der Welt sie ihre Mutter hassen wollte. ›Nicht Marie, nicht von Anfang an‹, hat sie geantwortet. ›Die anderen. Aber nach einer Weile hab ich gemerkt, dass es leichter war, Marie zu hassen, weil sie fort war. Also hab ich es getan.‹«

»Wen meinte sie mit den anderen? Ihren Vater, den Rest der Familie?«

Roman zuckte mit den Schultern. »Oder die unüberschaubare Zahl von Gouvernanten. Ich konnte nicht mehr fragen, sie ist wieder eingeschlafen.« Er mied ihren Blick. »Viktoria – ich hab Angst, dass sie stirbt. Sie sah so klein aus, so verletzlich. So alt.«

Viktoria streckte die Hand aus und berührte sanft Romans Wange. Sie wusste nicht, was sie sagen sollte, daher schwieg sie, aber ihre Berührung schien Roman zu helfen. Er entspannte sich, dann nahm er ihre Hand und strich mit seinem Zeigefinger über die Innenfläche. »Danke«, sagte er. Und energischer: »Auf in die Höhle des Löwen.«

Nachdem sie durch die Glastür getreten war, blieb Viktoria überwältigt stehen, sodass Roman beinah auf sie prallte. Sie kannte zwar das Foyer der Schwedenkrone von Maries Bildern, selbst dic Halle zu betreten war jedoch etwas ganz anderes.

»Ich hätte nicht gedacht, dass es so groß ist!« Viktoria legte den Kopf in den Nacken. Auf der Galerie standen vereinzelt Hotelgäste und beobachteten das Treiben im Foyer. Ihr Blick wanderte zurück nach unten zu dem weißen Marmorspringbrunnen, der vor sich hin plätscherte, und weiter zu den Spiegeln, zum schwarz-weiß gefliesten Fußboden und zur Rezeption, die von drei Damen in einheitlich weinroten Kostümen besetzt war. Über allem klang eine dezente Musik aus versteckten Lautsprechern.

»Wie gefällt's dir?«, fragte Roman.

Viktoria fühlte sich nicht in der Lage, ihren Eindruck in ein, zwei Adjektiven zusammenzufassen.

»Na los«, sagte Roman belustigt. »Keine falsche Zurückhaltung. Sag mir ruhig, was du davon hältst. Ich bin für die PR zuständig gewesen, nicht für die Ausstattung – die hat ein Architekt vor über hundert Jahren zustande gebracht. Du musst nicht befürchten, in Dutzende Fettnäpfchen zu treten.«

»Ich kann gar kein neutrales Urteil mehr abgeben«, sagte sie. »Es beflügelt die Fantasie.« Sie sagte nicht, wie sehr schon allein das Äußere der Schwedenkrone ihre Fantasie negativ beflügelt hatte. »Die Gesamtkomposition ist absolut fantastisch, ich sehe nirgends ein störendes Element. Man kommt sich vor wie nach einem Zeitsprung. Aber es ist wie auf Maries Bildern. Es hat keine Seele, weil es zu perfekt und kein bisschen persönlich ist.« Unsicher sah sie Roman an. »Das klingt albern, oder?«

»Ich verstehe, was du meinst. Das war einer der Gründe, weshalb ich die Schwedenkrone verlassen habe. Ich identifiziere mich gern mit den Dingen, für die ich arbeite. Das Hotel war eine Herausforderung. Ich wollte wissen, ob ich gute Arbeit für etwas leisten kann, an das ich nicht glaube. Versteh mich nicht falsch, hier wird bestens für alles gesorgt, es gibt Stammgäste, die kommen seit ewig und sind glücklich. Du wirst nichts finden, was du beanstanden könntest. Äußere einen Wunsch: You name it, you get it!« Roman lächelte versonnen. »Ich habe meine ganze Kindheit und meine Jugend hier zugebracht, bis ich anfing zu studieren. Die Schwedenkrone war mein Zuhause, aber nie ein Ort, an dem ich mich wohlgefühlt habe. Es blieb immer ein Hotel. Alles musste perfekt sein, man musste eine blitzblanke Fassade zeigen, passend zu der draußen. Ich bin mir nicht sicher, was Marie mit ihren Bildern ausdrücken wollte, aber zumindest die Atmosphäre kann ich absolut nachempfinden.« Während Roman gesprochen hatte, waren sie ein Stück in die Halle vorgedrungen. Jetzt erwiderte er den Gruß zweier Damen an der Rezeption mit einem freundlichen Nicken und sprach die dritte an. »Hallo, Silvia. Ist mein Vater im Büro?«

»Tag, Roman. Ja, er müsste drüben sein. Es tut mir so leid wegen deiner Großmutter. Gibt's schon Neuigkeiten?«

»Leider nicht. Ich halte dich auf dem Laufenden.«

»Bitte tu das. Wir wollten ihr ein paar Blumen schicken, aber dein Vater meinte ...« Sie ließ den Satz ein wenig hilflos in der Luft hängen, und Roman nickte.

»Ich kann mir denken, was mein Vater meinte. Schickt ihr trotzdem welche, sie freut sich bestimmt.« Er winkte ihr zum Abschied zu und bedeutete Viktoria, ihm die Treppe hinauf zu folgen. »Solange mein Vater beschäftigt ist, haben wir freie Bahn.«

Viktoria hielt am Treppenaufgang inne. »Hier hat er gestanden.«

»Der Schwarze Mann? Ich frag mich, ob das jemand Bestimmtes sein soll oder ob die Gestalt nur ein Symbol für etwas ist.«

»Dazu wirkt sie zu echt«, betonte Viktoria. Von der Galerie aus schaute sie in die Halle hinunter und fühlte sich einen Moment lang schwindelig. Roman bemerkte, dass etwas nicht stimmte, und griff nach ihrer Hand. »Danke, geht schon. Normalerweise leide ich nicht an Höhenangst«, sagte sie.

»Das ist Absicht. Der Architekt wollte, dass man den Eindruck hat, das Foyer würde sich um den Springbrunnen herum zusammenziehen, als sei das Ding sozusagen der Nabel der Welt.«

»Effektvoll.«

»Ich mochte als Kind auch nie runtersehen.« Er zog Viktoria weiter, der es trotz allem schwerfiel, sich loszureißen. Während sie weitergingen, warf sie einen Blick in die Flure, die mit dicken Teppichen ausgelegt waren. Auf den cremefarbenen Türen prangten altmodische goldene Nummern.

In der obersten Etage wurde es zweckmäßiger, es herrschte eine Art strenger Luxus, sowohl vor als auch hinter der Eingangstür zur abgeschlossenen Wohnung der Marendorffs. Das Erste, was Viktoria ins Auge stach, war ein Spiegel schräg gegenüber einem offen stehenden Raum. Er sah beinah genauso aus wie jener auf Maries Bild.

»Hans? Kommst du mal eben, bitte?«, ertönte eine Stimme aus dem Zimmer.

»Auch das noch. Muss ich eben improvisieren«, sagte Roman kaum hörbar. Laut rief er: »Ich bin's, Mama.« Mit Viktoria im Schlepptau betrat er ein spärlich, aber exquisit in Weiß möbliertes Wohnzimmer. Die Frau darin wirkte mit ihrem dunklen Haar und dem blassen Gesicht wie Schneewittchen. »Ich komme gerade aus dem Krankenhaus. Sophie hat meist geschlafen und kaum geredet, aber sie wollte unbedingt ihren hellgrünen Seidenschal.«

»Das alte Teil? Na ja, sie liebt es nun mal.« Romans Mutter zuckte mit den Schultern. Sie hatte Roman keines einzigen Blickes gewürdigt, während sie sprach, sondern stattdessen Viktoria von oben bis unten gemustert.

»Das ist Viktoria Brand«, stellte Roman sie vor. »Viktoria, meine Mutter.«

Viktoria streckte lächelnd die Hand aus. »Freut mich, Sie kennenzulernen, Frau Marendorff.«

Nur widerstrebend erwiderte Karin Marendorff die Begrüßung. »Roman hat Ihnen inzwischen ja erzählt, welche Verbindung unsere Familie zur Kranichburg hat. Sicher können Sie sich vorstellen, dass wir über diese Umstände nicht allzu erfreut sind. Aber ich nehme an, das ist nicht Ihre Schuld.«

Viktoria spürte, wie Roman sich neben ihr versteifte und etwas sagen wollte, doch sie kam ihm zuvor. »Ich bin genauso wie Roman von der Geschichte überrumpelt worden. Es tut mir leid, wenn Ihnen dieses Testament Kopfzerbrechen bereitet, und ich versichere Ihnen, dass es mir ganz ähnlich geht.«

Karin Marendorff neigte den Kopf. »Nun, lassen Sie mich sagen, dass es für unsere Familie ein bisschen mehr als Kopfzerbrechen bedeutet. Immerhin hat es meine Schwiegermutter ins Krankenhaus gebracht.« Sie sagte das, als erwartete sie von Viktoria eine Entschuldigung dafür.

»Ich kann nur wiederholen, dass mir das sehr leidtut. Aber wie Sie schon sagten, bin ich dafür nicht verantwortlich, und Martin Niemann hat etwas Derartiges bestimmt nicht beabsichtigt.«

»Roman sagte, Ihnen ist dieser Niemann ebenso fremd wie ihm. Wie können Sie da wissen, was er beabsichtigt hat und was nicht?«

»Mama, was soll das?«, mischte Roman sich ein. »Diese Diskussion bringt uns nicht weiter.«

»Du hast es nötig!« Karin Marendorffs Stimme wurde schrill. »Wenn du Mutter mit deinen Fragen in Ruhe gelassen hättest, wäre das alles nicht passiert! Sie hätte nie erfahren müssen, dass ...«

»... dass ich die Hälfte des Hauses erben soll, auf das Papa vor ein paar Jahren scharf war? Tu bloß nicht so scheinheilig! Wenn ihr damals die Chance gehabt hättet, euch die Kranichburg unter den Nagel zu reißen, hättet ihr es getan.«

»Wir haben nur versucht, in Mutters Sinn zu handeln – ohne sie aufzuregen, nebenbei gesagt.«

»Natürlich«, sagte Roman sarkastisch und wandte sich zum Gehen. Anscheinend hatte er bemerkt, wie unwohl Viktoria sich fühlte. »Wir holen ein paar Sachen aus Sophies Zimmer und verschwinden wieder.«

»Ich würde Sie noch gern etwas fragen, Frau Brand«, hielt Karin Marendorff sie auf. »Da Sie jetzt wissen, was es mit der Kranichburg auf sich hat: Fänden Sie es nicht angemessen, sich aus dem Haus zurückzuziehen?«

Viktoria hob die Brauen. »Sofort?«, fragte sie, hin und her gerissen zwischen Erheiterung und Ärger. »Dann würde Ihnen aber nicht nur Ihre Hälfte durch die Lappen gehen. Ihr Sohn und ich müssen es laut Testament erst noch ein paar Wochen miteinander aushalten, damit überhaupt jemand anders das Haus erbt als die Deutsche Gesellschaft zur Rettung Schiffbrüchiger.«

»Sie wissen, was ich meine«, sagte Karin Marendorff kühl. »Wir sind selbstverständlich bereit, Sie am Ende der Frist auszuzahlen.«

»Selbstverständlich«, wiederholte Viktoria, die allmählich wütend wurde. »Ihr Geld interessiert mich nicht. Im Gegensatz zur Kranichburg.« Damit drehte sie sich um und verließ das Wohnzimmer.

»Roman, rede du mit ihr«, hörte sie noch, bevor er, ohne darauf einzugehen, die Tür leise, aber sehr beredt hinter sich schloss.

»Tut mir leid. Meine Eltern sind eine Katastrophe, und dabei hast du nur die eine Hälfte kennengelernt. Wenn du kannst, ignorier sie. Komm, ich zeig dir Sophies Zimmer.«

Viktoria erkannte es sofort wieder. Die Couchgarnitur war mit einem neuen, ockerfarbenen Polster überzogen und stand zusammen mit einem Tischchen ein Stück weiter links als auf Maries Bild. Der ursprüngliche Teppich war gegen einen neuen, weichen, ebenfalls in sattem Ocker, ausgetauscht worden, doch der Bücherschrank, der Spiegel und die Wandleuchter waren unverändert geblieben. Unwillkürlich trat Viktoria an den Bücherschrank heran und betrachtete die Regalreihen, von jeher interessiert, was andere lasen. Sie entdeckte ihre eigenen Bücher in einer Reihe auf Augenhöhe sowie historische Romane und Biografien. Auch ansonsten hatte Sophie Marendorff mit allerlei Stehrümmchens und mit zwei, drei Fotografien an den Wänden dem Raum ihren Stempel aufgedrückt. Auf Maries Gemälden hatte er nüchtern und anonym gewirkt.

»Hier hat sie also gelebt«, sagte Viktoria. »Die Sanfte Marie. Es mag irrational sein, aber ich glaube, sie war nicht gern hier.«

»Wie kommst du darauf?«

Viktoria zuckte mit den Schultern. »Dieses Zimmer ist so mondän und passt nicht zu dem Bild, das ich mir von Marie gemacht habe.«

»Ich weiß nicht, ob ich mir überhaupt schon ein Bild von Marie machen kann«, entgegnete Roman. Er trat zu Viktoria an den Bücherschrank und öffnete eins der Fächer unter den Regalen. »Magst du was trinken? Ich könnte nach dem Streit mit meiner Mutter was vertragen.«

Verdutzt sah Viktoria auf die Sherry-Flasche in Romans Hand. »Eine Bar im Bücherschrank? Deine Großmutter ist eine Genießerin, was?«

»Das ist sie.« Er schenkte Sherry ein, den Viktoria vorsichtig probierte. Wärme breitete sich in ihr aus, die ihr guttat und sie beruhigte. Ihr war gar nicht bewusst gewesen, wie sehr ihr das Gespräch mit Karin Marendorff an die Nieren gegangen war. Sie trank den Rest des Sherrys in einem Zug, aber entweder war er stärker, als sie vermutet hatte, oder sie war es einfach nicht gewohnt, Alkohol auf leeren Magen zu trinken. Ihr wurde schwindelig, sodass sie Halt am Bücherregal suchen wollte. Stattdessen griff sie schwankend mitten zwischen die Bände und riss eine ganze Reihe heraus, bevor Roman bei ihr war.

»Lass mich das machen«, sagte er, als sie sich hinknien und die Bücher aufheben wollte. »Setz dich lieber hin. Der hat dich aber umgehauen! Geht's besser?«

»Ja, danke.« Viktoria nickte peinlich berührt. »Ich hätte was essen sollen, bevor ich mich an Sherry vergreife.« Immer noch beschämt schaute sie zu dem Chaos auf dem Boden und zum Regal. Es wäre genug Platz für zwei Reihen Bücher hintereinander gewesen, doch stattdessen befand sich dort ein Wandsafe. »Dass es so was noch gibt! Ich dachte, heutzutage bewahrt man seine Wertsachen bei der Bank und wichtige Dokumente beim Anwalt auf.«

Roman folgte ihrem Blick und lachte. »Ach, da ist nichts Wertvolles drin. Nur die eine oder andere Kinderzeichnung von mir, Ordner mit uralten Rechnungen, die niemanden mehr interessieren, aber Sophie würde nie Rechnungen wegwerfen. Ist eine Marotte von ihr. Außerdem sind da noch Familienalben und ...«

Er hielt mitten im Satz inne und sah Viktoria an. Ganz langsam ging er auf den Safe zu und wollte ihn aufziehen. »Er ist verschlossen!«, stellte er erstaunt fest.

»Na, das ist doch der Sinn eines Safes, oder?«

»Nicht von diesem. Er war immer offen, so lange ich denken kann.«

»Dann können wir davon ausgehen, dass deine Großmutter zur Abwechslung was Wichtiges drin aufbewahrt. Oder ihr ist nachträglich eingefallen, wie wichtig es ist.« Viktoria hielt inne. »Kennst du die Kombination?«

Roman schüttelte den Kopf. »Musste ich ja nie. Bestimmt ist es nicht so was Albernes wie ein Geburtsdatum.« Er starrte auf das Rädchen am Safe. »Aber vielleicht das Gegenteil. Lass mich was versuchen.« Einen Augenblick später schwang die schwere Tür auf. »Der Todestag meines Großvaters.«

Viktoria hatte sich von dem Sherry erholt und beobachtete, wie er ein paar Ordner, Fotoalben und Papiere achtlos ausräumte und zur Seite legte. Schließlich zog er einen Karton heraus, die Ecken angestoßen, der Deckel an einer Stelle gerissen. Stockflecken zeugten davon, dass er mal Feuchtigkeit ausgesetzt gewesen war. »Was ist das?«

Verblüfft drehte Roman den Karton hin und her. »Hab ich nie gesehen. Allerdings bin ich auch nie bis in die Tiefen dieses Safes vorgedrungen. Sophie hat mich immer nur gebeten, die Alben rauszuholen. Sie zeigen übrigens bloß Fotos seit meiner Geburt, nichts Älteres. Mehr hat mich als Kind nicht interessiert, und irgendwann haben wir aufgehört, zusammen Bilder anzusehen.« Mit dem Karton in der Hand kam er rüber zu Viktoria und setzte sich neben sie. »Ich hoffe, es ist richtig, was wir hier tun«, sagte er. »Ich fühle mich, als würde ich hinter Sophie herspionieren.«

»Versteh ich gut. Wir können alles wieder zurücklegen, wenn du willst.«

»Zu spät. Ich muss wissen, was damals passiert ist. Wenn uns diese Kiste dabei hilft, dem auf die Spur zu kommen …« Mit einem Ruck hob er den Deckel. Ganz oben lagen zwei Fotos, ähnlich alt, nur nicht mehr auf so festem Karton wie das der Zwillinge aus der Kranichburg. Das eine zeigte eine erwachsene Frau, zweifellos eins der beiden Mädchen, immer noch schön, aber viel distanzierter. »Die Ernstere von beiden«, urteilte Roman. »Warum liegt es hier drin? Ich sollte Sophie doch fragen, was es mit diesen Zwillingen auf sich hat, wenn es ihr besser geht.«

Viktoria schwieg. Sie fürchtete, dass es dazu in der nächsten Zeit nicht kommen würde. Sie griff nach dem zweiten Bild, auf dem ein Mann mit sehr kurz geschnittenem Haar mit akkuratem Mittelscheitel, hellen Augen und einem Schnurrbart über zusammengekniffenen Lippen posierte. »Das ist mein Urgroßvater Georg von Kampen«, erklärte Roman. »Unten im Büro hängt ein Porträt von ihm, auf dem er sehr viel älter ist, aber die Augen erkenne ich: frostig und eisern.«

»Dem möchte ich nachts nicht allein begegnen. Unangenehmer Mensch«, befand Viktoria. »Unter seinem Blick fühlt man sich wie ein Schwerverbrecher, selbst wenn man garantiert nichts getan hat.«

Als Nächstes förderte Roman zwei gefaltete Blätter zutage, die jemand wieder zusammengeklebt hatte, nachdem sie zuvor in Schnipsel zerrissen worden waren. »Ein Fall für dich«, sagte Roman und hielt sie Viktoria hin.

Das Entziffern war diesmal etwas schwieriger. Einige Stellen wiesen durch die Risse kleine Lücken auf, und auch die Tinte war verblasster als in dem Brief von Hedwig Woermann. Zögernd begann Viktoria zu lesen:

Stralsund, 13. November 1923

Liebe Frau von Kampen!

(Diese Anrede ist ganz fremd für mich, doch es gehört sich wohl, Sie jetzt so zu nennen.) Ich habe lange überlegt, ob ich Ihnen schreiben soll, weiß mir aber keinen anderen Rat – Sie waren mir in der Vergangenheit immer freundlich gesinnt, daher hoffe ich, dass ich auch heute nicht auf taube Ohren stoße. Obwohl die Situation sich von damals natürlich grundlegend unterscheidet. Ich hätte es niemals gewagt, noch einmal aus der Versenkung aufzutauchen, wenn nicht gewisse Umstände eingetreten wären, die so vieles in einem anderen Licht erscheinen lassen.

Mein Vater ist vor einigen Monaten gestorben, und ich fand, als ich seinen Haushalt und seine Papiere ordnete, einen Brief, der mich bis ins Mark erschüttert hat, weil er Dinge enthüllte, die ich nie gewusst, nicht einmal geahnt habe. Ich weiß nicht, ob ich dankbar dafür sein oder ob ich verfluchen soll, dass ich all die Jahre in Unwissenheit verbracht habe. Ein paar davon, wie Sie sicher gehört haben, wegen schweren Diebstahls im Zuchthaus. Erwarten Sie nicht, dass ich mich dafür rechtfertige. Das ist unmöglich. Nicht dafür. Vielmehr für das, was in jenem Brief stand, und die Umstände, unter denen er unbeantwortet blieb. Es gibt kein Zurück, ich kann nichts ändern. Aber es ist mir ein tiefes Bedürfnis, die Dinge zu erklären – und noch mehr in Erfahrung zu bringen.

Ich muss mit Ihnen reden, liebe Frau von Kampen. Ich muss. Diese Zeilen habe ich einem Boten anvertraut, der sie nur Ihnen persönlich geben soll, damit sie nicht in falsche Hände geraten. Ich bin mir des Risikos für Sie und für mich bewusst. Dass ich es in Kauf nehme, sagt Ihnen, wie verzweifelt ich bin. Bitte nennen Sie dem Boten einen Tag, eine Stunde, einen Ort – ich werde da sein.

In großer Hoffnung
Ihr
Johann Niemann

»Johann ... Niemann?«, wiederholte Roman. »Sieht so aus, als hätten wir die Verbindung zu Martin gefunden.«

»Zweifellos.« Viktoria hielt die Blätter noch immer in der Hand. »Was er da schreibt, klingt hochdramatisch. Zumindest hat er das so empfunden.«

»Ob sich Marie mit ihm getroffen hat?«

Viktoria ließ ihren Blick durch den Raum schweifen und dachte zurück an den Weg hinauf in die Wohnung der Familie Marendorff – oder von Kampen. »Ja«, sagte sie. »Davon gehe ich aus. Es mag weit hergeholt sein, aber überleg mal: Könnte Johann Niemann der Mann in Schwarz auf den Bildern sein?«

»Aber er hat so viel Wert darauf gelegt, nicht mit Marie in Verbindung gebracht zu werden, darauf, dass niemand seinen Brief an sie liest. Er würde sich doch nie in die Höhle des Löwen gewagt haben.«

»Außer er sah keinen anderen Ausweg. Vielleicht hat Marie ja dem Treffen nicht freiwillig zugestimmt, sodass er es erzwingen musste. Andererseits passt das nicht zu der Art, wie sie ihn gemalt hat. Trotz des Schwarz wirkt er nicht böse oder gefährlich. Nicht er selbst. Möglicherweise wollte sie durch die Farbe aber die Situation darstellen, die durchaus gefährlich war.« Sie legte den Brief auf den Tisch.

»Nein, ich glaube nicht, dass er etwas erzwungen hat. Marie hat diesen Brief aufbewahrt, was ja ein Risiko barg. Ihre erste Reaktion mag gewesen sein, ihn zu vernichten. Sie hat ihn also zerrissen, es sich dann aber anders überlegt und die Schnipsel aufgehoben. Oder von vornherein vorgehabt, sie nicht wegzuwerfen. Wem auch immer die ›falschen Hände‹ gehört haben mögen, die Johann Niemann erwähnt – sowohl er als auch Marie müssen davon ausgegangen sein, dass derjenige nicht erfreut gewesen wäre, hätte er diese Seiten gefunden. Solch kleine Papierfetzen dagegen waren ungefährlich.«

»Wenn sie damals niemand gefunden hat – denn andernfalls

wären sie bestimmt entsorgt worden –, wirft das die Frage auf, wann Sophie sie entdeckt und vor allem warum sie sie behalten hat.«

»Du hast es selbst vorhin gesagt, als du von diesem Zimmer gesprochen hast: als Erinnerung an ihre Mutter, die sie verdrängt, aber eigentlich bei sich haben will. Aber bevor wir weiter spekulieren, lass uns nachsehen, was noch in dem Karton ist.«

Viktoria schaute zu, wie Roman ein silbernes Medaillon hervorzog. Als er es aufklappte, erwartete sie, Bilder darin zu sehen, doch es war leer. Er wollte es schon zur Seite legen, um die weiteren Gegenstände zu untersuchen, da nahm Viktoria es ihm aus der Hand.

»Warte. Ich glaube, auf der Innenseite war eine Gravur.« Sie öffnete das Medaillon wieder und hielt es ans Licht. »Da ist sie – und sie sieht der Signatur auf Maries Bildern zum Verwechseln ähnlich!«

»Was zum Teufel ist das bloß für ein zweiter Buchstabe?«, fragte Roman. »Es sieht weder aus wie ein H für von Hassbach noch wie ein K für von Kampen. Eher wie ein ... B?«

Viktoria zuckte mit den Schultern. »Oder ein D. Es ist zwar ein bisschen deutlicher als auf den Gemälden, aber immer noch nicht deutlich genug.«

Als Nächstes lag eine Landkarte in der Kiste. »Fischland«, stellte Roman fest. »Hübsch illustriert, sieh mal die Zeichnungen der Fische dort, wo der Strand ist. Und hier ist Wustrow, die Kirche und der Hafen.«

Viktoria beugte sich vor und deutete auf eine Jahreszahl in der oberen Ecke. »1911. Sieht aus, als hätte jemand diese Karte als Souvenir aus dem Urlaub mitgebracht. Dasselbe Jahr wie auf dem Foto der Zwillinge. Vielleicht waren es die Kinder einer befreundeten Familie, mit denen die von Hassbachs ihre Ferien verbracht haben.« Sie hob die Karte an, um sie besser betrachten zu können, wobei ihr Blick auf den Boden des Kartons fiel. Als sie sah, was dort lag, verlor die Fischlandkarte ihren Reiz. Ein bestickter Stoffbeutel, das Garn an manchen Stellen dünn geworden oder gerissen, die Farben verblasst. Sie nestelte an den Bändern, die den Beutel verschlossen hielten, löste den Knoten und sah hinein. »Schachfiguren!«

Roman nahm eine heraus. »Ich weiß nicht mehr, welche Figuren in Maries Spiel fehlten, aber die hier sehen ganz so aus, als könnten sie es komplettieren.« Vorsichtig legte er sie zurück. »Das war's. Alles in allem wenig Ausbeute und bis auf den Brief wenig bemerkenswert.«

»Mit Sicherheit hängt eins mit dem andern zusammen. Das Foto von Sophies Vater und das einer unbekannten Frau, eine Karte vom Fischland aus demselben Jahr wie das Bild der beiden Mädchen, von denen eine identisch mit der Unbekannten ist. Ein Medaillon, das, nach der Gravur zu urteilen, Marie gehört hat. Dasselbe gilt vermutlich für die Schachfiguren, wenn sie zu denen in Wustrow passen. Und ein Brief, der beweist, dass Sophie gelogen hat, als sie behauptete, sie wüsste nicht, wer Martin Niemann ist. Sie muss zumindest eine Vermutung haben.« Viktoria schwieg einen Moment lang. »Eine ganz schöne Ausbeute. Wir müssen nur das Richtige damit anfangen.«

»Aber nicht hier. Wir fahren zurück nach Wustrow und nehmen die Sachen mit.« Viktoria wollte etwas einwenden, doch er kam ihr zuvor. »Keine Angst, Sophie wird nichts merken. Bevor sie aus dem Krankenhaus entlassen wird, kommt alles wieder an seinen Platz.«

»Das meinte ich nicht. Ich dachte vielmehr, ob es nicht in Stralsund im Augenblick mehr zu tun gibt. Maries Gemälde von der Seilerei beispielsweise bedeutet sicher was. Dieser Johann Niemann hat seine Zeilen an Marie ebenfalls hier geschrieben. Eventuell stecken weitere Informationen in der Schwedenkrone, immerhin war es mal Maries Zuhause.«

»Was schlägst du vor?«, wollte Roman wissen. »Sollen wir bleiben? Da müssten wir vorher Henrik Gerlach fragen, ob wir damit nicht gegen die Auflagen des Testaments verstoßen.«

»Ich hatte daran gedacht, dass wir uns aufteilen. Du recherchierst in Stralsund weiter, ich in Wustrow, aber damit stünden wir vor demselben Problem.«

»Es sei denn, wir umschiffen das elegant. Das ist nämlich keine dumme Idee. Im Testament steht nichts davon, dass wir vierundzwanzig Stunden täglich aufeinanderhocken müssen. Was wir morgen tun, steht auf einem anderen Blatt. Erst mal sind wir heute Abend wieder da, wo wir sein sollen: zusammen in der Kranichburg.«

Roman spürte, dass Viktoria durchaus nicht traurig darüber war, die Schwedenkrone zu verlassen. Er drückte Viktoria den Karton in die Arme, holte den grünen Seidenschal, den er Sophie bei seinem nächsten Besuch tatsächlich mitbringen würde, und wollte sich mit ihr aus der oberen Etage verdrücken.

»Wir gehen dann«, rief er im Vorbeigehen ins Zimmer seiner Mutter, die die Tür wieder geöffnet haben musste. Weil sie beobachten wollte, wann sie gingen?

»Ihr habt aber lange gebraucht, um den Schal zu finden«, tönte es zurück. Roman hörte, wie seine Mutter aufstand und auf sie zukam. Blitzschnell griff er in den Karton und zupfte ein Stück des Schals heraus. Viktorias Blick ignorierte er, sondern achtete auf seine Mutter, die ihn misstrauisch beäugte. Oder bildete er sich das nur ein?

»Wir haben noch ein paar andere Dinge zusammengesucht«, sagte er und deutete auf den Karton.

»Ich bin nicht sicher, ob es gut ist, wenn du deine Großmutter so häufig besuchst. Sie regt sich nur wieder auf, wenn sie dich sieht.« Karin Marendorff streckte die Hände nach dem Karton aus. »Lass lieber mich die Sachen vorbeibringen.«

»Das ist nicht nötig. Sophie hat sich heute keineswegs aufgeregt.« Kurzerhand schob er Viktoria vor sich her Richtung Tür. Bevor seine Mutter erneut protestieren konnte, rief Roman: »Tschüss dann!«, und schloss die Wohnungstür hinter sich. Erleichtert atmete er auf. »Das war knapp. Wenn sie gesehen hätte, was da drin ist, hätte sie Himmel und Hölle in Bewegung gesetzt, dass nichts davon das Haus verlässt.«

»Kann ich mir denken. Sie wäre wahrscheinlich zu dem richtigen Schluss gekommen, dass deine Großmutter gewöhnlich nicht zu Sentimentalitäten neigt und deswegen nicht danach verlangt hat. Daraufhin hätte sie messerscharf geschlussfolgert, dass *wir* daran interessiert sind.« Viktoria umklammerte den Karton wie einen Schatz, worüber Roman trotz der angespannten Situation lächeln musste.

»Und sie hätte gefragt, weshalb. Ich lege aber keinen Wert auf Fragen meiner geschätzten Familie, solange ich überhaupt keine Antworten kenne.«

»Und noch nicht mal dann.«

Verdutzt blieb Roman unten in der Halle stehen. Wie gut Viktoria ihn bereits kannte. Das machte ihn unsicher wie bei ihrer ersten Begegnung – mit dem Unterschied, dass ein Teil von ihm sich jetzt auch darüber freute. Er lachte leise auf. »Du hast es erfasst.«

Vor Kurzem erst hatte er gefragt, ob sie sich in der Kranichburg schon heimisch fühle. Für ihn war das Haus zu sehr mit undurchsichtigen Problemen belastet, als dass er so empfinden würde, aber allein schon Wustrow hatte eine beruhigende Wirkung auf ihn. Er mochte den Ort, die Stimmung, das Fehlen von Hektik. Als sie eine Stunde später dort ankamen, warf er einen kurzen Blick auf Viktoria, die nun auch weniger angespannt wirkte.

Als hätten sie es verabredet, gingen sie in der Kranichburg schweigend die Treppe hinauf in Maries Zimmer, wo Viktoria den Karton vorsichtig auf dem Schreibtisch abstellte. Es war mittlerweile dämmerig geworden. Roman knipste die Lampe an, die warmes Licht im Zimmer verbreitete, bevor er zu ihr trat und den Deckel der Schachtel hob. Er holte das Foto der fremden Frau hervor und legte es neben das der beiden Mädchen.

»Sie ist es, ganz eindeutig.«

»Eine von beiden«, nickte Viktoria. Sie strich über die Bilder, als würden sie ihr etwas Besonderes bedeuten.

»Wenn du einen Roman über diese Frauen schreiben müsstest – was würde dir zu ihnen einfallen?«

»Dass sie füreinander durchs Feuer gegangen wären«, antwortete Viktoria spontan. »Ich glaube, sie waren zu unterschiedlich, um immer einer Meinung zu sein – aber wenn's drauf ankam, hätte die eine die andere nie im Stich gelassen.« Sie blickte auf und lächelte entschuldigend. »Das klingt nach Klischee, ich weiß. Aber das ist, was ich sehe.«

Roman hatte denselben Eindruck gehabt. »Lass uns nachschauen, ob die Schachfiguren zusammengehören.« Er holte die Schatulle aus dem Schreibtischfach, klappte sie auf und nahm die schwarze Dame aus dem Beutel. »Zumindest sieht sie der weißen sehr ähnlich.« Er legte sie in die dafür vorgesehene Mulde. Sie passte genau.

»Das dachte ich mir«, sagte Viktoria. »Sind das jetzt alle?«

Statt einer Antwort fingerte Roman das Brett aus dem Deckel, um die vorhanden Figuren auf ihre Position zu stellen. Nur am Rande hörte er, wie Viktoria laut Luft ausstieß, beachtete es aber nicht weiter, sondern konzentrierte sich auf das Spiel. »Der schwarze König fehlt – und ein schwarzer Bauer.« Endlich sah er hoch und bemerkte, dass Viktoria gar nicht auf das Brett schaute, sondern dorthin, wo es eben noch geklemmt hatte.

Zwischen Deckel und Brett war offenbar genug Platz, um etwas zu verbergen: ein dickes, in braunes Leder gebundenes Buch mit einer silbernen Jugendstilblüte an der oberen rechten Ecke und einem silbernen Schloss.

»Noch ...« Roman musste sich räuspern. »Noch ein Fotoalbum?«

»Falsches Format.« Auch Viktoria klang ein bisschen heiser.

Er wagte nicht zu glauben, dass es sich stattdessen um das handelte, was er vermutete, und war froh, dass Viktoria danach griff. Das Schloss war nur zugeklemmt. Roman sah, dass Viktorias Finger leicht zitterten, als sie das Buch aufschlug. Sie sagte nichts, und er konnte nicht erkennen, was auf der ersten Seite geschrieben stand, daher sah er ihr über die Schulter. Im oberen Drittel prangte ein *IX*, eine römische Neun, weiter unten standen mittig vier Worte, die zu entziffern ihm keine große Mühe bereitete, weil es genau das war, was er halb erwartet hatte:

Tagebuch
Marie von Hassbach

Romans und Viktorias Blicke trafen sich über dem Buch. Er las in ihrem dieselbe Frage, die er sich stellte: Waren sie am Ziel? Würden sie endlich das Geheimnis um Marie und die Kranichburg lüften?

Wortlos machte Viktoria es sich auf Maries Bett bequem, Roman setzte sich neben sie. Sollte er die Augen schließen und nur Viktorias Stimme lauschen, oder sollte er versuchen, mit ihr gemeinsam Maries Sätze zu lesen? Er entschloss sich fürs Zuhören. Aber bald war es nicht mehr Viktorias Stimme, die er hörte, sondern Maries – als säße sie hier im Raum und erzählte ihnen ihre Geschichte in Bildern, die so lebendig waren wie einst sie selbst.

Teil 2

IX.

Tagebuch
Marie von Hassbach

Dienstag, 25. Juli 1911
Und wenn Papa sich auf den Kopf stellt – ich werde Schriftstellerin!

Trotzdem muss ich lernen, zurückhaltender zu sein, alles andere bringt nur Ärger. Am besten, ich sitze stumm da und versuche, mich unsichtbar zu machen. Ich werde bestimmt sterben vor Langeweile, aber das ist immer noch dem Krach vorzuziehen, den Papa veranstaltet, wenn ich sage, was ich denke. Weshalb ist er so altmodisch? Er hat nichts dagegen, wenn ich Bücher lese – was ist also falsch daran, welche zu schreiben? Warum kann er nicht sein wie der Vater von Wilhelmine Heimburg? Sie ist eine furchtbar erfolgreiche Schriftstellerin, und ich habe gehört, ihr Vater hat sie damals sogar ermutigt zu schreiben. Ich wollte, ich wäre ein Mann! Ich könnte Reiseabenteuer schreiben wie Karl May, und niemand fände etwas dabei.

Oder nein, doch lieber nicht. Ich bin im Allgemeinen ganz gern eine Frau. Ein Mädchen. Eine Frau. Was ist man mit sechzehn? Mama würde sagen: ein Mädchen. Dabei war sie nur zwei Jahre älter, als sie Papa heiratete. Wenn Alfred mich ansieht, denke ich, dass ich doch schon eine Frau bin. Mama würde fuchsteufelswild, wenn sie das wüsste. Hätte ich die Aufmerksamkeit von Martensen junior erregt, würde sie sich – und mir – gratulieren. Aber Alfred!? Ein Hotelangestellter, noch dazu ein so niederer? Was für eine absurde Vorstellung. Was nützt ihm sein gutes Aussehen, er ist eben keine gute Partie. Auch wenn er als Ehemann selbstverständlich nie in Frage käme, würde ich gerne wissen, wie es wäre, wenn er täte, was sein unverschämter Blick manchmal andeutet.

Neulich habe ich mit Doro darüber gesprochen, aber sie hat bloß verständnislos den Kopf geschüttelt. Nicht, dass sie ahnungslos wäre, was das betrifft – obwohl Mama das selbstverständlich von uns beiden annimmt. Nur, die Alfreds dieser Welt interessieren Doro einfach nicht. Auch nicht die Martensens, um gerecht zu bleiben.

Manchmal, natürlich nur, wenn wir uns nicht gerade gegenüberstehen, frage ich mich, wie es sein kann, dass wir Zwillinge sind. Es gibt niemanden auf dieser Welt, den ich mehr liebe als meine Schwester. Ohne sie käme ich mir unvollständig vor, obgleich sie in so Vielem das genaue Gegenteil von mir ist. Aber es ist schon recht so, meine Doro bringt mich oft genug zur Vernunft und bewahrt mich vor Schwierigkeiten.

Ach, ich weiß gar nicht, weshalb ich das alles niederschreibe. Wegen des Streites mit Papa?

»Eine junge Dame wie du hat es nicht nötig, ihre Finger mit Tinte zu beschmieren«, hat er gesagt. Und: »Glaubst du, mein Fräulein, ich habe dieses Hotel aufgebaut, damit meine Tochter hingeht und wie eine ganz gewöhnliche Angestellte Geld für solche ... Schmonzetten annehmen muss?«

»Dann sollte es dich doch beruhigen, dass ich es nicht annehmen *muss*«, sagte ich. »Es ist meine freie Entscheidung, und ich für meinen Teil würde mich freuen, wenn jemand für das bezahlt, was ich schreibe – weil er es lesen möchte.« Es war ein Fehler, derart offen zu widersprechen. Mama wurde kreidebleich, im Gegensatz zu Papa, der rot anlief und kurz davor war loszubrüllen. Doro sah ebenfalls entsetzt aus, aber ich glaube, sie war eher entsetzt über meine Dummheit, die Situation falsch eingeschätzt zu haben. Sie schüttelte den Kopf, als wollte sie mir zu verstehen geben, dass es höchste Zeit sei, nicht nur nachzugeben, sondern mich zu entschuldigen. Dabei weiß ich, dass ich es kann. Ich weiß, dass ich schreiben kann. Ich werde es beweisen. Aber dieser Morgen war der falsche Zeitpunkt, damit anzufangen. Stattdessen setzte ich eine schuldbewusste Miene auf und starrte betreten auf meinen Frühstücksteller.

»Bitte verzeih, Papa. Ich weiß, dass du nur mein Bestes im Sinn hast. Es ist bloß eine Laune von mir, eine unbedachte dazu.«

Das Gute – und Liebenswerte – an Papa ist, dass sein Zorn beinah ebenso schnell verraucht, wie er aufkommt, jedenfalls uns gegenüber und so lange wir uns nichts Ernsthaftes zuschulden kommen lassen. Ich möchte nicht herausfinden, was geschieht, wenn wir etwas wirklich Unverzeihliches anstellen.

»Hm«, machte er. »Es ist erfreulich, dass du das einsiehst, Marie.«

Mama bekam langsam wieder Farbe, und Doro zwinkerte mir kaum merklich zu.

Aber ich werde doch Schriftstellerin!

Mittwoch, 26. Juli 1911

Mama hat sich in den Kopf gesetzt, unbedingt vor unseren Ferien auf dem Fischland noch eine Fotografie von uns anfertigen zu lassen. Deshalb waren wir heute bei Herrn Baade.

»Meine Damen«, rief er, als wir uns aufgestellt hatten – in unseren besten Sonntagskleidern, herausgeputzt wie zu einem vornehmen Empfang, und das bei der Hitze, die zurzeit herrscht. »Bitte halten Sie still! Und Sie, Fräulein Dorothea, lachen Sie nicht. Eine Fotografie ist eine ernste Angelegenheit. Sie hält fest, was Sie heute sind – für die Ewigkeit und Ihre Kinder und Kindeskinder.«

Weder Doro noch ich klärten ihn über seine Verwechslung auf. Es ist müßig, den Leuten immer und immer wieder begreiflich machen zu wollen, wer wer ist. Niemand kann uns auseinanderhalten, wenn wir es darauf anlegen. Sogar Papa hat manchmal Schwierigkeiten damit, was, wie ich gestehen muss, wir schon das eine oder andere Mal ausgenutzt haben. Was Mama betrifft – bei ihr haben unsere Täuschungsmanöver noch nie funktioniert. Übrigens hat auch sie Herrn Baade nicht auf seinen Irrtum hingewiesen, sondern sich damit begnügt, mir einen warnenden Blick zuzuwerfen.

Am Nachmittag durften Doro und ich sie zum Einkaufen begleiten. Wir hätten mit dem neuen Automobil fahren sollen, das Papa vor Kurzem angeschafft hat, aber etwas war damit nicht in Ordnung. Karl, der jetzt zusätzlich unser Chauffeur ist, gelang es nicht, den Fehler rechtzeitig zu beheben, worüber Mama äußerst ungehalten war. Bis zur Ossenreyerstraße ist es nur ein Katzensprung, wir hätten ebenso gut zu Fuß gehen können, aber wegen der Wärme waren wir froh, dass wir uns wenigstens in der Straßenbahn zurücklehnen konnten. Ich habe die kurze Strecke genossen wie jedes Mal, besonders das Stück bis zum Kniepertor mit den Bäumen links und rechts. Ich brauche kein Automobil, ich liebe die elektrische Bahn und bin froh, dass sie direkt vor der Schwedenkrone fährt. Stunden könnte ich damit zubringen, sie zu beobachten – und die Menschen, die darin fahren.

»Kinder, beeilt euch!«, rief Mama, als wir ausstiegen. Sie lief vor uns her bis vor die Tür des Kaufhauses Wertheim mit seiner breiten Schaufensterfront. Die fünf großen Fenster zeigen ein sehr reichhaltiges Warenangebot und sind ebenso beeindruckend wie die vier Giebel auf dem Dach des Gebäudes. Wir kauften Sonnenhüte für den Strand und für Doro und mich außerdem noch Badekleidung, für mich rot-weiß gestreift mit roten Rüschen an den Hosenbeinen unterhalb des Knies und einem roten Gürtel, für Doro dasselbe in Schwarz und Weiß mit weißen Rüschen und einer weißen Schleife. Ursprünglich war dieser Kauf nicht vorgesehen, aber wir sind beide seit dem letzten Jahr um einiges gewachsen. »Kinder«, sagte Mama wieder, als sie uns ansah, »ich weiß nicht, ob wir dieses Jahr noch ins Familienbad gehen oder nicht doch lieber ins Damenbad.«

Ich hätte nichts gegen das Familienbad. Zwar befindet sich das Damenbad am Wustrower Strand näher am Landungssteg, daher bekommt man dort mehr zu sehen. Aber ein gemischtes Bad ist trotzdem unterhaltsamer. »Wenn Papa mitkäme«, sagte ich, »stünde das ganz außer Frage.«

Mama schwieg eine Sekunde zu lange. Ich glaube, sie hätte mir gerne zugestimmt, entschied sich aber stattdessen zu wiederholen, was Papa gesagt hatte. »Du weißt, Marie, dass das nicht geht. Papa kann die Schwedenkrone unmöglich für fünf Wochen den Angestellten überlassen. Herr Wahlström ist natürlich fähig, die meisten Dinge zu regeln, aber eben nicht alle. Er ist nur Papas Stellvertreter, und es gehört sich, dass der Hoteldirektor sich persönlich um das Wohl seiner Gäste kümmert. Das schätzen sie ja gerade an unserem Haus.«

»Außerdem wird er doch zumindest ein paar Tage nach Wustrow kommen«, ergänzte Doro, meine vernünftige Schwester.

Manchmal glaube ich, Papa weiß gar nicht zu schätzen, was er an ihr hat. Ich habe ihn einmal sagen hören, wie sehr er bedauert, keine Söhne zu haben, die das Hotel übernehmen könnten. Selbstverständlich hat er nicht gewusst, dass ich lausche, und ich wollte keinesfalls, dass er es erfährt. Sonst hätte ich ihn darauf aufmerksam machen können, dass zumindest eine seiner Töchter genauso um die Schwedenkrone besorgt ist wie er selbst. Doro könnte das Hotel eines Tages führen. Sie ist gewissenhaft und ordentlich und gründlich und denkt immer, bevor sie handelt und spricht. Das genaue Gegenteil von mir. Aber wie dem auch sei, selbst wenn Papa alle Tugenden an Doro wahrnehmen würde, das Hotel dürfte sie ganz sicher nicht übernehmen. Sie ist ja nur eine Frau.

Morgen werden wir mit Packen beginnen, und am Freitag fahren wir nach Wustrow. Mama und Doro freuen sich schon. Aber seit ich kürzlich ein Buch über Italien gelesen und all die verheißungsvollen Fotografien darin gesehen habe, würde ich zu gern einmal weiter fort und ferne Länder entdecken. Allein die Reise durch ganz Deutschland, über die Alpen und ans Mittelmeer wäre aufregend! Dagegen werden wir übermorgen fünf Stunden in der Staatsbahn sitzen, mit einem Dampfer über den Saaler Bodden schippern und schließlich von Paul, der gestern schon mit Emma vorausgefahren ist, um sich um die Kranichburg zu kümmern, mit der Pferdekutsche am Fischländer Hafen abgeholt. Diese Ferien werden sich in nichts von denen der vorhergehenden Jahre unterscheiden.

Freitag, 28. Juli 1911
Was für eine Hitze! In der Zeitung stand, man habe in Berlin über fünfunddreißig Grad im Schatten gemessen. Die Reise war dadurch noch beschwerlicher, aber wir sind gut angekommen in der Kranichburg. Jedes Mal frage ich mich, warum Papa dem Haus solch einen Namen verpasst hat, wo doch

jeder weiß, dass die Kraniche weiter östlich im pommerschen Boddengebiet nisten, während Wustrow noch zu Mecklenburg gehört.

»Weil es schön klingt«, wird Doro ebenso wenig müde, mir jedes Mal wieder zu erklären. »Außerdem ist das nicht sehr weit weg, oder?« Sie ließ sich auf mein Bett plumpsen, ganz und gar nicht damenhaft und zurückhaltend wie sonst. Ihre Augen leuchteten, sie liebt diesen Ort und die See. Beinah sofort sprang sie wieder auf und lief zum Fenster, von dem aus man zum Deich blickt. Leider kann man das Wasser erst vom Dachboden aus sehen, deshalb beneide ich Doro um ihr Zimmer, das zur Straße hinaus geht, wo viel mehr los ist.

»Morgen können wir uns einen Strandkorb mieten und den ganzen Tag an der See verbringen. Oder im Strandpavillon Tee und Kuchen nehmen! Ach, Marie, es ist schön, hier zu sein, findest du nicht? Fünf endlose Wochen lang!«

Ich musste über ihre Begeisterung lachen. Sie derart lebhaft zu sehen ist ganz ungewohnt. Dann platzte Wilma herein, die uns beim Auspacken helfen sollte. Schade, dass sie nicht in Stralsund geblieben ist. Augenblicklich verschwand die Begeisterung aus Doros Gesicht. Sie hat immer ein bisschen Angst vor der strengen Wilma, ich weiß nicht, warum.

»Lassen Sie nur, Wilma«, versuchte ich. »Wir werden unsere Sachen selbst in die Schränke räumen. Sie haben bestimmt Wichtigeres zu tun.«

Wilmas sauertöpfischer Miene war anzusehen, dass sie einen inneren Kampf ausfocht. Sie hätte nur zu gern getan, was ich gesagt hatte. »Aber Ihre Frau Mama hat mich ausdrücklich gebeten, Ihnen dabei behilflich zu sein.«

»Das ist völlig unnötig«, beharrte ich. »Wir sind große Mädchen, nicht wahr, Doro?« Ich bin sicher, Wilma hat in ihrem Leben noch nie etwas von Ironie gehört, daher prallte sie wie gewöhnlich von ihr ab.

»Marie hat recht, Wilma«, schaltete sich Doro zu meiner Überraschung ein. »Es ist nett, dass Sie uns helfen möchten, aber kümmern Sie sich besser zuerst um Mamas Gepäck.«

Nach einem letzten prüfenden Blick nickte Wilma langsam und schickte sich an zu gehen. Das muss an Doro liegen, an ihrem ernsthaften Blick. »Weißt du eigentlich, wie Respekt einflößend du sein kannst?«, fragte ich, als Wilma fort war.

»Ich?« Doro riss die Augen auf. »Unsinn!«

»Kein Unsinn. Ich hätte mir den Mund fusselig reden können, Wilma hätte das überhaupt nicht beeindruckt. Dich haben die Leute schon immer ernster genommen als mich. Du musst nur noch lernen, das zu nutzen.«

Zweifelnd sah Doro mich an, dann lächelte sie. »Ach, das ist mir einerlei, Hauptsache, Wilma lässt uns in Ruhe!«

Beim Abendessen – Emma hat sich wieder mal übertroffen, ihre Lachspastete ist zu und zu köstlich! – machte Mama Pläne für die nächsten Tage.

»Was haltet ihr von einem Ausflug nach Graal? Von dort könnten wir durch den schönen Buchenwald nach Müritz wandern und mit einem Dampfer zurück nach Wustrow fahren. Hättet ihr Lust dazu?«

»Wenn es windstill ist«, murmelte ich unhörbar. Mama vergisst jedes Jahr aufs Neue, dass ich schnell seekrank werde. Und ich hoffe jedes Jahr aufs Neue, dass es diesmal nicht so schlimm wird, weil ich trotzdem mit muss.

Doro sah mich mitleidig an, konnte aber ihre Freude nicht verbergen. Sollte sie wider Erwarten keinen Mann heiraten, der die Schwedenkrone für sie übernimmt, muss sie unbedingt einen Kapitän finden. Wasser ist ihr Element, einerlei, ob darauf oder darin. Am liebsten allerdings sitzt sie am Hohen Ufer und schaut träumerisch auf die See hinaus.

Mittwoch, 2. August 1911
Ich erinnere mich, dass ich vor einigen Tagen zu Hause in Stralsund beklagte, diese Ferien würden sich in nichts von denen in all den Jahren zuvor unterscheiden. Ich habe mich geirrt, schrecklich geirrt.

Sonntagmorgen brachen wir auf – Mama, Doro, ich und Paul, der die Kutsche lenkte. Emma hatte einen Picknickkorb gepackt mit allerlei Leckerbissen, dazu noch einen Schokoladenkuchen, den wir schon fast verspeist hatten, als wir in Graal ankamen.

»Sie können zurückfahren, Paul«, ordnete Mama an, »und sich um den Garten und die Laube kümmern. Beides macht einen etwas verwahrlosten Eindruck, und morgen werden uns Pastor Reuter und seine Gattin besuchen. Bei schönem Wetter wäre es hübsch, wenn wir in der Laube unseren Kaffee nehmen könnten.«

»Sehr wohl, gnädige Frau«, nickte Paul, schnalzte mit der Zunge und trieb das Pferd an, das ihn wieder nach Wustrow brachte. Ich beneidete ihn, da ich wusste, dass es unweigerlich auf den Dampfer gehen würde, sobald wir den Buchenwald nach Müritz durchquert hätten. Wie viel lieber hätte ich bei Paul auf dem Kutschbock gesessen und Mama und Doro ihrem Vergnügen überlassen.

»Augen zu und durch«, wisperte Doro mir zu. »Du wirst sehen, es wird halb so schlimm. Es ist immer noch sehr heiß, richtig schwül, und es weht beinah kein Lüftchen.«

In komischer Verzweiflung zuckte ich mit den Schultern. Ich wollte es gern ins Lächerliche ziehen, aber ich fürchte, meine Schwester sah mir an, wie ich mich fühlte. Die Wanderung durch den schattigen Wald war herrlich, ich genoss es, noch festen Boden unter den Füßen zu haben. Doch bald gelangten wir nach Müritz, wo wir uns am Strand niederließen, mitten zwischen den vielen Menschen, die wie wir die modischen Matrosenanzüge oder -kleider trugen. Mama begann, unseren Korb auszupacken, aber ich aß nur wenig und bekam am Ende gar nichts mehr herunter, als der Vergnügungsdampfer in Sicht kam. Sein langer weißer Rumpf und der dicke Schornstein wirkten solide. Bestimmt hatte er schon unzählige Fahrten unbeschadet überstanden. Schnell rafften wir alles zusammen und eilten zum Landungssteg, an den der Dampfer nicht direkt heranfuhr. Stattdessen wurden Boote geschickt, die die Passagiere aus- und wieder einbooteten. Diese kleinen Dinger schaukelten für meinen Geschmack ein bisschen zu heftig auf dem Wasser.

Sorgenvoll blickte ich in den Himmel, an dem dunklere Wolken heraufgezogen waren. »Sieh mal, Mama«, versuchte ich, wohl ahnend, dass sie unser Vorhaben nicht aufgeben würde, »wäre es nicht besser, wenn wir auf die Dampferfahrt verzichteten? Es könnte ein Hitzegewitter geben.«

»Reiß dich zusammen, Marie«, sagte sie gereizt. »Wenn ein Sturm heraufzöge, würden keine Passagiere aufgenommen.«

»Aber das kann doch sehr schnell gehen«, widersprach ich ein letztes Mal und kam mir erbärmlich vor.

»Der Kapitän wird wissen, was er tut«, stellte Mama entschieden fest, und dabei blieb es.

Als wir uns in dem Boot dem Dampfer näherten, konnte ich seinen Namen am Bug lesen: *Nymphe*. Das klang schön, vertrauenerweckend, und es ging mir ein wenig besser. Jedenfalls bis ich wieder einen Blick in den Himmel warf. Ich zwang mich, mir selbst zu viel Einbildungskraft zuzuschreiben, obwohl das Wasser schon nicht mehr ruhig war.

Bald nahm das Schiff Fahrt auf. Krampfhaft hielt ich mich fest, wo immer es ging, bemerkte jede kleinste Veränderung auf der See, am Himmel – und in meinem Magen. Die Wolken wurden dräuender, die Wellen schlugen höher, sodass mir bald nicht nur von der Seekrankheit übel war, sondern ebenfalls vor Angst. Allmählich packte auch andere Passagiere die Unruhe. Ich sah einige grün im Gesicht werden, Kinder begannen zu weinen, Frauen taten ihr Bestes, sie zu beschützen, während sie selbst Schutz bei ihren männlichen Begleitern suchten. Zuerst hörte man noch die Kinderstimmchen und die erschrockenen Rufe der anderen Passagiere, aber schließlich wurde beides vom Sturm und vom Gewitter übertönt, und kurz darauf veränderte sich die Welt.

Der Himmel verfärbte sich schwarz, eine gewaltige Windböe erfasste die *Nymphe* und warf sie hin und her. Blitze begannen zu zucken und Donner zu grollen, eines folgte auf das andere in immer kürzeren Abständen. Die *Nymphe* hielt Wind und Wellen lange Zeit stand, eine Zeit, die mir unendlich vorkam. Ich glaubte, wir würden Wustrow niemals erreichen, obwohl das Land doch greifbar nah schien.

Ich hatte zwar befürchtet, aber dennoch nie wirklich geglaubt, dass all meine Ängste sich bewahrheiten würden. Doro und ich klammerten uns aneinander und an Mama. Ich schloss die Augen, als könnte ich dadurch aussperren, was um uns herum passierte, aber meine Ohren konnte ich nicht verschließen. Seltsamerweise kam es mir mit geschlossenen Lidern noch viel schlimmer vor, ich fühlte mich hilfloser als zuvor, also öffnete ich sie wieder. Hätte ich nicht ohnehin schon gezittert vor Kälte, Nässe und Angst, ich hätte bei dem Anblick, der sich mir bot, damit begonnen: Ich sah, wie Mama, blass wie die Wand, lautlos die Lippen bewegte wie zu einem Gebet. Mein Blick traf auf Doros, und wir erkannten das Entsetzen in unseren Augen. Entsetzen darüber, dass unsere Mutter zur letzten Zuflucht griff, die ihr sonst niemals eingefallen wäre. Bisher hatte ich Panik gespürt, Angst vor der See, die alles verschlang, die mächtiger war, als der Mensch je sein würde, weil er die Natur niemals besiegen kann. Aber an eines hatte ich nicht gedacht, und ich wusste, dass es Doro genauso ging: an die letzte Konsequenz. An unseren Tod.

Meine Übelkeit war wie weggeblasen, ich erstarrte geradezu, hörte keinerlei Geräusche mehr, sah nur noch Mama und Doro. Vor allem Doro, denn einen winzigen Sekundenbruchteil lang waren wir eins. Keine zwei Schwestern, die sich zufällig glichen, sondern *ein* Wesen – *eine* Gestalt, *ein* Gedanke, *ein* Gefühl. *Eins.*

Ein unbeschreibliches Geräusch riss mich aus meiner Starre. Im Nachhinein klang es wie der gequälte, endlose Schrei eines Tieres, doch es war die *Nymphe*, die auseinanderbrach, vereint mit den verzweifelten Rufen der Menschen und dem Tosen des Meeres. Wasser war um uns, über uns, unter uns. Wir tauchten ein in die dunklen Fluten der Ostsee, die noch am Tag zuvor so friedlich an den Strand gerollt war, in der wir gebadet und an nichts Böses gedacht hatten. Jetzt schluckte ich Wasser, hustete, schluckte noch mehr Wasser, versuchte, an der Oberfläche zu bleiben, und erhaschte dabei einen Blick auf Doro, die ebenso wie ich nach Luft schnappte.

»Wo ist Mama?«, brüllte ich zu ihr hinüber, kaum hoffend, dass sie mich verstand. Ich sah sie etwas schreien, nicht sicher, ob es eine Antwort war. Dann riss mich eine riesenhafte Welle erneut in die Tiefe. Als ich, nach Atem ringend, wieder auftauchte, entdeckte ich weder Doro noch Mama, aber etwas griff nach mir, umschlang mich, wollte mich zerquetschen. Ich wehrte mich mit dem spärlichen Rest meiner Kräfte, panisch, dass jemand oder etwas mich mit Gewalt unter Wasser drücken wollte.

»Ruhig, Mädchen!«, hörte ich da durch den Sturm eine Stimme dicht neben meinem Ohr, »oder willst du ertrinken?«

Soweit es mir möglich war, drehte ich den Kopf und sah den Mann, der all sein Geschick darauf verwandte, mich festzuhalten, damit ich nicht unterging. Wieder überrollte uns eine Welle, doch er ließ mich nicht los, sondern bewegte sich mit mir auf ein Boot zu, das ein Stück entfernt dem Sturm trotzte. Eine weitere Welle erfasste uns und warf uns in Richtung des Bootes, das ebenfalls zurückgeworfen wurde, sodass der Abstand zwischen uns und dem Boot gleich blieb. Ich klammerte mich an den Mann, der um den Leib herum etwas Hartes trug, wie ich durch meine durchnässten Kleider spürte. Da endlich gelang es ihm, uns näher an das Boot zu bringen.

Kurz muss ich die Besinnung verloren haben, denn das Nächste, woran ich mich erinnere, ist, dass mir jemand ins Gesicht schlug.

»Marie! Marie, komm zu dir!« Mühsam öffnete ich die Augen und erkannte Mama direkt vor mir, während ich weit entfernt und gleichzeitig ganz nah noch immer das Tosen der See hörte und eine alles übertönende Stimme, die eines ständig wiederholte: »Hoooool weg! Hoooool weg!«

Ich begriff, dass ich in einem Rettungsboot halb saß und halb lag, auf dem der Vormann seine Ruderbefehle gegen den Wind schrie.

»Doro!« Mit einem Schlag waren die Kälte und das Wasser, das ich geschluckt hatte, vergessen. »Wo ist Doro?« Ich sah es an Mamas Gesicht und wollte es nicht glauben. Ohne darüber nachzudenken, streckte ich die Hand nach dem Ruderer neben mir aus. »Meine Schwester! Sie ist noch im Wasser! Bitte! Sie müssen ihr helfen!«

Der Mann – soweit ich es unter seiner tief sitzenden Regenmütze mit der breiten Krempe hinten erkennen konnte, war es derselbe, der mich aus der See gezogen hatte – schüttelte den Kopf, aber ich ließ nicht locker.

»Bitte! Sonst haben Sie mich umsonst gerettet. Ich werde sterben, wenn meine Schwester nicht überlebt!«

Einen Lidschlag lang zögerte er, dann rief er dem Vormann etwas zu, das ich nicht verstand. Ich folgte seinem Blick, vorbei an den acht Ruderern in ihren Korkwesten und ein paar zusammengekauerten Passagieren der *Nymphe*. Der Vormann schüttelte den Kopf, doch »mein« Ruderer schrie etwas zurück. Diesmal verstand ich es: »Ich versuche es allein!«

Der Vormann schüttelte wieder den Kopf, entschiedener diesmal, und brüllte etwas anderes. Es musste ein Befehl gewesen sein, denn ich spürte eine Veränderung in der Bewegung des Bootes. Es wendete! Ich dachte nicht darüber nach, welcher Gefahr ich die Bootsbesatzung und die Passagiere mit meiner Bitte aussetzte, nicht eine einzige Sekunde. Erst später wurde mir klar, wie verantwortungslos der Ruderer gehandelt hatte, indem er auf mich hörte. Und der Vormann? Damals kümmerte es mich nicht, aus welchem Grund er den Befehl gab, dessen Folgen verhängnisvoll hätten sein können, doch heute weiß ich, dass der Ruderer sein Sohn war. Vielleicht wollte er ihn nicht bei einem waghalsigen Alleingang verlieren.

An jenem Nachmittag, der mir vorkam wie finsterste Nacht, sah ich zu Mama hinüber, die das alles gar nicht mitbekam. Sie hatte längst abgeschlossen mit Doros Leben, doch ich nicht! Niemals würde ich sie aufgeben. Niemals! Mein Blick glitt ebenso wie der des Ruderers suchend über das mit Wrackteilen der *Nymphe* übersäte Wasser. Ich erspähte eine Gestalt, die leblos auf den Wellen trieb und von einer Woge überspült wurde, und schrie auf. Kurz darauf erkannte ich, dass die Tote eine Fremde war. Plötzlich nahm ich eine Bewegung neben mir wahr. Der Ruderer deutete auf eine Planke, an der sich jemand festklammerte. Er gab dem Vormann ein Zeichen und bedeutete ihm, er solle etwas näher heranfahren, doch wieder schüttelte der den Kopf. Der Sturm hatte ein wenig nachgelassen, deshalb konnte ich seine Worte verstehen: »Zu gefährlich, das Boot wird sie rammen!«

Das Nicken des Ruderers und sein schneller Sprung ins Wasser waren eins. Atemlos verfolgte ich seine Bewegungen, zerquetschte dabei fast Mamas Hand, die ich die ganze Zeit über hielt. Keine Silbe wurde zwischen uns gewechselt, und auch die anderen Geretteten starrten gebannt auf die inzwischen etwas ruhigere, aber immer noch turbulente See. Der Ruderer hatte die reglose Frau auf der Planke erreicht, zog sie herunter und schwamm mit kräftigen Stößen gegen die Wellen an zurück zu unserem Boot. Ich sah die langen nassen Haare und das Kleid und wusste, dass er Doro gefunden hatte. Lebend?

Ein anderer Ruderer half, sie an Bord zu ziehen, dann kletterte der Retter herein und legte sich in die Riemen. Sogleich folgte er dem wieder ertönenden »Hol weg«. Irrte ich mich, oder nickte er mir vorher kurz zu? Ich nahm es kaum wahr, da ich nur Augen für Doro hatte, deren Brust sich ganz leicht hob und senkte.

Ich erinnere mich nicht mehr, was noch alles geschah. Bestimmt wurden wir in dem kleinen Boot durchgeschüttelt, bis wir sicher an der Küste anlangten. Bestimmt prasselte der Regen auf uns herab, bestimmt gaben die Ruderer und ihr Vormann ihr Letztes und waren am Ende ihrer Kraft – doch für mich gab es nur Mama und Doro, die wir in unsere Mitte nahmen und ihr alle Wärme gaben, die noch in uns war.

An Land? Es herrschte ein solches Durcheinander, jemand brachte Decken, hüllte uns ein, ich glaube, dass Paul da war, doch beschwören kann ich das nicht. Es ist, als hätte mich jemand in Watte gepackt und mir gesagt, ich möge einschlafen und vergessen. Das muss ich wohl getan haben, denn ich erwachte erst am nächsten Nachmittag in meinem Bett.

Klara saß in einem Sessel neben mir und las. Zuerst wunderte ich mich darüber, dass jemand an meinem Bett saß. Dann dachte ich, dass etwas nicht zusammenpasste, ohne sofort zu wissen, was. Ich glaubte, ich sei in Stralsund, doch dies war nicht mein Zimmer in Stralsund, es war das in der Kranichburg. Aber was tat Klara hier? Sie war Hausmädchen für die Stammgäste der Schwedenkrone und hätte dort sein sollen.

Mit einem Schlag fiel mir alles wieder ein. Ich fuhr im Bett hoch, nahm keine Notiz von dem heftigen Kopfschmerz, der mich dabei durchzuckte – und erschreckte die arme Klara beinah zu Tode. Sie wollte mich unbedingt daran hindern aufzustehen. »Fräulein Marie, Sie müssen im Bett bleiben, hat der Doktor gesagt!«

»Mir ist egal, was der Doktor gesagt hat! Wo ist Doro? Wo ist Mama? Geht es ihnen gut?«

»Jaja, doch! Beruhigen Sie sich, Fräulein Marie. Es geht ihnen den Umständen entsprechend gut. Ihre Mutter hat einen schweren Schock erlitten und ruht sich aus, Ihre Schwester leidet an Unterkühlung und liegt ebenfalls im Bett. Der Doktor sagt, dass beide bald wieder auf dem Damm sind. Das gilt auch für Sie, vorausgesetzt, Sie halten sich an seine Anordnungen.«

»Aber ich will sie sehen, mit ihnen reden! Sofort!« Ich musste mich mit eigenen Augen davon überzeugen, dass sie wohlauf waren! Ich kam nicht dazu, mich weiter mit Klara auseinanderzusetzen, denn die Tür ging auf, und Papa stand im Raum.

»Marie!«

Ich habe Papa selten in solcher Gefühlsaufwallung gesehen wie in jenem Moment, abgesehen von seinen Zornesausbrüchen. Er ist sonst ein eher zurückhaltender Mensch, doch was beinahe über seine Familie hereingebrochen wäre, ließ ihn jede Zurückhaltung vergessen.

»Marie, mein Kind!« Er setzte sich auf die Bettkante und umarmte mich, was er seit vielen Jahren nicht mehr getan hatte. Er bestätigte mir, dass es Mama und Doro gut ging, und erzählte, dass er, sobald er von dem Unglück gehört habe, nach Wustrow geeilt sei, um nach dem Rechten zu sehen, und Klara gleich mitgebracht habe, damit Wilma sich nicht gleichzeitig um drei kranke Frauen kümmern müsse. Obschon ich es nicht zugeben wollte, wurde ich nach einer Weile ganz schläfrig. Papa bemerkte es und gab mir einen Kuss auf die Stirn.

»Schlaf ein wenig, meine kleine Schriftstellerin.«

Soll ich dem Schicksal dankbar sein, mir das Schiffsunglück beschert zu haben, das Papas Meinung aus purer Erleichterung änderte? Nein. Denn außer den vierzehn Geretteten, die in jenem Boot saßen – zwölf Passagiere und zwei Besatzungsmitglieder –, hat niemand den Untergang der *Nymphe* überlebt. Fünfundsiebzig Menschen sind ertrunken.

Donnerstag, 3. August 1911
Ich war gestern zu erschöpft, um weiterzuschreiben. Mama und Doro haben den Dienstag im Bett verbracht, während ich unruhig durch das Haus und den Garten gelaufen bin. Ein wenig saß ich in der Laube, die Paul für den Besuch von Pastor Reuter und seiner Frau zurechtgemacht hatte. Die Reuters waren sehr verständnisvoll, dass Mama ihnen absagen musste, und so war ich allein in der Laube. Ich hatte mein Tagebuch mitgenommen, jedoch nicht die Kraft gefunden, etwas aufzuschreiben. Seltsam. Ich hätte nicht gedacht, dass mir das einmal so ergehen könnte. Im Gegenteil, ich glaubte immer, das Schreiben wäre die einzige Möglichkeit, mich auszudrücken und Dinge zu verarbeiten, die ich sonst in mich hineinfressen müsste. Sollte das hier jemals jemand lesen, würde er sich wundern. Ich bin nicht immer so sorglos und fröhlich, wie ich scheine.

Schließlich habe ich die Laube unverrichteter Dinge wieder verlassen und an Doros Zimmertür geklopft. Sie saß aufrecht im Bett und sah aus dem Fenster. Als ich hereinkam, drehte sie sich langsam zu mir um, als erwache sie aus einem Traum.

»Wie geht es dir?«, fragte ich und setzte mich zu ihr.

Sie lächelte ein bisschen. »Gut. Vor allem, wenn man bedenkt, wie knapp ich dem Tod entronnen bin. Papa hat mir erzählt, dass ich ohne dich nicht mehr leben würde.«

»Ach, Unfug!«, sagte ich, weil ich nicht glauben wollte, dass meine Doro beinah gestorben wäre. »Das Boot wäre auch ohne mein Zutun umgekehrt und hätte nach Überlebenden gesucht.«

»Kann sein«, sagte sie. »Kann aber auch nicht sein. Letzteres halte ich für wahrscheinlicher. Weißt du, wer mich herausgezogen hat?«

»Papa hat bereits Erkundigungen eingezogen. Offenbar war es der Sohn des Vormanns, ein gewisser Johann Niemann. Er hat übrigens auch mich in das Rettungsboot geholt. Papa wird ihm und seinem Vater noch persönlich seinen Dank aussprechen.«

»Glaubst du, wir könnten dabei sein? Ich würde es als unhöflich empfinden, wenn Papa das in unserem Namen tut. Wir müssen uns doch selbst bedanken.«

»Wenn du ihn darum bittest, ist er sicher einverstanden.«

Doro nickte, noch immer bleich im Gesicht. »Was genau ist passiert? Papa wollte mir keine Einzelheiten erzählen, weil er dachte, das würde mich zu sehr aufregen. Sag du es mir.«

Also berichtete ich alles. Ich fürchte, ich weinte ein bisschen dabei. Wir trösteten uns gegenseitig und hielten uns fest.

Am Mittwoch fühlten sich Mama und Doro wieder kräftig genug, um aufzustehen. Unpassenderweise fragte ich, ob wir nicht an den Strand gehen könnten, denn es war längst wieder schön geworden, nichts erinnerte mehr an das Unwetter wenige Tage zuvor. Mama fuhr zusammen, und Papa maß mich mit einem strafenden Blick. Einzig Doro machte der Vorschlag nichts aus.

»Marie hat recht«, stellte sie fest. »Wir dürfen keine Angst vor der See haben. Respekt, ja. Aber keine Angst. Ich möchte gern an den Strand, und ich denke nicht daran, mir von dem Unglück vorschreiben zu lassen, was ich in Zukunft tue und was nicht.«

Erstaunt sah Mama Doro an. Sie runzelte die Stirn und schaute zu Papa hinüber. Erst als er mit den Schultern zuckte, stimmte sie zu. »Gut, Kinder, aber ihr geht nicht allein. Nehmt Klara mit.«

Klara war bester Laune. Bisher hatte sie, von Wilma mit einer Menge Aufgaben überhäuft, noch nichts vom Strand gesehen, und so freute sie sich, dass sie ihr für ein paar Stunden entwischen und die Sonne genießen konnte. Die Strandstraße führt direkt auf den Landungssteg zu, doch bevor man auf den Steg gelangt, liegt links Wustrows Warmbad und rechts der pagodenähnliche hölzerne Strandpavillon, vor dem die mecklenburgische blau-gelb-rote Flagge weht. Wir liefen die Treppe hinauf und suchten uns einen Platz am Fenster, durch das wir zu Kaffee und Kuchen auf die Ostsee schauten. Es war leicht, von hier aus die Wellen zu beobachten, die wirkten, als könnten sie niemandem etwas anhaben. Was wir tatsächlich dicht am Wasser fühlen würden, stand auf einem anderen Blatt.

Langen Aufschub gönnte Klara uns nicht, und obschon es mein Vorschlag gewesen war, war mir jetzt doch unheimlich zumute. Außerdem drängte sich mir schlagartig wieder der Gedanke an all die Toten auf, und ich bekam ein schlechtes Gewissen, weil ich nur an uns gedacht hatte. Wie viele Menschen betrauerten jetzt gerade ihre Angehörigen!

Wir betraten das Damenbad, das zwar weniger gut besucht war als sonst, aber keineswegs leer. Ich musste mich zusammenreißen und an Doros Worte denken: Besser, wir stellten uns den Umständen, wir durften nicht in Angst und Unbehagen verharren. Das Damenbad verfügt wie die anderen Bäder über Badezellen, einen Badewärter und einen Steg. Wir kleideten uns um und mieteten uns einen Strandkorb, der in seiner kleinen Sandburgmulde stand. Normalerweise wären wir über die Leiter am Ende des Steges direkt in das tiefere Wasser geklettert. Wie die Dinge lagen, reichte es uns, am Strand zu bleiben und zunächst nur die Füße ins Wasser zu stecken. Es kam uns dabei ganz natürlich vor, die Wellen um die Knöchel spielen zu lassen. Die

Sturmflut mochte an diesem wunderschönen Tag ebenso gut ein böser Traum gewesen sein. Das einzig unangenehme Erlebnis war, dass ein Mädchen vom Steg in die See fiel und vor Schreck anfing zu schreien. Eine Gänsehaut jagte meinen Rücken hinunter, obwohl dem Kind überhaupt nichts passierte. Doro wandte wie ich den Blick ab, doch kurz darauf hatten wir uns wieder gefangen und blieben bis zum Abend.

Auf dem Weg zurück kamen wir an der Seenotrettungsstation vorbei, der wir heute ganz bewusst noch keine Beachtung geschenkt hatten. Jetzt jedoch blieb Doro stehen und betrachtete das rote Backsteingebäude mit den zwei großen Toren.

»Ich habe immer gewusst, dass Seenotrettung wichtig ist«, sagte sie. »Aber hättest du geglaubt, dass wir das einmal am eigenen Leib erfahren?«

Ich schüttelte stumm den Kopf. Mir wurde schlecht auf See, das war bis letzten Sonntag das Unangenehmste, was ich mit Schiffsfahrten verband.

»Na, da sind Sie nun beide um eine Erfahrung reicher!«, sagte Klara betont munter. »Kommen Sie, Emma wartet ungern mit dem Abendessen, das wissen Sie doch.«

Ich runzelte die Stirn, weil es noch gar nicht so spät war. Befremdet sah ich Klara an und merkte, dass ihre Blicke unstet zu einem jungen Mann huschten, der ganz in der Nähe stand und uns ... beobachtete? Er sah gut aus, groß, mit kräftigen Schultern und Armen. Seine vollen braunen Haare trug er zurückgekämmt, er war glatt rasiert und betrachtete uns aus seinen blauen Augen. Nachdenklich oder neugierig? Es hätte unverschämt wirken müssen, wenn ein Mann drei Frauen unverhohlen anstarrte, aber er machte nicht den Eindruck eines groben Menschen. Als ihm bewusst wurde, dass ich meinerseits ihn anstarrte, verzog sich sein Mund zu einem spitzbübischen Lächeln. Er trat ein paar Schritte näher und verbeugte sich leicht. »Guten Tag, meine Damen.«

Klaras wortlosem Protest, der darin bestand, Doro und mich an den Schultern zu fassen und vorwärtszuschieben, schenkte er keine Beachtung. Zu unserer Schande muss ich gestehen, dass es Doro und mir ähnlich ging. Wir beide blieben stehen. Doro senkte immerhin die Augen und wagte nicht, seinen offenen Blick zu erwidern, ich aber sah ihn direkt an. Er trug ein weißes Hemd mit einer Weste darüber, eine dunkle Hose, die in hohen Stiefeln steckte, und eine Schiebermütze in der Hand – und stand so selbstbewusst vor uns, als habe er keinesfalls vor zu weichen, sondern als gehöre er im Gegenteil genau dorthin.

Das war es! Er gehörte dorthin! Mit einem Mal wusste ich, wer er war. Und er sah, dass ich es wusste. Schlagartig verschwand das belustigte Lächeln aus seinem Gesicht. Er wurde ernst und wirkte dadurch gleichzeitig älter. Vermutlich war er schon Anfang oder gar Mitte zwanzig. Ich schluckte trocken. »Ich ... danke. Ich danke Ihnen, dass Sie uns gerettet haben, Herr Niemann.«

»Sie müssen sich nicht bedanken«, sagte er. »Ich habe nur meine Pflicht getan wie jedes andere Mitglied unserer Rettungsmannschaft.«

»Ob es Ihre Pflicht war oder nicht«, widersprach ich. »Sie haben Ihr eigenes Leben aufs Spiel gesetzt, weil ich Sie gebeten habe, nach meiner Schwester Dorothea zu suchen.«

Herr Niemann schaute zu Doro hinüber, die den Kopf gehoben hatte. »Sie waren die, die im Wasser trieb?«, fragte er, ohne auf meine Worte einzugehen. »Ich muss gestehen, dass ich bis eben nicht gewusst habe, wer wer ist. Sie sehen einander sehr ähnlich.«

Doro nickte, sagte aber nichts.

»Es war sehr tapfer von Ihnen, sich so fest an die Planke zu klammern«, fuhr Herr Niemann fort. »Ich bin froh, dass ich auf Ihre Schwester gehört habe, denn unsere Mannschaft war sich sicher, jeden lebenden Menschen an Bord geholt zu haben.« Erst jetzt schaute er mich wieder an und bezog sogar Klara mit ein, die wie aufs Stichwort ihre Schultern straffte.

»Fräulein Dorothea von Hassbach und Fräulein Marie von Hassbach sind Ihnen in der Tat zu großem Dank verpflichtet.« Womit sie uns formvollendet vorgestellt hatte. »Herr von Hassbach wird erfreut sein, den Mann kennenzulernen, der seine Familie gerettet hat.«

Herr Niemann nickte, wieder etwas erheitert, was ich ihm nicht übel nehmen konnte. So gestelzt hörte ich Klara zum ersten Mal reden, und trotz der ernsten Situation musste ich mir ein Lachen verkneifen. »Ja«, sagte er. »Bitte richten Sie Herrn von Hassbach aus, mein Vater und ich danken für seine Einladung und nehmen sie gern an.« Damit verbeugte er sich erneut und ging davon.

»Einladung?«, wiederholte ich verdutzt. »Was hat er damit gemeint?«

»Paul hat dem Schiffer Wilhelm Niemann und seinem Sohn im Namen Ihres Vaters für morgen Nachmittag eine Einladung zum Kaffee überbracht.« Klara schlug sich auf den Mund. »Oje. Das hätte ich nicht verraten dürfen. Es war als Überraschung gedacht.«

»Hoffentlich nicht für Mama! Sie fällt in Ohnmacht, wenn Gäste kommen, ohne dass sie vorbereitet ist«, stellte ich halb scherzhaft fest.

»Selbstverständlich weiß Ihre Mutter Bescheid«, sagte Klara und fügte noch etwas hinzu, auf das ich nicht mehr achtete, denn ich sah Johann Niemann hinterher, der gerade ein ganzes Stück entfernt in eine Seitenstraße bog.

Meine Überlegungen hinsichtlich des männlichen Geschlechts bekamen mit diesem Johann Niemann eine andere Qualität. Natürlich fand ich Alfred gut aussehend. Er ist ein Prachtexemplar, aber er ist eben nur Alfred. Johann Niemann dagegen ist ... anders. Er scheint so viel älter, und dennoch hatte ich den Eindruck, dass er mich ernst nimmt. Andernfalls hätte er nicht meinetwegen kehrtgemacht und nach Doro gesucht.

»Was hältst du von ihm?«, fragte ich Doro, sobald Klara außer Hörweite und wir in meinem Zimmer waren.

»Von wem?«, fragte sie.

Ich seufzte auf. Doro ist unglaublich! »Von Johann Niemann, von wem sonst?«

Doro sah mich eine Sekunde lang an und zuckte mit den Schultern. »Was soll ich von ihm halten? Er hat uns das Leben gerettet, dafür werde ich ihm immer dankbar sein. Ich bin sicher, auch Papa wird seine Dankbarkeit angemessen zeigen.«

Diesmal verzichtete ich auf das Seufzen, sondern rollte mit den Augen. »Das meine ich nicht! Ich meine – wie findest du ihn? Sieht er nicht fabelhaft aus?«

Doro legte den Kopf schief und machte ein Gesicht, als müsse sie sich erst mühsam erinnern. »Ja«, sagte sie. »Vermutlich.«

Ab heute Mittag war das ganze Haus in Aufruhr. Ich glaube nicht, dass es einen solchen Aufstand gegeben hätte, wenn die Reuters gekommen wären. Mama wollte, dass alles blitzt und blinkt, und trug Emma auf, ja das gute Porzellan zu benutzen und für den Kuchen und die Torte nur die besten Zutaten zu verwenden, die sie vom Kolonialwarenladen Liever kommen ließ.

Emma murmelte vor sich hin, dass es sich bloß um den Besuch von einfachen Menschen handelte – Schiffer oder Kapitäne hin oder her. Es seien ja keine Leute von Stand, und reich seien sie auch nicht. Mama runzelte ein wenig die Stirn, aber eher, weil ihre Anordnungen in Frage gestellt wurden, nicht, weil Emma dummes Zeug geredet hatte.

Wilhelm und Johann Niemann waren pünktlich auf die Minute. Wilma führte sie in den Salon. Das ist der repräsentativste Raum in der Kranichburg, nicht so beeindruckend wie in der Schwedenkrone, aber dennoch sehr großzügig mit der Flügeltür zur Diele und dem Fenster zur Straße. Das Mobiliar ist der letzte Schrei und Mamas ganzer Stolz. Der Salon wird dominiert von einem quadratischen Mahagonitisch mit einem Fach unter der Platte zum Ablegen von Zeitungen und Büchern. Blumenornamente verzieren die Beine. Darum herum gruppiert stehen vier Sessel und ein Sofa, alles mit hellgrünem Stoff bezogen und mit geschwungenen Füßen und Lehnen aus demselben Holz. Außerdem gibt es noch zwei hohe Vitrinenschränke, in denen Mama ihr schönstes Kristall aufbewahrt. Das alles passt wiederum zu den Möbeln im Esszimmer hinter der Schiebetür.

Vor der Kulisse des Salons standen wir, Mama in ihrem zweitbesten Kleid, Papa in einem guten Anzug und Doro und ich in den weißen Kleidern, in denen uns Herr Baade fotografiert hatte.

Wilhelm Niemanns stattliche Gestalt steckte in einem nicht mehr ganz neuen, aber dennoch vorzeigbaren dunklen Anzug. Sein Haupthaar ist kaum mehr vorhanden, was er durch einen beeindruckenden Vollbart und einen hochgezwirbelten Schnurrbart ausgleicht. Seine tiefliegenden Augen blickten freundlich drein, als er zunächst Papa und Mama und anschließend uns begrüßte. Johann Niemann hielt sich respektvoll im Hintergrund, bis sein Vater ihn vorstellte. Auch er trug heute einen Anzug mit weißem Hemd und schwarzem Binder, aber sein Blick war ebenso forsch wie am Tag zuvor. Ich bilde mir sogar ein, dass er uns bei seinem Händedruck zuzwinkerte.

Nachdem Papa und Mama den beiden Niemanns überschwänglich ihren Dank ausgesprochen hatten, begaben wir uns an die Kaffeetafel. Einen Moment lang herrschte eine angespannte Stille, die Papa jovial brach, indem er sich über die Navigationsschule in Wustrow erkundigte, an der, wie sich herausstellte, Wilhelm Niemann unterrichtet, seitdem er nicht mehr auf große Fahrt geht.

Ich fand dieses Thema eher ermüdend, meine Gedanken schweiften ab, und ich zog es vor, den großenteils schweigsamen Johann Niemann aus den Augenwinkeln unauffällig zu beobachten. Nicht unauffällig genug, denn er bemerkte es und lächelte mir und Doro zu. Ich überlegte krampfhaft, was ich sagen konnte, und wollte gerade den Mund öffnen, doch da kam Doro mir zuvor.

»Ich ... ich würde gern wissen, wenn es Ihnen nichts ausmacht, das zu erklären ... und weil ich ja ohnmächtig war, habe ich kaum etwas mitbekommen ...«

Ach du liebe Zeit! Doro musste ebenfalls aufgefallen sein, dass ich mich ungebührlich betragen hatte, und nun versuchte sie meinetwegen, Johann Niemanns Aufmerksamkeit von mir weg auf sich zu lenken. Dafür, dass sie dabei so ungeschickt vorging, liebte ich sie nur noch mehr. Es fiel ihr furchtbar schwer, ihre Schüchternheit zu überwinden, sie tat es dennoch.

»Möchten Sie gerne wissen, wie sich ein Seenotrettungsunternehmen abspielt?«, fragte Johann Niemann freundlich.

Doro nickte. »Ja. Sehr gern.«

Johann – so werde ich ihn von nun an der Einfachheit halber nennen, ich muss nur aufpassen, dass es mir nicht versehentlich in seiner Gegenwart herausrutscht! – lehnte sich auf seinem Stuhl zurück und begann zu erklären. »Unser Boot, *Navigationsschuldirektor Schütz*, besteht aus Eisenblech und …«

An dieser Stelle sah er mich irritiert an, weil ich – oh Gott, ich gestehe es! – unbotmäßig gekichert hatte. Wie kann man denn ein Boot nur so nennen? Ich biss mir auf die Lippen und machte ein aufmerksames Gesicht. Dabei streifte mein Blick Doro, die mich seltsamerweise anfunkelte, als hätte ich etwas Unaussprechliches getan.

»… und ist dementsprechend schwer«, fuhr Johann fort. »Es steht auf einem Wagen auf Rollen, der, sobald wir über ein Unglück benachrichtigt worden sind, von sechs Pferden an den Strand gezogen wird. Am Strand muss der Wagen eine Drehung machen, damit das hintere Ende dem Wasser zugekehrt ist. Danach werden die Pferde ausgespannt, und der Wagen wird so weit in die See hineingezogen, bis das Boot schwimmen kann. Schließlich steigen wir, mit Korkwesten bekleidet, hinein, wobei jeder seinen angestammten Platz hat.«

An dieser Stelle nickte Doro wieder. »Natürlich. Sonst gäbe es ja ein großes Durcheinander, wo doch jeder Augenblick zählt.«

»Das ist richtig.« Johann lächelte. »Der Vormann, in diesem Fall mein Vater, gibt dann das Kommando, ein Splint aus dem Spannnagel des Wagens herauszuschlagen, der hintere Teil des Wagens kippt ins Wasser, und das Boot gleitet in die See.«

»Das klingt ziemlich leicht«, warf ich ein.

»Oft genug klingt es leider nur so. Es ist schon vorgekommen, dass Pferde in der Brandung umkamen oder dass zwei Mann mit langen Stangen das Boot gegen die anrollende See stützen mussten, um es zusammen mit den Ruderern durch die Brandung zu bringen.«

Doro schauderte. »Es macht mir nichts aus, an den Strand zu gehen. Sogar gebadet haben wir gestern schon wieder. Aber ich glaube, es dauert, bis ich wieder ein Schiff besteige. Haben Sie niemals Angst?«

Ich hatte erwartet, Johann lachen zu sehen, doch dem war nicht so. »Angst nicht. Respekt schon.«

Eben das hatte Doro erst am Tag zuvor gesagt. »Man darf keine Angst um das eigene Leben haben, sonst ist man nicht in der Lage, andere zu retten, nicht wahr?«

»Besser hätte ich es nicht ausdrücken können.«

Unsere Unterhaltung schlief ein, dennoch hörte ich nur am Rande das Gespräch zwischen Wilhelm Niemann und Papa. Zu sehr war ich davon abgelenkt, Johanns ernstes Gesicht zu betrachten. Ich dachte daran, wie fest er mich in der See umfangen gehalten hatte, und schalt mich gleichzeitig dafür, denn sein Verhalten hatte nur dazu gedient, mir zu helfen, und nichts mit anderen Dingen zu tun. Anscheinend spürte er meinen Blick, denn er schaute von Doro zu mir herüber. Mir schoss das Blut in den Kopf, sodass ich wegsehen musste.

Nun sitze ich hier und schreibe mir die Finger wund. Doch die ganze Zeit schwebt Johanns Gesicht vor meinen Augen. Er und sein Vater blieben noch eine Stunde, in der Papa weitgehend das Gespräch bestritt, Mama ab und zu etwas einwarf und Wilhelm Niemann einige Anekdoten aus der Navigationsschule zum Besten gab. Es fand sich keine Gelegenheit, eine winzige Sekunde lang mit Johann allein zu sein. So wird es bleiben, denn natürlich wäre jeglicher Umgang mit einem jungen Mann ohne eine weibliche Begleitung unschicklich. Welchen Grund sollte es auch dafür geben, ihn wiederzusehen? Dabei wüsste ich gern mehr von ihm. Was er tut, was er denkt.

Freitag, 4. August 1911
Vorhin erwischte mich Doro dabei, wie ich reglos am Fenster der Laube stand und, die Gardine zur Seite geschoben, in das trübe Wetter hinaus starrte. Der Besuch von Johann und seinem Vater ist zwei Tage her. Ich bemühe mich, ihn zu vergessen, mir immerzu zu sagen, dass es nichts weiter ist als eine dumme Schwärmerei für den Mann, der mir das Leben gerettet hat. Weshalb kann ich trotzdem nicht aufhören, an ihn zu denken?

»Warum bläst du Trübsal?«, schreckte mich Doro aus meinen Gedanken. Sie war ohne Schirm durch den Nieselregen gelaufen, ihre Haare waren ganz feucht. Bestimmt hatte sie mich gesucht; die Laube ist seit jeher unser Zufluchtsort. Doro strahlte eine ungewohnte, eigenartige Spannung aus, die ich nur der unverkennbaren Sorge um mich zuschreiben konnte, wenngleich sie ansonsten einen ruhigen Eindruck machte. Natürlich ist sie ruhig, dachte ich, sie ist ja nicht ... verliebt. Bin ich verliebt? Wie kann ich es wissen? Es ist doch das erste Mal, dass ich so fühle.

»Ach, du«, antwortete ich und bemühte mich um ein Lachen. »Was soll man denn bei solchem Wetter anderes tun?«

Doro zuckte mit den Schultern. »Wir könnten ein wenig Karten spielen. Oder lesen. Oder handarbeiten. Oder reden.« Sie machte eine Pause. »Es ist doch was mit dir, nicht?«

»Ich bin ein bisschen nachdenklich. Es lässt einen nicht

kalt, wenn man um Haaresbreite ein Schiffsunglück überlebt hat. Stell dir vor, Johann Niemann wäre nicht gewesen – wir beide wären tot.« Es bereitete mir ein Glücksgefühl, seinen Namen auszusprechen. Am liebsten hätte ich ihn noch einmal gesagt und wieder und wieder. Johann.

Doro nahm mich bei der Hand und zog mich zu einem der Sessel. Sie sind beileibe nicht so modern wie die in der Kranichburg, sondern ausgemustert und schon mit verblasstem Sitzpolster. Die Tischplatte ist schon ein wenig verschrammt, und wenn man ganz genau hinsieht, kann man erkennen, dass Doro und ich vor zwei Jahren unsere Initialen und *August 1909* hineingeritzt haben. Als Papa das entdeckte, war er ziemlich verärgert und hätte uns beinahe den Hintern versohlt, wenn wir mit vierzehn nicht schon zu alt dazu gewesen wären. »Aber wir sind nicht tot, Marie«, stellte Doro fest. »Gott hat uns das Leben geschenkt, und Johann hat dafür gesorgt, dass wir es behalten. Sei wieder fröhlich. Bitte.«

»Mmm«, machte ich, unsicher, ob sie soeben wirklich Johann gesagt hatte statt Johann Niemann oder gar Herr Niemann, wie es sich gehört hätte. Vielleicht waren es nur meine eigenen wirren Gedanken gewesen.

Doro schwieg eine Weile, bevor sie wieder sprach und dabei auf ihre Hände sah. »Findest du ihn immer noch fabelhaft? Ich meine, jetzt, nachdem wir ihn richtig kennengelernt haben?«

Mein Herz machte einen Sprung. Doro hatte mich durchschaut! Trotzdem war ich nicht bereit, es zuzugeben. »Nun, er ist ein ansehnlicher Mann. Und er scheint nett zu sein«, sagte ich deshalb möglichst unbefangen. »Schade, dass er so wenig erzählt hat, abgesehen von der Sache mit dem Rettungsboot. Obwohl das selbstverständlich sehr interessant war.«

»Er fand es sicher unhöflich, zu viel von sich zu sprechen«, meinte Doro. »Außerdem: Was hätte er denn deiner Meinung nach sonst sagen sollen?«

»Zum Beispiel was er tut, wenn er nicht gerade Menschenleben rettet.«

»Oh. Er ist Student an der Kunstakademie Dresden.«

Hatte ich bisher vermieden, Doro direkt anzusehen, ruckte nun mein Kopf in die Höhe. »Woher weißt du das denn?«, platzte ich heraus, bevor ich es verhindern konnte.

Doro errötete. »Er hat es mir erzählt.«

»Wann?« Dieses eine Wort klang viel schärfer, als es sollte, ich hörte es selbst und merkte es auch an Doros Reaktion, die mich befremdet ansah.

»Mama hat Klara vorhin zur Bäckerei Frese in die Bismarckstraße geschickt, und da ich selbst noch einen Brief an meine Freundin Luise aufgeben wollte, habe ich sie begleitet. Das Postamt ist ja nicht weit von der Bäckerei.«

Ich runzelte die Stirn. »Und?«

»Auf dem Postamt haben wir Johann Niemann getroffen. Er grüßte, und diesmal hatte Klara nichts dagegen, dass wir ein paar Worte wechselten, während wir warten mussten. Bei der Gelegenheit erzählte er, dass er einen Brief an seinen Studienkollegen in Dresden schicken wolle. Eigentlich hat er eine Lehre als Lithograf gemacht, doch als Johanns Lehrherr seine künstlerische Begabung entdeckte, hat er bei dessen Vater vorgesprochen und ihn überredet, seinen Sohn auf die Kunstakademie zu schicken, sobald er den Wehrdienst abgeleistet hätte.« Doro gestikulierte lebhaft, was sonst nicht ihre Art war. »Denk dir, er will Maler werden!«

»Maler?« Wie ein Künstler war Johann mir bisher nicht vorgekommen, aber es passte recht gut zu ihm, zu seiner Ernsthaftigkeit wie auch zu seinem spitzbübischen Lächeln. Ich bin mir nicht sicher, ob man Schriftsteller ebenfalls als Künstler bezeichnen kann, aber beides sind schöpferische Berufe. Man muss sich gut in verschiedenste Stimmungen hineinversetzen können. Ist dies einer der Gründe, weshalb ich mich zu Johann hingezogen fühle? Weil wir einander ähneln, auf gewisse Art Seelenverwandte sind? Ich war so vertieft in meine Grübeleien, dass ich Doro, die längst etwas erwidert hatte, nicht richtig zuhörte. »Was hast du gesagt?«

»Dass er schöne Hände hat. Hände wie ein Künstler.« Nun war es Doro, die verlegen wegsah.

Und mir kam plötzlich ein erschreckender Gedanke, den ich zuvor nie für möglich gehalten hatte. Es kann doch nicht sein, dass meine Doro, der bisher alle männlichen Wesen vollkommen gleichgültig waren, sich verliebt hat? Dass wir beide uns gar in denselben Mann verliebt haben? Das kann nicht nur nicht sein, das darf nicht sein!

»Das ist mir gar nicht aufgefallen«, sagte ich und bemerkte zu meiner Bestürzung Doros erleichterten Ausdruck, den sie jedoch sofort zu verbergen suchte. Am liebsten hätte ich sie rundheraus gefragt, aber ich wagte es nicht. Zum ersten Mal wage ich nicht, meiner Schwester meine Gefühle zu offenbaren, alles mit ihr zu teilen.

»Hier seid Ihr, Mädchen!« Papa war lautlos in die Laube getreten, Doro und ich fuhren fast schuldbewusst herum. »Eure Mama schickt mich. Ich soll euch zum Abendessen rufen.«

Ich war froh über diese Ablenkung und folgte meiner Schwester und meinem Vater, die über irgendetwas plauderten, das in der Zeitung gestanden hatte. Ich hörte kaum hin, bis Papa sich zu mir umdrehte. »Was sagst du dazu? Wenn du einmal Schriftstellerin werden willst, ist sein Werk doch sicher unverzichtbar.« Er hatte mir wohl angesehen, dass ich nicht wusste, wovon er sprach. »Wo warst du nur wieder mit deinen Gedanken? Vor ein paar Tagen ist Konrad Duden gestorben.«

Selbstverständlich steht Dudens *Orthographisches Wörterbuch der deutschen Sprache* zu Hause in unserer Bibliothek, aber in diesem Augenblick hätte mir nichts gleichgültiger sein können.

Sonntag, 6. August 1911
Ich weiß nicht, weshalb ich hier sitze und überhaupt etwas zu Papier bringen will. Es ist nichts geschehen, das es wert wäre, aufgeschrieben zu werden. Abgesehen von dem Tumult, der noch immer in mir tobt. Aber ich kann doch nicht Seite um Seite mit denselben fruchtlosen Überlegungen füllen. Wären die Umstände anders, hätte ich mit Doro reden können, aber solange ich nicht Gewissheit über Doros Gefühle habe, ist das unmöglich. Auf der anderen Seite: Wäre ich denn bereit, darüber zu reden, ganz unabhängig von Doro? Ich weiß es nicht. Ich weiß es nicht. ICH WEISS ES NICHT! Ich weiß überhaupt nichts mehr. Ich wollte, Johann ließe sich aus meinem Kopf verbannen.

Montag, 7. August 1911
Johann bleibt sehr hartnäckig in meinen Gedanken. Ich habe mich in mein Zimmer verkrochen, während Doro ganz allein unterwegs ist, um Besorgungen zu machen. Mama denkt sicher, dass ich sie begleite, aber ich wollte nicht mitgehen. Ich möchte keine Menschen sehen, und ich möchte nicht gesehen werden. Am liebsten wäre ich unsichtbar. Oder besser: gar nicht vorhanden. Wenn es mich nicht gäbe, hätte ich keinen Kummer.

Dienstag, 8. August 1911
Ich habe versucht, eine Zeichnung von Johann anzufertigen. Ich weiß, dass ich einigermaßen gut Gegenstände zeichnen kann, doch an Porträts hatte ich nie Interesse, weil ich Fotografien vorziehe oder noch lieber die Menschen selbst betrachte statt ihrer Abbilder. Daher bin ich ohne allzu große Erwartungen daran gegangen. Und habe zu meinem Erstaunen festgestellt, dass das Bild recht gut geworden ist. Ich werde es aufheben, es ist die einzige Möglichkeit, Johann zu betrachten.

Später:

Ich habe die Zeichnung zerrissen. Es ist besser, wenn ich kein Bild von ihm habe. Dann gelingt es mir eher, ihn zu vergessen.

Noch später:

Ich habe Doro gezeichnet. Sie kam dazu und sah mir über die Schulter.

»Das ist gut!«, rief sie begeistert. »Ich wusste gar nicht, wie begabt du bist! Du solltest es Johann Niemann vorlegen!«

Ich schrecke davor zurück, ihm meine Bemühungen zu zeigen. Mag sein, dass mein Talent für den Hausgebrauch reicht, aber er ist sicher anderes gewohnt. Ich will mich um keinen Preis blamieren.

Doro wischte alle meine Einwände beiseite, wobei ich mich selbstverständlich hütete, ihr meine wahren Beweggründe anzuvertrauen. Aber sie erkannte, dass ich ein bisschen Trübsal blies, und versuchte mit einer Engelsgeduld, mich wenigstens heute zum Ausgehen zu bewegen. Widerstrebend tat ich ihr den Gefallen, sodass wir schließlich mit Klara durch die Straßen spazierten. Zum Abschluss kehrten wir in den Strandpavillon ein. Dort saß Johann Niemann mit einem anderen jungen Mann, der, wie sich bald herausstellte, da wir mit Klaras Einverständnis am Tisch der beiden Herren Platz nahmen, ein Studienkollege auf Durchreise war. Peter Mälzer kommt, wie man unschwer hörte, aus Bayern und ist ein echter Spaßvogel. Jedenfalls glaubt er das von sich. Es kostete mich Mühe, über seine gutmütigen Witze zu lachen, doch es blieb mir kaum etwas anderes übrig, da ich neben ihm saß, während Doro neben Johann sitzen durfte. Das war Klara gar nicht recht, die zweifellos uns Mädchen am liebsten nebeneinander gesehen hätte, aber sie griff nicht ein, weil ihr bewusst ist, was wir Johann Niemann zu verdanken haben. Meist nickte ich höflich zu den Worten von Herrn Mälzer und versuchte gleichzeitig, der Unterhaltung zwischen Doro und Johann zu folgen, was mir nicht immer gelang. Herr Mälzer lachte über seine eigenen Späße am lautesten. Erst als Johann mich direkt ansprach, musste sein Studienkollege endlich Ruhe geben.

»Ihre Schwester erzählte mir gerade von Ihrer Zeichenbegabung, Fräulein von Hassbach. Ich würde mir Ihre Arbeiten gern einmal ansehen.«

Ich warf Doro einen kurzen Blick zu, den sie zu deuten wusste. Ich hätte sie in diesem Moment mit Freuden erwürgen können. Klara gab ein Geräusch von sich, das berechtigtes Erstaunen ausdrückte, hatte mich doch bisher niemand in der Familie oder von den Angestellten zeichnen sehen.

»Ich glaube«, antwortete ich, »da hat Dorothea sehr übertrieben. Es ist nichts weiter Ungewöhnliches, nur ein dahingekritzeltes Porträt von ihr, das ihr nicht einmal sonderlich ähnlich sieht.«

»Aber nein!«, widersprach Doro. »Ich bin ganz genau getroffen! Sie müssen es begutachten, Herr Niemann. Möchten Sie morgen zum Kaffee kommen? Ich bin sicher, Papa und Mama würden sich freuen.«

Wieder hörte ich Klara tief Luft holen. Es schickt sich nicht, dass die Tochter des Hauses Besuch einlädt, schon gar keinen jungen Mann. Aber sie konnte schlecht dagegen protestieren, sie war als unsere Angestellte noch weniger dazu berechtigt, Besuch ein- oder auszuladen. Doro musste das berechnet haben.

»Wenn es nicht zu viele Umstände macht«, sagte Johann.

»Überhaupt nicht!«

Angeregt durch meine Zeichnung, sprachen wir anschließend über die Malerei und die Malerkolonie, die sich vor fast zwei Jahrzehnten drüben in Ahrenshoop angesiedelt hatte. Johann erzählte, dass es ihm besonders die Bilder von Paul Müller-Kaempff angetan haben, und ich kam mir furchtbar dumm vor, kein einziges Werk dieses Malers zu kennen. Dafür beschrieb Johann die Gemälde so lebendig, dass ich sie vor mir sah: den blauen Himmel mit den weißen Wolken bis fast hinunter zum Bildrand, eine Scheune oder ein Gehöft mit Kornfeld im Vordergrund und im Hintergrund der Bodden. Johann sagte, sie wirkten beinah so echt, als seien es farbige Fotografien. Daraufhin kamen wir auf die Kunst der Fotografie zu sprechen und spekulierten, ob man eines fernen Tages tatsächlich alles würde so ablichten können, wie es ist. Was für eine Vorstellung!

Nach einer Stunde dann verabschiedeten sich die beiden Männer. Kaum waren sie fort, ließ Klara ihrem Zorn freien Lauf, und als hätte das nicht schon gereicht, bekam Doro später dasselbe von Mama und Papa zu hören. Papa hat vor, morgen nach Stralsund zurückzukehren, was bedeutet, dass Herr Niemann als einziger Mann zu Gast bei drei Frauen sein wird. Ihm absagen wollte Mama aber nicht.

»Wie sähe das aus!«

Damit steht es fest: Ich werde Johann morgen wiedersehen. Ich weiß nicht, ob ich mich freuen oder fürchten soll.

Mittwoch, 9. August 1911
Es passiert selten, dass ich um Worte verlegen bin, doch heute weiß ich kaum, wie ich beginnen soll. Da ist dieses Gefühl in mir, das ich erkenne, aber nicht wahrhaben will, das heraus möchte, aber nicht darf. Ich schäme mich dessen und kann es trotzdem nicht abstellen.

Was für ein Nachmittag.

Es fing damit an, dass Papas Abwesenheit offensichtlich eine Überraschung für Johann war und dass er bestimmt spürte, wie unwillkommen er Mama im Grunde war, obgleich sie sich die größte Mühe gab, es zu überspielen. Er unterhielt sich geraume Zeit mit ihr über die Malerei. Mama interessiert sich mehr für die alten Meister, aber auch da ist Johann firm, sodass uns zumindest der Gesprächsstoff nicht ausging. Als doch einmal eine kleine Pause eintrat, wandte er sich an mich:

»Ich würde zu gern einen Blick auf Ihre Zeichnung werfen, wenn Sie erlauben.«

Mama hob die Brauen, überrascht von der Wendung in der Unterhaltung. »Du zeichnest?«, fragte sie. »Ich wusste gar nicht, dass du dich dafür interessierst. Ich dachte immer, du wolltest Schriftstellerin werden.« Letzteres fügte sie mit einem kleinen Lächeln und einem Seitenblick auf Johann hinzu. »Eine Marotte meiner Tochter.«

»Schriftstellerin? Das ist sicher ein fesselnder Beruf. Haben Sie schon einmal einen längeren Text verfasst oder gar veröffentlicht?«

Da er keine Hemmungen hatte, nach meiner Zeichnung zu fragen, befürchtete ich, dass er sich ebenso wenig scheuen würde, wenn es um mein Schreiben ging. Ich schüttelte den Kopf. »Noch nicht.«

Doro sprang auf. »Ich hole die Zeichnung!«

Keine zwei Minuten später reichte sie das Blatt zuerst Mama, die es wohlwollend betrachtete. »In der Tat, Marie, das ist gut gelungen – ich kann natürlich nur die Ähnlichkeit beurteilen, nicht die Technik.« Sie reichte es weiter an Johann, und ich kam mir vor, als wäre ich selbst es, die von Hand zu Hand ging. Gerade als Johann das Blatt nahm, kam Wilma nach dezentem Anklopfen herein und flüsterte Mama zu, dass ihre Anwesenheit in der Küche dringend erforderlich sei. Mama entschied sich nach kurzem Zögern, dass sie uns allein lassen konnte. Erst als sie draußen war, sah Johann sich die Zeichnung an. Er schwieg einige Zeit, und meine Hände wurden feucht vor Aufregung. Welches Urteil würde er abgeben? Schließlich hob er den Kopf. In seinem Blick lag etwas, das ich nicht zu deuten wusste.

»Ihre Mutter hat recht, Fräulein von Hassbach. Das ist in der Tat sehr gut gelungen. Das Wesen Ihrer Schwester«, hier schaute er zu Doro hinüber, »kommt ganz klar heraus: ihre Sanftmütigkeit und gleichzeitig ihr starker Wille, der sich in dem Schwung ihres Kinns wiederfindet.« Nach einer kurzen Pause fuhr er fort: »Ich bin natürlich kein ausgewiesener Fachmann, sondern noch Student. Dürfte ich Ihre Zeichnung behalten, um sie meinem Lehrer an der Akademie vorzulegen? Er wird sicherlich ein besseres Urteil darüber abgeben können als ich.«

In diesem Augenblick wusste ich es. Ich wusste es, als hätte er Doro angesehen statt mich. Er wollte die Zeichnung nicht meinet-, sondern ihretwegen. Sein Professor war ihm egal, ich war ihm egal. Nur Doro nicht und das Porträt, das er ansehen konnte, so oft er wollte – da ihm klar sein musste, dass er mehr niemals durfte.

Am liebsten hätte ich ihm die Zeichnung aus der Hand gerissen. Wie bin ich froh, meinem Drang nicht gefolgt zu sein, der mich verraten hätte und der sehr kindisch war, vor allem, da ich begriff, dass ich gleichermaßen auf mich wie auf Johann wütend war. Ich hätte sofort merken müssen, wie die Dinge lagen. Doros und sein Verhalten gestern im Strandpavillon, wie aufmerksam er sich ihr gewidmet und gleich dafür gesorgt hatte, dass ich neben Herrn Mälzer saß, damit er, Johann, sich um Doro kümmern konnte. Und war sie nicht vorgestern allein in Wustrow unterwegs gewesen? Hatte sie Johann wieder getroffen? Womöglich zufällig, wie das letzte Mal auf dem Postamt, aber dennoch ... Wenn ich diesen Gedanken weiterspann: War es so abwegig, dass das Treffen im Strandpavillon dagegen alles andere als zufällig gewesen war? Mir fiel ein, dass Doro vorgeschlagen hatte hinzugehen.

All das schwirrte in Sekundenschnelle durch meinen Kopf, kein einziger Gedanke ausformuliert und trotzdem klar. »Natürlich«, brachte ich fertig zu sagen. »Ich würde mich über die Expertise Ihres Lehrers freuen, auch wenn ich ganz sicher nicht vorhabe, aus einer denkbaren Begabung mehr zu machen.«

»Man kann nie wissen«, entgegnete Johann, bevor er sich zu Doro umdrehte. »Möchten Sie es nicht auch einmal versuchen?«

»Ich? Ich kann das bestimmt lange nicht so gut wie Marie.«

»Sie sind Zwillinge, da liegt doch die Vermutung nahe, dass Sie dieselben Leidenschaften hegen – am Ende, ohne es zu ahnen.«

Fast hätte ich bitter aufgelacht. Wie nahe er der Wahrheit damit gekommen war. Ich verspürte den Wunsch, das Zimmer zu verlassen, vor ihnen zu fliehen, wenn ich schon nicht vor mir selber fliehen konnte. »Warte«, rief ich, scheinbar begeistert von Johanns Idee, »ich bringe Block und Stift.« Und draußen war ich.

Ich spürte, wie mir die Tränen in die Augen schossen, und schimpfte mit mir selbst. Es gab keinen Grund für Tränen, außer meinen eigenen törichten Gefühlen. Niemals hatte Johann mir Grund gegeben zu glauben, er könne etwas für mich empfinden. Ich hatte es nur gehofft. Trotz aller Widrigkeiten. Romantisches Geschwätz. Das kommt davon, wenn man Romane liest, in denen es um Liebe geht. Das kommt davon, wenn man meint, beinah erwachsen zu sein. Ich zog eine Grimasse. Es stand mir nicht, mich zu bemitleiden. Das hatte ich noch nie getan, ich würde nun nicht damit anfangen. Eigentlich, sagte ich mir, während ich nach oben ging, um den versprochenen Block und einen Bleistift zu holen, war ich besser dran als Doro. Denn ihre Liebe hatte keine Zukunft. Möglich, dass sie wuchs, während meine schon gestorben war, bevor sie eine Chance bekam. Aber besser ein Ende mit Schrecken als ein Schrecken ohne Ende.

Dies und Ähnliches versuchte ich mir einzureden, und als ich in den Salon zurückkehrte, hatte ich mich wieder einigermaßen im Griff.

»Was soll ich zeichnen?«, fragte Doro.

»Wie wäre es mit Herrn Niemann?«, schlug ich vor, doch Doro schüttelte den Kopf.

»Nein, ich werde dich zeichnen. Das ist, wie in den Spiegel zu schauen, und es ist leichter als ein fremdes Gesicht, nicht wahr?« Sie schaute Johann fragend an.

»Finden Sie es heraus!«, forderte er sie auf und stellte sich hinter Doro, als sie begann, zuerst zögerlich, bald mit immer sichereren Strichen.

Ich saß da und beobachtete, wie dicht Johann bei Doro stand, die hin und wieder aufblickte, mein Gesicht studierte und ihrer Zeichnung neue Striche hinzufügte. So gefangen war ich in dem Anblick der beiden Gestalten, die – wie habe ich es zuvor übersehen können? – zusammenzugehören schienen, dass ich kaum hörte, wie Mama den Raum betrat. Johann trat einen Schritt zurück, streckte die Hand nach dem Blatt aus und hielt es Mama hin.

»Sehen Sie, Frau von Hassbach, auch Ihre Tochter Dorothea ist eine begabte Zeichnerin, wenngleich nicht ganz so talentiert. Sie bräuchte ein wenig Übung.«

Mama lächelte erfreut. »Doch, ja, Doro, das ist hübsch. Möchtest du denn besser werden? Vielleicht hätte Herr Niemann Interesse daran, dir etwas beizubringen?«

Mama schlug allen Ernstes Zeichenunterricht für Doro vor! Von Johann Niemann! Warum auch nicht? Er wäre damit ein Angestellter, ein Hauslehrer, daran gab es nichts auszusetzen.

»Glauben Sie, das wäre sinnvoll?«, wandte Doro sich an Johann. Sah nur ich die Hoffnung in ihren Augen?

»Aber natürlich«, stimmte Johann zu. Schnell, viel zu schnell. Bemerkte Mama es denn nicht?

»Dann würde ich es begrüßen, wenn Sie meinen Töchtern Unterricht erteilten, Herr Niemann. Das heißt, wenn Marie das ebenfalls wünscht.«

»Ich ... weiß es noch nicht«, sagte ich überrumpelt. »Ich denke darüber nach.«

Zu wissen, dass Doro und Johann Zeit miteinander verbringen, und sei es in Klaras Gegenwart, denn Mama wird den beiden sicher nicht gestatten, beim Unterricht allein zu sein, ist eine Qual für mich. Aber ob es weniger quälend ist, dabeizusitzen und sie zusammen zu sehen?

Ich schäme mich meiner Eifersucht, besonders weil ich sie Doro gegenüber empfinde, meiner Schwester, die mir mehr bedeutet als sonst jemand auf dieser Welt.

Donnerstag, 10. August 1911
In der Früh hat Mama uns erlaubt, zu zweit einen Ausflug zu unternehmen. Zuerst waren wir am Strand und später auf dem Hohen Ufer. Der Blick auf die See ist wunderschön, und ich bekam fast Lust auf den Zeichenunterricht. Wenn nur Johann nicht der Lehrer wäre. Wie viel Freude könnte es machen, dort oben mit einem Block zu sitzen und die Küste zu malen.

Doro und ich saßen auf einer Decke und schauten schweigend auf das Wasser. Normalerweise wäre ich traurig oder gar ein wenig böse über ihre Heimlichtuerei gewesen. Stattdessen hatte ich damit zu tun, gegen das hässliche Gefühl in mir anzukämpfen.

»Das Zusammentreffen im Strandpavillon war nicht zufällig, oder?«, stellte ich schließlich fest.

Zaudernd sah Doro mich an. »Nicht ganz.« Sie schluckte, beugte sich vor und umarmte mich kurz, aber heftig. »Ach, Marie! Das Leben ist herrlich! Alles ist so ... neu. So schön. Und so beängstigend. Aber ich hätte wissen müssen, dass du es merkst.«

Ich bemühte mich um ein Lächeln. »Du denkst eben gerade an einen gewissen jungen Mann, den ich einmal fabelhaft nannte.«

»Oh, er ist fabelhaft!« Sie machte eine kurze Pause, in der sie unsicher auf meine Reaktion wartete.

Wieder lächelte ich, diesmal etwas spöttisch. »Woher willst du das wissen?«

Ihr Gesicht begann zu leuchten. »Ich weiß es einfach! Es

fühlt sich richtig an. Besser kann ich es nicht beschreiben. Ich weiß einfach«, wiederholte sie, »dass wir füreinander bestimmt sind! Am Montag sind wir uns an der Bismarckeiche über den Weg gelaufen. Wir blieben stehen und plauderten ein wenig, und er erwähnte wie beiläufig, dass er Besuch bekäme, dem er am nächsten Nachmittag den Strandpavillon zeigen wolle. Bis ich ihm dort in die Augen sah und erkannte, wie sehr er sich freute, mich zu sehen – bis dahin war ich mir nicht sicher gewesen, ob er sein Vorhaben absichtlich erwähnt hatte oder nur, um Konversation zu betreiben.«

»Aber da warst du dir sicher?«

»Ja.« Eine Silbe nur. Die ganz entschieden klang, als könne rein gar nichts ihre Überzeugung erschüttern. Dennoch wollte ich nicht aufgeben, versuchte es mit einem letzten Einwand.

»Meinst du nicht«, begann ich langsam, »dass du bloß deshalb so empfindest, weil er der Mann ist, der dir das Leben gerettet hat?«

»Nein. Es ist mehr als das, viel mehr. Wären wir uns an einem anderen Ort zu einer anderen Zeit begegnet, es wäre dasselbe mit uns geschehen.«

Diese Worte taten weh, aber es hatte keinen Sinn, sie zu bestreiten. Ich hatte es ja selbst gesehen.

»Freust du dich nicht für uns?«, fragte Doro, weil ich wenig Enthusiasmus zeigte.

»Doch. Natürlich.« Ich brachte ein Lachen zustande. »Ich muss mich nur erst daran gewöhnen, dass meine Schwester über Nacht erwachsen geworden ist und an Männer denkt.«

»An einen«, berichtigte sie mich. »Nur an einen.«

Am Nachmittag kam Johann zu uns. Mama schlug vor, wir sollten uns bei dem herrlichen Sonnenschein in den Garten setzen. Natürlich, dort kann sie uns aus ihrem Fenster im Auge behalten.

Johann hatte eine große Tasche dabei, aus der er nicht nur zwei Zeichenblöcke mit weichen Bleistiften, sondern ebenfalls zwei kleine schon aufgespannte Leinwände, zwei Pinsel und vier Farbtuben zutage förderte. »Vielleicht haben Sie Spaß an der Malerei mit Farben. Dazu sollten Sie in Corinths Buch *Das Erlernen der Malerei* schauen, das ich mitgebracht habe.« Er legte alles auf den Tisch und bediente sich, während Doro und ich in dem Buch blätterten, an dem Krug mit kaltem Zitronenwasser. »Wenn Sie möchten, können wir später dazu kommen, zuerst beginnen wir aber mit dem Zeichnen.«

Johann forderte uns auf, den roten Oleander zu skizzieren, der in einem Porzellankübel auf der Terrasse stand. Nur an ein, zwei Stellen fand er an meiner Arbeit etwas auszusetzen, während er bei Doro länger verweilte und mehr erklärte. Dabei sah sie gar nicht enttäuscht, sondern sehr glücklich aus. Wie sie so dastanden, begann ich, die beiden zu zeichnen; dem Ergebnis sah man deutlich an, was sie füreinander empfinden. Ich legte das Blatt auf den Tisch, und als Johann es anschaute, wurde er eine Spur bleicher.

Doro war viel zu sehr mit einem neuerlichen Versuch beschäftigt, den Oleander aufs Papier zu bringen, um mitzubekommen, was sich zwischen mir und Johann abspielte. Er sah mich fragend an, ich lächelte ein wenig, schüttelte anschließend langsam den Kopf und schaute dabei zum Haus, um ihm zweierlei zu verdeutlichen: das vorhersehbare Unverständnis unserer Familie und mein Einverständnis, über alles zu schweigen. Johann nickte kaum merklich, zum Zeichen, dass er mich verstanden hatte, dann formten seine Lippen ein »Danke«, bevor er sich wieder Doro zuwandte.

Als Johann mit ihrem Ergebnis zufrieden war, war die Zeit trotz meiner gegenteiligen Erwartung wie im Flug vergangen. Schon tauchte Mama auf, um sich unsere Werke anzusehen (selbstverständlich nicht meins von Johann und Doro, das ich in meinen Röcken hatte verschwinden lassen) und Johann zu verabschieden. Er reichte uns beiden die Hand. »Versuchen Sie doch bis zum nächsten Mal, den Oleander auf die Leinwand zu bannen. Ich habe Ihnen die Farben Grün, Rot, Braun und Weiß mitgebracht und hoffe, Sie werden Vergnügen dabei finden.« Er nickte uns noch einmal zu, wobei er darauf achtete, Doros Blick nicht länger zu erwidern als meinen, und ließ sich von Mama hinausbegleiten.

Doro sah ihm träumerisch hinterher, lauschte auf die letzten Töne seiner Stimme und drehte sich erst nach mir um, als er längst fort war. Ich erhob mich, um frisches Zitronenwasser zu holen und Doros Schwärmerei zu entgehen, da segelte das Blatt mit meiner Zeichnung zu Boden. Doro hob es auf.

»Du bist jetzt schon besser, als ich je sein werde«, stellte sie neidlos fest. »Aber auch wenn mir der eine oder andere Pinselstrich gelingt – ich würde mich trotzdem besonders dumm anstellen, damit Johann uns unterrichten kommt.«

»Das würde ich lassen. Sonst könnte Mama auf die Idee kommen, dass sich die ganze Sache nicht lohnt!« Zum ersten Mal, seitdem ich begriffen hatte, was sich zwischen Doro und Johann abspielte, lachte ich ohne bittere Hintergedanken.

Dienstag, 15. August 1911

Bisher ist Johann jeden Tag außer Sonntag da gewesen. Wenn ich ausblende, wer unser Lehrer ist, macht mir die Sache Spaß, ich betreibe sie aber nicht mit solcher Ernsthaftigkeit wie Doro. Weil es mir leichter fällt als ihr? Ich hätte nie gedacht, dass ich außer dem Schreiben noch etwas anderes tun kann, um mich auszudrücken. Besonders das Hantieren mit den Farben gefällt mir. Zwar kann ich die Linien dort weniger klar als mit dem Bleistift zeichnen, aber durch Farben lassen sich Stimmungen wunderbar ausdrücken. Dennoch: Das Wort wird immer mein bevorzugtes Stilmittel bleiben. Man kann mit jeder Silbe zaubern, etwas heraufbeschwören, eintauchen in eine Fantasiewelt, alles vergessen. Ich vermute, dass leidenschaftliche Maler Ähnliches verspüren, wenn sie etwas erschaffen, aber ich brauche das Wort, das Spiel mit der Sprache.

Heute war unsere fünfte Stunde, und Johann lobte Doro sehr. Tatsächlich hat sie trotz der kurzen Zeit schon große Fortschritte gemacht, was sicher daran liegt, dass sie unermüdlich dabei bleibt und jeden Tag zeichnet oder malt. Erst vorhin sah ich sie ein Porträt von Johann anfertigen, das beste bisher. Ein wenig zu verklärt und idealisiert allenthalben, weshalb sie es lieber gut verwahren sollte, damit es nicht in falsche Hände gerät.

Am Sonnabend hat Papa telegrafiert und Klara zurück nach Stralsund beordert, weil in der Schwedenkrone Personal fehlt. Das führte dazu, dass Mama uns immer öfter erlaubt, allein spazieren zu gehen, wenn sie im Haus unabkömmlich ist, Besuch erwartet oder selbst Besuche abstattet. Wie gut, dass wir zu zweit sind, eine junge Dame ganz ohne Begleitung wäre unschicklich. So bat mich Doro gestern Abend um einen Gefallen. Ich ahnte schon seit geraumer Zeit, dass sie etwas auf dem Herzen hatte, aber nicht recht wusste, wie sie damit herausrücken sollte.

»Nun sag schon, was du loswerden willst.«

»Es geht um Johann«, begann sie.

»Was du nicht sagst«, warf ich ein, doch sie überging meinen Spott.

»Wir wären schrecklich gern einmal für uns, aber das ist unmöglich hier im Haus. Johann hat vorgeschlagen, dass wir uns woanders treffen, aber ich weiß nicht, wie wir das bewerkstelligen sollen.«

»Er hat das vorgeschlagen? Das ist aber nicht sehr ehrenhaft, oder? Überhaupt, bei welcher Gelegenheit konntet ihr denn ungestört reden? Ich war doch immer dabei.«

Doro betrachtete mich belustigt. »Wir stecken uns gegenseitig kleine Zettel zu. Es beruhigt mich, dass dir das nicht aufgefallen ist.«

Was vermutlich daran lag, dass ich mich bemühte, Johann nicht allzu häufig anzusehen.

»Außerdem finde ich überhaupt nichts dabei«, verteidigte Doro den Mann, den sie liebte. »Ich möchte es ebenso. Du könntest uns helfen.«

»Du brauchst mich als Deckmantel für euer Rendezvous?«, fragte ich. »Wir beide gehen zusammen aus dem Haus, du triffst dich mit Johann, und ich kann zusehen, wie ich mir die Zeit vertreibe, während du dich mit deinem Kavalier vergnügst?« Ich hatte das etwas harsch ausgedrückt, weil ich es nicht immer schaffe, meine Gefühle im Zaum zu halten. Doro errötete, und ich kam mir gemein vor. Sie kann ja nichts dafür, dass ich ebenso für Johann empfinde wie sie. »Schon gut«, lenkte ich ein. »Ich helfe euch. Passt nur auf, dass man euch nicht erwischt.«

Kurz nachdem Johann heute das Haus verlassen hatte, kleideten Doro und ich uns um und sagten Mama, wir wollten frische Luft schnappen. Abwesend nickte sie und ließ uns ziehen, sodass wir bald in die Norderstraße bogen, die auf den Platz mit der Bismarckeiche führt. Dort trafen wir Johann, der uns zum Gruß zunickte, aber ansonsten tat, als hätten wir nichts miteinander zu tun. Er schlenderte weiter, wir folgten in einigem Abstand, da wir sein Ziel nicht kannten. Solange Doro und ich zusammenblieben, würde es kein Gerede geben. Bald stellte sich heraus, dass Johann zum Saaler Bodden ging, wo er auf einem recht verlassenen Weg stehen blieb und sich umdrehte. Das war mein Zeichen. Ich drückte Doros Hand.

»In einer Stunde wieder hier«, sagte ich und schlug mich auf einem noch schmaleren Pfad zum Ufer durch, wo ich vor mich hinbrütete. Das Wasser plätscherte ans Schilf, vor meinem inneren Auge sah ich im passenden Rhythmus alle möglichen Bilder von Doro und Johann, die sich nicht aussperren ließen.

Doro verspätete sich um ein paar Minuten. Sie sah verändert aus, was nicht nur daran lag, dass sich einige Haarsträhnen gelöst hatten und ihre Wangen leicht gerötet waren. Sie strahlte von innen heraus, als sei ihr etwas unfassbar Schönes widerfahren. Schweigend ließ sie sich neben mir nieder. Ich fragte nichts, sondern wartete.

»Ich hätte nicht gedacht, dass es so sein kann«, flüsterte sie. Sie schaute auf das Wasser, auf dem gerade ein Zeesenboot mit seinem rotbraunen Segel vorbeiglitt. »Er hat mich geküsst, weißt du.«

Ich hatte es geahnt, also nickte ich. Bevor ich es verhindern konnte, rutschte mir heraus: »Wie ist das, geküsst zu werden?«

»Himmlisch«, seufzte sie. »Ich bin immer noch ganz aufgewühlt, wenn ich daran denke. Johann hielt mich umfangen, er küsste meine Wangen, meine Augen und meine Nase. Es fühlte sich an, als würden die Flügel eines Schmetterlings über mein Gesicht streifen. Schließlich küsste er meinen Mund.«

Doro hielt inne, Hitze stieg ihr zu Kopf. »Der Druck seiner Lippen war zuerst ganz zart, doch dann wurde er stärker ... drängender. Er ...« Wieder hielt sie inne.

»Du musst es mir nicht erzählen«, sagte ich. »Es geht nur dich und Johann etwas an.« Ich war mir nicht einmal mehr sicher, ob ich es noch hören wollte.

»Aber ich möchte es«, widersprach sie. »Das Gefühl ist so überwältigend, so verwirrend. Ich dachte, sein Kuss würde niemals enden, und dann ... dann öffneten sich meine Lippen wie von selbst, und er stellte die unglaublichsten Dinge an.«

Sollte ich entsetzt sein? Wahrscheinlich, doch Doro klang nicht entsetzt, sie klang erstaunt und aufgewühlt, ihr Atem wurde ein wenig schneller. »Meinen ganzen Körper durchströmte etwas Unerklärliches«, fuhr sie fort. »Ich fing an zu zittern und wollte Johann noch näher bei mir spüren, dabei war das gar nicht mehr möglich, kein Blatt hätte zwischen uns gepasst. Johanns Hände fuhren meinen Rücken hinunter bis zu ...« Sie verstummte, aber ich wusste trotzdem, was sie meinte. »Doch plötzlich löste er sich von mir. Er sah mich so zärtlich an, dass ich glaubte, innerlich zu zergehen vor Sehnsucht nach ... nach etwas, das ich nicht kenne.«

Es blieb lange still zwischen uns, während ich versuchte, Doros Gefühle nachzuvollziehen. Es gelang mir nicht.

»Was werdet ihr jetzt tun?«, fragte ich stattdessen.

»Tun?«

Ich seufzte. Zweifellos hatte Doro in ihrem verliebten Zustand bisher nicht über die Zukunft nachgedacht und Johann ihr die vorhersehbaren Probleme verschwiegen. Ich wollte Doro ihre Illusionen nicht nehmen, aber es widerstrebte mir, sie blauäugig in etwas hineinstolpern zu lassen, das von vornherein zum Scheitern verurteilt war. Oder wollte ich es doch? Wollte ich Doros Hoffnungen zerstören?

»Du weißt, dass Papa und Mama eurer Verbindung niemals zustimmen werden.«

Doro starrte mich verständnislos an, bevor sie begriff – und aufbegehrte. »Ohne Johann hätten sie keine Töchter mehr! Sie können doch nicht ernsthaft ...« Sie brach ab, als wage sie nicht auszusprechen, was unumgänglich war. »Das ist mir egal«, wisperte sie kurz darauf. »Niemand wird uns trennen.«

»Du wirst sehr stark sein müssen«, gab ich zu bedenken. »Andererseits hat dir Johann diese Fähigkeit zugeschrieben. Hoffen wir, dass er damit richtig lag.«

Freitag, 18. August 1911

Mama hat bemerkt, dass ich mein Tagebuch seltener zur Hand nehme als früher. Doro nicht. Die Tage verlaufen nach dem gleichen Muster, mir ist die Lust vergangen, kleine, unwichtige Episoden zu schildern.

Johann kommt nach wie vor regelmäßig. Doros Bilder und Zeichnungen werden besser, meine werden nur düster.

Unser Tag ist eingeteilt in vor und nach der Kunststunde. Je nachdem, wie es passt, absolvieren Doro und ich »unseren« Spaziergang vormittags oder nachmittags. Doro trifft sich mit Johann, und ich verbringe die Zeit in Einsamkeit. Wäre Doro nicht meine Zwillingsschwester, würde ich das alles nicht auf mich nehmen. Soll wenigstens sie glücklich sein, so lange es eben geht. Unsere Ferien dauern noch zwei Wochen.

Sonntag, 27. August 1911

Oh, wie töricht! Sie hätten es doch besser wissen müssen! Es ist wohl wahr, dass Liebe blind macht. Es gab ein fürchterliches Theater! Geschrei und Weinen und sogar Handgreiflichkeiten. Jetzt ist alles wieder ruhig, doch es scheint nur so. Dabei tobt ein unterdrückter Sturm in der Kranichburg. Wilma packt Mamas, Doros und meine Koffer, Mama grämt sich voller Selbstvorwürfe, Papa hat sich mit einer verzweifelt weinenden Doro verbarrikadiert, um mehr als nur ein ernstes Wort mit ihr zu reden – und vor uns liegt eine unangenehme Zeit in Stralsund.

Ich habe mich zum Schreiben in die Laube zurückgezogen. Die Sonne scheint durch die Fenster, die geputzt werden müssten, aber sich darüber Gedanken zu machen, danach steht niemandem der Sinn.

Die letzte Zeit war ereignislos mit weiteren Mal- und Zeichenstunden vergangen, mit weiteren Spaziergängen und – so nehme ich an – weiteren Küssen, aber – so hoffe ich – nicht mehr. Aus der einen Stunde, die Doro und Johann anfangs gemeinsam verbrachten, wurden anderthalb und später zwei, weshalb es immer mühsamer wurde, mich unsichtbar zu machen. Meist bin ich nach Barnstorf gelaufen, sodass ich jedes einzelne Gehöft, das sie hier Hufe nennen, von I bis IV inklusive ihrer Gärten aus dem Gedächtnis malen könnte. Letztens hatte ich sogar einen Zeichenblock dabei, hatte zu tun und war zufrieden.

Aber Doro und Johann waren es nicht. Doro vertraute mir an, dass Johann ihr einen Antrag gemacht habe und sie übereingekommen wären, dass es höchste Zeit sei, mit Papa zu reden. Er hatte für dieses Wochenende sein Kommen angekündigt. Aber meine Versuche, sie von ihrem Vorhaben abzuhalten, blieben vergeblich, alle meine Warnungen wurden überhört.

Papa war gern einverstanden, Johann erneut zum Kaffee einzuladen, er unterhielt sich sogar prächtig mit ihm und wunderte sich nicht weiter, als Johann ihn um ein Gespräch unter vier Augen bat. Ich frage mich, was Papa für ein Grund vorgeschwebt haben könnte, der richtige auf keinen Fall.

Mama, Doro und ich saßen im Salon, Papas Arbeitszimmer liegt schräg gegenüber. Wir hörten alle, wie die Tür aufgerissen wurde und Papa mit lauter Stimme sagte: »Verlassen Sie mein Haus, Niemann! Sofort! Und haben Sie nie mehr die Frechheit, sich hier sehen zu lassen. Nur der Tatsache, dass Sie und Ihr Vater meiner Familie das Leben gerettet haben, verdanken Sie, dass ich Sie nicht eigenhändig hinausbefördere!«

Entsetzt sprang Doro auf und lief auf den Flur. »Papa!«

»Du schweigst!«, donnerte Papa. »Wir reden später. Auf dein Zimmer, aber schnell!«

Doro sah zu Johann hinüber, der im Türrahmen stand, äußerlich ganz ruhig. Er sah mich nur kurz an, in seinem Blick die Erkenntnis, dass ich recht behalten hatte. Dennoch war er nicht bereit aufzugeben. »Herr von Hassbach, ich bitte Sie . . .«, fing er an.

»Raus!«, brüllte mein Vater. »Ich denke, ich habe mich klar genug ausgedrückt!«

»Aber Heinrich, was ist denn um Himmels willen los?«, fragte Mama, als Einzige völlig unwissend. »Du kannst doch den netten jungen Mann nicht einfach hinauswerfen!« Es sprach für sie, dass sie für Johann in die Bresche sprang, und war dazu noch außergewöhnlich mutig. Papa ist schon aus nichtigeren Anlässen gegen den Rest der Welt aufzubringen.

»Dieser feine Herr«, sagte mein Vater nur geringfügig leiser, »besitzt die Unverschämtheit, um die Hand unserer Tochter anzuhalten! Der Sohn eines Schiffers! Ein Kunststudent!«

Mama riss erstaunt die Augen auf, bevor sie mich ansah. Ausgerechnet mich, obwohl Papa doch eben gerade Doro angefahren hatte. »Marie?«

»Nein«, schaltete Johann sich ein. »Ich werde Ihre Tochter Dorothea heiraten. Sie hat bereits zugestimmt.«

Das war zu viel für Papa. »Am Ende haben Sie sie gar schon angerührt?« Er packte Johann am Kragen und zerrte ihn zur Tür.

Es wäre für Johann ein Leichtes gewesen, Papa abzuwehren, er ist nicht nur jünger, sondern auch bedeutend kräftiger, doch er ließ es geschehen. »Herr von Hassbach, lassen Sie uns vernünftig …«

Papa hielt inne, und mit einem Mal klang seine Stimme gefährlich leise und kalt, wie ich sie noch nie gehört hatte. »Ich wiederhole mich ungern«, sagte er, ohne Johann loszulassen. »Für Sie will ich es dennoch tun: Ich möchte Sie niemals mehr in der Nähe meiner Töchter sehen. Haben Sie mich verstanden? Sollten Sie sich nicht danach richten, werden Sie es bereuen.«

Johann musste spüren, wie ernst es Papa war. Trotzdem richtete er sich auf, soweit das unter Papas Griff möglich war. »Es gibt Dinge, die mehr Wert sind als Herkunft und Geschäfte. Solange Sie das nicht begreifen, tun Sie mir leid.«

In einem wortlosen Duell erwiderte Papa Johanns Blick eine Sekunde lang, dann öffnete er mit der freien Hand die Haustür und versetzte Johann unerwartet einen solch harten Schlag ins Gesicht, dass dieser taumelte und zu Boden fiel. »Verschwenden Sie Ihr Mitleid nicht an mich, Niemann«, sagte Papa, ebenso kalt wie zuvor. »Sehen Sie in den Spiegel, falls Sie das noch können, und bemitleiden Sie sich selbst.« Krachend warf er die Tür ins Schloss und drehte sich zu uns um, die wir alle drei, wie zur Salzsäule erstarrt, in der Diele standen.

»Marie, Doro, auf eure Zimmer. Martha, sag dem Personal, dass wir Wustrow morgen verlassen. Wilma soll mit Packen beginnen, Emma und Paul sollen die restlichen Vorbereitungen treffen. Anschließend komm bitte in den Salon.«

Mama, noch immer schockiert von den Ereignissen, läutete wie abwesend nach Wilma. Mehr bekam ich nicht mit, denn Papa scheuchte uns die Treppe hinauf. Oben schob er Doro in ihr Zimmer. »Ich bin gleich bei dir.« Fast behutsam zog er die Tür zu, um sie mit einer energischen Handbewegung abzuschließen. »Damit du nicht auf den Gedanken kommst wegzulaufen!«, rief er ihr zu.

Ich betrachtete die Szene wie ein Theaterstück, das nichts mit mir zu tun hatte. Das konnte nicht Papa sein. Es konnte nicht sein, dass unsere Ferien schon zum zweiten Mal zu einem Albtraum wurden.

»Nun zu dir«, sagte Papa. Er machte keine Anstalten, mein Zimmer zu betreten, sondern wollte seine Tirade offenbar gleich loswerden. »Hast du davon gewusst?«

Aus Doros Zimmer klang herzzerreißendes Weinen, während ich nach Worten suchte und gleichzeitig wusste, dass Lügen zwecklos war. Ich starrte zu Doros Tür und dann zu Papa, doch er ignorierte ihr Schluchzen. »Muss ich die Frage ein zweites Mal stellen?«

Ich schüttelte stumm den Kopf.

»Es ist nicht die Zeit für deine Scherze, Marie«, sagte er, gar nicht einmal unfreundlich. »Willst du sagen, dass ich mich nicht wiederholen muss oder dass du nichts von alledem wusstest?«

»Ich wusste es.« Jetzt war es heraus.

Papa nickte langsam. »Eure Mutter hat mir von euren ausgiebigen Spaziergängen berichtet. Ich nehme an, sie dienten weder der Körperertüchtigung noch Naturkundestudien?«

Nach allem, was Doro mir – allerdings nie mehr so ausführlich wie beim ersten Mal – von ihren Treffen mit Johann erzählt hatte, entbehrte Papas Frage nicht einer gewissen Doppeldeutigkeit. Da er kein sehr humorvoller Mensch ist, lag das sicher nicht in seiner Absicht. Ich schüttelte den Kopf.

»Es würde die Sache erleichtern, wenn du gleich den Mund aufmachtest, Marie. Dienten diese Spaziergänge als Tarnung für Doros Verabredungen mit diesem ... jungen Mann?«

Ich nickte.

Papa holte tief Luft. »Nun gut, sie ist deine Zwillingsschwester. Ich kann verstehen, dass du ihr helfen wolltest. Einmal, höchstens zweimal. Danach wäre es deine Pflicht gewesen, Bescheid zu sagen, damit es gar nicht erst zu dieser Katastrophe gekommen wäre und Mama diese albernen Zeichenstunden sofort hätte aussetzen können. Ist dir das klar?«

Ich nickte wieder.

»Gut. Ich werde mir später eine Strafe für dich überlegen.« Damit war ich entlassen. Papa schritt die Treppe hinunter, um mit Mama zu reden.

Sobald ich sicher sein konnte, dass er den Salon betreten hatte, klopfte ich an Doros Tür. »Doro«, flüsterte ich, bemüht, ihr Schluchzen zu übertönen. »Lass den Kopf nicht hängen. Das renkt sich alles wieder ein, versprochen! Wir haben doch noch uns! Ich werde immer für dich da sein, Doro!«

Das Weinen verstummte. Mit einem Mal erklang ihre Stimme jenseits der Tür. »Bitte geh zu Johann. Sag ihm, dass mir Papas Meinung egal ist. Er kann mich nicht ewig einsperren, und sobald ich eine Möglichkeit finde, werde ich weglaufen. Bitte. Sag das Johann.«

»Ich bin sicher, Johann würde das nicht wollen«, stellte ich fest.

»Jedenfalls würde er es nicht zugeben«, sagte Doro schniefend. »Sag es ihm trotzdem.«

Ich würde mich um Kopf und Kragen bringen, wenn ich das tat, aber Doro war meine Schwester. Ich schlich in den Garten und von dort auf die Straße. Das Kapitänshaus der Niemanns steht in der Schmiedestraße, zwar noch diesseits der Großen Straße, aber dennoch ein Stück entfernt. Ich lief so schnell wie möglich, ohne dass es ungehörig schien oder gar auffiel. Vor dem Backsteinhaus mit den blauen Fensterrahmen und der blauweißen Tür blieb ich atemlos stehen und läutete.

Eine ältliche Frau in einem schlichten schwarzen Kleid öffnete. Sogleich fragte ich sie nach Wilhelm oder Johann Niemann. Ich hatte kaum ausgeredet, als die imposante Gestalt des Schiffers im Flur auftauchte. »Sie Unglücksmädchen!«, sagte er beinah mitleidig, schüttelte den Kopf und fuhr sich durch den Bart. »Haben Sie denn noch nicht genug angerichtet? Na, kommen Sie erst mal herein.«

»Ich bin Marie«, sagte ich, da er mich offenbar für Doro hielt. »Meine Schwester sitzt eingesperrt zu Hause, aber sie hat mich gebeten, Johann etwas auszurichten.«

»Soso«, sagte der Schiffer und führte mich in seine Stube, in der ein gemütliches Sofa, ein schön gearbeiteter Holzschrank und ein passender Tisch mit einem Deckchen darauf standen. Johann sah ich nirgends. Wilhelm Niemann stopfte seine Pfeife und schwieg dabei. Ich wollte ihn nicht anstarren und betrachtete stattdessen die Wanduhr in verzierter Holzeinfassung mit einem Dreimaster über dem Zifferblatt, die gerade zu schlagen begann.

»Johann ist nicht hier«, sagte Wilhelm Niemann endlich, nachdem er seine Pfeife angezündet hatte. »Das ist, glaube ich, auch besser. Wir wollen doch nicht, dass noch mehr Unglück geschieht, nicht wahr?«

»Ich bin sehr wohl hier«, ertönte eine Stimme von der Tür. »Fräulein Marie! Wie geht es Doro? Hat Ihr Vater sie geschlagen?«

»Ich weiß es nicht«, antwortete ich wahrheitsgemäß, »aber ich kann es mir nicht vorstellen. Das hat er noch nie getan. Er wird sich etwas anderes einfallen lassen, um sie zu bestrafen. Und meine eigene Strafe wird noch höher ausfallen, wenn er je herausfindet, dass ich hier bin.«

»Dann sollten Sie schleunigst nach Hause gehen«, mischte sich Wilhelm Niemann ein.

»Das ist meine Angelegenheit, Vater.« Johann nahm mich beim Arm und führte mich aus der Stube in eine kleine Küche im hinteren Bereich des Hauses. Die Frau im schwarzen Kleid sah von ihrer Arbeit auf und verschwand auf Johanns Zeichen hin im Garten. »Weshalb sind Sie hier?«, fragte er.

»Doro hat mich gebeten, Ihnen zu sagen, dass sie plant wegzulaufen, wann immer sich die Gelegenheit bietet. Wie Sie sich denken können, bin ich damit nicht einverstanden.«

Johann nickte bedächtig. »Ich auch nicht. Richten Sie Doro aus, sie möge keine Dummheiten machen. Ich finde eine Lösung, nicht heute oder morgen, aber ich finde eine. Ich werde sie nicht aufgeben.« Beschwörend sah er mich an. »Bitte nehmen Sie Einfluss auf Doro, beschwören Sie sie zu warten. Wollen Sie das tun?«

Ich schloss kurz die Augen und gestattete mir für einen Moment die Vorstellung, er täte dies alles für mich. Dann nickte ich.

Als ich mich unbemerkt wieder in die Kranichburg schlich, war Papa bei Doro. Ihr Weinen drang durch die Tür. Weinte sie noch immer oder schon wieder? Ich holte mein Tagebuch, und jetzt sitze ich hier, Johanns Bild vor meinen Augen. Ich sah mich noch einmal um, als ich die Schmiedestraße entlanghastete, und nun weiß ich, dass ich seinen Anblick nie vergessen werde. Er stand dort, traurig und entschlossen zugleich.

Vielleicht hätte ich ihm sagen sollen, dass Doro nichts mehr von ihm wissen will, vielleicht hätte ich damit das Unglück abwenden können, von dem Wilhelm Niemann sprach und das ich selbst befürchte. Es ist nur – ich habe das dumpfe Gefühl, dass niemand es aufhalten kann.

* * *

Mittwoch, 1. November 1911

Papa wusste, wo er mich am härtesten trifft, dementsprechend ist seine Strafe für mich ausgefallen. Am selben Tag, an dem wir Wustrow verließen, nahm er mir mein Tagebuch. Während ich ständig in der Angst lebte, er könne es lesen und nicht nur über meine eigenen Gefühle etwas erfahren, sondern zusätzlich über die Küsse, die Doro und Johann ausgetauscht hatten, verbot er mir jegliches Schreiben, abgesehen von Pflichtbriefen an Verwandte oder Dankesbriefe nach Einladungen. Bei der Kontrolle war er so gründlich wie bei allem anderen – in meinem Zimmer durften keine Schreibutensilien aufbewahrt werden, kein Heft, kein Block, keine Stifte. Wenn ich einen dieser schrecklichen Briefe zu schreiben hatte, geschah das unter Wilmas Aufsicht in Mamas Salon. Heute endlich, nach über zwei Monaten, schickte er Wilma weg und gab mir das Buch zurück.

»Ich bin zuversichtlich, dass du aus deinen Fehlern gelernt hast, Marie«, sagte er, »und hoffe, dass so etwas nicht noch einmal nötig sein wird.« Er legte mein Tagebuch auf Mamas weißen Schreibtisch neben die Meißner Porzellanfigur, die er ihr zum letzten Weihnachtsfest geschenkt hat, und sah dabei auf meinen angefangenen Brief. »Lass dich nicht weiter bei deiner Korrespondenz stören. Wenn du fertig bist, kann deine Mutter deinen Platz einnehmen, um Frau Martensen ein paar Zeilen des Dankes für die gestrige Soiree zukommen zu lassen.«

Nachdem er aus dem Zimmer war, sackte ich auf dem unbequemen Hocker zusammen und starrte auf mein Tagebuch. Nein, dachte ich, gelesen hat er es wohl nicht. Er achtet alles Private, so es irgend geht, seine Selbstbeherrschung in dieser Hinsicht ist bewundernswert. So bewundernswert, dass er sich jegliche Bemerkung versagt hätte, hätte er den Inhalt gekannt, ist sie dagegen sicher nicht. Nein, dachte ich noch einmal, er hat es nicht gelesen. Wahrscheinlich ging er davon aus, dass Doro und ich ihn in Wustrow genug gefürchtet hatten, um nichts weiter zu verheimlichen.

Mamas Hocker hat zwar eine sehr großzügige gepolsterte Sitzfläche, jedoch keine Lehne, gegen die ich mich zu gern hätte fallen lassen vor Erleichterung. Langsam streckte ich die Hand nach dem Tagebuch aus, konnte mich aber nicht entschließen, es gleich zu berühren, aufzunehmen, zu öffnen. Stattdessen rückte ich auf dem Schreibtischaufsatz zuerst Mamas Bücher zurecht, obgleich sie beinah millimetergenau nebeneinanderstanden, betrachtete die kleine Uhr hinter dem Glasfenster und nahm die Meißner Figur hoch – eine bunt gekleidete Haremsdame mit dunklem Hut auf hellem Haar, die einen großen Tukan in den Händen hält. Ich drehte und wendete sie und hätte sie beinah fallen lassen, weil mein Blick auf dem Tagebuch statt auf der Figur ruhte. Schließlich stellte ich sie ab und zwang mich, zuerst den Brief zu beenden.

Mit dem fertigen Schreiben lief ich hinunter in die Büroräume der Schwedenkrone, damit er mit der restlichen Post verschickt wird. Es ist schon seltsam, ich kenne den Anblick des Foyers, seit ich denken kann, und doch bin ich immer wieder davon angetan und abgestoßen zugleich. Die Halle mit den Säulen und den Spiegeln ist wundervoll, die Statuen am Geländer der Treppe sind üppig und perfekt gemeißelt. Dennoch kommt mir das alles leblos vor. Doro und ich scheinen die Einzigen zu sein, die so empfinden. Niemanden sonst sah ich je zurückschrecken, alle haben dafür nur wohlwollende Blicke übrig. Bei dem Gedanken an wohlwollende Blicke fiel mir die Soiree bei den Martensens wieder ein.

Kommerzienrat Martensen ist durch seine Kartonagenfabrik zu Reichtum gelangt, man munkelt gar, er sei Millionär. Entsprechend prunkvoll ist seine Villa am Knieperdamm. Sie erinnert mich immer an eine Burg mit ihrem viereckigen Turm und den Zinnen. Der Sohn des Hauses, Ulrich Martensen, ist weniger prunkvoll. Leider hege ich seit gestern den Verdacht, dass Doro mit ihm verheiratet werden soll. Zumindest ging das aus einer Unterhaltung zwischen Papa und dem Kommerzienrat hervor, die ich zufällig mit anhörte.

Doro gegenüber habe ich das lieber nicht erwähnt. Sie ist immer noch untröstlich wegen Johann. Je mehr Zeit verstreicht, ohne dass wir von ihm hören, desto mehr gelange ich zu der Überzeugung, dass das, was er zu mir beim Abschied sagte, nur zu meiner oder Doros Beruhigung gewesen ist.

»Nein!«, widersprach Doro anfangs stets. »Er hat es versprochen. Wir werden uns wiedersehen!« Ihre Proteste wurden schwächer im Laufe der Wochen, wenn sie auch die Hoffnung noch nicht ganz aufgibt. Ich sehe, wie sie sehnsüchtig aus dem Fenster starrt, erkenne, dass sie in Gedanken weit fort ist, in Wustrow, am Ufer des Boddens, im Wald bei dem Friedhof oder wo sonst sie zusammen waren.

Auch gestern, wir warteten darauf, dass Karl mit dem Automobil vorfuhr, sah sie sich seufzend in der Halle um. Nur ich bemerkte, wie sie unauffällig in die Gesichter der Gäste schaute, bei jedem Mann hoffte, es könne Johann sein. Sie sah wunderschön aus in ihrem langen hellgrünen Kleid mit dem eckigen Ausschnitt und den Ärmeln aus Organza. Um die Taille trug sie eine breite goldene Schärpe, dazu weiße Handschuhe und um den Hals eine feine Perlenkette. Mein eigenes Kleid war ähnlich geschnitten und dunkelrot. Die Farbe schmeichelt mir nicht, doch Mama bestand darauf. Ein weiterer Hinweis, dass das Augenmerk an jenem Abend auf Doro liegen sollte.

»Doro«, flüsterte ich. »Vergiss ihn. Vielleicht triffst du heute Abend einen jungen Mann, der dir zu Füßen liegen wird und den auch du lieben kannst.«

Dafür erntete ich wütende Blitze aus ihren Augen. »Ich werde niemals jemand anderen lieben!«, fauchte sie leise. Sie drehte sich weg und trat ein paar Schritte zu Mama, wie um Abstand zwischen uns zu bringen. Es tat mir weh, und ich nahm mir vor, mich später zu entschuldigen, obwohl es nichts zu entschuldigen gab.

In dem Moment trat Papa zu uns: »Du siehst hübsch aus,

Doro«, sagte er zu mir. »Aber wollte Mama nicht etwas Helles für dich aussuchen?«

»Heinrich, wirklich«, mischte Mama sich ein. »Deine Töchter werden im Januar siebzehn. Man sollte meinen, dass du sie nach all den Jahren auseinanderhalten kannst.« Recht hat sie, unsere Mama, aber Papa merkt sich eher, wer die Haare wie trägt oder Ähnliches. Das ist wohl so in seinem Beruf, man achtet eben mehr auf solche Dinge, als dass man den Menschen ins Gesicht sieht, da man an Äußerlichkeiten wie Kleidung und Gepäck sofort abschätzen kann, ob ein Gast zahlungskräftig ist und welches Zimmer oder welche ganze Zimmerflucht man ihm zu geben hat. Ach, ich bin sicher ungerecht. Papa ist kein schlechter Mensch, trotz seiner Fehler. Wer hätte keine Fehler auf dieser Welt? Und wer wäre ich, darüber zu urteilen?

Der Abend bei den Martensens wurde für Doro ein Erfolg. Ulrich verschlang sie mit Blicken, was unsere Mütter und Väter wohlwollend bemerkten, Doro jedoch kaum wahrnahm. Als sie ihm einmal ein Lächeln schenkte, hielt er das für eine Ermutigung und geriet vollkommen aus dem Häuschen. Fast tat er mir leid. Mit Johann kann er es nicht aufnehmen, ist er doch eher klein und sein blondes Haar trotz seiner zwanzig Jahre bereits schütter, was auch sein Schnurrbart nicht wettmachen kann.

»Mein liebes Fräulein von Hassbach«, sagte er zum Abschied, »es würde mich sehr freuen, wenn ich Ihnen und Ihrer Familie gelegentlich einen Besuch abstatten dürfte.«

Doro lächelte abwesend wie schon den ganzen Abend, was er abermals als Ermutigung betrachtete. Wahrscheinlich wird er sich bald hier einfinden.

Jetzt habe ich ganz den Faden verloren vor lauter Martensens.

Die Ereignisse in Wustrow liegen erst kurze Zeit zurück, und sind sie in meinen Gedanken auch stets präsent, so war es doch etwas anderes, vorhin meine eigenen Worte im Tagebuch darüber zu lesen. Alles stand umso deutlicher vor meinen Augen, es war fast, als erlebte ich es noch einmal. Die Freude und das Leid – und meine Liebe zu Johann.

Sonnabend, 4. November 1911
Papa führt eindeutig etwas im Schilde mit Doro und Ulrich Martensen. Natürlich gehört es sich, nach einer Soiree eine Gegeneinladung auszusprechen, aber darüber vergeht meist einige Zeit. In diesem Fall sollen uns Kommerzienrat Martensen mit Gattin und Sohn Ulrich schon nächstes Wochenende besuchen. Welchen Zweck Mama und Papa damit verfolgen, ist ganz offensichtlich. Ich frage mich nur, warum Doro den Martensens als Schwiegertochter genehm sein soll. Gewiss, die Schwedenkrone ist das beste Hotel der Stadt und Papas Vermögen recht beträchtlich. Dennoch kann er mit einem Friedrich Martensen nicht mithalten, sollten die Gerüchte über dessen Reichtum stimmen. Mag sein, sie haben eine Schwäche für ihren Sohn, der so vernarrt ist in Doro, und möchten ihn glücklich sehen.

Ich beschloss, doch einmal mit Doro über meinen Verdacht zu reden, fing es aber ganz unverfänglich mit einem Gespräch über die Martensens im Allgemeinen und Ulrich im Besonderen an. Doro hob verwundert die Brauen.

»Ulrich?« Sie zog seinen Namen in die Länge, als habe sie Mühe, sich des bedauernswerten jungen, aber eines Tages sehr, sehr reichen Mannes zu besinnen. »Was soll ich von ihm halten? Er ist entsetzlich langweilig. Ich hätte nicht gedacht, dass du dich für ihn interessieren könntest.«

»Ich?« Wir saßen in Doros Zimmer, das erst kurz vor unseren Ferien neu eingerichtet worden war – nach ihren Wünschen im Biedermeier-Stil, der wieder ganz en vogue ist. Mein Geschmack ist es nicht, aber der Lehnstuhl mit dem Blumenmuster ist schön bequem mit seinen hohen Armlehnen, die verhinderten, dass ich vor Kichern zu Boden rutschte.

Doro bereitete es Mühe, nicht in mein Lachen einzufallen, obwohl sie ganz und gar nicht verstand, was denn so komisch an ihrer Bemerkung sein sollte. »Natürlich du!«, bekräftigte sie. »Schließlich müsstest du wissen, dass ich ihn keines Blickes würdige.«

»Hast du aber!«, gab ich zurück. »Jedenfalls in seinen Augen. Du warst sehr großzügig mit deinem Lächeln.«

»Oh nein.«

»Oh doch. Papa und der Herr Kommerzienrat scheinen entzückt von der Vorstellung.«

»Oh ... nein!«

Auf einen Schlag wurde ich wieder ernst. »Doro. Du musst Johann vergessen. Zugegeben, Ulrich Martensen ist kein sehr vielversprechender Kandidat, aber es kann nicht schaden, wenn du dich Papa gegenüber etwas besonnener zeigst. Dadurch wirst du bald wieder mehr Freiheiten genießen. Glaub mir.«

Doro nickte düster. Es ist ihr seit Wustrow nicht gestattet, das Haus zu verlassen, außer in den Garten, an den Strelasund oder gegenüber zu einem kleinen Spaziergang am Knieperteich, und das immer in Sichtweite des Hotels und in Mamas Begleitung. »Meinst du, das könnte helfen? Mir fällt bald die Decke auf den Kopf.«

»Tu wenigstens, als würdest du an Ulrich denken.«

Ein schweres Seufzen war die Antwort. Sie versank fast in ihrem Sessel, der meinem gegenüberstand. »Gut.« Sie nickte und setzte sich auf. »Soll er also kommen, wenn es mir Vorteile bringt. Ich muss einfach aus dem Haus! Vielleicht ist Johann ja längst in Stralsund. Solange ich hier festsitze, hat er keine Möglichkeit, mich zu sehen. Er kann mir nicht einmal schreiben, weil Papa alle Post kontrolliert.«

Nun war ich es, die seufzte, aber ich predigte tauben Ohren.

Mittwoch, 8. November 1911

Etwas ganz Erstaunliches ist geschehen.

Die Sonne strahlte von einem herrlichen Himmel auf das letzte bunte Laub der Bäume, und Papa gestattete Doro einen ihrer seltenen Spaziergänge am Teich. Schon den ganzen Morgen hatte sie sehnsuchtsvoll aus dem Fenster geschaut, und nun konnte sie gar nicht schnell genug hinauskommen. Sie vergaß sogar ihren Schal, den sie mich zu holen bat, während sie mit Mama draußen wartete. Als ich aus Doros Zimmer trat, hörte ich einen merkwürdigen Laut.

»Pssst.«

Ich drehte mich um und sah Alfred, der sich im Eingangsbereich zu unserer Wohnung herumdrückte, wo er nichts zu suchen hatte. Kurz durchzuckte mich die peinliche Erinnerung daran, in welcher Weise ich einmal an Alfred gedacht hatte, bevor Johann in mein Leben getreten war. Mich würde nicht wundern, unter Alfreds Vorfahren einen Italiener oder Spanier vorzufinden, nicht nur die schwarzen Haare deuten darauf hin, sondern auch der oft aufblitzende Schalk in seinen dunklen Augen. Jetzt sah er dagegen unsicher drein, als er mir zuwinkte.

»Fräulein Doro.«

Zögernd trat ich auf ihn zu. Was mochte er von Doro wollen? Ich entschied, ihn nicht über seinen Irrtum aufzuklären. »Ja, Alfred?«, erkundigte ich mich vorsichtig.

Er hielt etwas in seiner Faust, die er mir entgegenstreckte. Zögernd streckte ich meine Hand aus.

»Das ist für Sie«, sagte Alfred und ließ ein Kettchen mit einem Anhänger hineingleiten. Bevor ich etwas sagen oder fragen konnte, war er verschwunden. Erstaunt betrachtete ich das silberne Kreuz. Es trug eine Gravur mit einem mir völlig unbekannten französischen Namen und einem Datum vom März dieses Jahres. Ich steckte die Kette in meine Handtasche und lief schnell nach unten. Alfred war nirgends mehr zu sehen, doch Doro trat schon ungeduldig von einem Fuß auf den anderen.

»Was hat dich aufgehalten?«, fragte sie.

Ich konnte nichts antworten, denn Mama stand neben ihr, so zuckte ich nur mit den Schultern.

Der sonst viel zu kurze Spaziergang nahm heute kein Ende. Kaum beachtete ich, wie die Sonne auf dem Teich glitzerte oder wie das Laub unter unseren Füßen raschelte, zu sehr dachte ich über den seltsamen Anhänger nach und brannte darauf, ihn Doro zu zeigen.

Zurück in der Wohnung, warf ich den Mantel auf mein Bett und lief hinüber zu ihr. »Sieh mal, das hat Alfred mir vorhin gegeben. Er glaubte, ich wäre du.« Ich reichte Doro die Kette mit dem Kreuz und sah, wie sie augenblicklich erblasste und sich langsam auf ihr Bett sinken ließ. »Was ist? Doro, um Himmels willen, sag doch was!«

»Johann«, wisperte sie. »Ich muss unbedingt zu Alfred! Ich muss wissen, wie er an den Anhänger gekommen ist!« Sie sprang auf.

»Langsam, Doro. Bitte erklär mir erst, was es damit auf sich hat.«

Doro schaute wieder auf das Kreuz in ihrer Hand. »Dieses

Kreuz bekam Johanns Schwester Anna aus der Emile-Robin-Stiftung. Johann hat es immer bei sich getragen, seit sie im Mai an der Grippe starb – kurz nach der Mutter.«

Ich hatte nicht gewusst, dass Frau Niemann erst vor so kurzer Zeit gestorben war, und von der Existenz einer Schwester hatte ich erst recht keine Ahnung gehabt. Doro wusste, wovon sie sprach, die Erwähnung dieser Emile-Robin-Stiftung kam ganz selbstverständlich über ihre Lippen, während ich sie nur fragend ansah.

»Kapitäne und Bootsmänner, die der Gesellschaft zur Rettung Schiffbrüchiger angehören und jemanden aus Lebensgefahr gerettet haben, bekommen Gaben aus der Stiftung, manchmal auch deren Angehörige«, erklärte sie ungeduldig. »Anna hat dieses Kreuz und einen wollenen Kleiderstoff zu ihrer Konfirmation geschenkt bekommen. – Ich muss zu Alfred.« Und schon war sie fort.

»Halt!« Ich hielt sie noch auf dem Flur zurück. »Wenn Papa dich bei Alfred sieht ...«

»... sag ich ihm, dass ich du bin, er wird es glauben. Bislang haben wir ihn nie in böser Absicht getäuscht.«

»Er wird sich genauso wundern, was ich mit Alfred zu bereden habe.«

»Mir wird etwas einfallen.« Sie ließ sich nicht länger aufhalten.

Zehn Minuten später tauchte sie mit geröteten Wangen und atemlos wieder auf. »Ein Mann, auf den Johanns Beschreibung passt, hat Alfred die Kette gegeben. Er sagte, er würde eine Woche lang jeden Tag um drei Uhr nachmittags an der Fährbrücke nach Hiddensee warten.«

Ich runzelte die Stirn. »Warum hat er mir das nicht gesagt, wo er mich doch für dich hielt?«

»Weil er Angst hatte, hier oben erwischt zu werden. Alfred dachte, wenn ich mehr wissen wolle, würde ich ihn schon fragen. Marie, ich habe gewusst, dass Johann mich nicht vergisst!«

»Wie willst du ihn an der Fährbrücke treffen, wenn dir nicht einmal gestattet wird, weiter als bis über die Straße zum Teich zu gehen?«

Doro lächelte verschmitzt. »Mir nicht, aber dir! Du wirst für mich gehen. Früher oder später wird Papa mir ebenfalls erlauben, wieder auszugehen, erst recht, wenn ich mich mit Ulrich Martensen verlobe.«

»Was?« Ich riss die Augen auf. »Das kannst du nicht machen!«

»Du hast selbst gesagt, ich müsse alles tun, um wieder mehr Freiheiten zu genießen. Wenn dazu eine Verlobung mit Ulrich gehört, willige ich eben ein. Stell dir vor, was alles für eine Verlobungsfeier nötig sein wird, wie oft wir in die Stadt zum Einkaufen müssen oder zur Schneiderin zur Anprobe.«

»Sie wird herkommen, Doro.«

»Nicht bei der Menge an Kleiderstoffen, die für meine neue Garderobe nötig wird. Die Martensens sind nicht irgendwer, ich kann nicht jedes Mal im selben Kleid hingehen oder denselben Mantel tragen, wenn ich mit Ulrich spazieren gehe.«

So viel Einfallsreichtum hätte ich meiner Schwester nicht zugetraut. Ihre Augen strahlten, sie war voller Tatendrang, den ich zunächst einmal bremsen musste, denn eines hatte sie nicht bedacht: »Wenn du mit Ulrich spazieren gehst, kannst du schlecht zur gleichen Zeit mit Johann zusammen sein.«

Eine Weile sah sie mich durchdringend an. »Wer sagt, dass *ich* mit Ulrich spazieren gehe? Du wirst mir doch helfen, nicht wahr?«

Doro hat anscheinend an alles gedacht. Und ausgerechnet ich soll nun erst einmal Johann wiedersehen.

Freitag, 10. November 1911

Meine Finger zittern noch immer. Werde ich später einmal meine eigene Schrift entziffern können? Und darf ich dies überhaupt festhalten? War nicht mein letzter Eintrag schon viel zu leichtsinnig? Ich werde mir ein gutes Versteck für das Tagebuch ausdenken (ebenso wie für das Schachspiel, doch davon später mehr), denn wenn Papa oder Mama das hier lesen, ist alles aus. Andererseits wäre es ebenso auffällig, wenn das Buch von meinem Schreibtisch verschwände. Ich werde ein neues beginnen müssen, in dem ich von Alltäglichkeiten berichte, und dieses unter Verschluss halten.

Heute früh bat ich Klara, mich zum Kaufhaus Wertheim zu begleiten. Ich wusste, dass es ihr freier Tag ist, tat aber so, als hätte ich es vergessen. Natürlich rechnete ich damit, dass sie etwas anderes vorhatte. Sie zögerte sehr, sodass ich sie fragte, was denn dagegen spräche. Erst nach mehrmaligem Drängen murmelte sie etwas von einer Verabredung.

»Allein lässt mich Mama nicht gehen, und sie hat keine Zeit, mich zu begleiten«, sagte ich scheinbar nachdenklich. »Wir könnten zusammen das Haus verlassen und uns danach trennen, was meinen Sie? Wir treffen uns wieder um, sagen wir, sechs Uhr und gehen gemeinsam zurück.«

Klara sah zunächst erschrocken drein, doch ihre Verabredung war ihr wichtig genug, um am Ende widerstrebend zuzustimmen.

So kam es, dass ich um drei an der Fährbrücke nach Hiddensee nah einer wartenden Menschentraube stand und auf Johann wartete. Es war ein diesiger Tag, die Küste von Rügen war kaum auszumachen, aber Johann sah ich schon von Weitem und spürte, wie mein Herz zu klopfen begann. Weder die Leute noch die Schiffe, noch den grauen Strelasund nahm ich mehr wahr, ich achtete nur auf die große Gestalt, die schnell näher kam. Ehe ich michs versah, hatte Johann mich umarmt und wollte mich überhaupt nicht mehr loslassen. Bevor ich der Versuchung erlag, mich meinen Gefühlen hinzugeben, befreite ich mich. Sonst wäre ich womöglich noch in Tränen ausgebrochen oder hätte ihm meine Liebe gestanden, die, wie ich nun endgültig wusste, mich immer noch gefangen hielt.

»Doro«, flüsterte er da. »Mein Herz, wie habe ich dich vermisst.«

»Herr Niemann ...«, begann ich.

Da erst schob er mich von sich und betrachtete mein Gesicht genauer. Er hatte uns immer auseinanderhalten können, nur seiner Sehnsucht war es zuzuschreiben, dass er uns im Überschwang verwechselt hatte. Er errötete ein wenig und fuhr sich durch die Haare. »Fräulein Marie. Bitte verzeihen Sie. Ich habe ...«

»Schon gut«, beruhigte ich ihn. Dabei hätte ich doch eher mich selbst beruhigen müssen. »Doro kann nicht kommen.«

In einem nahe gelegenen Café, in dem mich sicher niemand kennt, erzählte ich ihm in kurzen Worten, was sich seit unserer fluchtartigen Abreise aus Wustrow zugetragen hatte – einschließlich Doros verrücktem Plan, sich seinetwegen mit Ulrich Martensen zu verloben.

Johanns Gesichtsausdruck gab meine eigenen ersten Bedenken wieder. »Das ist sehr gewagt und außerdem nicht schicklich. Weder Ihnen noch dem armen Herrn Martensen gegenüber. Sie, Fräulein Marie, haben uns schon in Wustrow geholfen, wir dürfen Sie nicht weiter ausnutzen.«

Etwas theatralisch hob ich die Schultern. »Wenn es der Liebe dient ...« Je länger ich über Doros Idee nachgedacht hatte, desto mehr erschien sie mir wie ein aufregendes Abenteuer in einem Leben, das sonst nicht viel mehr für mich bereithielt, als eines Tages einen Mann zu heiraten, den ich nicht liebte, denn lieben werde ich wie Doro immer nur Johann.

Er zweifelte noch immer, doch seine Gefühle waren stärker, daher willigte er ein. »Selbstverständlich wusste ich, dass die Sache schwierig wird, und ich wäre sehr dankbar für Ihre Hilfe.« Auf mein bestätigendes Nicken hin holte er tief Luft. »Es hat seine Gründe, warum ich erst jetzt von mir hören lasse. Mein Vater weiß nicht, dass ich in Stralsund bin, sondern glaubt mich in Dresden an der Akademie. Im Voraus habe ich einige nichtssagende Briefe geschrieben, die Peter Mälzer für mich in regelmäßigen Abständen nach Hause schickt. Sie fanden ihn wohl etwas anstrengend, aber er ist ein famoser Kerl, auf den man sich verlassen kann. Damit mein Vater nichts bemerkte und möglicherweise Ihre Familie benachrichtigte, wartete ich notgedrungen, bis die Studien in Dresden wieder anfingen, und tat, als würde ich in den Süden fahren. Stattdessen kam ich nach Stralsund, wo ich glücklicherweise gleich mehrere Stellen als privater Zeichenlehrer fand und ausreichend Geld verdiene. Die ganze Zeit über hoffte ich, Doro sehen zu können, aber obwohl ich mich ab und zu mit hochgeschlagenem Kragen und tief ins Gesicht gezogenem Hut in der Nähe der Schwedenkrone herumtrieb, gelang es mir nur ein einziges Mal, einen Blick auf sie zu werfen. Doro sah blass aus, ich machte mir furchtbare Sorgen. Leider war sie in Begleitung Ihrer Mutter, sodass ich sie nicht ansprechen konnte. In meiner Ratlosigkeit suchte ich die Bekanntschaft eines Ihrer Angestellten und gewann in den letzten Wochen Alfreds Vertrauen. Er scheint mir rechtschaffen zu sein und hat außerdem wenig mit Ihrem Vater zu tun, also riskierte ich, ihm das silberne Kreuz zu geben. Es ist nicht verräterisch, nicht einmal die Gravur auf der Rückseite. Die Nachricht, die ich Alfred bat zu übermitteln, bereitete mir mehr Kopfzerbrechen, aber es blieb mir ja nichts anderes übrig.«

»Wollen Sie Alfred weiterhin als Bote schicken?«, fragte ich.

»Nicht für weitere Nachrichten, nur für … Hinweise.« Aus der Tasche, die er bei sich trug, holte er eine große, kunstvoll verzierte Holzschatulle. In ihrem Innern verbarg sich ein edles Schachspiel.

»Es ist wunderschön«, bemerkte ich.

»Ich bekam es als Lohn von einem Holländer, den wir im Februar retten konnten, als der Dampfer *Prinses Juliana* bei uns strandete. Ursprünglich nahm ich es mit, um es zu verkaufen, wenn mir das Geld ausgeht, doch inzwischen ist mir ein anderer Verwendungszweck eingefallen. Folgendes habe ich mir überlegt: Die schwarzen Figuren werde ich behalten, die weißen sind für Doro. Jede Figur weist auf einen bestimmten Treffpunkt und eine bestimmte Uhrzeit hin, beides ist nur mir, Doro und Ihnen bekannt. Um sicherzustellen, dass die Figuren wirklich von uns kommen, wird Doro mit jeder Figur die weiße Dame und ich mit jeder Figur den schwarzen König schicken, die wir bei dem Treffen wieder austauschen.«

»Das heißt, Alfred wird nur die Figuren weiterleiten, nichts sonst.«

Johann nickte. »Er sagte mir, es sei für ihn nicht ganz leicht, mit Ihnen direkt in Verbindung zu treten, aber jemandem, der Ihnen nähersteht, wollte ich mich nicht anvertrauen.«

Ich biss mir auf die Lippen. Eventuell gab es eine Lösung für dieses Problem, da ich den Verdacht hegte, dass Klaras Verabredung an diesem Nachmittag etwas mit Alfred zu tun hatte.

Johann hatte indes die schwarzen Figuren aus dem Kasten geholt und in seine Tasche gleiten lassen. »Nehmen Sie die Schatulle mit dem Brett und den restlichen Figuren. Hinter dem Brett klemmt eine Legende. Darin steht, welche Figur was bedeutet. Lernen Sie beide es auswendig und verbrennen Sie sie anschließend. Ich würde Schatulle und Spielbrett selbst behalten, aber einige Mitbewohner der Pension, in der ich untergekommen bin, machen auf mich einen unzuverlässigen Eindruck. Bisher ist nichts geschehen, doch ich möchte für die Zukunft vermeiden, dass mein Zimmer durchsucht und eine solche Kostbarkeit gefunden wird. Meine Geschichte, die ich dort erzählt habe, könnte infrage gestellt werden – sie passt eher zu einer gescheiterten Existenz.« Johann winkte einem vorbeieilenden Kellner. »Sie müssen sicher nach Hause, Fräulein Marie. Ich habe Sie schon viel zu lange aufgehalten.«

Widerstrebend nickte ich. Die Zeit war wie im Fluge vergangen, bald würde ich mich mit Klara auf dem Alten Markt treffen. Als wir uns vor dem Café verabschiedeten, umschloss Johann meine Rechte mit seinen Händen. »Gott segne Sie, Fräulein Marie. Sie sind ein guter Mensch. Doro und ich tun nichts Unrechtes, das wissen Sie. Ich wünsche, dass auch Ihnen einmal die Liebe begegnet und dass Ihnen dann weniger im Wege steht.«

Ich sah zur Seite, weil ich mit den Tränen kämpfte. Mir stand weitaus mehr im Wege, als er sich vorstellen konnte. »Danke«, brachte ich heraus. »Haben Sie noch eine Nachricht für Doro?« Endlich schaffte ich es wieder, ihn anzusehen.

Er lächelte, beugte sich zu mir herunter und streifte meine Wange mit einem Kuss. »Bitte geben Sie das an sie weiter.«

Ich fuhr mit der Hand an die Wange, die brannte, als hätten tausend Kerzen sie berührt, und ich fürchte, in diesem Moment las er nur allzu deutlich von meinem Gesicht ab, was ich fühlte. Ohne ein weiteres Wort drehte ich mich um und ging, lief beinah von ihm fort. Oh bitte, lass es ihn in sein Herz einschließen, er darf es Doro nie sagen.

Sonntag, 12. November 1911

Meine Doro! Was für ein hintertriebenes Mädchen! Und was für eine grandiose kleine Lügnerin sie doch ist! Wüsste ich es nicht besser, würde selbst ich ihr abnehmen, in heißer Liebe für Ulrich Martensen entbrannt zu sein!

Ulrich kam gestern, herausgeputzt in einem schwarzen Anzug mit weißem Hemd, weißer Weste und weißem Binder. Die passende Kleidung für ein festliches Abendessen, doch das viele Weiß zu seiner hellen Haut und seinem blonden Haar ließ seine Erscheinung noch blasser wirken als gewöhnlich. Doro dagegen sah himmlisch aus. Ihr Kleid aus roséfarbener Seide betonte ihre schlanke Figur und ihren zarten Teint, die Fülle ihres Haares war aufgetürmt zu einer kunstvollen Frisur, für die Wilma beinah eine Stunde gebraucht hatte. Ich selbst steckte wieder in meinem roten Kleid und machte mich möglichst unsichtbar. Doro war zuerst zurückhaltend, bald aber Ulrichs Komplimenten und seinen schwachen Bonmots mehr zugetan. Sie ließ sich sogar dazu überreden, mit ihm ein paar Schritte auf die Terrasse zu gehen. Für November ist es ungewöhnlich mild, sodass die beiden dort fast eine Viertelstunde zubrachten, ohne von jemandem gestört zu werden. Ich sah, wie Papa und Mama einen zufriedenen Blick tauschten und der Herr Kommerzienrat zustimmend nickte.

Als man sie hereinholte, lag eine leichte Röte auf Doros Gesicht, und Ulrich Martensen sah sie an wie ein liebeskranker Ochse. Wenn ich es recht überlege – die Bemerkung ist gemein. Wer weiß, wie ich selbst vorgestern Johann angesehen habe.

Nachdem die Martensens endlich gegangen waren, legte Papa Doro die Hand auf die Schulter. »Nun, mein Kind, hat dir der Abend gefallen?«

Doro lächelte. »Ja, Papa.« Mehr sagte sie nicht, keine Übertreibung kam über ihre Lippen. Ich erkannte, dass ihr Lächeln vieldeutig war. Papa verstand es, wie sie es beabsichtigt hatte.

»Das freut mich. Ulrich Martensen ist ein sehr netter und höflicher junger Mann aus gutem Haus. Und offenbar sehr verliebt in dich.«

»Glaubst du?«, fragte Doro schüchtern.

Mama lachte. »Aber natürlich, Dorothea! Da zweifelst du noch?«

»Eigentlich ...«, fing sie an und stieß die angehaltene Luft aus, »... nicht. Er war sehr aufmerksam mir gegenüber und vorhin draußen auf der Terrasse ... Oh, nichts Unanständiges«, beeilte sie sich zu versichern, weil sie sah, dass Papa die Stirn runzelte. »Ulrich hat die besten Manieren, er sagte nur so hübsche Dinge über meine Augen und mein Haar.«

Papas Stirn glättete sich. »Er gefällt dir also?«

»Wie sollte er mir nicht gefallen?«

»Vor einigen Monaten hattest du noch andere Vorstellungen von einem jungen Mann«, gab Papa zu bedenken. So leicht hinters Licht zu führen war er nicht.

Doro senkte den Kopf. Erneut stieg ihr die Hitze ins Gesicht, doch nur ich wusste, dass es Zornesröte war. Papa und Mama mussten es für Verlegenheit halten. »Es tut mir leid«, murmelte Doro. »Ich nehme an, es war die Tatsache, dass Johann Niemann mir das Leben rettete. Das war eine so romantische Vorstellung.« Ihre Stimme wurde immer leiser. Diesmal schauspielerte sie nicht. Als sie aufsah, hatte sie Tränen in den Augen. »Ich will hoffen, dass ich euch keinen weiteren Kummer bereite.«

Papa, sichtlich gerührt von Doros Entschuldigung, strich ihr übers Haar. »Lass uns nicht mehr darüber reden. Vergeben und vergessen. Der junge Martensen muss ebenfalls nichts über diesen Fehltritt erfahren, nicht wahr?«

»Nein«, sagte Doro aufatmend. »Danke, Papa.«

Eine Stunde später, als wir längst schlafen sollten, schlich ich noch einmal in Doros Zimmer. Ich schlüpfte unter ihre Decke, wie wir es als Kinder immer getan hatten. »Hast du mal überlegt, zum Theater zu gehen?«

»War ich überzeugend?«

»Sehr. Wenn du mit Johann durchgebrannt bist und ihr zusehen müsst, wie ihr euch durchschlagt, wüsste ich eine Einnahmequelle. Aber im Ernst: Was ist auf der Terrasse passiert? Hat dir Ulrich wahrhaftig nur ein paar Nettigkeiten ins Ohr gesäuselt?«

Doro seufzte. »Nicht ganz. Er wollte mich küssen, hat aber letztlich nicht gewagt, mir allzu nahe zu kommen, sodass er nur meine Hand nahm und die statt meiner Lippen küsste. Es kostete mich Überwindung, sie ihm nicht zu entziehen, das kann ich dir sagen, aber ich dachte an Johann und an den Preis, den ich zahlen muss, um ihn wiederzusehen. Folglich ließ ich Ulrich seinen Willen. Er fragte, ob er mich einmal zu einem Spaziergang oder einer Fahrt im Automobil mitnehmen könne. Offenbar kann er selbst eines lenken, jedenfalls gab er damit an. Natürlich stimmte ich zu.«

Ich verzog das Gesicht, da dieses fragwürdige Vergnügen an mir hängen bleiben würde.

»Sobald er vorspricht und eine Verabredung treffen will, schicke ich Alfred mit den Figuren los«, sprach Doro schon weiter. »Die einzige Schwierigkeit wird sein, dass wir beide zur selben Zeit aus dem Haus gehen, und vor allem darf Mama uns nicht sehen. Sie würde sofort merken, dass wir in falschen Kleidern stecken.«

»Mach dir keine Sorgen. Ich glaube nicht, dass die Eltern gleich zustimmen werden, dich mit Ulrich allein zu lassen. Sie werden auf einer Anstandsdame bestehen, und da ich deine Schwester bin, übernehme ich das selbstverständlich gern, ebenso wie ich dich später zur Schneiderin begleiten kann. Wähle Modelle aus, die sich schnell anziehen lassen, sodass wir die Kleider leicht tauschen können, bevor wir die Schwedenkrone endgültig verlassen.«

Doro schwieg eine Weile, dann meinte sie: »Glaubst du, Papa wird uns vertrauen?«

Ich zuckte mit den Schultern. »Wir können es nur hoffen. Er will die Verbindung mit den Martensens und wird daher geneigt sein zu sehen, was er zu sehen wünscht.«

Dienstag, 14. November 1911

Doro musste nicht lange warten. Schon heute bat Ulrich Papa um die Erlaubnis, Doro zu einem Spaziergang abzuholen, die ihm gewährt wurde. Leider ist Papas Vertrauen in uns nicht so groß, wie wir hofften. Er hat ausgerechnet Wilma dazu bestimmt, Anstandsdame zu spielen.

Tapfere Doro. Der Nachmittag muss eine Qual für sie gewesen sein. Das Einzige, was sie ausharren und weiter schauspielern lässt, ist die Aussicht, dass Wilma einmal anderweitig beschäftigt oder Papa von Doros »Glück« genug beeindruckt sein wird, um alle Vorsicht fahren zu lassen.

Freitag, 17. November 1911

Offenbar war Ulrich sehr angetan von Doro, heute sprach er schon wieder vor.

»Dem Herrn ist es ja eilig«, stellte Papa erfreut lächelnd in Doros Richtung fest. »Wenn du einverstanden bist, soll er am Montag kommen und dich zu einer Spazierfahrt mitnehmen.«

»Das wäre zu schön!«, strahlte Doro. »Er hat mir schon viel von seinem Wagen erzählt, es soll ein ganz neues Modell sein.«

»Na, mein Kind, ich will doch hoffen, dass dir mehr an dem jungen Martensen als an seinem Automobil gelegen ist«, schmunzelte Papa und hob scherzhaft mahnend den Zeigefinger.

Weder Doro noch ich hegen eine ausgesprochene Vorliebe für Automobile, aber so ein Wagen verspricht erheblich interessanter zu sein als Ulrich selbst.

Sonnabend, 18. November 1911

Großmama ist krank geworden! Alles steht kopf, weil Mama zu ihr nach Lübeck fahren muss. Die Ärzte befürchten das Schlimmste. Die arme Mama ist ganz bleich und beinah selbst krank vor Sorge. Wie gut, dass sie Wilma hat, die sich in ihrer burschikosen Art um alles kümmert. Wenn ich sie auch sonst nicht sonderlich mag – sie hat ihre guten Seiten, ist praktisch veranlagt und versteht es, die Dinge in die Hand zu nehmen. Morgen schon soll Mama abreisen.

Montag, 20. November 1911
Am Sonntag gleich in der Früh ist Mama aufgebrochen. Wilma begleitet sie. Die Stimmung ist gedrückt, und Doro fragte Papa heute, ob es nicht besser sei, Ulrich abzusagen wegen der schlechten Nachrichten aus Lübeck.

»Nein, Kind, es reicht, wenn Mama Kummer hat. Fahr du nur aus, die Ablenkung wird dir guttun.«

»Meinst du? Es ist sicher unrecht, wenn ich mich freue, aber ...«

Papa lachte. »Liebes, das ist nicht unrecht. Mama würde dasselbe wollen.«

»Aber ...«, begann sie erneut und zögerte.

»Was hast du für Bedenken?«, erkundigte sich Papa.

»Wer soll uns begleiten, da Wilma ebenfalls fort ist? Ulrich ... ich meine, Herr Martensen und ich können doch schlecht allein ...«

»Oh.« Offenbar hatte Papa an dieses Problem bisher nicht gedacht. Er sah zu mir herüber. »Ich fürchte, Klara können wir nicht bitten. Gerade jetzt sind viele unserer wichtigsten Stammgäste im Haus, für die sie viel zu tun hat. Marie, wirst du so freundlich sein, für Wilma einzuspringen?«

Umgehend schickten wir Alfred mit dem ersten weißen Bauern und der weißen Königin zu Johann, und ich ließ mir von Doro alles haarklein erzählen, worüber sie und Ulrich letztes Mal sprachen, damit ich keine Fehler machte.

Ich wünsche Doro alles Glück der Welt, aber ich hoffe, sie und Johann entschließen sich möglichst bald durchzubrennen. Ich weiß nicht, wie viele Nachmittage mit Ulrich ich noch aushalte ... Wie kann ein Mann nur so langweilig und gleichzeitig so schwülstig sein? Allmählich wird mir klar, weshalb der Herr Kommerzienrat versucht, seinen Sohn zu verheiraten: Abgesehen von dem Vermögen, das Ulrich mitbringt, wird keine Frau etwas Anziehendes an ihm finden.

Unser Rollentausch war heute nicht allzu schwer. Wir besitzen zwei gleiche Kleider, das weiße Sommerkleid, in dem Herr Baade uns vor anscheinend einer Ewigkeit fotografierte, und ein weiteres aus dunkelgrünem Samt, das wir letzten Winter passend zu unserer Augenfarbe anfertigen ließen. Wir zogen die Samtkleider an und liefen hinunter, wo Ulrich Martensen gerade in einem nagelneuen schwarzen Opel-Torpedo vorgefahren kam. Ich weiß die Bezeichnung deshalb so genau, weil er den Namen des Automobils ungefähr hundert Mal erwähnte, ebenso dass es über vier Zylinder, einen Röhrenkühler, sechzehn PS und vier Gänge verfügt, fünfundsechzig Stundenkilometer fährt und sage und schreibe fünftausendsiebenhundertundfünfzig Mark gekostet hat. Jedes Mal, wenn er darüber sprach, tat ich entsprechend beeindruckt.

Bevor wir einstiegen, sah ich noch einmal zurück. Papa war Ulrichs Ankunft nicht verborgen geblieben, er stand vor der Tür der Schwedenkrone und winkte uns gut gelaunt zu. Wir winkten zurück, sicher, dass er trotz der kurzen Entfernung nicht beurteilen konnte, dass Doro meinen Platz hinten und ich ihren vorn im Wagen einnahm. Ulrich bemerkte nicht, dass er neben der falschen Schwester saß, da ich ihm gleich bei der Begrüßung einen, wie ich hoffte, ebenso koketten und leicht schmachtenden Blick zugeworfen hatte wie Doro neulich auf der Terrasse. Da der November immer noch recht mild ist, fuhren wir ohne Verdeck, die Frontscheibe schützte uns vor dem Fahrtwind. Leider schlug Ulrich eine ungünstige Richtung ein, nämlich die Sarnowstraße hoch aus der Stadt hinaus statt in sie hinein, wo Doro mit Johann verabredet war.

»Ach, Herr Martensen«, bat ich, »könnten wir nicht zum Frankenteich fahren und dort die Fähre hinüber zum Lokal Zentral-Park nehmen? Wir sind immer gern dort, nicht wahr, Marie?«

Das zumindest entsprach der Wahrheit, falls Ulrich darüber mit seinem Vater und der wiederum mit unserem sprach. Es bereitete mir diebisches Vergnügen, Doro mit meinem eigenen Namen anzusprechen, die gleich bereitwillig zustimmte.

»Oh ja, das wäre ein schönes Ausflugsziel!«

»Das ist ein wenig weit, ich habe versprochen, Sie beide in drei Stunden wohlbehalten wieder zu Hause abzuliefern«, wagte ein besorgter Ulrich einzuwenden.

»Das schaffen wir leicht«, gab ich zurück. »Außerdem läge es näher an der Kaufhalle Tietz, die meine Schwester gern aufsuchen möchte.«

Nun runzelte Ulrich die Stirn. Ich sah ihm an, dass er einen Nachmittag mit Dameneinkäufen befürchtete statt eines netten Zusammenseins mit seiner Angebeteten. »Ich möchte nicht widersprechen, aber ich denke doch, dass die Zeit zu knapp wird.«

»Aber überhaupt nicht«, ließ sich Doro von hinten vernehmen. »Sie müssen mich nur hinbringen und nach zwei, zweieinhalb Stunden wieder abholen.«

Es dauerte ein bisschen, bis Ulrich begriff, was ihm da angeboten wurde, dann jedoch verzog er seinen Mund zu einem kleinen und, wie er sicher meinte, weltmännischen Lächeln. »Wie die Damen wünschen!«

Ich verbrachte über zwei Stunden allein mit Ulrich, der mit mir zunächst in der frischen Luft im Garten des Lokals saß, über uns die kahlen Bäume und weißen Laternen. Als es zu kühl wurde, gingen wir ins Gasthaus hinein und bestellten

Kaffee. Zweimal nahm er verstohlen meine Hand und blickte mir über den hübsch gedeckten Tisch tief in die Augen. »Mein liebes Fräulein Dorothea, können Sie sich denken, wie sehr ich mich freue, dass Ihr Vater mir erlaubt, mit Ihnen auszugehen?«

Ich senkte den Blick. »Ich freue mich ebenso, Herr Martensen.« Dabei drückte ich seine Hand ein wenig stärker. »Nur, bitte, er darf nicht erfahren, dass wir allein hier sind. Wollen Sie mir das versprechen?«

»Alles, Fräulein Dorothea. Ich verspreche Ihnen alles, was Sie wollen. Und ganz besonders, dass dies unser Geheimnis bleiben wird. Ihr Fräulein Schwester wird doch gewiss darüber schweigen?«, fügte er ängstlich hinzu.

»Darauf können Sie sich verlassen. Wir sind einander sehr nahe, Marie und ich, Sie würden keinen Unterschied merken, ob Sie neben Marie oder mir säßen.«

»Oh, mein liebes Fräulein Doro – gestatten Sie, dass ich Sie so nenne? –, das würde ich ganz bestimmt. Sie sind einzigartig.«

In dieser Weise ging es weiter. Wenn er nicht von Doro schwärmte, schwärmte er von seinem Automobil. Ich war froh, als es Zeit wurde, Doro vor der Kaufhalle mit dem imposanten muschelförmigen Giebel wieder abzuholen. Zum Glück hatte Ulrich kaum Augen für sie, sonst hätte er gemerkt, wie verändert sie aussah, wie glücklich sie strahlte. Uns konnte es recht sein, denn zu Hause würde Doro sagen müssen, wie sehr sie den Ausflug genossen hätte.

Ich wagte nicht, sie nach ihrem Treffen mit Johann zu fragen. Ich will weder wissen, wo sie gewesen sind, noch, was sie getan haben.

Dienstag, 12. Dezember 1911
Alles läuft wie am Schnürchen, jeder nimmt Doro die frisch Verliebte ab. Denn ob draußen die Sonne scheint oder der Nebel über dem Teich und dem Sund liegt – sie lächelt vor sich hin und ist ganz zweifellos glücklich.

Ich selber war wiederholt mit Ulrich aus, wobei sich die Treffen nur unwesentlich voneinander unterscheiden. Die Schachfiguren sind also schon öfter zum Einsatz gekommen, es klappt ganz ordentlich, vor allem, da Klara nun eingeweiht ist. Sie war nicht begeistert, doch da ich mich nicht irrte, was sie und Alfred angeht, war es leicht, sie zu überreden. Papa duldet keine Techtelmechtel unter seinen Angestellten. Wenn es herauskäme, würde entweder Klara entlassen oder Alfred oder gar beide. Weder Doro noch ich würden sie je verraten, aber als Druckmittel haben wir es dennoch eingesetzt. Das war hässlich der armen Klara gegenüber (Alfred ist sorgloser, er macht mit, weil er seinen Spaß daran hat), wir haben beide ein schlechtes Gewissen, aber der Zweck heiligt die Mittel, und inzwischen glaube ich, dass auch Klara fast freiwillig als *postillon d'amour* fungiert.

Einmal hat sogar schon Johann über Alfred eine Figur geschickt, und Doro deichselte es so, dass Ulrich zu einer anderen als der geplanten Uhrzeit kam. Ulrich ist geradezu rührend dankbar, dass »Marie« sich stets zurückzieht, damit er vermeintlich freie Bahn bei »Doro« hat. Und ich bemühe mich redlich. Doro und Johann haben noch keine endgültigen Vorstellungen, wie es weitergehen soll. Johann sagt, er wolle zunächst als Zeichenlehrer Geld ansparen und ordentliche Zeugnisse von seinen Dienstherren einholen. Um Weihnachten herum wird er nach Wustrow fahren, um seinen Vater zu besuchen, der immer noch glaubt, sein Sohn studiere an der Dresdner Akademie. Ich habe Doro gefragt, ob er vorhabe, dorthin zurückzukehren, um sein Studium zu Ende zu bringen. Offenbar will er das tun – jedoch nur zusammen mit Doro, die trotz aller Liebe zu Johann vor einer heimlichen Heirat zurückschreckt. Sie hätte gern, dass alle an ihrem Glück teilhaben, und hofft unsinnigerweise, dass Papa und Mama ihre Meinung über Johann ändern.

»Doro«, redete ich ihr ins Gewissen, »jeder denkt, du bist froh mit Ulrich. Je länger es sich hinzieht, desto mehr gehen sie davon aus, dass die Martensens und die von Hassbachs bald eine Familie sind. Wie stellst du dir das vor? Willst du vor Papa treten und sagen: Es war alles Lug und Trug, ich heirate Johann, bitte sag ja?«

Doro, nur ungern an die Wirklichkeit erinnert, seufzte. »Ich weiß, es ist unmöglich. Aber lass uns mit einer Entscheidung warten, bis Mama zurückkehrt. Ich könnte es nicht ertragen, ohne Abschied von ihr endgültig zu gehen.«

Mama ist noch immer in Lübeck. Großmutters Zustand hat sich leicht gebessert, vielleicht wird sie doch wieder gesund. Bis es so weit ist, will Mama bei ihr bleiben, sie ist ja Großmamas einziges Kind, und sie herzuholen wäre bei ihrem geschwächten Zustand nicht angebracht. So werden wir Weihnachten dieses Jahr ohne Mama feiern.

»Weißt du, worüber ich mir die allergrößten Sorgen mache?«, fragte Doro.

»Wovon ihr leben sollt? Ich bin sicher, Johann wird nach seinem Studium eine gute Stelle finden. Oder er wird erfolgreich als Maler.«

»Da habe ich keine Bedenken«, schüttelte Doro den Kopf. »Nur, was mit dir passiert, wenn alles herauskommt, das beunruhigt mich.«

Das hätten wir uns vorher überlegen sollen. Wenigstens stecken sie ungehorsame Mädchen heutzutage nicht mehr ins Kloster. Welche Alternative es gäbe, darüber wage ich nicht nachzudenken. Am Ende werde ich noch wirklich mit Ulrich verheiratet!?

Donnerstag, 21. Dezember 1911
Ulrich liegt mit einer Erkältung zu Bett. Da seine Absage zu kurzfristig kam (er wollte lange nicht wahrhaben, dass er zu krank war, um mit seiner »kleinen Doro« auszugehen), konnte niemand mehr Johann Bescheid sagen. Sehr besorgt schickte Johann daraufhin einen Tag später einen schwarzen Turm. Die Türme stehen für die Blaue-Turm-Bastion, und wir griffen auf die List zurück, einen Termin bei der Schneiderin zu erfinden, der erst am nächsten Tag anstand. Eine Anprobe mehr oder weniger fällt Papa nicht auf. Natürlich wünsche ich Großmama, bald wieder auf den Beinen zu sein – dennoch ist es für Doro ein Segen, dass Mama nicht zu Hause ist.

Allerdings kommt nun doch eine Schwierigkeit auf uns zu. Am 26. Dezember soll die Verlobung zwischen Ulrich und Doro bekannt gegeben werden. Gern wäre Mama dabei gewesen, aber da noch immer nicht klar ist, wann sie zurückkommen kann, und Ulrich offensichtlich seinen Vater drängt, war Papa einverstanden. Die Martensens werden Doro und mich nicht genügend auseinanderhalten können, aber selbst wenn Papa uns gelegentlich verwechselt – können wir ihn (und das Personal!) einen ganzen Abend lang täuschen? Mir wird mulmig zumute bei diesem Gedanken. Die einzige andere Möglichkeit wäre, Ulrich zu täuschen, sodass Doro erstmals nach Wochen wieder als sie selbst vor ihn tritt. Natürlich habe ich sie immer auf dem Laufenden gehalten über unsere Gespräche auf den elend langen Spaziergängen, bei den Martensens, wo ich zweimal eingeladen war, oder im Café. Trotzdem könnte die Sprache auf etwas kommen, an das sie sich nicht erinnert oder das ich selbst vergessen habe zu erwähnen.

Wer lässt sich leichter hinters Licht führen? Papa oder Ulrich? Wo liegt die größere Gefahr? Ich wollte, der 26. Dezember wäre schon vorüber.

Doro möchte ebenfalls, dass die Zeit vergeht, vor allem weil Johann heute zu seinem Vater gereist ist, der ihn gern bis Neujahr bei sich hätte, sodass mit seiner Rückkehr erst im Januar zu rechnen ist.

Mittwoch, 27. Dezember 1911

Papa mag sich für einen flüchtigen Augenblick in die Irre führen lassen – für einen Abschiedskuss, für eine kurze Unterhaltung, aber nicht für einen ganzen Abend. Wir wagten es nicht, endgültige Gewissheit darüber zu erlangen, und beschlossen, Ulrich sei der aussichtsreichere Kandidat. Doro war ordentlich aufgeregt, beinah als solle sie an jenem Abend wahrhaftig verlobt werden.

»Oh Marie«, sagte sie, »ich weiß nicht, ob ich das schaffe! Kann ich einem anderen Mann so gut sein, wie ich sonst Johann bin? Und sei es nur durch Blicke?«

»Du musst«, befahl ich. »Alles hängt davon ab! Denk immer an Johann und dass du ihn nie wiedersiehst, wenn du heute Abend versagst!«

Wir empfingen die Martensens unten im Foyer, wo ein riesiger Weihnachtsbaum steht, der jedem Gast einen Ausruf des Entzückens entlockt. Bis auf Ulrich, der hatte nur Augen für seine Doro. Die richtige diesmal. Er steckte wieder in seinem schwarzen Anzug, ganz feierlich, und als Doro in ihrem langen saphirblauen Kleid auf ihn zuging, blieb sein Blick für eine winzige Sekunde an ihrem Ausschnitt haften. Absichtlich hatten wir für diesen Zweck die Schneiderin gebeten, ihn etwas tiefer anzusetzen, und er erfüllte seinen Zweck. Doch im Laufe des Soupers, das wir im überreich weihnachtlich geschmückten Festsaal einnahmen, bemerkte ich, dass Ulrichs Blicke ein- oder zweimal fragend von Doro zu mir glitten.

»Sieh ihn ein bisschen verliebter an!«, zischte ich Doro zu, als wir nach dem Essen einen Moment unbeobachtet waren.

»Ich ... kann nicht!«, wisperte sie zurück.

Ungeduldig stieß ich ihr meinen Ellenbogen in die Seite. »Stell dir eben vor, dass es Johann ist, dann wird es schon gehen!«

Doro nickte und tat ihr Bestes. Während Frau Martensen sich bei mir nach Mama erkundigte und Papa mit dem Herrn Kommerzienrat über Amundsens Triumph am Südpol sprach, standen Doro und Ulrich am Fenster. Aus den Augenwinkeln sah ich, wie Ulrich sich immer weiter zu Doro vorbeugte, und hoffte, dass er nicht wie ich wahrnahm, wie unangenehm Doro diese Nähe war. Kaum fühlte ich mich imstande, Frau Martensens Fragen zu folgen und höflich zu beantworten. Kurz darauf jedoch fing sich Doro. Ihr helles Lachen über einen Spaß von Ulrich ertönte, und er freute sich.

Mittlerweile hatten Papa und Herr Martensen offenbar das Thema gewechselt, denn Papa räusperte sich und winkte »die zwei jungen Leute« heran. Er klopfte vernehmlich an ein Glas und wartete, bis alle verstummt waren. Das war so recht nach seinem Geschmack: Für die Verkündung der Verlobung seiner Tochter hatte er Publikum – nicht nur den kleinen familiären Rahmen, sondern viele Gäste der Schwedenkrone, die mit dem Namen Martensen etwas anfangen konnten und entsprechend beeindruckt sein würden. Vermutlich hatte er sogar dafür gesorgt, dass ein oder zwei Zeitungsleute anwesend waren und gleich am nächsten Tag darüber berichteten.

»Liebe Freunde und Gäste der Schwedenkrone, ich bitte Sie alle um Ihre Aufmerksamkeit«, begann er. »In unserem Hause feiern wir in diesen Tagen nicht nur das Weihnachtsfest. Es ist mir eine große Freude, Ihnen die Verlobung meiner Tochter Dorothea mit Herrn Ulrich Martensen bekannt zu geben.« Mit großer Geste deutete er auf die beiden, Applaus brandete auf, Ulrich strahlte, Doro lächelte (ein wenig matt, doch es mag sein, dass ich die Einzige war, die das so sah). Die Martensens standen daneben und nahmen gleichzeitig mit Papa und dem glücklichen Paar die Gratulationen entgegen. Und dann holte Ulrich ein Schächtelchen mit einem Ring hervor, den er Doro vor den versammelten Menschen an den Finger steckte: reines Gold mit einem Diamanten.

Doro schluckte sprachlos. Damit hatte sie nicht gerechnet. Ulrich griff nach ihrer Hand, kniete vor ihr nieder und sagte laut und deutlich: »Meine liebste Doro, lass mich hier noch einmal vor allen wiederholen, was ich bisher nur der Familie anvertraute: Es ist mein Wunsch, dass du die meine wirst – für jetzt und alle Zeit. Willst du das sein?«

Doro starrte auf Ulrich hinunter, unfähig, Worte zu finden, nicht einmal ein krächzendes »Ja« kam über ihre Lippen. Immerhin konnte man ihr Rührung zugutehalten, denn es war ja wirklich rührend in einer Weise, die ich von Ulrich nicht erwartet hätte. Schwülstig wie gewohnt, das schon, ja. Aber eben auch rührend, wie er da vor ihr kniete und sie anbetete. Selbst mir kamen fast die Tränen.

»Nun sag schon Ja!«, rutschte es mir heraus, teils, weil ich die Sentimentalität satthatte, teils, weil ich befürchtete, Doro könnte mit einer falschen Antwort alles zunichtemachen.

Zuerst trafen mich empörte Blicke, doch als Doro befreit lachte, nickte und »Ja« sagte, fielen alle in das Lachen ein. Auch Ulrich, der sich erhob und seine Braut fest umarmte.

Mitten in der Nacht, ich hatte schon geschlafen, kam Doro noch einmal in mein Zimmer. »Meinst du, es ist alles gut gegangen?«

»Natürlich! Ich wäre froh, wenn ich einmal in meinem Leben einen solchen Antrag bekäme! Freust du dich denn nicht?«

»Du Ekel, du!«, kicherte Doro. »Der arme Ulrich. Dass wir ihn so täuschen mussten.«

»Bedaure lieber mich! Denn in Zukunft werde ja wieder ich das Vergnügen von Ulrichs Begleitung haben. Hoffentlich wird er nicht sogar kühner auf unserem nächsten Spaziergang und will mich küssen!«

Montag, 1. Januar 1912

Neujahrstag. Alles müsste neu erstehen, alle Schwierigkeiten mit dem neuen Jahr müssten hinweggefegt sein, alle Lösungen gefunden. Aber nein, es ist alles beim Alten. Immerhin ist uns der Zufall zu Hilfe gekommen, sodass wir nicht zu der Silvesterfeier bei den Martensens gehen konnten. Papa war dort, doch Doro und mich hat wie Ulrich neulich die Erkältung gepackt, und wir blieben zu Hause. Ich weiß nicht, ob Doro es ein zweites Mal geschafft hätte, an Ulrichs Seite zu überzeugen, besonders nachdem er *mich* bei unserem letzten Spaziergang, den ich schlecht absagen konnte, nur weil Johann noch in Wustrow ist, geküsst hat. Ich war nicht imstande, Doro davon zu erzählen, denn wenn *das* ein Kuss ist, weiß ich nicht, was sie daran findet. Ich mag nicht länger darüber nachdenken, wie er seine feuchten Lippen auf meine presste und seine

Hände an Stellen legte, wo ein Herr eine Dame sicher nicht berührt. Ich werde darauf achten müssen, dass wir keine einsamen Wege mehr im Park beschreiten.

Mittwoch, 3. Januar 1912
Johann ist wieder da. Morgen wird Doro ihn wiedersehen. Und ich Ulrich.

Donnerstag, 18. Januar 1912
Ulrich ist verändert. Er geht zuweilen grob mit mir um. Sollte er einer jener Männer sein, von denen man gelegentlich unter vorgehaltener Hand hört? Einer jener Männer, die, sind sie sich erst sicher, dass sie bekommen, was sie wollen, unangenehm werden können? Manchmal sieht er mich seltsam an, doch gleich darauf ist es vorbei, und er ist charmant wie eh und je.

Doro und Johann haben endlich Pläne geschmiedet. Ich muss verdrängen, was geschieht, wenn Doro fort ist und Papa alles herausfindet. Dennoch ist mir das lieber als das, was ich jedes Mal erdulden muss, wenn Ulrich mich abholen kommt. Manchmal habe ich Glück, und es ergibt sich keine Gelegenheit zu einem ungestörten Zusammensein. Aber schon allein der Gedanke daran, dass es wieder so weit kommt, verleidet mir den ganzen Tag.

Sonnabend, 3. Februar 1912
Papas Büro ist ein großzügiger Raum mit einem Erker aus hellen Buntglasscheiben, durch deren geschwungene Formen die Sonne hereinscheint und Muster auf den Parkettfußboden wirft. An der linken Wand stehen zwei Eichenschränke, hinter deren Türen sich Unterlagen und Akten verbergen. In der

Mitte steht ein niedrigerer Schrank, auf den Frau Waßmann, Papas Sekretärin, stets eine Vase mit frischen Blumen stellt. An der rechten Wand befindet sich eine bequeme Sitzgruppe mit hohen Ledersesseln und einem Tisch. Dort bewirtet Papa wichtige Geschäftspartner und Gäste mit dem besten Cognac, den er aus dem Kabinett schräg gegenüber holt und selbst aus der geschliffenen Kristallkaraffe einschenkt. In der Mitte des Zimmers schließlich steht sein Schreibtisch. Recht unscheinbar, schmal, nur je zwei Schubladen rechts und links, der Stuhl aus demselben Mahagoni wie Schränke und Tisch. Auf dem Parkett liegt ein heller, kostbarer Teppich mit einer einzigen eingewebten stilisierten Blüte.

Hinter dem Schreibtisch, der wie eine Barrikade vor uns aufragte, warteten Papa und Ulrich auf Doro und mich. Als wir in ihre Gesichter sahen, hielten wir vor Schreck mitten im Schritt inne. Eine Ewigkeit lang sagte niemand ein Wort. Allein die tickende Uhr an der Wand verriet, dass die Zeit nicht stillstand.

Doro, Johann und ich – wir hatten uns gut in unser doppeltes Spiel eingefunden. Zu gut, als dass wir noch ernsthaft befürchtet hätten, es könne ans Tageslicht kommen, bevor nicht alle Weichen gestellt, bevor nicht alle Pläne zu Ende geschmiedet waren. Nun jedoch stand Ulrich dort an Papas Seite, die Arme vor der Brust verschränkt, in seinem Blick eine seltsame Mischung aus Befriedigung, Verachtung und grenzenloser Wut, ja, beinah Hass. Wir hatten ihn zum Gespött gemacht – vor seinen Eltern und vor Papa, vor der ganzen anwesenden Gesellschaft, als seine Verlobung mit der Tochter von Hassbach verkündet wurde. Mit der *richtigen* Tochter, die die falsche, aber doch auf unheimliche Weise wieder die richtige war.

»Ich warte auf eine Erklärung«, sagte Papa endlich. Leise, so leise, dass wir Mühe hatten, ihn zu verstehen. Ein Zornesausbruch wäre leichter zu ertragen gewesen.

Weder Doro noch ich wagten, den Mund zu öffnen, uns fehlte die Geistesgegenwart vorzugeben, wir wüssten nicht, was er meinte. Ich spürte, wie Doro geradezu erstarrte.

»Nun?«

Schweigen.

»Da ihr beide plötzlich verstummt seid«, sagte Papa, »ist Herr Martensen bestimmt so freundlich, noch einmal darzulegen, was er mir gerade berichtet hat.«

Ulrich räusperte sich und nahm sich Zeit, uns ausgiebig zu mustern, bevor er näher trat und auf mich zeigte. »Du bist diejenige, die mit mir ausgegangen ist.« Er wandte sich an Doro. »Und du bist diejenige, mit der ich verlobt wurde. Bitte korrigiert mich, wenn ich mich täusche.«

Tausend Gedanken rasten durch meinen Kopf, was ich alles sagen, wie ich leugnen, wie ich versuchen könnte zu retten, was noch zu retten war. Aber es gab nichts mehr zu retten. Ich sah es in den Mienen von Ulrich und Papa. Es war zu spät.

»Du ... « Ulrich drehte sich zu mir um. » ... du bist Marie. Du warst sehr geduldig mit mir, selbst als ich dich auf einige harte Proben stellte. Ich bin sonst nicht grob zu jungen Damen, indes scheint mir das ohnehin der falsche Ausdruck zu sein für Mädchen wie euch.«

»Herr Martensen«, schaltete Papa sich ein. »Sollte es sich so verhalten, wie Sie behaupten, haben Sie jedes Recht, aufgebracht zu sein. Dennoch möchte ich Sie bitten, sich eines anderen Tones zu befleißigen, und gleichzeitig meiner Hoffnung Ausdruck verleihen, dass Sie sich trotz allem meiner

Tochter gegenüber verhalten haben, wie es sich für einen Mann Ihrer Position gehört.«

»Ich habe nichts getan, dem Ihre Tochter nicht zugestimmt hätte«, gab Ulrich zurück. »Ein wenig widerwillig zwar, denn so weit hat sie ihre Rolle sicher nicht zu spielen beabsichtigt. Für gewöhnlich, wie gesagt, verhalte ich mich anders. In diesem Fall war es Teil meiner kleinen Prüfung. Leider habe ich mich viel zu lange an der Nase herumführen lassen, ich bemerkte die ersten Anzeichen erst am Abend des Weihnachtsfestes, an dem sich Doros Verhalten um einiges von ihrem bisherigen Benehmen unterschied. Trotzdem beschloss ich, mir nichts anmerken zu lassen. Ich hatte keine Beweise und wollte um meiner Familie willen jeden Skandal vermeiden.« Ulrich schlenderte zum Fenster hinüber, auf seinem Gesicht zeichnete sich ein roter Punkt ab, hervorgerufen durch ein Blütenblatt in der Scheibe. Er schloss kurz die Augen, und als er sie wieder öffnete, traf sein Blick auf Doro. »Ich hätte es akzeptiert, wenn du meine Werbung abgelehnt hättest. Natürlich wäre ich betrübt gewesen, aber ich hätte es akzeptiert. Ein Mann kann nicht erwarten, von einer Frau geliebt zu werden, nur weil zufällig er diese Gefühle für sie hegt. Ich hätte es also verstanden. Stattdessen hast du es vorgezogen, meine Gefühle nicht nur nicht zu erwidern, sondern sie mit Füßen zu treten und zu verhöhnen. Indem du mir deine Schwester als Ersatz schicktest, warst du frei zu tun, was dein Vater dir verboten hatte.«

»Wie bitte?«, fragte Papa fassungslos.

Doro und ich schauten nicht minder fassungslos, waren wir doch stillschweigend davon ausgegangen, dass Papa bereits alles wusste. Aber offenbar hatte sich Ulrich die Krönung der Geschichte bis zum Schluss aufgehoben.

»Oh!«, machte er und tat ganz erstaunt. »Erwähnte ich das

nicht? Jedes Mal, wenn ich vermeintlich mit Dorothea fort war, traf sie in Wirklichkeit einen anderen: Johann Niemann.«

Papa sah aus, als würde ihn der Schlag treffen. Er stolperte rückwärts zu seinem Stuhl und ließ sich hineinfallen. Doro und ich stürzten hinzu, um ihm zu helfen, doch er wehrte uns ab, wollte uns nicht bei sich haben. *Stimmt das?*, fragten seine Augen, und er las die Antwort in unseren Mienen.

Ulrich Martensen bereitete seine Eröffnung Genugtuung. Nachdem erst einmal sein Verdacht geweckt worden war, hatte er einen Detektiv beauftragt, Doro zu folgen. Dieser Mann wusste bald Johanns Namen und seinen Beruf, brauchte aber etwas länger, um den Rest zu erfahren, denn Johann war mit den Angaben zu seiner Person gegenüber seiner Wirtin vorsichtig gewesen. Am Schluss kam dennoch alles heraus – Johanns Herkunft, die Schiffskatastrophe, die Verbindung zu unserer Familie und die unglückliche Liebesgeschichte mit Doro. Es gibt immer und überall Menschen, die herumerzählen, was sie wissen, und aus lauter kleinen Teilen wird bald ein großes Ganzes.

Es versteht sich, dass Ulrich noch am selben Tag die Verlobung löste. »Von wem auch immer«, wie er voll beißender Ironie hinzufügte. Von seinem Standpunkt aus betrachtet, kann ich jede seiner Handlungen verstehen. Niemand lässt sich gern für dumm verkaufen und sich ausnutzen. Das taten wir und bekommen nun verdientermaßen die Quittung dafür.

Miteinander reden können Doro und ich nicht. Es wiederholt sich alles, nur dass wir diesmal beide eingeschlossen sind, und das bereits seit zwei Tagen. Trotzdem habe ich mich erst heute dazu durchgerungen, das unrühmliche Ende unseres »Abenteuers« aufzuschreiben. Ich fand zuvor nicht die nötige Kraft dazu. Weiß Johann schon, was geschehen ist? Sicher wird es Alfred durch Klara erfahren, und der wird Johann die Nachricht überbracht haben.

Warum denke ich immer noch an Johann? Warum denke ich nicht an mich und an die Fehler, die ich beging? Es war eine so verlockende Möglichkeit gewesen – wenn ich schon nicht glücklich werden konnte, dann wenigstens Doro. Aber es war falsch, alles war falsch.

Dienstag, 6. Februar 1912

Mama ist wieder da. Ich hörte ihre Stimme auf dem Flur, Stunden bevor ich sie gesehen habe, denn Doro und ich dürfen unsere Zimmer noch immer nicht verlassen, außer für die tägliche Toilette. Vorhin kam sie zu mir. Ganz erschöpft sah sie aus, und an mir nagte erneut das schlechte Gewissen. Monatelang war sie fort, um sich um Großmama zu kümmern – und was erwartet sie zu Hause? Sie sah traurig aus und schüttelte immerzu den Kopf und murmelte »Wie konntet ihr das nur tun?« vor sich hin. Aber sie nahm mich in die Arme, die erste Berührung seit Tagen.

»Was geschieht jetzt mit uns?«, fragte ich.

Mama zuckte mit den Schultern. »Das weiß euer Vater allein. Ihr habt euch die Suppe eingebrockt, nun müsst ihr sie auslöffeln.« Sie sah mir an, dass ich etwas fragen wollte. »Was ist noch?«

»Weißt du etwas über Johann? War er hier? Hat er nach Doro gefragt?« Ich hoffte sehr, dass er vernünftig genug gewesen war fortzubleiben.

Mamas Gesicht verschloss sich, sie schüttelte den Kopf. »Dieser Mensch existiert nicht mehr für uns, Marie. Vergiss, dass du ihn jemals kanntest. Das gilt auch und besonders für deine Schwester.«

»Aber er hat uns das Leben gerettet!«

»Das stimmt«, nickte Mama, wieder traurig. »Das gab ihm aber nicht das Recht, sich Freiheiten herauszunehmen, die wir sogar einem jungen Mann von Stand nur nach reiflicher Überlegung gestattet hätten. Wie dem unglücklichen Ulrich Martensen. Johann Niemann war kein dummer Junge mehr, Marie, er war ein erwachsener Mann und hat gewusst, dass er Unrecht tat. Man muss eben seine Stellung im Leben akzeptieren, daran gibt es nichts zu rütteln.«

Ich wollte widersprechen, aber ich wusste, es hatte keinen Zweck. Es beunruhigt mich, dass Mama von Johann in der Vergangenheit spricht – als sei er selbst schon ... Vergangenheit? Ich wage nicht zu fragen, was das zu bedeuten hat.

Donnerstag, 29. Februar 1912

Dieser Tag steht nur alle vier Jahre auf dem Kalender. Das ist der einzige Grund, weshalb ich mir überhaupt die Mühe mache, mein Tagebuch aufzuschlagen. Heute Morgen dachte ich darüber nach, was ich heute vor vier Jahren getan habe. Ich wusste es nicht mehr. Dann fragte ich mich, wo ich heute *in* vier Jahren sein werde und was ich tue. Und stellte zu meinem Erschrecken fest, dass es mich nicht interessiert. Es ist mir gleichgültig, wie lange Papa den Stubenarrest aufrechterhält. Ich habe viel Zeit zum Nachdenken; aber falls er hofft, dass ich sie damit zubringe, mir über meine Sünden klar zu werden, hat er sich getäuscht. Ich weiß längst darum – und das Einzige, woran ich denke, *der* Einzige, an den ich denke, ist Johann. Ich weiß nicht, warum, aber das anfängliche dumpfe, unsichere Gefühl, das mich beschlich, als Mama so seltsam von ihm sprach, ist einer Angst gewichen, die täglich größer wird. Etwas Furchtbares ist mit ihm geschehen. Warum ich dessen so sicher bin? Ich habe nicht die leiseste Ahnung. Ich weiß es einfach. Aber nicht zu wissen, was genau, macht mich fast wahnsinnig.

Mittwoch, 13. März 1912
Hier oben ist es wie in einem fernen Turm. Alle Geräusche sind gedämpft. Man vergisst fast, dass man Teil der Welt ist, denn man ist es ja im Grunde genommen nicht mehr. Nicht mehr Teil der Welt dort draußen.

Deshalb erschrak ich umso mehr, als ich jenseits meiner vier Wände Türenknallen und Weinen hörte – Doros Weinen. Mein erster Gedanke war: Johann! Doro hat etwas erfahren, und es muss schrecklich sein! Mamas rasche Schritte erklangen auf dem Flur. Sie lief an meiner Tür vorbei zur Treppe, und ich vermutete, dass sie auf dem Weg zu Papa war, der sicher um diese Zeit unten im Büro arbeitete.

Doros Weinen mochte in ersticktes Schluchzen umgeschlagen oder ganz verstummt sein, ich hörte nichts mehr. Nervös lief ich in meinem Zimmer hin und her und fragte mich unablässig, was geschehen war. Plötzlich drehte sich der Schlüssel in meinem Schloss, und die Tür schwang auf.

»Klara!«, rief ich überrascht. Ich hatte sie seit jenem verhängnisvollen Tag nicht mehr gesehen und kaum damit gerechnet, sie oder Alfred noch in der Schwedenkrone vorzufinden. Niemand hatte mich danach gefragt, wie die Treffen zwischen Doro und Johann arrangiert worden waren, aber ich war davon ausgegangen, dass Papa es wusste und die beiden hinausgeworfen hatte.

»Fräulein Marie, Sie müssen zu Ihrer Schwester kommen und sie trösten, bitte!«, beschwor mich Klara.

Das Herz rutschte mir in die Hose, denn ihre Worte bestätigten meine schlimmsten Befürchtungen. »Was ist denn passiert?«, brachte ich heraus.

Ungeduldig schob Klara mich aus dem Zimmer und über den Flur. »Ich weiß es nicht, aber heute geht es Fräulein Doro ganz besonders schlecht. Selbst Wilma hat schon Mitleid mit ihr. Deshalb habe ich kurzerhand den Schlüssel gestohlen.« Triumphierend öffnete sie die Tür.

Doro lag auf dem Fußboden, den Kopf in ihre Arme gelegt, ihre Schultern zuckten, ihr ganzer Körper bebte. Ich stürzte auf sie zu. »Doro, meine Doro!«, flüsterte ich.

Meine Stimme ließ sie im Schluchzen innehalten, sie richtete sich halb auf und warf sich in meine Arme. »Marie. Ach, ich weiß gar nicht, was ... es ist alles so ... ach, Marie!«

»Ich muss gehen!«, rief Klara ins Zimmer und zog sich schnell zurück. Wahrscheinlich beeilte sie sich, den Schlüssel wieder an seinen Platz zu bringen.

Doro richtete sich auf und seufzte. »Die liebe Klara. Wir haben sie nicht sehr nett behandelt, und sie hilft uns trotzdem immer noch.«

»Wahrscheinlich ist sie dankbar, dass niemand Papa über ihre Rolle aufgeklärt hat«, sagte ich. »Aber warum bist du denn so furchtbar verzweifelt?«

Sie hatte mich gar nicht gehört, ihre nächsten Worte bezogen sich auf etwas anderes. »Papa hat Johanns schwarzen König und den Bauern bei mir im Zimmer gefunden und daraus geschlossen, dass wir uns auf diese Weise Nachrichten zukommen lassen, aber ich habe trotz seines hartnäckigen Nachfragens geschwiegen. Ich hätte Schachspielen lernen sollen«, fügte sie düster hinzu, »damit die Figuren nicht auffallen. Papa hat König und Bauer eingesteckt, aber die anderen Figuren werde ich sicher aufbewahren. Sie sind ein Teil von Johann.«

Sein Name brachte die Erinnerung zurück, ihre Augen weiteten sich, und mir wurde angst und bange. »Marie, ich . . .«, begann sie, doch weiter kam sie nicht.

Die Tür flog auf, Papa stand auf der Schwelle, Mama dicht hinter ihm. Papa brauchte nur zwei Schritte bis zu Doro, mich nahm er gar nicht wahr. Keine Silbe sagte er, starrte Doro nur an. Sie erwiderte seinen Blick, aber statt unter ihm zu schrumpfen, schien sie mit einem Mal zu wachsen, etwas Rätselhaftes ging in ihr vor, etwas, das sie in sich trug, ihr aber bis zu diesem Zeitpunkt selbst nicht bewusst gewesen war. Nur Johann hatte es gesehen, schon damals in Wustrow: Stärke. Stolz erhobenen Hauptes stand Doro Papa schließlich gegenüber. Papas Augen weiteten sich eine Sekunde, bevor er ausholte und sie so heftig schlug, dass sie das Gleichgewicht verlor und auf ihr Bett fiel.

Entgeistert schaute ich von Papa zu Doro und wieder zurück.

»Heinrich!«, rief Mama bestürzt und beugte sich zu ihr hinunter.

Aber sie schüttelte ihre Hand ab. »Lass mich!«, sagte sie, kam auf die Beine und starrte Papa erneut an. »Ich stehe wieder. Willst du mich noch einmal schlagen? Tu es ruhig, aber es wird nichts ändern. Gar nichts. Ich trage sein Kind, Johanns Kind!«

Ich schlug mir mit der Hand vor den Mund, um einen Aufschrei zu unterdrücken. Das war es! Ursache für die ganze Aufregung an diesem Morgen war nicht Johann, sondern Doro selbst. Nun ja, berichtigte ich mich selbst, in gewisser Weise war natürlich schon Johann der Verursacher. Wenn ich mir auch nicht gänzlich sicher bin, wie . . . es . . . passiert.

Auf jeden Fall ist es eine Katastrophe, zumindest aus der Sicht von Mama und Papa, die nun nicht mehr hoffen können, Doro gut zu verheiraten. Das hatte auch Doro verstanden, die daraus die einzig mögliche Schlussfolgerung zog.

»Nun muss ich Johanns Frau werden«, sagte sie mit fester Stimme. »Ihr werdet es mir nicht länger verbieten können, niemand sonst wird mich mehr wollen.«

Papa atmete schwer und betrachtete kurz seine Hand, mit der er Doro geschlagen hatte, als gehöre sie nicht zu ihm. Ihre Worte jedoch holten ihn in die Gegenwart zurück. »Du irrst dich, Dorothea. Ich werde nicht zulassen, dass du diesen Verbrecher ehelichst.«

»Verbrecher?«, wiederholte Doro. »Du nennst Johann einen Verbrecher, weil er mich liebt?«

»Dass er dich angefasst hat, ist Verbrechen genug«, sagte Papa, »aber das ist längst nicht alles. Er …«

»Heinrich, bitte!«, unterbrach ihn Mama, doch sie kam nicht weiter. Papa hatte vor, zu Ende zu sprechen, und in mir krampfte sich alles zusammen.

»Deinem feinen Herrn Niemann, der seine Studien aufgegeben hat, um dir hier nachzustellen, Doro, reichte die Belohnung für eure Rettung nicht. Immerhin besaß er genug Verstand, um einzusehen, dass du einen gewissen Lebensstil gewohnt bist, den er dir als kleiner Kunstlehrer kaum bieten kann. Daher bestahl er seine wohlhabenden Arbeitgeber, in deren Häusern er ein und aus ging. Anschließend verkaufte er deren Silber und Schmuck.«

»Nein!«, protestierte Doro. »Das glaube ich nicht! So etwas hätte Johann nie getan!«

Papa war jetzt ganz ruhig. »Er hat es getan, mein Kind. Ich wollte dir das ersparen und es dir verschweigen, aber da du so wenig einsichtig über den wahren Charakter dieses Mannes bist, muss ich dir die Augen öffnen. Man hat in seinem Zimmer in der Pension die gestohlenen Gegenstände gefunden, es bestehen keinerlei Zweifel an seiner Schuld. Er ist überführt und zu drei Jahren Zuchthaus verurteilt.«

Doro blinzelte, fuhr sich mit der Hand über die Augen, als wolle sie das Entsetzliche fortwischen, das Gesagte nicht wahrhaben.

»Denk darüber nach, Dorothea, an welchen Mann du dich binden wolltest.« Papa wandte sich um und berührte Mama am Arm, um ihr zu bedeuten, dass sie ihm aus dem Zimmer folgte. Mama warf noch einen Blick zurück, ich sah ihr an, dass sie am liebsten geblieben wäre. Die Tür wurde nicht verschlossen. Johanns Verderbtheit war fortan Strafe genug.

Doro ließ sich kraftlos auf ihr Bett fallen. »Wie konnte er das tun?«, flüsterte sie.

Wütend fuhr ich auf. »Wie kannst du glauben, dass Johann dazu fähig wäre?«

»Ich rede nicht von Johann«, widersprach Doro. »Ich rede von Papa.«

Auch wenn ich Johann nie für schuldig gehalten hätte, wäre mir der Gedanke, den Doro hegte, ebenso wenig gekommen. Dabei war es nur logisch. Wenn Johann nichts getan hatte, musste jemand anders den Anschein erweckt haben. Eine Zeit lang schwiegen wir, sahen einander nur an. »Was ist mit Ulrich?«, fragte ich. »Er könnte genauso gut verantwortlich sein.«

Doro zuckte mit den Schultern. »Ulrich hatte seine Rache, er hat die Verlobung gelöst und nichts mehr mit uns zu tun. Welches Interesse hätte er, Johann aus dem Weg zu schaffen? Nein, ein richtiges Motiv hat nur Papa, der um jeden Preis verhindern will, dass seine Tochter den falschen Mann heiratet.«

Dieser Begründung gab es wenig entgegenzusetzen.

»Ich frage mich«, fuhr Doro fort, »ob er ebenso gehandelt hätte, wenn er von meinem Zustand gewusst hätte.« Sanft strichen ihre Finger über ihren Bauch, trotz allem lag ein leises Lächeln auf den Lippen. »Weißt du, Marie, eines Tages wird Johann aus dem Zuchthaus kommen. Dann werden wir da sein, ich und sein Kind.«

Ungläubig stöhnte ich auf. »Wenn dein Verdacht sich als wahr herausstellt, glaubst du im Ernst, Papa wird das zulassen? Er wird eine andere Lösung finden, und du wirst überhaupt nicht gefragt.«

»Das werden wir ja sehen!« Resolut stand Doro auf und begann, einige Kleider aus ihrem Schrank herauszuholen.

»Was tust du da?«

»Das siehst du doch: Ich packe. Ich werde die Schwedenkrone verlassen. Ich bleibe keinen Augenblick länger in Papas Haus.«

»Doro, sei vernünftig! Wo willst du denn hin? Wie willst du dich ernähren?«

»Ich finde schon eine Arbeit. Auf der Höheren Töchterschule haben sie uns nicht nur Nutzloses beigebracht. Ich weiß außerdem eine ganze Menge darüber, wie man ein Hotel leitet, auch wenn Papa das nie wahrhaben wollte, weil wir es ja seiner Meinung nach nicht nötig haben, unseren Lebensunterhalt zu verdienen, sondern standesgemäß verheiratet werden und den Rest unserer Tage damit zubringen, an der Seite unserer Gatten hübsch auszusehen.«

Alles, was sie sagte, stimmte, und insgeheim bewunderte ich sie. Trotzdem hatte sie eines nicht bedacht. »Du bist nicht nur für dich, sondern zusätzlich für das Kind verantwortlich. Wenn du kurz vor der Geburt stehst und später, wenn es da ist – was dann? Du kannst dich nicht gleichzeitig um einen

Säugling kümmern und arbeiten gehen. Johann wird längst nicht aus dem Zuchthaus entlassen sein, du wärst ganz auf dich allein gestellt. Willst du eurem Kind so ein Leben zumuten?«

»Es ... Andere weniger gut situierte Leute kommen auch zurecht«, widersprach sie, nun zögerlicher.

»Die sind das gewohnt. Du nicht. Du hast noch nie arbeiten müssen, und du hast dich auch noch nie um ein Kind kümmern müssen. Das ist ein bisschen viel auf einmal, findest du nicht?«

Doro schaute von dem Haufen Kleider auf ihrem Bett zu mir, und ich sah, wie sie nachzugeben begann. Ich breitete die Arme aus, in die sie sich hineinfallen ließ. Nach einer Weile spürte ich meine Schultern feucht werden von ihren Tränen. Sie weinte lautlos. »Was soll ich nur tun?«, flüsterte sie.

Sonnabend, 16. März 1912

Vor ein paar Tagen durften wir in der Schwedenkrone unser normales Leben wieder aufnehmen. Gegenüber den Angestellten haben Papa und Mama offenbar gesagt, wir wären schlimm erkrankt gewesen. Tatsächlich war Doktor Koch in den Wochen unserer Abgeschiedenheit öfter hier – nicht unseretwegen, sondern wegen Mama. Die Pflege ihrer Mutter hat sie mitgenommen, und die ganze Aufregung um Doro ist ihrer Gesundheit nicht zuträglicher. Allein Klara und Alfred haben die Maskerade durchschaut. Klara bekam übrigens nur wenig Ärger, weil sie mich zu Doro ließ – Papa hatte Wichtigeres im Sinn als eine ungehorsame Angestellte.

Doro hat sich unterdessen in den Kopf gesetzt, Wilhelm Niemann zu schreiben und ihn über alles, was in Stralsund vorgefallen ist, in Kenntnis zu setzen – auch von ihrer Schwangerschaft, von der nicht einmal Johann selbst etwas weiß.

»Als wir uns zum letzten Mal sahen, hatte ich doch noch keine Ahnung! Mama meint, es müsse im Januar geschehen sein, weil ich seit Februar nicht mehr geblutet habe. Johann muss es erfahren, wenn schon nicht von mir selbst, so wenigstens von seinem Vater.«

Das dürfte schwierig werden, denn Papa kontrolliert wieder die Post, und Klara und Alfred können dabei nicht helfen. Trotzdem hofft Doro, dass es ihr bald gelingt, einen Brief hinauszuschmuggeln und vielleicht sogar bei Wilhelm Niemann Unterstützung und Unterschlupf zu finden.

»Immerhin erwarte ich sein Enkelkind!«, sagt sie ein ums andere Mal, wie um sich selbst zu überzeugen.

Freitag, 5. April 1912

Papa hat eine Lösung für das »Problem Doro« gefunden. Eines Abends habe ich ihn und Mama belauscht, wie sie darüber sprachen. Mama entwarf ein Szenario, das mir gefallen hätte (Doro vermutlich weniger, denn sie glaubt noch immer an ein glückliches Ende mit Johann). Sie schlug vor, dass Doro, ich und sie selbst für einige Monate nach Wustrow in die Kranichburg ziehen. Dr. Koch hat Mama Erholung und Ruhe verordnet, die sie in Stralsund bei diesen Verhältnissen kaum finden wird.

»In Wustrow können wir Doros Schwangerschaft geheim halten, indem sie ab dem kritischen Zeitpunkt, wenn man es zu sehen beginnt, im Haus bleibt und nur noch Marie ausgehen wird – abwechselnd als sie selbst und als Doro. Sie hat im Vortäuschen falscher Tatsachen ja genug Übung.« Letzteres sprach sie mit einiger Verbitterung aus, was mir die Schamesröte ins Gesicht trieb. »Wenn alles vorbei ist, kehren wir zu dritt nach Stralsund zurück. Ich als glückliche Mutter, was umso glaubwürdiger wird, wenn wir, solange wir noch hier sind, einige Andeutungen machen und Gerüchte streuen.«

»Du?« Ich hörte Papa an, wie überrascht er war, nicht weniger als ich.

»Warum nicht? Mit meinen achtunddreißig Jahren bin ich zwar schon ein wenig alt, aber so etwas kommt hin und wieder vor. Natürlich müsste ich mich entsprechend verhalten und mir ein Kissen unter die Kleidung stopfen.«

Papa dachte darüber nach, doch letztlich lehnte er den Vorschlag ab. »Nein. Abgesehen davon, dass ich nicht gewillt bin, mich als Vater von Niemanns Bastard auszugeben, wird die ganze Sache zu viel Gerede hervorrufen. Besonders bei den Martensens, die mit Sicherheit Verdacht schöpfen würden.«

Mama seufzte und versuchte, Papa noch einmal zu überreden, doch ihm war etwas anderes eingefallen. »Die Grundidee ist gut, Martha. Ihr werdet nach Wustrow fahren und mit Doro und Marie alles so machen, wie du vorschlägst. Wenn das Kind geboren ist, wird eine vertrauensvolle Hebamme es an sich nehmen und zusehen, dass sie es unterbringt – in einem Waisenhaus oder sonst wo. Dafür wird sie angemessen entlohnt.«

Erneut seufzte Mama. »Wenn du meinst, dass das das Richtige ist. Nur eines haben wir beide nicht bedacht: Ist es überhaupt klug, nach Wustrow zu gehen, wo wir jeden Tag dem Schiffer Niemann begegnen können und Doro ihm die Wahrheit sagen kann?«

»Das habe ich sehr wohl bedacht. Wilhelm Niemann wurde von mir persönlich über die Diebstähle seines Sohnes unterrichtet. Er ist verständlicherweise schockiert und gibt – wie ich zunächst verärgert konstatierte, nun aber zunehmend erfreut vermerke – uns beziehungsweise Dorothea die Schuld an allem. Er hatte die Frechheit, mir vorzuwerfen, wir hätten nicht gut genug auf unsere Tochter aufgepasst.«

»Damit hat er nicht ganz unrecht«, wagte Mama einzuwerfen.

Papa gab ein abweisendes Geräusch von sich, bevor er fortfuhr: »Wie auch immer: Er hat mehr als deutlich gemacht, dass er nichts mehr mit unserer Familie zu schaffen haben will. Ich bin überzeugt, er wird lieber dreimal die Straßenseite wechseln, als ein einziges Wort an euch zu richten oder Doro anzuhören, sollte es ihr gelingen, so weit zu kommen. Nein, Martha, Wilhelm Niemann ist schlecht genug auf uns – und auf seinen eigenen Sohn – zu sprechen, sodass wir uns um ihn nicht sorgen müssen.«

Damit war es beschlossene Sache. Wir werden in einigen Tagen aufbrechen.

»Das Schicksal spielt uns in die Hände!«, rief Doro, als sie von mir davon erfuhr. »Was immer Papa sagt, ich werde Johanns Vater schon erweichen, und alles wird doch noch gut.«

Montag, 15. April 1912

In Wustrow hat sich nichts verändert. Alles scheint wie an jenem Tag im August zu sein, als wir abreisten. Emma und Wilma sind mit uns gekommen, beide mussten wohl oder übel eingeweiht werden. Aber sie sind schon lange bei uns und sehr loyal und werden schweigen wie ein Grab.

Es ist ruhig und friedlich hier, und man könnte glauben, dass Mama wirklich Erholung findet. Sie und Papa denken, dass Doro noch nichts von den tatsächlichen Plänen weiß, die sie für das Kind geschmiedet haben. Gesagt haben sie ihr stattdessen, was Mama vorschlug. Sie soll glauben, dass sie ihr Kind nicht verliert, dass sie es sogar aufwachsen sieht, denn trotz aller Zuversicht traut Papa Doro nicht gänzlich über den Weg. Er ist oft genug von ihr getäuscht worden, um ihr in diesem wichtigen Punkt die Wahrheit zu sagen.

Doro ist mir dankbar, dass sie von mir alles erfahren hat. Ich selbst jedoch hege inzwischen Zweifel, ob es richtig war, sie einzuweihen. Denn anders als Doro glaube ich nicht an ein gutes Ende. Zu viel ist geschehen, und wer weiß, wie Johann das Zuchthaus überstehen wird. Es vergeht kein Tag, an dem ich mir nicht ausmale, was er durchmacht. Denkt er voller Liebe an Doro? Oder verflucht er bereits seine Gefühle, die ihn dorthin gebracht haben? Selbst wenn er sie noch liebt, welche Möglichkeiten hat er als ehemaliger Zuchthäusler? Zum ersten Mal in meinem Leben habe ich darüber nachgedacht, ob man es unbeschadet übersteht, in einem Zuchthaus oder Gefängnis eingesperrt zu sein. Besonders, wenn man dort wie Johann ganz und gar schuldlos einsitzt. Und wenn er es übersteht – was wird er tun nach seiner Entlassung? Was *kann* er tun? Wird er vor dem Nichts stehen? Steht in all seinen Papieren geschrieben, wo er war? Wird man ihm dann noch eine Chance geben? Irgendwo? Oder wird er sein Leben in Armut und Bitterkeit fristen müssen, ohne Arbeit, ohne Hoffnung auf bessere Umstände? Und möglicherweise aus lauter Not gezwungen sein zu tun, was man ihm bisher zu Unrecht vorwirft? Ich mag nicht glauben, dass das geschieht, es wäre zu furchtbar. Aber die Ängste sind da, und sie sind berechtigt, meine Überlegungen lassen sich nicht so leicht von der Hand weisen.

Ist es folglich nicht besser für Doro, wenn sie ein neues Leben ohne Johann und das Kind beginnt? Die Zeit heilt alle Wunden. Oder nicht?

Dienstag, 7. Mai 1912
Die Tage verlaufen gleichförmig, noch ist von Doros Schwangerschaft nichts zu sehen, ihr geht es nach der Übelkeit in der ersten Zeit auch wieder gut. Wir machen wenige Besuche, denn Mamas Schwäche und Erholungsbedürfnis sollen glaubwürdig sein. Die Reuters waren bei uns und Mama bei ihnen, wir gehen regelmäßig in den Gottesdienst und leben sonst zurückgezogen.

Einmal sahen wir Wilhelm Niemann auf der Strandstraße nahe der Seenotstation, und ich bin sicher, auch er hat uns bemerkt, doch wie Papa vorhersagte, gab er kein Zeichen des Erkennens. Ich will nicht glauben, dass er die angeblichen Verbrechen seines Sohnes für wahr hält. Johann wird ihm berichtet haben, wie sich alles zugetragen hat. Ich weiß zwar nicht, ob Zuchthäusler Besuch empfangen dürfen. Bestimmt dürfen sie aber Briefe schreiben und erhalten, oder nicht? Wie dem auch sei, ein Vater, der seinen Sohn kennt, wird sich seinen Teil denken. Dennoch – mit Sicherheit glaubt Wilhelm Niemann, dass die von Hassbachs für alles verantwortlich sind und die Schuld tragen, so oder so.

Donnerstag, 23. Mai 1912
Nahe der Bismarckeiche, die jetzt in voller Blüte steht und die so viele Erinnerungen weckt, weil Doro und Johann sich damals zufällig dort wiedersahen und es nur dadurch zum nächsten Treffen kam, begegnete uns heute Herr Niemann. Wir standen vor der Bäckerei Frese und warteten auf Emma, die drinnen etwas zu erledigen hatte, als der Schiffer aus der entgegengesetzten Richtung auf uns zukam. Schon von Weitem konnten wir erkennen, dass er uns ausweichen wollte – es treffen ja fünf Straßen an dem Platz zusammen. Aber Doro

ging ihm einfach entgegen. Ich wollte sie zurückhalten, nicht nur, weil Emma jeden Augenblick aus der Bäckerei kommen konnte. Je länger wir hier sind, desto mehr gelange ich nämlich zu der Ansicht, dass Papa und Mama recht haben. Ich habe ihr das noch nicht gesagt, weil ich fürchte, dass ich sie damit verliere. Doro jedenfalls ließ sich nicht beirren und stellte sich Wilhelm Niemann in den Weg.

Widerwillig fuhr er sie an. »Was wollen Sie? Haben Sie nicht schon genug Unglück über meinen Sohn und mich gebracht?«

»Aber es ist nicht so, wie Sie denken. Johann hat bestimmt nichts getan, er …«

»Zumindest hat er keinen Diebstahl begangen, falls Sie das meinen, Fräulein von Hassbach. Ansonsten kann ich nur sagen, dass er Ihretwegen mit einer Einfalt geschlagen war, die ich nie zuvor an ihm bemerkt habe. Sie tragen die Schuld und die Verantwortung! Sie hätten wissen müssen, dass aus Ihren unseligen Gefühlen, die Sie sogar für Liebe gehalten haben mögen und die meinen Sohn geblendet haben, nichts weiter erwächst als Unglück.«

»Aber …«, versuchte Doro einzuwerfen. Ihr Gesicht war immer bleicher geworden unter den harten Worten des Schiffers.

»Nichts da *aber!* Sie kennen den Stand Ihrer Familie, und Sie kannten den meines Sohnes.«

»Das reicht!«, mischte ich mich ein. »Sie haben vergessen, dass Ihr Sohn einiges an Jahren älter ist als meine Schwester und daher mehr Verstand hätte haben müssen. Wagen Sie nicht, allein Dorothea die Schuld zu geben!« Mir war bis zu diesem Zeitpunkt gar nicht klar gewesen, dass ich außer meiner heimlichen Liebe auch diesen Groll gegen Johann in mir trug. Denn es stimmte, was ich sagte. Johann hätte der Vernünftigere sein müssen von den beiden, wenn überhaupt Vernunft geherrscht hätte. Wäre er nicht nach Stralsund gekommen, hätte Doro zwar noch lange unter ihrer ersten Liebe gelitten, aber weder wäre sie schwanger geworden, noch wäre Johann im Zuchthaus gelandet.

Der Schiffer maß mich mit einem kurzen Blick, den ich nicht recht zu deuten wusste. Dann wandte er sich wieder an Doro und sagte etwas ruhiger: »Sie und mein Sohn werden niemals zusammenkommen, nicht bevor Neptun aus dem Meer steigt und das Land mit dem Wasser vertauscht. Die von Hassbachs sind gestorben für mich.« Etwas Dunkles umwölkte seine Augen, und einen Moment lang glaubte ich, seine Gedanken zu lesen. Vielleicht verwünschte er gerade, dass er und sein Sohn uns das Leben gerettet hatten. »Dies ist das letzte Mal, dass ich das Wort an Sie richte. Gehen Sie nach Hause, und belästigen Sie mich nicht weiter.« Er wandte sich um und ließ uns stehen.

Doro blieb zurück, klein und zusammengesunken. »Aber ich bin doch ...«, flüsterte sie, doch für die nächsten Worte »die Mutter von Johanns Kind« fehlte ihr die Kraft.

Wenigstens gelang es mir, sie zurück zur Bäckerei zu ziehen, bevor Emma etwas von dem Vorfall mitbekam.

Sonntag, 30. Juni 1912

Seit Doro nicht mehr aus dem Haus gehen kann, hat sie wieder begonnen zu malen – als sei das für sie eine Art Verbindung zu Johann. Zweimal ist sie seinem Vater noch begegnet, und beide Male hat er sie geflissentlich übersehen. Wäre sie allein statt unter Mamas Aufsicht gewesen, hätte sie ihm womöglich verzweifelt auf offener Straße zugerufen, dass sie in anderen Umständen ist.

Für mich hat nun wieder die Zeit der Maskerade begonnen – und auch für Mama. Es ist absonderlich, dass Mama und ich gemeinsam für die Außenwelt und Mama allein für Doro Theater spielen muss. Wenn sie ausgeht, schiebt sie sich unter Doros Augen ein Kissen unter ihr Kleid, das sie unauffällig wieder entfernt, bevor sie wirklich vor die Tür tritt. Alles, um Doro in Sicherheit zu wiegen, die doch längst Bescheid weiß.

Was meine eigene Komödie – oder sollte ich es Drama nennen? – angeht, sind Doro und ich in letzter Zeit kaum noch zusammen spazieren gegangen oder am Strand gewesen, damit es weniger auffällt, wenn man uns nicht mehr zu zweit sieht.

Ich hasse das alles. Ich hasse es, Doros Kleider anzuziehen, und ich hasse es, meine Haare zu tragen wie sie. Es erinnert mich an die Zeit, die ich mit Ulrich verbringen musste. Ich hasse dieses ganze Schmierenstück. Ich beginne sogar, Johann zu hassen, und manchmal bin ich wütend auf Doro, die wenigstens ein Mal das Glück kennengelernt hat. Ich komme mir schlecht vor, wenn ich so fühle, aber das ändert nichts.

Seit Wochen und Monaten vernachlässige ich das Schreiben, notiere nur noch das Wichtigste. Es gibt selten etwas Erwähnenswertes, und selbst das schreibe ich nur der Gewohnheit folgend auf. Ich habe keine rechte Lust mehr dazu. Nichts bereitet mir Freude. Alles dreht sich um Doro. Sogar ich bin Doro. Bald glaube ich noch selbst daran.

Freitag, 19. Juli 1912

Ich weigere mich immer öfter, auf die Straße zu gehen, beinah fühle ich mich an die Kranichburg gefesselt wie Doro. Sie sollte mir leidtun, kein Kleid passt ihr mehr, und natürlich bekommt sie keine neuen, denn das würde ja auffallen. Stattdessen wird in einige alte an den entsprechenden Stellen Stoff eingenäht. Wenn das Wetter schön ist, sitzt sie meist im Garten oder in der Laube und malt oder liest. Sie merkt mir an, dass mir das alles zuwider ist, und versucht mich zu beschwichtigen. Es ist ja nicht ihre Schuld, sage ich mir. Aber dann: Natürlich ist es ihre Schuld! Ihre und Johanns.

Gestern musste Mama mich geradezu zwingen, Doros Kleid überzustreifen, ihren Hut aufzusetzen und für alle sichtbar mit ihr auf der Großen Straße zwischen den Bäumen entlangzuspazieren. Wir begegneten Frau Reuter, die ein paar Worte mit uns wechselte. Sie konnte Doro und mich noch nie auseinanderhalten, es wäre vollkommen gleichgültig gewesen, welches Kleid oder welche Frisur ich trage, aber Mama bestand darauf, mich mehrmals Doro zu nennen. Nach außen hin bin ich öfter meine Schwester als ich selbst.

»Grüßen Sie das Fräulein Marie ganz herzlich von mir und meinem Gatten«, verabschiedete sich Frau Reuter. »Wir würden uns freuen, sie einmal wieder im Gottesdienst zu sehen.«

Dabei bin ich jeden Sonntag im Gottesdienst!

Ich wollte, es wäre endlich alles vorbei. Mama sagt, im Oktober wird es so weit sein. Das kommt mir endlos vor.

Dienstag, 24. September 1912

Der Sommer ist um, und Doro ist recht unförmig und unbeweglich geworden. Und unglücklich. Je mehr Zeit vergeht ohne Hoffnung auf Besserung der Lage, ohne Hoffnung darauf, mit Wilhelm Niemanns Hilfe das Kind behalten zu können, desto niedergeschlagener wird sie. Allmählich beginnt sie, ihre Zukunft ohne Illusionen zu sehen.

Bei all dem fühle ich selbst mich merkwürdig in der Schwebe. Was ich so oft in den vergangenen Monaten dachte, beschämt mich zutiefst, vor allem, da es Doro nicht verborgen blieb. Ich habe kein Recht, wütend auf sie zu sein. Trotzdem bin ich es gelegentlich, wenn ich ausbaden muss, was sie getan hat. Das zu denken ist ungerecht, denn mich trifft die Schuld ebenso wie sie. Hätte ich nicht in dieses Spiel eingewilligt – denn nichts anderes war es für mich zu Beginn –, sähe vieles heute anders aus. Wir alle haben unseren Anteil an Schuld zu tragen: ich, Doro, Johann, Alfred, Klara, Mama und Papa.

Ich will nicht noch mehr Schuld auf mich laden und weiß deshalb gar nicht, was ich tun soll. Doro hat in ihrer Verzweiflung einen Brief an Wilhelm Niemann verfasst und ihn mir anvertraut. Ich habe gemerkt, wie viel Überwindung sie das gekostet hat, spürte sie doch meinen Widerwillen und dass wir einander nicht mehr so herzlich zugetan sind wie früher.

»Bitte, Marie«, sagte sie leise, »wenn dir etwas an meinem Glück liegt, bitte, geh und gib ihm diesen Brief. Ich habe aufgeschrieben, was er wissen muss, und ihn um Verzeihung gebeten für das, was wir ihm und Johann angetan haben. Wenn er sich weder dadurch noch durch die Nachricht von seinem Enkelkind erweichen lässt, soll es so sein. Ich werde allein sehen, wie ich fertig werde. Mein Kind werde ich mir jedenfalls nicht nehmen lassen, niemals.«

Ich nahm den Brief an mich. Er liegt wie Blei in meinem Schrank. Gott sei Dank bin ich Wilhelm Niemann nicht mehr häufig begegnet, und wenn, war ich es, die rechtzeitig die Straßenseite wechselte. Soll er nur glauben, Doro habe Vernunft angenommen und wolle ebenso wenig mit ihm zu tun haben wie er mit ihr.

Aber das Gegenteil ist ja der Fall! Was soll ich tun? Doros Wunsch erfüllen, obwohl ich noch immer der Meinung bin, dass sie ein neues Leben beginnen muss? Aber denke ich das denn wahrhaftig? Ich weiß es nicht. Johann ... Wer kann sagen, was aus ihm wird? Und ob er Doro überhaupt noch will?

Montag, 21. Oktober 1912

Gestern kam Nachricht aus Lübeck, dass es Großmama plötzlich wieder sehr schlecht geht. Mama war ganz aufgeregt, weil auch Doro jeden Tag niederkommen kann. Sie wollte sich schier zerreißen, hierbleiben und gleichzeitig nach Lübeck reisen.

»Fahr nur«, versuchte ich sie zu bewegen, obwohl mir ganz seltsam zumute war bei dem Gedanken, allein mit Doro in der Kranichburg zu bleiben. Nicht ganz allein natürlich, Emma und Wilma wären ja noch da, aber das ist nicht dasselbe wie eine Mutter. Selbst die Hebamme wäre kein großer Trost. Papa hat eine Frau aus Stralsund bestellt, die seit ein paar Tagen in Wustrow wohnt, natürlich ohne dass jemand weiß, wer und was sie ist. Sie war schon einmal da, um sich mit Mama zu besprechen und Doro anzusehen. Dreißig Mark nimmt sie normalerweise für ihre Dienste, aber in Doros Fall bekommt sie sehr viel mehr, da sie ja das Kind an sich nehmen und fortbringen soll. Doro mag Frau Broder nicht, was ich nachvollziehen kann. Sie ist eine kalte Frau, hochgewachsen und knochig, in ihr verkniffenes Gesicht hat sich vermutlich noch nie ein Lächeln verirrt. Ihre Art scheint mir gar nicht zu einer Hebamme zu passen, aber sie soll etwas von ihrem Beruf verstehen. Doro hat große Angst vor der Geburt, und eine sanftmütige Frau, die ihr zur Seite steht, hätte eine beruhigende Wirkung auf sie, aber auf Sanftmut versteht Frau Broder sich offenbar nicht.

»Ich muss bei Doro bleiben«, widersprach Mama und schaute doch immer wieder unruhig auf die Uhr und zur Tür, als erwartete sie jede Minute ein Telegramm, das sie vom Tod ihrer Mutter unterrichtet. Da kam Wilma herein und tat, was sie in schwierigen Situationen häufig tut: Sie übernimmt die Führung. »Ich habe bereits für Sie gepackt, gnädige Frau. Sie werden es bereuen, wenn Sie zu spät ans Bett Ihrer Mutter kommen, glauben Sie mir. Frau Broder ist eine tüchtige Person, Sie wird sich um Fräulein Dorothea kümmern, da kann gar nichts schiefgehen.«

Erleichtert, dass ihr die Entscheidung aus der Hand genommen worden war, nickte Mama. »Danke, Wilma, ich wüsste wirklich nicht, was ich ohne Sie täte. Sie haben doch ein Auge auf meine Töchter, nicht wahr?«

»Glauben Sie, ich lasse Sie allein in der Weltgeschichte herumfahren? Das kommt gar nicht in Frage, ich werde Sie begleiten. Emma und Fräulein Marie können Frau Broder benachrichtigen, wenn es so weit ist. Ich will ja meine Fähigkeiten nicht unter den Scheffel stellen, aber von Geburten verstehe ich rein überhaupt nichts.«

Mama hat Papa erst in allerletzter Minute von ihrem Vorhaben unterrichtet, wahrscheinlich weil sie ahnte, dass er nicht zustimmen würde. Aber nun ist es zu spät. Sie sind fort, und wir drei Frauen sitzen in der Kranichburg und warten.

Mittwoch, 23. Oktober 1912

Gerade erst ist es Mittwoch geworden, der Zeiger wanderte eben über die Zwölf hinweg. Ein neuer Tag. Hinter uns liegt einer, der zumindest mir vorkommt, als habe er achtundvierzig Stunden gehabt.

Am Morgen begann Doro sich über Schmerzen zu beklagen, die zuerst in längeren, dann in immer kürzeren Abständen wiederkehrten. »Ob das die Wehen sind?«, fragte sie zwischen zwei Attacken ängstlich.

Ich suchte nach Emma, die blass wurde und etwas vor sich hin murmelte, das »Gott steh uns bei« hätte heißen können. »Bleiben Sie bei Ihrer Schwester, ich hole die Hebamme«, stieß sie hervor. Da kam aus der oberen Etage ein Schrei von Doro. Während ich hinaufeilte, riss Emma sich ihre Schürze vom Leib und einen Mantel vom Haken, der eigentlich Wilma gehörte, und stürzte aus dem Haus. Ich glaube, sie war froh fortzukommen. Ich selbst fühlte mich überfordert und ängstlich, aber ich musste Doro helfen, die zusammengekrümmt in ihrem Bett lag.

Ich drückte ihre Hand und versuchte, ihr gut zuzureden. Als die Schmerzwelle vorbei war, entspannte sie sich ein wenig, aber die Panik stand ihr nach wie vor ins Gesicht geschrieben. »Da ist etwas ...«

»Was?«, fragte ich, als sie schwieg.

»Ich weiß nicht ... Etwas ist aus mir ... herausgelaufen. Das Laken ist ganz nass.« Panisch rückte sie zur Seite und ließ mich den nassen Fleck auf ihrem Bett sehen. »Was ist das?«

Ich schüttelte den Kopf. »Ich weiß nicht«, wiederholte ich ihre eigenen Worte. »Aber Emma ist losgelaufen, um Frau Broder zu holen. Die wird es wissen und sagen, was zu tun ist.«

Doro nickte und atmete schwer. Sie sah aus, als wartete sie auf die nächste Schmerzattacke, als wollte sie gewappnet sein für das, was auf sie zukam. »Geh nicht weg«, flüsterte sie. »Bitte lass mich nicht allein, Marie!«

»Ich gehe nicht weg«, versprach ich.

Das beruhigte sie ein wenig, sie entspannte sich, und so schwiegen wir längere Zeit. Ich horchte auf die Tür, ob Emma mit Frau Broder zurückkehrte, aber alles blieb still, bis Doro zusammenzuckte und wieder schrie. Das war nicht nur ein Schmerzensschrei, er schien mir noch etwas anderes zu beinhalten – Angst vor dem Unbekannten, Angst vor der Geburt, Angst vor der Zukunft, Angst vor dem Leben »danach«, alles vereint in diesem Schrei.

Der Schrei verebbte, bis nur noch ein Wimmern zu hören war. »Mein Brief«, wisperte Doro. »Johanns Vater muss doch meinen Brief längst bekommen haben, es ist Wochen her. Warum ist er so ein hartherziger Mann? Warum antwortet er nicht einmal? Hat er denn kein Mitleid? Wenn nicht mit mir, dann wenigstens mit seinem Enkelkind, das weggegeben werden soll.«

Ich drehte mich zur Seite, sodass Doro mein Gesicht nicht sehen konnte. Vor zwei Wochen hatte ich endlich mit dem Brief in der Manteltasche die Kranichburg verlassen, mit dem festen Vorsatz, ihn zur Post zu bringen. Ihn selbst im Haus der Niemanns abzugeben, dazu fehlte mir der Mut. Aber als ich vor dem roten Backsteingebäude des Kaiserlichen Postamts stand, wurde ich wieder unsicher und fragte mich, ob ein neues Leben für Doro nicht doch besser sei. Ich ging unverrichteter Dinge, und der Brief steckt nach wie vor in meiner Manteltasche.

Schritte auf der Treppe enthoben mich einer Antwort. Doros Blick flog hinüber zur Tür. »Sie würde gut zu Wilhelm Niemann passen. Sie ist genauso kalt.«

Ich wusste, dass sie von Frau Broder sprach, brachte es aber nicht über mich zu nicken, weil ich nicht über Wilhelm Niemann urteilen wollte. Wer konnte sagen, wie er gehandelt hätte, hätte er den Brief gelesen? In dem Moment trat Frau Broder ins Zimmer. Ihre Gestalt steckte in einem knöchellangen strengen Kleid mit hohem schwarzen Spitzenkragen, an dem eine Kamee steckte, in der Hand trug sie eine lederne Tasche. Sie stellte sie auf dem kleinen Tisch ab, richtete ihre Augen eine Sekunde lang auf Doro und sagte zu mir: »Bringen Sie heißes Wasser und saubere Tücher.« Dann begann sie wortlos mit einer Untersuchung. Ich sah noch, wie sie Doros Nachthemd anhob, wohl um ihren Bauch abzutasten.

In der Küche bat ich Emma um das heiße Wasser und suchte oben im Schlafzimmer der Eltern weiche Tücher zusammen. Emma und ich trafen gleichzeitig bei Doro ein. Frau Broder, die eine Schürze umgebunden hatte, saß in einem Stuhl neben dem Bett. »Danke«, sagte sie. »Aber das Wasser können Sie wieder mitnehmen. Es ist noch nicht so weit, ich werde rufen, sobald ich es brauche, dann muss es wieder heiß sein.«

Emma schaute kurz zu Doro hinüber, bevor sie knickste und mit dem Krug in der Hand ging, erleichtert, den Raum verlassen zu dürfen.

»Wie lange wird es noch dauern?«, fragte ich.

»Die Wehen kommen in zu großem Abstand, Sie hätten mich noch nicht rufen müssen«, stellte sie ein wenig verärgert fest.

»Verzeihung«, sagte ich und versuchte, Spott in meine Stimme zu legen, den ich nicht empfand, »ich habe nicht viel Erfahrung mit Schwangerschaften und Geburten, ebenso wie meine Schwester.«

Frau Broder hob die Brauen und musterte mich wie ein lästiges Insekt. »Nun ja, immerhin reichte die Erfahrung Ihrer Schwester, um die Beine breit zu machen.«

Ich fragte mich, was Frau Broder damit sagen wollte, aber dass es eine gemeine Bemerkung war, begriff ich. Doro wurde ganz weiß im Gesicht, aber das kam eher von der nächsten Schmerzattacke, die sie durchfuhr, als von der Bosheit der Hebamme. Sie schrie auf.

»Ruhig!«, fuhr Frau Broder sie an. »Reißen Sie sich zusammen! Sie schreien ja so laut, dass selbst die entfernten Nachbarn Sie hören könnten!« Natürlich war ihr eingeimpft worden, dass niemand etwas von dem Kind wissen durfte. Trotzdem war ihr Ton schrecklich, bar jeden Mitleids. »Atmen Sie regelmäßig«, sagte sie, nachdem Doro die Zähne zusammenbiss, bis ihr Tränen über die Wangen liefen. »Dann sind die Schmerzen leichter zu ertragen.«

Wieder hielt ich Doros Hand, und als die Schmerzen vorbei waren, nahm ich eins der Tücher und tauchte es in das kühle Wasser der Waschschüssel, um es Doro auf die Stirn zu legen. Frau Broder blieb stumm und beobachtete Doro. So verging die Zeit, die Abstände, in denen Doro von den Schmerzen überfallen wurde, wurden kaum kürzer. Frau Broder schüttelte den Kopf und sah immer wieder auf die Uhr, bis sie sich zu einer erneuten Untersuchung entschloss. »Es scheint sich hinzuziehen«, sagte sie danach.

»Ist das normal?«, fragte Doro verängstigt.

»Eine Erstgeburt dauert meist länger und ist selten leicht.«

Nach schier endlosem Warten folgten die Wehen schneller aufeinander. Doro versuchte alles, doch schließlich hielt sie es nicht mehr aus und schrie ihren Schmerz heraus. In einer jähen Bewegung sprang Frau Broder auf und beugte sich drohend über sie, als wolle sie sie schlagen. Doro verstummte vor Schreck.

»Bringen Sie mir jetzt das heiße Wasser«, sagte die Hebamme zu mir, ohne Doro aus den Augen zu lassen. »Es geht los.«

Während ich die Treppe hinunterlief, wollte mich das Bild dieser Frau nicht verlassen. Ich verabscheute sie, wie ich vor ihr noch nie jemanden verabscheut hatte, und doch durfte ich sie nicht aus dem Haus weisen, denn sie war die Einzige, die uns helfen konnte. Emma saß kreuzunglücklich am Küchentisch. »Ich kann das nicht ertragen ... das arme Fräulein Doro«, sagte sie. »Was geschieht nur mit ihr? Wie gut, dass ich nie ein Kind hatte!«

Emmas Kochkünste sind hervorragend, aber einen Mann hatte es nie in ihrem Leben gegeben, soweit ich wusste. Ich mag sie gern, trotzdem ging mir ihr Gejammer auf die Nerven, sodass ich froh war, als ich mit dem heißen Wasser wieder nach oben laufen konnte.

»Gut. Und nun verschwinden Sie, wir können Sie hier nicht brauchen!«, sagte Frau Broder.

»Nein, ich gehe nicht«, widersprach ich. »Ich habe Doro versprochen, bei ihr zu bleiben.«

»Sie tun, was ich sage«, befahl mir Frau Broder. »Es ist besser – für Sie und für Ihre Schwester. Sie muss sich auf die Geburt konzentrieren. Und ich nehme doch an, dass Sie später auch einmal Kinder haben wollen? In dem Fall sollten Sie sich das lieber nicht ansehen. Gehen Sie jetzt, und lassen Sie uns allein.«

Der Tonfall, in dem sie das sagte, klang trotz der harschen Worte erstaunlich sanft, als ob sie es durchaus gut mit Doro und mit mir meinte. Doro lag in ihrem Bett, starrte an die Decke und nahm mich überhaupt nicht mehr wahr. Vielleicht hatte Frau Broder recht. Und wenn ich ehrlich zu mir war, ging es mir nicht viel anders als Emma. Ich hatte Doros Qualen den ganzen Tag hindurch ertragen, ohne ihr helfen zu können. Ich wollte weg.

Also zog ich mir den Mantel an und wickelte mich in einen Schal und eine wollene Mütze, denn draußen war das Wetter unangenehm geworden. Es nieselte und fing an zu stürmen, trotzdem war ich dankbar für die frische Luft. Ich wollte in kein Café, sondern allein sein. Nach einer halben Stunde wurde der Regen stärker und stärker, mein Mantel war schon ganz durchnässt, ebenso meine Mütze. Ich wusste nicht, wohin, noch immer wollte ich nicht unter Menschen und erst recht nicht nach Haus. Der Sturm nahm zu, kaum konnte ich mich noch auf den Beinen halten und musste mich gegen den Wind anstemmen. Jener Unglückstag, der über ein Jahr zurücklag und bei dem wir alle von Johann gerettet worden waren, kam mir in den Sinn. Der Himmel war heute ebenso dunkel, und hätte jemand meinen Namen gerufen, hätte ich es nicht gehört, weil der Wind so laut heulte. Meine Hände tief in den Manteltaschen vergraben, kämpfte ich mich vorwärts zur See, da bekamen meine Finger etwas zu fassen: Doros Brief. Und mit einem Mal wusste ich, dass es unrecht war, ihn zu behalten. Wilhelm Niemann musste alles erfahren, rechtzeitig genug, um dem Vorhaben meiner Eltern Einhalt zu gebieten, um sein Enkelkind davor zu bewahren, bei fremden Menschen oder, noch schlimmer, in einem Waisenhaus aufzuwachsen.

Ich machte kehrt und lief zur Schmiedestraße, den Sturm im Rücken, sodass ich mich fühlte, als hätte ich Flügel. Ich hämmerte an die Tür des Kapitänshauses, um sicherzugehen, dass man mich hörte, doch lange Zeit tat sich nichts. Ich versuchte es erneut mit aller Kraft, bis endlich die Frau öffnete, die ich von meinem letzten Besuch kannte. Wie damals trug sie ein dunkles Kleid, doch heute hob sich ihr kalkweißes Gesicht noch deutlicher davon ab. Ihre Augen waren weit aufgerissen, als habe sie etwas Fürchterliches gesehen.

»Was ist passiert?«, fragte sie. »So sagen Sie doch schon! Was ist passiert?«

»Ich weiß nicht, was Sie meinen«, antwortete ich verwirrt.

»Ich bin hier, um Herrn Niemann zu sprechen. Ist er zu Hause?«

Wieder starrte sie mich wild an. »Er ist draußen mit dem Rettungsboot! Und mein Fritz auch. Er hat ihn mitgenommen, ausgerechnet heute zum ersten Mal. Oh, Herr im Himmel, dass ihm nur nichts passiert! Warum musste er unbedingt ...«

»Bitte«, unterbrach ich sie, »es ist sehr wichtig. Wenn er zurückkommt, würden Sie ihm sagen, dass ich hier war? Mein Name ist Marie von Hassbach. Es ist wirklich wichtig, dass er mich aufsucht.«

Die Frau sah mich an, als hätte sie mich überhaupt nicht gehört. »Er muss doch unversehrt heimkommen«, murmelte sie. »Mein Fritz. Er ist mein einziger Sohn.«

Die Frau tat mir leid, ich konnte ihre Angst verstehen, aber mehr, als für das Heil ihres Sohnes zu beten, konnte niemand tun. »Er kommt zurück«, versicherte ich ihr. »Der Schiffer wird auf ihn achtgeben.«

Zum ersten Mal nahm sie mich wahr. »Glauben Sie?«

»Ganz bestimmt.« Ich holte den Brief aus meiner Manteltasche. Die Frau war in ihrem Zustand kaum in der Lage, sich meinen Namen zu merken, aber sicher würde sie Wilhelm Niemann Doros Brief aushändigen können. »Bitte geben Sie ihm das. Es ist sehr wichtig, dass er es liest!«, wiederholte ich. »Verstehen Sie?«

»Jaja ...« Sie nickte, nahm den Brief und stopfte ihn in ihre Schürze. »Wenn er nur bald wieder hier ist. Mit meinem Fritz.«

Ich drückte ihr ermutigend die Hand, schärfte ihr erneut ein, den Brief nicht zu vergessen, und machte mich auf den Heimweg. Nun konnte ich Doro wieder unter die Augen treten, die hoffentlich inzwischen von einem gesunden Kind entbunden worden war.

Tatsächlich herrschte Ruhe in der Kranichburg. Emma fand ich noch immer in der Küche, sie saß vor einer Flasche Hochprozentigem, dem sie offenbar schon reichlich zugesprochen hatte. Ich bekam nichts aus ihr heraus, also lief ich nach oben und stürzte, kaum dass ich den Mantel ausgezogen hatte, in Doros Zimmer.

Sie lag erschöpft mit geschlossenen Augen in ihren Kissen, während Frau Broder damit beschäftigt war, ein kleines, zartrosafarbenes und leicht greinendes Wesen zu waschen und in Tücher zu wickeln. Sie drehte sich um, als sie mich hörte, und nickte zu Doro hinüber. Anscheinend meinte sie, ich könne mir ihr reden.

»Doro?«, fragte ich leise. »Wie geht es dir?«

Doro wandte mir den Kopf zu, öffnete aber nicht die Augen. Sie seufzte. »Sie ist hübsch, nicht wahr? Ich werde sie Johanna nennen.«

»Ja«, stimmte ich zu. Ich hatte das kleine Mädchen noch nicht genau gesehen, war aber überzeugt, dass es in der Tat hübsch sein müsse mit Doro als Mama und Johann als Vater. »Sie ist wunderschön.«

Frau Broder räusperte sich, um die Aufmerksamkeit auf sich und das Kind zu lenken. Ich wusste, was sie nun von mir erwartete. Ihren Lohn und zusätzlich das Geld, das nötig sein würde, um sich um Johanna zu kümmern. Johanna. Schon dachte ich an das Mädchen mit seinem Namen, nicht mehr nur neutral an »das Kind«. Ich trat näher, um Johanna zu betrachten, die in Frau Broders Armen lag. Doro hatte nicht übertrieben. Weicher, lockiger, heller Flaum umspielte das nun friedliche runde Gesichtchen, ein Fäustchen streckte sich mir entgegen. Ich streichelte es ganz vorsichtig. Da waren Grübchen über den kleinen Fingern, wie ich staunend entdeckte. Ein neuer Mensch auf dieser Erde. Doros Tochter. Meine kleine Nichte. Johanna.

Ich bedeutete Frau Broder, mit mir hinauszugehen und Johanna so lange bei Doro zu lassen. »Das halte ich nicht ...«, wandte sie leise ein, verstummte jedoch, als sie meinen entschlossenen Ausdruck sah. Vielleicht hatte sie der Anblick Johannas weicher gemacht.

Im Salon holte ich das für sie bestimmte Geld aus der Kassette. Alles, einschließlich dem Betrag, der ihr für die Unterbringung des Kindes versprochen worden war. »Nehmen Sie und gehen Sie. Johanna bleibt hier«, sagte ich fest.

Stirnrunzelnd blickte sie auf die erkleckliche Summe und dann auf mich. »Das ist gegen die Vereinbarung, die ich mit Ihren Eltern getroffen habe. Ich muss das Kind mitnehmen.«

»Ich weiß, dass meine Eltern das wollten. Aber weder meine Mutter noch mein Vater sind hier. Sie werden sich also in deren Abwesenheit an meine Anweisungen halten, und die besagen, dass Sie sich nicht weiter um Johanna zu kümmern brauchen. Sie werden vergessen, dass Sie je hier waren und dass Sie den Namen von Hassbach je gehört haben. Alles andere lassen Sie meine Sorge sein.«

Frau Broder schürzte die Lippen und dachte offenbar angestrengt nach. Ihr Lohn war ausgesprochen hoch dafür, dass sie nichts weiter tun musste. Andererseits hatte sie vermutlich einen Vertrag mit Papa geschlossen, den sie nicht zu brechen wagte, weil das ihrem Ruf schaden könnte. »Meine Eltern werden schweigen«, versprach ich ihr, obwohl ich mir dessen keineswegs sicher war. »Sie legen keinerlei Wert auf einen Skandal, verlassen Sie sich darauf. Ganz bestimmt werden sie nichts davon verlauten lassen, dass sie ein uneheliches Kind von einer unzuverlässigen Hebamme ... beseitigen lassen wollten.« Mit Absicht hatte ich ein schlimmes Wort gewählt, aber es tat seine Wirkung.

Frau Broder richtete sich auf. »Nun denn. Es ist Ihre Verantwortung, Fräulein von Hassbach. Ich habe mein Möglichstes getan, und ich kann Sie schlecht zwingen, Ihre Nichte herauszugeben. Das brächte mir am Ende noch den Ruf einer Kindesentführerin ein.« Damit hatte sie vor sich selbst Rechtfertigung gefunden. Sie musterte mich längere Zeit und nickte bekräftigend, wobei ich plötzlich den Eindruck einer anderen Frau gewann. Möglicherweise ist sie doch nicht so kalt, wie sie scheint. Was weiß ich von ihr? Unter Umständen benötigt sie ihren Lohn für etwas Bestimmtes, sehr Wichtiges, das ohne das Geld nicht zu bewerkstelligen wäre? Wie dem auch sei, es geht mich nichts an. Mir geht es nur um Doro und Johanna. Für beide werde ich einen Weg finden – so Gott will, mit Wilhelm Niemanns Hilfe.

Nachdem Frau Broder gegangen war, sah ich kurz nach Emma, die sich mittlerweile zu Bett begeben und sich zusätzlich zum Schnaps aus einer auf dem Nachttisch stehenden Flasche Beruhigungsmittel bedient hatte. Sie schnarchte laut vor sich hin und wird das mindestens bis zum Morgen weiter tun.

Auch Doro schlief, als ich wieder in ihr Zimmer trat. Sie hielt Johanna sanft in ihrem Arm, eine Hand auf deren Brust gelegt, die sich in gleichmäßigem Rhythmus gemeinsam mit Doros Hand hob und senkte. Ein friedliches Bild, Mutter und Kind. Dennoch war ich mir unsicher, ob es gut war, Johanna im Bett bei Doro zu lassen. Was, wenn Doro sich umdrehte und dabei versehentlich ihre Tochter erdrückte oder erstickte?

Doro war dermaßen erschöpft, dass ich nicht wusste, ob sie aufwachen würde, wenn sie etwas Ungewöhnliches neben oder unter sich bemerkte.

Rasch lief ich hinüber in Mamas und Papas Schlafzimmer und holte den Weidenkorb, in den Mama noch vor einigen Monaten Blumen aus dem Garten geschnitten hatte. Er war längst gesäubert worden, Mama bewahrte nun Garn und Wolle darin auf. Ich leerte den Korb, legte ihn mit Tüchern und Kissen aus und brachte ihn hinüber in Doros Zimmer. Sanft hob ich Johanna aus Doros Armen, legte sie in den Korb und deckte sie mit einem warmen Kissen zu. Bis sie aufwachte, wenn sie Hunger bekam, konnte sie in Ruhe schlummern. Den Korb stellte ich auf den Boden, sodass Doro Johanna sah, sobald sie die Augen aufschlug. Noch einmal wandte ich mich um, bevor ich ihr Zimmer verließ, um mich an meinem Schreibtisch niederzulassen und die Aufregungen des heutigen – nein, des gestrigen – Tages aufzuschreiben.

Alles ist ruhig in der Kranichburg, selbst der Sturm draußen hat ein wenig nachgelassen. Ich denke, ich werde jetzt ebenfalls zu Bett gehen. Bestimmt wird in ein paar Stunden Wilhelm Niemann vorsprechen, dann werden wir sehen, was die Zukunft bringt. Es …

Gerade höre ich Johanna leise weinen. Ich muss nach ihr und Doro sehen.

Teil 3

September 2007

1.

»Warum hörst du auf?« Romans Stimme durchschnitt die plötzliche Stille erst nach einer ganzen Weile. Er hatte gezögert zu sprechen, weil er fürchtete, dadurch die Vergangenheit wieder zu dem zu machen, was sie war: längst vergangen. Dabei kam sie ihm so wirklich vor. Sie saßen in diesem Zimmer, das noch immer Marie von Hassbachs Persönlichkeit widerspiegelte und vermutlich seit Anfang des letzten Jahrhunderts unverändert geblieben war. Beinah meinte er, sie dort an ihrem Schreibtisch sitzen zu sehen, wie sie beim schwachen Schein einer Petroleumlampe in ihr Tagebuch schrieb.

»Weil hier Schluss ist«, antwortete Viktoria, ebenfalls erst nach geraumer Zeit. Sie klappte das Tagebuch zu und rieb sich die Augen. »Mehr steht hier nicht.«

»Sie hat einfach aufgehört? Oder war das die letzte Seite des Buchs?«

Viktoria schüttelte den Kopf. »Ein paar Seiten hätte sie noch füllen können.«

»Merkwürdig.«

Draußen brach schon fast der Morgen an, Roman hörte einen Vogel zwitschern. Langsam streckte er sich, ganz steif geworden vom Sitzen. Wortlos stand er auf und trat ans Fenster, wo er vorsichtig den weißen Store zur Seite schob und hinausstarrte. Seine Urgroßmutter hatte also eine Schwester gehabt, eine Zwillingsschwester, die – wegen des Skandals um das Kind? – aus den Annalen der Familie getilgt worden war. So vollständig, dass heute niemand mehr etwas von ihr wusste. Oder wissen wollte. Er glaubte ohne Weiteres, dass seine Eltern nichts von Dorothea von Hassbach ahnten, aber Sophie?

»Meinst du, dass deine Großmutter von Doros Existenz weiß?«, fragte Viktoria, als habe sie Romans Gedanken gelesen.

»Jedenfalls hat sie nie von ihr gesprochen. Aber das muss nichts bedeuten.«

»Nein«, stimmte Viktoria zu. Roman hörte, wie sie sich bewegte, und drehte sich wieder zu ihr um. Das Tagebuch lag auf ihrem Schoß, sie berührte es andächtig. »Es kommt vermutlich drauf an, was mit Doro – und dem Kind – geschehen ist. Wenn sie es war, die starb und über deren Verlust Marie nicht hinwegkam, wär's durchaus möglich, dass keiner Sophie etwas von ihrer Tante erzählt hat. Wann wurde deine Großmutter geboren?«

»1918, fünf Jahre nach den Ereignissen in Maries Tagebuch.«

»Etwas ist in diesen fünf Jahren passiert, und ich wette, es passierte relativ zeitnah an Maries letzter Eintragung. Zumindest wäre das ein Grund dafür, weshalb sie nie mehr etwas geschrieben hat.«

»Ich weiß nicht«, wandte Roman ein. »Geheimnisst du da nicht zu viel hinein? Sie könnte ein neues Buch angefangen haben, sozusagen zusammen mit einem nächsten Abschnitt in ihrem Leben, in dem es ihre Nichte gab. Und das neue Buch ist verloren gegangen wie die anderen oder liegt in Stralsund oder sonst wo. Genau genommen ist es schon ein bemerkenswerter Zufall, dass wir ausgerechnet dieses Tagebuch gefunden haben.«

Viktoria sah auf das lederbezogene Buch und nickte langsam. »Deshalb glaube ich nicht, dass es Zufall ist.«

»Willst du damit sagen, jemand hat es extra für uns hier deponiert?«, fragte Roman ungläubig.

»Vielleicht. Vielleicht haben aber auch gerade diese Ereignisse eine besondere Bedeutung für Marie gehabt, wie das Foto in dem Album von ihr und Doro und die anderen Gegenstände, die sie aufgehoben hat. Die Schachfiguren, das silberne Kreuz, das Johanns Schwester gehört hat. Oder das Medaillon mit derselben Gravur wie die Signatur auf den Bildern, die mit an Sicherheit grenzender Wahrscheinlichkeit die ineinander verschlungenen

Buchstaben M und D zeigt. Wir haben nur nie das D entziffern können.«

»Wir sollten trotzdem noch mal nach weiteren Tagebüchern suchen.«

»In der Kranichburg finden wir keins mehr«, sagte Viktoria bestimmt. »Ich hab ja alles durchforstet, und so ein Buch hätte ich nicht unbeachtet liegen gelassen.«

»Wir haben uns immer noch nicht die Laube näher angesehen«, fiel Roman ein.

»Das werden wir morgen nachholen. Oder besser heute. Wenn wir ein bisschen geschlafen haben.«

»Ich glaube nicht, dass ich schlafen kann.« Roman kam es vor, als verharre ein Teil von ihm in der Vergangenheit. »Warum gehen wir nicht sofort rüber?«

»Weil es zu dunkel ist. In der Laube gibt es bestimmt kein elektrisches Licht.«

»Ich hab eine Taschenlampe.«

»Du gibst nicht auf, was? Aber ehrlich, ich bin hundemüde, das Lesen von Maries winziger Schrift war mühsam, und ich möchte aufnahmefähig sein, wenn wir die Laube untersuchen.«

»Wieso bist du so gnadenlos vernünftig?«, seufzte Roman.

»Als Ausgleich. In meinen Büchern bin ich oft genug irrational und unvernünftig, sonst gäbe es all diese verzwickten Handlungen nicht. Im wahren Leben halte ich weniger davon. Lass uns ins Bett gehen, und wenn's nur ein paar Stunden sind.« Sie stand auf und gab ihm Maries Tagebuch. »Hier, es gehört dir. Wenn du nicht schlafen kannst, lies ein bisschen drin. Eventuell findest du dabei einen Hinweis, der uns entgangen ist.«

»Das bezweifle ich. Die Schrift allein stellt mich schon vor ein unüberwindliches Problem.«

»Du kennst jetzt den Text, es wird dir leichter fallen. So habe ich auch angefangen, Kurrentschrift zu lesen.«

Gemeinsam verließen Roman und Viktoria das Zimmer, schauten aber noch einmal zurück, bevor sie die Tür schlossen. Gerade als Viktoria etwas sagen wollte, kam Roman ihr zuvor. »Es bleibt ein Rätsel, weshalb Marie hier ihr Leben gefristet hat.«

Viktoria dachte kurz nach. »Möglicherweise ist etwas sehr Dramatisches passiert, wobei sowohl Doro als auch Johanna ums Leben kamen. Damit wäre der Verlust, den Hedwig Woermann ansprach, sogar ein doppelter Verlust gewesen.« Sie sah kurz auf, und Roman glaubte, Tränen in ihren Augen schimmern zu sehen. »Das würde einiges erklären.«

»Allerdings. Niemand redete mehr von Doro – offiziell aus lauter Trauer, inoffiziell wegen des Skandals, und als Marie es in Stralsund nicht länger ertrug, kam sie nach Wustrow und kapselte sich völlig ab.«

Viktoria nickte, schüttelte aber gleich darauf den Kopf. »Nein, es muss noch mehr dahinterstecken. Marie ist erst 1924 hergezogen. Zwölf Jahre sind eine zu lange Zeit, um alles nicht mehr auszuhalten. Sie hat in der Zwischenzeit geheiratet, ein Kind bekommen – und dann soll sie plötzlich vor Trauer zusammengebrochen sein? Das passt nicht.«

»Da ist was dran«, gab Roman zu. »Es hat keinen Sinn zu spekulieren. Wir müssen der Reihe nach vorgehen, rausfinden, was damals geschehen ist und was es, nicht zu vergessen, mit Martin Niemann und seinen Vorfahren auf sich hat. Wenn Wilhelm Niemann damals hier Vormann war, gibt es bestimmt entsprechende Unterlagen.« Nachdenklich starrte er die Treppe hinunter in die dunkle Diele. »Wir sehen uns in ein paar Stunden«, sagte er. Nur einen winzigen Moment zögerte er, dann berührte er sanft Viktorias Gesicht, bevor er sich umdrehte und sein Zimmer betrat.

Wie befürchtet, konnte er nicht einschlafen. Seine Überlegungen kreisten dabei mehr um Viktoria als um das eigentliche Problem, und so zwang er sich, sie zurück auf Marie und Doro zu lenken. Leider warf das Tagebuch nicht weniger Fragen auf, sondern eher mehr. Was Doro betraf: Es musste Urkunden von ihr geben, über Geburt, Hochzeit, Tod, was immer, womit sich ihr Schicksal unverhofft schnell erhellte.

Viktoria spürte noch Romans Berührung auf ihrer Wange, als sie längst im Bett lag. Schlaf war ihr vorhin sehr verlockend erschienen, jetzt lag sie wach. Irgendwann jedoch merkte sie, wie ihre Gedanken durcheinanderwirbelten, wie sie wechselnde Gesichter vor sich sah, mal Maries, mal Romans, mal das von Johann Niemann, wie Marie ihn beschrieben hatte – und wieder Romans. Mit seinem Bild vor Augen schlief sie ein und wachte nach traumlosen fünf Stunden ohne Wecker auf.

Anscheinend brauchte Roman mehr Schlaf, jedenfalls war er weder in der Küche oder im Wohnzimmer noch im Garten anzutreffen. Viktoria setzte Kaffee auf und holte ihr Laptop nach unten, um ihre Mails abzufragen und sich endlich mal auf der Website von Wustrow umzusehen. Bisher war es ihr lieber gewesen, die Straßen selbst zu erkunden, aber nun suchte sie sich einen Ortsplan und entdeckte eine weitere Recherchemöglichkeit, nämlich das Fischlandhaus, in dem nicht nur regelmäßig Kunstausstellungen stattfanden, sondern in dem auch die Bibliothek untergebracht war. Das Fischlandhaus stand auf der anderen Seite der Ernst-Thälmann-Straße. Dort fiel ihr zusätzlich der Friedhof ins Auge, der ganz interessant sein mochte, was Familie Niemann und nicht zuletzt Maries Grab betraf. Roman hatte es nicht explizit erwähnt, aber sie nahm an, dass sie in Wustrow beerdigt worden war.

Während sie den Ortsplan betrachtete, rief sie sich die Straßennamen aus Maries Tagebuch in Erinnerung: Da war natürlich die Strandstraße gewesen, dann die Schmiedestraße, in der das Haus der Niemanns gestanden hatte, eine Bismarckstraße in der Nähe der Bismarckeiche, eine Norderstraße und eine Große Straße. Letztere sowie die Bismarckstraße suchte sie vergeblich.

»Morgen. Bist du schon fleißig?«

Roman stand in der Tür zum Wohnzimmer, einen Kaffeebecher in der Hand. Er wirkte übernächtigt, hatte dunkle Ringe unter den Augen, und seine Haare waren zerzaust. Trotzdem reagierte Viktoria heftig auf seinen Anblick. Ihr Magen schlug Purzelbäume. Dabei wäre sie am liebsten aufgestanden und hätte ihn ebenso berührt wie er sie wenige Stunden zuvor.

»Ich habe mir angesehen, wo die Schmiedestraße ist«, sagte sie trotzdem einigermaßen ruhig.

»Ah, Wilhelm Niemann auf der Spur. Das kann nicht allzu weit sein nach Maries Schilderung, oder?«

»Nein. Aber mit ein paar anderen Straßen, die sie erwähnt hat, habe ich Schwierigkeiten, die scheint es nicht mehr zu geben.«

Roman grinste, kam zu ihr herüber und sah über ihre Schulter auf den Stadtplan. »Ich würde eher vermuten, sie wurden umbenannt.«

»Wieso sollte dieses Schicksal eine Große Straße oder eine Bismarckstraße ereilen?«

»Um sie nach anderen berühmten Zeitgenossen zu benennen. Davon gab es viele im Laufe der diversen Regierungsformen in diesem Land.« Roman grinste noch immer. »Ich weiß ja nicht, ob es hier je eine Adolf-Hitler-Straße gegeben hat, aber falls es so war, hat man sich das bestimmt nach dem Tausendjährigen Reich schnell wieder anders überlegt.«

»Dann würde sie doch jetzt wie früher Bismarckstraße heißen.«

»Vielleicht. Vielleicht aber auch Karl-Marx-Straße.« Roman deutete auf den Stadtplan. »Die Hauptverkehrsstraße ist nach dem Genossen Ernst Thälmann benannt. Ich schätze mal, da hast du deine beziehungsweise Maries Große Straße, das würde zumindest passen. Und sieh mal, die Bismarckeiche ist eingezeichnet, gleich dran entlang führt die Karl-Marx-Straße.«

»Das hast du gewusst, oder?«, fragte Viktoria vorwurfsvoll.

Roman zuckte mit den Schultern und grinste wieder. »Nein.

Aber in der DDR hatten wir eine ganze Stadt, die nach Marx benannt war! Bismarck dagegen fand niemand sonderlich interessant.«

»Die Bismarckeiche«, sinnierte Viktoria. »Dort haben sich Doro und Johann getroffen. Am liebsten würde ich mit dem Tagebuch in der Hand all die Orte aufsuchen, die Marie beschrieben hat. Ob die Eiche noch dieselbe ist wie damals?«

»Durchaus möglich. Punkt zwei auf der Tagesordnung nach der Laube?«

Eilig aß Viktoria eins der Brötchen, die Roman vom Bäcker geholt hatte, und einen Apfel. Immerhin war das Abendessen gestern zugunsten der Lektüre ausgefallen.

»Wie findest du's übrigens«, fragte Roman, der sich auch einen Apfel nahm, »dass du was mit der Sanften Marie gemeinsam hast?«

Viktoria lächelte. »Du meinst, weil sie Schriftstellerin werden wollte? Sie hatte eine Menge Talent, ihr Tagebuch liest sich wie ein Roman. Wahrscheinlich hat sie absichtlich auf diese Weise geschrieben, das ist eine gute Übung.« Sie machte eine kleine Pause und starrte ins Leere. »Vielleicht ist sie mir deshalb so nahe gewesen beim Lesen. Ich stimme Hedwig Woermann jedenfalls zu, auch wenn sie sich auf die Malerei bezog: Marie hatte offenbar viel zu sagen, gleich, mit welchem Stilmittel. Schade, dass sie es auf diese Weise versteckt hat.« Sie stand auf. »Ab in die Laube!«

»Gepflegter Wildwuchs hin oder her, wir müssten gelegentlich den Weg ein bisschen frei schneiden«, stellte Roman kurz darauf fest, der sich wieder Viktoria voran durch den Garten kämpfte, bis sie vor dem achteckigen Gebäude standen, das einmal Maries und später vor allem Doros Zufluchtsort gewesen war. Es sah unverändert aus, die Fensterscheiben waren entweder kaputt oder blind, die Tür hing schief in den Angeln, das Innere ähnelte einer Rumpelkammer.

Vorsichtig, damit sie sich keinen weiteren Splitter einfing, versuchte Viktoria, die Tür zu öffnen, aber sie schafften es nur mit vereinten Kräften, sie genügend nach innen zu drücken, um sich durch den Spalt hindurchzuquetschen. Drinnen war die Luft weniger abgestanden als befürchtet, dafür modrig und feucht, hervorgerufen durch das undichte Dach. Schweigend standen sie beieinander und betrachteten die alten Gartenmöbel, die mottenzerfressenen Sessel und die beiden Schränkchen. Über allem hingen Spinnweben, einige so tief, dass Viktoria sie mit den Händen wegwischen musste, als sie einen Schritt auf das Schränkchen mit den zwei Schubladen mit Messinggriffen und Schlössern zu machte. Eine zerbrochene Petroleumlampe stand darauf.

Mit dem Bein schob Roman einen umgekippten Sessel zur Seite. Probeweise zog er zunächst an den Griffen der Schubladen. Die obere ließ sich problemlos öffnen. »Nichts Bemerkenswertes«, stellte er fest. »Ein paar Bleistifte, Glasuntersetzer mit hässlichem Weintraubenmuster und ein Flaschenöffner.«

Viktoria kam näher und stellte sich auf die Zehenspitzen, um über seine Schulter sehen zu können. Die untere Schublade klemmte. »Mist!«, schimpfte Roman.

Enttäuscht rüttelte Viktoria selbst an den Griffen. »Das Ding sieht aus, als wäre es einigermaßen leicht zu knacken, dafür müssen wir bestimmt keinen Schlüsseldienst bemühen.«

»Vermutlich nicht. Aber versuchen wir zuerst den zweiten Schrank, vielleicht haben wir da mehr Glück.«

Schon aus der Entfernung entdeckte Viktoria Überreste eines toten Vogels hinter den ebenfalls zerbrochenen Scheiben des Vitrinenaufsatzes. Geschirr, oder was sonst dort aufbewahrt worden war, hatte man sicher schon vor Urzeiten ausgeräumt. Die Staubwolke, die aufwirbelte, als sie einen Ohrensessel wegschoben, ließ Viktoria dreimal hintereinander niesen, das letzte Mal dermaßen heftig, dass sie aus dem Gleichgewicht geriet und in den Sessel fiel. Das sah offenbar so komisch aus, dass Roman anfing zu lachen.

»Hahaha!«, machte Viktoria verschnupft, fiel aber doch in das Lachen ein. Roman zog sie hoch und wischte ihr Spinnweben aus dem Gesicht. Dabei kam er ihr so nahe, dass sie einen Augenblick lang die Luft anhielt. Stopp!, dachte sie, ich will das nicht! Trotzdem stand die Zeit für einen Moment still, in dem sie und Roman sich nicht rührten, sondern sich nur ansahen. Viktoria las in seinen Augen denselben Widerstreit, den sie empfand – und die Erkenntnis, nicht mehr länger dagegen ankämpfen zu können. Ganz langsam neigte Roman den Kopf, und Viktoria nahm jeden Millimeter wahr, den sich sein Mund dem ihren näherte. Sie wollte das nicht! Doch. Sie wollte es. Sie schloss die Augen und spürte Romans Atem, spürte fast, wie seine Lippen ihre berührten.

»Hallo? Ist hier jemand?«

Viktoria und Roman fuhren auseinander, als wären sie bei etwas Verbotenem erwischt worden, wobei Viktoria wieder in den Sessel fiel.

»Hallo?«, ertönte es von draußen erneut. »Jemand zu Hause?«

»Lieber Gott, was tut der denn hier?«, murmelte Viktoria entsetzt und enttäuscht zugleich. Sie wagte nicht, Roman anzusehen, sondern beschäftigte sich damit, ein Papiertaschentuch hervorzukramen und sich die Nase zu putzen, bevor sie vor lauter Staub ein viertes Mal niesen musste.

»Wer?« Roman flüsterte unwillkürlich.

Endlich hob Viktoria den Blick und lächelte gequält. »Henrik.«

»Oh.« Romans Lächeln glich ihrem. »Wir könnten uns tot stellen und warten, bis er wieder geht«, flüsterte er weiter, was Viktoria diesmal ein richtiges Lächeln entlockte. Sie nickte. Alles war besser, als ausgerechnet in dieser Situation Henrik gegenübertreten zu müssen. Während sie bewegungslos verharrten, trafen sich erneut ihre Blicke, und Viktoria fühlte sich, als habe Roman sie wirklich geküsst, ja sogar, als würde er sie noch immer im Arm halten, als würden seine Hände ihren Körper entlangwandern, als liebkosten seine Lippen jeden Zentimeter ihres Gesichts. Sie merkte, dass sie errötete, war aber unfähig, Romans Augen auszuweichen. Dass allein ein Blick derartige Gefühle in ihr auslöste, hatte sie noch nie erlebt. Die Sehnsucht, all das, was ihr ihre Fantasie gerade vorgaukelte, tatsächlich zu spüren, ließ sie schlucken. Langsam erhob sie sich aus dem Sessel und streckte die Hand nach Roman aus.

»Ach, da seid ihr! Habt ihr mich nicht rufen hören?«

Zum zweiten Mal innerhalb kürzester Zeit kam sich Viktoria wie erwischt vor. Sie verfluchte Henrik – und vor allem verfluchte sie, dass sie es nicht schaffte, etwas zu sagen.

»Herr Gerlach, das ist ja eine Überraschung. Was führt Sie denn nach Wustrow?«, sagte Roman, um die Situation zu retten. Dabei machte er einen Schritt auf Henrik zu, sodass der Abstand zwischen Viktoria und ihm selbst größer wurde.

Kurz sah es so aus, als wolle Henrik Roman ignorieren. Stattdessen überlegte er es sich anders und musterte ihn binnen einer Sekunde von oben bis unten. »Als ich gestern mit Viktoria telefoniert habe, sagte sie mir, Ihre Großmutter liegt im Krankenhaus. Das tut mir leid, ich hoffe, es geht der alten Dame besser?«

»Nein, leider nicht. Aber Sie sind doch bestimmt nicht wegen meiner Großmutter hier.«

Henrik verzog spöttisch den Mund. »Ich dachte, ich könnte Viktoria behilflich sein, das eine oder andere Rätsel zu lösen, von dem meine Schwester berichtet hat. Sie hätten in der Zeit den Kopf frei und könnten ans Krankenbett eilen.«

»Das ist sehr großzügig von Ihnen«, gab Roman ebenso ironisch zurück. »Dabei dachte ich immer, Rechtsanwälte hätten eine Menge um die Ohren und keine Zeit, von ihren Akten aufzusehen. Sie scheinen in der beneidenswerten Lage zu sein, Ihre Kanzlei an einem normalen Wochentag verlassen zu können. Dabei erwähnte Viktoria neulich noch, was für ein viel beschäftigter Mann Sie sind.«

Viktoria war dem Schlagabtausch mit gemischten Gefühlen gefolgt, jetzt sah sie, wie Henrik leicht die Stirn runzelte und sich an sie wandte. »Sollte ich mich geschmeichelt fühlen, euer Gesprächsthema zu sein?«

»Findest du dich denn nicht interessant genug?«, erwiderte Viktoria, mittlerweile eher amüsiert. »Im Ernst, Roman hat recht. Was machst du hier?«

Henrik runzelte noch deutlicher die Stirn. Offensichtlich gefiel es ihm nicht, sich rechtfertigen zu müssen. »Das, was ich gesagt habe. Ich habe heute keine Gerichtstermine, und Melli ist so nett, mich in der Kanzlei zu vertreten, was ich im Übrigen gestern für sie getan habe. Weil sie auf deine Bitte hin Martins Haus durchstöbert hat.«

Sofort meldete sich Viktorias schlechtes Gewissen. Melli und Henrik legten sich für sie ins Zeug, und sie zeigte sich ausgesprochen undankbar.

»Wir sollten Herrn Gerlach erst mal einen Kaffee anbieten, er muss ja schon ziemlich früh heute Morgen losgefahren sein und hat bestimmt noch nicht gefrühstückt«, schaltete sich Roman ein, dem es vermutlich ebenso wie Viktoria widerstrebte, zusammen mit Henrik die Laube weiter zu durchsuchen.

»Was wollt ihr übrigens in dem Gartenhäuschen?«, erkundigte der sich, den Wink mit dem Zaunpfahl ignorierend. »Sieht mir nicht aus, als ließe sich daraus was machen, man sollte es am besten abreißen.«

»Nein!«, protestierte Viktoria.

»Aber es ist abbruchreif!«, beharrte Henrik. »Oder glaubt ihr, etwas hier bringt euch weiter? Was denn, um Himmels willen?« Er drängte sich an Viktoria und Roman vorbei und machte einen Schritt auf den Schrank zu, den sie gerade hatten untersuchen wollen. »Ein totes Tier«, konstatierte er nach einem Blick in die Vitrine. »Könnte genauso gut eine Ratte wie ein Vogel gewesen sein. Sehr aufschlussreich.« Er bückte sich und öffnete die beiden Schwingtüren, ohne auf einen Kommentar zu warten. »Hey, das ist interessant!«

Viktoria warf Roman einen Blick zu. Am liebsten hätte sie Henrik an der Jacke gepackt und ihn vom Schrank weggezerrt, doch das war gar nicht mehr nötig. Er griff nach etwas und trat zurück, den Gegenstand triumphierend in den Händen haltend. »Wenn das kein alter Bowlenkrug ist!« Es war ein großer brauner Krug aus Steingut, verziert mit Weintrauben ähnlich denen auf den Glasuntersetzern. Henrik grinste. »Die Entdeckung des Jahrhunderts.«

Roman nahm ihm den Krug ab, der ungewöhnlicherweise mit einem Deckel versehen war, und schaute hinein.

Henrik schüttelte den Kopf. »Da ist nichts drin, sonst wär er schwerer, und geklimpert hat auch nichts.«

Viktoria hatte den Eindruck, dass Roman eine Sekunde zu lange zögerte, bevor er nickte. Er stellte den Krug zurück und sah nach, ob sich noch etwas im Schrank befand. »Die passenden Becher«, sagte er mit hohl klingender Stimme, da er in den Schrank hineinsprach. »Und löchrige Stoffreste.« Er hielt sie Viktoria hin, die dasselbe Muster erkannte wie auf den Gardinenfetzen vor den Fenstern, nur dass die Farben noch kräftiger waren. »Das ist alles.«

»Na, dann nehm ich jetzt das Frühstücksangebot an«, beschloss Henrik und verließ die Laube.

»Wirklich alles?«, raunte Viktoria Roman zu.

»Ja. Allerdings war da ein Papier im Krug. Es scheint einigermaßen gut erhalten zu sein, wahrscheinlich, weil der Deckel es geschützt hat. Ich konnte nicht erkennen, was drauf war.« Er deutete zu dem Schubladenschränkchen. »Das da müssen wir auch noch öffnen. Ich versuche mein Bestes, geh du mit Henrik ins Haus und mach ihm seinen Kaffee. Er ist sicher nicht böse, wenn er ein paar Minuten ohne mich auskommen muss.«

Viktoria nickte und folgte Henrik hinaus in den Garten.

»Habt ihr euch schon überlegt, wie ihr das gestalten wollt?«, fragte er und machte eine weit ausholende Geste mit den Armen. »So kann's ja schlecht bleiben.«

»Uns gefällt's.«

»Ach?« Henrik schürzte die Lippen. »Ihr seid euch also einig? Ist sicher besser, als wenn ihr euch bis aufs Blut streitet, wer die Gartenpflege übernimmt und wie. Schön, dass ihr euch so gut versteht. Damals in meiner Kanzlei hatte ich nicht den Eindruck, dass du und Mister Meeresmuseum es miteinander aushalten könntet. Wobei mir einfällt: Wo bleibt er denn eigentlich?« Er drehte sich suchend um.

»Kommt gleich nach. Wir möchten die Laube behalten, und Roman will schon mal sehen, wie man sie am besten wieder herrichten kann«, sagte Viktoria ausweichend und fragte dann schnell: »Hat Melli in Martin Niemanns Haus was über seine Familie gefunden?«

Henrik legte den Kopf schief. Er war ein guter Anwalt, der mit Sicherheit ihre Taktik durchschaute, dennoch bestand er nicht darauf, das ursprüngliche Thema weiterzuverfolgen. »Wenig. Es gibt ein uraltes Fotoalbum mit einem einzigen Babyfoto. Möglich, dass er das ist, darunter steht jedenfalls das richtige Geburtsjahr: 1921. Die paar anderen Bilder zeigen eine Frau und einen Jungen, die beide über die Seiten älter werden – jeweils beschriftet mit der Jahreszahl, von 1924 bis 1941. Offenbar war Martin Soldat. Er sieht ein bisschen unglücklich aus in Uniform, aber man erkennt ihn eindeutig. Die Frau wird seine Mutter gewesen sein.«

»Und?«

»Was und? Ach, Papiere meinst du? Fehlanzeige. Kein Stammbuch, kein Familienbuch, nichts über seine Vorfahren. Natürlich sein Personalausweis, Führerschein, jede Menge Zeugnisse, der Universitätsabschluss, die Promotionsurkunde und so. Aus diesen Dokumenten geht das einzig Interessante hervor, das Melli gefunden hat.« Henrik machte eine Kunstpause und wartete, dass Viktoria die richtige Frage stellte. Stattdessen nickte sie langsam. Natürlich.

»Martin Niemann wurde in Wustrow geboren«, sagte sie.

»Nicht ganz, aber dicht dran. Stralsund.«

»Stralsund?« Viktoria konnte kaum glauben, was sie hörte und was es möglicherweise bedeutete. »Meine Güte«, entfuhr es ihr.

»Was ist?«, erkundigte sich Henrik.

Gleichzeitig kam Roman auf sie zu. »Ich dachte, ihr sitzt längst beim Kaffee«, wunderte er sich, bevor er etwas verlegen den Bowlenkrug hochhielt. »Den können wir demnächst mal benutzen. Gibt schönere Modelle, aber für einen lauen Abend auf der Terrasse reicht's.« Als keine Reaktion kam, sah er Viktoria an. »Ist alles in Ordnung?«

»Das würde mich auch interessieren«, fiel Henrik ein. »Sie sieht aus, als wär jemand über ihr Grab gelaufen.«

Viktoria überging seinen Einwurf. »Wir hatten recht, Roman, beinah von Anfang an! Melli hat entdeckt, dass Martin Niemann in Stralsund geboren wurde. Weißt du, was das bedeutet?«

»Du meinst, er war doch Maries Sohn? Und – Johanns? Sie hat ihn immerhin ebenso geliebt wie Doro. Wenn sich die beiden in den Jahren wiedergetroffen haben, nachdem Johann aus dem Zuchthaus kam und Doro und das Kind gestorben waren, hätten wir einen zweiten Skandal und den Grund, warum Marie nach Wustrow abgeschoben wurde. Weil sie nämlich zur Zeit der Affäre längst verheiratet war.«

Viktoria nickte. Sie erinnerte sich an ihr ursprüngliches Argument gegen die Version, dass Martin Maries Sohn war, weil in einem so kleinen Ort wie Wustrow eine Schwangerschaft nicht verheimlicht werden konnte (es sei denn, es war zufälligerweise eine Zwillingsschwester vorhanden), aber das galt nun nicht mehr. »Marie hat das Kind in Stralsund bekommen, vermutlich unter dem Deckmantel ihrer Ehe. Georg wird aber kaum gewillt gewesen sein, ein fremdes Kind großzuziehen. Eine Scheidung wäre wahrscheinlich wieder mal zu skandalträchtig gewesen, also auf andere Weise weg mit dem Balg und weg mit der treulosen Gattin. Natürlich müsste dazu mit Martins Geburtsjahr getrickst worden sein, denn Johanns Brief, in dem er Marie um ein Treffen bittet, ist von 1923, während auf Martins Urkunden 1921 als Geburtsjahr steht. Aber möglich wär's. Meine Güte!«, wiederholte sie.

»Könnte mir mal jemand verraten, worum's hier geht?«, fragte Henrik.

Viktoria hatte völlig vergessen, dass Henrik auch noch da war. »Die Frau auf dem Foto war wahrscheinlich seine Adoptivmutter oder eine Verwandte der Niemanns, die ihn aufgezogen hat. Was sogar näherliegt, weil das Kind diesen Namen trägt. Bleibt die Frage, was aus Johann geworden ist.«

»Ich versteh immer noch nicht, was ...«, begann Henrik.

»Erklär du's ihm, ich mach den Kaffee«, sagte Viktoria. Damit gab sie ihm Gelegenheit, nur so viel preiszugeben, wie er für richtig hielt. Da sie eben instinktiv keinerlei Nachnamen genannt hatten, würde Henrik ohne nähere Erklärungen oder Nachforschungen nicht darauf kommen, dass das alles mit den Marendorffs zusammenhing. Roman nickte und drückte ihr den Krug in die Hand, den sie auf den Küchentisch stellte, um hineinzusehen. Da waren das gerollte Papier und noch ein anderer Gegenstand darunter, den sie nicht erkennen konnte. Hatte Roman den im Schränkchen gefunden? Sie brannte darauf, beides zu untersuchen, zwang sich aber, sich zuerst um Henriks Frühstück zu kümmern.

Mit einer Tasse und einem Brötchen erschien sie kurz darauf wieder auf der Terrasse, wo Roman Henrik gerade grob in Maries Geschichte einweihte. Als er Viktoria kommen hörte, sah er auf.

»Ich halte es für sinnvoll, wenn du dich mit Herrn Gerlach auf die Suche nach den Niemanns hier im Ort machst. Dadurch könnte ich tatsächlich zu Sophie ins Krankenhaus fahren.«

Was er nicht sagte, Viktoria aber in seinen Worten mitschwingen hörte, war die Tatsache, dass er in Stralsund womöglich etwas über Marie und Doro in Erfahrung brachte. Auch wenn sie nicht damit rechnete, dass es Sophie gut genug ging – hoffentlich lag sie damit falsch, und Sophie konnte ein paar Fragen klären helfen. Falls sie von einer Affäre ihrer Mutter mit Johann Niemann wusste, wusste sie wahrscheinlich ebenso von Martins Existenz und infolgedessen sogar, dass er ihr Halbbruder gewesen war. Das würde erklären, warum ihr der Name einen solchen Schreck eingejagt und sie geleugnet hatte, ihn je gehört zu haben. Dazu bestand jetzt, wo die Zusammenhänge auf der Hand lagen, keine Notwendigkeit mehr.

Roman stand auf. »Ich mach mich auf den Weg.«

»Nein, warte!«

Irritiert durch Viktorias eindringlichen Ton setzte Roman sich wieder. »Was ist?«

»Mir ist gerade etwas eingefallen: Wenn der Verlust, von dem in dem Woermann-Brief die Rede ist, sich nicht auf Doro und/oder Johanna bezieht, sondern auf Maries eigenes Kind – was ist aus Doro und deren Kind geworden? Und: Wenn beide noch lebten, warum hat Johann sich mit Marie eingelassen?«

»Entschuldigt, wenn ich mich einmische«, sagte Henrik. »Ich hab ja vermutlich noch nicht alles vollständig begriffen, aber wäre es möglich, dass Marie ihm diese Tatsache vorenthalten hat? Aus egoistischen Gründen?«

Zweifelnd sahen Viktoria und Roman sich an. »So was würde ich ihr nicht zutrauen«, meinte Viktoria.

»Nein«, stimmte Roman zu. »Andererseits: Vielleicht hatte Doro längst ihre Koffer gepackt, um nach Amerika auszuwandern, verschollen auf Nimmerwiedersehen oder etwas in der Art. Mit einem Mann wie Georg war Marie sicher nicht überglücklich, wer weiß also ...«

Wohl oder übel musste Viktoria sich eingestehen, dass da etwas dran sein konnte. »Dann lass dich nicht länger aufhalten. Wir sehen, dass wir was wir über die Niemanns erfahren.«

»Ich bin gespannt auf euren Bericht.« Er nickte Viktoria und Henrik zu und verschwand in der Küche.

Einen Augenblick schwiegen beide. Viktoria suchte krampfhaft nach einem Grund, Roman zu folgen, um ihn kurz allein zu sprechen. Aber ihr fiel nichts Glaubwürdiges ein. »Wenn du fertig gefrühstückt hast, können wir los«, sagte sie stattdessen zu Henrik, auch wenn sie keine große Lust hatte, mit ihm auf die Suche nach der Vergangenheit zu gehen. Vertrackte Situation: Henrik bemühte sich ehrlich um sie, und nun war diese Sache dazwischengekommen. Und vor allem Roman.

»Ich vertraue mich ganz deiner Führung an«, sagte Henrik. »Geh lieber deine Jacke holen, es sieht aus, als würde es sich zuziehen, ich räume den Tisch ab.«

Viktoria hob die Brauen. »Ganz neue Sitten! Seit wann kümmerst du dich um Küchendinge?«

»Seit ich versuche, ein besserer Mensch zu werden«, lachte Henrik.

Halbherzig stimmte sie in das Lachen ein, unsicher, wie ernst er das meinte.

In der Küche war der Krug verschwunden. Stattdessen fand Viktoria oben auf ihrem Kopfkissen das zusammengerollte Blatt Papier, das an den Rändern bereits brüchig war. Vorsichtig rollte sie es auseinander – und hielt die Luft an. Maries Zeichnung von Johann und Doro, die entgegen ihren Erwartungen erhalten geblieben war. Jeder Strich der grandiosen Skizze machte deutlich, wie die beiden zueinander standen. Außerdem begann Viktoria noch besser zu verstehen, was die Zwillinge in Johann gesehen hatten: Er war ein außerordentlich attraktiver, großer, dunkler Mann. In älteren Jahren hätte er durchaus Ähnlichkeit mit Martin Niemann haben können.

Wie die Zeichnung in den Bowlenkrug gekommen war, ließ sich heute nicht mehr sagen. Unter Umständen hatte sogar Doro sie hineingetan, als sie allein in der Laube saß, und sie ab und zu hervorgeholt, um sie zu betrachten, immer in der Hoffnung, dass doch noch alles gut würde. Erst als Viktoria das Blatt wieder zusammenrollte, sah sie den zweiten Gegenstand, der ebenfalls auf ihrem Kissen lag. Ein kleines Büchlein, längst nicht so groß und so dick wie Maries Tagebuch, eher ein Notizheft. Viktoria konnte nicht widerstehen, es aufzuschlagen. Es gab kein Vorblatt, es fing auf der ersten Seite mit einem Datum an. Die Schrift war etwas größer, was das Lesen hätte vereinfachen sollen, aber leider war sie auch undeutlicher, fast krakelig.

Dienstag, 25. März 1924
Wie kann ich hier ... ausgerechnet ... Ich weiß nicht, warum. Vielleicht hat alles seine Richtigkeit. Es muss wohl so sein. Aber ich bin ...

Es folgten zwei durchgestrichene Zeilen, die Viktoria beim besten Willen nicht entziffern konnte. Offenbar war Marie in furchtbarer Verfassung gewesen. Nicht nur die Schrift, auch die unzusammenhängenden Sätze und Worte ließen darauf schließen. War sie an jenem Tag im Jahr 1924 nach Wustrow gekommen und deshalb so verstört?

Viktoria blätterte auf die nächste Seite. Dort ähnelte die Schrift derjenigen im Tagebuch wieder mehr, aber auch hier gab es auf den ersten Blick viele abgebrochene und einige durchgestrichene Sätze. Wie gern hätte sie sich hingesetzt und gelesen, aber unten wartete Henrik. Sie schnappte sich ihre Jacke und lief die Treppe hinunter.

2.

»Wohin zuerst?« Henrik fand das alles offenbar spannend. Da er Martin Niemann viele Jahre gekannt hatte, reizte es ihn sicher, etwas über den Mann herauszufinden, der aus seinem Leben ein solches Geheimnis gemacht hatte.

»Auf den Friedhof«, bestimmte Viktoria mit einem Blick in den Himmel. »Nutzen wir das trockene Wetter aus, wenn es nachher zu regnen anfängt, können wir drinnen in Unterlagen wühlen.«

Der Friedhof lag am äußersten Ende von Wustrow. Danach kamen nur noch Wald und Felder und der Bodden. Eine Pappelallee führte zur kleinen Kapelle, vorher jedoch fiel Viktorias und Henriks Blick auf ein Kriegerdenkmal für die Gefallenen des Ersten Weltkriegs. Am Ende der langen, in Gold geprägten Namensliste auf schwarzem Marmor stand geschrieben: *Niemand hat größere Liebe als die, dass er sein Leben lässt für seine Brüder.* Unter den Gefallenen befand sich ein »W. Niemann«, doch dabei handelte es sich wohl nicht um den Schiffer Wilhelm Niemann, der zu alt gewesen wäre, um noch als Soldat eingezogen zu werden.

An der Kapelle hing ein Plan, auf dem die Grabstätten bekannter Persönlichkeiten verzeichnet waren. Die meisten sagten Viktoria nichts, aber sie fand Hedwig Woermanns Namen. Da sie irgendwo anfangen musste, führte sie Henrik bis zur letzten Reihe, vorbei am Grab von »E. Schütz, Director der Navigationsschule«, das direkt an der Kapelle und neben einem alten Gräberfeld mit schief stehenden Kreuzen lag.

»Was hast du?«, erkundigte sich Henrik.

Viktoria war gar nicht bewusst gewesen, dass sie zu lächeln anfing, als sie sich Maries kichernde Reaktion auf den Namen des

Rettungsbootes *Navigationsschuldirektor Schütz* in Erinnerung rief. Aber es löste bei Henrik einen ähnlichen Heiterkeitsausbruch aus. »Toller Name für ein Boot.«

Schließlich standen sie vor dem Grab der Malerin, dessen hinteres Ende von einem mit Büschen und Sträuchern umgebenen kleinen Findling geschmückt wurde, auf dem schlicht *Hedwig Woermann Jaenichen* stand, ihre Geburts- und Sterbedaten sowie der Satz *Vers la flamme* – Der Flamme entgegen. Darunter lag ein kleinerer flacher Stein mit dem Namen ihres Mannes, des Bildhauers Johann Christian Jaenichen, der 1945 Selbstmord begangen hatte.

Auf Henriks Nachfrage berichtete Viktoria von Hedwig Woermanns Brief an Marie. Wie gut sie einander wohl gekannt hatten? Nicht gut genug, als dass Marie den Rat angenommen hätte, ihre Bilder auszustellen, aber dennoch gut genug, dass sie sich ihr zumindest ein wenig anvertraut haben musste.

Von Woermanns Grab aus gingen Viktoria und Henrik die Reihen ab und standen bald darauf vor dem Niemann'schen Familiengrab. Auf der schwarzen Platte des Steins stand grau eingemeißelt zu lesen:

Hier ruhen in Gott

Gertrud Niemann, geb. Spörk

** 22. Februar 1870*
† 5. Mai 1911

und

Anna Niemann

** 3. März 1897*
† 7. Mai 1911

geliebte Frau und Tochter
von
Wilhelm Niemann

Schiffer und Vormann der
Seenotrettungsstation
zu Wustrow
Lehrer an der Seefahrtschule

** 7. Juli 1856*
† 18. August 1923

»Das muss schlimm gewesen sein, beide zugleich zu verlieren«, sagte Henrik. »Weißt du, woran sie gestorben sind?«

»Grippe«, antwortete Viktoria. »Damals kam das häufiger vor.« Nachdenklich starrte sie auf Wilhelm Niemanns Namen und fragte sich, ob er durch den Tod seiner Frau und seiner Tochter ein so hartherziger Mann geworden war. Er hatte Johann offenbar nie von Doros Brief erzählt, den Marie ihm doch noch gebracht hatte. Aus Johanns Schreiben an Marie elf Jahre später ließ sich eindeutig herauslesen, dass er den erst nach Wilhelms Tod gefunden hatte. Jedenfalls ging Viktoria davon aus, dass es sich um jene Nachricht handelte. Was sonst hätte Johann mehr erschüttern können, als von Doros und seinem Kind zu erfahren?

»Hast du einen Schirm dabei?«, riss Henrik Viktoria aus ihren Gedanken.

Die ersten Regentropfen hatte sie gar nicht bemerkt. Sie holte den Schirm hervor, weigerte sich aber, Henrik zu folgen, der eilig den Friedhof verlassen wollte. »Ich möchte noch Maries Grab sehen.«

»Vergiss es!«, widersprach Henrik nach zwei Reihen erfolgloser Suche. »Wir können das nachholen, es schüttet wie aus Kübeln!«

Viktoria musste ihm recht geben. Fünf Minuten später stießen sie die Tür des Fischlandhauses auf, eines alten, rot gestrichenen Hochdielenhauses mit hellblauen Fensterläden und Reetdach. Im Eingangsbereich hingen Zeichnungen und Gemälde, rechts erstreckte sich ein weiteres mit Bildern bestücktes Zimmer. Linkerhand dagegen befand sich Viktorias Ziel, die Bibliothek. Die Ausstellung eines Malers namens Willy Colberg, die sie gern angesehen hätte, musste warten.

Die Bibliothek war recht klein, und an jedem verfügbaren Platz standen Regale oder Buchständer, in der Mitte der Schreibtisch der Bibliothekarin, die lächelnd aufschaute, als Viktoria und Henrik grüßten. Ein kleines Schildchen am Pullover wies sie als Sandra Bartels aus. »Sie haben ja scheußliches Wetter mitgebracht! Kein Wunder, dass Sie Lesestoff brauchen. Sehen Sie sich ruhig um.«

»Danke«, erwiderte Viktoria. »Wir suchen weniger einen guten Roman als vielmehr Historisches über Wustrow und die Einwohner, genauer gesagt, über den Anfang des zwanzigsten Jahrhunderts.«

Frau Bartels überlegte kurz und erhob sich. Hinter ihrem Schreibtisch stand ein Regal, zu dem sie Viktoria und Henrik bat. »Hier finden Sie das relevante Material zur Geschichte des Fischlands und von Wustrow. Besonders vielversprechend dürfte die zweibändige Fischland-Chronik sein.« Sie zog zwei dicke gebundene Bände hervor, die größtenteils aus Kopien alter Zeitungsartikel oder handschriftlicher Notizen bestanden.

»Da hat sich aber jemand enorm viel Mühe gemacht!«, entfuhr es Viktoria. Weiter vorn setzten sie sich an einen Tisch und begannen, in der Chronik zu blättern. Es war erstaunlich, was da alles zusammengetragen worden war. Uralte Werbeanzeigen von Hotels und Geschäften, Hinweise zur Inbetriebnahme des Wustrower Leuchtturms im Jahr 1911, zu einer Kunstausstellung von Hedwig Woermann in der Anastasiastraße, die man zum Preis von fünfzig Pfennig besichtigen konnte, ebenso wie ein Verzeichnis der Pastoren der Gemeinde. Viktoria entdeckte sogar den Namen der Reuters und ein Foto, das den Pastor mit seiner pausbäckigen Gattin inmitten der »Evangelischen Frauenhilfe zu Wustrow« zeigte. Mit jedem Detail wurden Maries Schilderungen lebendiger.

Aber es war Henrik, der in einem anderen Nachschlagewerk über eine Liste der Vormänner der Seenotrettungsstation stolperte, auf der der Name von Wilhelm Niemann stand.

»Niemann war Vormann der Station von 1903 bis 1920, drei Jahre vor seinem Tod«, sagte er laut und deutete auf die Zeile.

Frau Bartels, die sich gerade mit einem älteren, ein wenig verschmitzt dreinblickenden Mann mit dunkelblauer Seemannsmütze unterhielt, musste seine Worte gehört haben. Sie räusperte sich und deutete auf den Mann neben ihr. »Sie interessieren sich für die Seenotrettung? Sprechen Sie doch mal mit Herrn Witte hier, einen besseren Experten werden Sie nicht finden.«

Der Mann lachte und sah zwischen Frau Bartels und Viktoria und Henrik hin und her. »Wenn ich helfen kann …? Ich war selbst mal Vormann und kenne mich aus.«

»Im Ernst?« Viktoria stand auf und ging zu ihm hinüber, Henrik im Schlepptau. Sie stellte sich vor und erzählte kurz, worum es ihnen ging.

»Ach«, sagte Herr Witte, »die Sanfte Marie. Dass sich noch mal jemand nach der erkundigt – und das in Zusammenhang mit dem alten Niemann … Die Welt ist doch klein bei uns in Wustrow.«

»Können Sie uns denn was über die Niemanns sagen?«

»Das war natürlich ein bisschen vor meiner Zeit, aber ich habe ein recht großes Archiv, darin dürfte sich das eine oder andere finden.« Dann stutzte er. »Warten Sie, ich glaube, mir fällt da was ein. Es wär möglich, dass die Rosenows Ihnen weiterhelfen könnten. Soweit ich weiß, hatten deren Vorfahren eine engere Beziehung zu den Niemanns. Fragen Sie mich nicht, welche, aber ich bin mir ziemlich sicher, dass sie das auf dem letzten Schifferball erwähnt haben, als es um Wustrows Vormänner ging.«

»Das wäre großartig! Meinen Sie, die Rosenows würden mit uns reden?«, erkundigte sich Viktoria.

»Bestimmt. Vielleicht ist sogar Edith zu Hause und hütet die Enkel. Warten Sie eine Sekunde.« Herr Witte zückte sein Handy, wählte eine Nummer und wartete. Anscheinend meldete sich gleich die richtige Person, denn kurz darauf stattete Herr Witte sie mit einer Adresse in der Parkstraße aus. »Wenn Sie sich generell für die Geschichte Wustrows interessieren und nicht nur für die Niemanns, sehen Sie sich das Nachbarhaus an«, erklärte Herr Witte. »Da hat Hedwig Woermann gelebt, falls die Ihnen was sagt.«

»Natürlich! Die Woermann kannte Marie von Kampen.«

»Sieh an«, meinte Herr Witte, »ich sag's ja, die Welt ist klein bei uns.« Er lachte leise. »Na, dann viel Glück mit den Rosenows.«

Um Edith Rosenows Beine fegten zwei blonde Kinder, ein Junge und ein Mädchen, und veranstalteten einen Heidenlärm, als sie die Tür öffnete.

»Sie müssen entschuldigen, die beiden sind heute außer Rand und Band, und bei dem Wetter kann ich sie nicht mal in den Garten schicken«, lachte sie und scheuchte die Kinder liebevoll zurück ins Haus. »Aber kommen Sie doch erst mal rein!«

»Vielen Dank! Es ist sehr freundlich, dass wir Sie mit unseren Fragen belästigen dürfen«, sagte Viktoria.

»Ach was! Gernot sagte, Sie interessieren sich für die Niemanns, ich will Ihnen gern alles sagen, was ich von meiner Großmutter weiß.«

Frau Rosenow mochte etwa Anfang sechzig sein. Ihre grauen Haare trug sie zu einem Pferdeschwanz gebunden, die verwaschene Jeans und der Pulli waren zweifellos die passende Kleidung, wenn sie ihre lebhaften Enkel im Zaum halten wollte. Nach ein paar neugierigen Blicken auf den Besuch verschwanden sie anstandslos in ihrem eigenen Reich. Edith Rosenow führte Viktoria und Henrik in ein gemütlich eingerichtetes Wohnzimmer mit Blick auf einen Garten, in dem eine verwaiste Sandkiste und eine Schaukel standen. »Kann ich Ihnen einen schönen heißen Tee anbieten?«

Viktoria war dankbar für etwas Warmes nach dem nasskalten Weg in die Parkstraße, als sie wenig später ihre Finger an der Tasse wärmte. Sie lächelte Frau Rosenow zu, die sich bequem zurückgelehnt hatte und sich erkundigte: »Haben Sie spezielle Fragen oder soll ich einfach drauflos erzählen?«

»Wir möchten gern was über die Zeit um 1911/12 und über die zwanziger Jahre erfahren. Im ersten Zeitrahmen muss Wilhelm Niemann Vormann der Seenotstation gewesen sein und sein Sohn Johann einer der Rettungsmänner. Leider verliert sich unsere Spur von Johann bis 1923, wo er kurz wieder auftaucht, nur um danach erneut in der Versenkung zu verschwinden.«

»Ja, das war so eine Sache mit Johann«, nickte Frau Rosenow. »Da wusste keiner, was eigentlich passiert war, nur meine Urgroßmutter hat am Ende einiges mitbekommen. Ich habe Ida nicht mehr kennengelernt, sie starb vor meiner Geburt, aber sie ist über bestimmte Ereignisse in ihrem Leben nie hinweggekommen und hat ihrer Tochter Ursula oft davon erzählt, die die Geschichte ebenfalls weitergab. Meinen Vater hat das nicht sehr interessiert, aber ich konnte als Kind nicht genug davon bekommen, deswegen hat sich mir das alles eingeprägt.« Sie machte eine kleine Pause und trank einen Schluck Tee, bevor sie begann. »Meine Urgroßmutter Ida stand in Diensten bei Wilhelm Niemann. Sie war seine Haushälterin, Köchin – alles in einem. Die Niemanns waren für hiesige Verhältnisse recht wohlhabend, aber natürlich darf man das nicht vergleichen mit den wirklich reichen Leuten, die Anfang des Jahrhunderts kamen, um hier ihre Ferien zu verbringen. Manche hatten sogar ihre eigene Villa in Wustrow. Die Niemanns lebten in der Schmiedestraße und Ida mit ihren beiden Kindern ein Stück entfernt in der Neuen Straße. Sie war verwitwet und musste sich selbst ihren Lebensunterhalt verdienen. Die Stellung beim Schiffer Niemann schien ihr anfangs wie ein Hauptgewinn.«

»Anfangs?«, unterbrach Viktoria, die vermutete, dass Ida jene Frau in dem schwarzen Kleid war, die Marie bei den Niemanns gesehen und die sie als »ältlich« beschrieben hatte. Ida konnte damals noch nicht sehr alt gewesen sein, aber wenn sie ihr Leben lang hatte hart arbeiten müssen, hatte das sicher seine Spuren hinterlassen.

»Ja. Bis ihr Sohn Friedrich anfing, sich für die Seenotrettung zu begeistern. Fritz war Idas Ein und Alles, vermutlich weil er sie an ihren verstorbenen Mann erinnerte. Ihre Tochter Ursula – meine Großmutter – hat sie sicher geliebt, aber Fritz war eben etwas Besonderes für sie. Ihr Mann war auf See geblieben, und sie wollte nie, dass Fritz sich dafür interessierte.«

»Ein frommer Wunsch auf dem Fischland«, warf Henrik ein.

Frau Rosenow lächelte. »Vielen liegt es im Blut, und obwohl Fritz sich dem Wunsch seiner Mutter beugte und als Angestellter in Nordens Hotel arbeitete, konnte er doch nicht von der See lassen. Er wurde Rettungsmann, mochte seine Mutter jammern, wie sie wollte. In einer Sturmnacht im Oktober 1912 hat Niemann ihn zum ersten Mal mit hinausgenommen. Fritz war bestimmt gut vorbereitet, andernfalls hätte der Schiffer ihn zu Hause gelassen. Aber solche Aktionen sind nie ohne Risiko, Fritz kam nicht zurück. Ida hat sich von diesem Schlag nie mehr erholt. Ehrlich gesagt, habe ich mich immer gefragt, warum sie dennoch weiter in Wilhelm Niemanns Diensten geblieben ist. Natürlich konnte er nichts dafür, aber er muss sie doch schon allein durch seine bloße Gegenwart ständig an Fritz erinnert haben.«

»Vielleicht blieb sie gerade deshalb«, meinte Henrik. »Niemann war der Letzte, der mit Fritz zusammen gewesen war, vielleicht sogar ein Vaterersatz für ihn. Der Letzte, der sie mit ihrem Sohn verband. Was meinst du?«

Viktoria nickte abwesend. »Was passierte dann?«

»Wie gesagt«, nahm Frau Rosenow den Faden wieder auf, »blieb Ida bei Wilhelm Niemann, der seit einiger Zeit ebenfalls allein war, weil Johann sich einige Monate zuvor in Luft aufgelöst hatte. Zuerst dachten alle, er wäre in Dresden an der Kunstakademie, an der er studierte. Aber als er in den Ferien nicht mehr nach Hause kam, fingen die Leute an zu reden, vor allem, weil Niemann selbst sich sehr bedeckt hielt und schwieg. Ida steckte zu sehr in ihrem eigenen Kummer, als dass sie sich darüber Gedanken machte. Erst als Johann drei Jahre später – der Krieg tobte schon eine ganze Zeit – plötzlich wieder vor der Tür stand und sich mit seinem Vater lautstark stritt, konnte sie nicht mehr überhören, wo Johann gewesen war und warum.«

»Im Zuchthaus.« Viktoria nickte. »Das wissen wir aus einem späteren Brief von ihm.«

»Aber er hat steif und fest behauptet, er hätte zu Unrecht gesessen, man hätte ihm etwas untergeschoben, weil er gewissen Leuten in die Quere gekommen wäre.«

Viktoria nickte erneut. Das stimmte mit dem überein, was Marie und Doro geglaubt hatten.

»Ida konnte nicht sagen, ob der Alte ihm glaubte oder nicht, anscheinend fand er es letztlich unwichtig. Er war der Auffassung, Johann hätte auf jeden Fall selbst schuld, weil er sich mit dieser fremden Familie und dem Mädchen eingelassen hatte. Johann wiederum kümmerte die Meinung seines Vaters wenig, er schrie ihn an, er würde sie wiedersehen und nach Stralsund gehen, woraufhin der Schiffer ihn ebenso anbrüllte, er könnte sich die Mühe sparen, sich erneut ins Unglück zu stürzen, weil das Mädchen gestorben wäre. Daraufhin ...« Frau Rosenow unterbrach sich und schaute Viktoria an, die blass geworden war. »Was haben Sie? Ist Ihnen nicht gut?«

»Sie ist gestorben? Bestimmt?« Zwar hatten sie anfangs damit gerechnet, aber am Ende waren doch Zweifel an ihrem Tod aufgekommen, und sie hatten die Hoffnung gehabt, dass Doro nur verschollen war. Andererseits gab es durch ihren Tod einen guten Grund, warum Johann später mit Marie zusammenkam.

»Zumindest erzählte Wilhelm Niemann das seinem Sohn.« Frau Rosenow zuckte mit den Schultern. »Ich kann den Wahrheitsgehalt nicht beschwören, glaube aber doch, dass Johann sich davon überzeugt hat, bevor er an die Front ging. Er vertraute sich meiner Urgroßmutter an. ›Ida‹, hat er zu ihr gesagt, als sie ihn beschwor, sich das gut zu überlegen, ›was habe ich noch zu erwarten? Selbst wenn ich wollte – und ich will nicht, ich bin überhaupt nicht mehr fähig zu malen –, ich könnte nicht zurück an die Akademie, einen Zuchthäusler nehmen sie da nicht. Das Mädchen, das ich mehr liebte als mein Leben, ist tot. Mich selbst umzubringen, dazu fehlt mir der Mut, also lasse ich das einen Franzmann für mich erledigen.‹«

Viktoria fühlte Trauer in sich aufsteigen. Sie sah Maries Zeichnung vor sich, wie er mit Doro dastand, als gehörten sie untrennbar zusammen.

»Sein Wunsch hat sich aber nicht erfüllt«, stellte Henrik fest.

Frau Rosenow lächelte. »Richtig. Seltsam, dass es gerade die überstehen, denen ihr Leben völlig gleichgültig ist. Johann kam körperlich unversehrt aus dem Krieg zurück, aber wie so viele Soldaten hatte er psychisch stark gelitten. Die Erlebnisse auf den Schlachtfeldern waren zu grausam, zu menschenverachtend gewesen, als dass er anschließend hätte weitermachen können wie zuvor. Dennoch rappelte er sich nach einigen Jahren wieder auf. Er heiratete sogar, ein Mädchen namens Luise Behrendt, mit der er laut Ida zwar nicht glücklich, aber doch recht zufrieden wurde. Als Luise hochschwanger war, gingen sie für kurze Zeit nach Stralsund, weil Johann hier keine Arbeit fand. Es widerstrebte ihm zunächst zu gehen, weil ihn in Stralsund vieles an seine Vergangenheit erinnerte, die er am liebsten vergessen wollte, aber er musste Geld verdienen, deshalb zogen sie los. Luises und Johanns Sohn Martin wurde in Stralsund geboren, doch kurz darauf kam die Familie nach Wustrow zurück, weil Johann es nicht in der Stadt aushielt. – Hab ich schon wieder was Falsches gesagt?« Frau Rosenow beugte sich besorgt vor, weil Viktoria zusammengesunken war.

»Nein.« Sie schüttelte den Kopf. »Nur ist unsere ganze schöne Theorie gerade den Bach runtergegangen. Sind Sie sicher, dass Martin Luises Sohn war? Wann wurde er geboren?«

»Ida war sich sicher. Warum auch nicht? Luise war schon im siebten oder achten Monat, als die beiden nach Stralsund zogen. Das muss Anfang der Zwanziger gewesen sein, warten Sie ... ja, 1921, glaube ich. Warum ist das so wichtig?«

»Weil wir dachten, Martin sei das Kind einer anderen Frau. Und Johann war vorher die ganze Zeit in Wustrow?«

»Soweit ich weiß, schon. Eine hundertprozentige Garantie kann ich selbstverständlich nicht geben. Zwei Jahre später jedenfalls, nach dem Tod seines Vaters, ging er tatsächlich noch mal nach Stralsund – sogar ohne seine Familie.«

»Wusste Ida, warum?«, fragte Henrik.

»Wegen des Briefs«, sagte Viktoria, bevor Frau Rosenow antworten konnte. »Johann hat Doros Brief an Wilhelm Niemann gefunden, in dem sie von ihrer Schwangerschaft berichtete. Bestimmt war er geschockt, wollte der Sache auf den Grund gehen und mit Marie sprechen, um Einzelheiten zu erfahren.«

»Tja«, murmelte Frau Rosenow. »Ich fürchte, das war alles Idas Schuld. Johann tobte, er schimpfte auf seinen Vater, was das Zeug hielt, weil er ihm diesen Brief niemals gezeigt hatte. Ida wollte ihm Einhalt gebieten. Sie sagte, man rede nicht schlecht über Tote und Wilhelm Niemann habe diese harschen Worte nicht verdient. Johann war so wütend, dass er Ida den besagten Brief unter die Nase hielt. Ida starrte den Umschlag an, und trotz der vielen vergangenen Jahre stand mit einem Mal jener Oktoberabend, an dem sie ihren Fritz verlor, wieder ganz deutlich vor ihren Augen. Sie erinnerte sich außerdem an das Mädchen, das den Brief gebracht hatte, mit der dringenden Bitte, ihn Wilhelm Niemann zu geben. Ida war damals außer sich vor Sorge gewesen, dachte an nichts anderes als an Fritz, legte den Brief irgendwo hin und vergaß ihn komplett, als Niemann mit der Nachricht zurückkam, dass Fritz auf See geblieben war. Vermutlich hatte der Brief jahrelang in einem Stapel Korrespondenz oder sonstiger Papiere gelegen.«

»Wilhelm Niemann hat ihn nie gesehen«, wisperte Viktoria, die ihre Meinung über den Mann zu revidieren begann. »Vielleicht hätte Doro nicht sterben müssen.«

»Das ist ein bisschen weit hergeholt, oder?«, fand Henrik. »Wir wissen überhaupt nicht, wie und wann Doro gestorben ist.«

Das stimmte, trotzdem glaubte Viktoria, dass ihr erster Instinkt sie nicht trog und es recht bald nach der Geburt geschehen sein musste. Warum sonst hätte Marie von heute auf morgen mit ihren Tagebucheintragungen aufhören sollen, wenn nicht, weil etwas Schreckliches passiert war? »Johann ging also nach Stralsund und sprach mit Marie – aus nachvollziehbaren Gründen ohne seine

Frau und seinen Sohn«, fasste sie zusammen. »Wann kam er zurück?«

Frau Rosenow seufzte. »Lassen Sie mich noch etwas vorwegschicken. Ida hat nie erfahren, was in jenem Brief stand. Johann ist auch nicht sofort nach Stralsund aufgebrochen, sondern erst zwei Monate nach dem Vorfall, im Oktober. Offiziell übrigens wieder, um Arbeit zu finden. Ida zweifelte diesen Grund nicht an, aber nach allem, was Sie sagen … Luise hat versucht, ihn zurückzuhalten, besonders in Erinnerung an ihre erste Erfahrung mit der Stadt, aber andererseits brauchte die junge Familie dringend Geld. Johann fand eine Stelle in einer Seilerei und schickte ein paar Wochen lang regelmäßig einen Teil seines Lohns zu Frau und Kind. Weihnachten wollte er nach Hause kommen, aber er kam nicht. Nie mehr.«

»Er ist einfach verschwunden?«, wunderte sich Henrik.

Edith Rosenow nickte. »Ja. Luise hat gewartet und gewartet, fast zwei Jahre lang, sie hat eine Vermisstenanzeige aufgegeben, die Polizei in Stralsund mehrere Male aufgesucht und sie angefleht, ihren Mann zu finden, alles ergebnislos. Dann hat sie ihre Sachen gepackt und ist zu Verwandten nach Hannover gezogen.«

»Damit schließt sich der Kreis«, stellte Viktoria fest. All die Verschwörungstheorien waren umsonst, Martin Niemann war auf ganz gewöhnliche Weise geboren und aufgezogen worden, nach Hannover gekommen, hatte studiert und sein weiteres Leben dort verbracht. Alles ganz normal. Abgesehen von einem verschwundenen Vater, auf dessen Suche er sich viele Jahrzehnte später gemacht haben musste. Dabei war er vermutlich auf die Sanfte Marie – möglicherweise sogar auf Sophie? – gestoßen und hatte nach und nach die Geschichte seines Vaters und Doros aufgedeckt. Vielleicht war Marie der Überzeugung gewesen, dass Martin die Kranichburg verdiente, weil sein Vater durch ihre Familie unschuldig im Knast gelandet war.

»Wovon hat Luise Niemann denn während der zwei Jahre

gelebt, die sie auf ihren Mann gewartet hat?«, erkundigte sich Henrik.

Viktoria hob die Brauen. Das war in der Tat eine interessante Frage. Erwartungsvoll schaute sie Frau Rosenow an.

»Ich fürchte, die Antwort muss ich Ihnen schuldig bleiben. Es könnte sein, dass sie etwas geerbt hat. Bald nach Johanns Verschwinden starb eine Verwandte aus Ahrenshoop, die dort eine Pension für Künstler betrieb. Gearbeitet hat sie jedenfalls nicht.«

Henrik war nicht überzeugt. »Das heißt, theoretisch könnte sie weiterhin Geld von Johann bekommen haben, ohne dass sie es jemandem sagte.«

»Möglich wäre das – aber warum hätten sie und er sich auf solch ein ... Arrangement einigen sollen?«, wandte Frau Rosenow ein.

»Wenn Sie wüssten, wie viel wir nicht wissen«, seufzte Viktoria. »Es war jedenfalls sehr nett von Ihnen, dass Sie sich Zeit für uns genommen haben.«

»Ich freue mich, wenn alte Geschichten nicht in Vergessenheit geraten und sich jemand dafür interessiert. Die Vergangenheit ist immer Teil der Gegenwart, selbst wenn uns das nur selten bewusst ist.«

Besser hätte Viktoria es nicht formulieren können, etwas Ähnliches ging ihr bei ihren Romanen oft im Kopf herum. »Ich würde Sie gern noch einmal besuchen, wenn wir Ordnung in das Chaos gebracht haben, und Ihnen die ganze Geschichte erzählen. Ich gebe die Hoffnung nicht auf, dass wir herausfinden, was aus Johann geworden ist.«

»Das wäre schön«, sagte Frau Rosenow. »Sie haben mich richtig neugierig gemacht.«

Viktoria und Henrik verabschiedeten sich und standen bald wieder auf der Parkstraße, wo Viktoria sich nach dem ehemaligen Haus von Hedwig Woermann umsah. »Früher war das hier demnach die Anastasiastraße – und da drüben muss die Woermann gewohnt haben.« Sie deutete auf ein großes reetgedecktes Fachwerkhaus mit grünblauen Fenstern und einer Tür in der gleichen Farbe. Es gab noch einen Anbau aus rotem Backstein und vor dem gesamten Grundstück einen Garten, umsäumt von einer Hecke. »Schön«, fand Viktoria. »Nur schade, dass es hier überhaupt keinen Hinweis auf die Malerin gibt.«

»Wer war die denn nun eigentlich?«, fragte Henrik. »Ich hab nie von der Frau gehört. Ganz nebenbei gesagt, ist das nicht das Einzige, was ich mich frage. Was ihr da über die Sanfte Marie und die Niemanns entdeckt habt, ist ja ganz nett, aber es erklärt immer noch nicht, weshalb Martin ausgerechnet dir und Marendorff die Kranichburg vererbt hat.«

Viktoria schwieg eine Weile, bevor sie weiterging. Sie zog es vor, Henriks erste Frage zu beantworten, weil sonst zweifellos die Sprache auf Romans Familie gekommen wäre. »Hedwig Woermann gehörte zur zweiten Generation der sogenannten ›Malweiber‹, über die du dich an anderer Stelle informieren solltest, das ist nämlich faszinierend«, dozierte sie, froh, dass sie sich inzwischen im Internet informiert hatte. »Sie muss eine sehr schöne junge Frau gewesen sein, ich hab eine Porträtbüste von ihr gesehen: hohe Wangenknochen, große Nase, sanft geschwungene Lippen, großer Mund, ein bisschen wie Julia Roberts, wenn sie lacht.«

»Aha«, meinte Henrik amüsiert. »Ob ihr der Vergleich gefallen hätte?«

Viktoria lächelte. »Keine Ahnung. Jedenfalls hat sie vor dem Ersten Weltkrieg in Paris gelebt, das sie bei Kriegsausbruch mit ihrem Mann, den sie in Rom geheiratet hatte, verlassen musste. Ihre sämtlichen – zu dem Zeitpunkt vorwiegend bildhauerischen – Werke musste sie zurücklassen. Von 1919 bis 1928 lebten die beiden in Wustrow. Sie hat Porträts gemalt, Charakterstudien, Gruppenporträts in Lebensgröße und florale, teils jugendstilhafte Ornamente mit Vögeln und anderen Tieren. Die Landschaft war dabei für sie nur schmückendes Beiwerk. Nach ihrer ersten Wustrower Zeit ist sie weit gereist, hat wieder in Paris gelebt und in Buenos Aires, hatte viele internationale Ausstellungen und ist Mitte der dreißiger Jahre nach Wustrow zurückgekehrt. Ihren größten Triumph feierte sie anscheinend bei der Großen Berliner Kunstausstellung 1927/28, bei der sie in einem eigenen Raum achtundvierzig Arbeiten zeigte.«

»Klingt beeindruckend. Hast du viele ihrer Werke gesehen?«

»Als ich mit Melli in Ahrenshoop war, waren dort zwei im Kunstkaten ausgestellt, die mir sehr gut gefallen haben. Kräftige Farben, einfach toll. Aber ich hab im Nachhinein ein paar andere abgebildet gesehen, die mir entschieden zu depressiv waren. Maries Gemälde sind zwar auch alles andere als fröhlich, aber trotzdem grundverschieden, fast als wären sie lebendig. Sie berühren auf seltsame Weise. Roman und ich wollen versuchen, sie in die richtige Reihenfolge zu bringen, weil wir glauben, dass sie uns eine Menge über ihre Geschichte erzählen können. Übrigens hat sich rausgestellt, dass das Bild, das ich damals in Ahrenshoop gekauft habe, eins von Maries Werken ist. Etwas an ihrer Art zu malen, an ihren Farben oder was auch immer hat mich schon gefesselt, bevor ich überhaupt je von der Sanften Marie gehört hatte.«

»Wahnsinn«, fand Henrik. »Was mich wieder zu der Frage bringt, weshalb ihr zwei hier seid.«

»Roman vermutet, dass Martin Niemann mich in die Sache einbezogen hat, weil ich mich auf Familienromane spezialisiert habe und er dachte, ich wäre besonders geeignet, so eine Sache aufzudecken und anschließend ein Buch draus zu machen.«

Henrik ließ sich das durch den Kopf gehen. »Was hätte sich Martin davon versprechen sollen?«

»Gerechtigkeit? Die Genugtuung, dass diejenigen, die seinem Vater das alles angetan haben, sozusagen an den Pranger gestellt werden?«

»Das könnte ein bisschen unangenehm für dich werden, falls deine Marie noch Familie hat. Die wäre kaum begeistert, hässliche Dinge über sich zu lesen.«

»Warten wir erst mal ab, was dabei rauskommt«, meinte Viktoria. »Außerdem, wer sagt, dass ich überhaupt was darüber schreiben will?«

Henriks nächste Worte machten deutlich, dass er gar nicht zugehört hatte, sondern seinem eigenen Gedankengang gefolgt war. »Es sei denn, du hättest schon Kontakt zu besagter Familie und wüsstest, dass die keine Probleme macht. Kann es sein, dass es sich dabei um Marendorffs Vorfahren handelt und ihr mir das bisher wohlweislich verschwiegen habt?«

In diesem Augenblick fiel Viktoria siedend heiß etwas ein, und sie redete los, bevor ihr bewusst wurde, was sie sagte. »Roman! Ach du liebe Zeit! Ich muss ihn anrufen! Er sollte wissen, dass wir mit unserer Theorie falschgelegen haben.«

»Weshalb? Damit er seiner Familie nicht mit unnötigen Verdächtigungen in Bezug auf außereheliche Kinder kommt?«, fragte Henrik hintergründig.

Darum ging es natürlich, trotzdem zog Viktoria es vor, nicht zu antworten. »Es hat aufgehört zu regnen, lass uns irgendwo in der Sonne einen Kaffee trinken gehen.«

Zehn Minuten später rief sie Roman an. Sie hatte sich kurz bei Henrik entschuldigt, um ungestört reden zu können, aber es meldete sich nur die Mailbox, Roman hatte sein Handy abgeschaltet.

3.

Roman fuhr mit gemischten Gefühlen nach Stralsund – aus zweierlei Gründen. Zuerst mal war ihm unwohl bei dem Gedanken, Viktoria mit Henrik allein zu lassen. Das zwischen den beiden mochte beendet sein, aber das hielt Gerlach nicht davon ab, immer noch Besitzansprüche an Viktoria zu stellen. Und Roman war sich trotz der knisternden Spannung, die in der Gartenlaube zwischen ihm selbst und ihr geherrscht hatte, nicht sicher, wie viel sie noch für ihren Ex empfand. Dagegen wusste er genau, was *er* fühlte. In der Laube hatte er Viktorias Gegenwart stärker wahrgenommen als je zuvor, fast geglaubt, sie hautnah zu spüren, obwohl sie ihn überhaupt nicht berührt hatte. Sich so stark zu jemandem hingezogen zu fühlen, sich nach einem Menschen zu sehnen war völlig neu für Roman. Er wusste noch nicht, ob es ihm gefiel, denn es bedeutete eine Art Abhängigkeit, die er grundsätzlich ablehnte. Dennoch ...

Was ihm außerdem im Magen lag, war das, was er in Stralsund vorhatte zu tun. Er wollte Sophie nicht schaden. Vielleicht sollten Viktoria und er keine Dinge ans Licht zerren, die seit Jahrzehnten begraben waren. Das Dumme war nur, dass er nicht mehr zurückkonnte. Er musste wissen, was dahintersteckte.

Im Hanse-Klinikum fand er seine Großmutter zum ersten Mal im Bett sitzend vor, auch wenn ihr Gesicht ganz weiß aussah. Erleichtert umarmte er sie. »Tag, Sophie. Wie geht es dir?«

»Es ginge mir besser, wenn du weniger eng mit Viktoria Brand zusammenglucken würdest. Deine Mutter hat mir erzählt, dass ihr gestern in der Schwedenkrone aufgetaucht seid.« Sophies Stimme hatte ihren scharfen Klang verloren, sie sprach leise und ein wenig schleppend, aber ihre Augen blitzten. »War das unbedingt nötig?«

Roman setzte sich auf einen Besucherstuhl und zog den grünen Seidenschal hervor. »Wir haben dir den hier mitgebracht.«

Sophie nahm den Schal und legte ihn vor sich auf die Bettdecke. Ihre Fingerspitzen berührten ganz leicht die Seide. Erinnerte sie sich an den Tag, an dem sie ihn von ihrem Mann Hartmut geschenkt bekommen hatte? Als sie aufsah, war jedoch keinerlei Sentimentalität in ihrem Blick zu finden. »Und dafür brauchtest du Viktoria Brands Begleitung?«, fragte sie mit leiser Ironie.

Seufzend schüttelte Roman den Kopf. »Viktoria kann nichts dafür, dass Niemann ihr das halbe Haus vermacht hat. Wenn du sie kennenlernen würdest, würdest du sie genauso mögen wie ihre Bücher.«

»Kaum«, widersprach Sophie. »Ich bezweifle, dass ich je wieder eins lesen werde. Sie bringt nur Unglück über unsere Familie.«

»Warum? Du hast mich gebeten, in der Kranichburg nach Gott weiß was zu suchen. Viktoria lebt da mit mir, Alleingänge sind unmöglich. Außerdem vertraue ich ihr.« Er wartete auf eine Erwiderung, ein kleines Entgegenkommen, doch Sophie kniff die Lippen zusammen und schwieg.

»Welches Geheimnis kann so wichtig sein, dass du dich dermaßen davor fürchtest?« Roman bemühte sich trotz seiner Hartnäckigkeit um einen sanften Ton. Als Sophie weiterhin schwieg, fragte er: »Willst du wissen, was wir bisher herausgefunden haben und was wir vermuten?«

»Nein!« Das kam sehr entschieden. »Ich wollte nie, dass ihr in der Vergangenheit herumwühlt!«

»Klar, du wolltest nur, dass ich irgendwelche ominösen Hinweise vernichte. Du hättest dir doch denken können, dass ich das nicht tue, ohne es zu hinterfragen. Was wir erfahren haben, wirft zwar kein sonderlich positives Bild auf unsere Familie, aber es lohnt deine ganze Aufregung nicht.«

»So, meinst du? Es ist dir also egal, wenn unser guter Ruf in den Dreck gezogen wird.« Sophie lehnte sich erschöpft zurück. »Ich bitte dich: Hört auf.«

»Wir reden von Ereignissen, die beinah hundert Jahre zurückliegen. Wen kümmert das noch?«

Roman hörte draußen auf dem Gang geschäftiges Treiben, was die Stille hier drinnen noch bedrückender machte. Sophie hatte die Augen geschlossen, sodass Roman fast erschrak, als sie wieder sprach.

»Martin Niemann kümmert es. Dabei hat er mir versprochen ...« Sophies Stimme verstummte wieder.

Roman erstarrte auf seinem Stuhl. »Er hat dir was versprochen? Das heißt, ihr seid euch begegnet? Wann? Was hat er gesagt?«

Sophie antwortete nicht. Roman kämpfte mit sich. Seine Großmutter sah mit einem Mal wieder sehr schwach und krank aus. Sollte er wirklich tiefer bohren? Er nahm ihre Hand in seine, so wie sie früher unzählige Male seine in ihre genommen hatte.

»Sophie«, sagte er ruhig. »Wusstest du, dass deine Mutter eine Zwillingsschwester hatte? Sie hieß Dorothea, und sie war in Martin Niemanns Vater Johann verliebt. Sie bekam ein Kind von ihm, aber niemand weiß, was aus ihr, dem Kind oder Johann geworden ist. Den deine Mutter auch geliebt hat.«

Bei diesem letzten Satz zuckte es in Sophies Gesicht, doch sie öffnete weder die Augen, noch sagte sie etwas.

»Wir glauben«, fuhr Roman behutsam fort, »dass sie später ein Verhältnis mit Johann hatte und dass Martin Niemann ihr gemeinsamer Sohn war. Dein Halbbruder.«

Endlich reagierte Sophie. Sie öffnete die Augen und sah Roman an. »Martin Niemann mein Bruder?«, wiederholte sie, beinah amüsiert. »Oh nein, mein Junge. Da ist Viktoria Brands Fantasie mit ihr durchgegangen.« Erstaunt sah Roman, dass Sophie zu lachen begann, bis ihr die Tränen über die Wangen liefen. Das Lachen hörte sich gespenstisch an, hohl und kraftlos, trotzdem lachte sie immer weiter. Alarmiert klingelte Roman nach der Schwester, die sofort kam, leise auf Sophie einsprach und ihr ein Medikament gab. Roman hielt sich im Hintergrund, unsicher, ob er warten oder das Zimmer verlassen sollte. Bald lag Sophie wieder ruhig im Bett, doch ihr Atem ging unregelmäßig, was die Schwester bemerkte.

»Ich rufe den Stationsarzt. Bitte bleiben Sie so lange bei Frau Marendorff, bis er kommt. Wenn sich etwas an ihrem Zustand verändert, klingeln Sie sofort!«

Roman nickte und trat mit schlechtem Gewissen ans Bett seiner Großmutter, die er entgegen allen Vorsätzen doch aufgeregt hatte. Wieder nahm er ihre Hand, streichelte sie immer wieder und betrachtete ihr Gesicht, das er mehr liebte als das seiner Eltern oder von sonst jemandem. Abgesehen vielleicht von Viktorias. Er war beinah überrascht über diesen Gedanken, der sich ungefragt eingeschlichen hatte.

»Du hast sie gern, nicht wahr?«, hörte Roman Sophie wispern. Regungslos lag sie mit offenen Augen da und musterte ihn. »Sollte mich nicht wundern, wenn das zu Niemanns Plan gehört hat.« Als Roman die Brauen hob, insistierte sie: »Du hast sie doch gern, diese Viktoria Brand, oder?«

Roman nickte.

»Wie gern?«, wollte Sophie wissen.

»Sehr«, gab Roman zu.

»Und sie? Mag sie dich auch? Dich, die verschlossene Auster, die niemand aufkriegt?«

Roman musste lächeln. »Ich weiß nicht. Ich glaube, schon.«

Sophie murmelte etwas, das er nicht verstand.

»Wie bitte?«

»Ich sagte, du sollst sie heiraten.«

Im ersten Moment war Roman so verblüfft, dass er keine Antwort darauf fand. »Das wäre ein bisschen übereilt«, sagte er schließlich. »Gerade eben hast du noch gesagt, du willst ihr nie im Leben begegnen. Da hast du deine Meinung aber schnell geändert. Warum sollte ich Viktoria heiraten?«

»Weil«, begann Sophie und setzte sich mühevoll und mit Romans Hilfe auf, »sie dann zur Familie gehört und für sich behält, was ihr noch ans Tageslicht bringen werdet.«

Fassungslos schüttelte Roman den Kopf. »Ist das dein Ernst?«

Sophie bedeutete ihm, dass sie sich wieder hinlegen wollte, also ließ er sie in die Kissen zurückgleiten. Sie atmete schwer, als wäre die kleine Bewegung zu anstrengend für sie gewesen. Roman sah auf die Uhr und fragte sich, wo der Arzt blieb.

»Roman?«, flüsterte Sophie wieder.

»Ja?«

»Ich bin Martin Niemann nur einmal begegnet.« Auch das Sprechen strengte Sophie an, dennoch hielt Roman sie nicht davon ab, weil es ihr sehr wichtig zu sein schien. »Er erzählte mir Dinge, auf die er durch eigene Nachforschungen gekommen war, und Dinge, die er angeblich von meiner ... Mutter erfahren hatte. Ich dachte damals, er wollte, dass ich sie ihm bestätige, was ich nicht tat, obwohl ich einiges davon wusste. Ich hatte es viele, viele Jahre zuvor zufällig erfahren und mir daraufhin noch einiges andere zusammengereimt.«

»Was? Was hast du gewusst?«, fragte Roman, als Sophie nach Atem ringend eine Pause machte. Doch sie ignorierte ihn.

»Vielleicht wollte Niemann aber auch nur, dass ich die Wahrheit erfahre, aus Motiven, die gut oder schlecht sein konnten«, fuhr sie stattdessen fort. »Dabei habe ich mein Leben lang vorgezogen, die Wahrheit aus meinem Gedächtnis zu streichen, und ich ziehe das immer noch vor, mag es mir auch mit jedem Tag schwerer fallen. Ich glaube, Martin Niemann hat mich in gewisser Weise verstanden, so wie ich ihn verstanden habe, ungeachtet unserer sehr unterschiedlichen Standpunkte. Er versprach mir, über alles zu schweigen, solange er lebt. Ich war damit zufrieden. Wenn wir drei – meine Mutter, er und ich – tot wären, wäre das Geheimnis bewahrt, mit dem Letzten von uns gestorben.« Auf Sophies Gesicht erschien ein kleines zynisches Lächeln. »Er hat Wort gehalten. Ich habe nur nicht damit gerechnet, dass er ein so ausgefuchster Mann war.«

»Was hat er dir denn für Dinge erzählt?«, versuchte Roman es erneut.

Sophie schüttelte leicht den Kopf. »Ich werde jetzt nicht meine Meinung ändern und anfangen, darüber zu reden. Ich will nicht diejenige sein, die die Familie verrät. Für dich mag das Menschen betreffen, die längst tot sind. Aber für mich, Roman, sind sie wirklich, ich habe sie gekannt, sie waren meine Familie.«

In das Schweigen hinein, das sich daraufhin ein weiteres Mal über das Zimmer legte, öffnete sich die Tür, ein Arzt trat an Sophies Bett, gefolgt von einer Schwester.

»Na, was haben wir denn da?«, frage er betont munter und redete in dem Ton weiter, während er Sophie untersuchte. Als er ihr Herz abhörte, wurde er jedoch stiller – und sehr gründlich. »Hatten Sie in den letzten Stunden besondere Beschwerden?«, fragte er. »Schmerzen im Brustbereich, Rücken, Kiefer oder Oberbauch? Schwindel, Müdigkeit, Kurzatmigkeit?«

Roman beobachtete besorgt, bei welchen Symptomen Sophie zögerlich nickte. Ihm selbst waren ja die Anstrengung beim Sprechen und die Schwierigkeiten beim Luftholen aufgefallen. Zwar hatte sie nicht über Schmerzen geklagt, aber es war nicht Sophies Art zu jammern.

Der Arzt nickte bedächtig bei jeder Antwort. »Ich glaube, wir sollten uns das lieber genauer ansehen und ein EKG machen. Außerdem werden wir Sie auf eine andere Station verlegen, wo wir Sie noch besser versorgen können.« Er erteilte der Schwester entsprechende Anweisungen, bevor er sich Roman zuwandte und ihn ein Stück vom Bett wegschob. »Sind Sie ein Verwandter? Ihr Enkel? Gut. Ich vermute, Ihre Großmutter hatte einen Infarkt.«

Roman bekam einen gehörigen Schreck. »Sie hat sich doch ganz normal mit mir unterhalten.«

»Ich habe nicht gesagt, dass sie den Infarkt notwendigerweise gerade eben hatte, es kann schon während der Nacht passiert sein. Es gibt sogar Menschen, die merken nicht mal, wenn sie einen Herzinfarkt haben, fühlen sich nur ein bisschen unwohl, und das war's. Entweder, sie erfahren es nie oder erst viel später bei einer Untersuchung wegen eines anderen Unwohlseins. Die Anzeichen bei Ihrer Großmutter sind allerdings ziemlich eindeutig, Herr Marendorff. Verabschieden Sie sich am besten fürs Erste.«

Roman nickte. »Sophie?«, sagte er leise. Sie hatte die Augen schon wieder geschlossen, möglicherweise schlief sie. »Ich muss jetzt gehen. Mach dir keine Sorgen. Wenn du willst, hören wir mit der Suche auf, und zur Sicherheit heirate ich auch noch Viktoria.«

Zunächst reagierte Sophie nicht, doch dann nickte sie, als wolle sie etwas bekräftigen. Roman glaubte, es sei wegen seiner Bemerkung über Viktoria, aber Sophies nächste Worte standen damit in keinem Zusammenhang. Sie schien weit fort zu sein. »Sie waren meine Familie«, wiederholte sie.

Roman war unkonzentriert, trotzdem erledigte er im Meeresmuseum ein paar Arbeiten und machte sich gegen Abend auf den Weg zur Schwedenkrone. Er musste seine Eltern nach Marie, Doro und Johann fragen. Natürlich konnte Sophie aus reiner Abwehrhaltung abgestritten haben, dass Martin Niemann ihr Halbbruder war, aber Roman glaubte das nicht. Ihre Reaktion war ihm – so erschreckend sie gewesen war – sehr echt vorgekommen. Zweifellos wusste sie, wovon sie sprach.

Roman traf eine müde aussehende Karin Marendorff an, die seine Fragen mehr oder weniger ungeduldig über sich ergehen ließ, nur ab und zu die Brauen hob und ganz offensichtlich keine Ahnung von

Marie von Kampens Zwillingsschwester hatte. »Ich glaube auch nicht, dass Mutter das weiß«, sagte sie abschließend. »Bist du sicher, dass dieses Tagebuch echt ist?«

Was die erste Bemerkung betraf, neigte Roman dazu, ihr halb zuzustimmen. Möglicherweise hatte Sophie von Doro erst durch Martin Niemann erfahren. Das Tagebuch dagegen ... »Warum sollte sich jemand die Mühe machen, so was zu fälschen?«

»Was glaubst du? Um unsere Familie zu diskreditieren!«

»Herrgott, das ist alles ewig her, kein Mensch wird dadurch diskreditiert! Allmählich geht ihr mir auf die Nerven mit eurem Familiengerede. Wir leben im einundzwanzigsten Jahrhundert, über uns wird nicht in zig Klatschblättern berichtet, wir sind völlig unwichtig!«

»Ich glaube kaum, dass dein Vater dir da zustimmen würde. Wir gehören zu Stralsunds besserer Gesellschaft, über uns und die Schwedenkrone wird durchaus berichtet. Das wüsstest du, wenn du dich mehr um das Hotel und die Familienbelange kümmern würdest. Neulich hat sogar der Bundespräsident bei uns gespeist.«

»Jaja, schon klar, und vor sechzig Jahren Hermann Göring«, erwiderte Roman bissig.

»Vor sechzig Jahren, Roman, weilte Göring nicht mehr unter den Lebenden.« Die Stimme von Romans Vater kam von der Tür her und klang anders als sonst, hatte, ähnlich wie die von Sophie an Kraft verloren.

Roman stand auf und drehte sich um. Sein Vater lehnte im Türrahmen und musste sich sichtlich zusammenreißen, um weiterzusprechen. »Was im Übrigen jetzt auch für deine Großmutter gilt. Das Krankenhaus hat gerade angerufen. Sophie ist gestorben.«

Entsetzt ließ sich Roman in den Sessel fallen. Gestorben. Sophie. Wie konnte das sein? Sie hatte wahrscheinlich einen Infarkt gehabt, ja, aber es schien ihr nicht so schrecklich schlecht zu gehen, als er gegangen war.

»Du!«

Roman schrak aus seinen Gedanken hoch. Sein Vater hatte sich in voller Größe vor ihm aufgebaut, nicht mehr kraftlos, sondern über alle Maßen wütend. »Du warst vorhin bei ihr! Worüber habt ihr geredet? Was zum Teufel hast du gesagt, das sie in den Tod getrieben hat?«

Natürlich reagierte sein Vater nur wegen des Schocks so heftig, brüllte seinen Schmerz heraus, bereit, irgendjemandem die Schuld zuzuweisen für etwas, das so schlimm und unabänderlich war. Roman wusste das und fühlte trotzdem tief in sich genau diese Schuld.

Ohne etwas zu erwidern, erhob er sich und verließ den Raum, vorbei an seinem Vater und seiner Mutter, die dem Ausbruch wortlos zugesehen hatte und nicht versuchte, ihn zurückzuhalten. Dafür rief Hans Marendorff hinter ihm her.

»Ja, Roman, lauf nur wieder weg. Das hast du ja immer getan, aber jetzt ist keine Großmutter mehr da, zu der du laufen kannst! Sie ist tot! Hörst du? Deine Sophie ist tot! Durch deine Schuld!«

Die letzten Sätze hörte Roman nur noch verschwommen und leise, aber sie brannten sich in sein Bewusstsein. Sein Vater hatte nie begriffen, dass Roman nicht aus Angst oder später aus Mangel an Verantwortungsbewusstsein weggegangen war, sondern weil er keine Lust hatte, sich in ein gemachtes Nest zu setzen. Es langweilte ihn, etwas weiterzuführen, das ihm wenig bedeutete und noch dazu keiner Aufbauarbeit bedurfte. Er wollte eigene Wege gehen und sich mit Leidenschaft in ein ihm wichtiges Projekt stürzen. Sophie verstand das, sie hatte ihn immer ermutigt. Dennoch war ihr am Ende die Familie über alles gegangen – und *er* hatte *sie* nicht verstanden und sie enttäuscht.

Roman starrte durch die Windschutzscheibe, nahm aber weder den Kniepertei gegenüber noch die Straße vor ihm wahr. Mit einem Mal sehnte er sich so sehr nach Viktoria, dass es schmerzte. Aber dazu war jetzt nicht die Zeit. Er startete den Wagen und fuhr ins Krankenhaus, um Sophie ein letztes Mal zu sehen.

Er hatte ihr noch einmal über die Hände und über das Gesicht streichen, sich von ihr verabschieden können. Dann war er gegangen. Auf dem Gang im Hanse-Klinikum war er seinen Eltern kurz begegnet, die gekommen waren, um sich um die nötigen Formalitäten zu kümmern. Beide hatten ihn ignoriert. Jetzt stand er in seiner Wohnung in der Mühlenstraße nahe dem Alten Markt, in der Hand eine Tasse Kaffee, der langsam kalt wurde.

Na schön, dachte Roman, wenn ihr das so wollt, meinetwegen. Nichts hat uns je einander nahegebracht, warum sollte ausgerechnet Sophies Tod daran etwas ändern?

Es wurde später und dunkler, Roman saß am Küchentisch, eine neue Tasse Kaffee vor sich, auch der längst kalt geworden. Er dachte an früher, an die Zeit mit Sophie, und an die weiter zurückliegende Vergangenheit, die ihr offenbar so am Herzen gelegen hatte. Er sollte Viktoria anrufen und ihr sagen, dass Martin Niemann nur Martin Niemann war, dass das Geheimnis nichts mit ihm persönlich zu tun hatte. Aber wenn er ihre Stimme hörte, würde er sich wünschen, sie zu sehen, sie zu spüren. Das ging nicht, er musste hierbleiben, allein, für sich. Sich darüber klar werden, was er wollte. Wieder in das Rätsel um die Kranichburg und die Sanfte Marie eintauchen und damit gegen den Wunsch seiner Großmutter verstoßen – oder Wustrow und die Kranichburg vergessen, sein Leben weiterführen wie bisher.

Roman gab sich einen Ruck. Wenigstens Bescheid sagen musste er Viktoria, dass sie heute nicht mehr auf ihn zu warten brauchte. Alles andere würde er morgen entscheiden.

4.

Viktoria legte zitternd das Handy auf den Tisch in der Küche und griff nach ihrem Glas Wein. Sie nahm einen großen Schluck, doch das half nicht.

»Was ist los?«, fragte Henrik. Er hatte sie eine ganze Zeit lang beobachtet und stand auf, um ihr die Hand auf die Schulter zu legen.

Noch ganz benommen ließ Viktoria es geschehen. »Romans Großmutter ist gestorben.«

»Oh. Das tut mir leid. Ich wusste nicht, dass es so schlimm um sie stand.«

»Ich glaube, das kam für alle überraschend.« Viktoria hätte nicht eindeutig beschreiben können, wie Roman am Telefon klang. Sachlich. Ziemlich kurz angebunden. Er hatte nur das Nötigste gesagt, beinah, als habe es ihm widerstrebt, überhaupt mit ihr zu sprechen. Zwischen den Worten hatte sie jedoch seinen Schmerz herausgehört und hätte gern gefragt, wie und wann es geschehen war. Dazu hatte er es nicht kommen lassen, sondern aufgelegt, bevor sie mehr sagen konnte. Alles in ihr wollte bei ihm sein. Wieso hatte sie das dumpfe Gefühl, dass das absolut das Gegenteil von dem war, was Roman wollte?

»Und jetzt?«, sagte Henrik in ihre Gedanken hinein. Er strich ihr sanft durch die Haare.

»Ich weiß nicht. Roman bleibt erst mal in Stralsund.« Sie hätte fast hinzugefügt »bei seiner Familie«, aber sie glaubte nicht, dass er dort war. Sie beugte sich vor, um nach der Weinflasche zu greifen. Gleichzeitig wich sie mit dieser Bewegung Henriks Berührung aus. Er schien zu spüren, dass sie das beabsichtigt hatte, trat zwei Schritte zurück und lehnte sich an den hässlichen Küchenschrank.

»Das geht eigentlich nicht«, meinte er nach einer Weile, in der er sie nachdenklich angesehen hatte.

»Wieso?«, fragte sie verständnislos.

»Martins Bedingungen sehen vor, dass ihr beide zwei Monate zusammenlebt. Es war nicht die Rede davon, dass eine Partei sich eine Auszeit nimmt.«

»Wie bitte?« Viktorias Stimme hob sich vor Empörung. »Spinnst du jetzt, oder was? Martin Niemann wird kaum an eine vergleichbare Situation gedacht haben.«

»Jedenfalls sagt das Testament eindeutig, dass ...«

»Ich weiß, was es sagt!« Viktoria schrie fast. »Und es ist mir scheißegal! Mich kümmert die Kranichburg gerade keinen Deut, hier geht's um Roman!«

»Beruhige dich. Ich will niemanden angreifen, ich stelle nur die Tatsachen fest.«

»Ach ja?« Viktoria funkelte Henrik an. »Du bist doch Testamentsvollstrecker. Wenn ich das richtig in Erinnerung habe, steht in dem Dokument, Niemann vertraut darauf, dass du seinen Wünschen entsprechend handelst. Glaubst du etwa, es entspricht seinem Wunsch, uns die Kranichburg abzuerkennen, weil Romans Großmutter gestorben ist?« Allmählich gewann Viktoria ihre Fassung zurück.

Er zuckte mit den Schultern. »Vermutlich nicht«, gab er zögernd zu. »Ich werde darüber nachdenken müssen.«

»Tu das! Aber bitte nicht hier. Ich hab, ehrlich gesagt, keine Ahnung, ob ich berechtigt bin, dich wegen deiner absolut widerlichen Kaltschnäuzigkeit rauszuwerfen. Immerhin gehört mir die Kranichburg ja nicht. Ich würde es allerdings vorziehen, wenn du verschwindest und mich allein lässt.«

Damit stapfte sie aus der Küche und lief die Treppe hinauf. Sie achtete nicht auf Henrik, sah sich nicht nach ihm um, ob er das

Haus verließ. Stattdessen betrat sie Maries Zimmer und setzte sich auf das Bett, auf dem sie die letzte Nacht lesend mit Roman verbracht hatte. Mit den Händen fuhr sie über den Überwurf und bemerkte erst, als Tränen darauf tropften, dass sie weinte. Ungeduldig wischte sie sich über die Wangen. Weshalb heulte sie denn eigentlich? Wegen Roman? Wegen Sophie? Wegen der ganzen verfahrenen Situation? Wegen Marie, deren Schicksal sie noch immer nicht kannten – und es nie enträtseln würden, wenn Henrik auf seinem Standpunkt beharrte und sie aus der Kranichburg hinauswarf, ohne dass sie die Chance hatten, sich Maries Bilder anzusehen, ihr durch dieses Haus nahe zu sein?

Viktoria wusste es nicht. Sie konnte nur nicht aufhören zu weinen. Irgendwann rollte sie sich auf dem Bett zusammen und schlief ein.

Stunden später, es war längst hell, erwachte sie. Sie lag immer noch so da, wie sie eingeschlafen war. Ihre Muskeln taten weh, sie fühlte sich alles andere als erholt. Müde wankte Viktoria ins Bad, tat dort nur das Nötigste und ging anschließend rüber ins Erholungszentrum, um zu duschen, ein paar Runden zu schwimmen und sich ein paar Saunagänge zu gönnen. Bei all dem dachte sie unablässig an Roman. Als sie sich wieder auf den Weg zur Kranichburg machte, traf sie auf der Straße auf Henrik, der vor seinem Hotel gerade seine Tasche in den Wagen warf. Beide blieben wie angewurzelt stehen, keiner wollte als Erster etwas sagen, aber keiner wollte auch wortlos an dem anderen vorbeigehen.

»Und?«, fing Viktoria an, weil das Schweigen zu lang dauerte. »Hast du dir überlegt, was du tun wirst? Soll ich meine Sachen packen und nach Hause fahren?«

Henrik wich kurz ihrem Blick aus. Dann schaute er sie wieder an, und Viktoria sah sich erstmals mit dem Anwalt Gerlach konfrontiert, dessen Blick oder Gehabe absolut nichts preisgab. »Ich habe gesagt, ich werde darüber nachdenken. Wenn ich eine Entscheidung getroffen habe, melde ich mich.«

»Henrik«, fing sie an. Dann wurde ihr bewusst, dass sie sich für etwas entschuldigen wollte, für das eigentlich er sich hätte entschuldigen müssen. Sie holte tief Luft und versuchte es anders. »Willst du nicht wissen, was Martin Niemann sich bei all dem gedacht hat? Wenn du uns daran hinderst weiterzusuchen, wirst du es genauso wenig erfahren wie wir.«

»Niemand hindert dich und Marendorff an der Recherche. Dazu braucht ihr die Kranichburg nicht.«

»Aber Maries Bilder, die zum Inventar der Kranichburg gehören.«

Henrik schlug die Kofferraumhaube zu und stieg ins Auto. »Du hörst von mir.«

Viktoria sah ihm nach, wie er langsam an den Villen und alten Kapitänshäusern der Strandstraße entlangfuhr. Ihr war inzwischen alles so vertraut, dass sie beinah die korrekte Reihenfolge der Häuser benennen konnte. Als Henrik nicht mehr zu sehen war, drehte sie sich um und ging langsam Richtung Seebrücke weiter. Sie hatte ihm gegenüber sehr deutlich gezeigt, wie viel Roman ihr bedeutete. Glaubte er, dass er sie zurückgewann, sobald die Kranichburg und mit ihr Roman außer Sichtweite waren? Nein, Henrik war alles Mögliche, aber nicht dumm. Wahrscheinlich konnte er einfach nicht damit umgehen, dass er eine Frau nicht bekam, die er haben wollte, und handelte deshalb völlig irrational. Lag ihm so viel an ihr, oder ging es ihm ums Prinzip?

Am Strand tummelten sich nach dem gestrigen Regen wieder die Menschen, die Brücke war gut besucht, eine ältere Dame fütterte die Möwen, die um sie herumflogen und ihr die Brotstücke sogar im Flug aus der Hand fischten. Am Brückenkopf meinte Viktoria eine vertraute Gestalt wahrzunehmen. Ein Mann stand dort reglos mit aufgestützten Armen am Geländer und schaute hinaus auf die See. Sie trat näher.

»Roman?« Vorsichtig berührte Viktoria seine Hand.

Wie in Zeitlupe wandte er sich ihr zu, sein Gesicht grau und starr wie eine Maske. Bestimmt hatte er in der Nacht kein Auge zugetan.

»Martin Niemann war nicht Maries Sohn«, sagte er schließlich mit rauer Stimme.

Dass er ausgerechnet das zuerst ansprach, verwirrte Viktoria. Vielleicht zwang er sich, an etwas anderes als an Sophie zu denken. Sie nickte, nahm ihre Hand von seiner und beschloss, auf das Thema einzugehen. »Henrik und ich haben einiges über Johann und Martin erfahren. Ich hab noch versucht, dir Bescheid zu sagen, aber ...«

»... mein Handy war aus, ich weiß.« Roman wandte sich wieder ab und schaute erneut auf die See, an deren Horizont einige große Schiffe zu erkennen waren. »Erzähl mir, was ihr gestern gemacht habt.«

Während ihnen ein lauer Wind um die Nase wehte, berichtete Viktoria von ihrem Besuch im Fischlandhaus und bei Frau Rosenow, zögerte allerdings, den eher nebensächlichen Friedhof zu erwähnen. Sie konnte nicht mit Sicherheit sagen, ob Roman zuhörte, er unterbrach sie mit keiner Silbe, reagierte nicht auf einzelne Dinge, sondern starrte unverwandt geradeaus. Als sie geendet hatte, schwieg er weiter. Erst geraume Zeit später sagte er endlich doch etwas. »Ich wollte mich heute Morgen ablenken, deswegen hab ich ein bisschen recherchiert, und zwar nach Doro. Ihre Geburt ist urkundlich verzeichnet, aber sonst nichts. Keine Hochzeit, keine Kinder, kein Todesjahr. Nichts. Sie ist spurlos von der Bildfläche verschwunden.«

»Wenn sie also gestorben ist, wie der alte Niemann behauptet hat, dann offenbar nicht in Stralsund«, schlussfolgerte Viktoria.

Roman nickte, nur um danach wieder in Schweigsamkeit zu versinken und auf die See hinauszustarren wie zuvor. Schließlich stieß er sich vom Geländer ab und ging langsam zurück. Hilflos lief Viktoria neben ihm her, ohne zu wissen, was sie tun konnte oder sollte. Er war in seiner eigenen Welt gefangen, und doch glaubte sie, das eine oder andere Mal zu sehen, wie er die Stirn runzelte. Worüber dachte er nach?

Roman schloss die Tür zur Kranichburg auf und ging in die Diele. In der Mitte blieb er stehen. Er schaute die Treppe hinauf, drehte sich um sich selbst, als sehe er das Haus zum ersten Mal. Es war nicht besonders hell, Romans Gesicht wirkte geisterhaft blass, seine Gestalt dagegen unheimlich dunkel. Er strahlte etwas aus, das Viktoria nicht richtig zu fassen bekam. Rühr mich nicht an, so schien es ihr. Und gleichzeitig lag etwas Verlorenes in seinem Blick.

Zögernd streckte Viktoria ihre Hand aus. »Roman.«

Er schaute sie an, als wolle er sagen: Was willst du von mir?

Viktoria schluckte und trat zurück. Henrik hatte keinen Grund zur Eifersucht. Was immer in der Gartenlaube zwischen ihr und Roman geschehen war, nichts davon hatte den gestrigen Tag überlebt. Nicht mal zu Anfang war Roman so abweisend gewesen wie jetzt, hatte er sie so kalt gemustert, als wäre sie ein . . . als wäre sie an allem schuld. Sie wollte nie, wirklich niemals Roman Marendorff zum Feind haben. Er sah aus, als wäre er zu allem fähig. Dann kam urplötzlich Leben in ihn, er bewegte sich dermaßen schnell auf sie zu, dass ihr keine Zeit mehr blieb zu erschrecken oder gar auszuweichen. Er packte sie an den Schultern, sein Griff so fest, dass es wehtat, sein Gesicht so nah an ihrem, dass seine Augen wieder den faszinierenden flimmernden Goldton annahmen.

Bevor Viktoria reagieren konnte, zog Roman sie noch näher an sich und küsste sie. Beinah brutal zwang er ihre Lippen auseinander, seine Hände lösten sich von ihren Schultern und fuhren über ihren Rücken, dabei hielt er sie noch immer fest. Seine Hände wanderten wieder nach oben, glitten durch ihre Haare, umfingen ihr Gesicht. Sie spürte seinen Körper und drängte sich noch näher an ihn, erwiderte seinen Kuss, aus dem Leidenschaft und Verzweiflung sprachen. Ihr ganzes Selbst glühte vor Verlangen nach Roman, nach seinen Berührungen, nach seiner Haut, seinem Mund, seinen Händen. Sie hatte sich nach ihm gesehnt, aber sie hatte nicht geahnt, dass es so sein würde.

Ohne von ihr abzulassen, drängte er sie durch die Flügeltür hinein ins Wohnzimmer, streifte ihre Jacke ab, zog ihr den Pullover über den Kopf. Dabei trennten sich ihre Lippen für kurze Zeit, aber schon, als er begann, ihre Jeans zu öffnen, hatten sie sich wiedergefunden. Seine Hände blieben auf ihren Hüften liegen, während er ihr Zeit ließ, sein Hemd provozierend langsam aufzuknöpfen.

Für den Bruchteil einer Sekunde schoss Viktoria durch den Kopf, dass sie alles andere auf dieser Welt vergessen hatte, dass nur noch Roman zählte. Wo sie waren, weshalb sie hier waren – vergessen. Sie verzehrte sich nach diesem Mann, der sie hielt und ungeduldig und heftig küsste, auf ihre Lippen biss, während sie ihn auszog. Sie erschauerte, als Roman ihren Slip hinunterschob, und tat dasselbe bei ihm. Sie wollte ihn spüren, ihn in sich aufnehmen und nie mehr loslassen.

Roman drückte sie auf das Sofa und begann, ihren Körper zu küssen, mit der Zunge zu liebkosen, bis sie leise aufschrie. Für einen Moment trafen sich ihre Blicke. Viktoria stiegen Tränen in die Augen, aber sie dachte nicht länger darüber nach, warum sie jetzt weinen musste. Roman kam ganz zu ihr, bewegte sich erst sachte, dann immer heftiger. Dabei gruben sich ihre Fingernägel in seinen Rücken, fuhren an seinem Körper entlang. Sie hob sich ihm entgegen, wollte alles von ihm, wollte eins mit ihm sein. Wie von selbst fanden sie einen gemeinsamen Rhythmus, und das Kribbeln, das Viktoria spürte, wurde stärker und stärker, bis es sie ganz erfüllte und ihr Inneres explodieren ließ.

Sie waren machtlos in ihrem Verlangen und liebten einander, bis sie sich erschöpft und zitternd in den Armen lagen. Eine Ewigkeit lang hatte es nur sie beide gegeben.

Langsam trocknete der Schweiß auf ihren Körpern, Viktoria begann zu frieren. Vorsichtig löste sich Roman von ihr, stand auf und holte eine Decke, die er über sie beide breitete. Schweigend und eng aneinandergeschmiegt blieben sie liegen, bis Roman sich auf seinen Unterarm stützte und Viktoria ansah. Mit seinem Finger zog er ihre Konturen nach und strich ihr eine verklebte Haarsträhne aus der Stirn.

»Der Arzt hat gesagt, die Aufregung wäre nicht der Auslöser für Sophies Tod gewesen. Ihr Herz war angegriffen, sie hätte früher oder später einen Infarkt erlitten und war zu schwach, um dagegen anzukämpfen. Ich fühle mich trotzdem schuldig.«

»Das ...« Viktoria musste sich räuspern. »Das verstehe ich.« Es überraschte sie nicht, dass Roman unvermittelt die Sprache auf Sophie brachte. Sie war sich nicht sicher, wie viel von dem, was sie eben geteilt hatten, bei ihm überhaupt mit Liebe zu tun hatte – statt vielmehr mit Vergessen. So wie sie die Welt um sich herum vergessen hatte, war das vielleicht auch für Roman gewesen. Sie nahm seine Hand und bemerkte, wie kräftig und schlank Romans Finger waren. »Aber Sophie hat dich selbst in der Kranichburg haben wollen, ihr hätten die Konsequenzen bewusst sein müssen. Ich kann mir nicht vorstellen, dass du jemals der Typ gewesen bist, der kommentarlos und ohne zu fragen das tut, was von ihm verlangt wird.« Sie sagte es mit einem kleinen Lächeln, das Roman erwiderte.

»Stimmt.« Er wurde wieder ernst. »Die Beerdigung ist Mittwoch. Würdest du mich begleiten?«

Viktoria setzte sich auf, nun doch überrascht. »Natürlich, wenn du das möchtest.«

»Danke. Kann sein, dass es etwas ungemütlich wird. Meine Eltern legen keinen großen Wert auf meine Anwesenheit, das hat mir mein Vater deutlich zu verstehen gegeben. Ein Wunder, dass er sich herabgelassen hat, mir mitzuteilen, wann die Beisetzung stattfindet. Wenn sie dich sehen, werden sie bestimmt auch nicht gerade begeistert sein. Falls du es dir also noch mal überlegen willst ...«

»Nur wenn du es dir selbst anders überlegst.« Nach einer kleinen Pause fügte sie hinzu: »Geben sie dir die Schuld an Sophies Tod?«

Roman nickte und zuckte gleich danach mit den Schultern. »Ich kann's ihnen nicht mal verübeln.« Ihre Hand hielt seine noch immer, jetzt hob er sie an seine Lippen und küsste sie. »Viktoria ...«

Viktorias Herz fing an zu hämmern, so laut, dass sie meinte, er müsse es hören. Sie schwieg und wartete.

Er wandte den Blick ab. »Seit gestern frage ich mich, ob ich das Ganze nicht ruhen lassen soll, wenigstens im Augenblick. Ich glaube, ich kann nicht einfach weitermachen, als wäre nichts geschehen. Lass mir etwas Zeit, ja?«

Das war nicht, was Viktoria gehofft hatte zu hören. Aber sie verstand. »So lange du brauchst.«

Roman beugte sich zu ihr hinunter und küsste sie, dieses Mal zärtlich und sanft.

Die nächsten Tage waren ausgefüllt mit Dingen, die wenig mit der Vergangenheit zu tun hatten, auch wenn sie sich nicht ganz ignorieren ließ. Ab und zu stolperten sie über etwas, das Marie in ihrem Tagebuch geschildert hatte, wie über die Bismarckeiche. Dann hielten sie inne, bevor sie weitergingen und wieder über etwas anderes sprachen. Bei ihren Wanderungen am Strand entlang blieben sie oft stehen, sahen hinaus auf die See, die einen Kampf mit dem Land ausfocht, wenn sie in kraftvollen Wellen darüber hinwegspülte. Sie ließen sich den Wind um die Nase wehen und spürten die Gischt auf ihrem Gesicht. Dennoch rührten sie sich nicht vom Fleck, sondern genossen das wilde Spiel. An einem Sonnentag spazierten sie auf dem Hohen Ufer entlang bis nach Ahrenshoop, manchmal viel zu nah am Abhang, wo sich die bizarrsten Formen der Steilküste offenbarten und in der Ferne unter ihnen die Spitze einer Buhne sichtbar wurde, auf der eine einzelne Möwe saß. Auf dem Rückweg sahen sie Wustrows Seebrücke im dunstigen Licht liegen, beinah so endlos wie auf Maries Bild, das Meer glitzernd in der Sonne. Am Saaler Bodden ging es ruhiger zu, kaum ein Mensch begegnete ihnen, auf dem Wasser glitten still Zeesenboote mit ihren braunen Segeln dahin, nur ab und zu tuckerte ein Ausflugsboot vorbei.

Einmal unternahmen sie eine Fahrt nach Prerow, mieteten sich Fahrräder und fuhren durch den Wald zum Darßer Ort. So wie das Steilufer bizarre Formen zu bieten hatte, so fanden sie hier dicht an dicht stehende, sonderbar schief gewachsene Bäume, Stämme oder Äste, die von grünen Ranken überwuchert waren oder aus Tümpeln emporragten, schwarz schillernde Käfer auf den Wegen und am Wegesrand immer wieder Pilze. Viktoria war ganz verzaubert und kam sich vor wie in einem Märchenwald. Am Darßer Ort zeigte Roman ihr das Natureum, den hohen roten Leuchtturm und das Naturschutzgebiet drum herum. Dabei blühte er regelrecht auf, und Viktoria erkannte deutlich, wie viel ihm an seiner Arbeit lag, die er nicht nur als Job betrachtete, sondern als Aufgabe. Er war kein Wissenschaftler, der wichtige Erkenntnisse hervorbrachte, aber er trug dazu bei, dass immer mehr Menschen sich für die Museen und damit für Naturschutz, Tiere, Pflanzen, für die Umwelt, in der sie lebten, interessierten und sie dadurch womöglich besser achteten.

Auch die Nächte verbrachten sie gemeinsam, meist in Viktorias Zimmer, weil ihr Bett breiter war. Manchmal liebten sie sich, manchmal schliefen sie nur nebeneinander ein, manchmal sprachen sie noch lange im Dunkeln über ihr Leben, ihre Gedanken, alles, was ihnen durch den Kopf ging. Viktoria hatte sich selten derart ruhig, gelassen und sicher gefühlt. Sie konnte sich nicht vorstellen, jemals wieder ohne Roman zu sein, und wollte nicht daran denken, dass es vermutlich früher oder später so kommen würde.

Am Abend vor der Beerdigung fuhr Roman mit Viktoria nach Stralsund. Er hatte in der Kranichburg keinen schwarzen Anzug, und so kam es, dass Viktoria zum ersten Mal einen Blick in seine Wohnung in der Mühlenstraße warf. Das schmale sanierte Haus besaß den für diesen Landstrich typischen geschwungenen Giebel und war in einem dunklen Altrosa gestrichen, nur um die Fenster herum fiel die Farbe heller aus. Romans Wohnung erstreckte sich über die komplette zweite Etage und bestand aus einem großen Wohnzimmer, das eher spartanisch möbliert war, einer im Gegensatz dazu gediegen eingerichteten Wohnküche, einem wiederum zweckmäßigen Schlafzimmer und einem riesigen Bad mit großer Eckbadewanne und separater großzügiger Dusche mit zwei sich gegenüberliegenden Duschköpfen.

Viktoria grinste. »Das ist aber praktisch!«

»Findest du?«, grinste Roman zurück. »Wenn wir dieses Monstrum an Badewanne in der Kranichburg rausschmeißen, hätten wir genug Platz für so was Nettes.«

Das war das erste Mal, dass Roman etwas sagte, das sich auf die Zukunft bezog, mit ein bisschen Fantasie sogar auf eine gemeinsame Zukunft – zumindest, soweit sie die Kranichburg betraf, dachte Viktoria bei sich. Roman begann, sie langsam auszuziehen, und schob sie unter die Dusche. »Fang schon mal an, ich bin gleich bei dir.«

Viktoria suchte nach einem Duschgel, entdeckte unterhalb des linken Duschkopfs eins für Herren, dessen Duft sie unwiderstehlich fand, und drehte das warme Wasser auf. Kurz darauf kam Roman zu ihr. Sie seiften sich gegenseitig ein, glitten dabei ein paarmal fast aus und fingen an zu lachen, bis sich Viktoria hinter Roman stellte und ihm in kreisenden Bewegungen den Rücken massierte, während das Wasser auf sie hinabprasselte und heißer Wasserdampf aufstieg. Langsam drehte sich Roman um, griff nach ihren Händen und hob sie an seine Lippen. Er küsste den Schaum von ihren Fingerspitzen und sah ihr dabei in die Augen. Wieder kamen Viktoria bei seinem Blick die Tränen. Mit nasser Hand strich Roman sanft über ihre Wangen, bevor er sie an sich zog, ihren Mund fand und sie schließlich gemeinsam zu Boden glitten. Das Wasser prasselte unverändert auf sie herab, ohne dass sie es wahrnahmen.

5.

Roman stand vor dem Spiegel und band sich eine anthrazitfarbene Krawatte um. Er sollte an die Beerdigung denken, stattdessen dachte er an gestern. Nie zuvor hatte er sich auf diese Weise entspannen und seine Umgebung und seine Probleme so vollständig vergessen können. Das bezog sich nicht nur auf Sex, es bezog sich auf alles, was sie gemeinsam machten. Er hatte es schon bemerkt, als sie an ihrem ersten Tag gemeinsam in der Küche der Kranichburg gesessen hatten, und es nur nicht wahrhaben wollen.

Er würde sich hüten, ihr je etwas davon zu sagen. Er war nicht geschaffen für ein Leben zu zweit, diese Erfahrung lag bereits hinter ihm, und er wollte nicht, dass das mit Viktoria in einem ähnlichen Fiasko endete wie seine Ehe.

»Bist du so weit?«, fragte sie.

Mit einem letzten Griff richtete er die Krawatte und drehte er sich um. Etwas an ihrem Blick irritierte ihn, er sah sie fragend an. »Was ist?«

Viktoria schüttelte fast verlegen den Kopf. »Nichts weiter. Wir sollten uns auf den Weg machen.«

Roman runzelte die Stirn. »Wenn du mir nicht sagst, was du eben dachtest, werde ich die ganze Zeit darüber nachdenken müssen.«

»Ich hab mich nur an unsere erste Begegnung erinnert«, erwiderte Viktoria und errötete ein wenig. »Damals hast du auch einen schwarzen Anzug getragen und sahst ziemlich attraktiv aus. Entschuldige, ich weiß, das ist jetzt der falsche Zeitpunkt, deshalb wollte ich nicht ...«

»Schschsch«, machte Roman und strich mit seinem Zeigefinger

über ihre Lippen. »Nicht entschuldigen. Ich bin dankbar, dass du bei mir bist, ich weiß nicht, wie ich das allein schaffen sollte.«

Als sie vor dem Zentralfriedhof aus seinem Wagen stiegen, fasste er nach Viktorias Hand. Dabei fiel ihm ein, dass es für sie schon die zweite Beerdigung innerhalb recht kurzer Zeit war, bei der sie jemandem beistehen musste. Sie schaute zu ihm auf und lächelte leicht, beide gingen sie weiter im Strom der Menschen, die ebenso wie sie in die Kapelle wollten. Die Marendorffs waren in der Tat eine bedeutende Familie in Stralsund, viele Trauergäste würden sich versammeln. Einige der Gesichter kannte er, erwiderte den meist etwas scheuen Gruß der Menschen mit einem Nicken. In der Kapelle saßen seine Eltern in der ersten Reihe. Roman war sich sicher, dass dort ein Platz für ihn frei gehalten worden war, und sei es nur, damit die Leute nicht redeten. Er zog es dennoch vor, sich mit Viktoria im Hintergrund zu halten.

Vorn stand Sophies Sarg, ein prunkvolles Modell mit Messingbeschlägen, Kränze und Gebinde waren ringsherum angeordnet. Er schluckte, aber Viktorias Gegenwart half ihm wenigstens ein bisschen. Die Glocke begann zu läuten, kurz darauf betrat der Pastor das Rednerpult – und Roman schaltete ab. Er brauchte nicht zu hören, was der Mann erzählte. Sophie hatte eine Kirche nur betreten, um sie zu besichtigen, mit Sicherheit war der Mann ihr nie persönlich begegnet. Roman versank in seinen eigenen Erinnerungen.

Gemeinsam mit den anderen Trauergästen erhob er sich schließlich, um dem Sarg hinaus auf den Friedhof zu folgen. Am offenen Grab sprach der Pastor noch einige Worte, danach traten Romans Eltern vor, um Erde und Blumen auf den Sarg zu werfen und für Kondolenzwünsche am Rand stehen zu bleiben. Gerade als Roman nach ihnen ans Grab treten wollte, registrierte er, wie Viktoria zusammenzuckte. Sie hatte sich schnell wieder gefangen, aber ihr war zweifellos der Schreck in die Glieder gefahren. Täuschte er sich, oder starrte sie seinen Vater an?

Roman konnte nicht länger darüber nachdenken. Einen Augenblick später hörte er das dumpfe Geräusch der Erde auf dem Sarg und sah Sophie vor seinem inneren Auge – reglos, die Hände gefaltet, bereit für die Reise in die ewige Dunkelheit. Das Bild verschwamm, bis er sich selbst dort liegen sah, bis er jenes dumpfe Geräusch aus einer anderen Perspektive wahrnahm: über ihm. Wieder und wieder, wieder und wieder fiel die Erde auf den Deckel des Sarges, bis er brach und die feuchte, klebrige, modrige Masse ihm in Mund und Nase drang. Er drohte zu ersticken, schnappte nach Luft – und merkte, dass er, die Schaufel in der Hand, noch immer vor dem Grab stand.

Abrupt stieß er die Schaufel zurück in den Erdhaufen. Während er mühsam seinen Atem unter Kontrolle brachte, stellte er sich äußerlich ruhig neben seine Eltern, als sei er nicht gerade aus einer Schreckensvision erwacht. Alles, wie es sich gehörte.

Viktoria hatte sich zurückgezogen, weil sie keine Verwandte war, und wartete bei den entfernteren Bekannten, bis sie vortrat und eine kleine Weile vor dem Grab stehen blieb. Roman fragte sich, was in ihr vorging und ob sie versuchte, sich anhand seiner Erzählungen die lebende Sophie vorzustellen. Was er auch besser hätte tun sollen. Schließlich blickte sie auf, ging auf die Marendorffs zu und reichte erst Romans Mutter, dann – merklich zögernder – seinem Vater die Hand, die sie mit regungsloser Miene nahmen und keine Erwiderung für ihre Worte fanden. Als sie an Roman vorbeigehen wollte, hielt er sie fest.

»Bleib«, flüsterte er ihr zu, was zu einigem Getuschel führte. Das war ihm herzlich egal, vielmehr interessierte ihn brennend, was Viktoria so bemerkenswert an seinem Vater fand.

Nachdem die letzten Trauergäste gegangen waren, legte sich eine unangenehme Stille über die vier verbliebenen Menschen und das offene Grab. Hans Marendorff brach sie als Erster.

»Hast du gar kein Taktgefühl? Musstest du unbedingt sie mitbringen?«, zischte er mit einem wütenden Blick auf Viktoria.

Sie zuckte erneut zusammen und wollte sich von Roman losmachen, doch er ließ das nicht zu. Stattdessen beschloss er zurückzuschießen.

»Ihr solltet euch an Viktoria gewöhnen«, sagte er bestimmt. »Ich werde sie heiraten.«

»Was?« Die Stimme seines Vaters überschlug sich fast. Der Pastor, der noch diskret in der Nähe gewartet hatte, um sich zu verabschieden, schaute befremdet herüber. »Wie kannst du diese ... diese ...«

»Schriftstellerin«, half Roman aus. »Viktoria ist Schriftstellerin, aber das wisst ihr natürlich.«

Hätte Viktoria ihre Stimme wiedergefunden, wäre ihre Reaktion genauso ausgefallen wie die von Romans Vater. Das war schon der zweite Schock an diesem Tag. Roman redete weiter.

»Viktoria, darf ich dir deine zukünftigen Schwiegereltern vorstellen? Meine Mutter Karin kennst du bereits, mein Vater Hans Marendorff. Es kommt vor, dass sie weniger unhöflich sind als heute, obwohl es schwerfällt, das zu glauben.«

»Verschwindet!« Hans Marendorff hatte diesmal sehr leise gesprochen, aber sein Ton war unmissverständlich. »Und wenn du wirklich vorhast, diese Frau zu heiraten, brauchst du nie wieder einen Fuß in die Schwedenkrone zu setzen.«

»Ich dachte, du würdest dem Wunsch deiner eigenen Mutter mehr Respekt entgegenbringen«, sagte Roman ebenso leise. »Sie hielt nämlich eine Verbindung zwischen mir und Viktoria für eine ganz ausgezeichnete Idee.«

Viktoria kam aus dem Staunen nicht mehr heraus. Beinah fühlte sie eine Art Verbundenheit mit Hans Marendorff, der genauso entgeistert blickte wie sie. Roman berührte sie kurz und drehte sich um. Mit langen Schritten lief er den Weg entlang zum Ausgang. Sie hatte Mühe, ihm zu folgen, nicht nur, weil er unglaublich schnell ging, sondern weil sie gleichzeitig versuchte zu begreifen, was gerade passiert war. Als sie ihn eingeholt hatte, sagte sie atemlos und mit einiger Empörung: »Wenn du das nächste Mal deiner Familie unbedingt eins auswischen willst, warn mich bitte vor.«

Im Gehen wandte sich Roman ihr zu, sein Blick eine Mischung aus Ärger, Wut und Trauer – und einem kleinen Funken Belustigung. »Warum? Willst du mich nicht heiraten?«

»Ich würde zu gern sehen, was du tust, wenn ich dich darauf festnagele«, gab Viktoria zurück. Ihr war nicht so leichtherzig zumute, wie sie tat. Auch wenn es nur für eine Schrecksekunde gewesen war – in dieser Sekunde hatte sie tatsächlich geglaubt, er meine es ernst.

Roman gab ein spöttisches Schnauben von sich. »Was du ganz sicher nicht tust. Übrigens hab ich vorhin nicht gelogen, was Sophie betrifft. Es war sogar ihr Vorschlag.«

Viktoria überraschte gar nichts mehr. Sie wartete einfach auf Romans Erklärung, die erst kam, als sie im Wagen saßen, wo er von Sophies durchaus fragwürdigen Gründen für diese Hochzeit berichtete. Es dauerte, bis sie begriff, dass die Sache auch eine komische Seite hatte.

»Ich hab dir überhaupt noch nicht erzählt, was an jenem Tag im Krankenhaus passiert ist und worüber ich sonst noch mit Sophie geredet habe«, sagte Roman nach einem Seitenblick auf sie. »Danke, dass du mich damit in Ruhe gelassen hast. Ich erzähl's dir zu Hause.«

In Romans Wohnung bediente Viktoria die Espressomaschine, während er sich aus seinem Anzug schälte. Als er wieder in die Küche kam, trug er zwar noch sein weißes Hemd, hatte aber die Krawatte abgelegt und eine Jeans angezogen. Er setzte sich zu ihr, drehte die kleine Espressotasse auf dem Unterteller hin und her und begann zu reden. Viktoria merkte, wie lebendig seine Erinnerung an jene Stunde war, dass er Sophies Tod immer noch nicht fassen konnte.

»Also kannte sie Martin Niemann«, stellte sie fest. »Je länger ich darüber nachdenke, desto unsicherer werde ich, ob ich gut finde, was er sich da ausgedacht hat.«

»Es funktioniert jedenfalls. Wir sind hinter der Geschichte her wie der Hund hinter dem Knochen.«

»Sind wir?« Prüfend schaute Viktoria Roman an. »Willst du denn weitermachen?«

Roman seufzte. »Ich hab viel darüber nachgedacht. Wenn wir jetzt aufhören, wäre das äußerst unbefriedigend. Nicht für Martin Niemann, der kriegt von allem nichts mehr mit, aber für uns. Und für Marie.« Dann fiel ihm etwas ein. »Was hast du eigentlich mit meinem Vater zu schaffen? Vorhin auf dem Friedhof hätte ich schwören können, dass ihr euch schon mal begegnet seid.«

»Sind wir auch – falls man das so nennen kann. Wir haben uns gegenseitig umgelaufen, direkt vor der Schwedenkrone. Ich wusste damals weder, dass das die Schwedenkrone ist, noch, dass es sich um deinen Vater handelt. Bei meinem ersten Besuch in Stralsund hatte ich keine Ahnung von den Marendorffs und davon, wie bald ich mit ihnen zu tun bekommen würde.« Viktoria stand der unbedeutende Vorfall noch gut vor Augen, weil sie schon da das Gefühl gehabt hatte, dass man dem Mann besser aus dem Weg ging. »Ist vielleicht ein bisschen weit hergeholt, aber heute hat er mich an Georg von Kampen auf dem Foto erinnert. Sein Blick war so eisig.« Wie auch Romans Blick sein konnte. Obwohl es die ganze Zeit um seine Vorfahren gegangen war, wurde Viktoria das erst jetzt richtig bewusst. Roman hatte sie ebenso angesehen, vor ein paar Tagen in der Diele der Kranichburg.

»Arme Viktoria.« Roman lächelte und wies dabei keinerlei Ähnlichkeit mit einem der älteren Marendorffs oder von Kampens auf. »Hättest du das alles gewusst, hättest du das nächste Flugzeug genommen und dich für ein halbes Jahr nach Neuseeland abgesetzt.«

»Um nichts in der Welt hätte ich euch verpassen mögen! Ihr

gebt Stoff für mindestens drei Romane, und wenn du mich nicht heiratest, wie deine Großmutter so klug bemerkte, werde ich sie veröffentlichen!« Viktoria hatte geredet, ohne nachzudenken, der letzte Satz war ihr herausgerutscht, bevor sie es verhindern konnte. Kaum war er draußen, hätte sie sich am liebsten geohrfeigt.

»Soll das eine Drohung sein?«, erwiderte Roman. Sein Ton klang zu Viktorias Erleichterung ziemlich amüsiert. »Ich hoffe, du hast einen guten Anwalt, mein Vater wird dich verklagen, dass dir Hören und Sehen vergeht. Aber natürlich«, hier verdüsterte sich Romans Gesicht plötzlich, »du hast ja einen guten Anwalt. Ich hoffe jedenfalls, dass er vor Gericht besser ist als im Umgang mit Frauen.«

»Autsch«, sagte Viktoria.

Verdammt, warum konnte er nicht die Klappe halten?, verfluchte sich Roman. Viktoria hatte nur einen Spaß gemacht, und er war um keinen Deut besser als Henrik Gerlach, wenn er es fertigbrachte, sie mit einer einzigen Bemerkung zu verletzen. Und verletzt hatte er sie, das sah er ihrem Gesichtsausdruck an. Er wollte sich gerade entschuldigen, als ihr Handy anfing zu klingeln. Sie hatte es während der letzten Tage, die sie miteinander verbracht hatten, ausgeschaltet, weil sie für ihn da sein wollte. Und nun war sie offenkundig froh, etwas anderes tun zu können, als sich mit ihm zu befassen. Sie sah ihn nicht an, als sie aufstand und ihr Handy vom Küchenschrank nahm.

»Hallo Melli«, hörte er sie sagen, und als Melli sich offenbar verärgert darüber äußerte, dass Viktoria schwer zu erreichen gewesen war, fügte sie ungeduldig hinzu: »Die Welt wird ohne mich ausgekommen sein.«

Wieder lauschte sie, während Roman sie beobachtete. Was Melli sagte, fand keinen Anklang bei Viktoria. »Hey, mal langsam!«, begann sie, kam aber nicht weiter. Eine Weile hörte sie wieder zu, wobei ihr Stirnrunzeln sich vertiefte. Sie drehte sich zum Fenster, sodass Roman ihr Gesicht nicht länger sehen konnte. »Melli, hör auf!«, brach es aus ihr heraus. »Ich weiß, wie lange wir befreundet sind, aber das gibt dir nicht das Recht, dich in mein Leben einzumischen!« Pause. »Das ist Blödsinn! Die Kranichburg bringt kein Unglück!«

Roman fragte sich, ob Melli nicht recht hatte. In der Kranichburg schien eine Menge geschehen zu sein, das Menschen ins Unglück – sogar in den Tod? – geführt hatte. Nur, ein Haus konnte daran schwerlich die Schuld tragen.

»Das hat doch damit nichts zu tun!«, sagte Viktoria gerade. »Wie hat Henrik sich entschieden?« Und kurz darauf sarkastisch: »Herzlichen Dank für den Tipp! Melli ... Ach, es hat keinen Sinn, melde dich wieder, wenn du dich beruhigt hast.« Viktoria beendete kurzerhand das Gespräch, blieb aber noch am Fenster stehen.

Roman erhob sich. »Ärger?«

Viktoria wich seinem Blick aus. »Melli ist sauer, weil ich Henrik neulich rausgeschmissen habe und sie mich nicht erreichen konnte.«

»Du hast ihn rausgeschmissen? Wann? Weswegen?«, fragte Roman perplex.

Viktoria zuckte mit den Schultern und berichtete von jenem Abend, an dem Sophie gestorben war, und dass Henrik sich laut Melli noch nicht entschieden hatte, wie er vorgehen wollte. »Sie hat gesagt, wenn uns daran gelegen ist, das Rätsel zu lösen, sollten wir uns besser beeilen.«

»Kann er uns wirklich in die Quere kommen, nur weil ich eine Nacht weg war?«

Wieder zuckte sie mit den Schultern. »Keine Ahnung, aber sonst hätte er das wahrscheinlich nicht angesprochen. Er ist Anwalt und kennt seine Rechte. Und wir sollten lieber nicht an die große Glocke hängen, dass wir beide letzte Nacht hier gewesen sind, sondern zurückfahren und uns endlich um Maries Bilder kümmern und um das Notizbuch, das du gefunden hast.« Ihre Stimme klang neutral. Sie sah ihn nur kurz an und ging an ihm vorbei.

Das hatte er nicht nur gründlich vermasselt, sondern auch dummerweise den Zeitpunkt für eine Entschuldigung verpasst.

Wütend hielt Roman die Espressotassen unter den Wasserhahn, und je länger Viktoria wegblieb, desto wütender wurde er. Zuerst auf sich, dann auf sie. Okay, er hatte einen Fehler gemacht, aber musste sie gleich derart eingeschnappt reagieren? Ist vermutlich besser so, dachte er. Was uns zusammengebracht hat, war das Rätsel um die Kranichburg – dabei sollte es bleiben. Alles andere verkompliziert die Sache nur.

6.

Die Fahrt nach Wustrow zog sich wegen eines Staus in die Länge. Ab und zu warf Viktoria einen unauffälligen Blick zu Roman und begann, ihn und Henrik miteinander zu vergleichen. Wenn sie es realistisch sah, hatte das mit Roman keine Zukunft, so verlockend der Gedanke auch war. Dass sie in den letzten Tagen kaum die Finger voneinander hatten lassen können, war prickelnd, erotisch und geradezu fantastisch gewesen, aber keine Basis für mehr. Henrik dagegen – sie hatte ihm möglicherweise unrecht getan, er tat nur seine Pflicht als Testamentsvollstrecker. Außerdem hatte er nie einen Hehl daraus gemacht, sie zurückzuwollen, und sie kam ihm unsensibel mit ihrer offensichtlichen Zuneigung zu Roman. Konnte man es ihm verübeln, dass er reagierte, wie er reagierte? Nein. Und ja.

Unwillig schüttelte sie den Kopf und beneidete Doro, die ohne Wenn und Aber gewusst hatte, wen sie wollte: Johann. Leider bedeutete das trotzdem keine Garantie für ein glückliches Leben, im Gegenteil.

»Womit fangen wir an?«, fragte Roman, kaum dass sie ihre Taschen in ihren Zimmern verstaut hatten. Es hatte keinen Annäherungsversuch zwischen ihnen gegeben. »Erst die Bilder oder erst das Notizbuch?«

»Das Notizbuch. Die Bilder sollten wir uns vornehmen, wenn es noch möglichst lange hell ist. Außerdem könnte uns das Buch sogar helfen, die Bilder besser zu verstehen. Ich hole es, treffen wir uns in Maries Zimmer?«

Roman saß schon auf dem Bett, als Viktoria eintrat. Diesmal war die Atmosphäre anders, Viktoria fiel es schwer, sich neben ihn zu setzen. Sie konzentrierte sich auf das schlichte Äußere des kleinen braunen Büchleins. »Hast du schon reingesehen?«

»Nur flüchtig. Die Schrift sah noch katastrophaler aus als die im Tagebuch, ich hab gleich aufgegeben.«

»Hm«, machte Viktoria nur und schlug das Buch auf.

Dienstag, 25. März 1924
Wie kann ich hier ... ausgerechnet ... Ich weiß nicht, warum. Vielleicht hat alles seine Richtigkeit. Es muss wohl so sein. Aber ich bin ...

»Das steht da?«, unterbrach Roman sie gleich nach dem ersten Eintrag, den Viktoria bereits kannte. »Scheint ja ein ziemliches Durcheinander zu sein.«

»Das war ihr Leben zu dem Zeitpunkt wohl auch. Soll ich weiterlesen?«

Wortlos nickte Roman.

Viktoria überflog die folgende Seite, auf der es ebenfalls abgebrochene und durchgestrichene Einträge gab, die keinen Sinn ergaben, und las erst wieder die nächsten zusammenhängenden Sätze.

Montag, 14. April 1924
Die letzten Wochen habe ich mich nicht sehr wohl gefühlt. Die Kranichburg war in keinem guten Zustand, obgleich Georg mir versichert hat, dass alles in Ordnung gebracht worden ist. Es lag einiges im Argen, noch dazu erinnerte mich viel an meinen letzten unglückseligen Aufenthalt hier. An jenem Tag vor drei Wochen, als ich hier ankam, schien es mir, als sei seit damals keine Stunde vergangen.

Eigentlich verstehe ich nicht recht, warum Georg mich hier haben will. Es stimmt, manchmal bin ich ein wenig durcheinander, nicht ganz bei mir, rede Dinge, die dumm sind und unsinnig. Aber dass er mich in die Kranichburg schickt, ganz allein, nur mit einer Bediensteten, die für mich kocht und den Haushalt macht ... Das Haus ist so groß. Viel zu groß für mich allein. Georg sagt, es ist besser für mich und besser für Sophie. Er verspricht mir, dass ich bald wieder nach Hause kann. Aber ... ich habe Angst.

Ich habe Angst. Sophie. Doro. Johann. Georg. Marie.

Johanna.

Es ist grausam. Warum ausgerechnet hier?

Aber es ist meine Schuld. Ich hätte nicht ... schon damals ... und nun wieder ... Es ist meine Schuld. Es ist zu spät.

Ich bin

NEIN! Nicht wieder warum geht alles warum ist alles so anders so konfus.

»Das klingt, als hätte Georg von Kampen ganz recht damit gehabt, dass Marie mehr als nur ein bisschen durch den Wind war«, fand Roman, als Viktoria ratlos aufsah. »Vielleicht war was dran, dass Sophie sich ängstigte vor einer Mutter, die offenbar unvermittelt komische Sachen sagte. Sophie war damals erst fünf.«

»Aber warum hat er sie in die Kranichburg abgeschoben? Er hätte ärztliche Hilfe holen oder sie in ein Sanatorium geben können.«

Zweifelnd runzelte Roman die Stirn. »Vielleicht hatte von Kampen das vor, aber die von Hassbachs intervenierten. Ich hab wenig Ahnung über den Zustand in ... Irrenhäusern zu der Zeit, könnte mir aber vorstellen, dass Marie es in der Kranichburg besser gehabt hat. Hier wurde sie zumindest nicht in eine Zwangsjacke gesteckt.«

»So schlimm scheint es ja nun nicht gewesen zu sein. Am Anfang klingt sie ganz normal, und wahrscheinlich ist sie auch normal. Sie hat bloß Angst, sagt sie ja selbst. Die Frage ist: wovor?«

»Die Frage ist außerdem: Weiß sie, wovor?«, präzisierte Roman. »Oder ist es mehr ein undeutliches Gefühl? – Lies weiter, mal sehen, was sie noch schreibt.«

Mittwoch, 23. April 1924

Die neuen Teppiche für den Salon gefallen mir. Georg hat sie geschickt, so frische Farben. Passend dazu sind Rouleaus in Creme angebracht worden. Georg sagt, damit die Sonne mich nicht blendet. Im Sommer. Er glaubt, ich habe seine Bemerkung nicht verstanden. Er meint damit, ich bin im Sommer noch immer hier. Ich sitze oft im Salon.

Mein eigenes Zimmer ist unverändert. Georg sagt, die Möbel sind noch gut, er hat sie nur aufpolieren lassen. Es ist ein schönes Zimmer. Ich dachte erst, es wäre zu groß, ich hatte vergessen, dass damals die Wand eingebaut wurde. Ich weiß gar nicht mehr, was hinter der Wand liegt. Ich habe es vergessen. Ich sollte nachsehen. Oder lieber nicht? Manchmal glaube ich, ich könnte noch mehr Vertrautheit nicht ertragen. Warum musste Georg alles so lassen, wie es war? Wir sind nie mehr hier gewesen seit damals.

Mama hat mir Kissenbezüge mitgegeben. Zum Besticken. Dabei habe ich Handarbeiten immer gehasst. Ich bin sicher, sie meint es gut.

Ich war überhaupt noch nicht draußen und habe auch noch keinen Besuch bekommen. Das heißt, Frau Reuter war da, aber ich habe Tilly gebeten zu sagen, ich sei nicht zu Hause. Ich will mit niemandem reden.

Donnerstag, 8. Mai 1924
Meine Erinnerung ... Ich bin mir nicht mehr sicher, aber es muss Ende letzten Jahres gewesen sein. Ich bekam diesen Brief von Johann. Johann. Er war in der Schwedenkrone, daran erinnere ich mich. Ich habe ihn gesehen. Habe ich auch mit ihm gesprochen? Dann war da Georg.

Es ist merkwürdig. Je mehr ich versuche, mich zu erinnern, desto mehr entgleitet mir alles. Manchmal weiß ich die einfachsten Dinge nicht mehr, und ich ertappe mich dabei, dass ich an mich selbst in der dritten Person denke. Ist das nicht komisch? Manchmal ... nein ... doch. Manchmal denke ich »ich« und meine Doro. Ich spiele unser Spiel. Wir spielen unser Spiel. Mit Ulrich. Mit den Eltern. Wegen Johann. Das ist lange her. Oder nicht?

Es hat mit Johann angefangen, dass ich mich so seltsam fühle. Glaube ich. Georg scheint das auch zu glauben. Er hat schlecht über Johann gesprochen, dabei wollte Johann doch bestimmt nichts Schlechtes. Oder doch? Wenn ich mich nur erinnern könnte. Was hat in seinem Brief gestanden? Was wollte er von mir? Doro. Er wollte etwas über Doro erfahren, natürlich.

Jetzt weiß ich es wieder. Ich wurde ohnmächtig, als ich Johanns Brief erhielt. Es war, als hätte es die letzten Jahre nicht gegeben, als sei es wieder 1912. Als würde Doro noch immer auf Wilhelm Niemanns Eingreifen hoffen, darauf, dass eines Tages Johann ...

Aber Wilhelm Niemann kam nicht. Er hat Johann im Stich gelassen. Er hat Doro im Stich gelassen. Er hat mich im Stich gelassen. Alle. Auch Johanna.

Ich darf nicht zu viel an damals denken. Ich muss an mein Leben denken. An Sophie. An Georg? Warum habe ich ihn geheiratet? Ich habe ihn nie geliebt, ich habe immer nur einen geliebt.

Das war falsch. Dafür muss ich büßen.

Sonntag, 18. Mai 1924

Gestern war ich auf dem Dachboden. Von einem Raum kann man bis auf die See schauen. Es ist schön. So ruhig. Heute bin ich wieder hochgegangen. Es war dunkel draußen, sogar bei Tag. Drinnen war es noch dunkler, trotz der zwei Fenster. Es hat gestürmt, geregnet. Wie damals. Wenn doch nur damals ...

Es ist ein schöner Raum. Ich fühle mich dort wohler als hier unten in ihrem – in meinem Zimmer. In Doros Zimmer. In Maries Zimmer.

Georg sagte, ich mache Sophie Angst. Ich möchte meine Tochter sehen.

Freitag, 23. Mai 1924

Ich mag das Dachbodenzimmer. Ich glaube, es hat früher einmal Emma gehört. Sie wird wenig Muße gehabt haben, aus dem Fenster zu sehen, den Ausblick zu bewundern.

Ich mag es.

Ich habe weniger Angst hier oben. Angst, etwas Falsches zu tun oder etwas Falsches zu sagen oder zu denken. Weniger Angst vor der Vergangenheit. Weniger Angst vor der Gegenwart.

Weniger Angst davor, dass mich hier jemand findet. Nur Johann darf mich hier finden.

Er könnte mir Malstunden geben. Wie damals.

Malstunden …

Montag, 26. Mai 1924

Frau Reuter war wieder hier. Diesmal ließ sie sich nicht abwimmeln. Sie drängte sich an Tilly vorbei und bestand darauf, mich zu sehen. Ich bat Tilly um Kaffee und Kuchen, Gott sei Dank hatten wir genügend im Haus. Ich esse nur wenig.

Frau Reuter war taktvoll genug, nicht zu fragen, warum ich ganz allein in der Kranichburg lebe. Ich bin froh, dass es mir gestern gut ging, dass ich nicht »merkwürdig« war, wie Georg das zu nennen pflegt. Frau Reuter plauderte zwei Stunden lang über Dinge, die sie interessant fand. Ich musste nicht viel mehr tun, als hin und wieder zu nicken und ihr zu versprechen, sie und ihren Gatten, der nach all den Jahren noch immer Pastor ist, bald zu besuchen. Vielleicht tue ich das. Ich kann mich ja nicht ständig hier vergraben.

Frau Reuter bewunderte die Kranichburg, und ich musste zugeben, dass sie nun wieder einigermaßen in Schuss ist. Da es mich nach wie vor in das Dachbodenzimmer zieht, wollte ich Frau Reuters Meinung dazu hören. Sie fand meine Idee entzückend.

Mittwoch, 28. Mai 1924

Gestern war wieder alles durcheinander. Ich glaube, ich habe Tilly erschreckt. Oder war es Emma? Ich weiß nicht mehr.

Ich … Die Angst ist wieder da. Wenn ich doch nur wüsste, wovor. Einen Moment lang weiß ich es, dann ist es wieder fort. Es hat etwas mit damals zu tun, nicht wahr? Aber warum sollte ich vor etwas Angst haben, das schon so lange zurückliegt?

Vorhin habe ich dieses Büchlein von Anfang an gelesen. Kein Wunder, dass Georg mich für verrückt hält.

Ich kann nicht immer richtig denken.

Marie kann auch nicht mehr richtig schreiben.

Doro konnte das noch nie. Sie konnte malen.

Ich kann malen. Wenn Johann kommt und mir Malstunden gibt?!

Oben auf dem Dachboden. Ich könnte alles malen, was ich denke. Farben, Linien, Formen. Sprache kann so ... zerstörend wirken. Bilder sind leichter zu verstehen.

Doro und Marie brauchen keinen Unterricht mehr. Sie können gut malen, Johann hat ihnen alles beigebracht. Ich kann malen.

Donnerstag, 29. Mai 1924

Oh Gott. Ich sollte dieses Buch vernichten. Jeder, der liest, was ich geschrieben habe, wird denken, dass ich nie wieder normal werde. Ich muss mich zwingen, normal zu werden. Ich muss mich zwingen, ich darf nicht länger krank sein, wenn ich je meine Sophie wiedersehen will. Und ich darf nicht länger schreiben.

Bilder. Ich habe mich zwar seltsam ausgedrückt, aber ich hatte doch recht: Ich werde nicht mehr schreiben. Ich werde nur noch malen. Ich werde mir alles von der Seele malen. Vielleicht erkenne ich irgendwann selbst, was es ist.

Freitag, 28. Januar 1927
Es hat eine Weile …

»Stopp mal«, unterbrach Roman. »Hast du eben 1927 gesagt? Sicher? Das heißt, zwischen diesem und dem letzten Eintrag liegen zweieinhalb Jahre?«

Viktoria sah zur Sicherheit noch einmal auf die Datumszeile. »Richtig. Hier steht ganz klar 1927. Lass uns hören, was sie dazu bewogen hat, ihren Vorsatz zu brechen.«

Freitag, 28. Januar 1927
Es hat eine Weile gedauert, bis ich dieses Büchlein wiedergefunden habe, in das ich nie mehr hineinsehen wollte. Heute tue ich es dennoch, und ich werde noch einmal etwas hineinschreiben. Ein allerletztes Mal.

Ich bin immer noch hier, immer noch in der Kranichburg. Georg hat mich nicht nach Hause geholt, ich habe meine Sophie seit Jahren nicht gesehen. Ich ahne, dass ich sie nie wiedersehen werde. Bestimmt hat Georg ihr mittlerweile so viel Schlechtes oder Angsteinflößendes über mich erzählt, dass meine Tochter nicht einmal mehr nach mir fragt. Es tut weh, sehr weh, obwohl ich weiß, dass das schwerlich ihre Schuld ist. Kurz nachdem ich hierhergebracht wurde, kam Georg zwei-, dreimal, um etwas im Haus richten zu lassen, sonst habe ich niemanden von meiner Familie wiedergesehen. Anfangs kamen noch einige Briefe von Mama – danach hat man mich wohl vergessen, abgesehen von dem Geld, das man mir regelmäßig schickt. In der Kranichburg führe ich mein eigenes Leben, allein für mich. Ich habe Tilly weggeschickt, als sie einen jungen Mann kennenlernte und ihn heiraten wollte. Nun kommt sie nur noch einmal in der Woche zum Saubermachen und für den Einkauf, und ich überlege, ob ich nicht auch das unterbinden soll.

Meine Malutensilien bestelle ich über den Katalog, die übrigen Besorgungen kann ich selbst machen, und schließlich brauche ich nur wenige Räume in diesem Haus, die zu putzen sind. Ich bin glücklich mit dem Salon und der Küche unten, dem Badezimmer und meinem Schlafzimmer oben – und vor allem mit meinem Atelier unter dem Dach. Selbst der Salon ist eigentlich überflüssig, doch vor einigen Wochen war ich trotzdem froh, dass er einigermaßen repräsentabel ist.

Zumeist male ich in meinem Atelier, nur manchmal gehe ich hinaus – wie an jenem Tag, an dem das Licht so ungewöhnlich war, dass ich nicht anders konnte. Ich nahm eine kleine aufgespannte Leinwand, Pinsel und Farben und wanderte aufs Hohe Ufer, wo ich mich auf eine Decke setzte und das Wolken- und Sonnenspiel über der See beobachtete. Es wirkte, als lägen beide im ständigen Streit miteinander, bald gewannen die Sonnenstrahlen, bald die schwarzen Wolken. Zu einer anderen Zeit hätte ich Angst vor einem Unwetter gehabt, denn der Wind wehte sehr frisch. Doch ich beachtete ihn kaum, sondern versuchte, die eigenartige Stimmung, das Bedrohliche, das sich mit dem Heiteren abwechselte, auf die Leinwand zu bannen. Mit einem Mal spürte ich jemanden hinter mir. Ich sah mich um, und da stand eine gut aussehende Frau, zehn, fünfzehn Jahre älter als ich, in einem knielangen braunen Mantel mit breitem Kragen und riesigen Taschen, in denen sie ihre Hände vergraben hatte. Trotz der Kälte trug sie keinen Hut, ihr Haar wehte im Wind, was sie gar nicht beachtete, ebenso wenig mich. Ihr Blick haftete auf meinem kleinen, noch nicht fertiggestellten Gemälde, und sie ließ sich durch meine Musterung nicht aus der Ruhe bringen. Erst als sie das Studium meines Bildes beendet hatte, wandte sie sich an mich und sagte, mein Werk berühre sie auf seltsame Weise. Anschließend fragte sie mich, ob ich schon viel gemalt hätte.

Mein abweisendes »Einiges« entmutigte sie nicht, im Gegenteil, sie lächelte und stellte sich vor. Mir war nicht bewusst, dass in Wustrow Künstler leben, aber ich habe mich auch wenig für die Gesellschaft interessiert.

Sie fragte weiter, ob sie meine anderen Bilder einmal sehen könne – und ich überraschte mich selbst, indem ich zustimmte. Zwei Tage später kam sie zu Besuch. Abgesehen von Tilly und Frau Reuter, die es nach einem Jahr ohne Gegenbesuch aufgegeben hat, ist Hedwig Woermann der erste Mensch, der die Kranichburg betreten hat, seit ich zurück bin.

Ich glaube, sie mag meine Bilder. Manchmal allerdings sah sie ein wenig zweifelnd von den Leinwänden zu mir und wieder zurück. Sie sagte es nicht, doch ich merkte, dass sie meine Traurigkeit in den Bildern spürte.

Meine Traurigkeit.

Manchmal wird sie überschattet von einem unbestimmten Gefühl der Angst, das mich von Zeit zu Zeit überfällt. Dabei sind in den letzten Jahren Bilder entstanden, die mich selbst verstören und ängstigen, weil ich mir nicht sicher bin, was sie bedeuten. Einige wirken harmlos – und doch spüre ich, dass sich dahinter etwas verbirgt, das nicht harmlos ist. Ich streite oft mit mir selbst, ob ich mehr darüber wissen will. Einige andere habe ich weit, weit fortgestellt, weil ich es nicht ertrage, sie zu betrachten. Außerdem sind da noch jene, deren Bedeutung ich sehr wohl erkenne, die ich sogar bewusst gemalt habe, wenngleich ich sie am liebsten vergessen möchte. Der Mensch ist eigentlich seltsam. Er vergisst Dinge, an die er sich krampfhaft versucht zu erinnern, während er andere unauslöschlich in sein Herz und in seine Gedanken brennt, obwohl er sein Leben dafür gäbe, wenn er sie ausradieren könnte.

Vielleicht ist deshalb der Großteil meiner Bilder düster geblieben, ich verarbeite in ihnen und mit ihnen gleichzeitig mein Unterbewusstsein und meine lebendigen Erinnerungen. Es kommt vor, dass ich mich frage, woran ich mich erinnere und was nur meine Vorstellungskraft ist.

Mancher Geist scheint mich zu jagen.

Wenn ich male, bin ich in einer anderen Welt, einer Welt, die Teile der Wirklichkeit spiegelt, wie ich sie sehe oder gesehen habe. Diese Wirklichkeit mag nicht schön sein, aber sobald ich einen Pinsel in der Hand halte, werde ich ruhig. Ich spüre, wie ich eins werde mit meinem Leben, mit der Vergangenheit und der Gegenwart.

Ich habe dies aufgeschrieben, damit man weiß, dass ich nicht verrückt bin. Für die, die mich dazu abgestempelt haben, wird das kein Beweis sein, aber vielleicht für die, die diese Zeilen eines Tages finden mögen, wenn ich längst die Erde verlassen habe – wenn ich wieder vereint sein werde mit dem Menschen, der mir immer am wichtigsten und teuersten und liebsten war.

»Arme Marie«, sagte Viktoria leise, nachdem sie das Buch zugeklappt hatte. »Auch wenn es ihr wieder besser ging, als sie Hedwig Woermann traf, müssen ihre ersten Jahre in der Kranichburg schrecklich gewesen sein, immer hin und her gerissen zwischen geistiger Umnachtung und lichten Momenten.«

Roman antwortete nicht sofort. Zweifellos stimmte das, trotzdem dachte er an etwas anderes. »Ich wollte, Sophie hätte das noch lesen können«, sagte er. »Sie hätte es verdient zu wissen, dass ihre Mutter sie vermisst hat, dass sie sie geliebt hat.«

»Ich verstehe, wie du das meinst, aber sie hat sich all die Jahrzehnte damit arrangiert, kein Verhältnis zu ihrer Mutter zu haben, und sie hat es vor sich selbst gerechtfertigt. Womöglich hätten ihr Maries Worte am Ende mehr geschadet als geholfen.«

Eine Weile ließ sich Roman das durch den Kopf gehen. »Ja, kann sein.«

»Wovor hatte Marie Angst?«, wiederholte Viktoria ihre Frage von vorhin.

»Möglicherweise ist die Antwort ganz einfach, viel einfacher, als wir bisher angenommen haben. Vielleicht liegt darin der Grund für Sophies Befürchtungen.« Roman rieb sich die Schläfen. »Vielleicht hatte Marie Angst davor, wahnsinnig zu sein – und sowohl Georg von Kampen als auch später Sophie wollten nicht, dass etwas von dieser Krankheit mit der Familie und damit mit der Schwedenkrone in Verbindung gebracht wurde.«

Unwillig schüttelte Viktoria den Kopf.

»Wieso nicht?«, beharrte Roman. »Du kannst nicht abstreiten, dass mit Marie etwas nicht gestimmt hat.«

»Aber ein paar Jahre vorher war sie völlig normal.«

»Na und? Irgendwann bricht das eben aus.«

»Ist sonst noch jemand krank in deiner Familie?«

»Nein. Muss ja nicht erblich gewesen sein. Kann aber sein, dass Sophie Angst davor hatte und sie ihrer Mutter niemals begegnen wollte, weil sie befürchtete, sie würde sehen, was mal aus ihr selbst werden könnte.«

Nach wie vor schien Viktoria unzufrieden mit der Erklärung zu sein. »Das ist mir zu wenig. 1927 war Marie immerhin wieder ganz gesund und blieb es zweifellos, sonst hätte sie allein in der Kranichburg kaum überlebt. Nein, sie hatte Angst vor etwas Konkretem, etwas Greifbarem, auch wenn sie selbst es nicht mehr greifen konnte. Vergiss nicht, dass wir immer noch klären müssen, wie Doro ums Leben kam. Dass sie tatsächlich starb und es nicht nur Wilhelm Niemanns Erfindung war, um seinen Sohn davon abzubringen, wieder mit den von Hassbachs Verbindung aufzunehmen, können wir endgültig aus Maries letztem Satz schließen. Außerdem: Was wurde aus dem Kind und was aus Johann? Gerade Johann scheint eine wichtige Rolle gespielt zu haben. Marie fragt sich ja an einer Stelle selbst, ob mit ihm ihre Verwirrung begann.«

Roman hatte dieses Detail keineswegs vergessen, nur war ihm die Erklärung mit Maries Krankheit so natürlich vorgekommen. Er fühlte sich müde, und seitdem diese seltsame Stimmung zwischen ihm und Viktoria herrschte, lag ihm plötzlich weniger daran, das Geheimnis zu lüften und das zu tun, wozu Maries Notizbuch geradezu aufforderte: sich die Bilder vorzunehmen.

Schwerfällig stand er vom Bett auf und betrachtete Maries Gemälde von der Seebrücke. »Das jedenfalls ist überhaupt nicht düster. Ich hoffe, sie hat nicht bis an ihr Lebensende gebraucht, um darüber hinwegzukommen.«

Viktoria war sitzen geblieben, sie schaute Roman an, nicht das Bild. »Es gibt nur einen Weg, das rauszufinden.«

Roman spürte ihren Blick in seinem Rücken, als er zur Tür ging. Da sie sich nach wie vor nicht erhob, hatte sie anscheinend vor, noch zu bleiben. Er drehte sich um und bemerkte, dass sie auf einen Punkt über seiner Schulter starrte. Anscheinend war sie mit den Gedanken ganz woanders. »Gute Nacht«, sagte er leise, die Hand auf der Klinke. Sie reagierte nicht, weder mit Worten noch mit Blicken. Damit würde dies vermutlich die erste Nacht, die sie nicht gemeinsam verbrachten. Behutsam schloss er die Tür hinter sich.

7.

Nachdenklich stand Viktoria am Kopf der Seebrücke und beobachtete zwei Kite-Surfer, die mit dem Wind halb kämpften und halb spielten. Trotz der frühen Morgenstunde war an Schlaf nicht mehr zu denken gewesen. Lange hatte sie gestern in Maries Zimmer gesessen, dabei aber nicht nur an die Vergangenheit gedacht. Wie hatte sich zwischen ihr und Roman auf einmal diese Mauer aufbauen können? Bloß wegen Romans unbedachter Bemerkung, auf die sie ebenso unbedacht viel zu beleidigt reagiert hatte? Konnte es sein, dass sie beide einen Vorwand suchten, die Vertrautheit zwischen ihnen wieder ein Stück zurückzunehmen? Wären sie je zusammengekommen, wenn sie einander unter völlig anderen Umständen begegnet wären? Auf jeden Fall musste die unterschwellig ungute Atmosphäre zwischen ihnen, die sie beide auf Dauer mürbe machen würde, gereinigt werden.

Sie ließ die Seebrücke hinter sich und betrachtete die Umgebung der Kranichburg, das Hotel gegenüber, heute ein Neubau, damals nach den Fotos, die sie im Fischlandhaus gesehen hatte, ein charmanteres Gebäude mit Namen Strandhotel. Die kaum veränderte Seenotrettungsstation. Etwa dort, wo heute das Moby Dick stand, musste sich einst der Strandpavillon befunden haben, für den Marie zumindest bei ihrem erzwungenen Aufenthalt in Wustrow nichts übrig gehabt haben dürfte.

Langsam durchschritt sie das grüne Tor und schloss die Haustür auf. Schon in der Diele hörte sie Roman in der Küche hantieren und folgte entschlossen den Geräuschen. »Guten Morgen«, sagte sie.

Roman schmierte sich auf der Arbeitsplatte der Waschmaschine eine Scheibe Brot. »Morgen.«

Das klang ja nicht gerade überschwänglich.

»Roman, es ...«, begann Viktoria.

»Hör mal, ich ...«, sagte Roman gleichzeitig.

Eine Sekunde lang sahen sie einander an und lasen in ihren Augen, dass in ihnen dasselbe vorging.

»Das ist albern«, fasste Roman ihre Gefühle zusammen. »Bitte entschuldige meine dämliche Bemerkung von gestern. Wir sollten unsere Zeit nicht damit vertun, uns das Leben schwer zu machen.«

Erleichtert lächelte Viktoria. »Richtig. Mir tut's auch leid, dass ich sauer war. Schwamm drüber?«

»Klar!«

Viktoria fühlte sich gleich besser. Trotzdem bemerkte sie, dass Roman nach wie vor vorsichtig mit ihr umging. Er vermied jede Berührung, während sie gemeinsam die Treppe hochgingen, um endlich Maries Allerheiligstes, die Bilderkammer, in Angriff zu nehmen. In dem vollgestopften Raum einigten sie sich darauf, sich gemeinsam vorzuarbeiten, statt dass jeder an einem anderen Ende begann.

»Das sind so ungeheuer viele, wir müssen erst mal Platz schaffen«, meinte Viktoria. »Am besten, wir räumen eine Wand frei, an der wir die Bilder wenigstens ansatzweise ordnen.«

»Wonach? Chronologisch? Oder nach Motiv?«

»Zuerst chronologisch. Diese verstörenden Gemälde, von denen Marie spricht, haben bestimmt mit dem Geschehen unmittelbar vor ihrem Umzug nach Wustrow zu tun. Es ist wahrscheinlicher, dass sie davon anfangs mehrere gemalt hat.«

»Sie könnten aber auch mit Doro zusammenhängen«, warf Roman ein. »Mir ist übrigens nicht ganz klar geworden, was sie damit meinte, an welche Dinge sie sich erinnerte und an welche nicht und was dementsprechend auf ihren Bildern echt ist und was sie unbewusst verschlüsselt dargestellt haben könnte.«

Eine halbe Stunde verbrachten sie damit, einen Großteil der Bilder in Maries Zimmer zu deponieren, wobei sie darauf verzichteten, sie näher zu betrachten. Erst nach getaner Arbeit blieb genügend freie Fläche, um mit dem Sortieren auf sinnvolle Weise zu beginnen. Die Werke aus Maries letzten Lebensjahren spiegelten eindeutig eine andere, viel freundlichere und hellere Atmosphäre wider als die aus den Jahrzehnten davor. »Dann wird das Seebrücken-Gemälde über dem Bett aus derselben späten Zeit stammen und kein Vorgänger meines Bildes aus Ahrenshoop sein, wie ich zuerst dachte«, kommentierte Viktoria. »Etwas muss geschehen sein, das diese Wandlung in ihr hervorgerufen hat – und mein Tipp wäre, dass das was mit Martin Niemann zu tun hat.«

»Jede Wette«, sagte Roman mit seltsamem Tonfall. Er hielt ein Bild in der Hand und ging damit zum Fenster. »Das ist er doch, oder?«

Viktoria schaute auf die Leinwand, auf der ein älterer, immer noch recht attraktiver Mann abgebildet war, der in einem wild wuchernden Garten stand und mit abwesendem, aber durchaus zufriedenem Blick ins Grüne schaute. Ein Sonnenstrahl kitzelte seine Nase. Eindeutig der Mann, der Viktoria auf ihrer Lesereise begleitet hatte, nur um einiges jünger. »Er sieht fast glücklich aus«, stellte Viktoria fest.

»Ja. Als wäre er am Ende einer Reise angekommen. Vielleicht hatte er erfahren, was er wissen wollte.«

»Marie muss ihn sehr gern gehabt haben. Es ist ein liebevolles Porträt, erst recht, wenn man es mit ihren anderen Bildern vergleicht.« Sie beugte sich über das Gemälde und suchte nach der vertrauten Signatur und der Jahreszahl. »1993. Ihr Todesjahr. Es muss eins ihrer letzten Bilder sein.« Dabei fiel ihr etwas ein. »Ich war immer noch nicht wieder auf dem Friedhof, um mir ihr Grab anzusehen.«

»Das holen wir nach, wenn wir hier fertig sind«, versprach Roman und stellte das Bild nach einem letzten Blick zur Seite. »Der Garten hat sich seit damals nicht wesentlich verändert, höchstens ist er wilder geworden.«

»Marie wird ihn genauso gemocht haben wie wir«, lächelte Viktoria.

Nach und nach ordneten sie die Gemälde weiter nach Jahrzehnten, diejenigen von der Schwedenkrone, die sie schon kannten, waren sämtlich von 1925. Da gerade diese Bilder eine Art Geschichte zu erzählen schienen, stellten sie sie abseits der anderen, nach einigem Überlegen kam das mit der Seilerei dazu. Es stammte aus demselben Jahr und stellte eine Szene in Stralsund dar, während die anderen Gemälde bisher sämtlich Wustrower oder andere Fischland-Motive zeigten.

Es war fast Mittag geworden, als sich acht unterschiedlich große Stapel Bilder und zusätzlich der mit den Stralsunder Motiven herausgeschält hatten. In den Jahrzehnten zwischen 1930 und 1990 ähnelten sich die Gemälde mehr oder weniger, zeigten Ostsee und Darßwald, vereinzelte Villen und einfache Wohnhäuser, den Wustrower Leuchtturm mit grasbewachsener Düne im Vordergrund, die Kirche, den Friedhof. 1960 hatte Marie das frisch aufgeschüttete Grab von Hedwig Woermann gemalt und es mit einem sehr beeindruckenden Effekt versehen. Es wirkte, als rännen Tränen über die Leinwand.

»Wir haben zwar keine Hinweise mehr gefunden«, sagte Roman, »aber es sieht doch aus, als habe die beiden Frauen eine Freundschaft verbunden, die auch bestehen blieb, als die Woermann Wustrow verlassen hat und erst später wieder zurückgekehrt ist.«

Viktoria nickte. »Ich glaube, im 1950er Stapel befindet sich ein Bild vom Haus der Woermann.«

»Der ist ziemlich klein im Vergleich zu den anderen. In den zwanziger Jahren dagegen muss sie gemalt haben wie verrückt.« Er deutete auf vier nebeneinander stehende Leinwandreihen. »Es sind einige Bilder dabei, mit deren Motiv ich wenig anfangen konnte, aber etwas wirklich Verstörendes habe ich nicht darunter gefunden. Du?«

»Nein«, gab Viktoria zögernd zu. »Aber das war nur der erste oberflächliche Eindruck. Wir müssen Bild für Bild sorgfältig anschauen.«

Sie begannen mit den Gemälden aus den Zwanzigern. Neben düster gehaltenen Landschaften und vor allem dem tosenden Meer gehörte dazu auch das Bild mit dem Rettungsboot und den sechs Pferden. Die Wellen dahinter bäumten sich zu gewaltigen Höhen auf und machten es den Männern kaum möglich, das Boot überhaupt ins Wasser zu bekommen. »Das sollten wir ebenfalls zu dem Extrastapel stellen. Es ist ein ganz frühes Werk von 1924 und hat was mit Seenotrettung und damit mit Johann zu tun«, beschloss Viktoria.

»Hier ist noch eins von 1924.« Roman deutete auf eine Straßenszene, nachdem er drei andere Bilder aus dem Jahr 1928 für unwichtig erklärt hatte. »Das ist entweder nachts oder während eines Sturms, der den Tag zur Nacht werden lässt.«

Viktoria beäugte das Bild kritisch. »Könnte die Strandstraße sein, viel weniger bebaut als heute natürlich, aber dort ganz im Hintergrund ist der Deich zu erkennen. Und sieh mal diese Gestalt, kaum mehr als ein Schatten, der über die nasse Straße huscht. Das erinnert mich an was.«

»Ich weiß, was du meinst. Wir haben das Bild neulich schon angesehen«, sagte Roman und holte eine finstere Darß-Landschaft mit knorrigen Bäumen hervor. Dazwischen war etwas Weißes zu erkennen, das ein Stück Stoff sein konnte, und darüber ein gelber Tupfer. »Blondes Haar?«, fragte er. »Marie? Oder Doro? Es ist von 1925.«

»Sortieren wir es aus, obwohl ich mir vorstellen könnte, dass es schlicht und ergreifend Ausweglosigkeit symbolisieren soll. Die Gestalt irrt durch einen dichten, undurchdringlichen Wald, aus dem es kein Entrinnen gibt.« Wieder wanderte ein Bild zu denen, die Viktoria und Roman im Geist mit einem »Wichtig«-Stempel versehen hatten, bevor sie mit einem Gemälde konfrontiert wurden, dessen Beschreibung sie bereits kannten.

»Das muss das sein, das Marie malte, als Hedwig Woermann auf sie aufmerksam geworden ist. Das Spiel aus Licht, Schatten und Wolken über der See ist unglaublich gut gelungen!«

»Wir sollten es rahmen lassen und aufhängen. Allerdings glaub ich nicht, dass es sonst relevant ist«, meinte Roman, der schon dabei war, die zwanziger Jahre weiter zu durchkämmen. »Hier ist eins von der Kirche, in der Dämmerung oder ebenfalls bei Sturm. Gut getroffen, der Blick in die Große Straße bis hin zur roten Backsteinkirche, die eindeutig im Zentrum steht. Damals hat es offenbar auf jeder Straßenseite noch zwei Baumreihen gegeben, von Marie aber nur angedeutet. Alles in allem wirkt es unheilvoll, obwohl doch ein Blick auf eine Kirche eher was Beruhigendes haben sollte.«

»Kommt drauf an, was ihr passiert ist. Vielleicht hatte sie ihren Glauben an Gott verloren und wollte das entsprechend ausdrücken.« Viktoria legte den Kopf schief. »Findest du nicht, dass es zu dem Motiv Strandstraße bei Nacht passt?«

»Könnte sein. Könnte aber auch nicht sein«, zweifelte Roman. »Ich seh bisher noch nicht, was die Kirche mit Maries Geschichte zu tun hat, abgesehen davon, dass es eine Bekanntschaft zwischen der Familie und Pastor Reuter und seiner Gattin gab. Was wahrscheinlich damals üblich war.«

Viktoria nickte. »Okay. Also nicht wichtig. Hier ist eins von der Kranichburg, wenig farbenfroh und fröhlich.«

»Untertreibung des Jahrhunderts. Da sind alle Fenster und Türen völlig schief geraten!«, grinste Roman.

»Sicher nicht unabsichtlich. Hast du mal Hitchcocks *Ich kämpfe um dich* gesehen?«

»Nein, warum?«

»Gregory Peck spielt einen Mann, der sein Gedächtnis verloren hat und der davon überzeugt ist, einen Mord begangen zu haben. Er hat einen beängstigenden Albtraum – genial in Szene gesetzt und im Übrigen entworfen von Dalì –, in dem er vieles schief und verzerrt sieht. Maries Bild von der Kranichburg kommt mir genauso vor.«

»Sie hat sich doch aber nicht vor dem Haus gefürchtet«, protestierte Roman.

»Wer weiß?«, sagte Viktoria leise. Sie hatte das dumpfe Gefühl, dass das zu einer gewissen Zeit doch einmal der Fall war. Außerdem gingen ihr immer noch jene Bilder im Kopf herum, die sie nicht gefunden hatten, jene, die Marie selbst als verstörend beschrieben hatte. Sie wäre nicht überrascht, wenn sich darunter eins von der Kranichburg befunden hätte. Waren diese Bilder für sie am Ende so schlimm gewesen, dass sie sie vernichtet hatte?

»Ein dreiflügeliger Altar.« Roman hielt die nächste Leinwand hoch. »In der Mitte ein Gemälde von Jesus, der einen Knienden segnet. Könnte das das Innere der Wustrower Kirche sein?«

»Ich war nie drin, hab aber ein Foto gesehen. Ich würde sagen, das trifft es in etwa.«

»Die Kirche muss ihr etwas bedeutet haben«, schloss Roman. »Warum sollte sie zweimal etwas malen, was ihr unwichtig war?«

»Dreimal«, widersprach Viktoria. »Mindestens. Es gibt noch eins, wenn ich mich richtig erinnere, aus den sechziger Jahren.« Sie trat zu dem entsprechenden Stapel und suchte danach. »Hier, 1967. Sieht eher unbedeutend aus, derselbe Blickwinkel wie bei dem Bild aus den Zwanzigern, nur dass hier eindeutig Tageslicht herrscht und es allgemein freundlicher wirkt.«

»Ja. Seltsam, oder? Man sollte doch meinen, dass sich in vierzig Jahren etwas verändert hat in der Aussicht auf die Kirche. Stattdessen gleicht sich alles, bis auf die Farbgebung. Als hätte sie das aus dem Gedächtnis gemalt, nur diesmal ohne Düsterkeit in der Seele.« Als Viktoria schwieg, fügte er hinzu: »Klingt dumm, ich kann's nicht besser ausdrücken.«

»Nein, es klingt nicht dumm. Damit würde das erste Bild der Kirche doch zu denen gehören, die uns etwas verraten könnten.« Viktoria holte es wieder hervor und schaute es intensiv an.

Roman trat näher und sah ihr über die Schulter. »Suchst du was Bestimmtes? Die Gestalt mit den hellen Haaren?«

»Hm«, machte Viktoria. »Sie ist nicht da.«

»Vielleicht steht sie mitten auf der Straße und sieht, was wir sehen. Das wäre nicht das erste Mal, dass Marie diese Perspektive gewählt hat. Denk an das Bild vom Foyer der Schwedenkrone, wo es wirkt, als würde der Betrachter durch die Tür sehen. Oder den berühmten Blick durchs Atelierfenster. Stellen wir es zur Seite.«

Viktoria nickte und hoffte, dass sie nicht zu viel in Maries Werke hineininterpretierten, sodass es ihnen am Ende noch schwerer fiel, sich etwas zusammenzureimen. Das nächste Bild zeigte eine unbekannte Umgebung, eine Straße, die sich in der Unendlichkeit verlor, weit in der Ferne ein schwarzes Objekt, das ein Fuhrwerk oder ein Auto darstellen mochte oder ein Tor oder sonstiges Hindernis. Links von der Straße befanden sich freie Felder, rechts Bäume, die über die gesamte Szenerie einen dunklen Schatten warfen. »Wo ist das?«, fragte sie.

Roman betrachtete das Bild näher, nur um letztlich mit den Schultern zu zucken. »Könnte überall sein. Was soll das da vorn darstellen?« Er zeigte auf den unteren Bildrand, in dessen Mitte etwas Schwarzes, klein und geschwungen und mit einem silbernen Tupfer obendrauf, etwa zwei Zentimeter in das Bild hineinragte.

»Sieht aus wie …« Viktoria trat einen Schritt zurück. »Halt es mal in Augenhöhe«, bat sie Roman und trat noch einen Schritt zurück. »Könnte ein Stück einer Motorhaube sein, das man sieht, wenn man aus der Windschutzscheibe nach vorn auf die Straße schaut. Wie wär's, wenn das da ganz hinten ein zweites Auto ist, das von dem, in dem wir als Betrachter sitzen, verfolgt wird?«

»Ist das nicht ein bisschen zu viel Einbildungskraft?«, fragte Roman skeptisch. »Demnach würdest du das Werk *Verfolgungsjagd 1924* nennen!«

»Lach nur! Immerhin hat sie es 1924 gemalt, mitten in der kritischen Zeit. Aber wenn du glaubst, ich übertreibe, ignorieren wir das eben.« Sie stellte es zur Seite, um sich das nächste Bild anzusehen, das den Fischländer Boddenhafen mit einem Zeesenboot darstellte, düster wie üblich.

»Eins dieser Netzfischerboote«, meinte Roman nachdenklich. »Könnte jemand im Bodden ertrunken sein? Dann sollten wir dieses Bild unbedingt aussondern.«

»Möglich. Allerdings ist es erst 1929 entstanden, davor gab es gar keine Gemälde vom Bodden. Spricht eher gegen deine Theorie.« Viktoria warf einen Blick auf das nächste und runzelte die Stirn. »Das fällt aber mal aus dem Rahmen!« Ein hölzernes schwarzes Scheunentor war dargestellt, beinah zugewachsen vor lauter Stockrosen in überwiegend dunklen, gedeckten Farben, nur hin und wieder leuchtete eine in Blutrot hindurch. An den Stellen, an denen das Tor noch zu erkennen war, sah es verwittert aus. Die Szene hätte etwas Romantisches haben können, wären die Pflanzen nicht derart ineinander verschlungen gewesen, dass sie an einen undurchdringlichen Dschungel erinnerten. Neben der Signatur stand 1926.

Roman zuckte mit den Schultern. »Sinnbildlich? Eine Metapher? Wenn ja, für was?«

»Für die Kranichburg als Gefängnis?«, schlug Viktoria vor, war aber selbst nicht überzeugt. »Auf jeden Fall eher unwichtig für unsere Zwecke – wie dieses hier, auch wenn es aus dem Jahr 1924 stammt. Jedenfalls kann ich das nicht einordnen.«

»Zeig mal«, forderte Roman und schaute auf ein herrschaftlich anmutendes Gebäude mit zwei Seitenflügeln und einem alles überragenden Turm, das noch beeindruckender gewesen wäre, wenn es nicht schon hier und da erste Anzeichen von Vernachlässigung aufgewiesen hätte. »In diesem Zustand habe ich das noch nie gesehen.«

»Du kennst es?«

Roman nickte. »Schloss Münkwitz. Liegt etwas außerhalb von Stralsund. Anfang der Zwanziger war es noch bewohnt, aber leider fehlte es an Geld, um es instand zu halten. Das Anwesen verfiel mehr und mehr, bis die Letzten derer von Münkwitz es verkauften und wegzogen. Während des Dritten Reichs hat sich irgendein Bonze das Schloss unter den Nagel gerissen, aber Deutschland verlor den Krieg und der Mann entweder das Interesse oder das Leben, jedenfalls war die Sanierung nicht sehr weit gediehen. Trotzdem ist es zu DDR-Zeiten kurzfristig genutzt worden, wozu, weiß ich nicht, nur dass drum herum Sperrgebiet war. Danach stand es wieder ewig leer und kam völlig runter, bis nach der Wende ein Zweig der Familie von Münkwitz auftauchte – offensichtlich finanziell besser gestellt. Sie haben das Schloss zurückgekauft und ein ziemlich gut gehendes Hotel draus gemacht, das Reiturlaub, Wochenenden mit Kulturerleben in Stralsund und Ähnliches anbietet.«

Viktoria lachte auf. »Konkurrenz für die Schwedenkrone?«

»In Gegenwart meines Vaters solltest du Schloss Münkwitz lieber nicht erwähnen.«

Ernüchtert stellte Viktoria fest: »Ich glaub nicht, dass ich überhaupt noch mal die Gelegenheit haben werde, in Gegenwart deines Vaters was zu sagen. – Warum hat Marie es gemalt? Gab es zwischen den von Münkwitzens und den von Kampens oder von Hassbachs eine Verbindung?«

»Nicht, dass ich wüsste, aber wie wir schon mehrfach festgestellt haben, heißt das gar nichts. Trotzdem, es ist definitiv das erste Bild, das hundertprozentig weder Stralsund noch Wustrow oder das Fischland zeigt.«

»Wichtig?«

»Wichtig. Was haben wir als Nächstes? Ein Kapitänshaus.«

Aufgeregt fuchtelte Viktoria mit ihrem Zeigefinger vor dem Bild herum. »Das steht in der Schmiedestraße, wir sind neulich erst dran vorbeigegangen. Es hat zwar heute einen weißen Anstrich, aber ich könnte schwören, dass es sich um dasselbe Haus handelt: dieser Dreiecksgiebel mit den zwei Fenstern über der Tür und dem Baum davor, kein Zweifel.«

»Niemanns Haus?«

»Ja. Und sieh dir die schiefen Fensterstreben an – so ähnlich wie bei der Kranichburg. Wenn sie auch vor diesem Haus Angst hatte, liegt es nahe, dass es den Niemanns gehörte.«

»Die zwanziger Jahre«, sagte Roman, »scheinen ergiebig zu sein. Falls wir uns nicht in allem irren.«

»Ich glaube, wir sind auf der richtigen Spur. Schließlich ist nicht jedes Bild zwangsläufig von Bedeutung. Den Sanddornstrauch können wir wahrscheinlich trotz der halb verfaulten Beeren vergessen, ebenso wie diese beiden Wellenbrecher-Bilder ...«

»... und das vom Leuchtturm und von der Straße durch den Wald.«

Viktoria wollte schon nicken, als sie innehielt und das Wald-Bild noch einmal ansah. »Die Straße – und hier vorn, da ist wieder das rätselhafte Stück Schwarz und Silber, das von einer Motorhaube stammen könnte. Auf dem ersten Bild mit der Straße waren Bäume auf einer Seite. Ist es nicht möglich, dass es sich bei diesem um eine Fortsetzung handelt? Die Bäume haben sich zu Wald verdichtet. Für dieses These spricht nicht nur die gleiche Jahreszahl, sondern auch dass Marie schon mal eine Fortsetzungsgeschichte gemalt hat, die von dem Mann in der Schwedenkrone.«

»Es wäre interessant zu wissen, wohin die Straße führt. Fragt sich nur, wie wir das rauskriegen, wenn wir nicht mal eine Ahnung davon haben, wo sie sich befindet.«

»Zwischen Stralsund und dem Fischland. Maries Leben hat sich in diesen engen Bahnen abgespielt, also sollten wir da suchen«, stellte Viktoria fest.

»Oder wir müssen gar nicht mehr suchen.« Roman fixierte das Bild. »Was, wenn das die Straße nach Schloss Münkwitz ist?«

Das klang logisch. Jene Bilder, die weder Wustrower noch Stralsunder Motive zeigten, mochten in der Tat zusammengehören. »Das Scheunentor fiele in dieselbe Kategorie«, bemerkte Viktoria, indem sie auf das nächste Bild zeigte. »Das könnte das Tor von vorhin sein, nur ist es weniger stark zugewachsen.« Eine einzige dunkelviolette, beinah schwarze Stockrose wuchs vor der Scheune in die Höhe. »Gibt's bei Schloss Münkwitz Nebengebäude?«

»Ich kenne nicht das ganze Areal, aber auf jeden Fall sind da natürlich die Pferdeställe. Sollte mich nicht wundern, wenn es noch die eine oder andere Scheune gäbe, so was kommt immer gut an bei Touristen.«

»Für romantisches Übernachten im Heu?«, mutmaßte Viktoria lächelnd, wurde aber gleich wieder ernst. »Wir sollten bei Gelegenheit hinfahren und uns vergewissern. Wenn beides zusammenhängt, war für Marie die Scheune anscheinend wichtiger als das Schloss. Das letzte Bild mit der einzelnen Stockrose ist von 1925, das andere mit dem zugewachsenen Tor stammt aus dem Jahr danach. Als hätte sie den Lauf der Zeit darstellen wollen.«

Aus den Zwanzigern gab es nicht mehr viele Gemälde, nur eins konnte noch interessant sein. Es zeigte erneut die Kirche, speziell das Portal, das man über eine kleine Treppe erreichte. Es war ein wenig geöffnet. Um anzudeuten, dass man in der Kirche Schutz suchen konnte bei dem Unwetter, das in dieser Szene herrschte?

»Das widerspricht aber deiner Vermutung von vorhin, dass sie durch das, was geschehen war, den Glauben verloren hat«, erinnerte sie Roman.

Viktoria seufzte zustimmend. So viele Möglichkeiten. Überhaupt war der Stapel an »erzählenden Bildern« ziemlich angewachsen. Wie sie – und ob überhaupt – miteinander in Verbindung standen, würden sie klären müssen.

Die weiteren Jahrzehnte gaben wenig her. Düstere, manchmal milchig diesige Landschaften, Häuser, die Ostsee bei jedem Wetter, manches Mal eindeutig aus derselben Perspektive gemalt wie jenes, das über dem Bett hing – aus dem Fenster in Maries Atelier. Dieses immer wiederkehrende Motiv war sicher eins ihrer liebsten gewesen. Auffälligerweise waren trotz des Wandels der Zeiten, die Marie im Laufe ihres Lebens durchgemacht hatte, in den Bildern keine großen Unterschiede zu erkennen. Einerlei, ob Weimarer

Republik, Drittes Reich, DDR, die kurze Zeit nach der Wende, die sie noch erleben durfte, das alles schien keinen Eindruck auf Marie gemacht zu haben.

»Es sieht fast aus, als hätte sie ihr abgeschottetes Leben gelebt, ohne sich jemals darum zu kümmern, was um sie herum vorging«, stellte Roman fest. »Wobei ich mich frage, ob das wirklich so war oder ob das nur für ihre Bilder galt.«

»Das passt doch zu ihr, die Sanfte Marie genannt wurde und immer ›ein bisschen seltsam‹ war. Ihre Welt bestand aus der Kranichburg, aus ihren Erinnerungen, egal, wie verschwommen sie in einigen Fällen gewesen sein mögen, und aus dem Fischland. Die Menschen waren ihr gleichgültig, warum sollte ihr die Gesellschaft etwas bedeutet haben? Niemand wollte was von ihr, sie wollte nichts von den anderen. Der einzige Kontakt, den sie je gehabt hat, war offensichtlich der zu Hedwig Woermann, die aber schon 1960 starb. Marie hat um sie getrauert, wenn ich an das Bild von ihrem Grab denke.«

»Wahrscheinlich.« Roman schwieg einen Augenblick und sagte dann etwas völlig Überraschendes, auf das Viktoria nicht gleich eine Antwort fand. »Ob die Woermann dafür verantwortlich war, dass du Maries Bild kaufen konntest?«

Viktoria dachte an den Laden in Ahrenshoop zurück, daran, was der Inhaber und später die Galeristin in Barnstorf über das Gemälde erzählt hatten. Welchen Weg es genommen hatte, wusste niemand, aber irgendwann einmal musste Marie sich ja entschlossen haben, es aus der Hand zu geben. »Die Woermann wollte unbedingt, dass Marie aufhört, ihre Bilder zu verstecken«, nickte Viktoria. »Vielleicht haben sie gemeinsam entschieden, welches sie versuchen würden zu verkaufen, und Marie hat sich ausgerechnet von diesem getrennt, weil es eins von jenen war, die sie so verstörten. Ich könnte das jedenfalls nachvollziehen. Diese abgebrochene Seebrücke hat etwas Zerstörerisches, Wildes, Endgültiges. Nichts lässt sich mehr rückgängig machen, alles ist zu spät.« Viktoria dachte an das einsame Leben, das Marie hier geführt hatte, und an ihre Verzweiflung, die sie manches Mal gespürt haben musste bei dem Gedanken an ihre Verluste. Sie hatte ihre Schwester verloren. Sie hatte den Mann verloren, den sie liebte. Sie hatte ihre eigene Tochter verloren. Sie schrak zusammen, als Roman, der ihr offenbar ansah, was in ihr vorging, seine Hand auf ihre Schulter legte.

»Wir können nicht wissen, was sie empfunden hat, wir können uns nur vorstellen, wie hart gerade die ersten Jahre gewesen sein müssen. Aber vielleicht kam danach eine Zeit, in der sie durchaus mit ihrem Leben zufrieden war, manchmal sogar glücklich – zumindest gegen Ende?« Roman deutete auf den relativ kleinen Stapel aus den Neunzigern. »Das Bild von der Seebrücke über dem Bett und das von Martin Niemann deuten jedenfalls darauf hin.«

Einen Moment lang gestattete sich Viktoria, ihre Wange an Romans Hand zu legen und sich getröstet zu fühlen. Sie sahen sich jedoch nicht an, als sie sich wieder voneinander lösten, um die letzten Bilder anzusehen.

Da war ein Ausblick auf den Bodden, ein Weg, an dessen Ende ein großer Baum in Form einer fast perfekten Kugel stand, die Wasserfläche im Hintergrund, darüber strahlte die Sonne. Noch eins von der Kranichburg mit blauem Himmel über dem Dach, Licht und Schatten der Blätter in den Bäumen davor spielten an der Fassade. Die Seebrücke vom Hohen Ufer aus gemalt, dunstig in der Ferne und endlos lang. Strandkörbe und ein diffuses Gewimmel von Menschen, die den Tag genossen. Und zwei Gemälde, die Romans These untermauerten.

»Wilhelm Niemanns Kapitänshaus«, sagte Viktoria. Es sah auf dem Bild von 1992 fast so aus wie heute, nur die Mauer strahlte etwas heller, die Fensterrahmen leuchteten etwas blauer. Aber es gab keine verzerrten Formen, alles war ruhig und friedlich. »Da wir jetzt wissen, wo es steht, sollten wir die Leute, die dort wohnen, fragen, ob sie uns was Interessantes über die Ursprünge des Hauses erzählen können.«

Das letzte Bild aus dem Jahr 1993 zeigte wieder das Scheunentor. Die Stockrosen waren nicht mehr da, die Tür hatte sich ein Stück geöffnet – und ganz am linken Rand des Bildes war undeutlich eine Gestalt zu sehen, kaum mehr als ein Schatten mit blondem Haar.

»Auch dieses Bild strahlt Ruhe und Gelassenheit aus«, stellte Roman fest. »Als sei – fast – alles gesagt. Als gäbe es nur noch eine Kleinigkeit zu tun.«

»Was könnte das sein?«, fragte Viktoria. »Ich weiß, dass das absurd klingt, aber ich hab das Gefühl, es liegt an uns, den allerletzten Schritt zu gehen.«

»Das ist nicht absurd«, widersprach Roman. »Es wäre nur hilfreich, wenn wir wüssten, wohin all die Schritte vor dem letzten führen. Und wo sie herkommen.«

Das Sortieren und das erste Ansehen der Bilder hatte den ganzen Tag und einen Großteil des Abends in Anspruch genommen. Den nächsten würden sie damit verbringen, die aussortierten Bilder noch einmal zu betrachten und zu versuchen, das hineinzulesen, was Marie – bewusst und/oder unbewusst – damit sagen wollte. Am liebsten hätte Viktoria gleich weitergemacht, aber es war sowieso schon viel zu dunkel geworden; für die letzten Gemälde hatten sie künstliches Licht gebraucht.

»Es bringt nichts, bis spät in die Nacht über den Bildern zu grübeln«, meinte Roman. »Wir brauchen mal frischen Wind um die Nase und in unseren Köpfen. Außerdem haben wir seit dem dürftigen Frühstück keinen Bissen mehr gegessen.«

»Ich hab keinen Hunger«, sagte Viktoria, wurde jedoch eines Besseren belehrt, als sie sich erst einmal aufgerafft hatte, die Kranichburg zu verlassen. Ihr Magen fing an zu knurren, aber ein bisschen musste sie sich noch gedulden, weil sie zuerst in die Schmiedestraße gingen und an der Tür des ehemaligen Niemann'schen

Hauses klingelten. Trotz der vorgerückten Stunde hörte sich das junge Paar, das ihnen öffnete, ihre Frage geduldig an, konnte ihnen aber nicht weiterhelfen. Von den Niemanns hatten sie nie gehört, sondern das Haus erst kürzlich über einen Makler gekauft und dann renoviert. Davor hatte es einem alten Herrn namens Peters gehört, der bis zu seinem Tod im letzten Jahr lange darin gelebt hatte.

Nach diesem fruchtlosen Versuch benötigten Viktoria und Roman eine besondere Aufmunterung. Sie fanden sie im Restaurant der *Stinne*, einem Küstenschoner aus dem Jahr 1919, der am Bodden auf dem Trockenen lag und in ein Hotelschiff umgewandelt worden war. Aus dessen Lautsprechern, dezent verdeckt von der mit maritimen Gegenständen liebevoll dekorierten Einrichtung, erklang eine uralte Dean-Martin-Schnulze, die Viktoria sofort mitsummte. Sie hörte auch nicht damit auf, während sie die Speisekarte studierte, wobei sie belustigt Romans erstaunten Blick registrierte.

»Du kennst ja ausgefallene Songs«, stellte er fest. »Hast du noch mehr davon in deinem Repertoire?«

»Alles, was du willst. Solange es vom guten alten Dino ist, jedenfalls«, lachte Viktoria. Musik war ein dankbares Thema, um sie beide für kurze Zeit abzulenken. Aber bald kehrte ihr Gespräch wieder zu Marie und ihren Bildern zurück, nachdem es zu still zwischen ihnen geworden war und sie sich unsicher ansahen. Viktoria hatte den Eindruck, dass Marie sie davor bewahrte, sich Gedanken darüber zu machen, wie es mit ihnen beiden weitergehen sollte. Zum Abschluss des Abends bestellte Roman an der Bar zwei Cocktails mit dem bezeichnenden Namen »Bermuda-Dreieck«.

»Mir kommt's tatsächlich so vor, als wären sämtliche Geheimnisse um Marie ebenso verschollen wie die Schiffe und Flugzeuge im Atlantik«, meinte Viktoria. Da sie den ganzen Tag unter Strom gestanden hatte, spürte sie die entspannende Wirkung des Alkohols umso mehr. Sie wusste, dass das eine fatale Täuschung war, trotzdem bat sie Roman um einen weiteren Cocktail. Als sie wieder in die Nacht hinaustraten, musste sie sich bei ihm unterhaken, weil ihr schwindelig wurde.

»Zumindest werde ich gut schlafen«, murmelte sie, als sie gemeinsam die Diele der Kranichburg betraten. »Ich hatte schon befürchtet, dass Maries Bilder mich zu sehr beschäftigen würden. Es ist so unglaublich, ein ganzes Lebenswerk …« Ohne nachzudenken, lehnte sie sich müde an Roman. Der legte den Arm um sie und zog sie halb die Treppe hinauf. Vor ihrem Zimmer blieben sie stehen.

»Gute Nacht«, sagte er. »Und falls du doch nicht schlafen kannst, weißt du ja, wo du mich findest …«

8.

Roman lag mit offenen Augen auf seinem Bett und starrte ins Dunkel. Viktoria hatte ihn angelächelt, war aber trotzdem in ihrem eigenen Zimmer verschwunden. Vielleicht schlief sie längst. Er selbst war unruhig, und das gleich wegen mehrerer Dinge. Am leichtesten regeln ließ sich sein Job, den er seit fast einer Woche vernachlässigte. Er hatte nach Sophies Tod mit dem sehr verständnisvollen Museumsdirektor gesprochen und sich beurlauben lassen. Trotzdem musste Roman sich mal wieder im Büro sehen lassen oder zumindest einiges telefonisch mit Jan absprechen, der vom Praktikanten zu seinem Assistenten aufgestiegen war. Darum würde Roman sich morgen gleich als Erstes kümmern.

Verzwickter war die Sache mit Viktoria. Er vermisste sie jetzt schon, obwohl sie sich eben erst getrennt hatten, eine neue Erfahrung, auf die er eigentlich gar keinen Wert legte.

Zur Stunde konnte er weder mit Jan telefonieren noch Viktoria auf die Pelle rücken, deshalb widmete er sich dem dritten Problem: Maries Bilder. Viktoria mochte recht damit haben, dass eins der besonders furchteinflößenden Gemälde dasjenige war, das sie selbst in Ahrenshoop gekauft hatte. Aber in dem Notizbuch war eindeutig von mehreren Bildern die Rede gewesen. Hatte Marie die wirklich vernichtet? Hatte sie sie Martin Niemann anvertraut? Schmorten sie gar unbeachtet in dessen Haus, im Keller oder auf dem Dachboden, wo Melanie Gerlach noch nicht nachgesehen hatte? Oder war für Marie schlicht etwas anderes verstörend gewesen als für Viktoria und ihn, und sie hatten es aus diesem Grund übersehen?

Nachdem Roman alle Möglichkeiten durchgespielt hatte und

doch zu keinem Ergebnis gekommen war, stand er auf. Vorsichtig, damit die Dielen nicht quietschten und knarrten und Viktoria weckten, ging er hinüber in Maries Zimmer, das er inzwischen fast besser kannte als seine eigene Wohnung. Trotzdem sah er sich gründlich um, ebenso wie in der Bilderkammer. Es gab nichts, wo Marie weitere Gemälde aufbewahrt oder verborgen gehalten haben könnte. Keine zweite versteckte Tür in einer Wand, die hätten sie beim Umstellen der Leinwände entdeckt. Er sah nach oben zur Decke, aber auch dort fand sich außer Stuck nichts Bemerkenswertes.

Die Decke ... Über Maries Zimmer lag das Atelier. Ein leerer Raum.

Roman erklomm die schmale Treppe und stieß die Tür auf. Einzig der Mond erhellte das Atelier, elektrisches Licht war nur in den unteren Räumen gelegt worden. Vermutlich hatte Georg von Kampen nicht damit gerechnet, dass der Dachboden jemals genutzt würde. Marie hatte entweder ausschließlich bei Tageslicht gearbeitet oder nachts im Schein einer Petroleumlampe oder Kerze. Soweit Roman erkennen konnte, war dieser Raum in der Tat leer. Um sicherzugehen, benötigte er mehr Licht. Mit einer Taschenlampe bewaffnet kehrte er kurz darauf zurück und leuchtete die Wände ab.

Da. In einer Ecke links neben der Gaube. Roman trat näher und stellte fest, dass er sich nicht geirrt hatte. Wie unten befand sich an dieser Stelle eine kleine Tür, tapeziert wie das restliche Zimmer. Dahinter musste sich eine Kammer verbergen, in der man zwar nicht aufrecht stehen konnte, die aber genug Platz bot, um etwas abzustellen. Einen Knauf gab es längst nicht mehr. Nur mühsam gelang es Roman, sie mit Hilfe eines kleinen Holzstücks, das von der Fußleiste abgebrochen war, zu öffnen. Trockener, staubiger und abgestandener Dachbodengeruch schlug ihm entgegen. Das Dach der Kranichburg war – jedenfalls an dieser Stelle – dicht, was aber dazu führte, dass es stockdunkel war. Kurz zögerte Roman, bevor er den Strahl der Taschenlampe langsam durch die niedrige, kaum mehr als acht Quadratmeter große Kammer gleiten ließ. Bis er abrupt innehielt.

Roman glaubte, ihm würde das Herz stehen bleiben, unwillkürlich richtete er sich auf. Dabei stieß er sich den Kopf am oberen Rahmen der Tür, die Taschenlampe fiel polternd zu Boden. Er fluchte und rieb mit der rechten Hand seinen Hinterkopf, während seine linke zitternd nach der Lampe tastete. Als er sie gefunden hatte, fixierte er sie auf den Boden direkt vor ihm und fragte sich, ob er den Mut aufbringen würde, sie erneut auf das zu richten, was er für eine Sekunde gesehen hatte.

Was hatte er eigentlich gesehen? Und wollte er das wirklich wissen?

»Was machst du denn hier?«

Schon wieder fiel ihm die Taschenlampe aus der Hand, weil er wahrhaftig glaubte, ein Geist spräche zu ihm. Etwas, das aussah wie das, was da in der Kammer lauerte.

Viktoria stand plötzlich hinter ihm. Sie trug einen langen weißen Morgenmantel und wirkte im Schein des Mondes in der Tat ein bisschen wie ein Geist, nur der fragende Ausdruck auf ihrem Gesicht war sehr wirklich. Roman lächelte gequält. »Entschuldige. Ich wollte dich nicht wecken.«

»Hast du nicht. Ich bin zwar schnell eingeschlafen, aber die beiden Bermuda-Dreiecke haben nicht lange angehalten.« Ihr Blick fiel auf die Öffnung in der Wand. »Was hast du da denn entdeckt?«

»Weiß ich noch nicht. Vielleicht die berühmte Leiche im Keller – oder besser: auf dem Dachboden. Bleib lieber zurück«, fügte er hinzu, als er sah, dass Viktoria neugierig näher kam.

»Das ist nicht dein Ernst, oder? Wieso sollte hier eine Leiche liegen? Wessen Leiche überhaupt? Jeder, der in Frage käme, müsste längst zu Staub zerfallen sein oder zumindest nur noch aus Knochen bestehen.« Resolut hob sie die Taschenlampe auf.

Natürlich stimmte das, dennoch war ihm unwohl bei dem Gedanken, noch einmal in die Kammer sehen zu müssen. Er zuckte nur scheinbar gleichgültig mit den Schultern. »Gut, sehen wir nach, aber sag hinterher nicht, ich hätte dich nicht gewarnt.«

Zusammen steckten sie den Kopf durch die Luke, Viktoria richtete die Lampe geradeaus auf ... was auch immer. Obwohl Roman schon einen Blick darauf geworfen hatte, in etwa wusste, was ihn erwartete und er jetzt bei näherer Betrachtung erkannte, was es war, musste er erneut schlucken. Neben ihm versteifte sich Viktoria kurz und gab ein undefinierbares Geräusch von sich, eine Mischung aus Entsetzen und einem reichlich misslungenen Lachen, das mehr an ein Gurgeln erinnerte.

»Großer Gott!«, brachte sie hervor.

Roman räusperte sich. »Schätze, wir haben gefunden, wovon Marie sprach.« Er bückte sich, um ganz in die Kammer hineinzukriechen. Dabei kam er der grässlichen Fratze immer näher, die ihm entgegenstarrte und nichts von ihrem Schrecken und ihrer Grausamkeit verlor. Im Gegenteil, sie wurde immer überdimensionaler, auch wenn die Leinwand nicht größer war als die meisten anderen, die unten standen.

Es war nur ein Bild, trotzdem widerstrebte es Roman, es zu berühren. Die Augen des Mannes brannten sich in seine, diese Augen waren das Einzige, was menschlich wirkte, alles andere war grotesk schief und verzerrt. Doch aus den Augen sprach grenzenloser Hass. Oder nein, das war nicht Hass, es war ...

»Böse«, flüsterte Viktoria hinter ihm. »Ich habe noch nie einen so bösartigen Blick gesehen. Wenn man wenigstens sagen könnte, er wäre irre, wahnsinnig, was weiß ich. Das wäre schon schlimm genug. Aber das hier ist unaussprechlich böse.«

Roman nickte. »Unaussprechlich. Deshalb hat sie es malen müssen. Weil sie keine Worte dafür fand.«

»Wobei«, Viktorias Stimme hatte langsam wieder zu ihrem normalen Klang zurückgefunden, »wir nicht wissen, wie subjektiv

Maries Eindruck war. Immerhin hat Georg von Kampen sie in die Verbannung geschickt, das sollte ausreichen, um ihn zu hassen. Und hassenswert darzustellen.«

Roman konnte den Blick nicht von der Fratze wenden, die auch seiner Meinung nach eindeutig Georg von Kampen darstellte. Es behagte ihm ganz und gar nicht, aber für einen Sekundenbruchteil hatte er etwas in dem Gesicht wiedererkannt. Etwas, das er schon einmal gesehen hatte: im Gesicht seines Vaters. Bösartig? Er hätte es etwas anders beschrieben, er hätte es Rücksichtslosigkeit genannt – aber das kam zuweilen auf dasselbe raus. Immer noch zögernd streckte er die Hand nach der Leinwand aus und kippte sie nach vorn. Dahinter befanden sich drei weitere Bilder. Er wandte sich an Viktoria.

»Wir sollten sie runterbringen und morgen unter die Lupe nehmen.« Unlogischerweise gab er sich der Hoffnung hin, dass sie bei Tageslicht weniger grauenhaft waren als im diffusen Schein der Taschenlampe.

Viktoria nickte und nahm zwei der Leinwände auf, während Roman nach den letzten beiden griff. Vorsichtig krochen sie damit aus der Kammer. Im Atelier streckte Roman seinen Körper. Dabei ließ er die Bilder nicht los, warf aber keinen einzigen Blick darauf. Unter normalen Umständen tendierte er nicht zu Albträumen, aber dieses »Porträt« von Georg von Kampen würde selbst bei den Abgebrühtesten ungute Gefühle auslösen. Roman bemerkte, dass sich auch Viktoria weigerte, die zwei Bilder, die sie trug, anzusehen.

»Du willst es lieber noch nicht wissen, oder?«, erkundigte sich Roman.

»Morgen reicht vollkommen. Dass ein Bild mich so tief treffen könnte, hätte ich nie gedacht. Ich spüre eine solche Wut in mir auf diesen Typ, dass es mir eine wahre Freude wäre, das Bild zu zerstören, nur weil ich ihm selbst nicht an die Gurgel gehen kann.«

»Obwohl, wie du selbst eben gesagt hast, Maries Angst oder

Hass möglicherweise nur auf einem sehr subjektiven Eindruck basiert und, objektiv betrachtet, nichts weiter war als das schreckliche Gefühl, in die Kranichburg abgeschoben worden zu sein?«

»Ja«, sagte Viktoria sehr bestimmt. »Aber wenn es doch mehr war, bleibt die Frage: Wusste sie selbst, worum es ging? Konnte sie sich daran erinnern, oder gehörte das zu den Dingen, die sie in ihrem Unterbewusstsein begraben hat?«

»Das werden wir wohl nie erfahren. Sollte mich nicht wundern, wenn Martin Niemann es gewusst hat, aber der alte Heimlichtuer musste ja unbedingt aus allem ein Rätsel machen.«

Mittlerweile hatten sie die Bilder in Maries Zimmer abgestellt, neben den Stapel mit denen, die ihrer Meinung nach eine Geschichte erzählten. Widerstrebend warf Roman noch einen letzten Blick auf die Fratze. Er wollte sich schon abwenden, als ihm in dem helleren Licht etwas auffiel, was ihm bisher entgangen war. Viktoria bemerkte es gleichzeitig, denn sie blieb stehen und betrachtete das untere Drittel des Bildes, auf dem in schwarzen und roten Pinselstrichen dreimal dasselbe Wort stand, jedes Mal in größeren Buchstaben: WEG.

»Weg?«, zitierte Roman fragend. »Was für einen Weg kann sie gemeint haben, der mit Georg von Kampen zu tun hat?«

Wie geistesabwesend schwieg Viktoria, sodass Roman schon dachte, sie hätte seine Frage nicht gehört. Da schüttelte sie den Kopf. »Ich glaube nicht, dass sie einen Weg meinte. Ich glaube, sie wollte wiedergeben, was ihr Mann gesagt hat: ›Weg!‹ Wie in: ›Du musst weg!‹«

Roman spürte, wie Viktoria anfing zu zittern, ob vor Kälte oder Traurigkeit oder vor Aufregung, dass sie endlich die verborgenen Bilder gefunden hatten, konnte er nicht sagen. Er legte den Arm um sie, nicht nur, um sie zu wärmen, sondern weil ihm selbst nach Berührung war. »Kann gut sein«, nickte er und verstand mit einem Mal Viktorias Wunsch, das Bild zu zerstören.

»Wir haben gesagt, wir warten bis morgen«, sagte sie in seine

Gedanken hinein und sah ihn an, als erwarte sie eine Antwort auf eine nicht gestellte Frage.

Wieder nickte Roman. »Du hast recht. Ich würde auch nur daran denken, was auf den anderen drei Bildern ist.« Er holte tief Luft und schob das Bild von Georg von Kampen zur Seite. Darunter kam eins der Kranichburg zum Vorschein. Es war in denselben kräftigen, dunklen Farben gemalt wie das Porträt, dunkles Rot und Schwarz und dunkles Grün dominierten, die Formen waren ungleich verzerrter als auf jenem anderen Bild, das Viktoria an den Hitchcock-Film erinnert hatte. Auf diesem hier war die Kranichburg ein Platz mitten in der Hölle. Das Einprägsamste jedoch waren die schwarzen Striche, die vertikal in unregelmäßigen Abständen über das gesamte Gemälde gezogen worden waren.

»Sie hat sich gefühlt wie im Gefängnis«, interpretierte Roman. »Jedenfalls kann ich mir nicht vorstellen, was das sonst bedeuten könnte.« Er schob auch dieses Bild zur Seite und offenbarte das nächste, ebenfalls eine Ansicht der Kranichburg, in anderen Farben gehalten, heller, nichts daran wirkte verzerrt – dafür waren die Gitterstäbe schmaler und dichter. Roman runzelte die Stirn. »Welche Gefangenschaft ist nun schlimmer?«

Viktoria trat ein paar Schritte zurück und betrachtete das Bild aus größerer Distanz. »Das Gitter verschwimmt ein bisschen, die Kranichburg tritt deutlicher hervor.« Sie kam wieder näher. »Je dichter man dran ist, desto sichtbarer wird das Gefängnis. Als ob sie sagen wollte, dass das Haus zwar die äußeren Mauern bildet, sich das Gefängnis aber hauptsächlich in ihr selbst befindet. Ein Gefängnis, aus dem sie nie entkommen kann, weil es immer da ist, egal, wie sichtbar oder wie unsichtbar die Gitter sind.«

»Es wäre interessant zu erfahren, welches Bild als Erstes entstanden ist«, dachte Roman laut und sah nach. »Dieses ist von 1926.« Er wandte sich dem ersten zu und suchte die Signatur. »1924, wie übrigens auch das Georg-von-Kampen-Porträt.« Sein Blick wanderte zurück zu der ruhigeren Kranichburg-Darstellung. »Warum hat sie dieses Bild zu den beiden anderen gestellt? Es ist nicht sonderlich erschreckend.«

»Doch«, widersprach Viktoria. »Sogar mehr als die Kranichburg-Hölle und die Fratze. Der Schrecken beginnt, sich in Marie einzunisten und es sich bequem zu machen. Er ist da, und er bleibt da. Nicht mehr so wild wie zuvor, sie hat angefangen, sich daran zu gewöhnen. Das ist die wahre Hölle.«

Nachdenklich ruhte Romans Blick auf Viktoria. »Wie kommt es, dass du dich so gut in andere Menschen hineinversetzen kannst?«

»Kann ich das? Ich äußere doch nur Vermutungen, die ganz falsch sein können. Auf jeden Fall ist es dasselbe, was ich mit meinen Protagonisten tue. Ich versuche, mich in sie hineinzufühlen, und zwar in alle, selbst in die, die die Leser später in den meisten Fällen nicht mögen werden – die nicht mal ich selber mag.« Ohne auf seine Antwort zu warten, holte sie das nächste Bild zum Vorschein.

Roman achtete gar nicht auf das Gemälde, stattdessen sah er Viktoria an und fragte sich, ob er ihre Fähigkeit schätzte oder ob sie ihm unheimlich war. Während er noch darüber nachgrübelte, bemerkte er, wie sich der Ausdruck auf ihrem Gesicht änderte. Und noch mal änderte. Und ein drittes Mal. Zuerst hatte sie sich über etwas gewundert, dem Erstaunen war eine Art Schock gewichen und der wiederum dem Verstehen. Roman wandte sich dem Bild zu und wusste innerhalb von Sekunden, dass sein Gesicht dieselben Veränderungen widerspiegelte.

Die Diele der Kranichburg bei Nacht, weitgehend dunkel, gleichzeitig enorm detailreich. Mondlicht drang durch die Türflügel zum Wohnzimmer, das zur damaligen Zeit Salon genannt wurde, und bündelte sich an einer einzigen Stelle unterhalb der Treppe. Dort lag eine Gestalt, die Roman an jene Schatten erinnerte, die von Zeit zu Zeit durch Maries Bilder geisterten. Sie trug ein weites helles Gewand, langes honigblondes Haar verbarg das Gesicht.

»Was ...« Viktoria brachte den Satz nicht zu Ende. Unendlich lange starrte sie auf das Bild, so lange, dass Roman schon etwas sagen wollte, aber dann stieß sie plötzlich laut hervor: »Was hat dieses Schwein ihr denn noch alles angetan?«

Roman berührte Viktorias Arm. Sie schüttelte ihn ab, wütend anscheinend nicht nur auf Georg von Kampen, sondern auf die ganze ungerechte Welt. »Verdammt! Er hätte sie fast umgebracht!« Als könnte sie es nicht länger ertragen, wandte Viktoria sich um und stürmte aus dem Raum.

Roman folgte ihr langsam und beobachtete, wie sie in ihrem Zimmer verschwand und die Tür mit einem lauten Knall hinter sich zuwarf. Sein erster Instinkt war, zu ihr zu gehen. Aber hätte sie seine Nähe gewollt, hätte sie ihm das – selbst unbewusst – signalisiert. Es war besser, wenn er sie jetzt in Ruhe ließ. Stattdessen blickte er zurück auf das Bild, betrachtete jedes noch so kleine Detail des Fußbodens, des Handlaufs der Treppe, der Flügeltür und der Gestalt am Boden, die zwar deutlicher zu erkennen war als auf den vorigen Bildern, aber dennoch ein wenig verschwommen blieb.

Was das entstellte Gesicht Georg von Kampens nicht vermocht hatte, tat jetzt die fast friedliche Darstellung von Marie am Fuß der Treppe. Das war zu viel für Viktoria, die auf ihrem Bett in ihr Kissen weinte. In letzter Zeit schien sie sehr nah am Wasser gebaut zu haben. Als nur noch vereinzelt Schluchzer kamen und sie ihren Schluckauf bemerkte, drehte sie sich auf den Rücken. Sie fühlte sich entsetzlich allein, wollte aber trotzdem niemanden um sich haben. Dankbar registrierte sie, dass Roman das gespürt hatte und ihr nicht gefolgt war. Ihre Augen, wahrscheinlich rot und verquollen, brannten furchtbar. Sie schloss sie und lauschte dem leisen Rauschen der Bäume vor dem Haus.

»Weg! Sie muss weg! Ich kann das nicht dulden!«, brüllte eine Stimme. »Bringt sie weg!«

Es war dunkel um sie herum, sie hörte nur diese schreckliche Stimme und wusste, dass sie gemeint war. Sie sollte weg! Weg! Wollte er sie aus dem Weg schaffen? Wohin? Wie? Panik stieg in ihr hoch, unbeschreibliche Angst, wie schon einmal. Sie kannte dieses Gefühl, konnte sich nur gerade nicht daran erinnern, woher.

Da plötzlich kam er auf sie zu, seine Gestalt verschwamm, nur sein Gesicht, rot und verzerrt vor Wut und Bösartigkeit und Verachtung, schwoll zu überdimensionaler Größe an. Sein Mund, eine dunkle rote Höhle, öffnete sich und schrie ihr das Wort entgegen: WEG!

Oh Gott, nicht wieder! Nicht noch einmal! Nicht sie! Diese Angst, diese schreckliche Angst! Sie bekam keine Luft mehr, wollte ihn abwehren, zurückstoßen – alles, er durfte sie nur nicht erreichen! Sie musste fliehen! WEG!

»Viktoria!«

Wie durch Nebel drang eine andere Stimme zu ihr.

»Viktoria, um Himmels willen, wach auf!«

Sie hörte die Worte, doch den Sinn verstand sie nicht. Da war jemand über ihr, jemand griff nach ihr, sie musste sich wehren! Sie schlug nach den Händen, die versuchten, sie anzufassen. Doch die Hände waren stärker als sie, die Hände drückten sie nieder auf die Matratze.

»Viktoria! Komm zu dir! Du träumst nur, es ist alles in Ordnung! Es ist bloß ein Traum!«

Viktoria starrte in eine grässliche Fratze vor sich, die sich ganz langsam auflöste und zu einem vertrauten Gesicht wurde. »Roman …«, krächzte sie und versuchte, sich aufzurichten. Er hielt ihre Arme noch immer fest und lockerte seinen Griff ganz langsam.

»Besser?«, fragte er.

Mühsam nickte sie, noch halb gefangen in ihrem Traum, der ihr realer vorgekommen war als jeder andere. »Hab ich geschrien?«

»Das kann man wohl sagen! Du hast wahrscheinlich die ganze Strandstraße geweckt.« Roman ließ sie los und setzte sich auf die Bettkante. »War's sehr schlimm?«

Viktoria war außerstande, in Worte zu fassen, was sie gesehen und vor allem gefühlt hatte. So nickte sie nur und ließ sich erschöpft zurückfallen. Dennoch wagte sie nicht, die Augen zu schließen, weil sie befürchtete, erneut die schrecklichen Bilder zu sehen und die Stimme Georg von Kampens zu hören. Sie hatte keine Ahnung von deren Klang, konnte sich aber ohne Weiteres vorstellen, dass sie der aus ihrem Traum ähnelte.

Nach geraumer Zeit stand Roman auf und wollte wieder gehen. Wahrscheinlich dachte er, sie wäre eingeschlafen. Viktoria streckte die Hand nach ihm aus. »Bitte bleib«, flüsterte sie und rückte ein Stück zur Seite, damit er in ihrem Bett Platz fand.

Romans Körper fühlte sich warm und gut an. Sie hoffte, dass sie diese Nacht von einem weiteren Albtraum verschont blieb.

9.

Als Viktoria die Augen aufschlug, war es hell im Zimmer, der Platz neben ihr kalt. Träge räkelte sie sich unter der Decke, bis schlagartig und mit voller Wucht die Erinnerung an den Albtraum wiederkehrte. Wie real das gewesen war. Als wäre sie in Marie geschlüpft und hätte gefühlt, was Marie gefühlt hatte, als hätte sie gehört und gesehen, was sie gehört und gesehen hatte. Oder was Marie zumindest glaubte, gehört und gesehen zu haben. Auszüge aus dem Notizbuch bewiesen ihren zeitweilig verwirrten Geisteszustand. Trotzdem wollte Viktoria nicht akzeptieren, dass alles auf Maries Einbildung beruhte. Etwas Furchtbares war geschehen.

»Ich werde rausfinden, was das war«, redete Viktoria mit sich selbst, während sie aufstand.

Nachdem sie aus dem Bad kam, klopfte sie an Romans Zimmer und war überrascht, ihn in Business-Hemd und Anzug statt in Jeans anzutreffen. Als er sie hörte, drehte er sich um.

»Morgen, Viktoria. Geht's dir besser? Ich wollte dich nicht wecken.«

»Ja, danke. Und danke, dass du bei mir geblieben bist.« Wieso geh ich nicht einfach zu ihm?, fragte sie sich. Stattdessen blieb sie abwartend stehen.

Er nickte. »Kein Problem.« Ein Lächeln breitete sich auf seinem Gesicht aus. »Jederzeit wieder! Obwohl ich natürlich hoffe, dass du keine Albträume mehr hast.«

Viktoria lächelte zurück. Einerseits war sie froh über seinen lockeren Tonfall, andererseits vermisste sie etwas, sie konnte selbst nicht sagen, was. War er ihr zu schnell über die gemeinsame Nacht hinweggegangen – auch wenn zugegebenermaßen nicht mehr passiert war, als dass sie das Bett geteilt hatten? Sie beschloss, seine Bemerkung zu ignorieren. »Willst du weg?«

»Wollen ist übertrieben. Mein Direktor hat angerufen, da ist eine Sache, die Jan nicht allein regeln kann. Ich muss rüber nach Stralsund und bleibe sicher den ganzen Tag.« Er machte eine kurze Pause, bevor er fortfuhr: »Kommst du allein zurecht?«

Die Sorge in seiner Stimme entschädigte Viktoria für das, was sie eben noch vermisst zu haben glaubte. »Klar. Selbst ich krieg tagsüber ausgesprochen selten Albträume.«

Roman lachte. »Das beruhigt mich. Ich hab vorhin Kaffee aufgesetzt, schaff's aber nicht mehr, ihn zu trinken. Ich muss los!« Er kam herüber zu ihr und strich ihr kurz über die Wange. »Halt deine Nase heute in den Wind, statt über den Bildern zu brüten. Es ist schön draußen!«

Nachdem Roman fort war, nahm Viktoria sich von dem Kaffee und trat auf die Terrasse. Es stimmte, die Sonne schien, weiße Wolken flogen am Himmel dahin, beste Voraussetzungen für einen Strandspaziergang. Andererseits, wenn sie schon Romans Rat folgte und sich ausnahmsweise mal nicht mit Marie beschäftigte, sollte sie dasselbe tun wie er: arbeiten. Sie hatte ihr Manuskript in den letzten Tagen sträflich vernachlässigt und konnte froh sein, dass sie bis zum Abgabetermin noch Zeit hatte. Unschlüssig schaute sie über den Garten hinweg und fühlte sich hin und her gerissen zwischen dem Verlangen, zu den Bildern zurückzukehren, dem Pflichtbewusstsein, sich an die Arbeit zu setzen, und den Verlockungen der See. Sie entschied sich für die See, weil sie befürchtete, dass sie sich nicht genügend auf ihr Manuskript konzentrieren konnte, wenn im Nebenzimmer Maries ganz persönlicher Albtraum auf sie wartete.

In eine Jacke gegen den Wind gepackt, machte sie sich auf den Weg zur Seebrücke. Die meisten Strandkörbe standen mit dem Gesicht zur Düne, nur ein paar Mutige hatten sie umgedreht, um die Brandung betrachten zu können. Wie damals mit Melanie lief

Viktoria am Strand entlang, die Augen auf den Sand gerichtet, auf der Suche nach besonders hübschen Steinen. Als sie sich nach einem schwarz glänzenden Stein mit weißer Linie in der Mitte bückte, dachte sie daran, wie viel seit jenen Tagen mit Melli geschehen war. Sie lebte in einer fremden Geschichte, in Maries Geschichte, die sie doch nur halb kannte. Trotzdem kam sie ihr wichtiger vor als ihr eigenes Leben, in dem sie sich nicht nur mit Henrik, sondern zusätzlich mit ihrer besten Freundin verkracht und eine komplizierte Beziehung mit einem anderen Mann begonnen hatte.

Unvermittelt sah sie Martin Niemann vor sich, »ihren« Patriarchen, den sie zu einem Romanhelden hatte machen wollen, bevor ihr klar geworden war, um wen es sich handelte. Martin Niemann, der Anfang von allem und gleichzeitig das Ende, wenn es ihnen nicht gelang, Maries Geheimnis zu ergründen.

Mittlerweile stand Viktoria vor den Überresten des Betonbunkers, der im Zweiten Weltkrieg zur Küstenverteidigung gedient hatte und vor einigen Jahren vom immer weiter zurückweichenden Steilufer heruntergestürzt war. Mit allen möglichen Schriftzeichen und zwei rosa Herzen bemalt, gab er, wie er da im Wasser lag, ein skurriles Bild ab. Viktoria hatte gar nicht bemerkt, wie weit sie gelaufen war, den schwarzen Stein, trocken geworden längst nicht mehr so schön glänzend wie vorhin, noch immer in der rechten Hand. Er hatte die Form eines Herzens. Vorne und hinten verlief quer die weiße Linie, als markiere sie einen Bruch. Auch Maries Herz war gebrochen, ebenso wie Doros und vermutlich Johanns.

Viktoria hielt den Herzstein fest umklammert und machte sich auf den Rückweg. Sie konnte nicht einfach das gute Wetter genießen, Fischbrötchen essen oder im Strandkorb sitzen – sie musste zurück zu Maries Bildern.

In der Kranichburg warf sie ihre Jacke aufs Bett und ging in Maries Zimmer, wo sie das Fenster öffnete, bevor sie sich den ausgesonderten Bildern widmete. Es fiel ihr leichter, in Georg von

Kampens Gesicht zu sehen, wenn sie sich weniger eingesperrt vorkam und frische Luft und der Geruch der See im Raum lag.

Nacheinander betrachtete Viktoria die Gemälde, brachte eine chronologische Reihenfolge hinein, ohne dass sie damit am Ende zufrieden war. Sie sortierte und gruppierte neu und wieder neu, blieb lange vor einzelnen Bildern stehen, dann wieder vor jenen, die eindeutig zusammengehörten. Einige, die nicht ganz oder eher unspezifisch passten, stellte sie zur Seite. Die Zeit stand still, Viktoria verspürte weder Hunger noch Durst, sie war zu vertieft in das, was Marie versuchte mitzuteilen. Marie.

Marie war nicht ihre Schwester gewesen, Viktoria war nicht Doro, aber sie hatten doch etwas gemeinsam: das Geschichtenerzählen. Viktoria tauchte in die Bilder hinein, las sie und las sie erneut, fügte sie mit dem zusammen, was sie aus dem Tagebuch und dem Notizbuch wusste, mit dem wenigen, was Roman erzählt hatte, und mit dem, was sie sich bisher zusammengereimt hatten. Nach und nach formte sich aus den Puzzleteilen Maries Schicksal. Es stand Viktoria am Ende so deutlich vor Augen, dass sie sich fragte, warum sie nicht gleich darauf gekommen war.

Noch einmal betrachtete sie Bild für Bild, dann nickte sie. Bilder waren kein Buch, keine Sätze, keine Wörter, keine Silben. Alles blieb Interpretationssache, aber war das bei Büchern so viel anders? Man konnte auch Wörter auf verschiedene Weise deuten, zwischen den Zeilen lesen, und nicht immer geschah das wie vom Autor beabsichtigt. Viktoria konnte nicht sicher sein, dass sie die Wahrheit aus Maries Bildern herausgelesen hatte. Es *konnte* so gewesen sein. Je mehr sie allerdings darüber nachdachte, desto sicherer wurde sie.

Rückwärts ging sie aus dem Zimmer, die Bilder im Blick. Sie schloss die Tür nicht, wollte die Verbindung zu Marie nicht unterbrechen. Aus ihrem eigenen Zimmer holte sie ihr Notebook, platzierte es auf Maries Schreibtisch und ließ es hochfahren. Währenddessen schaute sie sich um, vertiefte sich ein letztes Mal in die

Bilder, in Maries Vermächtnis. Schließlich setzte sie sich an Maries halbrunden dunklen Tisch, auf Maries Stuhl mit dem roten Polster.

Auf dem Bildschirm öffnete sich eine leere weiße Seite. Viktoria legte ihre Finger auf die Tastatur und begann zu schreiben. Wie immer, wenn sie schrieb, blieb ihr Körper im Hier und Jetzt, ihr Geist dagegen bewegte sich weit fort, in eine andere Zeit, zu einem anderen Menschen. Es schien zu sein wie sonst, wenn sie ihren Figuren Leben einhauchte. Dennoch war es diesmal anders. Ganz anders. Es war umgekehrt. Nicht sie diktierte eine Geschichte, sondern die Geschichte diktierte ihr. Marie diktierte ihr. Es war Maries Geschichte.

Teil 4

Manchmal geschieht es, dass ich zum Malen in mein kleines Atelier hinaufsteige und doch nichts auf die Leinwand bannen kann. Stattdessen zieht es mich zum Fenster. Wenn es warm genug ist, stoße ich die Flügel auf, atme die Seeluft ein und beobachte das Spiel der Wellen. Das gleichförmige Rauschen wirkt beruhigend, fast einschläfernd. Zuweilen tauche ich dann in ein anderes Leben ein – in mein eigenes, seit vielen Jahrzehnten vergangenes Leben. Heute ist so ein Tag. Ich stehe da, lausche dem Wind und der See und bin wieder in Stralsund.

November 1923

Wie ich dieses Zimmer hasste! Das breite Bett mit der samtenen Tagesdecke, die ausladenden Sessel mit den dicken Sitzpolstern und den Kissen. Der mit hellem Rautenmuster verzierte schwarze Schrank am Durchgang zum Ankleideraum, die Tapete mit den Springbrunnen darauf. Springbrunnen neben Springbrunnen, überall Springbrunnen, so viele, dass man meint, das Wasser plätschern zu hören. Warum hängt dort drüben überhaupt noch ein Bild an der Wand? Es verschwindet gänzlich zwischen all den Springbrunnen.

Seufzend wandte ich mich ab. Ich neigte dazu, ein wenig zu dramatisieren, ich wusste das, auch ohne dass Georg mich ständig darauf hinwies. Natürlich hasste *ich dieses Zimmer nicht, das laut Georg der neuesten französischen Mode entsprach. Ich mochte es nur nicht sonderlich und fühlte mich unwohl darin. Nicht zum ersten Mal fragte ich mich, ob das weniger an der Einrichtung oder der Tapete lag als vielmehr an der Tatsache, dass dies unser gemeinsames Schlafzimmer war.*

»Frau von Kampen?« Klaras Stimme riss mich aus meinen Betrachtungen. Nachdem ich Georg geheiratet hatte, hatte es mir anfangs Schwierigkeiten bereitet, mich an meinen neuen Namen zu gewöhnen. Wohl hundertmal hatte ich Klara gebeten, mich doch weiterhin Marie zu nennen. Ebenso oft widersprach sie mir mit dem Hinweis, dass sie eine verheiratete Frau schlecht mit »Fräulein Marie« ansprechen könne. Die liebe Klara. Natürlich hatte sie recht. Ich war froh, sie in all den Jahren bei mir gehabt zu haben – mochte mich ihr Anblick auch stets an jene andere Zeit erinnern, die so lange zurücklag, an die glückliche Zeit mit Doro. Die Erinnerung bereitete mir Schmerz und Freude zugleich, so seltsam es klingt.

»Frau von Kampen?«, wiederholte Klara, als ich nicht sofort antwortete. »Da ist … ein Mann, der Sie sprechen möchte.«

»Wer ist es? Hat er keinen Namen genannt?« Ihr Zögern und dass sie nicht »Herr«, sagte, deutete darauf hin, dass es sich eben nicht um einen »Herrn« handelte. Wäre das allein schon ungewöhnlich genug gewesen, so sprach auch die Tageszeit gegen einen Besuch, einerlei von wem. Ich hatte bereits mit Mama und Sophie zu Abend gegessen, Georg war in einer geschäftlichen Sache unterwegs. Worum es ging, wusste ich nicht, er besprach sich nie mit mir in solchen Dingen – und in den wenigsten anderen.

Seit Papa viel zu früh gestorben war und Georg die Schwedenkrone übernommen hatte, bestand mein Leben im Wesentlichen darin, durch das Hotel zu spazieren, hier und da nach dem Rechten zu sehen (obwohl das völlig überflüssig war, es gab ausreichend fähige Angestellte), gelegentlich besondere Stammgäste zu begrüßen, den einen oder anderen gesellschaftlichen Besuch zu machen oder zu empfangen und ansonsten den Mund zu halten. In den ersten Jahren nach Sophies Geburt verbrachte ich viel Zeit mit ihr und sah darin meine größte Freude, auch wenn es schwierig für mich war. Wie Klara erinnerte mich die süße kleine Sophie stets an die Vergangenheit, an jenes andere

Kind und an meine Schwester. Manchmal musste ich dann weinen – aus heiterem Himmel und nicht nachvollziehbar für Georg. Denn Georg wusste nichts von dem, was wirklich geschehen war. Gar nichts. Hätte es nur den Hauch eines Skandals gegeben, hätte ein Mann wie er, der aus einer alten Adels- und Militärfamilie stammt, mich niemals geheiratet. Das haben Papa und Mama immer behauptet.

Ich war der ganzen Reihe an Bewerbern längst müde geworden, die mir meine Eltern ohne Unterlass vorgestellt hatten, in der Hoffnung, einem würde es gelingen, mein Interesse zu wecken. Dabei war mir einer so gleichgültig wie der andere. Dann stand eines Tages Georg von Kampen vor mir, der sich von all den vorherigen Kandidaten durch etwas Grundlegendes unterschied: Ich sah Johann in ihm. Nicht, dass er ihm äußerlich ähnelte. Zwanzig Jahre älter als ich, war er noch immer ein stattlicher Mann mit blassblauen Augen und Schnurrbart in einem hageren Gesicht, das viele als gut aussehend bezeichnet hätten und in dem sich die verschiedensten Gefühle widerspiegelten. Niemals jedoch Wärme, Anerkennung oder gar Liebe. Gerade deshalb fiel er mir auf. Er war, wie ich mir Johann vorstellte, der im Zuchthaus gesessen und die Frau verloren hatte, die er liebte: ein gebrochener Mann.

Auch Georg hatte alles verloren. Noch Ende des letzten Jahrhunderts waren die von Kampens nicht nur eine angesehene, sondern außerdem eine wohlhabende Familie gewesen. Dann jedoch übernahm Georgs Vater das Ruder, der sich in Geschäftsdingen als vollkommen untauglich erwies. Er verlor nach und nach das gesamte Vermögen, wo er neues hinzugewinnen wollte. Georg sah mit an, wie der Vater am eigenen Versagen zugrunde ging, die Kontrolle über die Geschäfte, die Familie und schließlich über sich selbst verlor. Nichts blieb mehr vom einstigen Stolz.

In meiner Naivität sah ich nur Georgs Schicksal, nicht das, was es aus ihm gemacht hatte. Ich dachte, aus seiner zwar höflichen, aber unterkühlten Art könne mit der Zeit Wärme werden, glaubte die Güte in ihm nur verschüttet.

Vielleicht wollte ich gar an Georg etwas gut machen, was ich an Johann nicht gutmachen konnte. Ich liebte ihn nicht, war aber bereit, alles zu tun, damit unsere Ehe ein Erfolg wurde. Wir heirateten während Georgs Fronturlaub im März 1917. Er musste bald darauf wieder ins Feld, und als er einige Monate später erneut Urlaub bekam, verbrachten wir zum ersten Mal eine längere Zeit gemeinsam. Ich versuchte, durch seine vermeintlich raue Schale zu einem weichen Kern vorzudringen, und spürte, dass er sich aufgrund meiner Bemühungen immerhin anstrengte, freundlich zu sein und mir Aufmerksamkeit zu schenken. Dabei konnte er sehr charmant sein. In den ersten Nächten zeigte er sich darüber hinaus sehr rücksichtsvoll. Doch schon während dieser wenigen Wochen begann ich zu erkennen, dass er die Schwedenkrone weit interessanter fand als mich.

Im Sommer 1918 kam Sophie zur Welt. Ich hatte befürchtet, dass Georg von einer Tochter enttäuscht sein könne. Stattdessen betrachtete er sie wie ein kleines Wunder und gab ihr das wenige an zärtlichen Gefühlen, zu dem er fähig war. Seine andere Leidenschaft wurde das Hotel. Nach Papas Tod stürzte er sich in die Arbeit, um aller Welt zu zeigen, wie überaus erfolgreich ein von Kampen sein konnte. Ich war für ihn das Mittel zum Zweck gewesen, um zu bekommen, was er wollte: ein Vermögen, das ihm von Rechts wegen durch seine Familie schon zugestanden hätte, und ein Kind, in dem er weiterleben würde.

Da ich selbst ihn nie geliebt hatte, konnte ich ihm seine mangelnden Gefühle mir gegenüber nicht vorwerfen. Aus demselben Grunde vermisste ich auch nichts, doch seine zunehmende Kälte, sein Gebaren als herrischer Hoteldirektor und strenges Familienoberhaupt, kurz: sein Wille, über alles zu bestimmen und alles zu kontrollieren, machte mir das Leben schwer. Für mich gab es nur noch einen Menschen, der mir etwas bedeutete: Sophie.

»Nein, tut mir leid«, sagte Klara. Eine Sekunde lang wusste ich nicht, was sie meinte, dann fiel mir wieder ein, dass ich nach dem Namen des Besuchers gefragt hatte, dessen Auftauchen ein wenig Abwechslung vom täglichen Einerlei versprach.

»Hat er zumindest gesagt, was er will?«

Wieder bedauerte Klara. »Aber er bestand darauf, mit Ihnen persönlich zu sprechen. Obwohl ich ihm mehrfach sagte, dass das heute nicht mehr ginge, lässt er sich nicht wegschicken.« Klaras entschuldigende Miene drückte eine für sie ganz untypische Ratlosigkeit aus. Sie war selbstsicherer geworden, ganz im Gegensatz zu mir, die ich oft glaubte, geschrumpft zu sein. Mit einem Mal jedoch fühlte ich etwas in mir, das der Abenteuerlust meiner Jugendzeit gleichkam. Beinah übermütig blickte ich Klara an.

»Dann bleibt uns nichts anderes übrig, als ihn hereinzubitten. Ich empfange ihn in meinem Salon.«

Wieder zögerte Klara, doch nur kurz, denn sie sah meinen entschlossenen Blick, und das schien ihr zu gefallen.

Georg hatte mir gestattet, einen eigenen Salon einzurichten, in den ich mich zurückziehen konnte – eines seiner wenigen Zugeständnisse mir gegenüber. Der Salon war einst Doros Zimmer gewesen, ich kann nicht sagen, warum meine Wahl ausgerechnet darauf fiel, außer dass ich damit eine Art Verbundenheit zu meiner Schwester suchte. Dennoch blieb es eine Tatsache, dass mich der Salon gleichermaßen anzog wie abstieß.

Um den Besucher zu empfangen, stellte ich mich vor den mit Reihen erlesener Bände gefüllten Bücherschrank. Im Spiegel gegenüber sah ich aus den Augenwinkeln meine eigene Gestalt, doch meine Aufmerksamkeit galt der Tür, durch die nach Klaras Klopfen ein junger Mann in einfacher Arbeiterkleidung trat. Seine Schuhe waren schmutzig und hinterließen Spuren auf dem hellen Teppich. Verlegen blieb er dicht an der Tür stehen und drehte seine Mütze in den Händen.

»Frau von Kampen?«, fragte er. Seine Stimme klang zu meinem Erstaunen keineswegs leise. Vielmehr beäugte er mich nun fast misstrauisch, als wolle er sichergehen, dass mein Nicken keine Täuschung beinhaltete. Ein merkwürdiges Verhalten.

»Was führt Sie zu mir?«, wollte ich wissen, als er schwieg.

»Eine Nachricht.« Etwas umständlich holte er aus seiner Mantelinnentasche einen unbeschrifteten Umschlag hervor und hielt ihn mir entgegen, sodass ich gezwungen war, auf ihn zuzugehen. Die plötzliche Angst packte mich, er könne sich auf mich stürzen und mir etwas antun. Andererseits wusste ich, dass Klara draußen wartete und beim geringsten Anzeichen von ungewöhnlichen Geräuschen hereinstürmen würde. Daher tat ich, als empfinge ich täglich Fremde, und nahm den Umschlag entgegen, in dem sich offenbar außer einem Brief ein weiterer Gegenstand befand.

»Ich soll auf Antwort warten«, sagte der Mann, der sich, wie mir auffiel, nicht einmal vorgestellt hatte. Während ich den Umschlag öffnete und zunächst ein einziges beschriebenes Blatt herausholte, entspannte er sich etwas.

Die Schrift ließ eine leise Erinnerung in mir emporsteigen, aber am ersten Absatz erkannte ich den Absender noch nicht. Der zweite dagegen rief Unruhe in mir hervor, ich begann zu ahnen – zu hoffen? zu fürchten? –, was folgen mochte. Bevor ich den letzten Absatz zu Ende gelesen hatte, fiel mein Blick unweigerlich auf die Unterschrift, und sein Name ließ mir das Blut in den Adern gefrieren. Oder es zum Kochen bringen. Ich wusste es selbst nicht. Ich merkte nur, wie mich ein Schwindel erfasste, wie der Salon um mich verschwamm, wie die Möbel, die Wände auf mich zukamen und wieder von mir abrückten, als säße ich auf einer Schaukel, die mich immer schneller immer höher fliegen ließ – bis ich in Dunkelheit versank, die nur noch aus einem einzigen Wort bestand: Johann.

»Frau von Kampen?« Die Stimme des jungen Mannes, des Überbringers der Botschaft aus der Vergangenheit, brachte mich wieder zu mir. Sein Gesicht tauchte über mir auf, ich spürte, wie er mich umfasst hielt, wohl weil ich ohnmächtig geworden war und er mich aufgefangen hatte. »Geht es Ihnen gut?«

Wie konnte ich auf diese Frage antworten? Trotz aller Verwirrung, trotz des Schocks huschte mein Blick zur Tür, doch Klara ließ sich nicht blicken. Alles, was in meinem Kopf dröhnte, was laut Johanns

Namen rief, all das hatte sich nur in mir abgespielt, nichts war nach außen gedrungen. Johann. Doro. Johanna. Marie. Johann.

Schwach ließ ich es zu, dass der Unbekannte mich zu meinem Sofa führte.

»Welche Antwort soll ich überbringen?«, wollte er wissen, nachdem er sich versichert hatte, dass ich nicht erneut das Bewusstsein verlor.

»Antwort?« Ich war furchtbar durcheinander. Was für eine Antwort?

»Der ... Absender dieses Schreibens hat Sie um etwas gebeten. Was soll ich ihm sagen?«

Mit zitternden Fingern wollte ich nach dem Brief greifen, doch er war zu Boden gefallen, ebenso wie der Umschlag. Der Fremde bückte sich und reichte mir beides, wobei mir der Gegenstand in die Hände purzelte, der noch darin gesteckt hatte: der schwarze Läufer eines kostbaren Schachspiels. Doro hatte ihre eigenen weißen Figuren und jene schwarzen, die Johann geschickt hatte, damals mit in die Kranichburg genommen, wo sie heute noch liegen mussten. Und Johann selbst hatte seinen Teil des Spiels offenbar genauso in Ehren gehalten.

Mein Blick fiel erneut auf seine Zeilen:

Ich muss mit Ihnen reden, liebe Frau von Kampen. Ich muss, *stand dort.* Bitte nennen Sie dem Boten einen Tag, eine Stunde, einen Ort – ich werde da sein.

Es fiel mir schwer, einen Gedanken zu fassen. Eine Ewigkeit schien zu vergehen, wo es doch nur Minuten waren, bis ich die Kraft fand, etwas zu erwidern. Georg würde für ein oder zwei weitere Tage fort sein. Währenddessen konnte ich Johann treffen, wie ich es schon einmal getan hatte. Am Hafen, an der Fährbrücke nach Hiddensee. Morgen. Nein, lieber übermorgen. Ich brauchte Zeit, um mich zu sammeln, um mich darauf vorzubereiten, den Mann wiederzusehen, der unser aller Leben verändert hatte. Ich begriff nicht alles, was in seinem Brief stand, doch bestimmt würde er mir das Nötige erklären. Die Hauptsache verstand ich allerdings: Ich würde Johann wiedersehen, einen Johann, der trotz allem, was meine Familie ihm angetan hatte, den Mut fand, sich in seiner Verzweiflung ausgerechnet an mich zu wenden. Wer war ich, dass ich ihm das verweigern konnte, obgleich ich wusste, dass mich sein Anblick selbst in tiefste Verzweiflung stürzen würde?

Und so nannte ich dem Boten Tag, Stunde und Ort.

Das Leben lässt sich nicht planen. Ich hätte die Erste sein müssen, der das bewusst war.

Nachdem der Mann gegangen war, stand ich noch lange in meinem Zimmer. Klara kam und sagte etwas, an das ich mich später nicht erinnerte. Sie ging wieder, und ich stand weiter reglos da. Nach einer langen Zeit schleppte ich mich hinüber zum Spiegel. Normalerweise vermeide ich Spiegel, zu oft sehe ich meine Schwester darin. Marie. Doro. Zwei Menschen, eine Seele. Das sagt man doch bei Zwillingen. Ich trat ganz dicht an den Spiegel heran, so dicht, dass meine Nasenspitze beinah das Glas berührte. Doro. Ich wünschte so sehr, ich könnte sie erreichen. Wie oft habe ich meine Hand ausgestreckt, und sie war nicht da. Wie oft habe ich sie im Traum gesehen, so wirklich erschien sie darin, so zum Greifen nah. Wenn ich aufwachte, war ich allein. Niemand redete mit mir darüber. Niemand erwähnte mehr ihren Namen. Doro. Doro. Doro. Natürlich haben Papa und Mama eine traurige Geschichte erfunden, traurig und passend für meinen Ehemann und den Rest der Welt. Georg war der Meinung, dass man Vergangenes ruhen lassen soll. Dieses eine Mal gab ich ihm gern recht. Nur gelang es mir nicht, sie ruhen zu lassen. Die Vergangenheit lässt mich niemals ruhen.

Mit Johanns Brief kam sie aus dem Verborgenen heraus in die Wirklichkeit gekrochen. Wenn er mich sah – wen würde er sehen? Wen würde er in mir erkennen? Marie? Doro? Ich schloss die Augen und wandte mich vom Spiegel ab.

Die unzähligen Stunden des Wartens verbrachte ich in ständigem Zweifel und in ständiger Angst. Ich wollte es und gleichzeitig wieder nicht. Ich sehnte mich nach ihm und spürte doch tief in mir, dass es falsch, sogar fatal wäre, diesem Wunsch nachzugeben. Ich fühlte etwas in mir zerbrechen, noch bevor es überhaupt zerbrach. Ich hatte entsetzliche Angst, dass etwas Unabänderliches geschehen könnte, dass ich zerstört daraus hervorging. Ich oder Johann. Ich und *Johann.*

Das Leben lässt sich nicht planen. Georg kehrte einen Tag zu früh von seiner Reise zurück und überhäufte mich mit allerlei gesellschaftlichen Verpflichtungen, die mich daran hinderten, Johann an der Fährbrücke zu treffen. Ich wusste nicht, wie und wo ich ihn oder seinen Boten erreichen konnte. Der Tag verstrich, und während ich andere Dinge tat, sah ich Johann vor mir, der vergeblich auf mich wartete. Als es Abend wurde, bemächtigte sich meiner ein Gefühl der Erleichterung. Dass ich nicht hatte gehen können, hatte alles wieder ins Lot gerückt. Niemand würde in Gefahr gebracht, es blieb, wie es war.

Für drei weitere Wochen.

Weihnachten in der Schwedenkrone war stets etwas Besonderes. Georg hatte in all den Jahren dafür gesorgt, dass das so blieb, politisch unruhigen Zeiten und Inflation zum Trotz. Wenn wir für irgendetwas eine Billion Mark bezahlen mussten, das sonst nur eine einzige Mark gekostet hatte – Georg nahm es hin, ohne mit der Wimper zu zucken. Die Schwedenkrone war eine Oase inmitten eines sich ausbreitenden Chaos. Wer zu uns kam, konnte getrost den Rest der Welt draußen lassen, unsere weißen Mauern blockten alles ab, was in der Stadt, ja, im ganzen Land geschah. Kurz nachdem ich Johanns Brief erhalten hatte, wurde immerhin dem Inflationsirrsinn ein Ende gesetzt, zwölf Nullen auf den Geldscheinen wurden gestrichen. Georgs stetem Optimismus waren nun erst recht keine Grenzen mehr gesetzt, seine Pläne für das Weihnachtsfest umfangreicher und ausgefallener denn je. Mir selbst lag seit dem denkwürdigen Jahr, in dem Papa Doros Verlobung mit Ulrich Martensen unter dem Weihnachtsbaum bekannt gegeben hatte, nicht mehr viel an den Feiertagen. Der Dezember mit seinen

Vorbereitungen berührte mich nur deshalb, weil Georg dieses Jahr besonders häufig unterwegs war und ich ihn immer seltener in unserer Wohnung antraf. Sicher hätte er viel delegieren können, aber ebenso wie mein Vater vor ihm liebte er es, die Dinge selbst in die Hand zu nehmen und zuzusehen, wie sie unter seiner Führung gediehen.

An einem Vormittag, den Georg außer Haus verbrachte, kam Klara in meinen Salon. Sophie und ich hatten uns ganz in ihre Puppenstube vertieft, in der jedes Zimmer detailgetreu mit winzigen Möbeln eingerichtet war. Diesem Vergnügen konnten wir selten genug nachgehen, denn Georg vertrat die Ansicht, Sophie solle mindestens ebenso viel Zeit mit Lernen und ihrer Erzieherin wie mit Spielen verbringen. Sie war erst fünf Jahre alt, lernte gern und konnte bereits einige Wörter lesen und schreiben, auch ein paar leichte Rechenaufgaben bewältigte sie schon. Jetzt jedoch war Zeit zum Spielen, daher reagierte ich verärgert über die Störung.

»Verzeihen Sie, Frau von Kampen, aber das hier wurde für Sie abgegeben.« Zögernd reichte sie mir einen bestickten Beutel. Als ich ihn nahm, hörte ich, wie es darin klackerte. Auf der Stelle fing mein Herz an zu klopfen. Es war also doch noch nicht vorbei, nur weil ich es mir gewünscht hatte. »Von demselben Mann?«, fragte ich, sicher, dass ich nicht erwähnen musste, wen ich meinte.

Klara zuckte bedauernd mit den Schultern. »Jemand an der Rezeption hat es entgegengenommen.«

Ich sah, dass Sophie mich neugierig musterte. »Was ist das, Mama? Mach doch auf!«

Ich zog an den Bändern, die den Beutel öffneten, und schaute hinein. Wie ich vermutet hatte, lagen darin die restlichen Schachfiguren – und ein zusammengefaltetes Blatt Papier. Ich zog es heraus.

»Ein Brief für dich? Bitte lies vor! Oder darf ich es versuchen?«

Entgegen meiner Gewohnheit ignorierte ich Sophies Wunsch. »Nein, Liebes, lass mich erst sehen, von wem er ist.« Als sie einen Flunsch zog, strich ich ihr über das dunkle Haar, das dem ihres Vaters glich, und faltete das Blatt mit der anderen Hand auseinander.

Liebe Frau von Kampen,
da Sie meinen Boten nicht unverrichteter Dinge zurückgeschickt, sondern ihm einen Treffpunkt genannt hatten, vertraue ich darauf, dass es Ihnen unmöglich gewesen ist zu kommen, und hoffe, dass Sie es sich nicht anders überlegt haben. Ich weiß, Sie sind in diesem Moment allein, und ich erlaube mir daher, an der Rezeption auf Ihre Nachricht zu warten. Ich bitte Sie inständig, mich zu empfangen, und schicke Ihnen zur Unterstreichung dieser Bitte das Letzte aus meinem Besitz, das uns beide mit der Vergangenheit verbindet.

Die kurze Nachricht trug keinen Namen, aber ich erkannte die Schrift auf den ersten Blick, ebenso dass Johann die drei Sätze in großer Hast und mit zittrigen Fingern verfasst haben musste. Auch meine zitterten. Was sollte ich tun? Anscheinend hatte Johann gesehen, wie Georg die Schwedenkrone verließ, aber das hieß nicht, dass ich wirklich allein war.

»Mama?«, hörte ich Sophie. »Was ist noch in dem Beutel? Und darf ich jetzt den Brief lesen?«

Abwesend schüttelte ich den Kopf. »Nein, Schätzchen, das geht nicht. Es ist auch kein schöner Brief.« Abermals strich ich ihr über den Kopf und bedeutete Klara, sie mitzunehmen.

»Soll ich etwas ausrichten lassen?«, fragte Klara im Hinausgehen.

»Nein, danke.« Klara würde Johann sofort wiedererkennen, und obwohl ich ihr vertraute wie sonst niemandem, wollte ich nicht, dass sie in diese Sache verwickelt wurde. Als ich sicher sein konnte, dass Klara mit Sophie in deren Kinderzimmer verschwunden war, wo sich Frau Berthold, die Erzieherin, um sie kümmerte, stand ich mit weichen Knien auf und wankte hinaus auf den Flur. Schritt für Schritt, ganz langsam, jeder Meter kam mir doppelt so lang vor. Endlich stand ich oben an der Balustrade und schaute hinunter ins Foyer, das von Menschen wimmelte. Und da war er. Am Treppenaufgang. Alle ande-

ren Gestalten lösten sich auf zu Schatten, nur Johann stach deutlich hervor. Er trug einen dunklen Mantel und einen dunklen Hut und passte nicht in die ansonsten vornehme Gesellschaft, die sich dort unten tummelte. Obwohl ich sein Gesicht nicht sehen konnte, wusste ich, dass er es war. Krampfhaft hielt ich mich an der Balustrade fest, damit ich nicht zusammensackte. Da spürte Johann meinen Blick, denn er hob den Kopf und schaute suchend nach oben.

Unsere Blicke trafen sich, mir wurde schwarz vor Augen. In den letzten Jahren war kein Tag vergangen, an dem ich nicht an Johann gedacht hatte, aber dass wir einander je wiedersehen würden? Als die Benommenheit von mir wich, bemerkte ich, dass Johann ein Stück heraufgekommen war, bis auf den Treppenabsatz. Immer noch schienen mir die anderen Menschen wie Schemen oder bestenfalls wie Schaufensterpuppen. Johann dagegen wurde größer, drohender, lebendiger. Alles in mir schrie auf, wollte ihm zurufen, er solle umdrehen, sofort fliehen. Ich spürte die Gefahr so deutlich, dass mein Magen revoltierte. Gefahr, die ihm drohte und die gleichzeitig von ihm ausging.

Johann setzte sich wieder in Bewegung, meine Hände ließen die Balustrade los, unwillkürlich machte ich einen Schritt zurück, noch einen und noch einen, im Gleichklang mit Johann. Endlich stand ich in meinem Salon, Johann war unsichtbar geworden, doch ich fühlte ihn mit jedem Herzschlag näher kommen. Ich schloss die Augen, und als ich sie öffnete, stand er auf der Schwelle zu meinem Zimmer.

Ich bemerkte die Narbe auf seiner rechten Wange und fragte mich für einen Sekundenbruchteil, woher sie stammte, dann war der Gedanke schon wieder verschwunden. Plötzlich geschah alles ganz schnell. Johann war da, bei mir, vor mir, neben mir, um mich herum. Seine Arme umfingen mich, ich spürte seinen Atem, seine Lippen an meiner Wange, hörte ihn wispern: »Doro! Meine Liebste! Doro!«

Er nannte mich Doro! Er hielt mich für Doro? War ich nicht auch Doro? War ein Teil von mir nicht immer Doro gewesen? Warum sollte ich nicht Doro sein, jetzt und hier und für immer? Ich schlang meine

Arme um ihn und hielt ihn, während in meinem Kopf und in meinem Herzen ein einziges Durcheinander herrschte.

Irgendwann schob er mich ein Stück von sich, ich sah die Tränen in seinem Gesicht, das ich so liebte. »Ich liebe dich«, sagte ich. Oder waren das nur die Worte in mir? Ich wusste nicht, ob ich sie laut ausgesprochen hatte, aber die Tränen, die auch meine Wangen hinunterliefen, spürte ich umso deutlicher.

»Mama?«, kam da eine Stimme von der Tür. Eine fragende, beinah ängstliche Stimme.

Johann und ich fuhren auseinander, drehten uns gleichzeitig um, und es war, als habe der Anblick des Mädchens in dem roten Kleid etwas in ihm verändert.

»Mama? Wer ist der Mann?«, fragte Sophie.

»Das ... « Ich musste mich räuspern und begann von vorn. »Das ist ein alter Freund, Sophie. Ein Freund von mir und deiner Tante Doro.«

Ihr Blick wurde noch fragender, noch ängstlicher. Natürlich. Wir sprachen niemals über Doro, sie wusste gar nichts von ihr. Ihre Augen wurden größer und dunkler, sie berührte mit ihrem Zeigefinger ihre Wange an derselben Stelle, an der sie meine Tränen entdeckt hatte. »Warum weinst du?«

Ich fand keine Antwort darauf, spürte nur, wie die Tränen erneut emporschossen. Johann rettete die Situation. Er ging vor Sophie in die Knie und streckte ihr die Hand entgegen. »Guten Tag, kleines Mädchen. Du musst keine Angst haben. Deine Mama und ich sind glücklich über unser Wiedersehen nach langer Zeit, das sind nur Freudentränen.«

Kurz dachte Sophie darüber nach, bevor sie ernst nickte und Johanns ausgestreckte Hand ergriff. Sie machte einen formvollendeten Knicks. »Ich heiße Sophie. Und du?«

»Johann«, erwiderte er, und mir schnürte es erneut die Kehle zu. Er hätte einen anderen Namen nennen sollen, einen, den niemand erkannte, wenn Sophie davon erzählte. Andererseits wäre jeder fremde

Name verdächtig gewesen. Sollte je die Sprache auf Johanns Besuch kommen, würde Georg nachhaken und nicht eher Ruhe geben, bis er die ganze Geschichte erfuhr.

Ich hätte stärker sein müssen. Ich hätte Johann aus der Schwedenkrone bringen müssen. Ich hätte von Anfang an niemals einem Treffen zustimmen dürfen. Aber meine Sehnsucht war stärker gewesen, und sie war es immer noch, denn trotz allem spürte ich mein Herz schlagen wie seit Jahren nicht mehr. Ich fühlte mich lebendig.

Endlich fand ich meine Sprache wieder. »Sophie, Johann und ich haben einiges zu besprechen. Bitte Frau Berthold, dass sie noch einmal mit dir die Buchstaben übt, ich komme bald zu euch.«

Enttäuscht schaute sie von mir zu ihm und wieder zu mir, doch sie gehorchte und winkte uns nur noch einmal kurz zu.

Johann erhob sich. Es fiel ihm schwer, mich anzusehen. Sein Blick huschte unstet durch den Raum. »Es tut mir leid, bitte verzeihen Sie, Frau von Kampen«, murmelte er. »Sie sind wie Doro. Im ersten Moment ... Ich konnte nicht ...«

Ich trat auf ihn zu. »Ich weiß. Es besteht kein Grund, sich zu entschuldigen.« Ich berührte ihn am Arm, und endlich sah er mir wieder ins Gesicht.

»Danke.«

Ich seufzte und deutete auf einen Sessel, während ich selbst ihm gegenüber Platz nahm, einerseits froh um den Abstand, andererseits traurig darüber.

»Sie hätten nicht herkommen dürfen«, sagte ich leise.

Johann hatte seinen Mantel ausgezogen und ihn über die Sessellehne gelegt, ebenso wie den Hut. Dabei war seine Nachricht, die ich vorhin dort abgelegt hatte, zu Boden gesegelt. Wie abwesend hob er sie auf und stopfte sie in seine Hosentasche. Sein Körper war ebenso muskulös wie früher, nur sein volles Haar durchzogen graue Strähnen, viel zu früh für sein Alter. »Ich musste es tun. Sehen Sie, Frau von Kampen, ich wusste doch nicht, ob Sie mich absichtlich umsonst haben warten lassen.«

Mühsam brachte ich ein Lächeln zustande. »Und wissen Sie es jetzt?«

Verlegen zuckte er mit den Schultern. »Ich … glaube, nicht.«

»Sie haben recht. Ich wäre gekommen, aber Georg …« Ich machte eine ausladende Geste, als würde ihm dadurch meine Situation zur Genüge erklärt, und offenbar kam es bei ihm an, wie ich es beabsichtigt hatte.

»Sie sind nicht glücklich, Frau von Kampen, nicht wahr?«

»Bitte nennen Sie mich nicht so.« Das sollte ihm Antwort genug sein. Nach einer kurzen Pause fuhr ich fort. »Aber Sie sind nicht meinetwegen gekommen, sondern wegen Doro.«

Er nickte und erzählte mir von Doros Brief, den er erst kürzlich entdeckt hatte. Was musste es für ein Schock für ihn gewesen sein zu erfahren, dass Doro damals ein Kind von ihm erwartete. Das Blut wich ihm aus dem Gesicht, als er davon erzählte. »Hätte ich es doch nur geahnt«, wisperte er. »Ich hätte einen Weg gefunden, auch wenn mein Vater nicht sehr gut auf mich zu sprechen war. Ich hätte einen Weg gefunden, ganz sicher!« Verzweifelt brach der letzte Satz aus ihm heraus, und ich selbst sah wieder alles vor mir, das Bett, die Hebamme, hörte die Schreie, spürte Doros Schmerz, nicht zuletzt darüber, dass sie allein war und sich im Stich gelassen glaubte.

»Frau von Kampen? Marie! Ist Ihnen nicht gut?« Johann brachte mich in die Gegenwart zurück. Er kniete vor mir wie vorhin vor Sophie und hielt meine Hand.

Diesmal war es an mir, mich zu entschuldigen. Johanns Gegenwart löste Seltsames in mir aus. Vorhin, als er mich umarmt hatte, war es gewesen, als sei ich für kurze Zeit in Doro geschlüpft, wohl weil ich mir so sehr gewünscht hatte, sie zu sein. Gerade eben war es wieder geschehen. Andererseits, warum sollte das seltsam sein? Eine Weile das Leben zu vergessen, das ich gezwungen war zu führen, und dafür in eine andere Welt zu flüchten – es kam mir beinah natürlich vor.

»Was … was tun Sie hier in Stralsund?«, erkundigte ich mich, weil ich das, worüber wir eigentlich reden mussten, hinauszögern wollte.

»Ich habe Arbeit in einer Seilerei in der Wasserstraße gefunden. Meine Frau ist nicht begeistert, dass ich ...«

»Ihre Frau?«, unterbrach ich ihn. Ein Stich durchfuhr mich, obwohl ich keinerlei Recht auf Eifersucht hatte. Ich war selbst verheiratet. Und ich war nicht Doro, erinnerte ich mich erneut.

Er lächelte ein wenig traurig. »Ja. Luise ist eine gute Ehefrau und unserem Sohn eine gute Mutter. Sie ist nur nicht ...«

»... Doro«, vervollständigte ich, nachdem er schwieg.

»Ja. Trotzdem ist es mir schwergefallen, meine Familie in Wustrow zurückzulassen. Nachdem ich Doros Brief bei den Unterlagen meines Vaters gefunden hatte, habe ich lange überlegt, doch ich konnte es drehen und wenden, wie ich wollte. Ich musste kommen und mit Ihnen reden, Marie. Ich muss wissen, was damals geschehen ist mit Doro und dem Kind.«

»Johanna«, sagte ich. »Doro wollte, dass das Mädchen auf den Namen Johanna getauft wird.«

Johann holte mehrmals tief Luft, fuhr sich mit der Hand übers Gesicht und rieb sich das Kinn. An einer Stelle, die er beim Rasieren nicht richtig erwischt hatte, blieb er hängen und befingerte die Stoppeln. »Johanna«, wiederholte er ganz leise. »Was wurde aus ihr?«

Ich fürchtete mich, Dinge auszusprechen, die ich am liebsten vergessen wollte, aber durfte ich ihn deshalb abweisen? In mir stritten zwei Seelen. Der Kampf blieb ohne Sieger, denn wir wurden abermals unterbrochen, bevor ich eine Entscheidung treffen konnte.

»Was geht hier vor?«

Diesmal stand nicht Sophie in der Tür, sondern Mama. Anscheinend war sie gerade von einem Spaziergang zurückgekommen, sie trug ihr dunkelgraues Promenadenkleid mit der taillierten, bis zu den Knien reichenden Jacke und dem dazu passenden Hut mit der Feder. Ich war dabei gewesen, als die Schneiderin es ihr angepasst hatte, und wusste, wie sehr sie es mochte. Merkwürdig, auf welch unwichtige Dinge man in solchen Situationen achtet, aber mir entging auch nicht, dass sie wenig erfreut aussah. Noch während ich mich fragte, wieso sie ungewohnterweise hereingeplatzt war, ohne anzuklopfen, lieferte sie eine Erklärung. »Sophie hat mir erzählt, du hättest Besuch von einem ...«

Das Erkennen kam schlagartig, ohne jede Vorwarnung. Mama wurde kalkweiß. »Sie!« Diese eine Silbe klang wie ein Zischen. »Wie können Sie es wagen?« Sie wandte sich mir zu. »Und du! Du redest mit diesem Menschen, der uns alle ins Unglück gestürzt hat!« Erneut drehte sie sich zu Johann um: »Raus! Verschwinden Sie, bevor ich die Polizei rufe und Sie wieder da landen, wo Sie hingehören! Hätte man Sie doch dort verrotten lassen!«

Johann hatte sich erhoben und stand mit ruhiger, würdevoller Miene vor Mama. »Frau von Hassbach, ich verstehe Ihren Kummer. Meinen können Sie dagegen kaum ermessen. Wäre es nach mir und meinen Wünschen gegangen, würde ich längst nicht mehr leben. Das Schicksal hatte anderes mit mir vor. Es hat mich in den Krieg geschickt, wo ...«

»In den Krieg?!«, unterbrach ihn Mama. »Ich kann nicht behaupten, dem Schicksal dankbar dafür zu sein, dass es Sie davor bewahrt hat, im Feld zu bleiben wie die Millionen tapferer Männer, die sich im Gegensatz zu Ihnen nie etwas haben zuschulden kommen lassen! Mein einziger Trost ist, dass Sie deshalb nicht im selben Atemzug genannt werden können mit unseren Helden, die für ihr Vaterland in den Tod gingen!«

»Mama!«, protestierte ich. Wie konnte sie ihn so hassen? Wie konnte sie ihn mit denselben glühenden Gefühlen ebenso hassen, wie wir ihn liebten?

Johann maß sie mit einem undefinierbaren Blick, bis er, ruhig wie zuvor, sagte: »Auch ich bin dem Schicksal nicht allzu dankbar. Stattdessen hat es mich dazu ausersehen, einige Wochen vor Kriegsende einem Major namens Georg von Kampen das Leben zu retten. Vielleicht ist Ihnen das ein zusätzlicher Trost.« Damit nahm er seinen Mantel und seinen Hut vom Sessel, verbeugte sich kurz vor mir und Mama und verschwand aus meinem Salon.

Zurück blieb eisiges Schweigen, in dem das Ticken der Uhr zehnmal lauter klang als sonst. Vereint in unserer Fassungslosigkeit, starrten Mama und ich die geschlossene Tür an, als stünde Johann noch immer dort. Mama regte sich als Erste. »Nun«, sagte sie, brach aber ab und musste erneut beginnen. »Nun.« Wenig graziös ließ sie sich in den Sessel fallen, in dem gerade eben noch Johann gesessen hatte. »Ich denke, wir sollten über diesen Vorfall kein Wort verlieren. Wir müssen Sophie eintrichtern, nichts, gar nichts von dem Besuch dieses Mannes zu erwähnen. Sie muss vergessen, dass sie ihn jemals gesehen hat. Andernfalls könnte es zu Konsequenzen führen, die ich mir nicht vorzustellen wage.«

»Warum?«, fragte ich. Mit einem Mal entdeckte ich etwas in meinem Charakter, das mir bisher fremd gewesen war: Boshaftigkeit. »Georg wird doch bestimmt überglücklich sein, wenn er erfährt, dass sein Lebensretter sich bei uns gemeldet hat.«

»Du dummes Kind!«, brauste Mama auf. »Er wird wissen wollen, woher ihr euch kennt!«

»Erzählen wir ihm doch eine passende Geschichte. Das wäre ja nicht das erste Mal.« Was für ein verlockender Gedanke: Damit wäre es Johann möglich, weiter Zugang zur Schwedenkrone – und zu mir – zu haben. Wir könnten reden. Jederzeit. Wir könnten zusammen sein.

»Du dummes Kind!«, wiederholte Mama. »Glaubst du im Ernst, dass Niemann uns nur ein Jota weniger hasst als wir ihn? Er ist gekommen, um unsere Familie zum zweiten Mal zu zerstören! Er darf nie wieder dieses Haus betreten, kein Sterbenswort über ihn wird über unsere Lippen kommen, sonst ...«

»Sonst wirst diesmal du dafür sorgen, dass er ins Zuchthaus kommt?«

»Sei still! Nur er selbst mit seinen verwerflichen Taten war dafür verantwortlich. Er hat gestohlen, er ging dafür ins Zuchthaus. Ganz einfach!«

»Ja. Nur dass er kein Silber gestohlen hat, sondern Doros Herz. Das

konntet ihr nicht ertragen! Er ist wieder da, und er wird es keinem mehr so leicht machen wie damals!« Wäre ich doch nur selbst überzeugt gewesen von meinen Worten! Johann war bloß ein Arbeiter in einer Seilerei, der nicht einmal sein Kunststudium hatte beenden können. Er war ein Niemand, verglichen mit meiner Familie, er würde immer unterliegen. Insgeheim gab ich Mama recht. Besser, wir erwähnten seinen Besuch nicht. Georg würde sonst nach und nach alles herausbekommen. Georg, dem nichts so wichtig war wie der gute Ruf der Schwedenkrone, der alles tun würde, um sich und das Hotel vor jedem Skandal zu schützen. Georg, der einfache und arme Leute verachtete. Oder sie fürchtete, denn mit solchen Menschen konfrontiert zu werden erinnerte ihn jedes Mal aufs Neue an das Schicksal seines Vaters. Dass er ausgerechnet jemandem wie Johann sein Leben verdankte, musste eine Qual für ihn sein.

Johann war bewundernswert ruhig geblieben in Gegenwart meiner Mutter. Aber in seinen Augen hatte ich eine deutliche Botschaft gelesen, bevor er ging: Ich komme wieder. Ich will wissen, was geschehen ist. Es ist mein Recht.

Er würde dafür kämpfen, ungeachtet jeder Gefahr, und wenn er ganz Stralsund und aller Welt erzählen musste, was man ihm und Doro angetan hatte. Man würde ihm nicht ohne Weiteres glauben, aber den Samen des Zweifels hätte er gesät, ein Gerücht in die Welt gesetzt. Man würde sich an einige Dinge erinnern und sich beginnen zu fragen, ob nicht doch ein Körnchen Wahres an dem sein mochte, was Johann Niemann behauptete. Man würde es nicht laut aussprechen, aber es hinge in der Luft, ungreifbar und doch vorhanden.

Georg würde das mit derselben Klarheit sehen wie ich und Mama, deshalb durfte er nie von Johann erfahren. Ich nahm mir vor, mich ein letztes Mal mit Johann zu treffen und ihm zu erzählen, was er wissen wollte – danach musste er aus Stralsund verschwinden, für immer zurück zu seiner Frau und seinem Sohn nach Wustrow gehen.

Das Leben lässt sich nicht planen. Ein Kind lässt sich keine Worte verbieten, besonders wenn es nicht recht versteht, warum ein Verbot ausgesprochen wird. Es plappert drauflos, ohne nachzudenken, ohne zu ahnen, was es damit heraufbeschwört.

»Kommt Johann auch mal wieder?«, fragte Sophie ganz unschuldig beim Abendessen, als Georg einen Besuch erwähnte, den wir am nächsten Tag erwarteten.

Überrascht hob Georg eine Braue. Er warf mir und Mama einen kurzen Blick zu und erkannte sofort den Schreck in meinem Gesicht. Georgs blaue Augen schauten von einem zum anderen, es konnte ihm unmöglich verborgen bleiben, dass wir beide um eine Antwort rangen. Da niemand von uns etwas sagte, wandte er sich an Sophie. »Wer ist denn Johann, meine Süße?«

Sophie hatte sich inzwischen offenbar daran erinnert, dass sie diesen Namen nicht hätte erwähnen dürfen. Sie senkte den Kopf und presste die Lippen aufeinander, was Georg misstrauischer machte denn je. »Sophie, du musst keine Angst haben«, sprach er dennoch sanft auf sie ein. »Sag einfach die Wahrheit, dann ist alles gut.«

Sophies Mund begann zu zittern. Ich hielt es nicht länger aus und platzte mit der erstbesten Erklärung heraus: »Jemand, den meine Schwester gekannt hat. Er war zufällig in der Stadt und hat uns einen Besuch abgestattet. Das war alles.« Ich hätte meiner Stimme gern einen festen Klang gegeben, stattdessen hörte sie sich aufgesetzt munter an. Nicht nur in meinen Ohren, denn Georg musterte mich irritiert.

»Deine Schwester? Das muss lange her sein. Warum habe ich das Gefühl, ihr seid trotzdem übermäßig nervös?« Er sah Mama an. »Oder irre ich mich?«

»Nervös? Selbstverständlich irrst du dich«, log sie wenig überzeugend. Ihr war das wohl bewusst, deshalb sprach sie schnell weiter und erzählte atemlos die Geschichte, wie Johann uns damals auf See vor dem Ertrinken gerettet hatte.

Georg legte die Stirn in Falten, je weiter Mamas Erzählung gedieh. »Niemann«, murmelte er vor sich hin. »Johann Niemann. Nicht zufällig ein kräftiger Kerl mit braunen Haaren und einer Narbe auf der Wange?«

Das mochte auf viele Männer zutreffen, aber eben auch auf Johann. Mama und ich zögerten zu lange.

»Sieh an«, sagte Georg spöttisch. »Die Welt ist klein. Euer Johann gefällt sich anscheinend als Lebensretter.« Er durchbohrte uns mit seinem Blick, nachdem er es bei dieser Bemerkung beließ. Als weder Mama noch ich nachhakten, fügte er hinzu: »Hat er also mit unserer Begegnung im Krieg nicht hinter dem Berg gehalten.« Wieder machte er eine Pause. »Was wollte er?« Georg stieß diese drei Worte hervor wie Schüsse aus einem Repetiergewehr. »Geld?«

»Nein, nein! Er wollte sich nur erkundigen, wie es uns geht!«, beeilte Mama sich zu sagen, doch ich merkte Georg an, dass er ihr kein Wort glaubte. Schweigend stand er auf und ging hinüber zu Sophie, die unser Gespräch eingeschüchtert verfolgte. Sie verstand kaum, worum es ging, aber dass sich die Atmosphäre abgekühlt hatte, das spürte sie. Georg nahm ihre Hand und half ihr vom Stuhl. »Sophie, mein Kleines«, sagte er liebevoll. »Wir wollen doch mal sehen, wo Frau Berthold steckt. Sie kann sich noch ein bisschen mit dir beschäftigen, bevor du ins Bett gehst, nicht wahr?« Er führte sie hinaus. In der offenen Tür rief er nach der Erzieherin und wartete, bis sie ihm kurz darauf Sophie abnahm. Mama und mir ließ er keine Gelegenheit, ungestört miteinander zu reden, sondern kehrte unverzüglich an den Tisch zurück. »Jetzt sind wir unter uns. Ich will die ganze Geschichte hören, von Anfang an. Alles.«

»Aber wir haben doch schon ...«, begann Mama.

»Kaum, verehrte Schwiegermama. Marie erwähnte vorhin, dass Johann ein Bekannter ihrer Schwester Dorothea gewesen sei, und vergaß dabei zu erwähnen, dass auch der Rest eurer Familie ihn gut kannte – mehr sogar, dass drei Frauen ihm ihr Leben schulden. Ich frage mich, warum du das verschwiegen hast?« Damit wandte er sich mir zu, eine Anklage und eine Drohung in den Augen. »Nun? Ich warte.«

Selbst wenn wir versuchten, ihm eine Lüge aufzutischen oder etwas wegzulassen – Georg kannte Johanns Namen und konnte jederzeit unsere Angaben überprüfen lassen. Früher oder später würde er die Wahrheit erfahren. Niemand wusste, dass Doro schwanger gewesen war, daher konnten wir wenigstens das verschweigen. Leider war Mama mit ihren Nerven am Ende, sodass es ihr dennoch herausrutschte. Niemand konnte das Wort zurücknehmen, niemand konnte es ungesagt machen. Georg erfuhr in einer tränenreichen Beichte den ganzen jämmerlichen Skandal.

Seine Miene verfinsterte sich mit jedem Satz. »Ihr habt mich also belogen«, sagte er mit tödlicher Ruhe. »In was für eine Familie habe ich da eingeheiratet?« In eine mit Geld, hätte ich ihm beinah entgegengeschrien. Aber ich schwieg. »Nun gut«, nahm er den Faden wieder auf. »Was geschehen ist, ist geschehen. Jetzt können wir nur noch alles tun, damit dieses Geheimnis ein Geheimnis bleibt.« Entschlossen erhob er sich. »Ich werde mir etwas einfallen lassen. Ansonsten habe ich zu diesem Thema nichts mehr zu sagen und wünsche, von euch nie wieder davon zu hören. Der Name des Mannes wird in diesem Haus nicht mehr genannt, ebenso wie der Name deiner Schwester, Marie.«

Georg war bemerkenswert gelassen geblieben, nur sein Gesicht und seine Körperhaltung waren eine Spur angespannt – ein unverkennbares Zeichen seines Zorns. Es hatte sich in der Vergangenheit stets als klug erwiesen, ihn in solcher Stimmung nicht weiter zu behelligen.

»Georg, Johann möchte nur wissen, was ...«, begann ich trotzdem, doch weiter kam ich nicht.

»Ich werde dir sagen, was er will!«, fauchte er mich an. »Dein Vater hat diesen Mann ins Zuchthaus gebracht, und ich bin sicher, Niemann betrachtet das keinesfalls als die gerechte Strafe, die es war. Vor Kurzem erst hat er erfahren, was ihm noch genommen wurde. So wenig ich es zugeben mag: Ich kann verstehen, was in ihm vorgeht und dass er vor Wut brodelt wie ein Vulkan. Kein Wunder, dass er diese Familie und damit die Schwedenkrone in den Ruin treiben will.

Dank eures Betrugs bin ich Teil der Familie geworden. Ich kann und werde nicht zulassen, dass dieser Mann alles zerstört.«

Natürlich vertrat Mama dieselbe Meinung wie er, sie katzbuckelte vor ihm. »Mein lieber Georg, es tut mir unendlich leid, dass wir damals ... nun ja ... Es gibt wohl keine Entschuldigung, außer dass du uns als Schwiegersohn willkommen warst wie kein anderer und wunderbar geeignet schienst, die Schwedenkrone zu leiten. Die Zeit hat gezeigt, dass Heinrich und ich damit recht behalten haben.«

Ungeduldig wedelte Georg mit den Händen. »Hör auf mit dem Gerede, ich muss ...«

»Nein, nein«, unterbrach Mama ihn. »Ich wollte dich nur meiner uneingeschränkten Unterstützung versichern. Was immer du wegen Niemann zu unternehmen gedenkst, du kannst auf uns zählen.«

Georg runzelte die Stirn, bevor er nickte, doch sein zweifelnder Blick blieb an mir hängen. »Ich hoffe, du schließt dich der Einstellung deiner Mutter an, Marie.« Er wartete auf mein Nicken, aber ich konnte nicht. Ich konnte einfach nicht. Unsagbare Angst machte sich in mir breit, denn es war das eingetreten, was ich befürchtet hatte: Johanns Erscheinen, meine Bereitwilligkeit, mich mit ihm zu treffen, würde schreckliche Folgen haben. Ich musste etwas unternehmen, Johann warnen. Wie hatte ich nur jemals diese beiden Männer miteinander vergleichen können?

»Marie?« Georg beugte sich zu mir herunter und hob mein Kinn an, damit ich gezwungen war, ihn anzusehen. »Haben wir uns verstanden?«

Ich hatte ihn nur zu gut verstanden, was er mir deutlich ansah.

»Gut«, sagte Georg. »Dann wirst du mir sicher gern mitteilen, wo ich ihn finde.«

»Ich weiß es nicht.« Das entsprach bloß der halben Wahrheit, da ich immerhin wusste, wo er arbeitete.

Natürlich glaubte Georg mir nicht. »Wo ist er?«, wiederholte er.

Ich schüttelte den Kopf, der mit einem Mal so schnell zurückflog, dass ich kaum Georgs Schlag spürte.

»Wo?«

Trotz meiner Angst schwor ich mir, dass Georg mich würde halb totschlagen müssen, bevor ich Johann verriet. Er tat nichts dergleichen, stattdessen richtete er sich zu seiner vollen Größe auf. »Wie du meinst. Ich werde es auch ohne dich herausfinden.« Er starrte mich an, als wartete er darauf, dass ich es mir anders überlegte. Vergeblich. Am Ende machte er auf dem Absatz kehrt und ließ Mama und mich allein zurück.

»Du bist zu starrköpfig«, stellte sie fest. »Georg will unser Bestes, und dein Platz ist an seiner Seite. Du solltest ihn unterstützen, statt ihn mit einer falsch verstandenen Solidarität gegenüber Niemann zu verärgern.« Mama erhob sich ebenfalls und ging, sodass ich allein am Tisch saß vor den Resten unseres misslungenen Abendessens. Ich ließ den Kopf in die Hände sinken.

Viel später erst betrat ich das leere Schlafzimmer, wo ich mich entkleidete und unter die Decke schlüpfte. Als ich Georgs Schritte vernahm, drehte ich mich auf die Seite, schloss die Augen und tat, als schliefe ich. Ich spürte, wie Georg sich neben mich legte und ebenso unbeweglich blieb wie ich. Lange Zeit hörte ich nur sein regelmäßiges Atmen, doch ich wusste, er war noch wach.

»Ich möchte dich warnen«, sagte er schließlich in die Schwärze des Zimmers hinein. »Halte dich zurück, und tu nichts Unüberlegtes. Tu am besten überhaupt nichts. Lass die Sache ruhen, und überlass alles Weitere mir.« Er erwartete keine Antwort, sondern drehte sich nun ebenfalls auf die Seite, sodass wir Rücken an Rücken lagen. Kurz darauf fing er leise an zu schnarchen.

Georgs Mahnung war unmissverständlich, er brauchte nicht zu erwähnen, was mir blühte, sollte ich nicht gehorchen. Trotzdem gab es für mich nur eines – ich musste zu Johann, und das möglichst schnell, bevor Georg mir zuvorkam.

Als ich am nächsten Tag erwachte, war Georg bereits fort, nur sein Eau de Cologne hing noch in der Luft. An diesem Morgen drohte es mich zu ersticken. Ich verzichtete auf Klaras Hilfe bei meiner Toilette und wollte in aller Eile frühstücken, um sofort danach in die Wasserstraße zu laufen. Leider saß Mama bereits am Tisch, jedes ungewöhnliche Benehmen wäre ihr sofort aufgefallen, und sie hätte es sicher gleich an Georg weitergegeben. Mit allergrößter Mühe gelang es mir, meine Ungeduld im Zaum zu halten, während ich die Minuten zählte, bis Mama ihren eigenen Geschäften nachgehen würde.

Endlich war es so weit. Ich warf mir meinen Mantel über, ein kostbares Stück, das am Kragen, den Ärmelaufschlägen und ab der Taille abwärts mit Pelz besetzt war, ein Geschenk von Georg zu unserem letzten Hochzeitstag. Ich mochte den überladenen Mantel nicht sehr, aber er wärmte gut, und die Temperaturen waren über Nacht unter den Gefrierpunkt gesunken. Es gab außer dem Weg durch das Hotelfoyer noch einen anderen Ausgang hinaus in den Garten, den ich nun nahm, um möglichst unbeobachtet auf die Straße zu gelangen. Ich hastete auf die Innenstadt zu und hatte bald die Wasserstraße erreicht, wo ich die Häuser nach einer Seilerei absuchte. Da sah ich hinter hohen Schaufensterfronten aufgerollte Seile liegen, die mich an Schlangen erinnerten. Ich erschauderte, als ich unwillkürlich an die Schlange aus dem Paradies denken musste, zu der ich für Georg zweifellos wurde, sobald ich einen Schritt in das Geschäft setzte und mit Johann sprach.

Vor der Seilerei spielten Kinder, die mich anstarrten, weil ich in meinem Pelzmantel noch zaudernd auf dem Bürgersteig stand. Ich nickte ihnen zu, bevor ich den schummrigen Laden betrat, in dem ein älterer Mann in einem Arbeitskittel auf mich zukam. Ich fragte ihn nach Johann. Er hob verwundert die Brauen, schickte mich aber in einen der hinteren Räume, wo ich Johann an einem Tisch, vor einem Butterbrot sitzend, vorfand. Er wirkte müde, als hätte er bereits lange Arbeitsstunden hinter sich, was vermutlich den Tatsachen entsprach. Als er mich sah, sprang er so abrupt von seinem Stuhl auf, dass der nach hinten wegkippte.

»Marie! Was um alles ...«

Ich hatte mich an Johanns Anblick noch nicht gewöhnt. Wieder setzte mein Herz einen Schlag lang aus, wieder fühlte ich mich schwindelig. Ich versuchte, mich zusammenzureißen. »Können wir hier reden?«, fragte ich und sah mich zweifelnd in dem Hinterzimmer um, in dem noch zwei weitere Männer saßen, die mich ebenso anstarrten wie die Kinder draußen.

»Besser nicht. Wir sollten ...«

»Ach, is die Dame zu fein für uns?«, grölte einer der beiden Männer, es klang eher gutmütig als feindselig. »Unseretwegen kann sie gern Platz nehmen und sich wie zu Hause fühlen!« Er lachte laut. »Nichts für ungut, Gnädigste, aber vornehmer wird's hier man nich.«

Mochte Johann der Auftritt des Mannes peinlich sein, mir machte es absolut nichts aus, ich hatte ganz andere Sorgen. »Ich habe nicht viel Zeit, Johann, und es ist furchtbar dringend. Kannst du für eine Stunde weg?« Erst als ich seinen Gesichtsausdruck sah, ging mir auf, dass ich etwas Ungewöhnliches gesagt haben musste: Ich hatte ihn geduzt, ohne es zu merken.

»Übernimmst du für mich?«, wandte er sich an seinen Kollegen. Der grinste und sah mich vieldeutig an. Aber er nickte.

Johann holte seinen Mantel und trat mit mir auf die Straße. »Es tut mir leid, dass das gestern passiert ist. Ich hätte nicht kommen dürfen. Ich hoffe, du hast keine Schwierigkeiten bekommen.« Auch er war nun zum Du übergegangen, und es kam mir ganz natürlich vor.

Ich verzog den Mund. »Ich fürchte, meine Schwierigkeiten sind klein im Vergleich zu denen, die du bekommen könntest. Leider hat sich Sophie verplappert, sodass Georg von dir erfahren hat. Er ließ nicht locker, bis er alle Einzelheiten kannte, und es ist ihm völlig egal, dass er dir sein Leben verdankt. Johann, du musst fort aus Stralsund! Ich weiß nicht, was er plant, aber geh besser heute als morgen!«

»Dein Mann macht mir keine Angst. Ich habe schon alles verloren, was mir je wichtig war«, sagte er verbittert.

»Aber du hast eine Frau und ein Kind«, erinnerte ich ihn, obwohl

es wehtat. »Du darfst dich nicht in Gefahr begeben! Denk daran, was ohne dich aus ihnen wird. Bitte, Johann!«

»Marie.« Er blieb stehen und drehte mich herum, sodass wir einander ansahen. »Ich glaube, ich hatte nie einen besseren Freund als dich. Ich bin froh, dass ich nach Stralsund gekommen bin, auch wenn der Anlass ein schmerzlicher ist. Du hast schon damals so viel für uns getan, und jetzt riskierst du so viel für mich. Falls von Kampen erfährt, dass wir uns gesehen haben, wirst du das zu spüren bekommen.«

»Was kann er mir schon antun? Wie du habe ich alles verloren, was mir je etwas bedeutet hat. Das einzig Gute, das ich von Georg habe, ist Sophie.« Ihr Gesicht erschien vor meinem inneren Auge, doch gleich darauf verschwamm es und verschmolz mit dem zarteren Gesicht eines Säuglings: Johanna. Ich roch den Duft ihrer rosigen Haut, fühlte den Flaum ihres Haares.

In meine Erinnerungen hinein nahm Johann meinen Arm und führte mich zu einer Bank am Hafen. Es war kalt, aber zumindest regnete es nicht, wir konnten uns setzen. Leise fing ich an zu erzählen, ohne dass ich merkte, wie die Zeit verrann. Ich merkte nur, wie Johann nach meiner Hand griff, sie festhielt und drückte. Er erfuhr alles – das Erfundene und die Wahrheit. Am Ende weinten wir beide, nur ein letzter Rest Vernunft hielt uns davor zurück, einander in aller Öffentlichkeit zu umarmen und uns gegenseitig Halt zu geben.

»Johann«, sagte ich schließlich mit heiserer Stimme. »Versprich mir, dass du zurück nach Wustrow gehst. Hol deine Sachen und geh. Ich könnte es nicht ertragen, wenn du durch meine Familie noch mehr leiden müsstest.«

»Ich verspreche es. Gleich übermorgen früh.«

»Dann kann es zu spät sein!«

»Das glaube ich nicht. Selbst von Kampen wird einige Zeit benötigen, um mich ausfindig zu machen, und ich habe schon den Lohn für diese Woche erhalten, den ich gut brauchen kann. Mach dir keine Sorgen um mich, Marie.« Kurz hatte ich den Eindruck, dass er noch

etwas sagen wollte, sich letztlich jedoch dagegen entschied. Ein paar Minuten saßen wir schweigend nebeneinander, dann stand ich auf. Wie gern wäre ich geblieben, hätte jede Sekunde in seiner Nähe genossen, aber je länger ich blieb, desto schwerer würde der Abschied werden. Ich ertrug es kaum zu wissen, dass dies das letzte Mal war, dass wir einander sahen.

»Ich muss nach Hause. Man wird mich wahrscheinlich schon vermissen. Ich sage gewöhnlich Bescheid, wenn ich länger weg bin.«

Johann erhob sich ebenfalls, ohne mich loszulassen. »Marie ... Danke. Danke für alles.« Nur langsam löste er seine Hände von meinen und beugte sich vor. Bevor ich es verhindern konnte – als hätte ich das gewollt! –, berührten seine Lippen meine. »Leb wohl.« Er wandte sich ab, überlegte es sich aber noch einmal anders und schaute zurück. »Vielleicht war das falsch, aber ich glaube, Doro hätte es verstanden. Du bist wie sie und doch anders. Wenn ich dich ansehe, denke ich, es sind nur die Jahre, die sie ein wenig verändert haben. Marie – nun wirst du mir ebenso fehlen, wie sie mir fehlt. Bis an mein Lebensende.«

Ich weiß nicht mehr, wie ich nach Hause gekommen bin, ich erinnere mich nur daran, dass ich im Foyer der Schwedenkrone stand und mich jemand ansprach. Ich sah, wie die Frau ihre Lippen bewegte, aber ich hörte nicht, was sie sagte, ich erkannte sie nicht einmal, bis sie mich am Ellenbogen berührte und die Treppe hinaufführte.

»Wo sind Sie denn nur gewesen, Frau von Kampen?«, fragte Klara bestimmt zum wiederholten Mal.

»In der Stadt«, antwortete ich, dabei dachte ich: bei Johann, bei Johann, bei Johann. Zerstreut erkundigte ich mich, ob mich jemand vermisst habe.

»Sophie. Sie wollten heute mit ihr im Bürgergarten spazieren gehen.«

Herrje, das hatte ich völlig vergessen. Aufgelöst, wie ich war, fühlte ich mich kaum in der Lage, Sophie gegenüberzutreten, aber ich musste den versprochenen Spaziergang nachholen. Daher ließ ich meinen Mantel, der in der Seilerei für so viel Aufsehen gesorgt hatte, gleich an und betrat Sophies Zimmer. »Tut mir leid, mein Schatz, ich weiß, ich habe mich verspätet. Wollen wir jetzt gehen?«

Sophies strahlendes Lächeln und ihre Fröhlichkeit während der nächsten Stunde halfen mir ein wenig, mich von den quälenden Gedanken an Johann abzulenken. Quälend und zugleich wehmütig und sogar schön, denn hatte er mir nicht auf verschlungenen Pfaden zu verstehen gegeben, dass ich ihm wichtig war?

»Mama! Sieh mal!«, rief Sophie und brachte mich in die Gegenwart zurück. Ein Blick auf die Uhr sagte mir, dass wir uns beeilen mussten, damit wir pünktlich zum Mittagessen kamen. Sophie hatte sich in den Kopf gesetzt, ihren Papa aus dem Büro abzuholen, und da ich wusste, wie wenig er es schätzte, wenn sie sich allein unten im Hotel herumtrieb, begleitete ich sie.

Die Tür zu Georgs Büro stand halb offen. Er sprach anscheinend mit jemandem, und ich bedeutete Sophie, still zu sein und zu warten. Bald wurde klar, dass niemand bei ihm war. Georg telefonierte. Zuerst hörte ich kaum zu, doch plötzlich fiel Johanns Name, und ich erstarrte.

»Sie hat Niemann also tatsächlich aufgesucht, wie ich es mir dachte. Wie gut, dass sie so leicht zu durchschauen ist.« Pause. »Wasserstraße, sagen Sie? In einer Seilerei, ja.« Ein höhnisches Lachen. »Das passt zu ihm. Hören Sie, der Mann muss weg. Und wenn ich sage weg, *dann meine ich* weg. *Sie verstehen?« Pause. »Das ist Ihr … Fachgebiet. Tun Sie, was und wie Sie es für richtig halten. Schnell. Hauptsache, er kommt mir nicht mehr in die Quere. Wie ich schon sagte: Er muss weg.«*

Mir wurde übel. Blind griff ich nach Sophies Hand. »Komm, ich glaube, wir sollten Papa besser nicht stören. Er hat noch zu tun.« Mit Sophie an der Hand stolperte ich den Gang entlang zu der Hintertreppe, die hinauf zu unserer Wohnung führte. Niemand hatte uns gesehen, niemand wusste, dass ich Zeuge dieses Gesprächs gewesen war, das geklungen hatte wie der Auftrag zu einem Mord.

Oben trafen wir Mama, auf die Sophie gleich zulief, um ihr von ihren Erlebnissen im Bürgergarten zu erzählen. Ich zog mich in meinen Salon zurück, ließ mich auf das Sofa sinken und rief mir jedes Wort in Erinnerung. Hatte ich überreagiert? Georg wollte Johann nur aus der Stadt haben, es war keine Rede davon, dass ihm etwas angetan werden sollte. Warum verspürte ich trotzdem wieder diese schreckliche Angst? Und Johann wollte Stralsund erst übermorgen verlassen!

Gab es in der Seilerei ein Telefon, sodass ich Johann gleich erreichen konnte? Georg hatte gesagt, er wolle das Problem schnell gelöst haben! Ich überlegte, ob ich mich krank stellen und auf das Essen verzichten sollte. Damit bliebe mir genug Zeit, im Fernsprechverzeichnis nachzusehen, ob die Seilerei über einen Anschluss verfügte, und falls ja, noch zu telefonieren. Andererseits konnte Georg meine unerwartete Krankheit misstrauisch machen, und das war ein Risiko, das ich gerade um Johanns Willen nicht eingehen durfte. Ich redete mir ein, dass in der halben Stunde schon kein Unglück geschehen würde, und so überstand ich das Mittagessen. Dabei versuchte ich mein Bestes, Georgs Blicke zu erwidern, ohne mir anmerken zu lassen, dass ich wusste, dass er wusste, wo ich gewesen war.

Nachdem er endlich die Tafel aufgehoben hatte, lief ich in unseren großen Salon mit dem Telefon und dem Verzeichnis. Hastig blätterte ich es durch auf der Suche nach der Seilerei Ahrens. Umsonst. Es blieb mir nichts anderes übrig, als mich selbst auf den Weg zu machen. Doch auf dem Flur begegnete mir Georg und gab mir einige Briefe zu schreiben, die angeblich keinen Aufschub duldeten. So eilig hatte er es sonst nie. Dass er jeder Eventualität vorbeugte und mich mit aller Macht im Haus festhielt, bewies mir umso mehr, in welcher Gefahr Johann schwebte. Ich schrieb zwei Briefe und einen halb und ließ sie auf dem Schreibtisch liegen, damit Georg glauben sollte, ich hätte nur kurz den Raum verlassen, falls er mich kontrollieren kam. Wieder schlüpfte ich in meinen Mantel, stahl mich auf demselben Weg wie am Vormittag die Treppe hinunter – und lief Georg in die Arme.

»Marie, meine Liebe, wohin so eilig? Du bist doch nicht etwa schon fertig mit der Korrespondenz?« Damit drängte er mich die Treppe hinauf. »Ich fürchte, du kannst deinen Unternehmungen erst Zeit widmen, wenn du alles erledigt hast. Bitte tu mir den Gefallen, es geht um wichtige Gäste sowohl privater als auch geschäftlicher Natur.«

Stufe um Stufe trat ich den Rückzug an, Georgs drohenden Blick auf meinem reglosen Gesicht. »Natürlich.«

Er achtete darauf, dass ich mich an den Schreibtisch setzte, und schickte anschließend Sophie zu mir. »Sie stört dich bestimmt nicht«, sagte er lächelnd.

Nein, dachte ich, aber sie ist eine gute Aufsicht. Wenn ich versuchte, Sophie anderweitig zu beschäftigen oder zu Frau Berthold zu schicken, würde Georg es erfahren. Ich konnte mich nicht darauf verlassen, dass sie schwieg. Als er gegangen war, schickte ich nach Klara, erfuhr jedoch, dass sie in Mamas Auftrag Besorgungen machte. Es gab niemanden sonst, dem ich genug vertraute, um Johann durch ihn eine Nachricht zukommen zu lassen. Alles und jeder hatte sich gegen mich verschworen.

Das Schreiben der Briefe dauerte bis zum späten Nachmittag. Ich ließ sie nach unten ins Büro bringen und hastete – diesmal ungesehen – aus der Schwedenkrone in die Wasserstraße. In der Seilerei jedoch schüttelte man bedauernd und ein wenig verärgert den Kopf. Herr Niemann sei vor anderthalb Stunden zu einem anscheinend dringenden Treffen abgeholt worden.

»Er erschrak sehr. Ich weiß nicht, welche Nachricht der Herr ihm brachte. Dem Wagen nach zu urteilen, muss es aber jemand Wichtiges gewesen sein.«

»Wagen?« Mir war ganz schwindelig vor schlechten Vorahnungen. »Was für ein Wagen? Wie sah der Mann aus, der ihn abgeholt hat?«

»Kräftig, graue Haare, soweit das unter der Chauffeursmütze zu erkennen war, aber sicher noch keine fünfzig. Er sprach sehr gewählt.

Das Automobil – das war ein vornehmes Ding. So was habe ich mein Lebtag noch nicht gesehen: riesengroß, vier Türen, und selbst hinter den beiden vorderen Sitzreihen noch Platz, um was zu transportieren. Dunkelgrün und schwarz. Wirklich vornehm. Glaub nicht, dass das ein deutsches Modell war.«

Erleichterung durchflutete mich, weil ich weder das Automobil noch den Mann der Beschreibung nach erkannte. Das Gefühl währte nur kurz, da mir einfiel, dass derjenige, den Georg beauftragt hatte, sehr wohl so einen Wagen fahren mochte. Ein letzter Hoffnungsschimmer blieb mir. Vielleicht war Johann zu Hause. Ich erfuhr, dass er zur Untermiete bei einer Frau Schulz wohnte, gar nicht weit entfernt in der Fährstraße. Ich vergaß, mich zu bedanken, stattdessen lief ich die Straßen entlang bis zu dem zweistöckigen Eckhaus mit dem verschnörkelten Rundgiebel. Die Wohnung von Frau Schulz befand sich im ersten Stock, den ich durch das düstere Treppenhaus erreichte. Es gab keine Klingel an der Tür, von der die Farbe fast überall abgeblättert war. Auf mein Klopfen öffnete eine verknöchert wirkende Frau, die mich argwöhnisch beäugte, mir aber auf mein Drängen hin die Auskunft gab, dass Herr Niemann seit dem Morgen nicht mehr aufgetaucht sei.

»Er schuldet mir noch die Miete. Falls Sie ihn finden, sagen Sie ihm, er soll das Geld gleich mitbringen, sonst behalte ich seine Sachen als Pfand hier.«

Mit einem Kloß im Hals nickte ich. Das dürfte Johanns geringste Sorge sein. Frau Schulz wollte mir gerade die Tür vor der Nase zuschlagen, da dachte ich wenigstens noch daran, sie nach dem Automobil und dem Fahrer zu fragen. Sie hatte beides nie gesehen. Verloren stand ich in der Fährstraße. Es fing an zu nieseln, Feuchtigkeit legte sich auf meinen pelzbesetzten Mantel und meine Schuhe. Was sollte, was konnte ich noch tun? Nichts. Ich war zu spät gekommen.

Kannst du nicht ein Mal etwas richtig machen?, hörte ich in meinem Kopf jemanden schimpfen. War das Doros Stimme? Oder Maries? Sie unterschieden sich nicht. Langsam lenkte ich meine Schritte zurück über den Alten Markt, am Rathaus vorbei, durch das Kniepertor. Beinah hätte mich eine Elektrische angefahren, aber gerade noch rechtzeitig riss mich ihr empörtes Bimmeln aus meinen Gedanken und ließ mich zur Seite springen. Vage erinnerte ich mich, dass ich vor vielen Jahren einmal das Straßenbahnfahren als Vergnügen betrachtet hatte. Wie unwichtig kam mir das nun vor.

Bei der Schwedenkrone angelangt, entschied ich mich wieder für den unauffälligen Hintereingang. Es gab eine Zufahrt für Lieferanten, breit genug für Pferdedroschken, die immer noch ab und zu kamen, und für Automobile. Ich bemerkte den Wagen erst, als ich direkt davor stand, und hörte im Geist die Worte des Mannes aus der Seilerei: So was habe ich mein Lebtag noch nicht gesehen: riesengroß, vier Türen, und selbst hinter den beiden vorderen Sitzreihen noch Platz, um was zu transportieren. Dunkelgrün und schwarz. *Diese Beschreibung traf auf diesen Wagen zu. Auch ich hatte solch ein großes Automobil erst ein- oder zweimal bei unseren Gästen gesehen. Es war ein amerikanisches Fabrikat, dazu gut gepflegt und gewachst. Mittlerweile hatte es aufgehört zu regnen, die Tropfen perlten von der Motorhaube. Unsicher trat ich näher, um einen Blick durch die Fenster zu werfen, da hörte ich Schritte auf der anderen Seite. Schnell duckte ich mich.*

»... wahnsinnig? Ich habe Ihnen doch gesagt, was ich von Ihnen erwarte! Wieso kommen Sie hierher?« Das war Georg, der mit irgendjemandem sprach, augenscheinlich alles andere als erfreut über dessen Gegenwart.

»Weil leider nicht alles so gelaufen ist wie geplant«, gab der andere Mann zurück. »Ich habe eben erst erfahren, dass das Gebäude neben dem Lagerhaus einen Käufer gefunden hat und dass dort Tag und Nacht gearbeitet wird. Das macht die Sache entschieden zu gefährlich. Wir müssen uns was anderes einfallen lassen.«

»Wir? Das ist nicht meine Angelegenheit. Ich bezahle Sie dafür, dass Sie mein Problem aus der Welt schaffen, nicht, um ein neues heraufzubeschwören. Wenn jemand Sie sieht ...«

»Niemand hat mich gesehen.«

»Ihr Wagen ist verflixt auffällig! Machen Sie, dass Sie wegkommen, und zwar schnell! Ich will erst wieder von Ihnen hören, wenn alles erledigt ist.«

»So einfach ist das nicht!«, protestierte der Mann.

Ich wagte, mich ein wenig aufzurichten, sodass ich gerade eben durch die Scheiben des Fahrzeugs sehen konnte. Groß, Mütze, graue Haare darunter. Zweifellos derjenige, der Johann abgeholt hatte. Sofort ging ich wieder in Deckung.

»Sie müssen mir helfen!«, forderte er Georg auf. »Nachdem sich die Lage geändert hat, kann ich das nicht mehr allein erledigen.«

»Ich werde den Teufel tun und mir die Finger schmutzig machen! Wenn Sie mehr Geld brauchen, sagen Sie's und verschwinden!«

»Ich könnte natürlich jemanden anheuern, der mir an Ihrer Stelle hilft.« Die Stimme bekam einen drohenden Unterton. »Aber jeder Mitwisser bedeutet ein zusätzliches Risiko für Sie. Ich kann ausschließlich für mein eigenes Schweigen bürgen. Außerdem«, er machte eine bedeutungsvolle Pause, »habe ich inzwischen das eine oder andere über Sie erfahren. Sie wollen sich nicht die Finger schmutzig machen – ich würde sagen, meine einzige Garantie, dass mir nichts Unvorhergesehenes passiert und die Polizei nicht plötzlich vor meiner Tür steht, ist die, dass Sie genau das tun. Sie haben dieses Spiel begonnen und werden es bis zum Ende mitspielen. Falls nicht, werde ich es so einrichten, dass die Polypen vor Ihrer *Tür stehen.«*

Je länger der Mann geredet hatte, desto unwohler war mir geworden. Die Worte klangen, als hätte er etwas gegen Georg in der Hand. Das musste ein Irrtum sein, der Fremde bluffte nur! Aber noch während ich darüber nachdachte, bemerkte ich, wie beredt Georgs frostiges Schweigen war. Seine Antwort kam daher zwar kaum mehr überraschend, doch sie war nicht weniger erschreckend.

»Also gut«, presste er hervor. »Ich nehme an, ich hätte etwas in der Art von jemandem wie Ihnen erwarten müssen. Bringen Sie jetzt den Wagen weg, bevor man sich später daran erinnert. Er hat schon viel zu lange hier gestanden. Heute kann ich unmöglich weg, ich erwarte Sie

morgen Nachmittag um drei an der Katharinenbastion stadtauswärts.«

»Nachmittags? Sollten wir nicht lieber …«

»Das lassen Sie meine Sorge sein. Tun Sie, was ich Ihnen sage.«

Ich hörte, wie Georg die Tür öffnete und im Hotel verschwand. Mit einem Satz war ich hinter einem Mauervorsprung, gerade rechtzeitig genug, damit der Fremde mich beim Einsteigen in sein Automobil nicht sah. Er fuhr vom Hof, und ich wäre ihm am liebsten gefolgt, um herauszufinden, wo er Johann gefangen hielt. Ich hegte keinerlei Zweifel daran, dass er das tat. Zu Fuß jedoch konnte ich mit dem Wagen unmöglich Schritt halten. Verzweifelt sah ich ihm nach. Heute konnte ich nichts mehr für Johann tun, aber vielleicht am nächsten Tag. Ich musste den beiden Männern ungesehen folgen, um in Erfahrung zu bringen, was sie vorhatten.

Damit Georg mir nicht erneut einen Strich durch die Rechnung machen konnte, setzte ich am Morgen den Plan um, an den ich gestern schon gedacht hatte: Ich blieb im Bett, stellte mich krank und grübelte darüber nach, womit Georg erpressbar war und weshalb er zudem auf einem Treffpunkt an diesem Nachmittag bestand. Dass Georg erpresst wurde, schockierte mich noch genauso wie am Vortag. Reichte ihm die Schwedenkrone nicht und alles, was sie symbolisierte – Ansehen und Geld? War er in dunkle Geschäfte verwickelt, weil er noch mehr scheffeln wollte? War er derart von der Angst beseelt, eines Tages wie sein Vater ohne finanzielle Mittel dazustehen, dass er irgendwo für den Notfall Geld oder Wertpapiere aus dubiosen Quellen hortete? Oder war es etwas ganz anderes? Hatte er geheime Laster? Dieser Verdacht kam mir absurd vor, aber wenn ich Georg so unvoreingenommen betrachtete, wie es mir möglich war, musste ich erkennen, wie wenig ich über ihn wusste. Ich gab es auf, eine befriedigende Antwort zu finden.

Immerhin fand ich eine Erklärung dafür, weshalb sich Georg mit dem Fremden gerade an diesem Nachmittag verabredet hatte: Er wollte vermeiden, dass seine Abwesenheit auffiel. Nicht nur mir, son-

dern auch Mama und unseren Angestellten war der Termin bekannt, den Georg mit Herrn von Münkwitz hatte. Niemand würde ihn vermissen, es würde heute auch keinen weiteren Termin geben, nach außen wirkte alles wie geplant.

Um zwei rief ich Klara und bat sie, mir ein paar ihrer Sachen zu borgen. Falls etwas schiefging und Georg mich erwischte, konnte ich später sagen, ich hätte sie ohne ihr Wissen genommen. Klara schaute mich zweifelnd an, verkniff sich aber jede Frage, weil sie wohl begriff, wie ernst es mir war. Mit einem betont schlichten Kleid, einem dunklen wollenen Mantel, der mir bis knapp über die Knie reichte, und einer robusten Wollmütze, die ich mir möglichst tief ins Gesicht zog, schlich ich mich aus der Schwedenkrone und lief am Knieperteich entlang bis zur Katharinenbastion. Im Schutz der kargen Bäume versteckte ich mich notdürftig und wartete. Trotz Klaras dickem Mantel begann ich zu frieren, halb vor Kälte, halb vor Angst. Was würde ich tun, wenn einer der beiden auftauchte? Zehn Minuten später sah ich den Wagen des Fremden langsam heranfahren. Der Mann parkte am Straßenrand, stieg aus und kam auf mich zu. Ich zog mich noch weiter hinter den mächtigen Stamm einer Eiche zurück. Meine Zähne schlugen aufeinander, ich biss mir auf die Innenseite meiner Wangen, damit das Geräusch mich nicht verriet. Der Fremde stand etwa zehn Schritte von mir entfernt, blickte erst auf die Uhr, dann über den Teich und zündete sich eine Zigarette an, die er aus einem goldenen Etui genommen hatte.

Ich schaute von ihm zum Wagen und zurück. Bisher hatte ich keinen Plan gehabt, nur auf ein »Irgendwie« gehofft, das sich mir nun präsentierte. Von meinem Versteck aus konnte ich die Straße ein kleines Stück einsehen. Georg war noch nicht in Sicht. Ich musste schnell handeln. Während ich zwischen den Bäumen hindurch zum Wagen huschte, wanderte mein Blick stetig zwischen dem Fremden, dem Automobil und der Straße hin und her. Ein Spaziergänger kam an mir vorbei, gerade als ich endlich auf der Fahrerseite angekommen war, doch er beachtete mich nicht weiter. Lautlos öffnete ich die hin-

tere der beiden Türen. Auf dem Boden vor den breiten Sitzen, wo ich mich ursprünglich verbergen wollte, lag etwas Großes in eine Decke gewickelt. Für mich blieb nicht mehr genug Platz. Also kletterte ich über die Rückenlehne auf die dritte Sitzreihe. Ich duckte mich, so tief es ging, und rührte mich nicht. Es war eng, aber es reichte aus.

Nach scheinbar endlosem Warten hörte ich Schritte und kurz darauf den Fremden: »Na endlich. Ich dachte schon, Sie wollten kneifen.«

»Ich pflege ein gegebenes Wort zu halten. Im Unterschied zu Ihnen.« Georgs Stimme klang unterkühlt. »Wir nehmen Ihren Wagen.«

Der andere lachte ein unangenehmes Lachen. »Selbstverständlich. Haben Sie ernsthaft geglaubt, wir würden unsere Fracht umladen? Mitten auf der Straße? Für was für einen Schwachkopf halten Sie mich?«

Der Fremde nahm hinter dem Lenkrad Platz. Indem er ebenfalls einstieg, fragte Georg: »Wollen Sie damit sagen, Sie haben ihn hier im Wagen?«

Mir blieb beinah das Herz stehen, und wäre in diesem Augenblick nicht der Motor angesprungen, hätten die beiden Männer meinen leisen Schrei gehört. Dort in der Reihe vor mir, in der Decke – Johann? Oh mein Gott! Ich hatte wie Georg angenommen, dass wir zu seinem Versteck führen. Offenbar war Johann bewusstlos, betäubt mit einem Mittel oder niedergeschlagen, jedenfalls hatte er sich die ganze Zeit nicht gerührt. Oder verhielt er sich aus freien Stücken ebenso ruhig wie ich, damit man das glauben sollte?

Während ich mir den Kopf zermarterte, fuhren Georg und der Fremde schweigend aus der Stadt hinaus. Nur ab und zu gab Georg knapp die Richtung an. Ein- oder zweimal lugte ich ein winziges Stück über die Sitze vor mir. Weit vorn auf der schmalen Straße sah ich einen schwarzen Punkt, ein weiteres Automobil oder ein Pferdefuhrwerk. Links erstreckten sich freie Felder, während rechts Bäume die Straße säumten und dunkle Schatten über uns warfen. Die Sonne stand schon sehr tief, bald würde sie untergehen.

Ich zog mich wieder ganz auf den Boden zurück. Georg gab keine Anweisungen mehr, wir fuhren stetig geradeaus. Ein aberwitziger Gedanke kam mir. Ich wartete ein paar Minuten, bis ich erneut einen Blick riskierte. Es war fast dunkel geworden, weil sich beiderseits der Straße die Bäume zu einem Wald verdichtet hatten. Das Fahrzeug vor uns war nicht mehr zu sehen.

Erneut kauerte ich mich hinter den Sitz. Meine Vermutung sah ich bestätigt: Dies war der Weg nach Schloss Münkwitz. Was hatte Georg vor? Wollte er kaltblütig seinen Termin mit Herrn von Münkwitz wahrnehmen und sich anschließend um Johann kümmern? Was sollte überhaupt mit ihm geschehen?

»Wir sind da. Nehmen Sie Ihre Mütze ab, und setzen Sie diese auf, damit gehen Sie als mein Chauffeur durch. Lassen Sie den Wagen hier stehen, und kommen Sie mit. Im Dienstbotentrakt wird man sich um Sie kümmern und Ihnen eine Mahlzeit vorsetzen.«

»Wir lassen den Wagen mitten in der Auffahrt stehen? Unbeaufsichtigt?«, erkundigte sich der Mann fassungslos.

»Tun Sie, was ich sage, keine Diskussionen. Warten Sie in der Küche, bis man Sie ruft. Es kann ein wenig dauern.«

Die beiden stiegen aus, Georg warf die Tür hinter sich zu.

Meine Beine drohten einzuschlafen, ich musste mich bewegen. Vorsichtig schaute ich aus dem Seitenfenster. Mittlerweile war die Sonne untergegangen, vor dem roten Streifen am Himmel wirkte Schloss Münkwitz romantisch, die vielen kleineren und größeren Schäden am Haupthaus und den Nebenflügeln waren fast unsichtbar. Dabei war der Turm längst baufällig, Schwamm und Pilzbefall hatten fast alle Wände der drei Stockwerke durchsetzt – und die meisten Kunstgegenstände innerhalb dieser Mauern waren längst verschwunden. Die Familie von Münkwitz bewohnte nur noch einen kleinen Teil des Gebäudes und musste nach und nach alles verkaufen, um ihr Anwesen einigermaßen zu erhalten, doch selbst das damit gewonnene Geld reichte kaum.

Georg war hier, um wegen eines weiteren Gemäldes zu verhandeln, das er für das Foyer der Schwedenkrone erstehen wollte. Nicht zum ersten Mal würde er mit einem für ihn guten Geschäft von Schloss Münkwitz zurückkehren. Die Erfahrung hatte mich gelehrt, dass sich die Verhandlungen hinzogen, ja sogar einige Stunden dauern konnten. Von Münkwitz glaubte, er würde sich damit einen letzten Rest Würde bewahren. Dabei bereitete es Georg Vergnügen, den armen Mann zappeln zu lassen und mit dem Preis immer weiter heruntergehen zu sehen.

Früher hätte es einen Bediensteten gegeben, der sich um das Automobil gekümmert hätte, heute blieb es unbeachtet vor dem Portal stehen. Georg wusste, was er tun konnte und was nicht. Für mich hieß es, nach vorn zu klettern, Johann wachzurütteln und ihm zur Flucht zu verhelfen. Als ich mich über die Rückenlehne fallen ließ, landeten meine Füße versehentlich auf dem in die Decke gewickelten Paket – auf Johann, der sich trotzdem nicht rührte. Ich kniete mich auf den Sitz und versuchte, Johann von der Decke zu befreien.

»Johann?«, flüsterte ich dabei. »Komm zu dir! Wir müssen fort!« Endlich gelang es mir, die Decke anzuheben, die fest um seinen Körper geschlungen war, so fest, dass ich mich fragte, wie er Luft bekommen hatte. Ich schüttelte ihn noch einmal, aber was immer ihm von dem Fremden eingeflößt worden war, wirkte offenbar sehr gut und sehr lange. Johann lag gekrümmt da und bewegte sich nicht, und daran änderte sich auch nichts, als ich mit meiner Hand über seine bleichen Gesichtszüge strich. Seine Wange war eiskalt.

»Johann?« Ich schüttelte ihn, erfolglos wie zuvor. Beklommen ließ ich mich auf dem Sitz zurückfallen und beobachtete das Schloss. Selbst wenn es noch dauern würde, bis Georg wieder auftauchte, durfte ich keine Zeit verlieren. Johann musste nicht nur zu sich kommen, sondern auch Kraft zur Flucht aufbringen.

Ich sah auf meine Uhr, deren Ziffernblatt schemenhaft verschwamm. Es war jetzt richtig dunkel geworden. Die Geräusche des nahen Waldes waren fast verstummt, aus dem Schloss drang kein Ton. Bis auf mein eigenes flaches Atmen herrschte Totenstille im Innern des Wagens.

Langsam, ganz langsam drang zu mir durch, was das bedeutete. Ich starrte hinunter auf Johann, der sich keinen Millimeter gerührt hatte, dessen Wange so kalt gewesen war. Der nicht atmete.

Beinah hätte ich aufgeschrien. Vor unbändigem Zorn. Vor Hass. Vor Schmerz.

Zögernd streckte ich die Hand aus, berührte noch einmal sein Gesicht. Ich beugte mich vor, streckte mich aus und umschlang seinen Körper, so gut es ging. Versuchte, ihn zu wärmen, ihn zu schützen. Ich war zu spät gekommen. Ich hatte versagt. Der Mann, den ich liebte – getötet von dem Mann, dessen Ring ich trug. Mochte er es auch nicht selbst getan haben, er war dennoch dafür verantwortlich.

»Verzeih mir«, hauchte ich. »Es ist alles meine Schuld. Ich hätte dich nie lieben dürfen.«

Ich weiß nicht, wie lange ich so verharrte. Wie durch einen Schleier hörte ich Geräusche von draußen, eine Tür, Schritte. Was scherte es mich? Sollten sie mich doch bei Johann finden. Sie konnten mir mein Leben nicht mehr nehmen, sie hatten es schon getan.

»Was zum Henker …?« Die Stimme klang verblüfft und entsetzt zugleich.

Instinktiv hob ich den Kopf und registrierte abwesend, dass der Fremde mich anstarrte. Dann legte ich meine Wange wieder an Johanns.

»Verflucht, verflucht, verflucht!«, zischte der Mann. »Diese gottverfluchte Sache läuft aus dem Ruder!«

Ich spürte einen schweren Schlag und versank dankbar im schwarzen Nichts.

Als ich wieder zu mir kam, lag ich mit verrenkten Gliedern dort, wo ich mich ursprünglich versteckt hatte: auf dem Boden vor der dritten Sitzreihe. Anscheinend hatte der Unbekannte mich kurzerhand über die Rückenlehne geworfen. Ich erinnerte mich an seinen Blick und an den Schlag und erst danach an die Ereignisse, die dazu geführt hatten. Johann war tot. Ich wünschte, ich wäre es ebenfalls.

Nun, dachte ich plötzlich mit einem Anflug von Galgenhumor und brach in hysterisches Lachen aus, vielleicht war ich es bald. Georg und sein gedungener Mörder würden eine Zeugin für ihr Verbrechen kaum zu schätzen wissen. Kurz fragte ich mich, warum der Fremde mich nicht längst beseitigt hatte. Darauf gab es nur eine Antwort: Er wusste, wer ich war, und wollte nichts tun, ohne es zuvor mit Georg abzusprechen. Deshalb hatte er mich niedergeschlagen und versteckt. Und gefesselt. Meine Fuß- und Handgelenke waren mit Stricken gebunden.

Johann. Ob er noch vor mir im Wagen lag? Es gelang mir trotz meiner Fesseln, mich so weit aufzurichten, dass ich nach vorn sehen konnte. Der Platz, an dem Johann gelegen hatte, war leer. Ich schaute nach draußen und erkannte, dass das Automobil woanders stand. Von Schloss Münkwitz war nichts mehr zu sehen. Wo waren wir? Was hatten sie mit Johann gemacht?

Eine Weile lag ich wieder reglos, bis meine Gedanken von einem einzigen Wunsch beseelt waren: Ich musste wissen, wohin sie Johann gebracht hatten, musste seine letzte Ruhestätte kennen. Kein Grabstein würde dort stehen, niemand würde Blumen niederlegen. Weder Doro noch Marie würden dort stehen und trauern können. Er würde ganz allein sein. Dennoch – ein Bild von jenem Platz wollte ich vor Augen haben, wenn ich sterben müsste.

Ich zerrte und riss an den Fesseln, bis meine Handgelenke wund waren. Ich spürte keinen Schmerz, nicht auf meiner Haut. Nur in meinem Herzen, das dumpf und immer heftiger schlug, je mehr ich mich anstrengte. Gedanken wirbelten in meinem Kopf herum. Sie kreisten um Johann und seine Liebe zu mir. Nein, zu Doro. Zu Johanna, die zu lieben er nie eine Chance bekommen hatte. Als es mir endlich gelang, mich von den Stricken an den Händen und bald darauf auch an den Füßen zu befreien, fühlte ich mich ganz wirr im Kopf. Ich wusste nicht mehr, wer ich war. War ich Doro? War ich Marie? War ich Johanns Frau? Nur eins drang mit aller Deutlichkeit zu mir durch: Johann lebte nicht mehr.

Draußen umwehte kalte Nachtluft meinen schweißnassen Körper.

Ich fröstelte und zog den Mantel enger um mich, obwohl ich ahnte, dass nicht die Kälte für mein Zittern verantwortlich war. Vereinzelt zogen Wolken über den Himmel, der Mond tauchte die Umgebung in ein silbernes, beinah ätherisches Licht. Das Automobil parkte seitlich an einem Gebäude aus Backstein, das ich halb umrundet hatte, als ich vor einem dunklen hölzernen Tor ankam. Es stand ein Stück offen, angestrengtes Keuchen drang nach draußen. In der Scheune schien jemand schwere Arbeit zu verrichten. Ich stieß das Tor ganz auf und versuchte, einen Sinn in die gespenstische Szene zu bringen, die sich mir offenbarte: Die hintere Ecke der Scheune wurde durch eine Laterne spärlich erhellt, alles andere lag im Dunkeln. Der Fremde hob eine Grube aus, während Georg sich über Johann beugte und seine Taschen durchsuchte. Ich sah all das, und ein Teil von mir begriff sehr wohl, was es bedeutete, doch der andere, weitaus mächtigere Teil weigerte sich, es zu verstehen. So stand ich reglos und schaute zu den Männern hinüber, die mein Eintreten nicht bemerkt hatten. Schließlich, wie von einer unbekannten Kraft getrieben, entrang sich meiner Kehle ein Laut, zuerst leise, doch dann schwoll er an, ohne dass ich ihn zurückhalten konnte.

Sie verscharrten Johann. Einfach so. In einer Scheune. Sie begruben mein Leben.

Ich nahm nicht mehr wahr, was sich in den nächsten Sekunden abspielte. Nicht, dass beide Männer mich entsetzt angesehen haben mussten, der eine, weil ich überhaupt hier war, der andere, weil ich mich von den Fesseln befreit hatte. Plötzlich stand jemand vor mir, versperrte mir den Blick und schüttelte mich so heftig, dass mein Kopf vor- und zurückflog.

»Sei still, Marie!«

Ich konnte nicht aufhören, hatte keinerlei Kontrolle mehr über mich, über meinen Körper, über meine Stimme. Da spürte ich ein Brennen in meinem Gesicht, mein Kopf flog ein letztes Mal nach hinten.

»Du sollst aufhören, habe ich gesagt!«

Ich verstummte, stierte den Mann vor mir an, den ich nicht erkannte. Er hatte mich geschlagen. Warum? Welches Recht hatte er, mich zu schlagen? Um mich herum herrschte Finsternis, ich sah nur das Glühen in den Augen des Mannes, der meine Schultern mit festem Griff hielt, als fürchtete er, ich könnte sonst in Ohnmacht fallen. Er zog die Brauen zusammen.

»Wirst du dich jetzt beruhigen, Marie?«

Ich hörte die Worte, die er zu mir sagte, aber ich begriff den Zusammenhang nicht. Was wollte er von mir? Ich hatte nur einen Gedanken: Johann. Aber selbst dieser Gedanke kam mir wirr vor. Warum dachte ich an Johann, hier in dieser Scheune, mitten in der Nacht? Es war doch mitten in der Nacht, oder? Es war dunkel.

Der Mann vor mir drehte sich um. »Machen Sie weiter. Wenn ich zurückkomme, werden wir über dieses Problem reden.« Er gab mir einen Schubs und stieß mich vorwärts, hinaus aus der Scheune. Draußen packte er mich am Handgelenk und zog mich zu einem großen Automobil. Er öffnete die hintere Tür und schob mich auf den Sitz, auf dem merkwürdigerweise ein paar Stricke lagen. Er nahm sie und band meine Hände zusammen. Ich ließ es geschehen. Alles, was passierte, passierte nicht mir, sondern einer anderen. Ich war nur Zuschauerin eines Dramas, das ich nicht verstand.

Der Mann sah diese andere an, prüfend, beinah fragend, fast – unsicher? Gleichgültig erwiderte sie seinen Blick. Er schürzte die Lippen, schüttelte den Kopf und schlug die Tür zu, bevor er ging. Sie blieb sitzen. Sie merkte nicht, dass sie gar keine Wahl hatte, dass ihre Hände gefesselt und an den Türgriff gebunden waren. Sie ließ sich zurückfallen, schaute seitlich aus dem Fenster, beobachtete die Sterne und dachte an gar nichts mehr.

Es fällt mir schwer, mich an die nächsten Tage, sogar Wochen zu erinnern. Wenn ich es tue, sehe ich die Ereignisse ebenso wie damals in dem Wagen des Fremden wie eine Zuschauerin, die auf eine Theater-

bühne blickt. Ich selbst habe nichts mit der Handlung zu tun. Ich sehe eine Frau im Bett liegen. Nacheinander beugen sich Menschen über sie, reden mit ihr, versuchen, ihr ein paar Worte zu entlocken, aber meist bleibt sie stumm. Wenn sie doch antwortet, rufen ihre Worte zuerst Stirnrunzeln hervor, später mitleidige Blicke – von Menschen, die ihr mal vertraut, mal fremd vorkommen. Sie kann sie nicht auseinanderhalten, all diese Menschen, die etwas von ihr wollen, ohne dass sie weiß, was es ist.

Nur ein einziges Gesicht erkennt sie, weil es sich von den anderen unterscheidet. Es sieht nicht besorgt aus. Es lächelt hin und wieder ein zufriedenes Lächeln. Der Mund in dem Gesicht stellt Fragen wie die anderen, doch diesen Fragen hört sie nicht zu. Sie beginnt, eine Melodie zu summen, wenn die Fragen kommen, die sie nicht hören will.

Irgendwann, sie weiß nicht, wie viel Zeit vergangen ist, beginnt sie etwas zu empfinden, als eine ältere Frau an ihr Bett tritt und zu weinen anfängt. Lange Zeit sitzt die Frau dort in einem Sessel, verbirgt ihr Gesicht in den Händen. Sie will die Hände ausstrecken und sie trösten, ihr sagen, dass alles in Ordnung ist, aber sie hat kein Gefühl in ihren Gliedern. Die Frau ihr gegenüber murmelt: »Erst meine Doro, nun meine Marie. Unsere Familie ist verflucht ... Ach, Doro, wärst du doch hier! Du allein könntest Marie zurückholen. Du allein.« Die Frau erwartet keine Antwort und schaut verblüfft, als sie eine erhält.

»Ich bin doch hier, deine Doro ist hier.«

Es ist die falsche Antwort. Statt zu trösten, ruft sie einen erneuten Sturzbach an Tränen und ein lang gezogenes gequältes Schluchzen hervor. »Marie!«

Marie? Ich spüre, wie ich ganz langsam, ganz ruhig ein- und ausatme und mich mit jedem Atemzug versuche zu erinnern. Marie. Ja. Natürlich. Ich ... bin Marie. Die Frau hat meinen Namen genannt. Sie ist meine Mutter.

»Mama«, sagte ich. Und endlich gelang es mir, meinen Arm zu

bewegen, ihren zu berühren. »Mama«, wiederholte ich. »Es tut mir leid. Ich wollte dir nie Kummer bereiten. Doro und ich – wir wollten nie etwas Böses.«

Mama hörte auf zu schluchzen und sah mich ein paar Sekunden lang wortlos an. »Ich weiß, mein Kind. Ich weiß.« Sie drückte meine Hand.

»Georg«, sagte ich.

»Ja, sicher, ich hole ihn. Er wird sich so freuen!«

»Nein!« Ich konnte sie nicht festhalten, dazu war ich zu geschwächt, aber meine Stimme ließ sie innehalten. Sie trat wieder näher, eine Frage auf ihren Lippen, der ich jedoch zuvorkam. »Georg hat Johann umgebracht.«

Ihre rot geweinten Augen weiteten sich vor Schock, ein Schock, der nun langsam in mein eigenes Bewusstsein zurückkroch. Mit einem Mal sah ich alles deutlich vor mir: das Automobil, die Scheune, die Grube, den Fremden – und Georg.

»Aber was sagst du denn da, Marie? Du fantasierst, Kind!«

Vehement schüttelte ich den Kopf. Ich wusste doch, was ich gesehen hatte! »Nein, nein, er hat ihn umgebracht. Er hat es nicht selbst getan, er hat jemanden dafür bezahlt. Aber ist das nicht dasselbe, als hätte er ihm die eigenen Hände um den Hals gelegt?«

Mama schlug ihre Hand vor den Mund, als wollte sie einen Schrei unterdrücken, und stürzte aus meinem Zimmer. Ich wartete auf ihre Rückkehr, ich wartete und wartete, doch sie kam nicht. Es wurde dunkel, niemand schaltete das Licht ein, und ich fühlte mich zu elend, um aufzustehen. So wartete ich weiter. Im Dunkeln, vor dem ich mich fürchtete. Ich sah Schemen an den Wänden, die Springbrunnen auf der Tapete wurden lebendig, ich hörte das Wasser plätschern und flüstern. Es flüsterte seinen Namen: Johann. Ich schloss die Augen und drückte mir das Kissen gegen die Ohren, doch die huschenden Schemen krochen unter meine Lider und führten ihren Tanz fort, die Geräusche und die Stimmen drangen durch das Kissen.

Endlich wurde das alles übertönt. Die Tür ging auf. Unwillkürlich öffnete ich die Augen und war erleichtert, dass sich die Schemen verflüchtigt hatten. Mama war zurückgekommen. Nein. Nicht Mama. Georg stand vor meinem Bett und betrachtete mich. Drohend, übergroß beugte er sich über mich. Ich presste mich noch tiefer in die Kissen.

»Georg.« Die Stimme meiner Mutter. »Georg, ich glaube, du machst ihr Angst.« Sie trat neben ihn. »Es ist alles gut, Marie. Du musst keine Angst mehr haben. Du warst sehr, sehr lange krank und hast schlimme Träume gehabt. Niemand ist gestorben. Du hast nur schlecht geträumt.«

»Er hat ihn umgebracht«, flüsterte ich, halb ohnmächtig vor Angst. Unverwandt starrte ich in Georgs versteinertes Gesicht.

Er richtete sich auf und schüttelte den Kopf, sprach aber nicht zu mir, sondern zu meiner Mutter. »Sie weiß nicht, was sie redet, Schwiegermama. Das ist unhaltbar. Wir können nicht riskieren, dass jemand hört, was sie sagt.«

Mama schluckte und sah von Georg zu mir. »Aber ...«

»Kein Aber«, stellte Georg fest. »Wir werden niemanden mehr zu ihr lassen, bevor sie nicht wieder bei Sinnen ist. Stell dir nur vor, es macht in Stralsund die Runde, ich sei für jemandes Tod verantwortlich! Das wäre das Ende der Schwedenkrone.«

Das Ende der Schwedenkrone – und Georgs Ende. Wenn die Wahrheit ans Licht kommt. Ich musste dafür sorgen. Ich musste ...

»Aber wenn sie nun nicht wieder gesund wird?«, fragte Mama mit brüchiger Stimme. »Was, wenn sie bei ihrer haarsträubenden Fantasie bleibt? Wenn dieses Fieber sie für immer geschädigt hat?«

Ich wollte dazwischenrufen, wollte sagen, es war kein Fieber, keine Krankheit, ich habe alles miterlebt! Da sah ich, wie Georgs Gesicht einen harten Ausdruck annahm.

»Dann muss sie weg.«

»Weg?«

»Ja. Weg. Es gibt Orte, an denen man sich um solche Frauen kümmert. Wenn es nicht besser wird, muss sie weg.« Dabei sah er nicht

Mama an, sondern mich, als wollte er mir etwas mitteilen, als wollte er mir drohen. Er wusste ja, ich fantasierte keineswegs, und ich sollte begreifen, was mit mir geschehen würde, wenn ich es wagte, diese Anschuldigungen aufrechtzuerhalten. Er würde mich wegsperren lassen. Für immer womöglich. Oder … Unbändige Angst überkam mich, weil ich mich an das Telefongespräch erinnerte, das Georg mit dem Fremden geführt hatte. Tun Sie, was und wie Sie es für richtig halten. Schnell. Hauptsache, er kommt mir nicht mehr in die Quere. Wie ich schon sagte: Er muss weg. *Das war der Befehl gewesen, Johann das Leben zu nehmen.* Er muss weg. *Nun sagte er:* Sie muss weg.

Georg sah, dass ich verstand, obwohl er nicht wissen konnte, dass ich ihn damals belauscht hatte. Nach Johanns Tod sollte mir mein Leben gleichgültig sein, aber es gab noch einen einzigen Menschen auf dieser Welt, der mir etwas bedeutete: Sophie. Ich liebte meine Tochter. Ich durfte sie Georg nicht überlassen, sie brauchte ihre Mutter, sie brauchte mich. Niemals sollte er allein die Macht über sie, über ihre Erziehung und ihre Zukunft haben.

Mama sah nicht, dass ich unmerklich nickte, doch bei Georg war es angekommen. Er wandte sich ab und Mama zu. »Wir dürfen nicht zu schwarz sehen, Schwiegermama. Ich bin sicher, Marie wird eines Tages wieder ganz sie selbst sein.«

Mama strich mir über die Wange, bevor sie an Georgs Seite das Zimmer verließ und das Licht löschte.

Die Schatten und Stimmen kamen wieder. Ich wollte fort, zurück in meine Welt, aus der ich vor einigen Stunden erst erwacht war, in die Welt, in der es düster und traurig zuging, in der ich aber nichts verstehen musste, in der ich nur zusehen konnte, beobachten, ohne dass etwas von mir erwartet wurde.

Aber in der richtigen Welt wartete Sophie.

Am nächsten Morgen fragte ich Mama nach ihr. Nach kurzem Nachdenken reagierte sie ablehnend. »Es ist noch zu früh, sie zu dir zu bringen. Du willst doch nicht, dass sie Angst vor dir bekommt, nicht wahr? Du siehst blass und mager aus. Und manchmal weißt du nicht, was du sagst. Das kann ein so kleines Mädchen nicht verstehen.«

»Aber ich werde nichts Falsches sagen, bestimmt nicht! Ich verspreche es!«

»Ich weiß, dass du nicht absichtlich etwas Falsches sagst, mein Liebes.« Mama tätschelte meine Hand. »Aber es mag unabsichtlich passieren. Du musst Geduld haben und wieder ganz gesund werden.«

So blieb mir nur abzuwarten. Ich aß, um zu Kräften zu kommen, sprach wenig – es kam ja nur Mama. Kein Arzt und kein Bediensteter ließ sich blicken, nicht einmal Klara. Einmal versuchte ich, mein Zimmer zu verlassen, doch offenbar hatten Georg und Mama damit gerechnet. Die Tür war verschlossen.

Immer wieder fragte ich Mama nach Sophie. Zuerst erzählte sie bereitwillig, doch nach und nach wurden ihre Berichte kürzer, unbestimmter. Ich wagte nicht nachzuhaken, weil ich ahnte, dass Mama jede meiner Äußerungen an Georg weitergab. Mein Unbehagen verstärkte sich, bis ich es eines Tages nicht mehr aushielt.

»Ist etwas mit Sophie?«, fragte ich Mama. »Geht es ihr gut? Ist sie krank? Warum darf ich sie nicht endlich sehen? Warum sperrt ihr mich immer noch ein?«

Mamas Lächeln wirkte seltsam. »Wir haben die Tür einzig zu deiner Sicherheit verschlossen. Da du dich nun erholt hast und nicht mehr aussiehst wie ein Schatten deiner selbst, ist es an der Zeit, dass du wieder an unserem gemeinsamen Leben teilnimmst.« Warum beruhigten mich ihre Worte nicht? Warum riefen sie eher das Gegenteil in mir hervor?

An jenem Abend half Mama mir beim Anziehen, anschließend begleitete sie mich ins Esszimmer. Ich bemerkte meine wackeligen Knie und meine zittrigen Finger und fürchtete mich mit einem Mal davor, Sophie gegenüberzutreten. Hatten Mama und Georg recht damit, dass meine Tochter vor ihrer eigenen Mutter erschrecken könnte?

Der Tisch war für drei Personen gedeckt. Sofort blieb mein Blick an Sophies leerem Platz kleben, bevor er zu Georg wanderte, der sich formvollendet erhoben hatte. Seit dem Abend in unserem Schlafzimmer hatte ich ihn nicht mehr gesehen. (Das war das Einzige, wofür ich dankbar war: Er schlief anderswo.)

»Wo ist Sophie?«, erkundigte ich mich mit möglichst ruhiger Stimme.

Georg lächelte ein Lächeln, das ich ebenso wenig mochte wie Mamas Lächeln einige Stunden zuvor. Das kurze Bedauern, das für einen Sekundenbruchteil in seinen Augen aufflackerte, machte es nicht besser. »Guten Abend, meine Liebe, wie schön, dass du uns heute Gesellschaft leisten kannst.« Er zog meinen Stuhl zurück, damit ich Platz nahm, aber ich rührte mich nicht.

»Wo ist Sophie? Warum ist sie nicht hier?«

»Wir dachten«, schaltete sich Mama ein, »es wäre leichter für dich, wenn du an deinem ersten Abend nicht mit zu vielen Menschen konfrontiert würdest.«

Widerstrebend setzte ich mich. »Sophie könnte nie zu viel für mich sein. Wundert sie sich denn nicht über die Änderung des Tagesablaufs?«

Georg winkte einem mir unbekannten Diener, das Essen aufzutragen, und wandte sich mir zu. »Ehrlich gesagt, nein. Probier das Filet, es ist ausgezeichnet. Wir haben eine neue Köchin.«

Ich säbelte an dem Fleisch herum, das innen noch blutig war. Ich mochte es lieber durchgebraten, Georg wusste das. Trotzdem zwang ich mich, das Stück in den Mund zu nehmen und darauf herumzukauen. »Warum nicht?«, fragte ich, als ich fertig war. »Isst sie nicht mehr wie früher gemeinsam mit der Familie?

»Doch, doch«, beeilte Mama sich zu sagen. »Nur …«

»Schwiegermama«, unterbrach Georg sie. »Wir sollten Marie die Wahrheit sagen.« Er schaute mich durchdringend an. »Dir ist doch die Wahrheit immer so wichtig.«

»Was ist mit Sophie?« Ich schrie fast und bemerkte aus den Augenwinkeln, dass der Diener hinter Georg zusammenzuckte und mir einen Blick zuwarf.

»Ich habe sie auf ein Internat gegeben. Dort ist sie momentan besser aufgehoben als zu Hause bei einer labilen Mutter.«

»Was? Sie ist erst fünf Jahre alt! Wie kannst du sie aus ihrer gewohnten Umgebung herausreißen und zu fremden Menschen geben?«

»Wie ich bereits sagte«, Georgs Lächeln wurde dünner, »habe ich es für richtig gehalten. Sie fühlt sich wohl dort und vermisst dich nicht.«

»Woher willst du das wissen? Sie ist erst fünf Jahre alt«, wiederholte ich. Meine Stimme klang selbst in meinen eigenen Ohren unangenehm schrill. Ich konnte kaum glauben, was Georg sagte.

»Ich bin ihr Vater. Ich weiß, was am besten für meine Tochter ist. Du wirst das akzeptieren.«

»Aber du kannst nicht ...«, begann ich, als ich endlich begriff, wie sehr er mich hintergangen hatte. »Ich werde sonst ...«

»Was wirst du?«, fuhr mir Georg über den Mund. »Ich kann es mir wirklich nicht vorstellen. Außer du wolltest sagen, du wirst alles tun, um eines Tages so weit hergestellt zu sein, dass man dir gefahrlos dein eigenes Kind anvertrauen kann. Wie du schon erwähntest, ist Sophie erst fünf Jahre alt. Wie, glaubst du, wird es ihr wohl ergehen, wenn sie die hysterischen Anfälle ihrer Mutter mit ansehen muss?«

»Georg!« Selbst Mama war offenbar erstaunt über seinen Tonfall.

»Ich dachte, wir waren uns einig, Schwiegermama. Es ist für alle Beteiligten von Vorteil.« Er bedeutete dem Diener, ihm erneut Filet vorzulegen, und aß mit Genuss. Mir wurde schlecht. Minutenlang sah ich ihm zu, bis ich es nicht mehr aushielt.

»Du Unmensch!«, schrie ich und sprang auf. »Du wirst in der Hölle schmoren für das, was du getan hast!«

»Du vergisst dich, meine Liebe.« Sorgfältig legte Georg sein Besteck zur Seite. »Aber natürlich nehme ich dir das nicht übel, ich weiß ja, dass deine Worte und Taten deinem kranken Hirn entspringen. Leider trägt dein heutiges Verhalten nicht dazu bei, an eine dauerhafte Besserung deines Gesundheitszustandes zu glauben.« Er machte dem Diener ein Zeichen abzuräumen.

Mir wurde klar, dass er mich in voller Absicht vor dem Mann bloßgestellt und mit jeder einzelnen meiner Reaktionen gerechnet hatte. Der Diener würde bezeugen, dass Frau von Kampen nicht mehr Herr ihrer Sinne gewesen, schreckliche Dinge gesagt und sich in unangemessener Weise über die Abwesenheit ihrer Tochter aufgeregt hatte, die nicht vom Ehemann entführt worden, sondern nur in einer guten Schule untergebracht worden war.

Ich sah auf meinen Teller, auf dem das halbe Filetstück noch in seinem Blut schwamm, das sich bis zu den Kartoffeln und dem zart gekochten Gemüse ausgebreitet hatte. Blut. Hatte Johann geblutet? War er erschossen worden, erstochen oder erdrosselt?

Wieder blickte ich Georg an und erkannte den Triumph des Sieges in seinen Augen, der allerdings für ihn einen bitteren Beigeschmack haben musste. Georg liebte seine Tochter, es war ihm mit Sicherheit schwergefallen, sich von ihr zu trennen. Ich begriff, dass es für sein Handeln zwei Gründe gab, von denen einer mich mit Genugtuung erfüllte. Er befürchtete, dass Sophie von mir die Wahrheit über ihren Vater erfuhr – und dass sie sie glauben könnte. Der andere Grund war praktischerer Natur: Georg wusste, wie viel Sophie mir bedeutete, und hatte nun ein Druckmittel gegen mich in der Hand. Allein in seinem Ermessen stand es, ob und wann ich sie wiedersah. Klar lag die Zukunft vor mir, die mit Warten ausgefüllt war. Nie durfte ich wagen zu erzählen, was er getan hatte, weil die Hoffnung auf Sophie und Georgs Drohung stets mächtiger sein würden als alles andere.

Ich klammerte mich an die Hoffnung, doch jede Nacht kamen die Schemen und die Stimmen zurück, die mich hinab in die Welt ziehen wollten, in der ich sicher und geborgen war. Eine Welt, die mir vorgaukelte, dass mich nichts von dem, was sich in der Schwedenkrone abspielte, wirklich betraf. Eine Welt, die mir versprach, nur Zuschauerin zu sein, ganz oben im letzten Rang zu sitzen, weit weg von der Bühne der Realität. Ich versuchte, zumindest tagsüber dagegen anzukämpfen, aber ich war zu viel, zu oft allein. Und wenn ich nicht allein war, las ich in Georgs Blicken die schonungslose Tatsache: Er hatte mir nicht nur Johann, sondern auch Sophie genommen, und er genoss, dass ich das wusste, denn es half ihm, mich zurückzudrängen in meine Schattenwelt, deren Stimmen immer drängender wurden.

Dort konnte ich ihm nicht gefährlich werden. Wäre ich erst einmal gänzlich darin eingetaucht, wäre er mich endlich los, ohne einen weiteren Mord begehen zu müssen. Eine Ehefrau ließ sich nämlich nicht so leicht verscharren wie ein Fremder, den kaum jemand in Stralsund vermisste. Dafür ließ sie sich – sie war ja dem Wahnsinn verfallen – umso leichter wegsperren. Dann konnte er Sophie zurückholen und sein Leben weiterführen wie bisher. Doch ihm schwebte noch ein anderer Weg vor, um sein Ziel zu erreichen. Einmal verstieg er sich dazu, mir etwas Verlockendes, Verführerisches zuzuraunen: »Warum machst du deinem Leid nicht ein Ende, Marie? Denk nur, wie einfach alles wäre ...«

Ja, dachte ich. Alles wäre vorbei. Wie einfach. Zu einfach für ihn. Gerade diese Gewissheit hielt mich davon ab. Georg würde mit einer kranken Frau leben müssen, an sie gefesselt sein, für immer. Ich fühlte mich noch nicht verloren genug, um die Ironie zu verkennen.

Aber je deutlicher mir mit der Zeit vor Augen stand, wie leer mein Leben war und wie leer es bleiben würde, desto häufiger geschah es, dass ich unversehens wegglitt, aus dem normalen Zustand ohne Vorwarnung in meine andere, meine sichere Welt. Ich sagte und tat dabei unsinnige Dinge. Zu Georgs Pech wurde es nicht so schlimm, dass ein Arzt sich bereitgefunden hätte, mich auf sein Geheiß in eine Anstalt zu sperren. Dennoch reichte es, um für Irritationen zu sorgen, selbst bei Mama und leider hin und wieder auch bei Gästen der Schwedenkrone. Als sich der Frühling ankündigte, war Georg nicht länger bereit, das hinzunehmen. Sein Sieg hatte einen Makel: Ich war »seltsam«, aber nicht wahnsinnig.

Zufällig hörte ich, wie er sich mit Mama über geeignete Maßnahmen unterhielt. Ein Satz fiel, der mir das Blut in den Adern gefrieren ließ, ein Satz, den ich schon einmal gehört hatte, den ich fürchtete:

»Das kann so nicht weitergehen, sie ruiniert den Ruf der Schwedenkrone. Sie muss weg.«

Ungewohnt energisch protestierte Mama. »Ich lasse nicht zu, dass sie in eine dieser Einrichtungen kommt, nur weil sie ab und zu nicht ganz bei sich ist. Marie kommt mit dem alltäglichen Leben durchaus zurecht.«

Eine Weile schwieg Georg. »Mag sein«, sagte er dann. »Aber da wir niemals wissen, wann sie sich seltsam benimmt und was sie sagen wird, lassen sich unangenehme Vorfälle wie der gestrige nicht vermeiden, solange sie hier ist.« Er machte eine Pause. »Da ist doch noch dieses Haus auf dem Fischland, das seit Jahren völlig ungenutzt dort steht. Ich habe die Verfügung deines Mannes, es nicht zu veräußern, nie verstanden, aber jetzt kommt es wie gerufen. Da du ja darauf bestehst und ich dir zustimme, dass Marie für sich selbst sorgen kann: Schicken wir sie aufs Land.«

Mama widersprach. »Dem wird sie nicht zustimmen, sie wird nie freiwillig nach Wustrow gehen.«

»Ich werde sie schon überzeugen, Schwiegermama. Sophie ist ein äußerst wirksames Druckmittel.«

Das Leben lässt sich nicht planen. Ich zog in die Kranichburg, in das Haus, das ich gehofft hatte, niemals wiederzusehen. Wäre ich in einem anderen Zustand gewesen, hätte ich ein paar Dinge mitgenommen, an denen mein Herz hing – die winzigen Schnipsel von Johanns Brief, seine Schachfiguren, die ich so sorgfältig verborgen hielt, Bilder von Sophie … Aber jene Tage, in denen mir langsam klar wurde, was mit mir geschehen sollte, verbrachte ich wie in einem Nebel, ich ließ alles über mich ergehen.

Die ersten Jahre in Wustrow waren schwer, mein Zustand wurde schlimmer statt besser, weil mich nun gar nichts mehr an mein gewohntes Leben band. Ich fragte mich, weshalb Georg mich fortgeschickt hatte, und dachte, es sei, weil ich gelegentlich Dinge durch-

einanderbrachte. Ich verstand nicht, was daran so schlimm sein sollte, denn die Gründe dafür entglitten mir. Einzig in Momenten, in denen ich von diffusen Gefühlen und Ängsten heimgesucht wurde, die die Vergangenheit und Johann betrafen, blitzte tief aus meinem Innern etwas auf, doch es gab keine Linie, alles verschwamm. Selbst das klare Bild von Johann in der Schwedenkrone half nicht, die richtigen Verbindungen zu schaffen. Nur eines stand mir erschreckend deutlich vor Augen: dass ich nicht zurückkehren, Sophie nie wiedersehen würde.

So verschloss ich mich, nicht nur vor der Außenwelt, sogar vor mir selbst. Ich malte wie eine Besessene, manchmal ohne zu ahnen, was ich da auf die Leinwand brachte, weil ich meine Erinnerungen in die hintersten Ecken meiner Sinne gedrängt, ja geradezu verbannt hatte. Hätte man mich damals gefragt, hätte ich nicht einmal sagen können, dass Johann tot war, geschweige denn, wie er starb. Ich dachte viel an Doro, an unsere gemeinsame Zeit in der Kranichburg. Und wie unmittelbar nach den entsetzlichen Ereignissen bei Schloss Münkwitz geschah es, dass ich uns beide nicht mehr auseinanderhalten konnte.

Und meine Bilder? Erst Jahre später erkannte ich deren wahre Bedeutung, und noch viel später, Jahrzehnte danach, kann ich sie beinahe ohne Schmerz betrachten.

Die Welt blieb derweil nicht stehen. Wieder gab es Krieg, Millionen von Toten auf der ganzen Welt. Danach lebte ich in einem Land, das heute nicht mehr existiert – aber wie sie es auch nannten, es blieb belanglos für mich. Ich lebte und lebe mein Leben, ich nehme hin, was kommt. Ich richte mich ein. So habe ich es immer gehalten.

Denn das Leben lässt sich nicht planen – ebenso wenig wie der Tod. Ich weiß nicht, wie viel Zeit mir noch bleibt. Ich warte. Geduldig. Vielleicht hat das Schicksal sich etwas dabei gedacht, dass es mich so lange auf dieser Erde lässt. Vielleicht ist doch noch nicht alles getan. Vielleicht …

Teil 5

September 2007

1.

Roman und Jan hatten lange über dem Projekt gesessen, sich Pizza ins Büro bestellt und weitergearbeitet, obwohl längst Feierabend gewesen wäre. So war es bereits elf durch, als Roman vor der dunklen Kranichburg parkte. Entweder saß Viktoria in der Küche oder war schlafen gegangen. Er hoffte auf Ersteres, weil er sich gern noch mit ihr unterhalten hätte. Allerdings brannte unten nirgends eine Lampe, und auch oben blieb alles ruhig. Er bemerkte, dass die Tür zu Maries Zimmer nur angelehnt war. Warum hatte Viktoria sie nicht geschlossen? Mit einem Mal beunruhigt, stieß er die Tür ganz auf. Erleichtert und gleichzeitig verwundert betrachtete er das Bild, das sich ihm bot. Viktoria saß wie festgenagelt an Maries Schreibtisch und starrte auf ihr Notebook, die einzige Lichtquelle im Raum.

»Was sitzt du denn hier im Dunkeln?«

Wie vom Blitz getroffen, fuhr Viktoria herum. »Meine Güte, hast du mich erschreckt! Ich hab dich gar nicht zurückkommen hören.«

»Tut mir leid. Es ist später geworden als gedacht.« Roman trat näher und schaute ihr über die Schulter. »Hast du gearbeitet?« Er las den Satz *Denn das Leben lässt sich nicht planen – ebenso wenig wie der Tod* und wiederholte ihn laut. »Wie wahr. Könnte von Marie stammen, findest du nicht?«

Im Schein des Laptopbildschirms sah Roman Viktoria lächeln. »Wie seltsam, dass du das sagst.«

Was fand sie daran seltsam? Er fragte jedoch nicht, sondern wartete auf weitere Erklärungen. Stattdessen stand Viktoria auf und deutete auf den Stuhl.

»Wenn du nicht zu müde bist, setz dich und lies.«

Roman runzelte die Stirn, fühlte sich einerseits geschmeichelt, weil Viktoria offenbar Wert auf sein Urteil legte, andererseits überfordert, weil er keine Ahnung hatte, was sie von ihm erwartete. Er war kein Literaturkritiker. Aber Viktoria lächelte schon wieder.

»Ich hab nicht an meinem Buch gearbeitet, sondern Maries Geschichte aufgeschrieben. Das, was ich aus den Bildern gelesen habe. Würde mich interessieren, was du davon hältst.«

»Oh.« Gerade eben hatte er sich noch erschöpft gefühlt, jetzt erwachte seine Neugier. Er sprang mit der Maus an den Anfang des Textes, erfasste die ersten beiden Sätze und schaute noch einmal auf.

»Aber das ist geschrieben wie ein Roman«, wunderte er sich. Er hatte sich mehr eine Art Zusammenfassung vorgestellt.

»So kann ich mich am besten ausdrücken, alles andere funktioniert nicht bei mir«, stellte Viktoria beinah entschuldigend fest. »Irritiert dich das?«

Roman dachte darüber nach, las schweigend die nächsten drei Absätze und schüttelte schließlich den Kopf. »Überhaupt nicht. Das könnte glatt eine Fortsetzung von Maries Tagebuch sein. Ich glaube, ich werde Schwierigkeiten haben, mich daran zu erinnern, dass *du* das geschrieben hast und dass es keine bewiesenen Tatsachen sind.«

»So viele Vorschusslorbeeren? Wart's erst mal ab, am Ende findest du meine Schlussfolgerungen völlig abwegig.«

»Das wär natürlich möglich«, sagte Roman ebenso spöttisch wie Viktoria. Er drehte sich auf dem Stuhl um und begann zu lesen. Nur nebenbei bekam er mit, dass Viktoria das Zimmer nicht verließ, sondern es sich auf dem Bett bequem machte.

Eine Stunde später ließ er sich gegen die Lehne des Stuhls fallen, rieb sich die Augen und fuhr sich durch die Haare – alles, um sich wieder an die Gegenwart zu gewöhnen, die ihm fremd und weit entfernt vorkam. Er musste sich zwingen, ein paar rationale Überlegungen anzustellen. Beim Lesen war es ihm gar nicht aufgefallen, erst im Nachhinein erfasste er, welche Bilder Viktoria zu ihrer Geschichte inspiriert hatten. Inspiriert? In Teilen kam es ihm tatsächlich vor wie starker Tobak, zum Beispiel diese Sache, dass Johann Georg von Kampen im Krieg das Leben gerettet hatte. Diese Dramatik war Viktorias Schriftstellerseele geschuldet. Das meiste jedoch klang vollkommen plausibel, deshalb hatte Roman schwer damit zu kämpfen, diese Seiten als das zu sehen, was sie waren: Spekulationen.

»Verdammt, ja«, murmelte er. »Aber so könnte es gewesen sein.« Er schob den Stuhl zurück und wollte Viktoria ansprechen, doch die hatte sich auf die Seite gerollt und schlief. Er trat dicht an sie heran und musste den Impuls unterdrücken, ihr die Haare aus dem Gesicht zu streichen.

Wieder drehte er sich um. Das Zimmer ähnelte inzwischen mehr einer zweiten Bilderkammer, weil überall Maries Gemälde an den Möbeln oder Wänden lehnten. Es war zu dunkel, um sie genau zu erkennen, aber da war dasjenige, das Marie unterhalb der Treppe liegend zeigte – eins der einprägsamsten Bilder. Das, ebenso wie einige andere, fehlte in Viktorias Version der Ereignisse. Nachdenklich ging Roman davor in die Hocke. Hatte sie die absichtlich weggelassen?

»Roman?«

Beim Klang von Viktorias Stimme richtete er sich auf, ging zu ihr hinüber, setzte sich auf die Bettkante und sagte ohne Überleitung auf das Treppenbild deutend: »Du hast diese Szene nicht erwähnt.«

»Nein. Es passte nicht, immerhin ist das die Kranichburg, alles andere spielte sich dagegen meiner Meinung nach in Stralsund oder bei Schloss Münkwitz ab. Ich habe alle Wustrower Bilder nicht berücksichtigt, weil es mir vorkommt, als wolle Marie zwei verschiedene Geschichten erzählen. Dafür hab ich keinen fassbaren Beweis, es ist nur ein Gefühl gewesen beim Betrachten der Bilder.«

»Wäre durchaus möglich«, nickte Roman. »Und was dein diesbezügliches Gefühl betrifft, ist es nicht weniger gewagt als einige deiner Theorien. Die Ereignisse in der Scheune *könnten* zu den Bildern passen. Die einzelne dunkle Stockrose in dem frühen Bild *könnte* eine Art Trauerblume darstellen. Das zugewachsene Tor im späteren Bild *könnte* als Metapher dafür durchgehen, dass niemals jemand Johanns Leiche finden wird, weil sie zu gut verborgen ist. Vielleicht heißt das sogar, dass nicht einmal Marie selbst sich darüber im Klaren war. Bis sie sich im Jahr 1993 den Tatsachen stellt – das Tor ist geöffnet.«

»Wenn es Tatsachen sind«, gab Viktoria zu bedenken. »Natürlich lässt sich nichts davon endgültig nachprüfen.« Ihr Blick ruhte auf Roman, als hoffe sie auf seinen Widerspruch.

»Warum so negativ?«, fragte er. »Sollte sich am Ende auch nichts beweisen lassen, ein bisschen was nachprüfen können wir immerhin. Lass uns wie vorgesehen nach Schloss Münkwitz fahren und rausfinden, ob es eine Scheune gibt oder gegeben hat. Wenn du recht hast, muss sie 1993 noch da gestanden haben.«

»Es sei denn, Marie hat sie aus dem Gedächtnis gemalt.«

»Vielleicht stoßen wir bei Schloss Münkwitz auf jemanden, der sich an die alten Zeiten erinnert. Wenn das nicht klappt: Die Schwedenkrone verfügt über ein großes Archiv an historischen Aufnahmen vom Hotel, ich könnte mir vorstellen, dass die heutigen Besitzer von Schloss Münkwitz was Ähnliches haben. Gäste, die in Traditionshäusern, in alten Gutshöfen oder Schlössern übernachten, lieben Chroniken und Legenden.«

2.

Viktoria hatte eine Straßenkarte einstecken wollen, doch Roman brauchte weder die noch ein Navi. »Mein Vater hat mal mit dem Gedanken gespielt, das Schloss zu kaufen. Es schien ziemlich günstig zu sein, aber nachdem er sich in diverse Gutachten vertieft und festgestellt hatte, wie ungeheuer viel Kohle er noch hätte reinstecken müssen, verzichtete er zähneknirschend.«

»Kann mir denken, dass ihm das schwerfiel.« Viktoria sah aus dem Fenster und versuchte, Maries Bilder von der Straße mit dem in Einklang zu bringen, was draußen an ihnen vorbeirauschte. Bisher vermisste sie die Ähnlichkeiten. Von Kilometer zu Kilometer schwand ihre Sicherheit. Stattdessen gewann die Befürchtung Oberhand, dass das, was sie in die Gemälde hineingelesen hatten, pure Einbildung war.

»Werd bloß nicht nervös«, redete Roman ihr zu. »Ist doch klar, dass nach achtzig Jahren alles anders aussieht, diese Straße hat's bestimmt nicht gegeben. Und selbst wenn: Du vergisst, dass wir aus der falschen Richtung kommen. Wenn es war wie in deiner Geschichte, sind Georg und der Fremde von Stralsund aus nach Münkwitz gefahren.«

Das stimmte alles, trotzdem konnte Viktoria ihre Unruhe nicht verbergen. Schließlich verließ Roman nach einem Schild, das auf den Ort und auf Schloss Münkwitz hinwies, die Straße. Nur ein, zwei Kilometer von der Hauptverkehrsader entfernt fuhren sehr viel weniger Autos. Links schaute Viktoria auf freie Felder, rechts auf Bäume. Sie setzte sich in ihrem Sitz aufrecht hin. Das war wie auf dem Bild! Zufall, hielt sie ihre Aufregung zurück. So sah es vermutlich in vielen Ecken aus. Sie passierten ein idyllisches Dorf mit einigen Gehöften, einer Gastwirtschaft, vor der zwei Männer mit Schiebermütze sich offenbar um ein altersschwaches Mofa stritten, und einer kleinen Kirche, deren Glockenläuten sie noch begleitete, als sie schon aus dem Ort hinausgefahren waren.

»Wir müssten gleich da sein«, sagte Roman. »Nur noch durch dieses kurze Waldstück.« Er runzelte die Stirn, hinter der vermutlich dasselbe vorging wie hinter Viktorias. Wald, wie auf dem zweiten Bild. Es war heller Tag, aber dieses Stück der Straße wirkte düster, kaum ein Lichtstrahl drang durch die Äste. »Es passt, oder?«, stellte Roman fest.

»Perfekt.«

Kurz darauf warnte er sie vor. »Mach dich auf einen atemberaubenden Effekt gefasst.«

Viktoria rutschte auf dem Sitz nach vorn. Der Wald öffnete sich, die Straße machte eine scharfe Linkskurve – und vor ihnen lag Schloss Münkwitz. Ein Hauptflügel, drei Stockwerke hoch, und zwei Seitenflügel aus hellgrauem Granit und in der Mitte des Hauptflügels der das Dach noch überragende Turm mit dem großzügigen Portal. Links neben dem Schloss erstreckte sich ein See, hinter dem Viktoria ein paar Nebengebäude mit Gauben erkannte.

»Imposant!«, entfuhr es ihr, bevor sie in die Ferne auf die Backsteingebäude deutete. »Was ist das? Sieht fast englisch aus.«

»Die Stallungen.« Roman brachte seinen Wagen auf dem Parkplatz unter einer alten Linde zum Stehen.

»So groß?«

»Auf Schloss Münkwitz ist alles ziemlich groß«, sagte Roman schulterzuckend.

Viktoria konnte sich ein Lachen nicht verkneifen. »Du klingst wie dein Vater: ein klein bisschen eifersüchtig auf dieses herrliche Hotel. Kann es sein, dass ihr beide euch in gewissen Dingen ähnlicher seid, als dir lieb ist?«

Roman brummte etwas Unbestimmtes. Da hatte sie wohl ins Schwarze getroffen. Seite an Seite gingen sie auf das Portal zu, aus dem gerade ein blonder Mann trat, den Viktoria ausgesprochen attraktiv gefunden hätte, wäre sie zehn Jahre jünger gewesen.

»Willkommen auf Schloss Münkwitz«, sagte er lächelnd. »Haben Sie Ihr Gepäck noch im Wagen? Wenn Sie mir Ihren Schlüssel anvertrauen, werde ich gern dafür sorgen, dass es gleich auf Ihr Zimmer gebracht wird.«

Viktoria überließ Roman die Antwort, während ihr Blick über die Fassade des Schlosses glitt. Verlockend wäre ein Wochenende hier schon.

»Wir haben nicht reserviert«, begann Roman, kam aber nicht weiter.

»Das macht überhaupt nichts, ich bin sicher, wir finden noch ein Zimmer oder eine Suite für Sie.«

»Sie sind nicht ausgebucht?«

Viktoria merkte auf. Roman klang halb ungläubig, halb befriedigt, was auch dem jungen Mann nicht entgangen war. Er zögerte eine Sekunde mit der Antwort. »So gut wie, aber nicht komplett, nein. Sie haben Glück.«

»Wunderbar!« Plötzlich strahlte Roman Viktoria an. »Siehst du, ich hab doch gesagt, lass es uns versuchen, Liebste!« Und an den Mann gewandt: »Sie haben da eben was von einer Suite gesagt.«

»Natürlich, wenn Sie mir bitte folgen wollen. Möchten Sie die Ritter-Suite oder die Goldenen Zwanziger?«

»Das ist ja mal eine Auswahl!«, mischte sich Viktoria ins Gespräch, wobei sie sich insgeheim fragte, was Roman eigentlich vorhatte. »Ich bin für die Goldenen Zwanziger, was meinst du, *Liebster?*«

»Was immer du möchtest!« Roman legte den Arm um sie und drückte sie kurz an sich.

An der Rezeption hieß sie eine sehr professionelle und in einem strengen Kostüm steckende Dame – ein kleines Schild wies sie als Roswitha Jessen aus – nochmals willkommen und bat sie, sich ins

Gästebuch einzutragen. Der junge Mann wiederholte die Frage nach dem Gepäck, doch Roman winkte ab.

»Lassen Sie nur, darum kümmern wir uns später selbst.« Er beugte sich über das Buch und begann zu schreiben. Währenddessen sah sich Viktoria im Foyer um. Es war im Gegensatz zu dem der Schwedenkrone klein und weniger überladen. Dezente Blumenarrangements standen auf runden Kirschbaumholztischen mit kunstvoller Intarsienarbeit und auf einer Anrichte, zwei Sitzgruppen aus weichem hellen Leder vor einem Kamin luden zum Verweilen ein.

»Vielen Dank, Herr ...«, Frau Jessen drehte das Buch zu sich um, »... von Kampen.«

Verblüfft warf Viktoria Roman einen Blick zu.

Die Rezeptionistin winkte gerade dem jungen Mann, der abseits stehend gewartet hatte, zu sich, gab ihm einen Schlüssel und sagte zu Roman: »Ich hoffe, Sie werden sich bei uns wohlfühlen.«

»Das werden wir bestimmt.« Er zwinkerte erst Viktoria und dann ihr zu. Frau Jessen erwiderte das Lächeln und fühlte sich offenbar von Romans Aufgeschlossenheit ermutigt, noch etwas hinzuzufügen.

»Verzeihen Sie meine Frage, aber sind Sie zufällig mit den von Kampens verwandt, die früher in Stralsund die Schwedenkrone geführt haben?«

Roman hatte sich schon fast abgewandt, nun drehte er sich langsam wieder um und musterte Frau Jessen, sein Gesichtsausdruck war neutral. »Sie meinen wahrscheinlich Georg von Kampen«, sagte er, »der das Hotel durch Heirat mit einer von Hassbach übernommen hat.«

Frau Jessen erwiderte Romans Blick für eine Sekunde, bevor sie nickte. »Das ist richtig, den meine ich.« Mit einem Mal hatte Viktoria das Gefühl, als wäre ihr Verhalten eine Spur kühler. »Also sind Sie mit ihm verwandt?«

»Um mehrere Ecken. Georg von Kampen war der Bruder meines Urgroßvaters«, sagte Roman. »Warum fragen Sie?«

Das interessierte Viktoria auch – ebenso, warum Roman log.

»Ach, nicht weiter wichtig. Es hätte ja sein können, dass Sie ein direkter Nachfahre sind.« Romans fragend erhobene Braue nötigte Frau Jessen dazu, eine Erklärung abzugeben. »Meine Familie hatte damals mit Georg von Kampen zu tun.« Sie lächelte ein wenig krampfhaft und begann, Papiere zu sortieren, als wollte sie damit andeuten, dass sie die Unterhaltung als beendet betrachtete. Roman war nicht bereit, das Thema auf sich beruhen zu lassen.

»Entschuldigung«, sagte er. »Ihrem Tonfall entnehme ich, dass es sich dabei nicht gerade um freundschaftliche Beziehungen gehandelt hat. Das tut mir leid.«

Wieder sah ihr Lächeln etwas gezwungen aus. »Das muss es nicht, Sie können ja nichts dafür.« Sie seufzte, und ihr Lächeln wurde echter. »Meine Familie geriet durch Georg von Kampen noch mehr in Schwierigkeiten, als sie ohnehin schon war. Sicher hätten wir Schloss Münkwitz auch ohne sein Zutun früher oder später veräußern müssen, aber wenn er ein anderer Mensch gewesen wäre, hätte er es möglicherweise hinauszögern können, statt es zu beschleunigen.«

»Das tut mir leid«, wiederholte Roman. »Ich habe meinen Urgroßvater leider nie kennengelernt, geschweige denn seinen Bruder – aber es kursieren noch heute Gerüchte über dessen Rücksichtslosigkeit.«

»Das können Sie laut sagen.« Sie klang verbittert. »Aber ich will Ihnen nicht Ihr Wochenende mit uralten Geschichten verderben, und wir konnten schließlich Jahrzehnte später unser Schloss zurückkaufen. Obwohl selbst da …« Sie unterbrach sich. »Sehen Sie, jetzt fange ich schon wieder an! Schluss damit! Genießen Sie Ihren Aufenthalt, und denken Sie nicht mehr an die Vergangenheit. Ich tue das für gewöhnlich selbst nicht, aber heute wurde ich durch Ihren Namen daran erinnert.«

»Ehrlich gesagt, interessiert mich das sehr. Ich würde gern mehr darüber hören.«

Roswitha Jessen zögerte. Ihr Blick fiel auf Viktoria, bevor er zu Roman wanderte. »Wenn es Ihre Frau nicht zu sehr langweilt – wie wäre es, wenn wir uns heute Abend zusammensetzen? Wir haben ein sehr gemütliches Restaurant, da wären wir ungestört, und Sie könnten sich gleichzeitig von unserer hervorragenden Küche verwöhnen lassen.«

»Gern!« Romans Begeisterung war echt, er sah Viktoria mit blitzenden Augen an. »Nicht wahr, Liebes?«

Der junge Mann brachte Roman und Viktoria hinauf in ihre Suite, die über ein Wohnzimmer, ein Schlafzimmer und ein riesiges Bad verfügte – alles im Stil der zwanziger Jahre eingerichtet. Beinah rechnete Viktoria damit, dass die Tür sich öffnete und Marie und Georg eintraten.

»Wie bist du auf die Idee gekommen, dich als von Kampen in das Buch einzutragen?«, fragte Viktoria, nachdem sie wieder allein waren. Sie stand am Fenster, das einen herrlichen Blick auf den See und die Stallungen bot.

»Eingebung.« Roman trat hinter sie. »Unabhängig davon, ob auf diesem Grund und Boden Johann Niemanns Überreste liegen oder nicht, gehe ich wie du davon aus, dass es eine Verbindung zwischen den von Kampens und den von Münkwitzens gab. Ansonsten hätte Marie das Bild nicht gemalt. Du konntest zwar in deiner Version der Ereignisse über die Art dieser Verbindung nur mutmaßen, aber wie sich gezeigt hat, hast du's ziemlich auf den Punkt gebracht.«

»Das war nicht besonders schwer. Wenn man berücksichtigt, was du über den damaligen Zustand des Schlosses erzählt hast und wie wir Georg von Kampen einschätzen, lag es nahe, ein faules oder zumindest gemeines Spiel zu vermuten. Trotzdem konntest du nicht davon ausgehen, dass Frau Jessen mit dem Namen von Kampen was anfangen kann.«

»Ich hab's eben versucht, und wenn nötig, hätte ich es beim nächsten Hotelangestellten wieder getan.«

»Genialer Plan, aber ein bisschen aufwendig. Warum haben wir nicht einfach nach dem gefragt, was wir wissen wollen?«

»Auf unangenehme Fragen kriegt man entweder ausweichende Antworten oder gar keine. Besser, so was ergibt sich durch, hm, Zufall, oder?« Roman zwinkerte vielsagend. »Der Gedanke kam mir selbst erst, als der junge Mann uns unbedingt für Gäste halten wollte. Ich hoffe übrigens, es macht dir nichts aus, meine Frau spielen zu müssen.«

»Überhaupt nicht. Liebster.« Viktoria tippte mit dem Zeigefinger an seine Nasenspitze, dann wurde sie ernst. »Du musst auch nicht im Wohnzimmer auf dem Sofa übernachten, wenn du nicht willst. Das da ist breit genug.« Sie machte eine Kopfbewegung hinüber zum Bett, das Ähnlichkeiten mit dem aufwies, das sie Marie und Georg angedichtet hatte. Dabei fragte sie sich, warum sie nicht die Klappe hielt. Aber Roman stand so dicht bei ihr, und sie wünschte sich nichts sehnlicher, als dass er sie in den Arm nahm.

Offenbar las er das in ihren Augen. Zuerst schien er einen Kampf mit sich selbst auszufechten – den er verlor. Sein Kuss fiel weitaus leidenschaftlicher aus, als Viktoria erwartet hatte. Er raubte ihr den Atem, sodass sie erstaunt nach Luft schnappte, als Roman sie ganz plötzlich losließ und beinah von sich stieß. »Wir sollten das aufschieben«, sagte er heiser, »sonst kommen wir nicht mehr dazu, uns in Ruhe umzusehen. Wenn ich dich nämlich erst mal da drin habe«, er deutete zum Bett, »weiß ich nicht, wann ich wieder an was anderes denken kann.«

»Du hast mir auch gefehlt«, erwiderte Viktoria mit leisem Lachen. Weiß Gott, das hatte er, und endlich wusste sie, dass es ihm genauso ging wie ihr. Was sollte also an ihrer Beziehung falsch sein? »Ich hab keine Lust, noch länger zu warten. Ich hab Lust auf dich.« Sie zog ihn zum Bett und begann, ihn auszuziehen. »Die

Gegend können wir morgen noch erkunden, immerhin hast du uns für die Nacht hier einquartiert, oder?«

»Das war nur ein Vorwand. Wir haben kein Gepäck. Keine Zahnbürste. Nicht mal einen Pyjama.«

»Wer braucht einen Pyjama?«

Als er schließlich zu ihr kam, wurde sie nur noch von dem Verlangen nach Roman beherrscht und davon, seins zu stillen.

Romans Arm lag auf ihrem Rücken, als sie erwachte. Blinzelnd schaute sie auf ihre Uhr. Viel Zeit blieb ihnen nicht mehr.

Auch Roman tauchte langsam aus dem Schlaf auf und drehte sich auf die Seite. Ihre Blicke trafen sich, er lächelte. »Machen wir die Gegend unsicher und suchen nach der Scheune!«

»Es wird bald dunkel«, wandte Viktoria ein.

»Was macht das schon? Wenn es so war, wie du beschrieben hast, bewegen wir uns immerhin zur selben Tageszeit am selben Ort.« Er grinste. »Es sei denn natürlich, du hast schon wieder was anderes vor.«

»Da fiele mir was ein, aber wir sollten das verschieben, wir kämen sonst zu spät zu unserer Verabredung mit Frau Jessen ...«

Draußen war Wind aufgekommen, die Wellen des Sees plätscherten ans Ufer. Viktoria begann zu frösteln.

»Ist dir kalt?«

»Nein. Ich hab mich nur gerade gefragt, ob Georg Johann nicht im See versenkt hat.«

Einen Augenblick schwieg Roman, bevor er feststellte: »Du vergisst zwei Dinge: Erstens haben wir keine Ahnung, ob Johann wirklich getötet und seine Leiche hierhergebracht wurde. Aber gehen wir mal davon aus: Marie hätte dann den See gemalt und nicht die Scheune.« Amüsiert fügte er hinzu: »Und zweitens: Es gab damals meines Wissens gar keinen See, der ist künstlich angelegt worden.«

Als sie bei den Stallungen ankamen, hatte sich Dunkelheit über die Landschaft gelegt. Die langen Backsteingebäude wirkten, wie Viktoria sich die Scheune vorstellte: finster, hoch aufragend in den Nachthimmel. Über ihren Rücken zog eine Gänsehaut, die sich erst durch das Schnauben eines Pferdes verflüchtigte.

»Falls es die Scheune gab«, flüsterte sie unwillkürlich, »kann sie kaum in der Nähe der Stallungen gestanden haben.«

Roman hatte hinüber zur Silhouette des Schlosses geschaut, jetzt nickte er. »Die Tiere hätten bemerkt, dass was Ungewöhnliches vor sich geht und Alarm geschlagen. Falls«, fügte er hinzu, »es damals überhaupt noch Pferde gab und den von Münkwitzens nicht schon das Geld für sie ausgegangen war. Trotzdem hast du wahrscheinlich recht. Hier ist kein Platz mehr. Das da drüben«, er deutete zu einem kleineren Gebäude, »war vermutlich eine Art Werkstatt oder Stellmacherei, jedenfalls keine Scheune.«

»Wir sollten langsam umkehren.« Viktoria war etwas unheimlich zumute, obwohl sie wusste, dass keine Gefahr bestand, nicht heutzutage jedenfalls. Sie hakte sich bei Roman unter, und gemeinsam machten sie sich auf den Weg zum Restaurant im oberen Teil des Bootshauses an der schmalen Seite des Sees. »Bestimmt wundert sich Frau Jessen, dass wir heute Abend in denselben Klamotten rumlaufen, in denen wir angekommen sind.«

»Das soll unsere geringste Sorge sein«, kommentierte Roman. »Ich hoffe viel eher, dass sie sich nicht inzwischen über meinen angeblichen Zweig der von-Kampen-Familie erkundigt hat. Das könnte unangenehm werden. Ich hab nämlich keine Ahnung, ob mein allseits beliebter Urgroßvater Georg überhaupt einen Bruder hatte, von dem ich abstammen könnte.«

Viktoria lachte. »Die Chance ist relativ groß, würde ich sagen. Hochherrschaftliche Leute – und dazu dürften die *vons* gehören – hatten meist mehrere Kinder. Glücklicherweise hast du ja deinem unbekannten Ahnen keinen Namen verpasst.«

Roswitha Jessen erwartete sie bereits. Wie Viktoria befürchtet hatte, streifte deren Blick kurz ihre Kleidung, bevor sie sie mit einer einladenden Geste bat, an dem hübsch gedeckten Tisch Platz zu nehmen. Wäre es hell gewesen, hätten sie durch die riesige Glasfront auf den See schauen können, so jedoch standen einige Humpenkerzen vor dem Fenster und verbreiteten mit einer dezenten Herbstdekoration aus Laub und Kastanien eine heimelige Atmosphäre.

Frau Jessen reichte ihnen die Speisekarte. »Ich kann Ihnen das Gratinierte Lachsfilet auf Porree in Sauerrahm mit Risotto empfehlen, dazu Tomatenchutney und Mozzarella.«

»Das klingt himmlisch«, fand Viktoria, die allmählich das Loch in ihrem Magen bemerkte.

Während des Aperitifs drehte Frau Jessen ihr Glas mehrmals nachdenklich zwischen ihren Fingern hin und her. Bedauerte sie bereits, dass sie dieses Gespräch angeregt hatte, oder fragte sie sich nur, wie sie anfangen sollte?

»Es kommt Ihnen sicher übertrieben vor, dass ich mich nach über achtzig Jahren noch mit einer Sache beschäftige, die vergessen und begraben sein sollte, wie alle, die damit zu tun hatten«, sagte sie.

»Wieso übertrieben?«, widersprach Roman. »Es gibt Dinge, die nie vergessen werden, sondern einen das ganze Leben lang verfolgen.«

Frau Jessen nickte. »Das hört sich an, als ginge es Ihnen ähnlich.«

Eine winzige Sekunde lang war Roman um eine Antwort verlegen, sodass Viktoria einsprang. »Nicht meinem Mann«, sagte sie und berührte kurz seine Hand. »Ein lieber Freund ist vor Kurzem gestorben, der immer auf der Suche nach seinen Wurzeln war. Es hat ihn nie losgelassen.« Sie nahm an, sie durfte Martin Niemann unter den gegebenen Umständen als engen Freund bezeichnen. Wenn nicht ihn, wen sonst?

»Was das betrifft, haben wir keine Schwierigkeiten. Unser

Stammbaum kann bis sonst wohin nachgewiesen werden – was leider manche Peinlichkeit an den Tag bringt.«

Viktoria lächelte. »Wer kann sich schon ausschließlich positiver Vorfahren rühmen?«

»Ich jedenfalls kaum«, warf Roman grinsend ein, »falls Georg von Kampen tatsächlich ein so unerfreulicher Zeitgenosse gewesen ist.«

»Das war er zweifellos«, erwiderte Roswitha Jessen. »Natürlich kann ich nicht Stein und Bein schwören, dass sich alles auf diese Weise zugetragen hat. Einiges mag im Zuge der lebhaften Mund-zu-Mund-Propaganda innerhalb unserer Familie verfälscht oder übertrieben worden sein, aber das Grundmotiv stimmt.« Sie machte eine kleine Pause, während der ein Kellner einen Korb mit Weißbrot und ein Schälchen gesalzene Butter auf den Tisch stellte. Gedankenverloren griff sie nach einem Stück Brot, riss es auseinander und formte Kügelchen aus dem Teig. »Die Bekanntschaft zwischen Georg von Kampen und meinem Urgroßvater Cornelius von Münkwitz begann im Jahr 1919. Von Kampen hatte gerade die Schwedenkrone übernommen, nachdem sein Schwiegervater unvermutet gestorben war, und große Pläne mit dem Hotel. Er und Cornelius lernten sich bei der berühmten alljährlichen Weihnachtsfeier in der Schwedenkrone kennen. Das war immer eine pompöse Angelegenheit, und eigentlich konnte sich Cornelius zu dieser Zeit längst nicht mehr leisten, an solchen Extravaganzen teilzunehmen, wollte es aber weder sich selbst noch seiner Umgebung eingestehen. Er begegnete von Kampen und war sofort beeindruckt von dessen Tatkraft und Entschlossenheit. Der Mann war außerdem ein Kriegsheld, hochdekoriert aus dem Feld zurückgekehrt. Wegen einer schwereren Verwundung hatte er nicht bis ganz zum Schluss gekämpft. Er war bei einem gewagten Manöver, durch das seine Kompanie einen ruhmreichen, wenn auch äußerst kurzfristigen Sieg über die Franzosen errang, knapp mit dem Leben davongekommen, und das nur, weil irgendein Soldat ihn beherzt aus der

Schusslinie zog und ins Lazarett schleppte. Von Kampen erzählte diese Episode offenbar gern, weil sie es ihm ermöglichte, mit seinem Eisernen Kreuz – Erster Klasse natürlich – zu prahlen.«

Viktoria setzte sich kerzengerade auf. Sie spürte Romans Blick, schüttelte aber kaum merklich den Kopf, weil sie sich nicht erklären konnte, woher sie das gewusst hatte. Natürlich *hatte* sie es nicht gewusst, und nichts von dem, was Frau Jessen sagte, ließ darauf schließen, dass Johann Georgs Retter gewesen war. Aber es hätte zu dessen heroischem Charakter gepasst, so etwas zu tun. Genauso wie zu Georg von Kampens vermeintlich miesem Charakter, die Tat als nichtig hinzustellen. Und Viktoria war geneigt zu glauben, dass sich in der nächsten Stunde alles, was sie je über Georgs Persönlichkeit gemutmaßt hatten, als berechtigt herausstellen würde. Fast bedauerte sie, ihm einen Hintergrund verpasst zu haben, der diese Züge verständlich machen konnte. Andererseits kam niemand durch und durch schlecht auf die Welt.

»An jenem Abend jedenfalls bewunderte mein Urgroßvater ausgiebig und wortreich die Schwedenkrone«, erzählte Frau Jessen weiter. »Georg von Kampen war stolz auf das Hotel, als hätte er es höchstpersönlich aufgebaut, zumindest nach außen hin. In Wahrheit hat ihn gewurmt, was viele Leute zu der Zeit zwar dachten, aber nicht auszusprechen wagten: dass er ja nur etwas übernommen hatte, was schon hervorragend lief, dass er nichts selbst hatte bewerkstelligen müssen. Dabei leistete er durchaus vorbildliche Arbeit, die Schwedenkrone gewann später unter seiner Führung noch einmal deutlich an Format. In weinseliger Stimmung begann Cornelius, von Schloss Münkwitz zu erzählen und was man daraus machen könne, wenn nur jemand käme, der die nötige Erfahrung und das nötige Kleingeld mitbrächte. Von Kampen witterte seine Chance, sich und der ganzen Stadt zu beweisen, wozu er in der Lage war. Kurz nach Neujahr besuchte er Cornelius und ließ sich alles zeigen. Von da an begann er, meinen Urgroßvater zu bearbeiten. Es dauerte ein bisschen, aber bald fing Cornelius Feuer. Das

Potenzial, das von Kampen in Schloss Münkwitz sah, war zweifellos vorhanden. Davon können Sie sich ja heute überzeugen.« Frau Jessen machte eine Handbewegung, die das ganze Anwesen einschloss. »Ich streite nicht ab, dass von Kampen eine geniale Vision hatte. Aber er sah ebenso, dass meiner Familie das Geld fehlte und dass sie es auch niemals würde aufbringen können. Dennoch redete und redete er, sprach von finanzieller Beteiligung, von Krediten, die zurückzuzahlen überhaupt kein Problem wäre, sobald das Hotel erst mal eröffnet sei. Aber das Schloss war in einem erbärmlichen Zustand, es verschlang schon allein an den laufenden Unterhaltskosten viel mehr, als Cornelius sich leisten konnte, von neuen Investitionen ganz zu schweigen. Leider war Cornelius blind dafür und steigerte sich in abstruse Pläne hinein, begann mit der Sanierung eines Flügels, die mittendrin abgebrochen werden musste, weil an anderer Stelle das Dach undicht war. Er bat Georg von Kampen um Geld, aber der betonte, er könne natürlich in Maßen aushelfen, jedoch nicht mit der gewaltigen Summe, die Cornelius benötigte. Er behauptete, er habe Skrupel, frei über das Geld der von Hassbachs zu verfügen. Dieses Spiel ging über Monate und letztlich über Jahre. Immer wieder warf von Kampen Cornelius einen kleinen Happen hin, gerade so viel, dass mein Urgroßvater nicht aufgab – aber nie genug, dass wirklich etwas realisiert werden konnte. Bis Schloss Münkwitz ein Ort mit vielen Baustellen war und vor dem endgültigen finanziellen Ruin stand.«

»Glauben Sie, Georg von Kampen hat das im Voraus ausgeheckt, um am Ende zuschlagen und sich alles selbst zum günstigsten Preis unter den Nagel reißen zu können?«, fragte Roman.

Roswitha Jessen nickte. »Ich bin sicher, das war sein Plan.«

»Aber er hat das Schloss nicht gekauft«, wandte Viktoria ein, die für sich feststellte, dass Frau Jessens Geschichte zwar weitaus schlimmer klang als die, die sie selbst in die Bilder hineininterpretiert hatte. Trotzdem war sie dem Kern der Wahrheit nahe gekommen.

»Nein«, musste Frau Jessen zugeben. Sie lehnte sich zurück und fixierte einen Punkt zwischen Roman und Viktoria, anstatt weiterzuerzählen.

»Warum nicht?«, fragte Roman angespannt.

Darauf hatte Roswitha Jessen offenbar gewartet. Sie genoss den dramatischen Effekt, den ihre Antwort hervorrief. Ihr Lächeln kam Viktoria fast ein wenig hämisch vor. »Weil er ausnahmsweise tatsächlich nicht über genügend Geld verfügte. Ironie des Schicksals. Eine Fehlspekulation in einem anderen Geschäft, das er getätigt hatte, um den zu erwartenden Gewinn für unser Schloss zu verwenden. Stattdessen erntete er nur Verlust, und es gelang ihm gerade noch, wenigstens die Schwedenkrone zu retten.«

»Wann war das?«

Frau Jessen musste nicht überlegen. »Im April 1924.«

Roman und Viktoria sahen sich an. Das war kurz nachdem Marie in die Kranichburg abgeschoben worden war. In diesem Jahr musste bei den von Kampens einiges geschehen sein.

»Das heißt, er hat seine gerechte Strafe bekommen«, resümierte Roman.

»Das kann man so sehen. Allerdings hat uns das nicht geholfen. Wir mussten verkaufen, und zwar zu den Bedingungen des Käufers.«

»Und wer war das letztlich?«

»Ein gewisser Simon Goldenstein. Bis heute kann sich niemand erklären, weshalb er das tat. Er ließ das Schloss weiter verfallen, bis sich sehr viel später die Nazis, wahrscheinlich im Zuge der Enteignungen der Juden, das Schloss unter den Nagel rissen.« Da war er wieder, der bittere Unterton.

»Dieser Goldenstein«, fing Roman nachdenklich an, »wissen Sie was über den? Er muss doch einen Grund gehabt haben, Münkwitz zu kaufen.«

Frau Jessen zuckte mit den Schultern. »Der Name auf dem Kaufvertrag ist alles, was mir über den Mann bekannt ist. Cornelius konnte sich glücklich schätzen, dass er einen Interessenten gefunden hatte, der bereit war, etwas für diesen Steinhaufen zu bezahlen. Er hat nicht nachgefragt, sondern ist mit seiner Frau und den Kindern weit weggezogen, um nicht länger daran erinnert zu werden, was seine Familie mal besessen hatte. Wir selbst haben später keine Nachforschungen mehr angestellt. Anfangs hatten wir genug anderes im Kopf, und danach ist es in Vergessenheit geraten.«

In Gedanken machte sich Viktoria eine Notiz, mehr über den mysteriösen Goldenstein in Erfahrung zu bringen. »War alles auf dem Grundstück in so schlechtem Zustand wie das Schloss?«, fragte sie in der Hoffnung, etwas über die früher existierenden Nebengebäude zu erfahren.

»Damals noch nicht. Aber der Zahn der Zeit hat im Lauf der Jahrzehnte sehr daran genagt, sodass uns die Sanierung der Stallungen und der Stellmacherei enorm viel Geld gekostet hat. Immerhin kommt das durch die Gäste, die Reiturlaub buchen, wieder rein. Nur die Scheune haben wir ganz abgerissen. Leider.« Sie seufzte übertrieben und übertönte damit Gott sei Dank, dass Viktoria laut Luft holte. Eine Scheune!

Roman griff unter dem Tisch nach ihrer Hand, als wolle er sie davon abhalten, ihr spezielles Interesse an der Scheune preiszugeben. »Wieso leider?«, erkundigte er sich wie nebenbei.

»Wir dachten, mit dem Kauf des Schlosses wäre der Ärger vorbei und wir könnten endlich das tun, was Cornelius schon damals tun wollte. Dabei fing der Ärger mit dem Abriss der Scheune noch mal ganz gewaltig von vorn an. Man hat nämlich bei der Arbeit zwei Tote gefunden.«

Diesmal war es Roman, der sich beinah verriet, als er sich am Wein verschluckte.

»Zwei Tote?« Viktoria konnte nicht verhindern, dass sie das erste Wort betonte.

»Oh ja.« Frau Jessen lächelte. »Heute ist das natürlich eine begnadete Geschichte, die man für die Gäste zum Besten geben kann, aber damals war das gar nicht komisch. Was meinen Sie, was hier los war! Polizei, Presse, Fernsehen, wieder Polizei und noch mal Polizei, als sich rausstellte, dass das nicht einfach zwei arme verhungerte Seelen waren, sondern dass beide Männer ermordet wurden.«

»Ermordet. Wie schrecklich. Hat man den Täter gefasst?«

»Nein, und dazu wird es sicher auch nicht mehr kommen. Fragen Sie mich nicht nach pathologischen Einzelheiten, aber es gibt offenbar ein Verfahren, mit dem sich einigermaßen sicher feststellen lässt, ob ein Skelett länger als fünfzig Jahre in der Erde gelegen hat. Hat mit der Beschaffenheit der Knochen zu tun, glaube ich. Jedenfalls traf das auf beide zu, die übrigens auf verschiedene Art und Weise zu Tode gekommen waren. Der eine wurde erschossen, der andere durch einen heftigen Schlag auf den Kopf getötet.«

Viktoria zuckte unwillkürlich zusammen. Wie hatte Johann sterben müssen? Durch eine Kugel oder durch den Schlag? Sie hegte keinerlei Zweifel mehr daran, dass einer der Toten Johann Niemann war, alles andere wäre ein zu großer Zufall gewesen.

»Das heißt, man hat nie herausgefunden, um wen es sich bei den Männern handelt?«, fragte Roman.

Frau Jessen schüttelte den Kopf. »Am Anfang hat man natürlich die Vermisstenregister durchforstet, was bald ein Fass ohne Boden wurde, nachdem man wusste, wie alt die Leichen waren.«

»Was ...« Viktoria musste sich räuspern. »Was ist mit denen passiert?«

»Ich weiß es nicht. Wir waren nur froh, dass wir nicht weiter behelligt wurden und mit unserer Arbeit weitermachen konnten, als feststand, dass wir nichts mit der Sache zu tun hatten. Da konnte mein Vater schon wieder witzeln, es wär doch schade, dass damals keiner auf die Idee gekommen war, Georg von Kampen zu erschlagen.« Erschrocken schlug sie sich mit der Hand auf den Mund. »Entschuldigung«, murmelte sie in Romans Richtung. »Das hätte ich nicht sagen sollen.«

Roman lachte. »Schon gut. Nach allem, was Sie erzählt haben, hätte er's verdient.« Er hob sein Glas und prostete ihr und Viktoria zu. In dem Moment wurde der Lachs serviert, und während des Essens berichtete Frau Jessen vom ersten Graf von Münkwitz, der im sechzehnten Jahrhundert das Schloss erbaut hatte. Erst als sie gemeinsam das Restaurant verließen, kam die Sprache wieder auf die Toten in der Scheune.

»Wo hat sie denn gestanden?«, erkundigte sich Viktoria und drehte sich suchend um sich selbst.

»Hinter den Stallungen, abgetrennt durch ein Waldstück. Ursprünglich hat es noch einen kleinen Gutshof gegeben, zu dem die Scheune gehörte, aber der wurde schon vor zweihundert Jahren aufgegeben. Die Scheune ist als eine Art Lager oder Abstellplatz genutzt worden, für allerlei Geräte und später für Maschinen. Wenn Sie möchten, zeige ich Ihnen morgen den Platz. Heute ist da nur noch Wiese.«

»Ich würde das trotzdem gern sehen«, sagte Viktoria leise.

Frau Jessen sah sie belustigt an. »Schön gruselig, oder? Im Nachhinein bedaure ich fast, dass wir nicht mehr aus der Sache gemacht haben. Mein Sohn – Sie haben ihn ja bei Ihrer Ankunft kennengelernt – denkt darüber nach, eine entsprechende Themen-Suite einzurichten: Mord im Schlosshof.«

Viktoria verzog das Gesicht und konnte sich nicht mehr rechtzeitig genug abwenden, um ihre Abscheu zu verbergen.

Frau Jessen hob die Brauen. »Gefällt Ihnen das nicht? Ich hatte eben den Eindruck, dass Sie durchaus fasziniert sind.«

Viktoria musste sich eingestehen, dass sie fasziniert wäre – wenn es sich bei dem Toten nicht ausgerechnet um Johann handeln würde. Also schluckte sie eine bissige Erwiderung hinunter. »Bin ich. Ich kann mir nur schwer vorstellen, da zu übernachten.«

Jetzt lachte Frau Jessen. »Einige unserer Stammgäste hätten dieses Problem sicher nicht!« Sie nickte ihnen zu. »Gute Nacht, träumen Sie nicht zu viel von Toten und Mord.« Dann wandte sie sich noch einmal an Roman. »Und bitte entschuldigen Sie, falls ich Ihrer Familie zu nahe getreten sein sollte. Da ist übrigens noch etwas, das ich fast vergessen hätte. Als das Schloss seinerzeit wieder zum Verkauf stand, hat doch tatsächlich der jetzige Besitzer der Schwedenkrone, Hans Marendorff, mit allen Mitteln versucht, uns auszubooten. Er wurde richtig unangenehm, als er einsehen musste, dass er den Kürzeren ziehen würde – damit stand er seinem Vorgänger in nichts nach.« Damit verabschiedete sie sich endgültig.

Zurück in ihrer Suite und hinter verschlossener Tür, brach Viktoria in Lachen aus. »Ich bewundere deine Weitsicht. Stell dir vor, du hättest dich als du selbst ins Gästebuch eingetragen, dann hätten wir garantiert nicht die Hälfte von dem erfahren, was Frau Jessen uns so frei von der Leber weg anvertraut hat.«

Roman verzog die Mundwinkel. »Ich hab fast ein schlechtes Gewissen deswegen. Wir sollten ihr die Wahrheit sagen.«

»Aber bitte erst, nachdem sie uns gezeigt hat, wo sie Johanns Überreste gefunden haben. Ich weiß, es ist Unsinn, immerhin liegen sie längst nicht mehr dort, aber es wäre ein bisschen, als würden wir an seinem Grab stehen.«

»Und an dem des Unbekannten. Ich würde zu gern wissen, wer da Johanns Schicksal teilen musste.«

3.

Der nächste Morgen zeigte sich von seiner weniger freundlichen Seite. Dicke Wolken waren aufgezogen, die Bäume bogen sich im Wind und verloren eine Menge Herbstlaub. Viktoria und Frau Jessen kämpften gegen den Sturm an, bewaffnet mit Schirmen, die, wenn es zu regnen anfinge, kaum etwas helfen würden. Roman ging hinter ihnen auf dem schmalen und leicht matschigen Weg zu der Wiese, auf der die Scheune gestanden hatte. Zu guter Letzt lag sie vor ihnen, eingezäunt, trist und nichtssagend.

»Bei schönem Wetter grasen hier unsere Pferde«, erklärte Frau Jessen. »Heute haben wir sie in den Ställen gelassen, weil Orkan und Gewitter vorausgesagt sind. Die Scheune lag etwa mittig auf der Wiese, und die Skelette fand man nah an der rechten Mauer.«

Viktoria machte einen Schritt auf das Gatter zu, bevor sie sich umdrehte. »Darf ich?«

»Sicher.«

Roman beobachtete, wie Viktoria langsam zur Mitte der Wiese ging, nach oben in den Himmel schaute – oder zu einer fiktiven Scheune hoch? – und dann nach unten auf den Boden. Er war mit Frau Jessen zurückgeblieben, doch Viktoria wirkte so verloren und allein, dass er den Anblick nicht länger ertrug. Geistesabwesend entschuldigte er sich und folgte Viktoria. Als er bei ihr ankam, nahm er schweigend ihre Hand. Natürlich wussten sie nicht, wo Johanns Überreste jetzt lagen, aber dies war mit an Sicherheit grenzender Wahrscheinlichkeit sein Grab gewesen. Er brauchte keine Beweise mehr dafür. Alle Puzzleteile fügten sich zusammen, und sein Gefühl gab ihm Sicherheit.

Roman löste seine Hand aus Viktorias und legte stattdessen seinen Arm um ihre Schultern. »Ob Martin Niemann hier war?«, fragte er. »Zusammen mit Marie?«

Viktoria hob den Kopf, ein zögerndes Lächeln auf ihrem Gesicht. »Das ist ein schöner Gedanke.«

Sie blieben noch ein wenig stehen, bevor sie sich endgültig zum Gehen wandten. Frau Jessen erwartete sie am Gatter mit fragendem Blick. »Wenn ich es nicht besser wüsste, würde ich sagen, Sie haben da eben eine Art Ritual vollzogen, sich verabschiedet oder getrauert. Es sah jedenfalls nicht danach aus, als wären Sie auf der Suche nach einem besonderen Nervenkitzel wegen einer ausgefallenen Mordstory.«

Viktoria öffnete den Mund, doch Roman kam ihr zuvor. »Sie haben ganz recht.«

Ein, zwei Sekunden herrschte eine eher frostige Atmosphäre zwischen ihnen. Roman bemerkte Viktorias Anspannung, wusste aber nicht, ob sie durch Frau Jessens Frage ausgelöst worden war oder durch den Wunsch, diesen Ort möglichst schnell wieder zu verlassen. Niemand sagte etwas, bis Frau Jessen verärgert feststellte: »Ich glaube, ich habe eine Erklärung verdient, Herr von Kampen.«

Roman stieß die angehaltene Luft aus. »Da haben Sie schon wieder recht. Vermutlich sollte ich damit anfangen, dass ich nicht von Kampen heiße, sondern Marendorff.«

In diesem Augenblick öffneten sich die Wolken, der Regen stürzte auf sie herab wie ein Wasserfall, der von Neuem heftig auffrischende Wind zerrte an ihren Mänteln und ließ keinerlei Erwiderung zu. Auf einen Schlag waren sie bis auf die Haut durchnässt und liefen den Weg zurück, der sich binnen kürzester Zeit in eine breite Schlammspur verwandelte. Einerseits war Roman dankbar für diesen Aufschub, denn natürlich musste er nun Farbe bekennen. Andererseits war ihm bewusst, dass weder er noch Viktoria Kleidung zum Wechseln dabeihatten, und die Vorstellung, sämtliche Erklärungen in einem Hotelbademantel geben zu müssen, war nicht gerade verlockend.

Dazu kam es allerdings doch, und bis Roman und Viktoria abwechselnd alles berichtet hatten, waren ihre Sachen vom Personal getrocknet und gebügelt worden. Zumindest der Regen hatte nachgelassen, sodass sie sich bei den ersten Sonnenstrahlen von Frau Jessen verabschiedeten, die ihnen entgegen Romans Befürchtungen nichts nachtrug, sondern gebannt zugehört hatte.

»Ich muss schon sagen«, meinte sie am Ende, »das ist die sonderbarste Geschichte, die ich je gehört habe. Ich bin sicher, die Kommissare, die damals mit unseren beiden unbekannten Toten befasst waren, wären höchst interessiert daran. Werden Sie sich mit Ihrem Verdacht an die Polizei wenden?«

Roman spürte nicht nur Frau Jessens, sondern auch Viktorias fragenden Blick auf sich ruhen. Wollte er, dass alles auf diese Weise ans Tageslicht gezerrt wurde?

»Wenn wir alle Fäden zusammengeführt haben, sollten wir das tun«, entschied er.

Roswitha Jessen nickte und reichte ihnen die Hand. »Es würde mich interessieren, wie die Sache ausgeht. Lassen Sie es mich wissen?«

»Natürlich. Wenigstens das sind wir Ihnen schuldig«, stellte Roman fest.

Frau Jessen lachte. »Ach was! Ohne Ihren kleinen Trick wäre ich bestimmt sehr zugeknöpft gewesen. Da hätte ich einiges verpasst!«

Die Kranichburg empfing Roman und Viktoria bei aufgeklartem Himmel. Mittlerweile war auch der Sturm etwas abgeflaut, obwohl Viktoria ihre Haare nach wie vor wild ins Gesicht wehten. Roman bemerkte, dass sie fröstelte. »Machst du uns Kaffee?«, bat sie. »Ich möchte kurz nach oben.«

»Ich kann was Heißes vertragen.« Er schaute hinter Viktoria her, die die Treppe hinauflief und dabei ihren Mantel auszog. Seinen ließ er gleich an, um beim Backshop Mohnkuchen zu kaufen.

Als er zurückkam, ließ er den Kaffee durchlaufen und rief nach Viktoria, doch sie hörte ihn anscheinend nicht. Er fand sie in ihrem Zimmer vor dem Notebook.

»Bist du damit wieder umgezogen?«, fragte er von der Tür aus.

»Bei Marie hat Henrik keinen Internetanschluss legen lassen. Ich wollte sehen, ob ich was über Simon Goldenstein finde, aber das sieht mau aus.«

Roman trat näher und betrachtete die Einträge der Suchmaschine. Ein Notar, ein Schwimmer, eine Erwähnung in einem Ahnenforschungsforum. »Das könnte interessant sein.«

»Hab ich nachgesehen, hat nichts mit unserem Goldenstein zu tun, diese Familie stammt aus dem Schwäbischen. Ich mach nachher weiter.« Sie klappte das Notebook zu. »Gibt's schon Kaffee? Du hast ziemlich lange gebraucht.«

Roman nickte, war aber mit den Gedanken woanders. »Warum interessiert dich dieser Goldenstein? Er hat nichts mit unserer Geschichte zu tun, sondern bloß das Schloss gekauft und verkommen lassen.«

»Aber dafür muss er einen Grund gehabt haben«, stellte Viktoria fest. »Weshalb sollte er Geld für etwas ausgeben und es dann sträflich vernachlässigen? Meiner Meinung nach gibt's dafür nur eine Erklärung: Das Schloss als solches war ihm egal, die ganze Transaktion war nur ein Symbol, eine Botschaft an jemanden: Sieh her, ich hab geschafft, was du nicht konntest – und du kannst nichts daran ändern.«

»Reichlich viel Mammon, selbst wenn's ein Spottpreis gewesen ist, für eine bloße Botschaft«, zweifelte Roman, bis ihm ein Licht aufging. »Du glaubst, diese Botschaft war an Georg von Kampen gerichtet?«

»Genau. Damit könnte Goldenstein in unsere Geschichte verwickelt sein. Diese ganzen Ereignisse sind mir alle zeitlich zu nah an Johanns Tod und an Maries Verschwinden in der Kranichburg. Das kann kein Zufall sein.«

Nachdenklich schenkte Roman Kaffee in ihre Becher. Viktorias Idee hatte durchaus was für sich. Er konnte sich zwar nicht vorstellen, wohin sie das führte, aber es mochte sich lohnen, Goldenstein im Auge zu behalten. Natürlich musste der nicht unbedingt aus der Gegend hier stammen. Falls doch, gab es eine vielversprechendere Methode, ihn zu finden, als übers Internet. »Das Stadtarchiv in Stralsund hat eine Menge Unterlagen, Urkunden und Akten. Wir sollten es da probieren.«

Viktoria hatte gerade in ihr Stück Mohnkuchen gebissen und nickte begeistert. »Großartige Idee«, sagte sie. »Damit meine ich das Stadtarchiv und den Kuchen. Das ist der beste Mohnkuchen, den ich je gegessen habe!«

Roman lachte und griff ebenfalls zu.

4.

Das Stralsunder Stadtarchiv befand sich im ehemaligen Johanniskloster. Von der Klosterkirche standen nur noch Ruinen, malerisch von wuchernden Ranken umgeben, die durch intakt gebliebene oder restaurierte Fensterbögen zu sehen waren. Das Gelände des Klosters verfügte über zwei Höfe, der erste wurde gesäumt von ein- und zweistöckigen Häusern, teils aus Fachwerk, teils verputzt, aber immer mit bunten Fensterläden und liebevoll gestaltet. Im zweiten Hof, den man durch einen schmalen, ebenfalls mit Ranken bewachsenen Torbogen betrat, waren die Häuser noch niedriger, die Türen und Fenster noch bunter, die Grünstreifen davor bepflanzt. Hier fühlte man sich weit weg vom Trubel der Touristen, der Geschäfte und Cafés. Das Gebäude des Stadtarchivs bildete eine Ausnahme, es war aus rotem Backstein wie die Klosterkirche und überragte die anderen Häuser.

Bevor sie hineingingen, blieb Viktoria kurz stehen und sah sich um. »Selbst wenn wir nichts finden, hat es sich gelohnt herzukommen. Ich hätte so eine Oase mitten in Stralsund nicht vermutet.«

»Unser schönes Land hält viele Überraschungen bereit«, stellte Roman fest.

»Offenbar. Sowohl städtebauliche Wunder als auch seltsame Familienbeziehungen. Auf ins Gefecht.« Viktoria drückte die graue Tür auf und ging Roman voran nach links in ein Büro, wo ein freundlicher Mitarbeiter fragte, wie er ihnen helfen könne. Kurz darauf erhielten beide eine Einweisung in die Bedienung des Computers und die Möglichkeiten der Recherche. Es gab unter anderem eine riesige Datenbank alter Postkarten von Stralsund, in die Viktoria und Roman sich fast eine Stunde lang vertieften.

»Faszinierend«, stellte Viktoria fest. »Ich kann mir immer besser vorstellen, wie es zu Maries und Doros Zeiten hier ausgesehen hat.«

Sie hätten ewig davor gesessen, wenn sie sich nicht an den eigentlichen Grund ihres Kommens erinnert hätten. Viktoria tippte den Namen Simon Goldenstein in die Suchmaske des Personenregisters ein. Eine Sekunde lang schwebte ihr Mittelfinger über der Enter-Taste, bis Roman sie anstupste. »Na los. Entweder er ist da oder nicht. Wenn nicht, können wir uns wieder den Postkarten widmen.«

Viktoria gab sich einen Ruck, und nach einer kleinen Pause spuckte die Datenbank aus, dass ein Simon Goldenstein im Jahr 1879 als Sohn des Kaufmanns Josef Goldenstein und seiner Frau Ruth in Stralsund geboren worden war.

»Volltreffer. Das könnte vom Alter her durchaus hinkommen, er wäre fünfundvierzig gewesen, als er Schloss Münkwitz gekauft hat.«

»Ja.« Viktoria zog das Wort zögernd in die Länge. »Hier steht, wann er geboren wurde. Aber nicht, wann er starb – wie bei Doro, erinnerst du dich?«

Roman nickte. »Wenn er von den Nazis enteignet wurde, wie Frau Jessen vermutet, hat er es vermutlich nicht mehr geschafft, rechtzeitig das Land zu verlassen. Er könnte durchaus in einem KZ umgekommen sein. Falls sie sich irrt, ist ihm vielleicht die Flucht gelungen, und er liegt sonst wo auf dieser Welt begraben. Das fehlende Datum hat überhaupt nichts zu bedeuten, ich glaub schon, dass wir den Richtigen gefunden haben. Bloß: Was machen wir mit dieser Information?«

»Fangen wir damit an, dass Georg von Kampen Münkwitz kaufen wollte und plötzlich nicht mehr konnte, weil er sich verspekuliert hatte. Was für ein Geschäft steckte dahinter? Der Vater von Goldenstein war Kaufmann. Könnte es damit zu tun haben?«

Die Recherche nach Josef Goldenstein ergab jedoch nichts

Erwähnenswertes, außer dass er und seine Gattin kurz hintereinander Ende des 19. Jahrhunderts gestorben waren. »Wir müssen woanders ansetzen«, meinte Roman und lehnte sich auf seinem Stuhl zurück.

»Mir lässt das fehlende Todesdatum keine Ruhe«, insistierte Viktoria. »Deine Argumente sind plausibel, aber was wäre, wenn Simon Goldensteins vermeintliches Verschwinden keinen so nachvollziehbaren Hintergrund hat? Was, wenn ...« Wie elektrisiert sprang Viktoria auf, was den Mann, der hinter ihnen an einem anderen Arbeitsplatz saß, dermaßen aus dem Konzept brachte, dass er sein Notizbuch fallen ließ. Viktoria registrierte nur nebenbei, wie pikiert er sie anschaute, als sie laut fortfuhr: »Das Geschäft, das Georg in den Ruin getrieben hat! Was, wenn das gar kein Geschäft war?«

»Was sonst?«

In Viktorias Kopf hatten sich mit einem Mal alle Bausteine zusammengesetzt zu einem vollständigen Bild, zu einer Hypothese, die zwar gewagt, aber durchaus nicht abwegig war. »Erpressung.«

Roman runzelte die Stirn, doch Viktoria wandte sich wieder dem Computer zu. »Warte eine Sekunde, vielleicht finde ich was, das meinen Verdacht untermauert.« Eine Sekunde war reichlich untertrieben. Das Stadtarchiv bot Zugriff auf grundlegende Daten wie Geburt und Tod, außerdem existierten umfangreiche Angaben über Handel und Gewerbe in Stralsund, über die Finanzverwaltung, die Gerichtsbarkeit, das Polizeiwesen und jede Menge andere Details, vieles davon reichte bis weit in vergangene Jahrhunderte zurück. Was Viktoria vorschwebte, hoffte sie, im Gerichtswesen zu finden. Sie klickte sich in die entsprechende Datenbank ein und hatte bald die Auswahl aus einer ganzen Reihe von Unterpunkten, angefangen von der Organisation des städtischen Gerichtswesens bis zu den diversen Gerichten. Dort wiederum fanden sich entsprechende Rechtssachen wie Seerecht und Handel, Bürgerrecht, Verlobungs-, Ehe- und Ehescheidungsangelegenheiten, Vergehen gegen Geistliche, Kirchenbedienstete und kirchliches Eigentum und eine Menge mehr. Viktoria interessierte besonders der Punkt Kriminalprozesse mit den Kategorien Morde, Gewalttätigkeiten, Diebstähle, Magie, Kindesaussetzung, Entführungen, Kurpfuscherei, Sittlichkeitsvergehen, Beleidigungen, Landesverrat, Desertation, unerlaubte Rekrutenwerbung, Anliegen von Untertanen und Sonstige Kriminalvergehen.

»Wonach suchst du in diesem Fall? Glaubst du, Simon Goldenstein hat Georg von Kampen erpresst?«

»Natürlich gehe ich nicht davon aus, dass konkret ein Tatbestand existiert, aber ich hoffe, ich finde zumindest etwas, aus dem hervorgeht, dass der Mann nicht ganz sauber war.« Jetzt begann die Kleinarbeit. Viktoria war es gewohnt, lange Zeit still zu sitzen und zu lesen, um das herauszufinden, was sie wissen wollte. Roman brachte weniger Geduld auf. Mehrere Male erhob er sich und ging ein paar Schritte durch den Raum. Viktoria störte das nicht weiter, sie vertiefte sich in die kurzen Abrisse der einzelnen Akten – bis sie unter der Rubrik »Diebstähle« fündig wurde.

»Sieh dir das an!«

Roman setzte sich wieder und las *Untersuchung gegen Simon Goldenstein, Kaufmann, Stralsund, wegen Diebstahls*. Die entsprechende Akte stammte aus dem Jahr 1917. Jetzt hatte es Roman gepackt, er suchte selbst weiter und fand eine weitere Akte, diesmal aus dem Jahr 1919 unter »Gewalttätigkeiten«: *Strafverfahren gegen Simon Goldenstein, Kaufmann, Stralsund, wegen Körperverletzung*. Danach tauchte der Name Goldenstein nicht mehr auf.

»Könnte natürlich sein, dass er ein gesetzestreuer Bürger geworden ist, aber mein Tipp wäre, er wurde vorsichtiger und hat sich nicht mehr erwischen lassen«, stellte Viktoria fest und resümierte: »Diebstahl und Körperverletzung – warum nicht Erpressung oder Schlimmeres?«

»Ich weiß immer noch nicht, worauf du hinauswillst. Womit sollte Simon Goldenstein Georg von Kampen erpresst haben?«

»Etwas, wofür dein Urgroßvater gewillt war, viele Scheine auf den Tisch zu blättern, so viele, dass er beinah bankrott ging. Schlimmstenfalls ein Mord. Oder die Mittäterschaft an einem Mord. Oder ein Auftrag zum Mord.«

Auf einmal blitzte Verstehen in Romans Augen auf. »Wer wusste davon?«, fuhr er fort. »Im günstigsten Fall nur Georg von Kampen und der Mörder selbst. Der Mörder geht also hin und erpresst Georg mit seinem Wissen, er lässt ihn bluten – und er setzt die größte Demütigung obendrauf, indem er am Ende mit von Kampens eigenem Geld Schloss Münkwitz kauft.«

»Damit ist er aber noch nicht fertig«, nickte Viktoria. »Er will Georg alles nehmen, inklusive der Schwedenkrone. Damit wäre dein Urgroßvater nicht nur seinen Besitz, sondern auch seinen guten Ruf los. Jemand, der so viel verliert, muss Dreck am Stecken haben, er wäre nie mehr auf die Füße gefallen. Dazu kann es von Kampen nicht kommen lassen, und weil er dasselbe Risiko nicht noch mal eingehen will, bleibt ihm nur eins: Diesmal muss er den Mord selbst erledigen. Er erschießt oder erschlägt Goldenstein und vergräbt dessen Leiche neben der von Johann. Dabei kann er davon ausgehen, dass viel Zeit ins Land geht, bevor jemand die Toten findet, weil sich kein Mensch um das Schloss kümmert.«

»Deshalb muss Georg auch Johann dort verscharrt haben. Er hatte das Schloss kaufen wollen und wusste, dass die Scheune ein sicherer Platz war.«

»Zwei Tote, die erst Jahrzehnte später wieder auftauchen. Zwei Tote, die niemand mehr vermisst.«

»Meine Güte«, sagte Roman nach einer ganzen Weile, in der nur das Klacken auf der Tastatur des Mannes hinter ihnen zu hören war. Der hatte inzwischen Kopfhörer auf, wahrscheinlich um nicht weiter von ihnen gestört zu werden. »Wenn das stimmt ...«

»... hatte Georg von Kampen mächtig was auf dem Kerbholz. Trotzdem ist alles nur eine Hypothese«, erinnerte Viktoria Roman. »Die noch dazu auf einer anderen Hypothese beruht, die wiederum auf Maries Bildern beruht. Dass Georg von Kampen etwas mit Johanns Verschwinden zu tun hat, gut, das ist mehr als wahrscheinlich. Dass er dafür einen Auftragskiller angeheuert hat ...«

»... ist genauso wahrscheinlich. Er war kein Mörder und wird zu dem Zeitpunkt davor zurückgeschreckt sein, jemanden umzubringen. Selbst wenn wir ihm zugestehen, dass er Johanns Tod nicht gefordert hat, sondern ihn nur aus dem Weg haben und seinem Wunsch entsprechenden Nachdruck verleihen wollte – er hätte schwerlich gewagt, sich selbst die Hände schmutzig zu machen. Das hast du schon richtig erfasst. Das alles erklärt vor allem auch Sophies Verhalten, ihre Panik, den Ruf der Familie zu schützen.« Roman sank in sich zusammen. »Arme Sophie. Wann immer sie es erfahren hat, es muss ein Schock für sie gewesen sein – und schwer, damit zu leben. Für uns ist es ewig her, aber sie war schrecklich nah dran. Es betraf Menschen, die ihr etwas bedeuteten. Es betraf ihren eigenen Vater.«

Viktoria bedauerte nach wie vor zutiefst, dass sie Sophie Marendorff nie kennengelernt hatte. »Ich wollte, sie wäre nicht gestorben. Es hätte ihr helfen können, mir dir über all das zu reden. Wenn du den Anfang gemacht hättest.«

»Zu spät«, stellte Roman fest. Er starrte auf den Bildschirm, auf dem noch immer der Hinweis auf das Strafverfahren gegen Goldenstein wegen Körperverletzung zu lesen war. »Wir können weder Sophie noch ihrer Mutter, noch Johann Niemann mehr helfen.« Seine Stimme wurde lauter, ungeduldig, fast wütend. »Wozu machen wir diesen ganzen Mist eigentlich?«

»Du tust es, weil du deine eigene Familie verstehen willst, von der du zu wenig weißt, denke ich. Deine Familie ist ein Teil von dir, selbst wenn dir das nicht ständig bewusst ist. Du bist, was sie sind oder waren, ihre Vergangenheit lebt in dir weiter. Wenn du damit nichts anfangen kannst, sieh es einfach so: Durch das, was wir erfahren haben, kannst du Sophie besser verstehen und begreifen, warum sie so war, wie sie war – was ihr Leben, ihre Gedanken ausgemacht hat, mochten sie richtig oder falsch sein.«

Roman ließ das erst auf sich wirken, bevor er nickte. »Und du? Was hast du davon? Dein nächstes Buch?«

Viktoria runzelte die Stirn. »Falls das in Martin Niemanns Absicht gelegen haben sollte, kannst du das schlecht mir vorwerfen«, sagte sie schroffer als beabsichtigt.

»So hab ich das auch nicht gemeint.«

»Ich würde es aber verstehen. Du bist direkt beteiligt, während für mich Maries Geschichte eben nur eine Geschichte ist, die mich im Grunde nichts angeht. Das Verrückte ist, dass ich das ganz und gar nicht so empfinde.«

Weder Viktoria noch Roman waren in der Stimmung, sich den Rest des Tages in Stralsund zu vertreiben. Zurück in der Kranichburg setzte sich Viktoria ans Laptop, um ihre Geschichte um die Details, die sie herausgefunden, und die Vermutungen, die sie angestellt hatten, zu ergänzen und zu korrigieren. »Auch wenn ich niemals ein Buch draus mache«, erklärte sie Roman. »Ich möchte alles zusammentragen, in die richtige Reihenfolge bringen. Maries Vermächtnis schaffen, wenn du so willst. Ist das albern?«

»Nein.« Roman lächelte und strich Viktoria über die Wange. »Mach das. Für Marie, für dich – und für mich. Du hast ganz recht, meine Familie ist ein Teil von mir, und Marie ein ganz besonderer, wie es aussieht. Geh laptoppen!«

Viktoria lachte. »Hübsches Wort!« Damit zog sie sich zurück und arbeitete ein paar Stunden ohne Unterbrechung. Dann streckte sie sich, klappte das Notebook zu und suchte nach Roman, doch der war ausgeflogen. Sie fühlte sich seltsam allein in der Kranichburg. Neulich hatte sie während seiner Abwesenheit wenigstens Beschäftigung gehabt. Ziellos lief sie durchs Erdgeschoss in die Küche, goss sich ein Glas Wasser ein und dachte daran, wie oft Marie an diesem Tisch gesessen haben mochte. Marie. Ohne dass sie ein bestimmtes Ziel gehabt hätte, stieg Viktoria die Treppen hoch. Erst als sie unterm Dach angekommen war und vor dem Atelier stand, fragte sie sich, was sie dort tat. Trotzdem stieß sie die Tür auf.

Das Atelier sah aus wie immer: leer. Die in die Wand eingelassene Öffnung zu dem Abstellraum stand offen, niemand hatte daran gedacht, sie ordentlich zu schließen. Viktoria ging hinüber, um das nachzuholen, obwohl es überhaupt keinen Unterschied machte. Sie erinnerte sich daran, wie ihr Blick auf das grässliche Bild von Georg von Kampen gefallen war, und zog eine Grimasse. Gleichzeitig trieb sie ein unbestimmtes Gefühl an. Sie musste sich davon überzeugen, dass sie wirklich alles mitgenommen hatten. Erneut bückte sie sich, trat einen Schritt vor – und meinte in der hintersten Ecke etwas auszumachen. Noch zwei Schritte, und Viktoria erkannte eine Leinwand, die mit der Vorderseite nach unten auf dem Boden lag. Wahrscheinlich hatten sie sie deshalb übersehen. Sie hob sie hoch und zog sich nach einem allerletzten Rundblick zurück ins Atelier.

Im schummerig gewordenen Licht sah sie, was Marie gemalt hatte: einen Korb, in dem unter einer flauschigen Decke ein Baby schlief. Über dem Korb bewachten Engel seinen Schlaf. Oder ... Viktoria schluckte. Sollten die Engel etwas anderes symbolisieren? Den Tod möglicherweise? Holten sie das Baby in den Himmel?

Mit einem Mal wurde Viktoria furchtbar kalt. Sie schauderte und wünschte sich, Roman würde endlich zurückkommen. Mit dem Bild stand sie da und lauschte. Nichts. Keine Haustür öffnete sich, keine Schritte ertönten. Sie war allein in der Kranichburg. Entschlossen schüttelte sie das beklemmende Empfinden ab und verließ das Atelier in der Überzeugung, dass dieses Bild ebenso wie die restlichen, denen sie bisher noch keine Rolle zugewiesen hatte, zu Maries zweiter Geschichte gehörte.

In Maries Zimmer lehnte sie es ans Bett und betrachtete die übrigen aussortierten Bilder: Marie auf dem Fußboden unterhalb der Treppe, die regennasse Strandstraße, auf der ein Schatten mit blondem Haar entlanghuschte, derselbe Schatten auf dem Bild mit den knorrigen Bäumen (obwohl Viktoria nach wie vor dazu tendierte, darin eine Metapher für Ausweglosigkeit zu sehen), die Gemälde aus verschiedenen Jahren, die Wustrows Kirche von innen und von außen zeigten, das Kapitänshaus in der Schmiedestraße, das Rettungsboot mit den sechs Pferden. Und eben jenes mit dem Baby im Korb, das, wie Viktoria feststellte, von 1924 stammte. Ihr Blick blieb an dem Treppenbild hängen. Sachte zog sie mit dem Zeigefinger die Figur des am Boden liegenden Mädchens nach. Zum ersten Mal kam ihr die Idee, dass es sich hier gar nicht um Marie handelte. Diese Frau, genau wie jene schemenhafte Figur auf der Strandstraße: Doro?

Erzählten am Ende all diese Gemälde Doros Geschichte?

Den Kirchenbildern hatten sie und Roman bisher wenig Beachtung geschenkt und sie nur aussortiert, weil es auffallend viele waren. Durch die Engel auf dem Babybild jedoch bekam die Kirche einen ganz neuen Stellenwert. War Johanna gestorben? Wenn ja: wo und wann? Und hatte Doro das so erschüttert, dass sie sich etwas angetan hatte? Viktoria nahm sich das Bild mit dem Kirchenportal noch einmal vor. Es passte hervorragend zu der Szene auf der Strandstraße, denn auf beiden Gemälden herrschte eindeutig Unwetter. Außerdem gab es da noch dasjenige der Kirche von der Großen Straße aus betrachtet. Auch darauf herrschte anscheinend Sturm. Sie erinnerte sich, dass sie die beiden letzten Bilder schon neulich miteinander in Verbindung gebracht hatte. Wären nicht noch jede Menge andere dazwischengekommen, hätte sie bestimmt schon früher den Zusammenhang mit dem Portal gesehen. Drei Bilder, ein Weg: Strandstraße, Große Straße, Kirche. Alles bei Unwetter oder zumindest bei düsteren bis dunklen Lichtverhältnissen. Eine von Maries Fortsetzungsgeschichten?

Viktorias Überlegungen wurden von einem Geräusch gestört, das sie erst vor Kurzem herbeigesehnt hatte: Unten ging die Haustür. Sie lief auf den Flur und beugte sich über das Treppengeländer, wobei ihr schwindelig wurde, weil sie an Maries Bild dachte. »Roman?«

»Komm runter, ich hab was zu essen mitgebracht!«, rief er zurück.

»Keinen Hunger! Aber du solltest raufkommen und dir was ansehen!«

Roman trat in die Diele und schaute zu ihr hoch. »Keinen Hunger? Hast du schon was gegessen? Ich dachte, der Kühlschrank ist leer.«

»Ich hab was entdeckt, das mir den Appetit verschlagen hat. Noch ein Bild in der Abstellkammer des Ateliers.«

Wie Viktoria gelangte Roman zu der Ansicht, dass es sich bei den letzten Gemälden um Doros Geschichte handeln könnte und dass das Bild von dem Baby – Johanna?! – zwei Interpretationen zuließ. »Es könnte eine Taufe bedeuten, was sowohl zu der Kirche wie auch den Engeln als Motiv passt«, äußerte sich Roman optimistisch. »Damit ist klar, wo wir morgen sind: in der Kirche, im Pfarrhaus, im Standesamt oder wo sonst sie hier ihre Dokumente aufbewahren. Ich fürchte, ich kriege Entzugserscheinungen, wenn wir nicht mehr nach alten Unterlagen suchen müssen.«

Viktoria wollte lachen, aber der Versuch misslang. Sie war im Gegensatz zu Roman eher pessimistisch und glaubte nicht an eine Taufe.

5.

Man sah die Turmspitze der Wustrower Kirche schon von Weitem, wenn man, von Ribnitz-Damgarten und Dierhagen kommend, in den Ort hineinfuhr, genauso wie der Blick darauf fiel, wenn man aus der entgegengesetzten Richtung, aus Ahrenshoop, kam. Die Kirche wirkte alltäglich und vertraut. Dennoch hatte Roman das Gefühl, dass er sie an diesem Tag zum ersten Mal wirklich wahrnahm.

»Der Platz wurde schon immer als religiöse Stätte genutzt«, sagte er, während sie die paar Stufen zu dem kleinen Hügel hochstiegen. Der Hügel war mit Gras, Büschen und Bäumen bepflanzt, ein schmaler Weg führte zum blauweißen Kirchenportal der Nordseite. »Die Slawen hatten hier ihren Tempel für den Wendengott Swantewit, und bevor diese Kirche gebaut wurde, stand da sechshundert Jahre lang eine aus Feldstein. Ach ja, und bis ins frühe 19. Jahrhundert war der Hügel nicht einfach ein Hügel, sondern er diente als Friedhof.«

»Ich bin beeindruckt von deinem Wissen!«, griente Viktoria.

»Internet«, lachte Roman. »Aber es ist schon spannend, wenn man sich vorstellt, was für eine lange Tradition gerade dieser Ort hat. Übrigens soll Swantewit der Ursprung des Ortsnamens sein, der Swante Wustrow lautete – heilige Insel.«

Sie öffneten das Portal und schauten direkt zur Empore auf der Südseite, an deren Decke ein Schiffsmodell mit weißen Segeln hing, sein Gegenstück – schmaler, länger und ohne Segel – befand sich genau über ihren Köpfen. Den dreiflügeligen Holzaltar erkannten sie sofort als den auf Maries Bild. Auf dem Altartisch war ein Tuch ausgebreitet, zwei Kerzenhalter und zwei frische Blumensträuße standen darauf. Gegenüber dem Altarraum, am Ende des

Kirchenschiffs, prangte die Orgel mit ihren unzähligen Pfeifen. Jemand spielte darauf eine eingängige Melodie, verhaspelte sich ein bisschen, spielte weiter. Anscheinend übte der Organist ein neues Stück ein. Ansonsten waren sie allein in der Kirche. Die Sonne schien durch die fünf Altarfenster mit ihren Rosetten und ließ die Staubkörnchen vor ihren Augen tanzen.

»Du glaubst im Ernst, dass Johanna hier getauft wurde?« Viktoria flüsterte, sicher unbewusst – Roman wäre es genauso gegangen, hätte er die ersten Worte gesprochen. »Ich hab immer noch Schwierigkeiten, mir das vorzustellen, obwohl es ein schöner Ort dafür gewesen wäre.«

»Gehen wir rüber ins Pfarrhaus und fragen nach den Kirchenbüchern, dann wissen wir's mit Bestimmtheit.«

Mit dem Klang der Orgelmusik verließen sie die Kirche und wandten sich nach links in die Hafenstraße. Das Pfarrhaus der Gemeinde stand ein Stück zurückgesetzt, die Front war mit dunklem Holz verkleidet. Viktoria klingelte an der grünweißen Eingangstür, die gleich darauf von einem lässig in Jeans und Hemd gekleideten Mann etwa in Romans Alter geöffnet wurde. Mit einem Lächeln fragte er, was er für sie tun könne.

»Das ist ein bisschen kompliziert«, begann Viktoria. »Wir suchen Unterlagen zu einem Todesfall oder einer Taufe aus dem Jahr 1912.«

Der Mann neigte verwundert den Kopf zur Seite, verlor jedoch sein Lächeln dabei nicht. »Das klingt in der Tat ein bisschen kompliziert, vor allem, da Sie sich nicht sicher zu sein scheinen, ob es nun ein Todesfall oder eine Taufe war. Aber kommen Sie erst mal rein. Ich bin übrigens der Pastor der Gemeinde, Jens Fischer.« Er zog die Tür ganz auf, trat zurück und reichte ihnen gleichzeitig die Hand.

»Für einen Pastor ein ausgesprochen sinniger Name«, meinte Roman leise zu Viktoria, als Jens Fischer ihnen voraus durch den Flur ging, um sie in sein Büro zu führen.

Der hatte es trotzdem gehört und lachte. »Das stimmt. Ich kann froh sein, dass meine Eltern mich nicht noch Peter genannt haben.« Er deutete auf zwei Besuchersessel und nahm selbst hinter seinem Schreibtisch Platz. »Bitte erzählen Sie doch ausführlicher, worum es geht.«

Abwechselnd gaben Viktoria und Roman eine Kurzfassung der Ereignisse, der Pastor Fischer konzentriert zuhörte. Je weiter sie in der Geschichte vorankamen, desto mehr ließ er sich davon gefangen nehmen.

»Wenn ich Sie richtig verstehe«, sagte er, »könnte der Tod dieses Babys – oder die Taufe – also eher, hm, inoffiziellen Charakter gehabt haben?«

Seltsamerweise war Roman dieser Gedanke bisher nicht gekommen, aber er musste zugeben, dass das eine berechtigte Vermutung war. »Das käme drauf an, was in der Nacht nach der Geburt geschehen ist und wer was veranlasst hat. Möglich wär's. Die Frage ist nur, ob wir in dem Fall bei Ihnen überhaupt an der richtigen Adresse sind.«

»Unter normalen Umständen würde ich Ihnen recht geben.« Jens Fischer machte eine kleine Pause und runzelte nachdenklich die Stirn.

»Was heißt das?«, fragte Viktoria. »Ganz davon abgesehen, dass es mir an Fantasie mangelt, mir vorzustellen, dass die Kirche in – wie nannten Sie das? – inoffizielle Taufen oder Begräbnisse involviert ist, dürften, selbst wenn es anders wäre, doch keinerlei Unterlagen darüber existieren, oder?«

»Ihnen mangelt es an Fantasie? Ich dachte, das gäb's bei Schriftstellern nicht. Der beste Beweis dafür sind diese beliebten Vatikan-Thriller. Sollten Sie mal lesen, Ihnen würden die Ohren schlackern von den unbeschreiblichen Dingen, die man der Kirche zutraut.« Pastor Fischer zwinkerte. »Dabei handelt es sich natürlich um die katholische Kirche. Wir Evangelen haben es in der Tat nicht so faustdick hinter den Ohren. Obwohl gerade in diesem Fall ...«

Roman hatte nie viel mit der Kirche oder der Religion am Hut gehabt, aber Jens Fischer war ihm auf Anhieb sympathisch. Sie auf diese Weise auf die Folter zu spannen zeugte außerdem von besonderem Humor.

»Was?«, fragte er demzufolge pflichtschuldigst.

»Zu der Zeit, von der wir reden, stand Pastor Reuter der Gemeinde vor. Er war außerordentlich beliebt, hat sich um die Menschen gekümmert, die ihm nie gleichgültig waren. Ich möchte nicht von vornherein ausschließen, dass er sich gelegentlich unkonventioneller Mittel bediente, wenn es einem guten Zweck diente.«

»Worüber natürlich keine Dokumente existieren«, schloss Roman.

»Keine amtlichen. Aber Pastor Reuter hat eine private Chronik geführt, in der es um Angelegenheiten der Kirchengemeinde geht. Sehr interessant zu lesen, schon allein aus zeitgeschichtlichen Gründen. Wir haben diese Bücher hier, wenn Sie wollen, werfen Sie einen Blick in das entsprechende Jahr. Ich muss Sie allerdings vorwarnen, seine Schrift ist nicht leicht zu entziffern.«

»Kein Problem, wir haben reichlich Übung«, sagte Viktoria enthusiastisch.

»Ja, das denke ich mir. Bitte entschuldigen Sie mich, bin gleich wieder da.«

Das Büro von Jens Fischer war gemütlich eingerichtet, Grünpflanzen standen auf dem Fensterbrett und zwischen den Büchern und Ordnern in den Regalen, die Sessel hatten Ähnlichkeit mit denen, die Henrik für die Kranichburg ausgesucht hatte. Viktoria lehnte sich zurück. »Es wäre großartig, wenn wir was fänden. Ich hab nur Angst davor, *was* wir finden.«

Roman sah Viktoria an. Er konnte ihr diese Angst nicht nehmen, und wenn er ehrlich war, fühlte er was Ähnliches. Es drängte ihn nicht gerade zu lesen, dass Johanna gestorben war. »Versteh ich. Aber wir hätten wenigstens eine Antwort, selbst wenn sie uns nicht gefällt. Wäre ja nicht das erste Mal.«

Nach einigen Minuten kehrte Jens Fischer zurück, in den Händen zwei in braunes Leder gebundene Bücher, angestoßen an den Ecken, aber ansonsten gut erhalten. »Diese beiden umfassen das Jahr 1912. Leider kann ich sie nicht herausgeben, Sie müssten sie hier lesen. Machen Sie es sich bequem, Sie werden sicher eine Weile brauchen.« Er legte die Bücher auf den Tisch und ließ sie allein.

Roman bemerkte Viktorias Zögern, als sie nach dem ersten Buch griff. »Je eher wir anfangen, desto eher haben wir's hinter uns«, sagte er. »Schlag's auf!«

Es begann am Neujahrstag 1912. Viktoria blätterte zur letzten Seite und fand, dass der Eintrag dort vom August datierte. »Zu früh, hier gibt's nichts Relevantes«, stellte sie fest. »Ich würde es trotzdem gern lesen, vielleicht erwähnt er Marie und Doro zwischendurch. Immerhin sind sie ihm und seiner Frau öfter über den Weg gelaufen.«

»Das wäre bestimmt interessant, aber nicht jetzt. Es hat keinen Zweck, es hinauszuschieben.« Roman hatte sie durchschaut und reichte ihr den zweiten Band. »Marie hat am 23. Oktober 1912 aufgehört zu schreiben, nachdem Johanna geboren war. Alles, was Reuter vorher aufgezeichnet hat, ist für uns unwichtig.« Er sah, wie Viktorias Hände zitterten, als sie die Seiten wie ein Daumenkino durch ihre Finger gleiten ließ, bis sie an der richtigen Stelle angelangt war.

»Reuter hat offenbar nicht jeden Tag etwas geschrieben. Hier ist der 18. Oktober 1912, und darauf folgt der 23.«

»Lies vor.«

Mittwoch, 23. Oktober 1912
Unsere Gemeinde ist nur klein, ich möchte behaupten, dass ich die allermeisten Menschen persönlich kenne. Ich mache mir die größten Vorwürfe, nichts davon bemerkt zu haben, dass eins unserer Mädchen schwanger war. Meine Hoffnung

ist, dass die Mutter des Säuglings, den ich heute Morgen vor dem Kirchenportal fand, nicht zu unserer Gemeinde gehört. Zwar ist keine Ferienzeit, dennoch halten sich einige wenige Fremde zu Besuch auf, die ich nicht kenne und die nicht regelmäßig zum Gottesdienst kommen. Ich werde die Mutter des Kindes ausfindig machen und ihr ins Gewissen reden. Ich bete zu Gott, dass es mir gelingt. Mag dieses Kind in Sünde empfangen worden sein – eine andere Erklärung, es auszusetzen, finde ich nicht –, es ist nun einmal auf der Welt und verdient dieselbe Liebe wie alle anderen Menschenkinder.

Das kleine Mädchen lag in einem mit weichen Kissen ausgelegten Weidenkorb, eine dicke Decke darüber geschlagen, damit es bei dem Sturm letzte Nacht nicht frieren sollte. Einstweilen kümmert sich meine Agnes um das Kind. Sie sagt, es ist höchstens einen Tag alt, aber nach der Geburt gut versorgt worden.

Was für eine traurige und verzwickte Situation.

Viktoria sah auf. »Ausgesetzt! Doro hat das Kind ausgesetzt! Und das noch in derselben Nacht! Ich hätte mit allem gerechnet, aber nicht damit!«

»Ich auch nicht«, stimmte Roman ebenso ungläubig zu. »Komisch, dass wir trotz der Bilder von der Kirche und vor allem von dem Korb mit den Engeln nie darauf gekommen sind. Marie wollte damit wohl sagen, dass sich von nun an die Kirche um Johanna kümmern würde. Und das Gemälde von der Strandstraße im Sturm zeigt Doro, die Johanna fortbringt.«

»Aber sie trägt nichts in den Händen oder Armen.«

»Dann zeigt es sie eben dabei, wie sie nach Hause zur Kranichburg läuft. Das ist sogar wahrscheinlicher, weil das Folgebild konsequenterweise dasjenige ist, auf dem sie am Fuß der Treppe liegt.

Sie muss dermaßen am Ende ihrer Weisheit gewesen sein, dass sie sich in den Tod gestürzt hat.«

»Was sollte der Auslöser dafür gewesen sein?«

»Es gibt doch so was wie postpartale Depression. Könnte Doro darunter gelitten haben?«

Viktoria schüttelte den Kopf. »Viele Frauen werden unmittelbar nach der anstrengenden Geburt und durch die hormonelle Umstellung weinerlich, reizbar und nervös. Eine echte postpartale Depression kann zwar direkt nach der Geburt beginnen, fängt aber eher schleichend an. Dass Doro Johanna erst noch geherzt und geliebt hat und nur wenige Stunden später durchdreht und sie weggibt – höchst unwahrscheinlich, dass die Ursache eine Depression war.«

»Du kennst dich gut aus«, stellte Roman verwundert fest.

»Hab ich mal für ein Buch recherchiert. Schreiben bildet.« Sie lächelte, wurde jedoch gleich wieder ernst. »Noch was will mir nicht in den Kopf. Wieso hat Marie sie nicht davon abgehalten?«

»Vielleicht hat Doro ihr was verabreicht, sodass sie fest schlief und nichts davon mitbekam.«

»Das würde aber bedeuten, dass Doro alles präzise geplant hat. Nie im Leben. Wenn sie so rational war, hätte sie sich hinterher nicht umgebracht.«

»Auch wieder wahr. Was schreibt Reuter denn weiter? Er hat bestimmt mehr rausgefunden, immerhin war er vor Ort.«

Freitag, 25. Oktober 1912

In den letzten Tagen habe ich versucht, äußerst diskret Erkundigungen darüber einzuholen, ob jemand von einer schwangeren Frau weiß. Ich kenne meine Schäfchen gut genug, um zu erkennen, ob ich die Wahrheit höre. Niemand hat mich belogen. Niemand weiß etwas. Ich habe nicht einmal den Anflug einer leisen Vermutung vernommen. Nicht einmal Gerüchte. Dabei hatte ich meine ganze Hoffnung auf die alte Frau Schmidt gesetzt. Wenn es jemanden in Wustrow gibt, der wie durch ein Wunder alles mitbekommt, ich möchte sogar sagen, erst recht Dinge, die keiner wissen soll, dann sie. Zum Glück ist die Gute verschwiegen und findet ihr Vergnügen ausschließlich im Wissen, nicht im Weitererzählen. Aber auch bei ihr erntete ich nur ein Kopfschütteln.

Noch konnte ich Stillschweigen darüber bewahren, dass wir im Pfarrhaus einen Säugling haben, nur meine Agnes und unser Mädchen Gertrud wissen davon. Aber bald werde ich etwas in die Wege leiten und die offiziellen Stellen benachrichtigen müssen. Das ein oder andere Mal, wenn ich Agnes beobachte, habe ich fast das Gefühl, sie würde die Kleine gern behalten. Sie hat ihr schon einen Namen gegeben, was ich für falsch halte, aber ich konnte sie nicht davon abbringen, sie nach ihrer Mutter Karoline zu nennen.

Sonntag, 27. Oktober 1912

Gott verzeihe mir, ich weiß ja, dass seine Wege unergründlich sind. Manchmal frage ich mich dennoch, warum so vieles auf der Welt so ungerecht verteilt ist. Heute kam nach dem Gottesdienst eine fremde junge Frau zu mir und bat mich um Rat. Ich sah sofort, dass sie eine große Last trug, und wollte ihr schon frohen Herzens sagen, dass sie sich keine Sorgen machen muss, dass ihr Kind wohlbehalten bei uns lebt, dass sie es gleich zu sich nehmen kann. Wie bin ich dankbar, dass ich schwieg und wartete, was sie mir zu erzählen hatte.

Die junge Frau, ich schätze sie auf zweiundzwanzig, dreiundzwanzig Jahre, ist seit einiger Zeit in Wustrow zu Besuch bei ihrer Tante, die ich nur flüchtig kenne, da sie kaum je den

Gottesdienst besucht und sehr zurückgezogen lebt. Das Mädchen kam auf Anraten ihres Arztes, um Ruhe und Erholung zu finden. Sie war schwanger, jedoch war die Schwangerschaft schon in recht frühem Stadium sehr schwierig, es bestand die Gefahr, dass sie das Kind verlieren könnte, sollte sie sich nicht schonen. So begleitete ihr Mann sie nach Wustrow, musste jedoch bald zurück, um seiner Arbeit im Brandenburgischen nachzugehen. Leider erwiesen sich die Befürchtungen des Arztes als zutreffend, und selbst Ruhe und Schonung halfen nicht. Die arme Frau erlitt vor fast zwei Monaten eine Fehlgeburt, von der sie sich zwar körperlich, nicht aber seelisch erholt hat. Sie brach während unseres Gesprächs mehrmals in Tränen aus, es gelang mir kaum, sie zu beruhigen, und zu meiner Schande muss ich gestehen, dass ich ihr nur wenig Trost spenden konnte.

Mehrmals redete sie davon, nicht weiterzukönnen, keinen Sinn im Leben zu sehen, es sich gar selbst zu nehmen. Ich verbarg mein Entsetzen, so gut ich konnte, und versuchte, sie davon zu überzeugen, dass ihr Ehemann in der Folge mit zwei Verlusten zurechtkommen müsse, wo doch der seines Kindes schon schwer genug sei. Das rüttelte sie ein bisschen auf, denn tatsächlich war er dankbar gewesen, dass wenigstens sie ihm noch blieb. Er hatte sie gleich mitnehmen wollen, doch nach ärztlichem Rat sollte sie noch in Wustrow bleiben, statt sich sofort wieder dem Alltag zu stellen.

Am Ende unseres Gespräches ging es ihr etwas besser, ich denke, es war ihr eine Erleichterung, einmal mit einem anderen Menschen über ihre Trauer zu sprechen. Ich fürchte jedoch, dass sie bald erneut in eine Depression verfallen wird und dass sie doch tun könnte, was die größte Sünde von allen ist.

Montag, 28. Oktober 1912

Für gewöhnlich rede ich nicht über die Dinge, die mir anvertraut werden. Im Falle jener jungen Frau jedoch machte ich nach einer schlaflosen Nacht eine Ausnahme und sprach mit Agnes über das, was mir in den dunklen Stunden durch den Kopf gegangen war. Sie ist mir in all den Jahren immer eine wunderbare Ehefrau gewesen, ich lege Wert auf ihre Meinung und ihren Rat, und es bedeutet mir viel, dass sie mir zustimmte.

Ich suchte also die junge Frau auf, die ganz erstaunt darüber war, mich so schnell wiederzusehen, mich aber in die Stube einlud und mir eine Tasse Tee anbot. Sie hatte mir gestern nicht ihren Namen genannt, nur gesagt, dass sie bei ihrer Tante wohne, und reagierte nun ein wenig zurückhaltend, als ich mich genauer nach ihr erkundigte.

»Meine Liebe«, sagte ich, »ich frage nur, weil ich Ihnen helfen möchte. Dazu muss ich aber wissen, wer Sie sind und woher Sie und Ihr Gatte kommen. Ich muss überprüfen können, ob ich Ihnen das Wertvollste anvertrauen kann, was Gott uns auf dieser Welt schenkt.«

Verständnislos blickte sie mich an. »Ich sehe nicht, wie ...«

Ich holte tief Luft, bevor ich ihr ins Wort fiel. »Ich meine ein Leben. Ein kleines, unschuldiges Leben.« Damit brach ich meinen Vorsatz, wegen des Säuglings zu schweigen, und berichtete, was sich vor nicht einmal einer Woche zugetragen hatte. »Die bedauernswerte Mutter hat sich nicht anders zu helfen gewusst, als ihr Kind wegzugeben. Sie dagegen haben Ihres verloren und betrauern es zutiefst. Wenn ich sicher sein könnte, dass Sie dem kleinen Findling nur das Beste angedeihen lassen, dass es dem Mädchen bei Ihnen gut gehen wird ...«

»... würden Sie mir dieses Kind anvertrauen?« Sie war einen Moment lang sprachlos, dann begannen ihre Augen zu glänzen, ihre Wangen sich zu röten. »Würden denn die Behörden zustimmen? Wir sind einfache Leute. Mein Mann ist Meister in einer Fabrik, er ist fleißig und verdient unseren Lebensunterhalt, aber wir haben nur eine kleine Wohnung und nicht viel Geld.«

»Was mir vorschwebt, ließe die Behörden außen vor, verstehen Sie? Ich möchte mich nur ganz persönlich von Ihren Verhältnissen und Ihrem Leumund überzeugen und natürlich auch Ihren Mann kennenlernen. Niemand bräuchte zu wissen, dass das Kind nicht Ihr leibliches ist. Damit wäre Ihnen geholfen und dem kleinen Mädchen, das gar nicht erst in ein Waisenhaus müsste, sondern gleich liebevolle Eltern hätte.«

Sie wurde ganz aufgeregt, befürchtete jedoch zugleich, dass wir uns damit über das Gesetz hinwegsetzten, was ihr augenscheinlich zu schaffen machte. Das wiederum bewies mir, wie ehrlich diese Frau war und dass mein Gefühl mich nicht getrogen hatte. Natürlich ist es nicht der übliche Weg, doch manchmal müssen wir ebenso verschlungene Wege gehen wie Gott selbst. Ich will nicht glauben, dass es der Zufall war, der mir einen Säugling vor die Kirche gelegt und anschließend diese Frau in Not zu mir geschickt hat.

Morgen werde ich mich auf den Weg nach Wittenberge am Elbstrom machen, um dort den jungen Schlossermeister kennenzulernen, der bei den viel gerühmten Singer-Nähmaschinenwerken arbeitet.

Roman hatte zurückgelehnt in dem weichen Sessel gesessen und zugehört. Vor dem Fenster wiegten sich die Blätter eines Baumes leicht im Wind, ab und zu blitzten Sonnenstrahlen hindurch. Er hatte sich vorgestellt, wie Pastor Reuter hier im Pfarrhaus saß – möglicherweise im selben Raum, denselben Baum betrachtend – und darüber nachsann, was er wegen des Findelkindes unternehmen könnte. Als Viktoria plötzlich schwieg, setzte er sich auf.

»Sag nicht, dass Reuters Aufzeichnungen an der Stelle abbrechen!«

»Nein. Nein, er schreibt noch mehr.« Viktoria schien um eine Schattierung blasser geworden zu sein. »Es ist nur – ich hab zu Hause eine alte Singer-Nähmaschine.«

»Im Ernst? Das sind tolle Dinger! Ich kann mich erinnern, dass Sophie früher auch eine hatte – allerdings hab ich sie nie daran gesehen. Wo steht deine?«

»Im Arbeitszimmer.« Viktoria wirkte immer noch abwesend. »Ich benutze sie genauso wenig, sie sieht einfach schön aus.«

Roman verstand nicht ganz, weshalb Viktoria deshalb so aufgewühlt war. »Hast du sie schon lange?«

»Ziemlich.« Dann las sie weiter.

Freitag, 1. November 1912

Was für erfreuliche, wenngleich anstrengende Tage hinter mir liegen! Die Nähmaschinenwerke in Wittenberge stehen ihrem Ruf in nichts nach, das riesige Gelände ist ein beeindruckender Anblick. Herr Hartwig hat mich ein wenig herumgeführt, nachdem ich ihn zunächst zu Hause in der Perlebergerstraße aufgesucht hatte, wo das Paar in einem bescheidenen Mietshaus gegenüber einem Gasthof eine Wohnung hat. Die Straße selbst wird von Bäumen gesäumt, sodass das Kind immer ein wenig Grün vor Augen hätte.

Herr Hartwig war selbstredend über mein unangekündigtes Kommen sehr erstaunt und wollte es erst gar nicht fassen und glauben, als ich ihm den Grund dafür nannte.

Viktorias Stimme war während des letzten Satzes immer leiser geworden, bevor sie ganz verstummte. Roman sah zu ihr hinüber. »Was ist denn los mit dir?«, fragte er ratlos.

Viktoria reagierte nicht, sondern starrte auf die Chronik, bis sie sich wie aus einem Traum erwacht räusperte und fortfuhr:

Auf der Reise nach Wittenberge war mir durch den Kopf gegangen, er könne in seinem Umfeld bereits erzählt haben, dass seine Frau eine Fehlgeburt erlitten hatte – was zu einem Problem hätte werden können. Doch es stellte sich heraus, dass er in seinem Kummer ganz für sich sein wollte und niemanden ins Vertrauen gezogen hatte, bis auf seine Mutter (seine Frau hat außer der Tante in Wustrow keine Verwandten mehr).

Während meines Aufenthaltes in Wittenberge habe ich so viel Zeit wie möglich mit Herrn Hartwig verbracht, der, wie seine Frau mir schon sagte, ein fleißiger und rechtschaffener Mann ist. Ich konnte mir einen Eindruck von den Verhältnissen verschaffen, in denen die beiden leben, und ich bin überzeugt, die kleine Karoline wird bei ihnen ein sicheres und schönes Zuhause finden und keine Not leiden, soweit es in der Macht von Herrn und Frau Hartwig liegt. Obschon ich sie noch nicht zusammen gesehen habe, sprechen sie mit einer solchen Wärme vom jeweils anderen, dass es mich tief beeindruckt und in meiner Meinung bestärkt: Sie werden dem Kind dieselbe Liebe und Wärme angedeihen lassen.

Vor meiner Abreise habe ich mit Herrn Hartwig besprochen, wie wir vorgehen werden. Agnes hat eine gute alte Schulfreundin, mit der sie heute noch regelmäßigen Kontakt pflegt, obwohl sie schon vor langen Jahren nach Neuruppin gezogen ist. Sicher ist sie bereit, sowohl Karoline als auch Frau Hartwig bei sich aufzunehmen. Beide werden dort bleiben und sich aneinander gewöhnen, bis Frau Hartwig nach Wittenberge zurückkehren kann und jeder ihr glauben wird, dass der Säugling in ihrem Arm der eigene ist. Das Mädchen wird eben kräftig und groß für sein Alter sein. Für die Menschen im Umfeld der Hartwigs besteht kein Grund zum Argwohn, daher wird niemand sich etwas dabei denken.

Morgen werden wir alles in die Wege leiten!

Gott Vater im Himmel – Dein Wille geschehe.

An dieser Stelle lachte Roman auf. »Das ist ja echt ein eigenwilliger Pastor!«

»Hm.«

»Viktoria! Du siehst aus, als hättest du in eine Zitrone gebissen! Okay, wir haben nicht damit gerechnet, dass Doro das Kind weggibt, und es ist furchtbar, dass sie offenbar keine andere Lösung sah. Aber ganz ehrlich: Ich vertraue Reuters gesundem Menschenverstand und bin so sicher wie er, dass es Johanna bei den Hartwigs an nichts gefehlt hat. Sie haben sie bestimmt geliebt wie ihr eigenes Kind! Glaubst du nicht, dass sie ein schönes Leben hatte?« Roman runzelte kurz die Stirn. »Oder wer weiß: Vielleicht hat sie es noch! Wer sagt denn, dass sie schon gestorben ist? Stell dir vor, wir finden sie und erzählen ihr die ganze Geschichte!«

»Nein.«

»Warum nicht? Was, wenn die Hartwigs streng Wort gehalten und niemals erwähnt haben, dass Johanna, also Karoline, ein angenommenes Kind ist und sie es nicht einmal selber weiß? Wenn mir jemand sagte, ich wär adoptiert, fände ich das aufregend.«

»Meine Nähmaschine«, sagte Viktoria leise.

Irritiert wiederholte Roman: »Deine ... Nähmaschine?«

Viktoria schluckte. Ihre Kehle war ganz trocken, sie bekam kaum Luft und hatte das Gefühl zu ersticken. Worte wollten aus ihr heraus und weigerten sich gleichzeitig, ihren Mund zu verlassen. Sie sah, dass Roman sich zu ihr herüberbeugte, sein Gesicht ein einziges Fragezeichen. Natürlich, was redete sie da auch von ihrer blöden Nähmaschine.

»Ich hab sie von meiner Großmutter geerbt«, krächzte sie.

»Ja. Und?«

Musste sie es buchstabieren, Herrgott? Stumm schüttelte sie den Kopf – über die letzten Wochen, über Martin Niemann, über sich selbst, über ihre Begriffsstutzigkeit, obwohl sie es beim besten Willen nicht hätte erraten können – über einfach alles. Und dann fasste sie es endlich in Worte: »Meine Großmutter hieß Karoline Hartwig.«

Eine gespenstische Stille breitete sich zwischen ihnen aus. Viktoria hörte das Ticken der Wanduhr, das sie zuvor gar nicht wahrgenommen hatte, und drehte sich unwillkürlich danach um. Das Modell erinnerte sie an Maries Schilderung einer anderen Uhr in einer anderen Zeit, nämlich an jene in Wilhelm Niemanns Haus: das Zifferblatt eingefasst in einen verzierten Holzrahmen mit einem Dreimaster. Die Niemanns, die von Kampens. Die Hartwigs.

»Bist du sicher?«, fragte Roman.

»Ich werde doch wohl wissen, wie meine Großmutter heißt! Natürlich bin ich sicher, ich kann meinen Stammbaum bis Anfang des 18. Jahrhunderts zurückverfolgen! Lückenlos. Mütterlicher- und väterlicherseits. Falls dir das nicht reicht: Auf der Geburtsurkunde von Karoline ist Neuruppin als Geburtsort angegeben. Ihre Eltern hießen Frida Hartwig, Hausfrau, und Arthur Hartwig, Schlossermeister, aus Wittenberge an der Elbe. 1934 heiratete Karoline Karl Freund – das war damals der Familienwitz: Karl und Karoline, haha. Sie bekamen eine Tochter, Margot, meine Mutter, die wiederum meinen Vater Dieter Brand heiratete.«

»Tja«, meinte Roman gedehnt, »sieht aus, als gäbe es in deinem Stammbaum wider Erwarten eine reichlich große Lücke.«

»Tja«, echote Viktoria, die weder wusste, was sie fühlte, noch, was sie fühlen sollte. Sie rettete sich in ein Rechenexempel. »Meine Großmutter ist angeblich Ende Dezember 1912 geboren. Zum Zeitpunkt der Fehlgeburt, zwei Monate vor den Ereignissen, die Reuter beschreibt, muss Frida im vierten oder fünften Monat gewesen sein. Da wird man noch nicht viel von ihrem Zustand gesehen haben, deshalb blieb die Suche des Pastors nach einer schwangeren Frau ergebnislos.« Viktoria war immer leiser geworden, bis sie endgültig verstummte. Wie oft hatte sie das Leben anderer Menschen erfunden, ihm möglichst verzwickte Windungen und Wendungen gegeben, damit keine Seite ihrer Romane langweilig wurde. Ihr eigenes und das ihrer Familie dagegen war niemals skandalumwittert oder geheimnisvoll gewesen, es gab keine schillernde Figur, nicht mal das berüchtigte schwarze Schaf. Alles Durchschnittsleute mit einem Durchschnittsleben. Hatte sie gedacht.

Und plötzlich war ihre Großmutter eine Fremde, von deren Mutter wiederum sie bis vor einigen Wochen noch nicht mal etwas gehört hatte, ganz zu schweigen davon, dass der Schwager dieser Mutter (was für ein Durcheinander!) aller Wahrscheinlichkeit nach ein Mörder war. Und dass ...

»Roman?«

»Ja?«

»Ist dir eigentlich klar, dass wir verwandt sind?«

»Aber doch ziemlich entfernt. Hoffe ich«, grinste er. Ihm machte das Ganze anscheinend ausgesprochen Spaß. Konnte sie es ihm verdenken? Bisher hatte er immerzu einstecken müssen, jetzt war sie dran. »Mannomann!« Er schüttelte den Kopf. »Martin Niemann war wirklich ein Teufelskerl!«

»Kann man so sagen. Immerhin wissen wir nun, warum er mich dabeihaben wollte. Nicht, damit ich einen Roman über die Geschichte schreibe, sondern weil ich mittendrin stecke. Ich muss das erst mal verdauen.« Abwesend schaute Viktoria auf die Wanduhr, bevor sie wieder nach Reuters Chronik griff. Sie überflog die nächsten Einträge bis zum Ende des Jahres, ohne laut zu lesen, und sah schließlich auf. »Viel Aufregendes kommt nicht mehr. Ein paar Schilderungen über andere Ereignisse in der Kirchengemeinde, und ansonsten ist offenbar alles nach Plan gelaufen: Reuters Frau Agnes hat Frida und Johanna beziehungsweise Karoline nach Neuruppin gebracht, wo die Freundin eine vertrauenswürdige Hebamme kannte, die bereit war, die angebliche Geburt zu bescheinigen.« Viktoria runzelte die Stirn. »Mich würde brennend interessieren, wie später in Wittenberge erklärt wurde, dass das Kind ausgerechnet in Neuruppin und nicht, wie geplant, in Wustrow zur Welt kam.«

»Ich nehme an, die Hartwigs haben Stillschweigen bewahrt. Warum sollten sie ihren Freunden die Geburtsurkunde unter die Nase halten? Die war ja sicher nur für das zuständige Meldeamt wichtig, dem es egal sein konnte, ob und wie Frida während ihrer Schwangerschaft durch die Gegend gereist ist«, meinte Roman.

»Auch wieder wahr«, stimmte Viktoria zu. »Jedenfalls hat Agnes laut Reuters Aufzeichnungen Mutter und Kind noch mal besucht und festgestellt, wie wunderbar sie sich aneinander gewöhnt hatten. Johanna ist zur Beruhigung aller nicht zu schnell gewachsen, sondern klein und zierlich geblieben.« Vorsichtig strich sie über den Einband, wie sie es schon bei Maries Tagebuch getan hatte. »Das muss sie von Doro geerbt haben. Arme Doro.« Die letzten zwei Worte hingen im Raum, bis Viktoria ihren Körper streckte, aufstand und ans Fenster trat. Sie sah hinaus auf die Straße, auf der Touristen vorbeischlenderten. Vielleicht wollten sie zum Fischländer Hafen, eine Fahrt mit dem Zeesenboot machen oder mit dem Linienschiff nach Ribnitz-Damgarten übersetzen, um sich das Bernsteinmuseum anzusehen. Oder sie wollten nur auf einer Bank sitzen und Fischbrötchen essen. Einen Moment lang beneidete sie die Menschen, die sich um nichts weiter kümmern mussten, deren Familiengeschichte nicht innerhalb weniger Augenblicke auf den Kopf gestellt worden war. »Wahrscheinlich werden wir nie erfahren, warum Doro das getan hat und was in jener Nacht geschehen ist – schon verrückt, wenn man bedenkt, welche Konsequenzen diese eine einzige Handlung hatte. Hätte sie sich anders entschieden, gäb's mich gar nicht.«

Roman trat zu ihr und umarmte sie schweigend. Sie lehnte sich an ihn, dankbar, dass er da war und sie verstand.

»Haben Sie gefunden, was Sie suchten?« Jens Fischer war zurückgekommen, ohne dass Viktoria oder Roman ihn gehört hätten.

»Sogar mehr, als wir dachten«, stellte Viktoria fest, woraufhin der Pastor sie nachdenklich musterte.

»Kann es sein, dass Sie darüber nicht sehr glücklich sind?«

Viktoria lächelte entschuldigend. »Wie würden Sie sich fühlen, wenn man plötzlich Ihre Identität in Frage stellt?« Ehe sie sichs versah, begann sie, Jens Fischer die Ergebnisse ihrer Recherchen zu erzählen, und schloss gleich anschließend die Frage an: »Erinnern Sie sich, ob Martin Niemann – oder jemand, der Martin Niemann gewesen sein könnte – hier war und sich nach alten Aufzeichnungen erkundigt hat?«

»Nicht, so lange ich in Wustrow bin«, bedauerte Jens Fischer. »Ich weiß nur, dass uns Reuters Gemeindechronik Anfang der Neunziger zur Verfügung gestellt wurde.«

»Das heißt, die gehörte ursprünglich gar nicht zu Ihrem Archiv?«, fragte Roman verwundert.

Der Pastor schüttelte den Kopf. »Wenn Sie möchten, rufe ich meinen Vorgänger an. Der müsste wissen, wie das damals war.«

Auf ein Nicken hin griff Jens Fischer zum Telefon und hatte schnell jemanden in der Leitung. Nach den üblichen Floskeln kam er auf den Punkt, skizzierte in groben Zügen das Problem und hörte danach einige Zeit nur zu. Abschließend dankte er herzlich und legte nach dem Versprechen, sich bald wieder zu melden, auf. »Das ist interessant«, wandte er sich an Viktoria und Roman. »Mit Martin Niemann konnte mein Kollege sofort etwas anfangen. Der war es nämlich, der um Weihnachten 1992 zu ihm kam und ihm die Chronik überreichte. Er sagte, er sei im Zuge von Familienrecherchen darauf gestoßen, habe darin zu seiner großen Freude gefunden, was er suche, und fühle sich nun verpflichtet, der Kirche die Bücher zu übergeben, da erstens darin fast ausschließlich Gemeindeangelegenheiten verzeichnet seien und da zweitens die Reuters keine Nachfahren hätten. Mein Vorgänger hat das zur Sicherheit noch mal überprüft, und es stimmt. Reuter starb kinderlos ein paar Jahre nach seiner Frau in den letzten Kriegstagen 1945 in Rostock, wo er zuletzt als Probst tätig gewesen war und 1933 emeritiert wurde.«

»Das heißt, dort hat Niemann die Aufzeichnungen entdeckt?«, schlussfolgerte Viktoria.

»Er muss wie mein Kollege Reuters Lebenslauf verfolgt haben. Der hat die meiste Zeit in Amt und Würden in Wustrow verbracht, bevor er Ende der Zwanziger zuerst nach Schwerin, dann nach Güstrow und zum Schluss nach Rostock versetzt wurde. Überall dort kam man offenbar mit seiner Art weniger gut zurecht als auf dem Fischland, was erklärt, warum er so oft die Stelle wechselte. Das Haus jedenfalls, in dem Reuter starb, überstand den Krieg. Eine junge Nachbarin, die ihm sehr zugetan war, hat trotz der Wirren in jener Zeit seinen Nachlass geregelt, mochte sich aber nicht von seinen persönlichen Aufzeichnungen trennen. Wie der Zufall oder das Schicksal es will, wohnte sie 1992 noch immer dort, als Niemann auftauchte, dem sie die Bücher überließ.«

»Und nun ist die Chronik wieder hier«, sagte Viktoria. Erneut hatte sich ein Kreis geschlossen. »Es würde mir Freude machen, sie eines Tages von vorn bis hinten zu lesen.«

»Aber erst mal haben Sie anderes im Kopf.« Pastor Fischer erhob sich, wohl, weil er spürte, dass Viktoria selbst es als unhöflich empfunden hätte, wenn sie aufgesprungen und gegangen wäre. »Soll ich mich nun freuen, dass ich Ihnen behilflich sein konnte – oder lieber nicht?«, fragte er beim Abschied.

»Dass ich das alles erfahre, ist vermutlich genau das, was Martin Niemann bezweckt hat, und vielleicht sogar, was Marie wollte.« Viktoria lächelte. »Ich werde mich früher oder später schon an die neue Familienkonstellation gewöhnen.«

Draußen schlug sie den Weg zurück zur Kirche ein, bog jedoch dann in die Neue Straße ab. Gedankenverloren ging sie an den Häusern vorbei, ohne den teils bunt bemalten Türen und Fenstern und den Reetdächern, nicht einmal dem Fischlandhaus, das sie passierten, Beachtung zu schenken. Roman hatte sich ihr angeschlossen und ließ sich von ihr führen. Ihr war selbst nicht bewusst, dass sie ein Ziel hatte, sie merkte es erst, als sie durch das Friedhofstor schritt. Niemand begegnete ihnen, nur ein paar Vögel zwitscherten in den Bäumen. Bald darauf fanden sie sich vor einem schlichten Stein wieder, auf dem kein Name stand, nur zwei ineinander verschlungene Buchstaben waren dort eingemeißelt, ein M und ein D. Darunter die Daten 25. Januar 1895 – 30. Juli 1993.

Viktoria versuchte, sich an den Juli 1993 zu erinnern, aber ihr fiel partout nichts ein. Dennoch, der 30. Juli brachte etwas in ihr zum Klingen. Plötzlich hatte sie es. Das folgenschwere Schiffsunglück, bei dem die beiden Mädchen und ihre Mutter von Johann gerettet wurden, hatte sich ebenfalls an einem 30. Juli ereignet, zweiundachtzig Jahre zuvor. Viktoria blinzelte eine einzelne Träne weg. So schlicht wie der Stein war das Grab selbst, nur frisches grünes Gras, so samtig weich, dass es einlud, sich niederzusetzen und des Menschen zu gedenken, der dort lag.

»Es ist ungerecht. Sie müssten beieinander sein«, sagte Viktoria leise.

»Wen meinst du? Johann und Doro? Johann und Marie? Marie und Doro?«

Viktoria stöhnte auf. »Ich hatte an Marie und Doro gedacht. Aber das mit Johann ist eine ausgezeichnete Idee – besonders da wir überhaupt keine Ahnung haben, wo Doro begraben ist. Wenn wir beweisen können, dass das Johanns Gebeine sind, die man damals bei Schloss Münkwitz gefunden hat, gäbe es keinen besseren Platz auf dieser Welt, ihn zur letzten Ruhe zu betten als hier.«

»Außer neben Doro, wenn wir wüssten, was wir eben nicht wissen.« Roman machte eine Pause. »Wir brauchen etwas, um Johanns Identität überprüfen zu lassen, da genügt schon eine Kleinigkeit. Ein Haar von Martin Niemann oder was Ähnliches. Ich glaube nicht, dass Melli sein Haus schon komplett geräumt hat, die Chancen stünden recht gut.«

Viktorias Gesicht hellte sich auf. »Das wäre die Lösung!«

»Du solltest sie anrufen und bitten, was Geeignetes sicherzustellen.«

Viktorias anfängliche Begeisterung legte sich auf einen Schlag. »Ich hätte nie gedacht, dass ich mal davor zurückschrecke, mit ihr zu reden. Hoffentlich wird dadurch Henrik nicht daran erinnert, dass er uns aus der Kranichburg werfen wollte.«

»Du glaubst doch nicht im Ernst, er könnte uns vergessen haben?«

»Kaum.«

Roman fasste nach ihrer Hand. »Es wird sich alles finden. Und wenn wir die Kranichburg nicht bekommen, was soll's? Am Ende haben wir was viel Besseres.«

»Die Wahrheit?«

»Die Wahrheit«, nickte Roman. »Und wenn uns gelingt, was wir vorhaben, sogar eine gewisse Art von Gerechtigkeit. Beides bedeutete sicher auch Martin Niemann mehr als das Haus.«

Viktoria erwiderte Romans Blick wortlos, bevor sie feststellte: »Ich wollte, ich hätte damals in Stralsund gewusst, wer er ist. Ich wollte, er hätte mit mir geredet. Wirklich geredet. Stattdessen hat er sich einfach zum Sterben davongeschlichen.«

Das ließ Roman nicht gelten. »Er hat genau gewusst, was er tat und warum, glaub mir.«

Nach einem letzten Blick auf Maries Grab verließen sie den Friedhof und machten einen langen Spaziergang am Saaler Bodden entlang. Immer wenn Viktoria dabei zu sehr vor sich hinbrütete, weil sie über ihre unvermutete Verwicklung in Romans Familiengeschichte nachdachte, versuchte er sie abzulenken, indem er das Gespräch auf ihr Vorhaben mit der DNA-Analyse brachte: ob sich das Ganze überhaupt durchführen ließ und ob man ihnen erlauben würde, Johann in Wustrow beizusetzen.

Trotzdem musste Roman am Abend Viktoria zweimal anstupsen, damit sie endlich zum Handy griff, um Melli anzurufen. Erst nach dem fünften Klingeln meldete sich jemand.

»Gerlach.«

Henrik. Oje. Versehentlich hatte Viktoria nicht bei Melli zu Hause, sondern in der Kanzlei angerufen.

»Hallo, Henrik. Entschuldige die Störung, ich wollte eigentlich Melli erreichen.«

»Dann hast du Pech gehabt. Sie ist nicht hier.« Er war kurz angebunden und unfreundlich.

»Weißt du, wo ich sie erreichen kann? Es ist ziemlich dringend.«

»Ruf auf ihrem Handy an.« Damit legte er auf.

Viktoria seufzte innerlich. Sie hätte die Chance ergreifen sollen, gut Wetter zu machen, andererseits hatte sie keine Lust, klein beizugeben, weil sie sich in keinster Weise schuldig fühlte. Dass

Roman zugehört hatte und spöttisch die Brauen hob, besserte ihre Stimmung nicht. Resigniert tippte sie diesmal die richtige Nummer ein, und Melli meldete sich sofort.

»Meine Güte, Viktoria, bin ich froh, dass du anrufst. Ich war echt dämlich. Nur weil du dich mit Henrik gestritten hast, müssen wir das nicht auch tun!«, sagte sie statt einer Begrüßung und klang seltsam dabei, fast, als würde sie weinen.

»Melli? Was ist los?«

»Ach nichts.« Jetzt schniefte sie eindeutig. »Ich bin nur gerade in Martins Haus, um klar Schiff zu machen. Keine leichte Angelegenheit. Dabei ist mir bewusst geworden, dass das Leben zu kurz ist, um sich über Nichtigkeiten aufzuregen.«

»In Martins Haus?«, fragte Viktoria erschrocken.

Anscheinend hörte Melli ihre Panik. »Ja. Wieso? Ist was nicht in Ordnung damit?«

Viktoria holte tief Luft. »Kommt drauf an. Sag bloß nicht, du hast schon den Sperrmüll gerufen.«

»Um Himmels willen, nein! Aber worum geht's denn überhaupt? Ich hab doch neulich alles durchsucht und nur diese Urkunden gefunden. Hast du was Bestimmtes im Sinn?«

»Könnte sein, dass wir seinen Vater gefunden haben.«

Mellis ungläubiges »Wie bitte?« erforderte eine detailliertere Erklärung.

»Das wär ja ein Ding«, sagte sie schließlich. »Was meinst du, weshalb Martin sich nicht selbst darum gekümmert hat? Maries Bilder implizieren, dass sie noch mal bei der Scheune war, und wenn sie so ein inniges Verhältnis zu Martin hatte, wird sie ihm gezeigt haben, wo sein Vater begraben lag.«

»Vielleicht wollte er dessen Ruhe nicht stören. Damals stand die Scheune noch, Marie lebte – wohin hätten sie Johanns Überreste bringen sollen?« In Gedanken gab sie sich selbst eine mögliche Antwort: zu Doro. Es sei denn, Marie hatte ebenso wenig gewusst, wo dieser Ort war.

»Gut, aber nachdem Marie gestorben war oder wenigstens nachdem man die Gebeine gefunden hatte?«

»Als Marie starb, stand die Scheune nach wie vor da, die von Münkwitzens hatten das Schloss noch nicht zurückgekauft. Und später ... Die Story ging zwar durch sämtliche lokale Medien, aber wenn Martin damals nicht in der Nähe, sondern in Hannover war, hat er möglicherweise nie davon gehört.«

»Ihr spielt also Schicksal.« Melli lachte leise. »Ich glaube, das hätte ihm gefallen. Bisher hab ich in seinem Bad nichts angerührt. Ich finde bestimmt was für eine DNA-Analyse und melde mich.«

Viktoria atmete auf. Wenigstens der Streit mit Melli hatte sich erledigt. Die Laus, die Henrik über die Leber gelaufen war, erfreute sich dagegen nach wie vor bester Gesundheit. Sie zuckte mit den Schultern und beschloss, Romans Haltung anzunehmen: Das ließ sich nun mal nicht ändern. Es gab Wichtigeres.

Zwei Minuten später klingelte ihr Handy. »Ich hab Martins Rasierer, seine Zahnbürste und seinen Kamm«, verkündete Melli. »Das dürfte reichen.«

Roman nickte, als Viktoria ihm davon erzählte. »Jetzt müssen die bei der Polizei und die im Labor uns nur noch zuhören.«

»Wir sind so weit gekommen, wir schaffen auch den Rest!«

»Das liebe ich an dir«, lachte Roman. »Deinen Tatendrang und deinen unerschütterlichen Optimismus.« Er stand auf, kam zu ihr herüber, umfasste sie von hinten und legte dabei das Kinn auf ihre Schulter. Sie spürte seine nachgewachsenen Bartstoppeln an ihrer Wange kratzen und befreite sich aus seiner Umklammerung.

»Hahaha«, machte sie. »Ich weiß, dass ich nicht gerade die geborene Optimistin bin, aber in diesem Fall denke ich gar nicht dran aufzugeben. Es bedeutet mir so viel.«

Das Lachen verschwand aus Romans Gesicht, er sah ihr in die Augen. »Mir auch.« Er beugte sich ein kleines Stück zu ihr hinunter und küsste sie.

Ein paar Stunden später, nachdem sie sich geliebt hatten, lag

Viktoria in Romans Armen und genoss das Gefühl, nah bei ihm zu sein. Vorsichtig, damit sie ihn nicht weckte, drehte sie sich um und betrachtete lange sein Gesicht. Unvorstellbar, dass es ihr einmal abweisend erschienen war. Sie legte sich wieder hin, schloss jedoch noch nicht die Augen, sondern ließ ihren Blick durch das Zimmer wandern, zum Fenster und zur Balkontür hin. Von draußen hörte sie das Meeresrauschen, das über den Tag mit dem Wind zugenommen hatte. Sie dachte darüber nach, was die letzten Wochen gebracht hatten – und was die Zukunft bringen würde, nicht nur, was die nächsten Schritte anging, die sie wegen Johann und Martin Niemann unternehmen würden. Als Roman vorhin gesagt hatte, es würde auch ihm viel bedeuten, hatte in seinem Blick etwas gelegen, das sie glauben ließ, er meinte nicht ausschließlich die DNA-Analyse.

»Warum schläfst du nicht?« Romans Stimme erklang neben ihr, hellwach.

Überrascht wandte Viktoria den Kopf. »Warum ich nicht schlafe? Wieso schläfst du nicht? Ich hätte geschworen, dass du längst träumst.«

Im diffusen Licht sah Viktoria Roman belustigt lächeln. »Ich mag's, wenn du mich ansiehst.«

Viktoria lachte. »Mistkerl!«

»Ach, ganz so schlimm bin ich gar nicht. Wirst du feststellen, wenn wir uns besser kennenlernen.«

»Noch besser?«

Roman nickte und gähnte dabei. »Aber nicht mehr diese Nacht.«

»Was spricht dagegen?« Viktoria rückte näher zu Roman.

Er hatte die Augen geschlossen, diesmal ganz offensichtlich, ohne zu schlafen. »Nichts«, sagte er schließlich und zog sie noch näher zu sich. »Gar nichts.«

In den frühen Morgenstunden erhob sich Viktoria, deren Träume immer wieder durchzogen gewesen waren von Doro und Marie. Sie schob die Gardine zur Seite und betrachtete die Regentropfen, die gegen das Fenster trommelten, bevor sie auf die Straße sah. Beinah schien es ihr, als stünde dort unten jemand und schaue zu ihr herauf, erwidere ihren Blick, suche die Verbundenheit zu ihr. Aber da war nichts, nicht mal – wie auf Maries Bild – eine verwischte Gestalt, die in einer stürmischen Nacht die Strandstraße entlanglief, um ihr Geheimnis zu verbergen.

Kaum hörbar seufzte Viktoria. Das letzte Rätsel, das wohl für immer ungeklärt bleiben würde. Dabei hatten sie wahrlich genug herausgefunden. Viktoria schloss die Augen. Sie war Doros und Johanns Urenkelin. Und – wie ihr blitzartig aufging – sie hatte damals in Stralsund das Buch, das Martin sich von ihr signieren ließ, ihrer eigenen Großmutter gewidmet. *Für Johanna.*

Teil 6

Dezember 2007

I.

Roman erwachte mit dem Gefühl, dass dieser Tag etwas Besonderes war, konnte sich aber nicht recht darauf besinnen, warum. Er streckte die Hand nach Viktoria aus und tastete ins Leere. Was hatte sie dazu gebracht, noch vor dem Weckerklingeln aufzustehen? Dann fiel es ihm ein: Heute war Heiligabend. Ihr erstes Weihnachten in der Kranichburg.

Verglichen mit der ersten Zeit in Wustrow, waren die restlichen Wochen der vorgeschriebenen Zweimonatsfrist ruhig verlaufen, abgesehen von dem enormen Aufsehen, das sie bei den Behörden in Stralsund erregt hatten. Erst nach langem Hin und Her hatten sich die zuständigen Stellen von ihrer Geschichte überzeugen lassen und einen entsprechenden DNA-Abgleich veranlasst. Das Ergebnis vermochte weder Roman noch Viktoria zu überraschen: Es lag eindeutig eine Verwandtschaft zwischen Martin Niemann und einem der beiden Unbekannten vor, die in der Scheune von Schloss Münkwitz verscharrt worden waren. Ihr Verdacht, dass es sich bei dem anderen um Simon Goldenstein handelte, stieß bei den Beamten auf reges Interesse. Man fand heraus, wo Josef und Ruth Goldenstein beerdigt worden waren, aber die Grabstätte existierte wie befürchtet längst nicht mehr. An derselben Stelle hatten sich danach mehrere Gräber befunden, eins so neu, dass man die Totenruhe nicht stören wollte, um nachzusehen, ob darunter noch Überreste der Goldensteins zu finden wären. So blieb mangels Vergleichsmaterial die Identität des zweiten Toten ungeklärt, auch wenn alle davon ausgingen, dass Simon Goldenstein ein sehr ähnliches Schicksal ereilt hatte wie sein Opfer.

Der Antrag, Johanns Gebeine auf dem Friedhof in Wustrow zu

bestatten, lief noch. Dass er genehmigt würde, daran zweifelte jedoch niemand, am allerwenigsten Pastor Fischer, der regen Anteil an den Geschehnissen nahm.

Am 8. November, auf den Tag genau zwei Monate, nachdem Roman und Viktoria das Haus zum ersten Mal betreten hatten, war Henrik auf der Schwelle erschienen und hatte nüchtern erklärt, was ihn beträfe, seien alle Bedingungen aus Martin Niemanns Testament erfüllt. Natürlich mussten noch einige Formalitäten geklärt werden, die sich etwas hinzogen, aber bald darauf gehörte die Kranichburg unwiderruflich ihnen.

Für kurze Zeit war Viktoria nach Hannover zurückgekehrt, um ihre Wohnung zu kündigen und zusammenzupacken, woran sie hing. Roman wusste, dass ihr die Trennung von ihren Eltern, die die Geschichte im Übrigen auch kaum fassen konnten, von Melli und von der Stadt, in der sie praktisch ihr ganzes Leben verbracht hatte, schwerfiel. Aber letztlich hatte es gar keiner großen Worte mehr bedurft. Roman und sie wollten zusammenbleiben, egal, wie kurz sie einander erst kannten, was immer andere, insbesondere Romans Familie, davon hielten. Als Henrik an jenem bewussten Tag pro forma fragte, ob sie beabsichtigten, das Erbe anzunehmen, hatte die Antwort Ja gelautet – auch auf die Frage, die er nicht gestellt hatte. Wegen seines Jobs im Meeresmuseum wollte Roman vorerst seine Wohnung in Stralsund behalten, aber er verbrachte die meiste Zeit mit Viktoria in der Kranichburg.

Heute also war Heiligabend. Wahrscheinlich bereitete Viktoria unten schon das Frühstück vor – oder sie war kurz zur Seebrücke gelaufen, was sie an manchen Tagen zu früher Stunde tat. Schwerfällig schob Roman die Beine aus dem Bett und beeilte sich dafür umso mehr, über den Flur ins Bad zu kommen. Bisher hatten sie noch nicht allzu viel renoviert und saniert, die Heizung beispielsweise ließ zu wünschen übrig. Die Räume wurden warm, aber das

Haus an sich – die Diele, die Flure oben – blieb kalt. Immerhin war das Bad fertig und verfügte über eine Dusche, die sich kaum hinter derjenigen in seiner Wohnung zu verstecken brauchte. Maries Zimmer wollten sie lassen, wie es war, nur einen Internetanschluss hatten sie legen lassen, damit Viktoria es zum Arbeiten nutzen konnte. Beim gründlichen Saubermachen und Abstauben hatten sie zu guter Letzt sogar Martin Niemanns Erbschein gefunden, der ausgerechnet hinter Maries Bild über dem Bett steckte.

Viktoria war tatsächlich an der Seebrücke gewesen. Als sie zurück war, frühstückten sie kurz und machten sich auf den Weg zum Supermarkt. Nach dem Einkauf, der wegen der endlosen Schlange an der Kasse länger dauerte als gedacht, wuchtete Roman den Baum in den Ständer und trug ihn ins Wohnzimmer, in dem sie Henriks Einrichtung durch stilgerechtere Möbel ersetzt hatten. Unter dem Baum liegend, drehte er den Stamm erst ein Stück nach rechts und wieder nach links, bis Viktoria »Stopp!« rief. »Er sieht von hier aus absolut gerade und gleichmäßig aus.«

Roman rieb sich die von den Nadeln leicht zerkratzte Wange und trat prüfend zu Viktoria. »Stimmt.« Früher hatte er sich nie viel aus Weihnachten gemacht, nicht mal während seiner Ehe. Heute fühlte es sich anders an. Erstaunlicherweise gefiel es ihm. Trotzdem stöhnte er jetzt gequält auf und warf einen unwilligen Blick auf das Radio. »Wenn ich noch einmal *Last Christmas* höre, schrei ich.«

Viktoria lachte. »Such einen anderen Sender, oder leg eine CD ein.«

»Hervorragende Idee«, brummte Roman, als es an der Haustür klingelte. »Ich geh schon. Such du Musik aus, ist mir egal, was, bloß nicht Wham oder Bing Crosby. Eins ist so schlimm wie das andere.« Er sah noch, wie Viktoria sich nach dem Stapel Weihnachts-CDs bückte, und ging zur Tür. Bevor er sie öffnete, dachte er, dass irgendwelche Leute davor stünden, die für irgendwas Wohltätiges sammelten, doch er hatte sich getäuscht, und zwar gründlich.

»Herr Gerlach?« Roman war sich seines erstaunten und vor

allem wenig einladenden Tons bewusst, ohne daran etwas ändern zu können. Sie hatten einander nicht mehr gesehen, seit die letzten Formalitäten erledigt worden waren. Selbst da war ihre Begegnung überaus frostig ausgefallen, niemand, nicht mal Viktoria, hatte ein einziges unnötiges Wort gesagt.

»Tag, Herr Marendorff. Tut mir leid, dass ich so unverhofft reinschneie. Leider ist es wichtig.«

Roman, der nicht den Eindruck hatte, dass es Gerlach wirklich leidtat, ließ ihn eintreten und beobachtete ihn, wie er kurz stehen blieb und sich in der Diele umsah. »Ah, Sie haben schon ein paar Kleinigkeiten verändert. Die Wände über der Holzvertäfelung sind heller gestrichen, oder?«

»Richtig.« Wieso hatte Roman das Verlangen, den Typ gleich wieder hinauszukomplimentieren? Er spürte ein mulmiges Gefühl in der Magengegend, das nicht von Eifersucht herrührte. Was Viktoria betraf, war Henrik Vergangenheit. Mit der Kranichburg konnte sein Auftauchen nicht zusammenhängen. Womit also sonst? »Kommen Sie doch bitte durch. Viktoria ist im Wohnzimmer.«

Über Gerlachs Schultern sah er, wie Viktoria sich gerade umdrehte und mit einer CD wedelte. »Wie wär's mit ... Henrik?«

»Hallo, Viktoria. Fröhliche Weihnachten.« Gerlachs Lächeln wirkte plötzlich ein bisschen unsicherer.

»Das ...« Viktoria stockte und fing von vorn an. »Das ist allerdings eine Überraschung. Willst du ... nicht deinen Mantel ausziehen und dich setzen?« Sie deutete auf das Sofa.

»Doch. Ja.« Umständlich schälte er sich aus dem Mantel, den Roman ihm abnahm. Als er nach der Notebook-Tasche greifen wollte, schüttelte Gerlach den Kopf. »Nein, die nicht. Danke.«

Viktoria warf Roman einen kurzen fragenden Blick zu, doch er zuckte nur ratlos mit den Schultern. Gerlach setzte sich, und Roman und Viktoria nahmen gegenüber Platz. Eine Sekunde lang beäugten sie sich vorsichtig, jeder wartete, dass der andere als Erster sprach. Bevor sich endlich jemand dazu aufraffte, klingelte das

Telefon. Offenkundig dankbar für die Unterbrechung der peinlichen Situation, sprang Viktoria auf und meldete sich. Das Gespräch verlief einsilbig auf ihrer Seite.

»Eigentlich?«, fragte Viktoria. Erneut hörte sie zu, biss sich auf die Lippen und schüttelte den Kopf. »Zu spät. Er ist schon da. Willst du ihn sprechen?« Wieder Pause. Dann folgte ein erschrockenes »Schonend beigebracht? Was denn, um Himmels willen? Er hat noch kein einziges Wort gesagt!«. Viktoria funkelte Gerlach an, während er mit den Schultern zuckte und ein Gesicht zog.

Kurze Zeit später war das Gespräch beendet, Viktoria ließ sichtlich irritiert den Hörer auf die Gabel des altmodischen Telefons fallen.

»Melli sagt, du sollst die Klappe halten, bis sie hier ist«, wandte sie sich an Gerlach.

»Hätte ich mir denken können. Na ja, ich hab sie zugegebenermaßen überrumpelt und mich nicht aufhalten lassen«, war seine kryptische Antwort.

»Ihr beide wisst Mellis Exzentrik bestimmt zu schätzen«, schaltete sich Roman ungeduldig ein. »Ich für meinen Teil würde trotzdem gern wissen, was los ist – und zwar gleich und nicht erst, wenn Ihre Schwester eintrudelt.«

»Kann ich verstehen. Sie wird mir sowieso den Kopf abreißen, was soll's also. Fang ich schon mal an. Mit der Schlusspointe kann ich ja auf sie warten.«

»Schlusspointe?« Roman war sich nicht sicher, ob er das Wort richtig verstanden hatte – und falls ja, ob er es mochte.

»Darauf läuft es hinaus«, bestätigte Gerlach. »Würdest du dich bitte hinsetzen, Viktoria? Es macht mich ganz nervös, wenn ich dich da stehen sehe.«

»Dich macht das nervös? Was glaubst du, was mich deine Andeutungen machen?« Viktoria schüttelte den Kopf, tat jedoch, worum Henrik gebeten hatte, und setzte sich wieder neben Roman.

Gerlach legte eine Kunstpause ein, bevor er sich zurücklehnte und endlich begann. »Ich hab dir ja erzählt, dass Martin mich bei unserer Verabredung, die er nicht mehr einhalten konnte, in die Einzelheiten der Geschichte einweihen wollte. Was genau er mir zu erzählen hatte, hätte ich mir nicht träumen lassen. Ich war geplättet, als Melli mir alles von A bis Z berichtete – die abenteuerlichen Dinge, die ihr rausgefunden habt, und den Rest, den ihr aus gutem Grund vermutet.«

»Glaubst du, er meinte das ernst?«, unterbrach ihn Viktoria zweifelnd. »Kann doch sein, dass er dich damals, als er dir von dem Testament erzählte und du ihn deswegen gelöchert hast, bloß vertrösten und allzu hartnäckiges Nachhaken vermeiden wollte.«

»Nein, ich denke, Herr Gerlach hat recht.« Roman sah Viktoria an. »Martin Niemann überließ nichts dem Zufall. Mit seinem Testament hat er absichtlich eine Lawine losgetreten, aber er konnte nicht wissen, wie groß der Schneeball würde und ob er auch bis ins Tal gelangt – ob wir am Ende alles herausfinden würden. Das Risiko muss ihm zu groß gewesen sein, und darum glaube ich, dass er Herrn Gerlach alles erzählen wollte. Für den Fall, dass wir versagen.«

»Warum der Umstand? Er hätte einen Brief hinterlassen können«, wandte Viktoria ein.

Roman öffnete den Mund, um etwas zu sagen, schloss ihn jedoch gleich wieder. Das war geradezu bestechend logisch.

»Das habe ich nach Mellis Erzählung auch erst gedacht«, sagte Gerlach. »Ich bezweifelte, dass er ausgerechnet mir das anvertraut hätte. So nahe haben wir uns nun mal nicht gestanden. Aber vielleicht hat er gerade darin einen Vorteil gesehen – es jemandem zu erzählen, der überhaupt nicht involviert ist, der nicht mal mit ihm befreundet war. Wir werden es nie erfahren. Falls Martin sich aber für einen Brief entschieden hatte, muss er beabsichtigt haben, ihn in der Nacht vor unserem Treffen zu schreiben, damit er ihn mir mit der Anweisung übergeben konnte, ihn euch später auszuhändigen.«

Viktoria nickte. »Wozu ihm keine Zeit mehr blieb. Und wenn er ihn vorher geschrieben hätte, wäre er mittlerweile von euch in

Hannover oder von uns hier gefunden worden. Alles gut und schön, aber das erklärt noch nicht, weshalb du es für nötig gehalten hast, uns ausgerechnet an Heiligabend einen Besuch abzustatten.«

»Dazu komme ich jetzt. Entschuldige, dass meine Einleitung etwas länger ausgefallen ist, ich wollte dir nur deutlich machen, was in mir vorgegangen ist. Immerhin haben wir bisher nie darüber gesprochen.«

»Was nicht an mir liegt«, stellte Viktoria klar.

»Jaja, schon gut. Streu nur Salz in die Wunde. Ich hab schon mehrfach zugegeben, dass ich ein Idiot war. Es dauert wohl, bis man das endgültig ablegen kann.« Er grinste ein bisschen schief. »Melli hat dir gesagt, dass wir Martins Haus endgültig ausgeräumt haben?« Er wartete Viktorias Nicken ab und fuhr dann fort. »Du erinnerst dich bestimmt an Rainer, den Technikfreak. Er schlachtet alte Teile aus, setzt sie neu zusammen oder repariert andere damit. Anfang Dezember hat sich Rainer den ganzen Kram aus Martins Haus geholt: Fernseher, Video- und DVD-Rekorder, ein uraltes Funktelefon, bei dem man sich beim Telefonieren garantiert einen Bruch gehoben hat, Martins Computer, ein altes 50er-Jahre-Kofferradio und was weiß ich noch alles. Vorgestern rief er an und sagte, er hätte sich über den Videorekorder hergemacht und eine Kassette drin gefunden. Ob wir die haben wollten oder ob er sie wegschmeißen könnte, es wäre langweiliges Zeug drauf, ein modernes Zwei-Personen-Stück oder so. Ich wollte schon sagen, er soll mit dem Ding tun, was er will, habe aber sicherheitshalber doch lieber Melli gefragt, und die wollte auf keinen Fall was vernichtet wissen, ohne vorher einen Blick drauf geworfen zu haben. Rainer brachte die Kassette gestern rüber. Sie war beschriftet, auf dem Aufkleber stand *Für Viktoria*. Rainer dachte, das wäre der Titel des Theaterstücks.«

»Der Titel.« Viktorias Stimme war ganz heiser. »Ich …« Nun musste sie sich räuspern. »Ich nehme an, Rainer hat sich geirrt?«

»Definitiv. Melli und ich haben uns das Band angesehen. Zum

Glück hat sie noch so ein Gerät.« Henrik öffnete seine Notebook-Tasche und holte die Kassette hervor. »Ihr auch? Falls nicht, ich bin heute Morgen bei Rainer vorbeigefahren und hab mir eins geborgt – liegt im Wagen.«

Roman deutete auf das Fernseh-Rack. »Ich hab eine Schwäche für alte Filme, die man nicht unbedingt auf DVD kriegt«, erklärte er. Dabei starrte er das Video ebenso gebannt an wie Viktoria. »Das heißt, Martin Niemann hat doch eine Art Brief hinterlassen?«

»Könnte man so ausdrücken. Wahrscheinlich wollte er mir das Band ebenfalls an jenem Nachmittag geben, hat vorher selbst noch mal reingesehen und ist zusammengebrochen, bevor er es aus dem Rekorder genommen hatte. Im Nachhinein ist Melli eingefallen, dass sie beim Aufräumen über eine leere Kassettenhülle gestolpert ist, eine von denen, die im Regal wie lederne Buchrücken aussehen. Sie hat sich nichts dabei gedacht und sie entsorgt. Jedenfalls – das Video ist nicht direkt eine Nachricht von Martin. Es sollte wohl eher eine Ergänzung zu dem sein, was er zu sagen hatte.« Er hielt Viktoria das Band hin. Sie nahm es, stand mit wackligen Knien auf und schob es in den Rekorder.

Roman beobachtete sie. Sie bewegte sich wie in Trance. Ganz langsam ging sie rückwärts wieder zum Sofa, den Fernsehschirm im Blick, auf dem ein Weihnachtskonzert mit einem stummen Kinderchor lief, weil der Ton abgeschaltet war. Ihr Finger lag auf der Videofernbedienung, doch sie zögerte.

»Was ist drauf?«, wollte sie wissen. »Es ist dumm, aber ich glaube, ich kann mich dem leichter stellen, wenn ich es vorher weiß.«

»Warten wir auf Melli«, erwiderte Gerlach ausweichend. »Es war gestern schon spät, als wir's uns angeschaut haben. Danach mussten wir über den geeigneten Zeitpunkt streiten, wann wir euch damit konfrontieren. Als ich ging, hab ich das Band eingesteckt, ohne dass Melli es merkte. Es wird ihr heute Morgen aufgefallen sein, sie hat versucht, mich zu erreichen, und sich wohl gedacht, wo ich bin, als ich an keins meiner Telefone ging – unterwegs zu euch.«

»Das klingt ja wirklich brandeilig«, sagte Roman.

»Kommt auf den Standpunkt an.« Gerlach klang spöttisch und ein wenig feindselig. »Es ist nicht überlebenswichtig. Aber Viktoria hat ein Recht darauf, alles so früh wie möglich zu erfahren. Es könnte das eine oder andere ändern.«

Roman gefiel die Art nicht, wie Gerlach das sagte. »Tatsächlich? Und was?«, erkundigte er sich kühl.

»Wie Viktoria die Zukunft sieht.« Gerlachs Blick streifte Roman nur, bevor er an Viktoria hängen blieb. »Wie gesagt, ist es eine Frage des Standpunkts.«

»Dann schlage ich vor, Sie legen uns Ihren Standpunkt dar.«

Gerlach lächelte, ließ aber nach wie vor Viktoria nicht aus den Augen. Plötzlich erkannte Roman, was eine Frau an Henrik Gerlach finden konnte. Der sanfte Spott, die erhobenen Brauen, die türkisfarbenen Augen und dazu die Ausstrahlung. Der Mann war eine einzige Herausforderung. »Es kommt nicht auf meinen Standpunkt an, sondern auf deinen«, sagte Gerlach, der nun versuchte, Viktoria herauszufordern. Roman wünschte ihm im Stillen viel Glück dabei.

»Mein Standpunkt hat dich nie sonderlich interessiert. Du willst mir doch nicht weismachen, dass sich daran was geändert hat?«, fragte Viktoria unbeeindruckt, und Roman musste nun seinerseits ein spöttisches Lächeln unterdrücken. Zu seinem Erstaunen bemerkte er für einen Sekundenbruchteil eine gewisse Verletzlichkeit in Gerlachs Blick. Ob er ihm nun sympathisch war oder nicht, es stand außer Frage, dass Henrik etwas an Viktoria lag. Doch er hatte sich schnell wieder gefangen.

»Ich fänd's schön, wenn du dir die Mühe machen würdest, das rauszufinden.« Damit hatte er Viktoria ein bisschen den Wind aus den Segeln genommen. Dankbar reagierte sie auf eine erneute Ablenkung – diesmal die Türklingel. Sie sprang auf, um zu öffnen, und kam kurz darauf mit Melli im Schlepptau zurück.

Melanie Gerlach, mit der Roman inzwischen besser zurechtkam, reichte ihm die Hand. »Hallo, Roman. Ich hasse es, mich für meinen Bruder zu entschuldigen, aber ich tue es dennoch. Und mit dir«, damit verschoss sie Pfeile in Gerlachs Richtung, »hab ich noch ein Hühnchen zu rupfen.«

»Wenn du es auf später verschiebst, gern. Vorher sollten wir uns das Video ansehen.«

Melli rümpfte missmutig die Nase. »Du veranstaltest das völlig umsonst, Henrik, und erreichst mit deiner Eile höchstens das Gegenteil. Warum willst du immer alles übers Knie brechen? Nach Weihnachten ist immer noch früh genug, sogar nächstes Jahr noch. Warum nehmen wir nicht das Band und fahren nach Hause?«

»Wie bitte?«, fragte Viktoria entgeistert.

Dasselbe hatte Roman auf der Zunge gelegen. »Deshalb bist du hergekommen? Um deinem Bruder die ganze Kiste auszureden? Hast du dabei mal an uns gedacht? Ich glaub nicht, dass wir uns nach dem ganzen Brimborium noch gedulden wollen.«

»Aber es ist nichts unaufschiebbar Wichtiges«, wandte Melli ein. »Ehrlich.«

»Wenn Henrik so viel daran liegt, dass wir es sehen, und dir genauso viel daran, dass wir es nicht sehen, muss es wohl was Wichtiges sein«, schlussfolgerte Viktoria sarkastisch.

Henrik grinste. »Siehst du, Schwesterherz, du hättest dir die Fahrt sparen können.«

»Aber ...«

»Schluss mit der Diskussion.« Entschlossen nickte Roman in Richtung Fernbedienung, die vor Viktoria lag. »Fangen wir an.«

2.

Wie wir alle so um den Fernseher sitzen, könnte man meinen, wir haben uns zu *Wir warten aufs Christkind* versammelt, dachte Viktoria in einem Anflug von schwarzem Humor. Der Startknopf unter ihrem Finger fühlte sich größer und bedeutender an als sonst, das Gummi rutschiger. Sie versuchte, sich ruhig zurückzulehnen, während der Bandanfang vertraut schwarz-weiß flimmerte. Aber sie war nicht ruhig, sondern froh, als sie Romans Hand auf ihrer bemerkte. Erneut flackerte es, dann kam das erste Bild.

Einen Augenblick lang erinnerte sich Viktoria an Technik-Rainer und konnte verstehen, warum er das Ganze für ein Theaterstück gehalten hatte. Das Zimmer wirkte wie eine Bühne, aber jeder von ihnen erkannte es sofort: Sie saßen im selben Raum, in dem teilweise noch immer dieselben Möbel standen. Die Kamera war auf den Esszimmertisch und die passenden Stühle gerichtet, und auf einem der Stühle saß sehr aufrecht eine alte Dame. Als die Kamera heranzoomte, richtete Viktoria bewusst ihren Blick auf den Schoß der Frau, die dort nervös ihre knochigen Finger knetete. Erst dann wagte sie, ihr ins Gesicht zu sehen – *Marie* ins Gesicht zu sehen. Denn obwohl sie von Marie und Doro nur ein einziges Foto aus deren Jugendzeit kannte, bestand für sie kein Zweifel daran, wer dort vor ihnen saß.

Trotz ihres hohen Alters sah man Marie an, wie schön sie einst gewesen war. Ihre Augen lagen tief in den Höhlen, doch strahlten sie eine Intensität aus, die sie nach allem, was Viktoria und Roman wussten, im Laufe der Jahrzehnte verloren, aber durch Martin Niemanns Gegenwart wiedergewonnen hatten. Maries blondes Haar war weiß geworden, sie trug es in weichen Wellen aus dem

Gesicht gekämmt, das von Falten durchzogen war, die Haut beinah durchsichtig. Aber die kleine Himmelfahrtsnase und die vollen Lippen des sechzehnjährigen Mädchens auf dem Foto erkannte man noch immer.

Viktoria schluckte und schluckte, doch der Kloß in ihrem Hals blieb hartnäckig. Sie wollte aufstehen, den Fernsehschirm berühren, als könne sie dadurch die Barriere von Zeit und Raum durchbrechen und zu Marie vordringen, die sich jetzt nach links wandte. Von dort kam eine zweite Gestalt ins Bild: ein jüngerer Martin Niemann. Er stellte sich hinter Marie und legte seine Hände sanft und beruhigend auf ihre Schultern. Dann schaute er in die Kamera, jeder Zoll der Patriarch, den Viktoria einmal in ihm gesehen hatte.

»Guten Tag, Viktoria. Du hast sicher nichts gegen diese vertraute Anrede, denn wie du inzwischen weißt – im Idealfall warst du gemeinsam mit einem Mann namens Roman Marendorff auf Spurensuche –, verbindet uns einiges. Wir kennen uns nicht persönlich, was leider so bleiben wird, aber ich gedenke, dir in den nächsten Jahren eine Art unauffälliger Begleiter zu sein.« Martin Niemann machte eine ganz kurze Pause und lächelte. »Wenn du diese Aufnahme siehst, wirst du einen Großteil der Geheimnisse um die Kranichburg entwirrt haben. Falls nicht, wird dir alles Nötige auf die eine oder andere Weise mitgeteilt worden sein, aber eigentlich glaube ich nicht, dass Letzteres der Fall gewesen ist. Du hast – soweit ich das schon beurteilen kann – einen starken Willen, Durchsetzungsvermögen und viel Fantasie. Das sind nicht die schlechtesten Voraussetzungen für die Aufgabe, vor die wir ...«, hier nahm er einen Moment den Blick von der Kamera und sah auf Marie hinunter, die gleichzeitig zu ihm hochschaute, »... dich stellen wollen. Oder besser, vor die wir dich gestellt haben. Es ist ein bisschen verrückt, so zu reden, als wäre alles, was für uns in der Zukunft liegt, bereits Vergangenheit.

Vergangenheit ist ein gutes Stichwort. Ich sollte kurz erläutern, wie das Abenteuer für mich seinen Lauf nahm. Meine Mutter hat mir nie erzählt, wann, wie und warum mein Vater zu Tode kam. Ich glaube nicht, dass sie darüber etwas Konkretes wusste, aber die eine oder andere Vermutung wird sie gehabt haben. Dennoch schwieg sie ihr Leben lang, wahrscheinlich, weil sie mir keine Last aufbürden wollte. Fasziniert war ich dennoch, oder vielleicht gerade wegen ihres Schweigens, immer von diesem Rätsel. Ich hatte nur nie die Zeit, mich darum zu kümmern. Oder ich nutzte meinen aufreibenden Beruf als Entschuldigung, nicht recherchieren zu müssen. Faszination oder nicht, man weiß nie, ob einem gefällt, was man ausgräbt. Aber irgendwann wird man älter, und man begreift, dass man Dinge tun muss, bevor es zu spät ist. Ich hatte nur zwei Hinweise, denen ich folgen konnte: Mir war bekannt, dass ich in Stralsund geboren wurde und dass ich meine ersten Lebensjahre in Wustrow auf dem Fischland verbrachte. Und da war noch das Foto eines hübschen unbekannten Mädchens, das ich fand, als meine Mutter starb. Das Foto trug die Widmung *Immer Deine Doro.* Ich will dir die einzelnen Stationen meines langen Weges ersparen, aber er führte mich vor die Tür der bemerkenswertesten Frau, der ich je begegnet bin.« Sein erneutes Lächeln war tiefer, überzog das ganze Gesicht, reichte bis in die Augen. Auch Marie lächelte, ein wenig belustigt, und schüttelte leicht den Kopf, als wollte sie andeuten, Martin Niemann übertreibe maßlos.

»Ich sprach eben von deiner Aufgabe«, ergriff er wieder das Wort. »Wir haben sie uns zusammen überlegt, weil es uns am passendsten erschien, auf diese Weise in das sogenannte Schicksal einzugreifen. Es gibt jedoch einen Aspekt der Vergangenheit, den du bei aller Akribie, bei aller Hartnäckigkeit und bei Einbeziehung aller Quellen unmöglich hast aufdecken können. Im Norden gibt es eine Redensart, die ich lieben gelernt habe: Butter bei die Fische. Dafür ist nun der Zeitpunkt gekommen.« Martin Niemann trat zurück und wollte aus dem Bild verschwinden, doch eine Geste hielt ihn auf.

Marie streckte die Hand nach ihm aus, um ihm zu bedeuten, dass er an ihrer Seite bleiben sollte. Er nahm neben ihr Platz und betrachtete sie liebevoll, während sie sich räusperte und ihren Blick zuerst noch einmal durch den Raum schweifen ließ, bevor sie ihn direkt – so kam es Viktoria jedenfalls vor – auf sie fixierte.

Viktoria hielt den Atem an. Sie hatte vergessen, dass um sie herum noch Roman, Melli und Henrik saßen.

Marie rutschte auf ihrem Stuhl ein wenig hin und her, als versuchte sie, für eine längere Rede die bequemste Sitzposition zu finden. »Viktoria«, begann sie, ihre Stimme leise, aber trotz ihrer fast hundert Jahre fest und klar. Sie zögerte ein klein wenig, setzte noch einmal an. »Viktoria. Seit Martin den Vorschlag machte, dieses ... Video aufzuzeichnen, habe ich mir überlegt, was ich sagen, wie ich beginnen soll. Bis eben hatte ich alles vollständig in meinem Kopf, und nun ist es wie weggeblasen.« Sie lächelte selbstironisch und zuckte ganz leicht mit den Schultern. »Wie dem auch sei, es ist vermessen, nur dich anzusprechen, wo ich doch hoffe, dass noch jemand bei dir ist und zusieht. Roman?«

Neben sich spürte Viktoria, dass Roman zusammenzuckte und sich aufrichtete. Zum ersten Mal kam ihr der Gedanke, wie seltsam es überhaupt war, dass sich bisher alles um sie gedreht hatte, wo es doch Roman mindestens genauso betraf. Wenn nicht mehr, denn schließlich war Roman Maries Urenkel.

»Martin hat mir von seinem Besuch bei Sophie ... bei meiner Tochter berichtet. Es fällt mir schwer, an sie als meine Tochter zu denken. Ich habe sie nie mehr gesehen, seit sie fünf Jahre alt war, und ich kenne weder meinen Enkel Hans noch dich. Vielleicht ist das, was Martin und ich hier veranstalten, zum Teil auch meinem Wunsch entsprungen, mit dem Gefühl zu sterben, dass sich meine Familie am Ende doch noch einmal an mich erinnert.« Wieder lächelte sie dieses kleine Lächeln, als fände sie die Idee erheiternd und traurig zugleich. Sie holte ein paarmal Luft und schien ihre Gedanken zu ordnen, bevor sie fortfuhr.

»Martin versprach mir, dass er entweder alles aufschreibt oder es jemand Vertrauenswürdigem erzählen wird – meine Geschichte und die seines Vaters. Ich habe ihn gebeten, das bis ganz zum Schluss aufzusparen. Es sind Dinge, persönliche Dinge, die nicht herumliegen oder in die Gefahr kommen sollten, verfälscht zu werden – und sei es auch nur im Gedächtnis einer anderen Person, die im Laufe der Zeit unbewusst die Tatsachen verdreht, wie bei dem alten Spiel Stille Post. Er hat es mir versprochen, und er wird sein Versprechen halten, wie auch das Versprechen gegenüber Sophie. Er ist gut darin, ich weiß das, denn er hat das Versprechen, dich, Viktoria, zu finden, bereits eingelöst.

Ihr beide, du und Roman, wisst schon, wie das damals war mit meiner Schwester und mir und Johann, und was Georg von Kampen getan hat. Wie er vollendete, was mein Vater begonnen hatte, wie er Johann ... vernichtete. Tötete. Ich bin noch einmal dort gewesen, bei Schloss Münkwitz. Ich wollte nicht, aber Martin hat mich dazu überredet, und heute bin ich froh, denn erst da konnte ich wirklich Abschied nehmen.« Ihr Blick schweifte in die Ferne. Vielleicht sah sie die Scheune vor ihrem inneren Auge, vielleicht Johanns Körper, vielleicht erinnerte sie sich aber auch, wie Viktoria hoffte, an den lebenden, kraftstrotzenden Johann, der sie und Doro einst aus der Ostsee gerettet hatte.

»Was ihr nicht wisst«, nahm sie den Faden wieder auf, »ist, was in jener Nacht geschah, als Johanna geboren wurde. Es gehört zu den Dingen, die ich selbst lange, lange Jahre verdrängt habe. In meinen Bildern habe ich auf die eine oder andere Weise vieles ausgedrückt, was in mir war, was hinauswollte, aber nicht konnte. Ich habe Dinge gemalt, deren Bedeutung damals nicht mal bis in mein Bewusstsein vordrang. Der menschliche Geist ist zu erstaunlichen Dingen imstande, und meiner hat mich gleich zweimal vor dem Wahnsinn zu schützen versucht, indem er mich genau da hineinstürzte. So tief, dass sich das, was ich zu erzählen habe, nicht einmal in meinen Bildern wiederfindet. Ich bin erst sehr spät wieder zu mir gekommen, nämlich als Martin an meine Tür klopfte und ich mich durch ihn unwiderruflich mit der Vergangenheit konfrontiert sah. Durch Martin bin ich aufgewacht, ganz allmählich, wie aus einem langen Schlaf.

Doch zurück zu jener Nacht, in der der Sturm ums Haus tobte und ich erschöpft im Bett lag und schlief. Ich weiß nicht, was mich weckte, ob es der Wind war oder der Regen, Johannas Weinen oder das Geräusch von der Tür. Ich war müde und benommen und noch ganz gefangen in den wirren Träumen, die mir im Kopf herumspukten. Ich hatte von Johanna geträumt und von meiner Schwester und mir und von der Charade, die wir monatelange aufgeführt hatten. Ich wollte das nicht länger, ich wollte endlich mein Leben – mit Johann und mit unserem Kind. Als ich die Augen aufschlug, stand da meine Schwester in meinem Nachthemd und mit meinem Kind im Arm. Warum trug sie mein Nachthemd? Warum mein Kind? War sie nicht lange genug in meine Rolle geschlüpft? Hatte sie nicht lange genug ganz Wustrow an der Nase herumgeführt, während ich eingesperrt in der Kranichburg saß und mich grämte, weil mir angst und bange vor der Zukunft war? Wollte sie nicht endlich damit aufhören? Wollte sie mir jetzt auch noch mein Kind nehmen? Meine Johanna?«

Die alte Dame auf dem Video atmete schwer und fuhr sich mit zitternder Hand übers Gesicht. Martin Niemann neben ihr sah alarmiert aus, doch sie fing sich wieder, ließ ihre Hand sinken und blickte erneut in die Kamera. »Verzeiht. Ich wollte nicht melodramatisch werden, aber jede Einzelheit war plötzlich wieder so greifbar.« Sie sah auf ihre Hände hinunter, die noch immer ein bisschen zitterten. »Ich konnte damals nicht mehr klar denken. All das war viel zu viel gewesen, meine Verzweiflung wegen Johann, die Zeit der Schwangerschaft und des Versteckspiels, die Geburt mit ihren Schmerzen, die so viel schlimmer gewesen waren, als ich es mir je hätte vorstellen können. Halb aufgerichtet saß ich im Bett und betrachtete meine Schwester, betrachtete Marie, die ich, abgesehen von Johann, immer mehr geliebt hatte als sonst einen Menschen – und sah in ihr plötzlich eine Bedrohung und eine Gefahr. Schwankend stand ich auf. Ich musste mich am Bettgestell abstützen, als ich auf Marie zuging, die erst da merkte, dass ich wach war.

Heute weiß ich, dass sie aus ihrem Zimmer herübergekommen war, weil Johanna weinte. Sie wollte sie trösten oder füttern, weil sie dachte, ich wäre zu schwach dazu. Doch damals handelte ich wie im Fieber. Ich beschimpfte Marie, warf ihr vor, dass sie mir nun auch noch das nahm, was mir das Wertvollste war. Marie redete beschwichtigend auf mich ein, aber ich hörte gar nicht zu. Ich sah nur, wie ihr Mund auf und zu ging, sah den Schrecken in ihren Augen und glaubte, darin die Angst zu erkennen, dass ich sie durchschaut hatte. Johanna noch immer im Arm, wich sie zurück. Ich schrie sie an: Gib mir mein Kind! Johanna erschrak vor meiner Wut und weinte noch lauter, und Marie drückte sie fester an sich, weil sie wohl befürchtete, dem Kind könne etwas passieren, wenn ich versuchte, es ihr zu entreißen. Sie wich weiter zurück, durch die offene Tür hinaus auf den Flur. Ich hetzte wie eine Furie hinter ihr her, sah nur Johanna, wollte mein Kind bei mir haben. Und dann ...« Sie stockte und schluckte. Schloss kurz die Augen. Als sie sie wieder öffnete, lag ein dunkler Schleier darüber. »Dann stolperte Marie. Statt sich am Geländer festzuhalten, umklammerte sie Johanna und schützte sie mit ihrem Körper, während sie in einem endlosen Sturz die Treppe hinunterfiel und schließlich reglos in der Diele liegen blieb. Ich stand oben wie erstarrt. Kein Geräusch war zu hören. Johanna hatte aufgehört zu weinen. Ganz langsam, Stufe für Stufe, meinen Blick auf Maries Körper gerichtet, ging ich auf sie zu und kniete am Fuß der Treppe neben ihr nieder. In ihrer Armbeuge hatte Johanna die Augen geöffnet und sah mich an, das Gesichtchen noch rot vom Weinen, die Wangen nass von Tränen. Aus ihrer Kehle drang ein kleines, beinah fragendes Glucksen. Vorsichtig streckte ich die Hand nach ihr aus, strich über den Flaum auf ihrem Köpfchen, was sie mit einem weiteren Glucksen beantwortete. Ihre Ärmchen wedelten durch die Luft, suchten nach Halt. Vorsichtig nahm ich Johanna hoch. Kurz durchzuckte mich die Frage: Wo sind denn alle? Warum kommt niemand zu Hilfe? Das war mein vorletzter klarer Gedanke. Mein letzter war der, dass ich die Schuld trug an dem Grauen, an Maries Tod. Diese schreckliche Erkenntnis war mehr, als ich ertragen konnte. Etwas passierte mit mir. In meinem Kopf.

Es darf nicht sein. Marie ... darf nicht tot sein. Sie *ist* nicht tot. Natürlich nicht. Das ergibt doch gar keinen Sinn. *Doro* ist tot. *Doro* wollte sich umbringen, weil sie so schrecklich unvernünftig war, weil sie dieses Kind unbedingt behalten wollte und wusste, dass es nicht ging. Unmöglich! Der Ruf der Familie! Der Skandal! Deshalb hat Doro sich die Treppe hinuntergestürzt und wollte auch das Kind mit in den Tod nehmen. Oh Doro! Was hast du getan? Wie konntest du ... Aber wenigstens das Kind, das arme Wurm, Johanna lebt. Behutsam und beruhigend, weil sie wieder angefangen hat, leise zu weinen, streichle ich Johanna über das Köpfchen. Ich muss jetzt vernünftig sein. Ich trage Johanna nach oben, wickele sie in eine Decke und lege sie zurück in den Korb, bevor ich mir selbst etwas überziehe – Maries Kleid und ihren Mantel, mein Kleid, meinen Mantel. Draußen ist es noch dunkel, ich laufe unbemerkt im andauernden Sturm bis zur Kirche. Ich habe Johanna gut eingepackt, sie wird es warm haben, weder frieren noch nass werden in ihrem Körbchen. Der Regen hat aufgehört. Bald graut der Morgen, bald wird der Pastor kommen und sie finden. Ich muss gehen. Schnell.

Als ich zurück zur Kranichburg laufe, treten meine Füße in Pfützen, ich höre das Geräusch: Plitschplitschplitsch ... Der ganze Weg scheint aus Pfützen zu bestehen. Der Saum meines Mantels und sogar der meines Kleides darunter sind vollkommen durchnässt, ebenso meine Schuhe. Ich will nur nach Hause, endlich nach Hause, in die Stille meines Zimmers. Ich darf nicht darüber nachdenken, was ich gerade getan habe. Ich verbiete mir die Worte. Ich habe *es* getan. Aber die Worte kommen trotzdem: Ich habe Doros Kind weggegeben. Es ist vernünftig, es ist die einzig mögliche Lösung. Es ist falsch. Es ist vernünftig. Ich will *es* vergessen. Einen Augenblick lang bleibe ich stehen, starre hinauf in den schwarzen Himmel, spüre Panik in mir hochkriechen, weil mir nun, wo *es* hinter mir liegt, klar wird, was mich als Nächstes erwartet.

Auch das will ich vergessen, aber das ist unmöglich. In ein paar Stunden muss ich den Pastor rufen, weil meine Schwester Doro im Dunkeln die Treppe hinuntergefallen ist. Niemand darf erfahren, dass Doro sich das Leben genommen hat und warum. Niemand. Ich setze mich wieder in Bewegung. Plitschplitschplitsch. Endlich stoße ich die Gartenpforte auf. Die Kranichburg liegt dunkel da, nirgends brennt Licht. Zitternd suche ich nach dem Schlüssel. Zu spät wird mir bewusst, dass ich keine Handtasche bei mir trage. Wo habe ich den Schlüssel? Wo ist er nur? Fort. Ich hebe die Hand, um an die Tür zu hämmern, doch niemand wird mir öffnen. Emma war vorhin schon nicht aufgetaucht, wo kann sie sein? Tränen der Verzweiflung laufen meine Wangen hinunter. Erschöpft lehne ich mich gegen die Tür – und sie gibt nach. Ich habe sie beim Hinauslaufen nicht richtig geschlossen.

In der Diele ist es finster, ich sehe kaum die Hand vor Augen. Dennoch weiß ich, was sich mir offenbart, sobald ich eine Lampe entzünden würde. Ich will es nicht sehen.

Regungslos verharre ich im Dunkeln. Es ist still, so entsetzlich still. Ich höre mich atmen – viel lauter als gewöhnlich. Ich höre sogar mein Herz schlagen.

In diesem Moment bricht der Mond durch die Wolken und taucht die Diele in ein unwirkliches Licht. Mit einem Mal liegt alles deutlich vor mir. Das Holz und die Gemälde an den Wänden, der riesige Leuchter an der Decke, die offene Tür zum Salon, die zu Papas Arbeitszimmer, daneben die Treppe und an deren Fuß …

Hatte mein Herz eben noch laut geschlagen, so bleibt es nun stehen. Es scheint eine Ewigkeit lang auszusetzen, als mein Blick unweigerlich auf die Gestalt im Nachthemd fällt, der Körper verdreht, der Kopf mit dem langen, gelösten honigblonden Haar beinah sanft auf einem angewinkelten Arm gebettet.

Ich habe es gewusst. Und doch auf ein Wunder gehofft. Darauf, dass ich mir alles nur eingebildet habe. Dass es einfach nicht wahr ist. Ich schreie auf und rufe ihren Namen, als könnte meine Stimme sie wieder zum Leben erwecken: *Doro!*«

Der heisere Schrei der alten Dame riss Viktoria aus ihrer Erstarrung. Sie hatte nicht bemerkt, dass sie den Atem angehalten und völlig verkrampft dagesessen hatte. Jetzt wäre sie am liebsten aufgesprungen und ihr zu Hilfe geeilt, wie Martin es statt ihrer tat.

»Ich glaube, wir machen besser eine Pause, Doro.«

Eine Weile starrte sie auf einen Punkt jenseits der Kamera, als blickte sie nach wie vor in die Vergangenheit, sähe ihre Schwester tot in der Diele liegen, ihr Geist verwirrt von Schuld und Verzweiflung. Doch sie kam mit einem Ruck wieder in die Gegenwart zurück, sah Martin an und lächelte. »Nein, nicht nötig, danke.« Beruhigend tätschelte sie seine Hand, wo es doch umgekehrt hätte sein sollen. Sie atmete noch einmal tief ein und sprach weiter.

»Ich hatte kein Gefühl dafür, wie lange ich dort in der Diele neben Marie saß. Später erfuhr ich, dass es ein ganzer Tag gewesen war. Stunden, die unbemerkt an mir vorüberzogen, in denen ich vergaß, dass ich zu Pastor Reuter gehen und ihn vom Tod meiner Schwester unterrichten wollte. Ich saß einfach da und starrte auf sie hinunter. Niemand störte mich. Emma hatte, wie sich herausstellte, so viel Schlafmittel genommen, dass nicht einmal mein Vater sie richtig wach bekam, als er abends in der Kranichburg eintraf. Ich wusste damals nicht, weshalb er plötzlich da war, hatte keine Ahnung von Maries Anweisungen für Frau Broder, die Hebamme. Davon erfuhr ich erst aus dem Tagebuch, das Martin hier in einem sicheren, von Marie ausgetüftelten Versteck fand. Frau

Broder muss es zu riskant gewesen sein zu tun, was Marie forderte. Stattdessen hatte sie Papa telegrafiert, der, als er mich neben Marie sitzen sah, einen solchen Schock erlitt, dass er meine gestammelten Erklärungen über Doros Selbstmord nie in Frage stellte.

Bald allerdings gewann seine praktische Ader wieder die Oberhand. Ein Selbstmord war ein beinah ebenso großer Skandal wie ein uneheliches Kind. Was hatte er nicht alles getan, um einen Skandal zu vermeiden – und nun machte ihm seine Tochter schon wieder einen Strich durch die Rechnung. Er lobte mich ausdrücklich für das, was ich wegen Johanna unternommen hatte, und überlegte, was weiter zu tun sei. Sein erster Impuls war, es wie einen Unfall aussehen zu lassen. Leider aber war seit Maries Sturz inzwischen sehr viel Zeit vergangen, jeder hätte sich gewundert, warum wir erst nach beinah vierundzwanzig Stunden einen Arzt oder die Behörden benachrichtigten. Was mich betraf: Mein Schock mochte als Erklärung genügen. Aber da war ja noch Emma, die an meiner Stelle etwas hätte unternehmen können. Hätte sich nicht jeder gewundert, warum sie ausgerechnet in dieser Nacht so ungewöhnlich viel Schlafmittel genommen hatte, dass sie den ganzen nächsten Tag verschlief? Emma selbst wäre sicher dazu befragt worden, und wenn sie schon eine Geburt im Haus dermaßen mitnahm, wie würde sie erst bei einer solchen Befragung reagieren? Würde sie nicht ungewollt gerade das ausplaudern, was unter allen Umständen geheim gehalten werden sollte?

All das hätte natürlich vermieden werden können, wenn Papa einen verschwiegenen Arzt auf dem Fischland gekannt hätte, der bereit gewesen wäre, entsprechende falsche Angaben zu machen. Papa kannte in der Tat einen Arzt, der ihm noch dazu etwas schuldig war, nur praktizierte dieser Mann in Rostock. In seiner Ratlosigkeit telegrafierte Papa ihm dennoch, dass er dringend Hilfe brauche, und der Doktor traf schon am nächsten Tag in Wustrow ein. Gemeinsam ersannen sie einen Plan, von dem Papa nicht vollständig überzeugt war, doch er sah auch, dass es nun endgültig zu spät war umzukehren, wenn er nicht wollte, dass die – vermeintliche – Wahrheit ans Tageslicht kam. Der Arzt aus Rostock nahm Marie mit. Er stellte einen Totenschein auf einen fremden Namen aus und sorgte für ihre Beerdigung auf irgendeinem Friedhof seiner Stadt.

Trotz meines Zustands war ich entsetzt, und ich glaube fast, Papa war es auch. Sicher betrauerte er das Schicksal seiner Tochter, nicht zu reden von Mama, über deren Kopf hinweg er entschieden hatte. Aber er sah in seinem engstirnigen Denken nun einmal nur unseren guten Ruf und den der Schwedenkrone, und da gab es für ihn keine andere Möglichkeit. Vielleicht redete er sich sogar bis zu einem gewissen Grad ein, alles sei so, wie wir es dem Rest der Welt erzählten.

Danach hatte Doro einen wohlhabenden Amerikaner kennengelernt, der sich geschäftlich in Deutschland aufhielt und anschließend auf dem Fischland Urlaub machte. Es war bei beiden Liebe auf den ersten Blick, und da Mr. Rockford bald nach Boston zurückmusste, wurde nicht lange gewartet, sondern gleich geheiratet. Um das einigermaßen glaubhaft präsentieren zu können, durfte die angebliche Hochzeit weder in Wustrow noch in Stralsund stattfinden, weil beides viel zu leicht nachzuprüfen gewesen wäre. Mr. Rockford bestand folglich auf einer Trauung in Hamburg, ohne großen Pomp und ohne große Feier, nur die engsten Angehörigen. Danach brach das frischgebackene Ehepaar gleich vom Hamburger Hafen aus in die Staaten auf.« Doro machte eine kleine Pause und seufzte. »Ich weiß nicht, inwieweit uns diese Geschichte abgekauft wurde. Falls die Martensens etwas ahnten, drang zumindest nie ein Gerücht nach außen. Ein knappes Jahr später bekundeten alle ihr Mitgefühl, als sie zu hören bekamen, dass Doro im Wochenbett gestorben war. Weit weg von zu Hause und ihrer Familie – die daraufhin nie wieder Fragen nach ihr beantworten musste.«

Bevor sie fortfuhr, griff Doro erstmals nach einem Glas Wasser, das neben ihr auf einem kleinen Tisch stand. Sie nahm einen

Schluck und hielt danach das Glas mit beiden Händen fest. »Als Martin zu Sophie ging, kannte er das wahre Ausmaß der Geschichte selbst noch nicht. Er hielt mich wie alle für Marie. Trotzdem muss schon allein das, was er ihr erzählte, sie hart getroffen haben.«

»Vielleicht hätte ich schonender mit ihr umgehen sollen«, warf Martin ein. »Obwohl ich für einen winzigen Moment glaubte, ihr wäre nicht alles vollkommen neu. Außerdem wünschte ich mir sehr, sie würde sich mit dir, mit ihrer Mutter, mit der Vergangenheit aussöhnen.«

Doro lächelte ein wenig traurig. »Das wäre schön gewesen. Aber ich hatte doch schon so viel Glück durch dich. Stell dir vor, du hättest mich nie gefunden, dann befände ich mich nach wie vor in meinem Dämmerschlaf. Dabei kann ich nicht einmal sagen, wie du zu mir durchgedrungen bist. War es deine Stimme, dein Tonfall, beides Johann so ähnlich? Oder die Beharrlichkeit, mit der du immer wieder kamst? Wahrscheinlich alles zusammen. Wärst du weniger hartnäckig gewesen und hättest du nicht eine Saite in mir zum Klingen gebracht, hätte ich niemals begonnen, dir meine Bilder zu zeigen. Niemals hätten wir darüber geredet, nie hätten unsere Gespräche meine verborgenen Erinnerungen an die Oberfläche bringen können.«

Ein wenig schnappte sie nach Luft, die letzten Sätze schienen sie entweder angestrengt oder aufgeregt zu haben. Sie sah, dass Martin etwas sagen wollte, und hinderte ihn daran, indem sie leicht den Arm hob. »Nein, nein, es ist wahr. Ich habe dir zu danken. Auch für das Wort, das du Sophie gegeben hast. Es ist erst ein knappes Jahr her, es war an jenem Tag, an dem ich dir mein letztes Geheimnis anvertraut habe, da tat ich so, als wäre mir meine Familie, meine Tochter einerlei. Ich sagte, es wäre immer alles nach ihrem Willen gegangen und dass damit Schluss sein soll. Dass du dein Wort halten sollst, wie du es gegeben hast: dein Schweigen, so lange du lebst. Danach ... Aber Martin: Ich liebe meine Tochter und möchte nicht, dass sie verletzt wird, trotz allem, was sie mir durch ihr Verhalten, durch ihre Weigerung, mich überhaupt wahrzunehmen, antut. Sie ist nicht weniger ein Opfer als Marie, Johann und ich, und wenn es ihr leichter fällt, so zu leben, wie sie lebt, soll sie es tun. Ich weiß sehr gut, wie schnell man sich seine eigene Welt mit seinen eigenen Gesetzen schaffen kann.«

Doro erhob sich mühevoll, wehrte aber Martin Niemanns Hilfe ab, stattdessen griff sie nach dem Stock neben ihrem Stuhl und ging langsam zum Fenster, sodass sie gerade noch im Bild zu sehen war. Sie schaute nicht in die Kamera, sondern sprach mehr zu sich selbst: »Lange Jahrzehnte war es dunkel in mir. Ich war Marie, weil mein Bewusstsein nicht akzeptieren wollte, was ich getan hatte. Ich blieb Marie. Ich lebte Maries Leben für sie. Ich habe nicht so getan, als wäre ich meine Schwester. Ich bin meine Schwester geworden. Ich habe es selbst geglaubt, und deshalb haben es auch die geglaubt, die mich sonst durchschaut hätten.«

Sie drehte sich um und sagte es noch einmal. »Ich habe es selbst geglaubt. Bis Johann kam. Da drang wieder etwas von Doro an die Oberfläche. Und als Johann ermordet wurde, war das ein ähnlicher Schock wie Maries Tod. Zu sehen, wie er verscharrt wurde, löste so etwas wie eine ... Rückverwandlung aus, nur viel weniger ... absolut. Georg und der Rest meiner Familie hielten mich für verrückt, also brachte er mich in die Kranichburg, wo alles begann, wo alles endete. Ausgerechnet. Es war furchtbar zu Anfang, weil meine Verwirrung nicht kleiner wurde, sondern größer, aber allmählich gewöhnte ich mich ein. Ich malte und malte. Nicht nur die Gemälde erzählen Geschichten, meine Signatur tut dasselbe. Unsere Signatur. Maries und meine. Ein M und ein D, ineinander verschlungen. Obwohl ich bald wieder ganz Marie wurde, war ich beim Malen immer auch ich. Ich war Marie und Doro. Jetzt bin ich nur noch Doro. Marie hat mich verlassen. Sie ist über die Seebrücke gegangen, hinein ins Nichts, in die Erlösung. Sie hat mir verziehen, ich spüre es. Vielleicht, das habe ich oft gedacht in letzter Zeit, hat sie mir sogar Martin geschickt, damit er mich am Ende meines Lebens zurückholt.«

Doro setzte sich wieder auf den Stuhl und beugte sich vor, als wollte sie ihren Zuschauern besonders nahe sein. »Viktoria, Roman. Ihr seid meine Urenkel. Ich bin mir bewusst, dass ich euch kein leichtes Erbe übertrage. Unsere Familiengeschichte ist wenig ruhmreich, aber ihr habt die Wahrheit verdient, denn ihr seid Teil dieser Familie und werdet sie eines Tages weiterführen.

Roman, bei deinem Abschluss an der Universität Leipzig letztes Jahr war ich da und habe dich mit deinen Freunden feiern sehen. Ich wollte so gern wissen, wie du aussiehst, nicht nur auf einem Foto, deshalb hat Martin mich hingefahren. Ich hatte den Eindruck, dass die Ausgelassenheit, die du an den Tag gelegt hast, eher aufgesetzt war. Wenn mich nicht alles täuscht, brütest du zu viel über den Dingen.« Doro zwinkerte ihm zu. »Vergiss das Leben darüber nicht. Lass dir das gesagt sein von einer alten Frau, die ein Lied davon singen kann, weil sie diesen Fehler gemacht hat. Nimm dir ein Beispiel an Viktoria. Auf dich, Viktoria, habe ich nämlich auch einen Blick geworfen. Das ist noch gar nicht lange her, erst ein paar Wochen. Ich musste Martin überreden, mich nach Hannover mitzunehmen, weil ich mich in letzter Zeit ein bisschen schwach gefühlt habe. Wir brauchten etwas Geduld, bis du aus deiner Wohnung kamst. Martin wird sich etwas einfallen lassen, um dich in Zukunft im Auge zu behalten und immer auf dem Laufenden zu sein, was du so treibst. Jedenfalls sind wir dir bis zu diesem See nachgefahren. Wie heißt er gleich?«

»Maschsee«, warf Martin Niemann ein.

Doro nickte. »Richtig. Du magst anscheinend das Wasser. Das freut mich, denn ich habe es im Laufe der Jahre trotz des Unglücks, das es uns gebracht hat, lieben gelernt. Es hat seine eigene Kraft, seinen eigenen Willen. Du hast auf einer Bank gesessen und gelesen und dabei ab und zu vor dich hin gekichert. Ich glaube, du magst das Leben und genießt die kleinen Freuden – eine nicht hoch genug zu schätzende Eigenschaft. Marie war immer so, viel mehr als ich. Ich war die Grüblerische von uns beiden. Nein, das stimmt nicht ganz. Ich habe wie vieles andere erst aus ihrem Tagebuch erfahren, dass auch sie Johann geliebt hat, sie konnte ihre Gefühle weit besser verbergen als ich.« Doro stützte sich nun selbst im Sitzen auf ihren Stock und schloss die Augen. »Ich bin müde, meine Lieben. Und ich glaube, ich habe alles gesagt, was es zu sagen gibt.« Sie hob die Lider. »Wie die See habe ich im Laufe der Zeit auch die Kranichburg immer mehr als mein Zuhause betrachtet, meine Zuflucht. Ich würde mir wünschen, dass sie euch und euren Familien dasselbe bietet. Aber am meisten wünsche ich mir, dass ihr zufrieden und glücklich seid.« Sie lächelte, doch mittlerweile merkte man ihr die Anstrengung, die es sie kostete, immer deutlicher an.

Martin Niemann nickte stumm. Er stand auf, verschwand aus dem Bild, und kurz darauf war nur noch Flimmern auf dem Schirm zu sehen.

3.

Wie betäubt starrte Viktoria auf den Fernseher. Sie hatten die ganzen Wochen und Monate in Doros Haus gelebt, sie hatten Doros Bilder akribisch untersucht, Doros Geschichte recherchiert – nicht Maries. Doros. Fassungslos schüttelte Viktoria den Kopf. Hätten sie selbst darauf kommen sollen? Die Zwillinge hatten dieses Spiel ja zur Genüge getrieben. Mit dem Unterschied, dass es für Doro diesmal kein Spiel gewesen war, sondern bitterer Ernst. Viktoria würde eine ganze Weile brauchen, um sich an diesen Gedanken zu gewöhnen. Ihre allererste Verbindung zu Doro – zu ihrer Urgroßmutter! – fiel ihr wieder ein: das Bild aus Ahrenshoop. Die abgerissene Seebrücke symbolisierte perfekt Doros Leben, das in der Nacht abbrach, als sie ihr eigenes Kind weggab und Marie starb, und dann noch ein zweites Mal, als sie mit ansehen musste, wie ihr Ehemann ihren Geliebten aus dem Weg räumte.

Als Henrik Fernseher und Videorekorder ausschaltete und der Rekorder dabei ein klackendes Geräusch von sich gab, registrierte Viktoria nur am Rande, dass er etwas sagte. Wie vorhin der Kinderchor schien er vielmehr lautlos die Lippen zu bewegen. Offenbar hatte er Roman angesprochen, der ebenso wie sie noch ganz abwesend war, sodass Henrik es wiederholen musste.

»Ich sagte, Sie revidieren jetzt sicher Ihre gute Meinung von Martin Niemann.«

Irritiert zog Viktoria die Brauen zusammen. Sie hätte erwartet, dass er als Erstes über die vertauschten Zwillinge reden würde. »Wie meinst du das?«, fragte sie.

»Er meint«, erklärte Roman, »dass Martin sein Wort nicht gehalten hat.«

»Er hat versprochen zu schweigen, so lange er lebt. Das hat er getan.«

»Aber er wusste auch, dass Doro ihre Tochter nicht verletzen wollte.«

»Eben«, nickte Henrik. »Martin war klar, dass er sterben würde, und ihm war ebenso klar, dass Sophie Marendorff noch Zeit hatte. Er hätte nur veranlassen müssen, dass der Teil der Bestimmungen seines Testaments, die euch und die Kranichburg betreffen, erst nach ihrem Tod greift. Darauf verzichtete er und verriet nicht nur Doro, sondern ging zusätzlich das Risiko ein, Frau Marendorff mit dem zu schaden, was ihr sehr wahrscheinlich herausfinden, aber mit Sicherheit später durch eine Nachricht erfahren würdet. Was ja auch eintraf. Ihre Großmutter ist gestorben.«

»Aber nicht durch Martin Niemanns Schuld«, widersprach Roman. »Sie war alt, sie musste wegen ihres Herzens schon lange Medikamente nehmen. Die Aufregung um die Kranichburg hat sie nicht ins Grab gebracht, obwohl auch meine Eltern bereit sind, das zu glauben. Nur im Gegensatz zu Ihnen schieben sie nicht Niemann, sondern mir die Schuld dafür in die Schuhe.«

Es erleichterte Viktoria, dass sich Roman nicht mehr schuldig fühlte. Keiner hätte Sophies Tod verhindern können. Wahrscheinlich war Martin Niemann sogar über ihren Zustand informiert gewesen und hatte geahnt, dass es kein Zurück gab. Er hätte Doro niemals verraten.

Henrik dagegen zuckte mit den Schultern. »Ich wäre mir über Martins Integrität nicht so sicher. Er hatte jeden Grund, sich an Ihrer Familie zu rächen.«

»Umso erstaunlicher, dass er es stattdessen vorgezogen hat, etwas wiedergutzumachen«, mischte sich Melli erstmals ein, was Henrik ganz offensichtlich gegen den Strich ging.

»Das nennst du Wiedergutmachung?«

»Er hat dafür gesorgt, dass die – im doppelten Wortsinn – Leichen im Keller ans Tageslicht kamen und damit dafür, dass die

Überreste seines Vaters bald neben denen der Frau ruhen, die Johann liebte. Außerdem hat er Viktoria und ihrer Mutter ihre wahre Abstammung aufgezeigt, sodass sie ihren Stammbaum praktisch neu schreiben können.« Sie lächelte Viktoria vergnügt zu. »Ich bin sicher, er wusste, wie viel dir das bedeutet. Und das alles, weil er Roman und Viktoria die Kranichburg hinterließ, wobei er ganz nebenbei und unbeabsichtigt noch eine Beziehung gestiftet hat. Ich nenne das sehr wohl Wiedergutmachung.«

»Ich seh das etwas anders«, widersprach Henrik vehement. »Er hat eine alte Frau ins Grab gebracht und den vermutlich noch lange andauernden Zwist zwischen Roman Marendorff und seinen Eltern ausgelöst. Einen neuen Familienstreit also. Und was die Beziehung angeht, die sich auf so wundersame Weise quasi zufällig entsponnen hat – habt ihr euch mal überlegt, dass Martin durchaus damit gerechnet haben könnte, dass genau das geschieht? Und dass er sich das dicke Ende extra bis zum Schluss aufgehoben hat, in dem er offenbart, dass die beiden näher verwandt sind, als es zunächst den Anschein hatte?«

Mit einem Schlag war Viktoria klar, was Henrik vorhin mit seiner Bemerkung gemeint hatte, das Video könnte ihre Sicht der Zukunft ändern.

»Das ist krank!«, sagte Melli.

Erneut zuckte Henrik mit den Schultern. »Da widerspreche ich dir nicht. Martin hatte anscheinend einen etwas morbiden Humor.«

»Ich meine, deine Vorstellungen sind krank«, stellte Melli richtig.

»Überleg doch mal, Melli: Der Mann hat alles wohlüberlegt geplant! Hast du dir je den zeitlichen Ablauf vor Augen geführt? Wann seid ihr beide euch begegnet? Da kanntest du Viktoria doch schon! Ich garantiere dir, er hat gerade deshalb den Kontakt zu dir gesucht.«

Melli schwieg in sich gekehrt.

»Siehst du's endlich ein?«, fragte Henrik.

Viktoria wollte ihm am liebsten über den Mund fahren und ihm sagen, er solle aufhören, seine Schwester zu quälen. Melli bedeutete die Freundschaft zu Martin Niemann unglaublich viel. Andererseits war Viktoria selbst die Chronologie der Ereignisse noch nie so deutlich bewusst geworden. Zweifelnd sah sie Melli an, die wie zu sich selbst zu sprechen begann.

»Martin war eines Tages an der Juristischen Fakultät der Uni, um einen Vortrag mit anschließender Diskussion zu halten. Ein paar Kommilitonen haben ihn ganz schön gelöchert, während ich bloß eine einzige Frage gestellt habe. Trotzdem ist er hinterher auf mich zugekommen und hat mir eine Referendariatsstelle angeboten. Ich dachte damals, das lag daran, dass meine Frage ganz besonders ausgefuchst war, aber ...«

»... in Wirklichkeit hatte er einen ganz anderen Grund«, vervollständigte Henrik Mellis Satz. »Deine viel gerühmte Freundschaft zu Martin basiert auf einer Lüge!«

Melli schüttelte den Kopf. »Du liegst falsch, wenn du denkst, ich wäre nicht längst selbst auf diese Idee gekommen. Vielleicht war es so. Vielleicht beruhte alles auf Kalkül. Anfangs. Aber es wurde zu einem Glücksfall für uns beide. Für mich, weil ich in eine erstklassige Kanzlei einsteigen konnte, und für Martin, weil er, wenn ich mal so unbescheiden sein darf, eine erstklassige Anwältin bekam. Und eine Freundin. Ich weigere mich zu glauben, dass ihm an mir persönlich überhaupt nichts lag, selbst wenn er durch unsere enge Freundschaft gut über Viktoria informiert war. Wir haben eine Menge miteinander unternommen und dabei viel geredet über das, was wir mögen, mit wem wir uns treffen und ...«

»Aber über seine Ausflüge nach Mecklenburg-Vorpommern und seine Treffen mit Frau von Kampen hat er wohlweislich geschwiegen«, unterbrach Henrik. »Genauso wie über seine Vergangenheit, seine Familie und darüber, was er wirklich dachte. Der Mann war undurchschaubar und hat nur das von sich preisgegeben, was er wollte, kein Stück mehr.«

Melli ignorierte ihn, sondern sah stattdessen Viktoria an. »Ich hab Martin natürlich einiges über dich erzählt. Du warst schon damals meine beste Freundin, er zeigte sich interessiert, vor allem, als du deine Schriftstellerkarriere begonnen hast.«

»Da kannst du Gift drauf nehmen«, fiel Henrik ihr erneut ins Wort. »Hat es dich nicht gewundert, dass er bei so viel Interesse Viktoria nie kennenlernen wollte? Aber das musste er ja gar nicht. Er hat ja von dir genug erfahren, Dinge, die über bloße Fakten hinausgingen und die privater waren als das meiste, was ihm ein Schnüffler hätte sagen können.«

»Halt endlich den Mund!« Melli blitzte Henrik an. »Du weißt gar nichts von Martin!«

»Na, eins steht jedenfalls fest: Er hatte Sinn für Dramatik! Kapier's endlich. Er hat dich ausgenutzt. Dass du nebenbei eine prima Anwältin bist, wird ihm zupassgekommen sein. So konnte er zwei Fliegen mit einer Klappe schlagen.«

»Du bist doch bloß verbittert, weil du zwar Martins professionelle Anerkennung gewinnen konntest, aber nie seine persönliche. Warum gibst du nicht zu, wie sehr dir daran gelegen war? Dass du dann noch Viktoria verloren hast, setzte deiner Verbitterung die Krone auf.«

Henrik seufzte. »Wenn du das sagst. Immerhin hat mir Martins mangelndes Interesse an meiner Person erspart, über Viktoria ausgefragt zu werden. Stattdessen machte er mich zu seinem Testamentsvollstrecker – damit ich nach unserer Trennung nur ja den Kontakt zu ihr nicht verliere, sondern zusehen darf, wie sie sich in einen anderen Mann verliebt.« Er stand auf und sah Viktoria an. »Tut mir leid, dass ich dir den Heiligabend vermasselt habe. Ich bin nun mal der Meinung, dass du ein Recht darauf hast zu wissen, wie die Dinge zusammenhängen. Ich fahre nach Hannover zurück, und wenn du genug Zeit hattest, über alles nachzudenken, würde ich mich freuen, wenn wir telefonieren oder uns treffen könnten. Was immer du willst. Wo immer du willst.« Er beugte sich zu ihr hinunter und gab ihr einen Kuss auf die Wange, bevor er Melli und Roman knapp zunickte. »Bemühen Sie sich nicht, ich finde den Weg.«

Zögernd berührte Viktoria die Stelle, wo Henrik sie geküsst hatte, horchte, wie seine Schritte leiser wurden und die Tür ins Schloss fiel. Sie war völlig durcheinander. »Es ist absurd, worüber wir hier reden. Denkt eigentlich noch jemand an Doro?«

Melli, die in den letzten Monaten sicher viel zum Nachdenken gehabt hatte, fand die Sprache vor Roman wieder. »Du weißt hoffentlich, dass Henrik das erreichen wollte. Er ist nicht gekommen, um dir die Wahrheit zu sagen.«

»Sondern, um einen Keil zwischen Roman und mich zu treiben? Um mich zu verunsichern?« Viktoria schaute weder Melli noch Roman an, sondern biss sich auf die Unterlippe, während sie immer noch auf den Flur starrte. Als keine Erwiderung kam, hob sie den Blick und sah, dass Melli unglücklich nickte. Es musste ihr trotz allem schwergefallen sein, offen gegen Henrik Partei zu ergreifen.

»Du meine Güte«, sagte Roman ungläubig. »Du meine Güte, Viktoria! Dafür, dass ihr euch seit ewig kennt und ein paar Jahre davon zusammen wart, kann er dich erstaunlich schlecht einschätzen.«

Zum ersten Mal, seit Henrik vorhin den Raum betreten hatte, verspürte Viktoria den Drang zu lachen. Sie hätte es fast getan, aber Melli saß wie ein Häufchen Elend im Sessel. »Er hat überhaupt nichts dazugelernt. Trotzdem hatte ich gehofft, ich könnte ihn dadurch, dass ich herkomme, zur Vernunft bringen.«

»Ich bin ihm ehrlich dankbar, dass er nicht warten wollte«, stellte Viktoria klar. Sie wandte sich an Roman, der sie zu verstehen schien. Er nickte und lächelte.

»Echt?« Offenbar beruhigte es Melli, das zu hören. »Und es macht euch nichts aus, dass ihr dieselbe Urgroßmutter habt?«

Jetzt lachte Viktoria doch.

Roman stimmte in das Lachen ein, bevor er sagte: »Ich versteh ihn ja, er will dich eben mit allen Mitteln zurück und sollte mir leidtun.«

»Aber er tut dir nicht leid?«

Romans Gesichtsausdruck wurde ernst. »Doch. Ein bisschen. Wenn du mir wegen eines hergelaufenen PR-Fritzen den Laufpass geben würdest, wär ich auch nicht begeistert, im Gegenteil. Ich will nicht abstreiten, dass ich selbst auf die abwegigsten Ideen gekommen wäre und nach jedem noch so kurzen Strohhalm gegriffen hätte. Wenn man liebt, betrachtet man die Dinge mit weniger kühlem und logischem Kopf als sonst, da macht ein Jurist keine Ausnahme. Ja. Er tut mir leid. Aber ich behalte dich trotzdem!«

4.

Ein paar Stunden später, Melli war längst wieder zu Hause in Hannover, saßen Viktoria und Roman in der Kirche. Ohne es zu wollen, wanderten Viktorias Gedanken von Jens Fischers Predigt immer wieder zu Pastor Reuter, der ihr Leben in diese Bahnen gelenkt hatte. Erst als das letzte Orgelstück aufbrandete und die Gemeinde sich erhob, um die Kirche zu verlassen, nahm sie die Umgebung wieder wahr. Pastor Fischer stand am Portal und verabschiedete die Gottesdienstbesucher persönlich. Sie wechselten noch ein paar Worte mit ihm, ebenso mit Frau Rosenow und Herrn Witte, bevor sie hinaus in die kalte Dezemberluft traten. Es lag kein weihnachtlicher Schnee, stattdessen schien es ein ganz gewöhnlicher Abend zu sein, aber das war er nicht. Es war Heiligabend und gleichzeitig der Abschluss einer langen Suche. Viktoria hakte sich bei Roman unter, spürte seine Nähe und wusste, dass sie ihm nicht sagen musste, was sie vorhatte. Wie verabredet schlugen sie den Weg zum Friedhof ein.

In der Dunkelheit waren das M und das D auf dem Stein kaum zu erkennen, aber diese Signatur, die durch Doros Geständnis noch an Bedeutung gewonnen hatte, hatte sich Viktoria ohnehin ins Herz gebrannt.

»Martin Niemann hatte recht: Sie war eine bemerkenswerte Frau«, sagte Roman nach einer Weile.

»Das war sie. Unsere Urgroßmutter. Dorothea von Hassbach. Doro. Marie von Kampen. Die Sanfte Marie. So viele Namen. Ich bin mir selbst nicht sicher, wer sie für mich ist.«

»Unglaublicherweise war sie alle. Nacheinander und auf einmal. Unter normalen Umständen hätte ich nie für möglich gehalten, dass man sich so vollkommen in einen anderen Menschen verwandeln kann, ohne den Verstand zu verlieren.«

»Es war ihre einzige Rettung. Sonst *hätte* sie den Verstand verloren.« Sie machte eine Pause, um endlich doch das anzusprechen, worüber sie schon seit einiger Zeit nachdachte. »Ob es ein bisschen so war, wie ich es beschrieben habe, als sie Johann wiedertraf?«

»Warum nicht? Die Vergangenheit ist für sie lebendig geworden, ihr Unterbewusstsein hatte nie vergessen, wie sehr sie Johann liebte. Natürlich wusste sie nicht, dass Marie für ihn dasselbe empfand, aber das Verbotene an ihren Gefühlen hast du gut eingefangen. Doro wird es ähnlich erlebt haben, weil sie glaubte, sie wäre ihre eigene Schwester und dürfte Johann schon aus dem Grund nicht lieben – nicht nur wegen Georg und Sophie.«

Ein, zwei Minuten schwiegen sie. Niemand sonst hatte es auf den Friedhof gezogen, niemand störte ihre stumme Betrachtung.

»Weißt du«, sagte Roman schließlich, »was Martin Niemann betrifft, könnte Henrik sogar den Nagel auf den Kopf getroffen haben. Vielleicht hat er das kaltblütig geplant, sämtliche Risiken inklusive. Vielleicht wollte er Johann nach all den Jahren rächen, vielleicht wollte er die Familie entzweien, die für den Tod seines Vaters und für das Unglück seiner Mutter verantwortlich war. Es fällt mir schwer zu glauben, dass er Doro verraten haben könnte. Aber sie war längst gestorben, sie würde es nie erfahren, jede Trauer, jede Verletzung wäre ihr erspart geblieben. Und er hatte seine Rache.«

Viktoria sagte lange Zeit nichts. Sie erinnerte sich an Mellis Argumente, an das Gute, das aus Martin Niemanns Handeln erwachsen war, daran, was sie jetzt wussten, und daran, dass Doro letztlich nur seinetwegen wieder zu sich selbst und ihren Frieden gefunden hatte. »Vielleicht«, stimmte sie zu. »Wenn es so gewesen sein sollte, werde ich ihn nicht verurteilen.«

»Nein. Ebenso wenig wie Marie Doro verurteilt hätte für das, was damals passiert ist. Arme Marie. Sie hat alles getan, um allen zu helfen – und musste sterben, bevor sie richtig beginnen konnte zu leben.« Romans Stimme verlor sich in der Nacht.

»Dann lass uns damit anfangen.« Viktoria wandte ihm ihr Gesicht zu. »Es wird Zeit, dass die Wunden der Vergangenheit heilen und die Zukunft beginnt. Das hat Doro gewollt. Lass uns nach Hause gehen.«

Nachwort

(das *wirklich* erst nach dem Roman gelesen werden sollte)

Woll tau seihn! ist der Gruß der alten Fischländer. Das Fischland im Allgemeinen, Wustrow im Besonderen und auch Stralsund haben mich bei meinem ersten Besuch so beeindruckt, dass mir damals schon klar war: Das wird das nächste Buch.

Wer mal in Wustrow war oder vielleicht demnächst hinfährt – ganz zu schweigen von den Einheimischen –, wird unschwer das Haus in der Strandstraße erkennen, das mir rein äußerlich als Inspiration für die Kranichburg gedient hat. Ich habe es allerdings vergrößert, auf die andere Straßenseite gestellt und sehr viel strandnäher platziert. Dennoch hätte man wohl selbst aus dem Dachgeschoss keinen freien Blick auf das Meer und die Seebrücke, da das Haus vor einem kleinen Waldstück und dem Deich dafür zu tief läge. Hinzu kommt, dass die Seebrücke, im Roman bereits 1992 auf Leinwand gebannt, tatsächlich erst im Jahr darauf fertiggestellt wurde. Das Bild, das in der Kranichburg hängt und auch im Prolog erwähnt wird, hätte also außerhalb dieses Romans aus zweierlei Gründen so nicht gemalt werden können. Was die Aussicht aus dem Atelierfenster im Jahr 1924 für das Bild betrifft, das Viktoria in Ahrenshoop kauft: Da dürfte, wenn ich alte Fotografien richtig interpretiere, dasselbe Problem bestanden haben – zumal der Landungssteg damals sehr viel kürzer war, als die Brücke heute ist. Man verzeihe mir die schriftstellerischen Freiheiten, die ich mir genommen habe.

Alle anderen Schauplätze befinden sich an den angegebenen Stellen und entsprechen der gegebenen Beschreibung.

Die handelnden Personen dagegen – sowohl die im historischen als auch die im heutigen Teil – sind rein fiktiv. Zum Beispiel war der Vormann der Seenotrettungsstation in den Jahren 1903 bis 1920 der Schiffer Heinrich Friedrich Wilhelm Zander. An dieser Stelle eine kleine Erklärung: Vielleicht wird dem einen oder anderen aufmerksamen Leser aufgefallen sein, dass Wilhelm Niemann 1911 an der »Navigationsschule« unterrichtete, während auf seinem Grabstein steht, er wäre Lehrer an der »Seefahrtschule« gewesen. Das liegt darin begründet, dass im Jahr 1916 die deutschen Navigationsschulen in Seefahrtschulen umbenannt wurden.

Auch der gute Pastor Reuter ist eine Erfindung. Tatsächlich hat von 1900 bis 1933 C. Aug. W. Maximilian Vermehren in der Wustrower Kirche gepredigt.

Eine nicht fiktive Malerin habe ich eingeschmuggelt, und zwar Hedwig Woermann, die in Wustrow gelebt hat und auch dort begraben ist. Dass sie mit einer unbekannten Malerin aus der Strandstraße befreundet war und dass sie in Berlin (wo wie erwähnt eine Ausstellung von ihr stattfand) ein Edgar-Wallace-Theaterstück ansehen musste, hat sie dagegen nur meiner Fantasie zu verdanken.

Wer weiter über die Malweiber und die damalige Kunstkolonie in Ahrenshoop nachforschen möchte, wird auf viele interessante Künstler und Kunstwerke stoßen. Wer es zeitgenössischer möchte, ist in der Barnstorfer Kunstscheune an der richtigen Adresse.

In Wustrow ist der Besuch des Fischlandhauses sehr zu empfehlen. Dort sollten geschichtlich Interessierte unbedingt einen Blick in die zweibändige Fischland-Chronik werfen, zusammengetragen und verfasst von Joachim Permien. Es lohnt sich. Wer in nächster Zeit nicht hinkommt, kann sich auf folgenden Internetseiten einen Eindruck von Wustrow und dem Fischland machen:

www.ostseebad-wustrow.de
www.fischland-darss.net

Wer alte Postkarten mag, dem sei empfohlen *Das Fischland* von Gunther Lübbe, erschienen im Sutton Verlag, Erfurt. Nicht unerwähnt bleiben sollte natürlich das Buch der Bücher zum Thema, nämlich *Das Fischland. Ein Heimatbuch* von Käthe Miethe. Die

Originalausgabe erschien im Jahr 1947, seither gab es zahllose Neuauflagen.

Auch Stralsund ist unbedingt einen oder mehrere Besuche wert, nicht zuletzt das Deutsche Meeresmuseum:

www.meeresmuseum.de

Die Schwedenkrone existiert ebenso wenig wie die Kranichburg. An der beschriebenen Stelle in der Sarnowstraße befindet sich stattdessen die »Weiße Villa«, die eine wechselhafte Geschichte hinter sich hat und sehr hübsch anzusehen ist – die es allerdings an Größe und Prunk nicht ganz mit der Schwedenkrone aufnehmen kann.

Noch ein Wort zum Stralsunder Stadtarchiv, in dem man viel, viel Zeit verbringen und sich leicht mal in Recherchen verlieren kann, die überhaupt nichts mit dem eigentlichen Thema zu tun haben: Tatsächlich sind dort Geburten, Hochzeiten und Sterbefälle nur bis zum Jahr 1900, das Gerichtswesen sogar nur bis Mitte des 19. Jahrhunderts dokumentiert. Damit meine Protagonisten nicht noch mehr in der Weltgeschichte herumjagen mussten, habe ich jedoch beschlossen, sie dort alles finden zu lassen, was sie benötigen.

Auch hier mein Buchtipp für alle, die gern historische Postkarten betrachten und wissen möchten, wie die Stadt einst aussah: *Stralsund* und *Stralsund – Alte Bilder erzählen* von Andre Kobsch und Felicitas Knoppke, erschienen im Sutton Verlag, Erfurt.

Und schließlich: Abgesehen von Hannover gibt es nur noch einen Schauplatz außerhalb des Fischlandes und Stralsunds: Schloss Münkwitz. Die Geschichte derer von Münkwitz ist tragisch, aber erfunden, der Ort und das Schloss selbst finden sich auf keiner Landkarte.

Danksagung

Wie immer gebührt allen voran mein Dank meinem Mann Jörg, der mit mir das Fischland entdeckt hat und »einfach, weil es so schön klingt« in die Strandstraße abgebogen ist. Der Rest ist Geschichte ☺. Danke nicht nur dafür, sondern für alles.

Für Geduld und Unterstützung tausend Rosen, Tulpen und Freesien an meine Eltern Ursula und Horst Koch. Danke, dass es Euch gibt!

Mein Agent Roman Hocke hat mir wieder durch seinen Enthusiasmus bewiesen, dass alles machbar ist, und wie immer bewährt im Hintergrund gewirkt.

Louise Kämmerer war nicht nur meine gewohnt bewährte Testleserin, sondern hat mir auch später noch bei diversen Nachfragen geduldig geholfen.

Dr. Lutz Steinhoff danke ich für viele Anregungen und das sorgfältige Lektorat.

Bei der Recherche haben mir viele Menschen zur Seite gestanden, ohne deren Hilfe dieses Buch nicht hätte entstehen können. Alle Fehler, die sich dennoch eingeschlichen haben mögen, gehen ausschließlich zu meinen Lasten. Mein Dank gilt vor allem:

Günther Weihmann, dessen Ausstellung zur Seenotrettung auf dem Fischland mir viele Details sehr lebendig veranschaulicht hat. Auf www.fischland-darss.net unter dem Punkt Wissenswertes/Schifffahrt/Seenotrettung findet sich außerdem sein Artikel zum Thema. Die ausführlichen und sehr fruchtbaren Gespräche sowie der Einblick in sein schier unerschöpfliches Archiv auch über Wustrow im Allgemeinen waren unschätzbar wertvoll für mich. Beides hat mir das Fischland noch einmal in vielen zusätzlichen Aspekten und auf besondere Weise nahegebracht.

Susanne Bruhns in der Bibliothek im Fischlandhaus hat mich nicht nur gern mit aufschlussreicher Lektüre über Wustrow und Hedwig Woermann versorgt, sondern auch mit einem alten Stadtplan und diversen Kugelschreibern für meine Notizen.

Die Damen im Wustrower Haus des Gastes (das ehemalige Kaiserliche Postamt) erwiesen sich als hilfreiche Engel, die bereitwillig Auskunft erteilten und Kopien für mich machten.

Für die Stralsunder Recherchen möchte ich zuerst Andre Kobsch danken, dessen im Nachwort erwähnte Bücher über das alte Stralsund und weitere unzählige alte Postkarten, die ich bei unserer persönlichen Begegnung habe ansehen dürfen, mir eine Inspiration waren. Danke ebenso für sein Engagement, mir zusätzliche interessante und wichtige Kontakte zu vermitteln.

Die Damen und Herren im Stadtarchiv Stralsund haben mir geduldig den Recherche-PC erklärt und mich mit Kartenmaterial versorgt und waren später noch per E-Mail eine Hilfe.

Natürlich darf ich meine Hannoveraner Erkundungen nicht unterschlagen. Herr Neumann von der Verwaltung des Stöckener Friedhofs hat mich freundlicherweise in der Kapelle herumgeführt, die ich sonst nicht zu sehen bekommen hätte.

Karola Hagemann, bekannt als eine Hälfte des Autoren-Gespanns Hagemann & Stitz bzw. Malachy Hyde, bin ich für ihre Nikotinsucht dankbar, durch die sie in diversen Zigarettenpausen mit ihren LKA-Kollegen DNA-Probleme für mich löste.

Gartenfachfrau Susanne Harling war mir dankenswerterweise in Sachen Stockrosen behilflich.

Ein recherchefreier, aber nichtsdestotrotz herzlicher Dank geht an Jörg Neumann (Okapi) von www.buchcouch-forum.de für die kreative Wortfindung »laptoppen«.

Und schließlich ein ganz lieber Dank an Gerit Stenitzer und Gisela Sturm für die erfrischendsten Mails aller Zeiten. Danke, Mädels!

Corinna Kastner
www.kastners-welten.de